LES REINES DE FRANCE
AU TEMPS DES BOURBONS*

Les Deux Régentes

Née à Lyon, Simone Bertière est agrégée de lettres classiques. Elle a enseigné le français et le grec dans les classes préparatoires, au lycée de jeunes filles de Bordeaux, puis la littérature comparée à l'université de Bordeaux III et à l'école normale supérieure de jeunes filles. Elle a publié une série d'ouvrages consacrés aux reines de France et des biographies de Mazarin, de Condé et de Fouquet. Elle est également l'auteur d'un livre sur Alexandre Dumas.

SIMONE BERTIÈRE

Les Reines de France
au temps des Bourbons

*

Les Deux Régentes

ÉDITIONS DE FALLOIS

PRÉAMBULE

Après les reines du XVIᵉ siècle, voici celles du XVIIᵉ. J'ai pris pour fil directeur, comme précédemment, une question toute simple : quel sort attend une jeune femme lorsqu'elle épouse le roi de France ? D'une époque à l'autre les règles qui régissent sa condition n'ont guère changé.

Certes l'année 1600 constitue dans notre histoire une charnière. Avec Henri IV monte sur le trône une nouvelle dynastie. Après trente-cinq ans de sanglantes guerres de religion, sa conversion a ramené la France dans le camp des puissances catholiques. Il a signé avec l'Espagne, ennemi séculaire, une paix fragile. Rompant le dernier lien qui l'attachait aux Valois, il vient de divorcer d'avec sa première femme, Marguerite. En épousant Marie de Médicis, il prend un nouveau départ.

Mais les temps sont encore très durs et la vie précaire. La médecine en est à ses premiers balbutiements. Un enfant sur deux disparaît au berceau, les maternités sont souvent mortelles, la guerre et les duels fauchent les jeunes gens. Une femme commence à se défraîchir à vingt ans ; à quarante, elle est « hors d'âge », tout juste bonne à penser à son salut éternel. La religion imprègne l'existence tout entière, elle rythme les jours et les saisons, elle imprime dans les esprits et les cœurs une empreinte indélébile.

La monarchie française, de droit divin, est familiale.
La France aime ses rois, à condition qu'ils veuillent
bien ressembler à l'image idéale qu'elle se fait du
prince chrétien, père de ses sujets, veillant sur eux
comme il veille sur sa famille, en compagnie de son
épouse féconde et soumise. Il n'est pas de roi sans
reine. Le premier devoir de celle-ci est de lui donner
des enfants. Elle doit aussi paraître à ses côtés partout
où s'exhibe la majesté royale. On attend d'elle bonté,
douceur, docilité et, si possible, un peu d'éclat pour
donner du lustre à la vie de cour. De rôle politique, il
n'est en principe pas question. Bien qu'elle soit théori-
quement admise au Conseil, elle n'y fait guère que de
la figuration. Il faut pour qu'elle accède au pouvoir que
l'avènement d'un roi mineur fasse d'elle une régente.

Le XVIe siècle offrait des figures assez nombreuses
et variées pour illustrer les différentes facettes de la vie
de reine. Le suivant, moins complaisant, n'en comporte
que trois : Marie de Médicis, Anne d'Autriche et
Marie-Thérèse — trois et demie si l'on compte
l'épouse secrète de Louis XIV, Mme de Maintenon.
Les deux premières, d'une exceptionnelle longévité,
dotées d'une personnalité très forte, s'y taillent la part
du lion. Parcourant le cycle complet qui conduit de
l'état de reine régnante à celui de reine mère, en passant par la régence, elles accaparent le devant de la
scène pendant les deux tiers du siècle. J'ai pris ici le
parti de m'en tenir à elles deux, pour ne pas déséquili-
brer un récit que la richesse de leur existence suffit
d'ailleurs largement à nourrir.

Pourquoi ai-je choisi d'évoquer Marie de Médicis et
Anne d'Autriche ensemble ?

D'abord parce qu'elles ont vécu ensemble : elles
sont belle-mère et belle-fille. Tour à tour rivales et
alliées, elles ont été mêlées aux mêmes événements,
leurs deux existences se chevauchent. La tragédie
familiale qui les oppose à un seul et même roi, fils de

l'une, époux de l'autre, leur a réservé des rôles symétriques et complémentaires ; c'est contre elles deux que Louis XIII parvient enfin à s'affirmer. Il ne s'agit donc pas simplement ici de deux biographies juxtaposées, mais d'un récit qui, tout en portant tour à tour la lumière sur l'une et sur l'autre, tire de l'étroite imbrication entre leurs faits et gestes une forte cohérence.

Et puis, le rapprochement entre leurs deux parcours est riche d'enseignements. Leurs deux destinées s'éclairent l'une l'autre. Elles ont dû faire face à des difficultés analogues et y ont réagi chacune à sa manière. Ni l'une ni l'autre n'étaient de caractère facile. Toutes deux ont supporté impatiemment un époux qu'elles avaient les meilleures raisons de ne pas aimer. Également mères de deux fils, dont l'un accéda au trône très jeune, elles eurent à gérer leurs propres relations avec leur royal aîné, mais aussi celles de leurs fils entre eux : échec retentissant pour l'une, succès pour l'autre.

Toutes deux furent régentes, se heurtèrent aux oppositions que suscite toujours le gouvernement d'une femme, louvoyèrent, durent affronter une guerre civile larvée ou déchaînée et s'en tirèrent sans gloire, mais sans dommages majeurs. À leurs côtés, Richelieu et Mazarin, deux cardinaux ministres de grande envergure, mais très différents, pour qui la confiance se muera en haine chez l'une, en amitié amoureuse chez l'autre. Leur vie se déroula sur fond d'affrontement avec l'Espagne : guerre froide d'abord, ouverte ensuite. Or elles sont issues l'une et l'autre du camp ennemi. Envoyées en France comme missionnaires de la cause hispano-catholique, elles sont placées à contre-courant de l'option nationaliste choisie par Henri IV, puis par Louis XIII. Fidélité à leur position initiale ou conversion aux vues françaises : c'est sur ce choix crucial que se joueront leur sort et l'image qu'elles laisseront à la postérité.

Enfin, un motif supplémentaire de les réunir dans un même livre : la première a servi de contre-modèle à la seconde. Anne d'Autriche, après s'être comportée longtemps en écervelée, s'est métamorphosée le jour où elle a eu des enfants. Tirant les leçons des échecs de Marie de Médicis, elle s'est efforcée d'éviter, dans ses rapports avec son fils d'abord, puis en politique extérieure, les erreurs qui avaient conduit sa belle-mère à l'exil et au rejet.

Ces deux reines n'ont pas l'attrait de la nouveauté. Elles sont bien connues et ont fait l'objet d'excellentes monographies. Je ne prétends pas apporter sur elles de révélations. Fidèle à ma curiosité pour les êtres, j'ai voulu infléchir l'angle de vue, jeter sur elles un regard un peu différent, évoquer leur destinée individuelle plutôt que leur contribution au devenir de la France. J'ai tenté de les replonger dans la réalité encore indistincte d'un présent touffu, confrontées chaque jour à des événements à l'issue ignorée, immergées dans l'histoire en train de se faire. À côté de leur action politique, j'ai tenu à évoquer leur vie privée, dans sa routine ordinaire et dans ses temps forts — naissances, mariages, maladies, morts, dissentiments familiaux, fastes, plaisirs et intrigues de la cour. J'ai tâché de les comprendre et de démêler ce qu'elles ressentaient. Est-ce sortir du rôle de l'historien que de leur supposer des sentiments ? Il m'a semblé que non. Car les sentiments eurent dans leur conduite beaucoup plus de part que les idées et que la raison. Certes l'entreprise ne va pas sans risques. Mais contre la tentation d'inventer, il existe des garde-fous : mémoires et correspondances sont une mine de réflexions, d'anecdotes, de dialogues qui permettent de les faire revivre. Je n'ai rien avancé qui ne s'appuie sur des témoignages. Et dans le doute — sur les relations de Mazarin et d'Anne d'Autriche par exemple —, je m'en suis tenue à des hypothèses dûment motivées, mais données comme telles. Ni le contenu, ni la présentation du récit ne sont romancés.

La dualité de point de vue me préservait d'une des

tentations qui guettent le biographe, la prévention en faveur du personnage qu'il a élu. Les acteurs de cette période offrent une image très controversée et l'intérêt exclusif porté à l'un d'eux incite à noircir ses adversaires, surtout si ces adversaires sont des vaincus. C'est ainsi que Marie de Médicis sert habituellement de repoussoir à son fils ou à sa bru. Il m'a fallu un gros effort, je l'avoue, pour nuancer le portrait au vitriol que nous ont laissé d'elle Saint-Simon et Michelet. Convaincue cependant que tout conflit implique un partage des torts, j'ai essayé de ne vouer personne aux gémonies — quitte à égratigner au passage quelques images d'Épinal.

Oserai-je ajouter pour finir que j'ai eu plaisir à partager les joies et les peines de toutes deux, à supputer leurs motivations, à déchiffrer leur langage, à sourire de leurs inconséquences aussi, bref à mener sur elles et sur leur entourage une enquête riche en surprises et en rebondissements ? Puisse le lecteur s'associer à ce plaisir : c'est la grâce que je me souhaite !

PREMIÈRE PARTIE

LES AMBITIONS DE MARIE DE MÉDICIS

(1600-1620)

CHAPITRE PREMIER

LE MARIAGE DE LA DERNIÈRE CHANCE

Le XVIe siècle approche de sa fin. Henri IV a conquis son royaume à la pointe de l'épée. La guerre civile est finie. Il s'est converti au catholicisme et Paris, la grande ville ligueuse, a fini par lui ouvrir ses portes. Il s'apprête à régler le statut de la religion réformée par un nouvel édit qui fera date dans l'histoire sous le nom d'édit de Nantes. Mais cette pacification toute fraîche est fragile. Il n'est plus jeune. Il n'a pas de fils pour prendre la relève. Marguerite de Valois, dont il s'est séparé en 1585 dans le fracas des scandales, ne lui a pas donné d'enfants et a passé l'âge d'en avoir.

De Rome, le pape lui fait dire qu'il serait disposé à annuler ce mariage, « tant il désire et souhaite [qu'il] laisse la succession du royaume de France libre et sans dispute ». Reste à trouver l'heureuse élue.

En quête de l'épouse idéale

Un beau jour du printemps de 1598, Henri IV entraîna son ministre et confident Sully dans un jardin et, tout en arpentant les allées, il engagea la conversation sur son éventuel remariage.

Surtout pas d'épouse « laide, mauvaise et dépite » !

La femme de ses rêves doit satisfaire à sept conditions principales : « à savoir, beauté en la personne, pudicité en la vie, complaisance en l'humeur, habileté en l'esprit, fécondité en génération, éminence en extraction, et grands états en possession ». Autant dire le merle blanc, il en convient de bon cœur en riant : « Mais je crois, mon ami, que cette femme est morte, voire peut-être n'est pas encore née ni prête à naître... »

Revenant apparemment aux choses sérieuses, le voici qui passe en revue les partis possibles — pour conclure qu'ils ne le sont pas. Il s'accommoderait de l'infante d'Espagne Isabelle-Claire-Eugénie, « quelque vieille et laide qu'elle puisse être » — elle a trente-deux ans ! —, s'il épousait en même temps les Pays-Bas[1]. Mais Philippe II n'est pas disposé à les lui donner. Il ne refuserait pas Arabella Stuart, une cousine de Jacques VI d'Écosse, si la reine d'Angleterre lui promettait sa succession. Mais il n'y faut pas compter. Il ne veut pas entendre parler des princesses allemandes, dont il n'a même pas retenu les noms, tant lui répugne leur corpulence présumée : il croirait « avoir toujours un lot[2] de vin » couché à ses côtés. Les sœurs du prince Maurice de Nassau[3] sont huguenotes et « filles d'une nonnain[4] » : de quoi le « mettre en soup-

---

1. Rappelons ici que dans la seconde moitié du XVIᵉ siècle, les possessions espagnoles en pays flamand, issues de l'héritage de Charles Quint, avaient éclaté en deux : les provinces du Nord, converties au calvinisme, s'étaient révoltées et avaient formé les Provinces-Unies — c'est-à-dire les Pays-Bas d'aujourd'hui —, tandis que les provinces du Sud, catholiques — la Belgique actuelle —, avaient choisi de rester rattachées à l'Espagne. Ce sont ces dernières qu'on nommait alors les Pays-Bas, avec pour capitale Bruxelles. Elles jouissaient, sous l'autorité d'un gouverneur ou d'une gouvernante Habsbourg, d'une relative autonomie.

2. Une bonbonne. Le *lot*, mesure de capacité, valait quatre pintes : soit près de quatre litres.

3. La famille d'Orange-Nassau avait pris la tête du mouvement d'émancipation des Provinces-Unies.

4. Charlotte de Bourbon, mariée à Guillaume d'Orange après sa conversion à la Réforme.

çon à Rome et parmi les zélés catholiques ». Le duc
de Florence a « une nièce qu'on dit assez belle », mais
sa maison est une des moindres de la chrétienté, « n'y
ayant pas plus de soixante ou quatre-vingts ans que
ses devanciers n'étaient qu'au rang des plus illustres
bourgeois de leur ville ». Non, décidément, aucune
étrangère ne convient. Quant à celles du dedans du
royaume, il ne les énumère que pour les écarter tour à
tour : l'une est protestante, une autre trop jeune, une
autre issue d'une trop arrogante famille...

Sully a compris, il s'exclame : « Mais quoi, Sire,
vous désirez bien être marié, mais vous ne trouvez
point de femmes en terre qui vous soient propres ! » Et
de plaisanter : il faudrait pour le satisfaire que le ciel
rajeunisse la reine d'Angleterre ou ressuscite Marguerite de Flandres, Jeanne la Folle ou Anne de Bretagne,
toutes riches héritières du temps passé. À défaut, on
pourrait rechercher à travers le royaume et rassembler
à Paris toutes les filles d'âge adéquat et les enfermer
sous la garde de quelques matrones, tandis que le roi
les observerait à loisir...

Trêve de badinage ! Au fil de la conversation le
nombre des conditions à remplir se réduit. Pour Sully,
« ni biens ni royale extraction » ne sont nécessaires :
« Ayez seulement une femme que vous puissiez aimer
et qui vous fasse des fils. » À ces deux exigences le
roi en ajoute une troisième : les candidates pressenties,
dit-il, « me feront des fils, elles seront d'humeur douce
et complaisante, et d'esprit assez habile pour me soulager aux affaires sédentaires et pour bien régir mon État
et mes enfants, s'il venait faute de moi avant qu'ils
eussent âge ». Sully déclare ne pas connaître « de filles
ni de femmes de tel mérite ». — « Et que direz-vous
si je vous en nomme une ? » Il faut que ce soit une
veuve, qui a fait les preuves de sa fécondité, dit mali-
cieusement Sully, feignant de ne pas comprendre.
— « Ô la fine bête que vous êtes [...]. Vous me confes-
serez que toutes ces trois conditions peuvent être trou-
vées en ma maîtresse ; non pour cela que je veuille dire

que j'aie pensé à l'épouser, mais seulement pour savoir ce que vous en diriez, si faute d'autre cela me venait quelque jour en fantaisie. »

Après bien des tours et détours, nous y voici enfin ! Henri songe bel et bien à épouser Gabrielle d'Estrées. Depuis le début de la conversation, il dessinait son portrait — idéalisé, bien sûr.

Il l'a connue vers 1592. Amoureuse du Grand Écuyer, le beau Roger de Bellegarde, elle n'a cédé à ses avances que sur les instances de ses ambitieux parents. Il l'a tout d'abord dotée d'un mari de paille, pour les convenances, puis l'a démariée et installée officiellement à ses côtés. En 1594, elle lui a donné un fils, César[1], puis deux ans plus tard une fille, Catherine-Henriette, et elle est sur le point d'accoucher à nouveau de celui qu'on prénommera, en toute simplicité, Alexandre. S'il l'épouse, la question des enfants à faire est réglée : ils sont faits. Déjà il la traite en reine. Pourquoi ne pas la couronner pour de bon ?

Sully tenta de se dérober, puis sommé de répondre franchement, il marqua sa réprobation : le « blâme » sera « général » — c'est un euphémisme : le mot propre serait scandale. Le roi lui-même, « lorsque les bouillons d'amour seront attiédis », en éprouvera « honte et repentir ». Et que dire des conflits qui surgiront entre des fils dont l'aîné est issu d'un « double adultère », le second d'un « adultère simple », alors que leur cadets sortiraient d'une union légitime ? Loin d'être réglés, les problèmes successoraux en deviendraient inextricables.

Henri ergota longuement, discourut sur l'humeur de ses sujets, supputa les chances d'approbation, feignit de se rendre. En tout état de cause, il y avait un préalable. Il fallait obtenir du pape la dissolution de son précédent mariage. Or la bonne volonté manifestée par celui-ci risquait de fondre comme neige au soleil s'il

---

1. Du moins, il peut le supposer. Car les mauvaises langues murmurent que c'est en réalité l'enfant de Bellegarde.

se confirmait que le roi voulait épouser sa maîtresse. Annulation, oui. Mais pas en faveur de n'importe qui. Tel était aussi l'avis de Marguerite, dont l'accord était indispensable. Elle voulait bien céder la place à une princesse de haut rang, mais jamais elle ne se retirerait au profit de celle qu'elle appelait crûment une « bagasse ». Tous se coalisaient, à Rome comme à Paris, pour empêcher le roi de faire une sottise.

La situation était donc bloquée. Henri attendait, pour révéler le nom de l'élue, que le « démariage » fût accompli. Le souverain pontife attendait, pour engager la procédure, d'être sûr que le parti choisi serait honorable.

Les choses auraient pu s'éterniser, lorsqu'intervint au mois d'avril 1599 un coup de théâtre. Gabrielle, enceinte pour la quatrième fois, expirait en mettant au monde un enfant mort. Les circonstances du drame sont bien connues. La jeune femme, par décence, s'était séparée de son amant à la fin du carême. Elle l'avait laissé à Fontainebleau pour aller faire ses Pâques à Paris. Le Mardi saint, elle soupe chez le banquier italien Zamet, s'y rafraîchit d'un « poncire », c'est-à-dire d'un citron, dont l'acidité lui agresse l'estomac. Le lendemain matin elle se confesse et, l'après-midi, entend l'office des ténèbres au couvent du Petit-Saint-Antoine. Elle se sent mal, rentre chez sa tante où elle est prise de douleurs aiguës et de convulsions. Le jeudi, elle se traîne jusqu'à Saint-Germain-l'Auxerrois pour communier et rentre s'aliter, tandis que se déclenchent dans l'après-midi les premiers signes de l'accouchement. Le Vendredi saint, elle hurle et se tord, déformée par la douleur, le teint couleur de plomb et, tandis que les chirurgiens extirpent l'enfant « à pièces et lopins » pour la délivrer, elle perd connaissance. Elle expire le samedi matin, au petit jour. Les assistants, terrifiés, furent d'abord enclins à voir la main du démon dans ce mal qui venait d'enlever aussi la jeune et belle connétable de Montmorency, et dans lequel les médecins actuels croient pouvoir reconnaître la redoutable éclampsie puerpérale. Puis la famille d'Estrées, frustrée de ses espérances, repensa au citron — offert par un Italien, comme par hasard — et la rumeur du poison commença de courir. Elle court encore, parmi les historiens d'aujourd'hui, tant cette mort inespérée arrivait à point nommé.

Henri IV l'échappait belle. L'opinion française, pas entièrement réconciliée avec ce roi fraîchement converti, aurait très mal accepté de le voir braver les règles régissant la transmission de la couronne par filiation légitime.

Sur un appel au secours de Gabrielle, il était parti pour Paris. Il rencontra en route des messagers qui, anticipant de quelques heures, lui annoncèrent qu'elle était morte. Il se laissa passivement ramener à Fontainebleau et s'inclina devant ce qu'il qualifia de « coup du ciel ». Il la pleura, prit le deuil et la fit enterrer comme une reine. Déjà son entourage s'appliquait à trouver une remplaçante.

Ou plutôt deux. On lui cherchait une épouse, ce qui nécessitait quelque délai. En attendant, et pour meubler ses nuits, on lui trouva une maîtresse. Marie de Médicis et Henriette d'Entragues entraient en lice.

Le seul parti possible

Henri IV n'a que quarante-six ans. Mais il est usé par trente ans de campagnes militaires, par les épreuves, par les excès. Sa santé est médiocre et il lui arrive de s'interroger sur son aptitude à procréer à nouveau : c'était là une des raisons secrètes de son obstination à couronner Gabrielle. Aux yeux des catholiques purs et durs, il traîne avec lui des relents d'hérésie. Sa victoire militaire n'a pas désarmé les irréductibles : de loin en loin, des attentats lui rappellent que son autorité reste fragile. La pacification qu'il vient d'accorder aux protestants à Nantes scandalise ceux qui voudraient les voir réduits à merci. L'Espagne espère encore se débarrasser de lui, par la guerre ou par l'assassinat. Est-il un gendre très désirable pour un souverain étranger en quête d'alliances ? Bien qu'à la tête d'un des plus puissants États d'Europe, il n'est pas très facile à marier.

Examinons après lui, sous un autre angle, la liste des partis possibles. Il ne peut, sous peine de déchoir, se marier moins bien que ses prédécesseurs. Prendre femme dans la noblesse française le ramènerait au temps où le roi n'était que le *primus inter pares*, un des grands du royaume, sans plus. Il est maintenant l'oint du Seigneur, il doit s'allier à l'une des familles régnantes d'Europe.

La Réforme réduit beaucoup l'éventail de choix : impossible de mettre sur le trône de France une calviniste ou même une luthérienne. L'Angleterre, les pays scandinaves et une bonne moitié des principautés allemandes sont donc d'office hors compétition. Pour une fois il n'y a pas pléthore d'infantes et d'archiduchesses chez les Habsbourg de Madrid ou de Vienne. Et même s'il y en avait, l'animosité continue de flamber entre Henri IV et l'Espagne, dressée contre lui depuis un quart de siècle : tout mariage est exclu. Les princesses lorraines sont presque toutes casées ou entrées en religion : pas de regrets, les blessures de la Ligue sont encore vives. La maison de Savoie, si prolifique d'ordinaire, n'a pas de candidate à mettre sur les rangs : de toute façon, il n'y faut pas songer, le duc a traité avec l'Espagne et nos armées s'apprêtent à lui faire la guerre. Restent les Italiennes, au premier rang desquelles figure la nièce du grand-duc de Toscane, Marie de Médicis, issue d'une des familles les plus riches de la péninsule.

Henri IV, on l'a vu, faisait la fine bouche devant la médiocrité de sa naissance. Imbus des préjugés propres à la noblesse d'épée, les Français, depuis toujours, s'obstinaient à mépriser l'aristocratie florentine, issue de l'artisanat, du commerce et de la banque. Et l'on se souvient que le mariage de Catherine de Médicis avec le fils cadet du roi de France avait passé en son temps pour une grave mésalliance. La famille avait fait du chemin depuis. Autrefois simples citoyens portés au pouvoir par l'élection de leurs pairs dans l'ancienne république oligarchique, puis chassés par les luttes intestines, les Médicis, rentrés à Florence dans les fourgons de l'armée impériale, étaient devenus des souverains héréditaires. La Toscane avait été érigée en duché, puis en grand-duché. Elle gravitait dans l'orbite austro-espagnole.

Depuis que la France avait dû mettre une sourdine à ses ambitions au-delà des Alpes, l'Italie était devenue une sorte de chasse gardée des Habsbourg. Le roi d'Espagne détenait le Milanais et, avec le royaume de Naples, tout le sud de l'Italie, ainsi que la Sicile. L'Empereur avait la haute main sur la plupart des principautés et duchés de la moitié nord, par le biais de l'investiture qu'il pouvait accorder ou refuser à l'héritier lors de chaque transmission successorale. À eux deux, ils dominaient le Sacré Collège et nul pape ne pouvait être élu sans leur aval. Ils mariaient en Italie leurs filles cadettes surnuméraires ou leurs bâtardes légitimées. Ils surveillaient de très près les grands cols alpins, qui commandaient leurs communications avec l'Allemagne d'un côté, la Franche-Comté et les Pays-Bas de l'autre. Et ils s'efforçaient, par l'intérêt ou la menace, de maintenir sous leur coupe le duc de Savoie, dont les États s'étendaient de Chambéry à Turin.

Ni les papes, une fois élus et donc inamovibles, ni les grands-ducs de Toscane, ni les ducs de Savoie ne prenaient aisément leur parti de cette dépendance. Ils s'ingéniaient à desserrer l'étau en soutenant discrètement, quand ils le pouvaient, les adversaires de l'Espagne. Le mariage de Christine de Lorraine, petite-fille de Catherine de Médicis, avec le grand-duc Ferdinand I\ :sup:`er` scellera officiellement le rapprochement avec la France. Mais les banquiers toscans, très bien implantés de l'autre côté des Alpes, n'avaient pas attendu cette consécration pour financer les entreprises des derniers Valois, puis d'Henri IV.

Lorsqu'il devint évident que celui-ci devrait se remarier, Rome et Florence songèrent à lui offrir sur un plat d'argent l'épouse qu'il lui fallait : la princesse Marie. Non sans avoir exploré auparavant, pour elle, toutes les autres solutions.

Jetons un coup d'œil outre-monts. Depuis son accession au pouvoir en 1587, le grand-duc de Toscane formait pour sa nièce d'ambitieux projets. Il voulait, bien sûr, comme tous les souverains de l'époque, se servir d'elle pour créer ou renforcer des liens d'amitié avec telle ou telle grande puissance voisine : au gré des circonstances, il louchait vers l'Empire ou vers la France. Mais il avait aussi un autre objectif. Comme Henri IV l'avait rappelé à Sully, les Médicis faisaient encore figure de parvenus aux yeux des grandes maisons régnantes d'Europe. En mariant Marie « dans un rang au-dessus même de sa naissance », en faisant d'elle une reine, il pensait faire oublier les origines de sa famille, la faire grimper d'un échelon dans la hiérarchie et s'acheminer lui-même vers le titre de roi dont il rêvait. Il disposait, pour faire taire les préjugés, d'arguments sonnants et trébuchants : il était, directement ou par l'intermédiaire de banques satellites, le créancier de toute l'Europe. Et il laissait entendre que la dot serait colossale.

Il commença par mettre la barre très haut.

Marie était-elle un très beau parti ? Financièrement, oui. Aux yeux des plus orgueilleux souverains cependant, elle n'était pas faite pour le tout premier rang. Madrid chercha à faire tomber sa dot dans l'escarcelle d'un de ses féaux italiens et proposa, vers 1587, de l'unir au duc de Parme, Alexandre Farnèse. Celui-ci n'en voulut pas. On avança ensuite le nom du duc de Bragance, issu de l'ancienne famille régnante de Lisbonne. Mais l'Espagne a conquis le Portugal, les Bragance ne sont que des rois détrônés. La dérobade vient cette fois des Florentins.

L'Espagne s'affaiblit : Philippe II vieillit, l'*Armada* qu'on disait invincible a subi face à l'Angleterre un échec cuisant. C'est pour le grand-duc le moment de s'émanciper : il épouse Christine de Lorraine. Florence va-t-elle basculer dans le camp français ? Les Habsbourg contre-attaquent. On ne s'abaisse pas jusqu'à proposer l'infant d'Espagne, le futur Philippe III, d'ailleurs promis à une de ses cousines. Mais l'empereur Rodolphe II offre pour Marie la main de son propre frère et héritier, l'archiduc Mathias. Marie serait la future impératrice ? C'est trop beau pour être vrai. Cela ressemble fort à une manœuvre dilatoire. Et comme l'affaire traîne, Christine met en avant un de ses parents lorrains, le prince de Vaudémont. Marie refuse tout net : elle veut beaucoup mieux.

C'est alors, vers 1592, que se profile à l'horizon la candidature du roi de France. À première vue, l'idée est saugrenue : il est protestant, et déjà marié. Mais on sait qu'il lui faudra redevenir catholique pour être pleinement accepté. Le cardinal Pierre de Gondi, chargé de le réconcilier avec le pape, fait halte dans la cité de ses ancêtres. Il vient solliciter des subsides, comme d'habitude. Mais il fait aussi, de son propre cru, des suggestions séduisantes : si le grand-duc, très influent à Rome, y appuyait à la fois la conversion d'Henri IV et son « démariage », celui-ci serait libre pour épouser la Florentine.

Cette combinaison à l'italienne sera longue et difficile à mettre en œuvre : il y faudra huit ans ! La politique, mais aussi l'amour semblaient s'être ligués pour la faire échouer. Henri IV mit plus de temps qu'on ne le pensait à reprendre en main son royaume. Et l'image de Marie, dont on lui avait adressé un portrait dès les premiers pourparlers, n'était pas de taille à lutter contre les charmes très concrets de Gabrielle d'Estrées.

Les Habsbourg inquiets, cependant, firent au grand-duc, pour couper court au projet français, une offre mirobolante : en 1597, ils proposaient à nouveau Mathias, frère de l'Empereur, ou mieux, l'Empereur en personne ; pour le premier on se contenterait d'une dot de 400 000 écus, pour le second, on en exigeait

600 000 ! Toute l'Europe savait que Rodolphe II n'était pas un parti sérieux : à moitié fou, féru d'astronomie et d'astrologie, persuadé par les horoscopes qu'il périrait victime d'un membre de sa famille, il avait choisi de rester célibataire et il empêchait obstinément ses frères de convoler. L'ouverture faite aux Florentins n'était qu'une opération de diversion, qu'il s'ingénia à faire traîner. Lorsqu'il fut question de fixer une date, il déclara que le mariage aurait lieu dès qu'il aurait fait la paix avec les Turcs : autant parler des calendes grecques !

Le grand-duc comprit qu'on se moquait de lui. Les années passaient. Marie n'était plus de première jeunesse. Sur le marché du mariage, elle se démonétisait de jour en jour. Comme le héron de la fable, elle avait dédaigné bien des prétendants, d'autres s'étaient dérobés. Que faire d'elle ? Pas question de la laisser vieillir sur place. Il devenait urgent de la caser quelque part. Le roi de France était son dernier recours. Pas plus que lui, elle n'avait vraiment le choix. Les chemins impénétrables de la destinée ou les jeux tortueux des politiques matrimoniales princières, comme on voudra, les conduisaient l'un vers l'autre. Un seul obstacle subsistait, Gabrielle, dont on a vu comment la mort disposa.

Aussitôt les négociations se précipitent. À Rome, la procédure d'annulation va bon train. À Florence, on passe aux choses sérieuses : les discussions financières. Cela commence mal. On achoppe sur le montant de la dot et sur les modalités de son paiement. Florence offre 500 000 écus, la France en demande un million et demi. Indignation du grand-duc, qui argue que l'Empereur lui-même ne s'est estimé qu'à 600 000. Henri consent alors à un rabais : il se contenterait d'un million. Mais la France exige de l'argent frais, tandis que les Florentins entendent que la dot vienne annuler des créances anciennes. Personne cependant ne voulait la rupture. L'envoyé florentin expliqua à son maître que, de toute façon, il lui en coûterait la somme demandée, puisque c'était, ou à peu près, le montant de l'emprunt qui ne serait jamais remboursé. Si vous rompez, dit-il avec bon sens, « vous aurez payé la dot sans marier la nièce ». On aboutit donc à un compromis : 600 000 écus, dont 350 000 versés en liquide et 250 000 venant en déduction de créances. Il était spécifié que Florence prenait à sa charge les frais d'acheminement de la fiancée jusqu'à son arrivée sur le sol français.

C'est ainsi que sur fond de marchandages se régla *in extremis* le mariage entre deux partenaires déjà avancés en âge, dont c'était, à l'évidence, la meilleure chance. Chacune des deux parties, dans l'immédiat, s'estima satisfaite. Pour un prix raisonnable, le grand-duc avait acheté à sa nièce un époux prestigieux. Quant à Henri, il encaissait une somme rondelette et il rejoignait avec la bénédiction du Saint-Siège le concert des souverains de la catholicité.

L'annulation avait été prononcée à Rome le 17 décembre 1599. Le contrat fut signé à Florence le 25 avril 1600. Le reste n'était plus que formalités.

Henri IV accueillit la nouvelle avec des sentiments mêlés. Lorsque Sully lui annonça : « Sire, nous venons de vous marier », il resta un quart d'heure « rêvant et se grattant la tête et curant les ongles », avant de s'écrier : « Hé bien ! de par Dieu soit ; il n'y a remède, puisque, pour le bien de mon royaume et de mes peuples, vous dites qu'il faut être marié, il le faut donc être. Mais c'est une condition que j'appréhende bien fort, me souvenant toujours de combien de mauvaises rencontres me fut cause le premier où j'entrai, et outre cela je crains toujours de rencontrer une mauvaise tête qui me réduise à d'ordinaires contentions et contestations domestiques, lesquelles vous ne doutez point que je n'appréhende plus que les politiques ni militaires, de quelque grande conséquence qu'elles puissent être. »

Un mariage de raison entre un homme plus que mûr et une demoiselle en passe de se faner : il n'y a pas là de quoi faire rêver. C'est à contrecœur qu'Henri se met la corde au cou.

Une Médicis austro-espagnole

Qui était donc la future reine de France ?

Marie est née à Florence le 26 août 1573 et elle n'a pas quitté depuis sa ville natale.

Elle n'est, contrairement à ce qu'on croit souvent, qu'une très lointaine cousine de Catherine. Son grand-père, Côme Ier, issu d'une branche cadette, avait opéré le rétablissement de sa famille après l'extinction de la branche aînée. De son épouse espagnole, Éléonore de Tolède, fille du vice-roi de Naples, il avait eu plusieurs enfants, dont l'aîné, François-Marie Ier, lui succéda comme grand-duc de Toscane. Ce dernier chercha lui aussi une épouse dans l'orbite des Habsbourg et obtint mieux : Jeanne d'Autriche, la dernière fille de l'empereur Ferdinand Ier, frère de Charles Quint. Par ses ascendances, la jeune Marie est donc aux trois quarts austro-espagnole.

Les circonstances viendront renforcer en elle le sentiment de cette appartenance.

Elle a cinq ans lorsque sa mère meurt. Depuis longtemps, son père entretenait une maîtresse très aimée qu'il s'empresse d'épouser. D'origine vénitienne, Bianca Cappello était veuve d'un employé de banque florentin qui l'avait enlevée à ses parents et avait payé cet affront d'un coup de dague bien ajusté. Pour le grand-duc, une mésalliance criante.

François-Marie, d'humeur sombre, secrète, est un introverti qui n'aime pas les tâches de gouvernement et supporte mal les servitudes de la vie publique. Collectionneur impénitent, comme son père, il joint à la passion des œuvres d'art — tableaux, orfèvrerie, joaillerie, porcelaines — une vive curiosité pour ce que nous appellerions les sciences de la nature. Mais en ce temps-là, les frontières sont floues entre le naturel et le surnaturel, l'astronomie et l'astrologie, la chimie et l'alchimie, la pharmacie et la préparation de philtres et de poisons. Se confinant dans son fameux cabinet — le *Studiolo* — pour y poursuivre de mystérieuses expérimentations ou s'isolant avec Bianca dans sa somptueuse villa de Pratolino, il suscita chez ses sujets une suspicion, puis une haine d'une violence inouïe.

La jeune Marie détesta Bianca. À l'animosité qu'une enfant orpheline porte naturellement à sa marâtre s'ajouta la conscience aiguë d'une déchéance. Plus elle grandissait, plus elle s'indignait d'avoir vu « monter au lit de la fille d'un grand empereur la veuve d'un bourgeois de Florence ». Elle en voulut à son père et, par compensation, elle voua un culte à sa mère disparue, à qui elle s'identifia.

Installée dans le palais Pitti, dont les fenêtres donnaient à l'arrière sur les terrasses et les fontaines de l'admirable jardin de Boboli, elle fut élevée avec les égards dus à son rang par un bataillon de gouvernantes, de précepteurs, de servantes, en compagnie de deux sœurs plus âgées et d'un frère plus jeune. La disparition prématurée de ce petit dernier, malingre, était prévisible. En revanche Marie fut très frappée par la mort brutale d'une de ses aînées, Anne, emportée par d'irrépressibles saignements de nez. Le mariage de son autre sœur, Éléonore, avec le duc de Mantoue la laissa seule, à onze ans, dans le trop vaste palais. On lui adjoignit son cousin germain, Virginio Orsini, réchappé d'un drame familial : son père venait de poignarder sa mère pour adultère. Le jeune garçon fut le compagnon de jeux de la fillette et peut-être son premier amour.

Le solide éducation humaniste qu'elle reçut se ressent un peu des préférences de François-Marie, dont elle a hérité d'ailleurs, qu'elle le veuille ou non, certains goûts. Elle réussit assez bien dans les disciplines scientifiques, aime la chimie, la botanique, le calcul. Elle devient experte en bijoux, perles, diamants, pierres précieuses. Partageant la passion de ses compatriotes pour les arts plastiques, elle s'essaie même au dessin, où elle montre quelque talent. Elle est bonne musicienne aussi, aime la danse, le théâtre, tous les divertissements de cour. Une lacune : la littérature. Sa myopie ne suffit pas à expliquer son aversion pour les livres. Elle a peu d'imagination, peu de sensibilité. Elle ne demande pas à l'art de lui procurer une émotion, un plaisir : elle y voit un moyen de créer autour de la vie des princes une aura qui les sacralise.

Florence s'affirme d'autant plus résolument catholique que l'Europe est déchirée par la Réforme. Marie est d'une incontestable piété, elle ne manque pas une prière, pas une messe, pas une procession. Mais cette piété reste étroite, rigide, formelle : un ensemble de rites plus qu'une réponse à des questions essentielles. C'est en tant que pilier de l'ordre du monde qu'elle perçoit le catholicisme — un ordre selon lequel les princes sont les maîtres désignés par la providence.

En octobre 1587, coup de théâtre : François-Marie, puis Bianca meurent coup sur coup, à vingt-quatre heures de distance. Deux explications courent la ville : une erreur dans le dosage de quelque philtre magique préparé par les intéressés eux-mêmes, ou un poison administré sur ordre de l'ambitieux héritier du trône, Ferdinand, frère du grand-duc. Les Florentins penchent pour la seconde hypothèse, mais ils sont si heureux d'être débarrassés d'un personnage détesté qu'ils ne cherchent pas plus loin. Marie partage leur joie.

Le nouveau venu — un cardinal qui se fit réduire à l'état laïc — est aussi ouvert que son aîné était renfermé, aussi chaleureux que l'autre était distant. Excellent diplomate, rompu aux affaires par son passage dans le Sacré Collège, il cache sous des dehors aimables une ambition calculatrice, impitoyable. Il alla droit au cœur de sa nièce en s'appliquant à effacer le souvenir de Bianca, dont les portraits furent remplacés sur les murs par ceux de Jeanne d'Autriche. Sa jeune épouse d'origine française, Christine de Lorraine, avait seize ans, l'âge même de Marie. Celle-ci put profiter sans remords des fêtes qu'elle avait cru devoir bouder en haine de sa belle-mère. Et puis, voici que cet oncle tombé du ciel se met à lui chercher un mari prestigieux. L'adolescente frustrée exulte.

Il y a quelqu'un qui exulte aussi, c'est sa confidente et amie Leonora.

Revenons de quelques années en arrière pour saluer l'entrée en scène de cet étonnant personnage, que nous retrouverons à Paris sous le nom de maréchale d'Ancre.

Privée de ses sœurs, la petite princesse de onze ans s'ennuyait, tournait à la mélancolie. Aucun sourire sur ses lèvres boudeuses, aucune marque d'intérêt pour quoi que ce fût. On ne savait que faire pour la dérider lorsqu'un ingénieur des bâtiments proposa les services d'une gamine délurée, fille d'un menuisier de sa connaissance. Une révérence manquée, une mimique plaisante arrachèrent un éclat de rire à la princesse triste. Affaire conclue. Dianora ou Dorina est engagée, pour des fonctions analogues à celles des nains ou des fous qui peuplaient alors les cours d'Europe : des animaux familiers, des jouets. Son père est un immigré du nom de Jacques de Bestein, qui arrive sans doute de Flandre ou de France, puisqu'elle parle aussi le français. Mais elle porte le nom de sa mère, Dori.

Contrairement à ce qu'on lit un peu partout, elle n'est pas la sœur de lait de Marie, dont sa mère n'a pas été la nourrice. Elle a cinq ans de plus et sait jouer de cet avantage. Elle a l'esprit beaucoup plus vif et une expérience de la vie déjà riche. Elle est bien décidée à ne pas laisser passer la chance qui s'offre.

Les deux adolescentes sont inséparables. Malgré le fossé social qui les sépare, elles se tutoient : leur âge et la liberté de la langue italienne le leur permettent. Personne ne se méfie d'elle, tout d'abord : son insignifiance la protège. Elle creuse sa place discrètement. Elle rend à sa maîtresse une foule de menus services, auxiliaire de ses moindres activités, elle se plie à tous ses caprices, devance ses désirs, la flatte, se rend indispensable. Personne n'est capable de l'habiller, de la coiffer avec tant de talent, et Marie, en qui les grâces de la femme commencent à s'épanouir, lui sait gré d'être l'artisan de cette métamorphose. Confidente de ses chagrins, de ses espoirs, de ses joies, elle devient pour elle une sorte d'incontournable mentor. Un mentor dangereux, car loin de chercher à développer en elle sagesse et vertu, elle la pousse dans le sens de sa plus grande pente. Jouant de sa paresse native, elle finit par la diriger en tout, pensant à sa place et réglant sa conduite au mieux de leurs intérêts à toutes deux, lui insufflant sa propre volonté de puissance. Une sorte d'éducation à rebours, qui encourage en Marie l'égocentrisme et l'ambition. Lorsqu'on découvre enfin l'emprise qu'exerce sur la princesse celle qui a choisi de s'appeler maintenant Leonora, il est trop tard pour tenter de l'évincer, Marie en fait une affaire d'État.

Comme beaucoup de ses contemporains, cette Leonora joint à une lucidité sans illusions sur les hommes une foi superstitieuse dans les prodiges, présages, horoscopes et autres manifestations des décrets de la destinée. Sa maîtresse sera reine, sans aucun doute : la Passitea, une nonne siennoise dotée du don de double vue, le lui a prédit. Entre les deux seules couronnes disponibles — Espagne et France —, le bon sens la fait pencher vers la seconde. Pendant huit ans, elle entretient Marie dans cet espoir, ou plutôt dans cette certitude, la pousse à refuser les partis plus modestes, l'aide à supporter l'échec des négociations avec l'Empereur. Elle lui inculque une très haute idée de sa valeur.

Marie a fait siennes les espérances que son oncle nourrit pour elle. Elle s'en grise. Elle voit dans le ballet des prétendants tournant autour d'elle la confirmation des propos de sa confidente. Plus le temps passe et plus s'exacerbent en elle les rêves de grandeur et la ferme conviction qu'un destin d'exception lui est promis. Elle attend comme un dû l'accomplissement des prophéties.

Elle a vingt-sept ans bien sonnés lorsque se produit enfin le miracle escompté. Nous sommes à l'automne de l'an 1600.

Mariage à l'italienne, mariage à la française

Les épousailles des princes, on l'a déjà vu au XVIᵉ siècle, se présentaient comme des feuilletons à épisodes.

Ne revenons pas sur les premiers de ces épisodes — négociations préalables et signature du contrat, accompagnées des civilités d'usage : échange de portraits, de lettres, de menus cadeaux. Ensuite, comme le protocole interdisait à un roi de se déplacer pour aller chercher son épouse, il fallait la lui amener — dûment mariée. La cérémonie se déroule donc en deux temps : mariage par procuration en Italie et consécration ultime à l'arrivée en France.

Le contraste entre les deux laisse entrevoir le gouffre qui sépare les mentalités des deux pays et des deux partenaires.

À Florence, le grand-duc tient à faire oublier les marchandages antérieurs. Le prix qu'il a payé pour caser sa nièce n'est pour lui qu'une goutte d'eau : il est riche, très riche et, à la différence d'Henri IV, qui rechigne comme un bourgeois devant les dépenses somptuaires, il partage avec l'aristocratie traditionnelle la libéralité qui est le signe de bonne race. Le faste et la splendeur déployés pour ces noces doivent marquer aux yeux de toute l'Europe l'apothéose d'une dynastie enfin admise parmi les plus prestigieuses maisons royales. Il s'y ajoute, en cet âge d'or de l'esthétique baroque, un goût de la recherche, de la surprise, une surenchère dans l'inédit, l'insolite, une volonté de provoquer chez le spectateur la stupéfaction émerveillée — *far stupir*, disait-on en italien —, qu'on retrouve aussi chez les poètes maniéristes.

Le 4 octobre, le légat pontifical, Mgr Aldobrandini,

rejoignit le grand écuyer de France, Roger de Bellegarde, arrivé une semaine plus tôt. Le lendemain le
mariage fut célébré dans la cathédrale somptueusement
ornée. On en connaît le cérémonial par le compte rendu
officiel assez sec diffusé en France, qu'a consigné dans
son *Journal* Pierre de L'Estoile : « Le jeudi 5 d'octobre, le légat dit la messe ; et après l'Évangile il s'as-
sit sous un poêle de drap d'or rehaussé de trois degrés,
disposé du côté droit de l'autel, où étant assis, le sieur
de Bellegarde fut prendre la Reine qui était sous un
autre poêle avec le grand-duc, et la conduisit à la main
droite du légat, et le grand-duc à la gauche ; puis le
grand-duc présenta la procuration qu'il avait pour
épouser au nom du Roi la Reine. Cette procuration fut
lue par deux prélats, et ensuite celle que le légat avait
du pape pour cet office. Cela fait, les épousailles furent
célébrées au bruit du canon. » Après quoi on baptisa
un fils du grand-duc, dont Marie fut la marraine.

Les fêtes qui suivirent éclipsèrent tout ce qu'on avait
pu voir jusque-là. Artificiers, décorateurs, jardiniers,
cuisiniers et confiseurs se surpassèrent. Les repas
étaient féeries, festins pour l'œil autant que pour le
palais. Sur une crédence rutilait l'orfèvrerie, ordonnée
de façon à dessiner une fleur de lis. Le pliage des ser-
viettes, en forme de personnages et d'animaux, mimait
des scènes de chasse. Les tables s'ouvraient en deux, se
déployaient, s'escamotaient, laissant surgir des viandes
découpées en forme de girafes, d'éléphants, de croco-
diles. De vrais fruits étaient suspendus aux branches
d'arbres factices. Chaque service était prétexte à méta-
morphoses, à jeux de miroirs, d'illusions, dans une
débauche d'allégories et de symboles à la gloire des
Médicis, de Marie et de son époux français.

Cinq jours encore de défilés, de feux d'artifice, de
chasses, de joutes, de courses de bague, de concerts et
de spectacles — dont l'*Euridice* de Jacopo Peri, première ébauche de ce qui deviendra l'opéra. Dans la
foule, un jeune peintre attaché à la suite du duc de
Mantoue se gavait les yeux des merveilles dont il

devait plus tard nous restituer le reflet : il s'appelait Pierre-Paul Rubens.

On partit pour Livourne, où l'on embarqua Marie sur la galère royale, qui ressemblait plus à une châsse d'église qu'à un vaisseau de guerre, avec sa poupe recouverte d'or et incrustée de deux cent trente pierres précieuses, ses soixante oriflammes claquant au vent — auxquels on rajouta *in extremis* l'étendard fleurdelisé, oublié. Mais on avait pensé à mettre aux rameurs, habillés d'écarlate, un bonnet orné de lis d'argent. La flottille comportait dix-huit navires, dont un seul français : nous n'en avions pas d'autre en état de naviguer !

Après quinze jours de cabotage, ayant échappé à la tempête et évité les pirates barbaresques, Marie, comme naguère sa compatriote Catherine, arriva en vue de Marseille. Accueil chaleureux, mais mouvementé, dans une ville incapable d'assurer l'hébergement de tout ce beau monde. Quant à l'heureux époux, il n'était pas au rendez-vous. Très excusable : il termine la guerre de Savoie, c'est l'affaire de quelques jours. En attendant, il continue d'envoyer à sa « mie » des lettres tendres, très bien tournées. « Je vous remercie, ma belle maîtresse, du présent que vous m'avez envoyé ; » — il s'agit, selon l'usage chevaleresque, de rubans à ses couleurs — « je le mettrai sur mon habillement de tête si nous venons à un combat, et donnerai des coups d'épée pour l'amour de vous. »

Le cortège remonte lentement la vallée du Rhône, dans l'inconfort et la froidure. La cité pontificale d'Avignon réserve à Marie un triomphe. À Lyon, où elle arrive le 3 décembre, elle parcourt les rues en litière sous des arcs décorés, ruisselants de devises et de symboles. Les nouveaux venus notent quelques flottements dans l'ordonnance des festivités. Assurément les entrepreneurs de spectacles français ne valent pas leurs homologues florentins.

Déception : Henri n'est pas là. Il est toujours en Savoie. Il y fait la guerre. Il y fait aussi l'amour, mais cela, la nouvelle venue ne le sait pas encore.

On annonçait son arrivée pour le 10 décembre. La veille au soir, à l'archevêché où on l'avait logée, Marie s'apprêtait à se mettre à table lorsque monta soudain une rumeur suivie de cris : « Voici le roi ! Place ! place ! » Elle interrompit son repas pour se retirer dans sa chambre. Au long du couloir, elle aperçut des cavaliers agglutinés, sentit qu'on l'observait, devina la présence d'Henri caché derrière un de ses compagnons, ne parvint pas à l'apercevoir et s'enfuit. Lui, cependant, dut être satisfait de ce bref examen préalable, puisqu'il se présenta aussitôt à sa porte. Elle se jeta à ses pieds, il la releva, coupa court au petit discours appris par cœur qu'elle s'apprêtait à lui débiter : elle n'avait pas besoin d'employer avec lui « les cérémonies que lui avait enseignées le grand-duc ». Puis il l'embrassa, embrassa en prime sa chère Leonora, soupa sommairement et lui fit dire par Mme de Nemours, promue interprète, que, n'ayant pas eu le temps de faire suivre ses meubles, il entendait le soir même partager son lit. Elle eut un mouvement de recul, tenta de se dérober : ne fallait-il pas attendre la bénédiction du légat pontifical ? À quoi il répliqua, toujours par le truchement de Mme de Nemours, que les cérémonies de Florence étaient bien suffisantes pour faire d'eux mari et femme. Elle s'inclina, mais on la sentait affolée et ses serviteurs réprouvaient en silence des mœurs aussi cavalières.

Les documents français restent muets, mais les dépêches italiennes en disent un peu plus sur ses appréhensions : on la mit au lit paralysée de terreur, « comme un glaçon », et l'on bassina les draps pour tenter de la réchauffer. Le roi dut s'y employer, lui aussi, puisque l'ambassadeur florentin put écrire à son maître que « les choses s'étaient finalement très bien passées ».

Une précision est ici nécessaire. Quand les récits anciens affirment que deux époux royaux, au lendemain de leur nuit de noces, se montrent « contents l'un de l'autre », n'allons surtout pas imaginer des voluptés partagées. On veut seulement dire que le mariage a été consommé — ce qui ne va pas toujours de soi. Et dans le cas contraire, si le roi se dérobe à son devoir conjugal, c'est une atteinte grave à l'honneur de la reine, une marque de mépris pour elle et pour son pays natal : presque un *casus belli* justifiant la rupture des traités et le non-paiement de la dot. La curiosité des diplomates de tous bords pour les secrets de l'alcôve conjugale n'est donc pas inspirée par un voyeurisme malsain, elle fait partie de leur devoir d'État. Lorsqu'Henri IV proclame qu'il a trouvé chez sa femme « des beautés rares et excellentes », ce n'est pas, comme nous sommes tentés de le penser, une indiscrétion de rustre mal dégrossi, mais un délicat hommage diplomatique à sa patrie d'origine. En chargeant un serviteur de demander à Marie comment elle s'était trouvée de la « bataille », il l'invite à confirmer devant témoins l'heureuse issue de cet examen de passage : elle s'enfuit en rougissant, mais en riant. Les chancelleries peuvent respirer.

Le dernier épisode du feuilleton fut loin d'égaler les fastes florentins. Le 17 décembre, Marie se présenta dans la cathédrale aux côtés d'Henri IV, revêtue d'un manteau cramoisi semé de lis d'or, si lourd qu'elle n'aurait pu faire un pas sans les grandes dames qui portaient sa traîne, avec en tête une pesante couronne sertie de joyaux. On s'accorda pour l'admirer. Mais la cérémonie déçut. Le légat, estimant sans doute qu'il arrivait après vendanges faites, se contenta d'une messe basse. Décor moins soigné, chère moins raffinée, le festin, dont l'ordonnance fut gâtée par une invraisemblable pagaille, donna aux orgueilleux Toscans et à la première d'entre eux, Marie, l'impression d'être tombés dans un pays de sauvages.

Au bout d'un mois passé à Lyon, un observateur italien note que la reine ne paraît « pas trop joyeuse ». Habituée à être traitée avec égards, elle souffre de la familiarité et du laisser-aller qui règnent à la cour de France. Et déjà l'on remarque que le roi « ne lui fait pas toujours des amabilités », que « Sa Majesté n'en est pas trop satisfaite ». Pour s'imposer à lui, il lui faudrait pouvoir suivre dans ses pérégrinations cet époux en perpétuel mouvement, qui « ne s'arrête nulle part ». Et encore ! Si « sage et avisée » qu'elle se montre, elle aura de la peine à gagner vraiment l'esprit du roi. « Peut-être aurait-elle été plus heureuse et contente avec un duc de Parme ou quelque autre de ces princes d'Italie... »

Plus heureuse ? C'est probable.

Il n'y a pas besoin d'être très perspicace, en effet, pour constater que le roi et la reine sont aussi dissemblables qu'il est possible.

Un couple mal assorti

Quand on s'attend au pire, il arrive qu'on soit agréablement surpris. Selon le roi, la bonne surprise fut partagée : « Il dit que sa femme et lui étaient restés tous deux attrapés, lui de l'avoir trouvée plus belle et gracieuse qu'il ne se l'était persuadé, et elle, lui semblait-il, de l'avoir trouvé plus jeune qu'elle ne le pensait, et qu'elle pouvait le croire d'après sa barbe blanche. »

Physiquement, en effet, Marie a encore de quoi plaire. De son père elle tient ses yeux sombres, mais elle doit à ses ascendances Habsbourg sa peau très blanche, ses cheveux blonds ou plutôt châtain doré, sa chair opulente. Une lèvre inférieure proéminente, un léger double menton ne sont pas rédhibitoires, selon les canons de beauté d'alors. Déjà elle a commencé à s'empâter. Mais une sensualité gourmande peut trouver du charme à ces rondeurs, à cette mollesse épanouie, à cet éclat nacré dont s'enchantera le pinceau de Rubens. Et l'embonpoint est de bon augure pour la fécondité, selon la médecine du temps. Des yeux trop petits, un crâne peu profond laissent mal augurer de son intelligence. Elle a grande allure cependant, avec sa taille élevée, son vaste front dont elle accentue la hauteur en l'épilant à la mode italienne, sa démarche où la dignité s'allie à une grâce étudiée. Son port de déesse invite à la comparer à Junon. Le soin qu'elle apporte à sa toilette, la richesse de sa garde-robe et la profusion de bijoux dont elle se couvre achèvent de faire d'elle une souveraine plus que présentable, dont les chroniqueurs pourront écrire sans scrupules qu'elle est la plus belle — comme il se doit, puisqu'elle est la reine.

Henri se montrait prêt à s'accommoder d'une épouse qui lui faisait honneur et il ne répugnait pas à la retrouver au lit. Si l'on en croit Richelieu — mais faut-il l'en croire ? —, il confiait volontiers que, « si elle n'était point sa femme, il donnerait tout son bien pour l'avoir pour maîtresse », tant il la trouvait « à son gré ».

Ne s'avançait-il pas beaucoup en supposant la réciproque vraie ?

Petit, sec, nerveux, le nez très aquilin et le menton en galoche, Henri IV n'a jamais été ce qu'on appelle un bel homme. À quarante-sept ans, il en paraît soixante. Sa barbe et ses cheveux sont tout blancs. La chute d'une partie de ses dents a creusé ses joues et rétréci sa bouche, celles qui lui restent sont gâtées, comme souvent à l'époque. Il ne s'est jamais piqué d'élégance ni même de propreté, mais, la fatigue aidant, il se laisse aller. Était-il vraiment sale, comme les historiens, à la suite des mémorialistes, se sont fait un plaisir de le souligner ? Pas plus sans doute que ses compagnons de chasse et de guerre, qui comme lui sentaient la sueur, l'écurie, le chien mouillé, le cuir ranci, bref l'odeur de mâles endurcis à une vie physique intense. Mais il est probable que chez lui, dont les cheveux et le poil se nuançaient de reflets roux, une transpiration surabondante donnait à cette odeur une âcreté acide. Il avait choisi d'en plaisanter et même d'en tirer gloire, affirmant que, face aux gens de robe fleurant bon parce que sédentaires, un vrai gentilhomme se reconnaît au sentir. Marie de Médicis dut taire sa répugnance. Mais on sait que faute de pouvoir se soustraire à ces déplaisants effluves, elle tentait de les couvrir en s'inondant de parfums capiteux importés d'Italie. De quoi faire du devoir conjugal une corvée.

La vraie séduction du roi était ailleurs, elle relevait de l'esprit et du cœur : deux domaines où Marie, hélas, n'était pas prête à le suivre.

Henri IV, un des meilleurs rois qu'ait eus notre pays, n'est pas né sur les marches du trône. Il n'était pas destiné à y monter. Il y est parvenu tard, au sortir de trente années de luttes atroces. Et il se sait menacé. La royauté n'est pas à ses yeux un bien, un patrimoine dont on peut jouir, mais une charge qui dévore tout entier son détenteur : « Les princes ne sont pas nés pour eux, mais pour les États et les peuples sur lesquels ils sont constitués. Ils n'ont en cette mer autre port que le tombeau et il faut qu'ils meurent en l'action. » Il a accepté cette charge, il s'est battu pour la défendre. Mais il garde la nostalgie de la vie privée à laquelle il lui a fallu renoncer et il tente, autant qu'il le peut, de séparer la fonction de la personne et de conserver, en tant qu'individu, autant de simplicité qu'il a de majesté lorsqu'il se présente en roi.

Ce mélange de grandeur et de bonhomie, de fierté royale alliée à une conscience de ses faiblesses qu'on est tenté de nommer humilité, est ce qu'il y a de plus surprenant et de plus attachant en lui. Il ne peut se rencontrer que chez un homme supérieur. Henri est d'une intelligence exceptionnelle. Pas une intelligence abstraite, déductive. C'est un pragmatique. Les constructions théoriques ne sont pas son fort. Mais il saisit vite et bien les données concrètes. Et surtout, il comprend les êtres, il les observe et les écoute, il les sent, il les devine. D'où la liberté dont il use avec eux, et dont il les autorise à user au besoin. Périphrases et formules toutes faites sont inutiles avec lui, il va droit au but, riant avec les rieurs, désarçonnant d'une vive boutade quiconque cherche à biaiser. Très spirituel, il aime les joutes verbales, accepte qu'on lui réplique, même avec impertinence, quand cela ne touche que sa personne : sa paillardise ou son odeur corporelle par exemple. Mais si l'autorité royale est en cause, s'il pressent mauvaise foi ou trahison, il sait trouver des mots d'une froideur acérée.

Il a horreur du faste. Par esprit d'économie, ladrerie invétérée, dit-on, et parce qu'il a trop souffert de devoir mendier des subsides pour mener la guerre. Par indifférence profonde aux apparences : l'autorité naturelle ne s'embarrasse pas des apprêts extérieurs. Il est à l'aise dans tous les milieux, ne craint pas les bains de foule, apostrophe les commères à leur étal ou les maquignons en route pour le marché, raffole de la foire Saint-Germain — baraques de tir, loteries, saltimbanques, éventaires de colifichets. Ses bons mots font la joie des collectionneurs d'anecdotes.

Débraillé, simplicité, jovialité ne masquent qu'imparfaitement une sorte de double fond, une inquiétude latente. Il est insaisissable, imprévisible, beaucoup moins facile à vivre qu'on ne se plaît à le dire. Il promet, il s'engage imprudemment, follement parfois, puis glisse entre les doigts de qui croit le tenir. Il est tout ce qu'on veut, sauf bon enfant. Comme si l'habitude contractée au lendemain de la Saint-Barthélemy, lorsqu'il lui fallait dissimuler pour survivre, était devenue chez lui une seconde nature. Sous des dehors affables, c'est un homme compliqué et secret. Un homme remarquable à tous égards, affligé cependant d'un dangereux point faible : il est capable, pour les femmes, de commettre les pires folies.

Marie est son exacte antithèse.

Tout comme son corps épais, mou, indolent, répugne à l'effort, son esprit lent et lourd est dépourvu de finesse. De l'avis général, elle est sotte. Une « balourde », aurait dit Leonora [1]. Les contemporains

---

1. Le mot est-il authentique ? Il est certain, en tout cas — les procès-verbaux le prouvent —, qu'elle ne l'a pas prononcé lors des interrogatoires qui suivirent son arrestation, à un moment où elle jouait sa tête. Mais il fut répété un peu partout, parce qu'il traduisait bien l'impression des contemporains.

ont fait chorus. Ses biographes récents, cependant, tentent de nuancer la sévérité de ce verdict. Elle se montre capable d'analyser une situation et de raisonner correctement. Elle prouvera, lors de la régence, qu'elle ne manque ni de discernement, ni d'habileté dans la conduite d'une négociation. Mais elle n'a ni la curiosité, ni la persévérance nécessaires pour aller au fond des choses. D'autant plus qu'elle craint d'aller au fond des choses. Il y a chez elle, depuis l'enfance, un refus de regarder la réalité en face et de l'accepter. Entre le monde tel qu'il est et le monde tel qu'elle le voudrait, elle ne cherche guère de conciliation. Au temps de sa marâtre Bianca, privée de tout moyen d'action, elle se réfugiait dans une hostilité boudeuse. Quand elle le peut, elle se montre autoritaire, d'une opiniâtreté intraitable. Jamais elle n'admet s'être trompée, jamais elle ne prend la moindre distance par rapport à elle-même, jamais elle ne tente de se mettre à la place d'autrui et de comprendre un point de vue autre que le sien.

Elle est moins sûre d'elle-même qu'il n'y paraît, cependant, et quand l'orgueil ne l'aveugle pas, il lui arrive d'avoir des doutes. Elle aspire à être rassurée, guidée, encouragée. D'où l'emprise qu'exercent sur elle ceux qui savent capter sa confiance. Son attachement aux apparences, aux règles, aux usages, son formalisme, son goût des lieux communs dans la conversation, le caractère stéréotypé de sa correspondance trahissent d'évidentes limites intellectuelles, une flagrante absence d'imagination, mais aussi un besoin d'ordre, une peur de tout ce qui pourrait menacer sa sécurité. Ce sont, en partie, des réactions d'autodéfense.

À vingt-sept ans, elle n'est pas aussi malléable que les très jeunes princesses madrilènes ou viennoises dressées à l'obéissance et à la dévotion. C'est une adolescente prolongée, égocentrique, nourrie de rancœurs et de frustrations. Leonora a entretenu en elle l'espérance d'une revanche éclatante sur les années d'attente creuse. La voici reine. Nul ne l'a instruite des obligations et des devoirs de son état. Elle arrive gonflée de présomption, bien décidée à monnayer en satisfactions de vanité les concessions qu'elle devra faire à son pays d'adoption. Elle rêve d'autorité, de prestige, d'éclat.

A-t-elle pensé trouver de l'amour chez l'époux que vient de lui procurer à grands frais son oncle ? Sur le point de quitter l'Italie, elle a reçu de lui un billet tendre : « Ma femme, aimez-moi bien ; et ce faisant vous serez la plus heureuse des femmes. » Compliment de circonstance, sous la plume d'un excellent épistolier à qui les mots ne coûtent guère ? Ou souhait propitiatoire, comme pour détourner un désastre prévisible ? Les deux à la fois, sans doute.

Pour combler les vœux d'Henri IV et trouver le bonheur à ses côtés, elle n'est pas exactement la femme qui convient.

CHAPITRE DEUX

L'ÉPOUSE DU VERT GALANT

Toute à sa joie d'être reine, Marie découvre peu à peu les servitudes et les désagréments du métier. Elle y a été très mal préparée.

Premier contacts

Le premier contact avec son nouveau cadre de vie fut rude. Il faisait un froid très vif en ces premiers mois de 1601, lorsqu'elle prit à petites étapes le chemin de la capitale. Elle affronta l'épreuve avec bonne humeur, emmitouflée de fourrures, derrière les rideaux mal joints de sa litière. Les gens de son escorte étaient frigorifiés. Le roi, qui l'avait devancée en Île-de-France — on verra plus loin pourquoi —, alla à sa rencontre à Nemours et la conduisit à Fontainebleau, par une température polaire : la forêt était couverte de neige, les pièces d'eau gelées, le chauffage à peu près inexistant. On lui présenta des courtisans grelottants. À Paris, aucune « entrée » solennelle n'avait été prévue, le roi « ne voulant point que les bourgeois fissent des dépenses en cette occasion ».

En pénétrant dans le Louvre, sa future demeure, elle est effarée par l'état d'abandon du château, déserté

depuis qu'Henri III s'en est enfui au printemps de
1588, le lendemain des Barricades. Ça, la résidence
des rois de France ? Ce sinistre repaire de souris et
d'araignées ? Où est, hélas ! le palais Pitti, admiré de
toute l'Europe ? Qui la réconfortera ?

En dépit des flots de courtisans qui se pressent
autour d'elle, ses premières semaines en France sont
très solitaires.

Parmi les Italiens qui ont négocié son mariage, personne ne s'est soucié de lui faciliter l'assimilation. À
vrai dire, ils ne tiennent pas à ce qu'elle devienne française, au contraire, pour des raisons politiques sur lesquelles il faudra revenir. Un signe qui ne trompe pas :
pendant les huit années qu'ont duré les négociations,
nul n'a songé à lui faire apprendre la langue de sa
future patrie. C'est seulement sur le bateau qui la
conduit de Livourne à Marseille qu'on lui a mis précipitamment dans les mains une traduction de *La Jérusa-
lem délivrée* du Tasse pour lui en inculquer quelques
rudiments.

Son époux s'occupe peu d'elle. Entre eux, les
échanges sont réduits au strict minimum. Que pour-
raient-ils se dire ? Elle fait quelques progrès en français, mais il est trop vif et trop fin pour qu'elle saisisse
les plaisanteries, les boutades, les subtilités aussi qui
se cachent sous les libres propos de cet esprit délié. Ce
sont choses difficilement traduisibles et qui supposent
de plus, pour être perçues, qu'on ait le sens de l'humour. Ce qui n'est pas le cas.

D'habitude une jeune reine est prise en main par sa
belle-mère et par ses belles-sœurs, qui lui enseignent
les règles et usages de la cour. Apprentissage parfois
rude, mais salutaire. Marie — ce n'est pas sa faute —
débarque dans un monde auquel elle ne comprend rien.
Et personne ne prend la peine de lui expliquer quoi
que ce soit. Elle multiplie donc les maladresses.

Les mœurs des Français la déconcertent et la choquent. Bien convaincue de la supériorité italienne en
matière de culture et d'éducation, elle se propose de

remédier au plus vite à ce déplorable laisser-aller : il va falloir civiliser ces rustres, leur apprendre les bonnes manières, mettre un peu d'ordre dans cette cour que les ambassadeurs vénitiens disent être un vrai *bordello*. Elle n'a pas tout à fait tort : après des années de guerre civile, la vie de cour est à réinventer. Mais elle fait mal le départ entre les comportements traditionnels et le relâchement récent. Dans l'entourage immédiat des souverains, par exemple, les courtisans vont et viennent, conversent à voix haute, se querellent, nouent des intrigues. Marie ne voit qu'un manque de respect dans cette liberté à laquelle les Français sont très attachés : le roi appartient à ses sujets, ils ont libre accès auprès de lui. Un usage typique de notre pays lui répugne : celui d'accompagner d'un baiser sur la bouche le salut de bienvenue. Elle s'en défend farouchement, au risque de créer un incident diplomatique. Elle aura gain de cause : on se contentera de baiser un pan de sa robe. Mais on commence à murmurer contre sa fierté. Elle prend ses nouveaux sujets à rebrousse-poil.

Autre cause de frictions : l'organisation de sa « maison ».

Marie prétend se créer un espace protégé, préserver un domaine qui lui soit propre : en conservant sa suite italienne, elle grefferait au cœur de sa nouvelle patrie un petit morceau de sa Toscane. Réaction bien compréhensible, qu'on ne saurait sans injustice lui reprocher : toutes les reines étrangères brutalement transplantées réagissent de même, se cramponnent pathétiquement à leur gouvernante, à leur nourrice, à leurs suivantes. Mais le combat est perdu d'avance : une reine de France, c'est la règle, doit oublier au plus vite ses origines, et donc renoncer à la société de ses compatriotes.

Marie ne le comprend pas, s'obstine, et s'y prend très mal, parce qu'elle le prend de haut.

L'entêtement qu'elle met à conserver autour d'elle un fort noyau d'Italiens, avec qui elle continue de parler sa langue, indispose et choque. On les trouve arrogants, on les soupçonne de mener des intrigues suspectes, de servir des ambitions étrangères. Les hommes surtout, préposés à la protection du convoi, n'ont plus aucune raison de s'attarder à Paris. Henri les congédie fermement, et, parmi eux, le cousin et ami d'enfance Virginio Orsini, pour qui elle marque trop d'amitié. Jalousie d'homme, ou simple mesure d'ordre ? L'on en jasa.

Et puis tous ces nouveaux venus sont des concurrents pour les gens en place. Il faut savoir que dans la tradition française, le service de la reine, tout comme celui du roi, est un privilège très envié qu'on se dispute et qu'on se transmet de père en fils ou de mère en fille. Pas question de l'abandonner à des intrus : le même réflexe défensif s'observe au cours de l'histoire à l'arrivée de chaque reine.

Pour le principal emploi, celui de « dame d'honneur », qui donne autorité sur tout le personnel de la maison et exige une bonne connaissance du milieu, Marie n'a pas de candidate. Elle accepte la nomination de Mme de Guercheville, une femme intelligente, posée et mûre, à qui le fait d'avoir résisté naguère aux avances du roi a donné une solide réputation de vertu. Mais pour l'emploi de « dame d'atour », elle propose sa fidèle Leonora.

À sa grande surprise, elle s'attire une réponse négative : Leonora n'étant ni noble, ni mariée, le roi lui concédera volontiers les fonctions, non le titre. Marie insiste, elle charge le chef de la délégation italienne d'intervenir : la dame d'atour ne commande à personne, elle se contente de régner sur le vestiaire de sa maîtresse, sur sa toilette, sur ses bijoux ; est-il indispensable d'être « issue de la côte d'Adam » pour lui choisir ses robes et pour la coiffer chaque matin ? Réponse de Sully : « Si la reine ne veut personne auprès d'elle ni être servie par des princesses ni d'autres qui la fassent connaître pour reine, elle ne sera ni tenue ni estimée pour telle. » À la souveraine, il faut un écrin éclatant de dames du plus haut rang.

Qu'à cela ne tienne, il suffit d'anoblir Leonora. Depuis son entrée au palais Pitti, la fille du menuisier a fait du chemin. Pour pouvoir accompagner Marie en France, elle s'est acheté un nom : celui de Galigaï, que le dernier survivant désargenté de cette illustre famille a consenti à lui céder moyennant finances. En France, il apparaît que le fait d'être honorable *cittadina* de la grande ville commerçante ne suffit pas. La solution, pourtant, est à portée de main. Autour de la jeune femme, toujours aussi laide, noiraude et maigrichonne, papillonne un compatriote, un audacieux aventurier du nom de Concino Concini. Il était, lui, de bonne maison — « des comtes de la Penna » —, un de ses oncles était secrétaire d'État du grand-duc. Il avait fait d'excellentes études. Mais il avait mangé son patrimoine dans la débauche et le jeu, avait tâté de la prison, s'était attiré force méchantes affaires, jusqu'au jour où son oncle s'entremit pour l'expédier en France, avec prière de n'en point revenir. Seule la perspective d'en être débarrassé décida Ferdinand Ier à l'adjoindre au cortège de sa nièce. Quant à Henri IV, il éprouva d'instinct pour lui une vive antipathie et demanda son renvoi. Puis il y renonça : le nouveau venu l'aidait à « déguiser ses amours à la reine » et à apaiser en elle « les orages de la jalousie ».

Il était intelligent. Il portait beau, n'avait pas un sou vaillant et moins encore de scrupules, mais une furieuse envie de faire fortune. Il mesura vite le prix de Leonora, comprit que sa laideur faisait d'elle une proie facile pour un séducteur avisé, il la courtisa, conquit son cœur, sollicita sa main. Le roi s'y opposa, tergiversa, posa d'abord comme condition que le couple retournerait à Florence, puis il céda. Six mois après son arrivée en France, Leonora se retrouvait mariée au signor Concini et promue à l'emploi prestigieux de dame d'atour. Tous deux montaient auprès de la reine une garde vigilante et la jeune femme, étroitement associée à sa vie de tous les jours, confidente, conseillère, régnait sur son esprit. Dépositaires des

secrets de la vie conjugale du couple royal, ils étaient
en mesure d'obtenir tout ce qu'ils voulaient.

Peu à peu, un *modus vivendi* se met en place. Des
habitudes se prennent. La vie quotidienne de Marie
s'organise.

Sa déception première devant l'état désolant du
Louvre s'atténue. Elle se rend compte que les lieux
sont plus poussiéreux que délabrés et qu'un bon nettoyage en viendra vite à bout. Elle a toujours eu du
goût pour la décoration intérieure. Elle s'installe au
premier étage, dans une suite de cinq pièces en enfilade : antichambre, salle à manger, salon, chambre à
coucher — c'est à l'époque une pièce d'apparat —,
petit cabinet où elle lit, écrit, trie ses papiers et peut
dormir. Une porte communique avec les appartements
du roi. Tapisseries aux murs, coffres de rangement,
bibelots, font de cette suite un cadre richement orné où
elle se sent bien.

Mais, même redevenu habitable, le vieux palais,
avec ses murs épais, sa cour exiguë, ses allures de forteresse médiévale, n'est pas un séjour souriant. À la
belle saison, Marie redécouvre Fontainebleau, merveil-
leux château de la Renaissance, aux amples fenêtres
ajourées, aux galeries enluminées de fresques, entouré
de jardins que viennent rafraîchir bassins et fontaines.
Le roi et la reine sont d'accord, au printemps et surtout
à l'automne, pour se réfugier dans ce séjour champêtre,
qui offre à l'une ses parterres de fleurs, ses bosquets,
son vivier, et à l'autre la proximité d'une vaste forêt
giboyeuse où il fait bon chasser.

La maison de la reine, richement montée, richement
dotée, fonctionne à la satisfaction générale. La vie de
cour, interrompue depuis la mort de Catherine de
Médicis, renaît peu à peu. Le roi respecte rigoureusement les usages : lorsqu'il n'est pas en voyage, il rend
à son épouse deux visites quotidiennes, dîne et soupe
avec elle, et participe aux divertissements organisés
chez elle le soir : on joue, on écoute de la musique, on

danse. Il fait même plus, il partage régulièrement son lit.

Sur un point essentiel, elle ne l'a pas déçu : en voyant s'arrondir son tour de taille, il est prêt à lui pardonner bien des choses.

Un dauphin pour la France

« Soyez enceinte », a conseillé le grand-duc à sa nièce en la quittant. Lorsqu'elle arrive à Marseille, l'orateur du clergé, dans son discours de bienvenue, lui souhaite « un dauphin avant l'an révolu ». « *Pregate Iddio accio mi faccia questa grazia* [1] », lui répond-elle. La prière a été exaucée, Dieu s'est montré plus que bienveillant : l'enfant conçu à Lyon est attendu neuf mois et demi après le mariage.

Le roi exulte. Il dorlote Marie, cède à tous ses caprices. Il bout d'impatience. À l'approche de l'échéance, le couple s'est installé à Fontainebleau. Dans la grande chambre ovale, à côté du lit de parade en velours cramoisi rouge accommodé d'or, on a dressé un lit de travail et une chaise appropriée. On n'a pas omis d'appeler le ciel en renfort : les reliques de sainte Marguerite sont disposées sur une table et des prie-Dieu sont préparés pour deux religieux de Saint-Germain-des-Prés.

Dans la nuit du 26 au 27 septembre, à minuit, le roi fait tirer du lit la sage-femme, Louise Bourgeois, à qui nous devons un récit de l'événement.

« Venez, sage-femme, ma femme est malade : reconnaissez si c'est pour accoucher ; elle a de grandes douleurs. » Et de rappeler à Marie qu'il lui faudra tolérer la présence des princes du sang, pour éviter toute contestation d'identité : « Je connais votre naturel, qui est timide et honteux, que je crains que si vous ne prenez une grande résolution, les voyant, cela ne vous

---

1. « Priez Dieu qu'il me fasse cette grâce. »

empêche d'accoucher. C'est pourquoi derechef je vous prie de ne vous étonner point, puisque c'est la forme que l'on tient au premier accouchement des reines. » Et dans son impatience, il convoque les princes trop tôt, est obligé de les renvoyer.

Le roi, sa sœur Catherine de Bourbon, la duchesse de Nemours s'installent autour de la patiente. À quatre heures du matin, « une grande colique se mêla parmi le travail de la reine, qui lui donna d'extrêmes douleurs, sans avancement ». Conférence entre les médecins, les apothicaires et la sage-femme, appel en consultation de deux suivantes italiennes. Marie se soumit à tous les remèdes qu'on voulut. « Elle avait une telle vertu que c'était chose admirable. » Le roi ne la quittait que pour aller manger, revenait l'encourager : « Criez, m'amie, criez, de peur que votre gorge ne s'enfle. »

Quand l'enfant fut là, la sage-femme eut une seconde d'angoisse : il était bien faible. Elle réclama du vin, une cuillère. Le roi lui tendit lui-même la bouteille. « Sire, si c'était un autre enfant, je mettrais du vin dans ma bouche, et lui en donnerais, de peur que la faiblesse dure trop. — Faites comme à un autre. » Aussitôt l'enfant reprit vie et savoura le vin ainsi dégorgé.

Sur le sexe du nouveau-né, Louise Bourgeois n'a encore rien dit, faute d'être sûre qu'il vivrait, et par crainte de causer trop d'émotion à la reine. Henri interprète mal ce silence, en conclut que c'est une fille. Averti par une suivante, il doute encore, s'approche : « Sage-femme, est-ce un fils ? » Et l'ayant vu, « il leva les yeux au ciel, ayant les mains jointes, et rendit grâces à Dieu. Les larmes lui coulaient sur la face, aussi grosses que de gros pois ». Autorisé à informer la reine, avec le plus de douceur possible, il alla la baiser et lui dit : « Ma mie, vous avez eu beaucoup de mal ; mais Dieu nous a fait une grand' grâce de nous avoir donné ce que nous lui avions demandé : nous avons un beau fils. » Sur quoi la reine « jeta quantité de grosses larmes » et s'évanouit.

Le roi ouvrit toutes grandes les portes de la chambre, qui fut envahie par deux cents personnes, à la grande contrariété de Louise. « Tais-toi, tais-toi, sage-femme, ne te fâche point ; cet enfant est à tout le monde : il faut que chacun s'en réjouisse. » Et les comptes rendus diffusés dans le public, et recueillis par Pierre de l'Estoile, ajoutent que le roi donna sa bénédiction à l'enfant et lui mit son épée dans la main en lui disant : « La puisses-tu, mon fils, employer à la gloire de Dieu, à la défense de la couronne et du peuple ! »

Le 27 septembre, « à 10 h. 1/2 du soir, 9 mois 14 jours après la consommation du mariage du roi et de la reine, après 22 h. et 1/4 de douleurs d'enfantement, la Reine avait donné un dauphin à la France ». Ce fut un déferlement de joie par tout le royaume. On s'embrassait dans les rues, on dansait, on allumait des feux de joie, on défonçait des tonneaux de vin. C'était la fin d'une longue attente : il n'était pas né de dauphin depuis François II, en 1544, et aucun enfant mâle n'avait vu le jour dans les palais royaux depuis son dernier frère en 1555. Or la stérilité du roi est signe que Dieu lui a retiré sa protection. Sa fécondité au contraire est promesse de prospérité pour tous ses sujets. Un mariage aussi rapidement béni par le ciel était l'annonce de jours meilleurs. L'iconographie s'empare de l'événement : voici le roi, la reine et le dauphin sous les traits de la Sainte Famille.

La chose est bien connue : une reine n'est vraiment reine à part entière que lorsqu'elle a mis au monde un fils. Marie est l'héroïne du jour. Elle tire de sa maternité triomphante une consécration. Son époux multiplie les égards. Il se fait dresser un lit à côté du sien, et y couche jusqu'à son rétablissement. Il la couvre de cadeaux, lui offrant notamment le charmant château de Montceaux-en-Brie naguère aménagé par Catherine de Médicis et qu'il avait donné à sa défunte maîtresse.

Dans l'euphorie, Marie deviendrait-elle capable de

générosité ? elle va jusqu'à s'attendrir sur le petit César
de Vendôme, le fils de Gabrielle, dont elle avait dû
supporter à contrecœur la présence auprès d'elle.
Apprenant que l'enfant errait comme une âme en peine
dans le château, elle eut pitié — « C'est que chacun
s'amuse [1] à mon fils, et que l'on ne pense pas à lui ;
cela est bien étrange à cet enfant » — et elle
commanda « qu'on le caressât autant et plus que de
coutume ». « La bonté de la reine a toujours été
merveilleusement grande », ajoute Louise Bourgeois.
Voire ! Il faudrait mettre cette affirmation au condi-
tionnel. Une attente, une épreuve, une joie partagées :
il y avait de quoi souder un couple. Et peut-être Marie,
sûre d'elle-même, consciente de son poids dans le
royaume, mère de l'héritier du trône, enfin naturalisée
française par sa maternité, aurait-elle pu se décrisper,
s'ouvrir, s'épanouir.

L'occasion fut manquée. Par la faute exclusive du
roi, il faut bien le dire. S'il se montre aussi attentionné,
c'est sans doute parce qu'il est sincèrement heureux,
c'est aussi parce qu'il a mauvaise conscience. La
médaille a un revers : ce revers a pour nom Henriette
d'Entragues. L'épouse choyée tombe de son haut en
découvrant ce qu'il lui a caché, en mesurant peu à peu
l'ampleur du guêpier dans lequel il s'est laissé prendre
au piège.

Henriette d'Entragues

En 1600, la réputation d'Henri IV n'est plus à faire.
Chacun sait à Florence combien il est porté sur les
femmes. La nouvelle épousée a été dûment prévenue
qu'il la tromperait. Disgrâce banale : aucune reine n'y
échappe. Les plus habiles, comme Anne de Bretagne,
ont pu circonscrire les frasques conjugales hors des
limites de la cour. D'autres, comme Éléonore d'Au-

---

1. *S'amuse* : s'intéresse. *Étrange* : étonnant, incompréhensible.

triche ou Catherine de Médicis, ont dû subir la fréquentation quotidienne d'une rivale arrogante, qui leur disputait les hommages. Quel serait le lot de Marie ? Henri n'est plus de première jeunesse, les larmes qu'il a versées sur Gabrielle d'Estrées sont à peine séchées, il souhaite que sa femme lui donne un enfant. Autant de raisons d'espérer qu'il s'assagira, qu'il se contentera de passades et qu'aucune ne lui disputera la prééminence.

Les illusions de Marie furent de courte durée.

Sans doute connaît-elle l'existence d'Henriette d'Entragues, qu'on a jetée dans les bras du roi pour lui faire oublier Gabrielle. Mais personne ne s'est risqué à lui dire que, tandis qu'elle se morfondait à l'attendre à Lyon, il passait les journées au combat et les nuits avec sa maîtresse. La Savoie réduite à merci, il embarqua précipitamment sa bien-aimée sur le lac du Bourget, avant de prendre lui-même un autre bateau sur le Rhône qui le mena tout droit dans les bras de son épouse.

Un mois de vie commune dans la grande cité rhodanienne en veine de festivités, et déjà il a pris la mesure de la Florentine : il s'ennuie à ses côtés, n'a plus rien à lui dire et plus grand-chose à faire avec elle puisque déjà elle est enceinte. Aussitôt la paix signée avec la Savoie, il s'échappe, assigne à Marie, sous couleurs de précautions exigées par son état, un mode de locomotion d'une lenteur complice. Lui chevauche à grands traits vers la Loire, descend le fleuve jusqu'à Briare, fonce à Verneuil où l'attend Henriette.

Ladite Henriette est là lorsque la reine, au terme d'un voyage de trois semaines, fait connaissance avec les principaux personnages de la cour. Le roi, soucieux de prévenir les commérages, prend les devants, la lui présente : « Celle-ci a été ma maîtresse, elle veut être, Madame, votre particulière servante. » Comme pour le démentir, l'intéressée esquisse de mauvaise grâce une révérence étriquée. Il doit la faire ployer sous sa main vigoureuse pour l'obliger à baiser le bas de la robe de

la reine. *A été ?* Il eût été plus exact de dire *est*. Il
apparaît très vite qu'Henriette se trouve elle aussi
enceinte. Les deux grossesses, celle de la reine et la
sienne, se développent en parallèle, avec une petite
longueur d'avance cependant pour la souveraine. Un
mois après la naissance du dauphin, le roi s'envole
pour aller présider à celle d'un petit Gaston-Henri. Un
calcul élémentaire démontre qu'il n'a pas eu la décence
d'attendre pour retourner à ses habitudes : il a trompé
Marie dès le lendemain des noces. Alors, ses protestations de tendresse étaient mensongères ? Pas forcément. Il tient sincèrement à toutes deux, il rêve d'une
polygamie de sultan oriental, d'un partage hiérarchisé
entre épouse et concubine invitées à vivre en bonne
intelligence. Le malheur, c'est qu'aucune des deux
n'est disposée à y consentir. De la part de la reine, cela
se conçoit aisément. Ce qui est plus surprenant, c'est
qu'Henriette ne veuille pas se contenter, comme tant
d'autres avant et après elle, de la condition de maîtresse royale richement entretenue, couverte d'honneurs et d'argent.

Pour le comprendre, il faut ici revenir sur les débuts
de cette liaison.

Gabrielle vient de mourir. Le roi, en quête de consolations, jette les yeux sur une piquante brune de vingt
ans à peine, spirituelle, provocante et rieuse. Bon chien
chasse de race. Sa mère, Marie Touchet, a été la maîtresse de Charles IX, dont elle a eu un fils, dûment
reconnu, qui est maintenant comte d'Auvergne. Mariée
ensuite à un gentilhomme de moyenne volée, François
de Balsac, sieur d'Entragues, elle lui a donné deux
filles, Henriette et Marie, toutes deux fort jolies, intelli-
gentes, ambitieuses, que les scrupules n'étouffent pas.

Le « démariage » est en bonne voie à Rome. À Florence, on n'a pas encore conclu. La famille d'Entragues rêve de réussir au profit de sa fille ce qui a
échoué avec Gabrielle : le roi, délivré de ses liens
matrimoniaux, pourrait épouser sa nouvelle maîtresse.
On reste confondu devant le cynisme des uns et l'in-

signe faiblesse de l'autre. Le père et la fille se partagent les rôles dans une farce qui serait digne de la comédie italienne si elle n'était sinistre. Pour mieux emboberiner le vieil homme, Henriette, une « pimbêche et rusée femelle » aux dires de Sully, se refuse, prend des airs de vierge effarouchée tandis que François d'Entragues endosse le personnage du père noble indigné. On joue à cache-cache, on fait miroiter la proie, puis on l'éloigne et l'amoureux éperdu, aiguillonné par la contrariété, affolé de désir, court d'un château à l'autre, implore, perd la tête. Il n'obtiendra les faveurs de sa belle qu'en échange d'une promesse de mariage ? Pourquoi pas ? Que son union avec Marguerite ne soit pas encore annulée est à ses yeux un élément de plus pour dévaloriser une promesse en l'air comme il en a fait beaucoup déjà, quitte à les oublier bien vite. Il devrait se méfier cependant, celle qu'on l'invite à signer est écrite et rédigée dans le style juridique approprié : « Nous, Henri... promettons et jurons devant Dieu à Messire François de Balsac que, nous donnant pour compagne demoiselle Henriette-Catherine de Balsac sa fille, au cas que dans six mois, à commencer du premier jour du présent, elle devienne grosse et qu'elle accouche d'un fils, alors et à l'instant nous la prendrons à femme et légitime épouse, dont nous solenniserons le mariage publiquement et en face de notre sainte Église. » Texte paraphé de sa main et daté du 1er octobre 1599 [1]. Quinze jours de chassés-croisés et de supplications seront encore nécessaires au malheureux pour pouvoir enfin caresser à sa guise les seins de sa bien-aimée, qu'il appelle tendrement ses « petits garçons ».

Il l'installe à Paris, tout près du Louvre d'abord, puis à l'intérieur du palais, il lui offre la terre de Verneuil,

---

1. Sully raconte dans ses *Mémoires* qu'il déchira de sa propre main le texte que lui soumettait le roi, en blâmant vivement une telle imprudence, mais que celui-ci en établit un autre exemplaire, qu'il donna au père d'Henriette.

érigée en marquisat. À la grande joie de sa famille, la voici enceinte. Cependant une fois ses désirs satisfaits, le roi, dûment chapitré par Sully, a réfléchi, il tente de faire marche arrière, réclame la restitution de sa promesse. Le père lui rit au nez. Les deux amants se querellent au sujet du mariage italien. Henriette, forte de sa grossesse avancée, lui tient tête insolemment. Un violent orage : la foudre tombée dans sa chambre commotionne la jeune femme qui accouche prématurément d'un enfant mort. C'était un garçon. Ouf ! Sully respire. En tout état de cause, l'échéance est passée, l'engagement devient caduc.

Henriette pourtant n'a pas lâché prise. Elle n'a pu empêcher le mariage du roi avec celle qu'elle a pris l'habitude d'appeler « la grosse banquière », mais elle espère encore le faire casser. Le précieux document repose à l'abri dans une bouteille que son père, par crainte du vol, a fait sceller dans le mur de son château de Malesherbes[1]. Elle attend, pour le ressortir, l'issue de sa seconde grossesse. C'est encore un garçon. Elle crie victoire. La véritable reine, c'est elle, son fils est le dauphin légitime, et la banquière florentine n'est qu'une concubine, qui a donné le jour à un bâtard !

Devant ces insultes à Marie de Médicis, le roi se comporte avec une insigne lâcheté. Loin de trancher entre les deux femmes un conflit devenu public, il continue de mener double vie, engrossant à nouveau conjointement épouse et maîtresse. Le 22 novembre 1602, Marie mit au monde une fille, Élisabeth. Elle espérait tant un garçon qu'elle « en pleura fort et ferme ». Henri crut la réconforter d'une plaisanterie : il n'est pas toujours fâcheux d'être femme, « si elle n'eût été de ce sexe, elle n'eût jamais été reine de France » ! Et il lui promit de lui faire d'autres enfants. Mais elle continua de se désoler. Le démenti apporté aux prophéties lui prédisant trois fils n'était pas seul res-

---

1. D'autres disent enfermé dans un coffre de fer et enterré sous un arbre du parc.

ponsable de sa déception : compte tenu de la mortalité infantile, elle savait qu'il lui fallait un second enfant mâle pour assurer sa position. Sans compter que sa rivale, elle, risquait d'en avoir un : grâce au ciel, ce fut aussi une fille qui naquit à Henriette deux mois plus tard.

Sûre de son pouvoir sur le roi, celle-ci ne désarme pas, accentue la pression, alternant provocations et caresses. Elle le trompe avec des amants plus jeunes, l'humilie, se moque de lui, clamant qu'il « pue comme charogne », ironisant sur les défaillances sexuelles de ce « Capitaine Bonvouloir », qui veut « aller à la guerre », mais « ne tue ni ne blesse personne ». Incapable de la réduire au silence, il se couvre d'un ridicule qui affaiblit son autorité et éclabousse la reine.

Bientôt l'affaire devient plus grave encore, avec des ramifications politiques.

Quel que soit le poids accordé par le droit ancien aux promesses de mariage, la revendication de la marquise est insoutenable d'un strict point de vue juridique. S'agissant d'un souverain à l'autorité bien assise, elle n'aurait retenu l'attention de personne. Hélas, il y a bien des gens désireux d'éliminer Henri IV. Quelques très grands seigneurs ont cru pouvoir, à la faveur des guerres civiles, se tailler des principautés indépendantes dans les lambeaux du royaume dépecé : ils rêvent encore d'un retour à la féodalité. Le Béarnais, victorieux sur le terrain, n'a obtenu d'eux, à prix d'or, qu'un ralliement maussade. Catholiques et protestants, également mécontents de l'édit de Nantes pour des motifs opposés, se trouvent insuffisamment récompensés de leur concours et agitent, pour obtenir davantage, le spectre de la révolte : c'est le temps des complots et des trahisons. L'Espagne, comme d'habitude, encourage et subventionne leurs entreprises.

Henriette comprend vite qu'Henri IV, quelque pouvoir qu'elle ait sur lui, ne lui sacrifiera pas le dauphin. Pour tenter de faire couronner son fils, elle se tourne alors vers les conspirateurs, pousse en sous-main son demi-frère, Charles de Valois, à se joindre aux menées de Biron. Lorsqu'en 1602 le roi se décide à sévir, l'imprudent ne s'en tire que grâce à elle et parce qu'il est le fils de Charles IX. Mais la condamnation à mort du maréchal ne leur sert pas de leçon. De graves ennuis de santé du roi, en 1603, réveillent les appétits. S'il est expressément invité par les médecins à « s'abstenir des femmes », y compris de la reine, son état doit être grave. Que se passera-t-il s'il venait à disparaître ? Marie se vengera, bien sûr. Henriette prétend s'assurer des appuis extérieurs. En 1604, elle organise avec sa famille un nouveau complot appuyé par Madrid. Mettant au point une tactique inédite, elle repousse son amant, joue les princesses offensées, les victimes. Marie l'ayant menacée de sa vindicte, elle se dit en danger, soutient que la reine veut la faire assassiner, se retire en province, réclame des garanties, des « places de sûreté » : le scénario est prêt pour une rébellion.

Les révélations faites par un agent espagnol intercepté sont effarantes : « Des choses si étranges, écrit le roi à Sully, qu'à peine vous les croirez. » Les conjurés ont signé un traité avec Philippe III, qui s'engage à accueillir et à protéger la marquise, à reconnaître Gaston de Verneuil comme héritier légitime du trône et à le marier à une infante. Le texte laissait planer un silence inquiétant sur le sort réservé au roi et à son fils. Deux ans après s'être vu trahi par un de ses compagnons et amis, Biron, le malheureux Henri IV découvre que sa maîtresse projette de le détrôner. Certes, il n'était pas sûr que Philippe III honore son engagement jusqu'au bout. Mais le risque de guerre civile, avec à la clef le démembrement du royaume, était réel.

Il fallait sévir. Henriette est arrêtée avec son père, porteur de lettres compromettantes. Le souverain mène l'interrogatoire en personne. Elle le brave, plaide arrogamment la légitime défense. Est-ce pure faiblesse de sa part à lui ? le tient-elle par des secrets inavouables ? Il négocie la restitution de la fameuse promesse de mariage, moyennant 20 000 écus[1] ! De châtiment, il n'est plus question. Sur ces entrefaites le comte d'Auvergne, arrêté et embastillé, relance l'affaire par de nouvelles révélations, plus graves encore que les premières : il était bel et bien prévu d'assassiner le roi. Du coup, les coupables sont déférés devant le parlement de Paris, peu enclin à l'indulgence : le 2 février 1605, il prononce la peine de mort, contre le père et le frère d'Henriette, tandis qu'elle-même sera enfermée à vie dans un monastère.

La jeune femme, faute de pouvoir rencontrer son amant, lui écrit. Elle se fait tendre, évoque le temps où, parmi les « doux baisers » et les « soupirs d'amour », ils partageaient « la plus désirable félicité », elle en appelle à son affection paternelle, elle prodigue des promesses de soumission auxquelles elle donne un tour piquant, digne des poètes pétrarquisants : « Je serai plus esclave de Votre Majesté et beaucoup plus prisonnière lorsque je le serai moins. » Et il répond : « Aimez-moi, mon menon, car je te jure que tout le reste du monde ne m'est rien auprès de toi, que je baise et rebaise un million de fois. »

Six mois après le verdict, Henriette avait des « lettres d'abolition » effaçant sa faute. Pour son père et son frère, la peine de mort était commuée en prison à vie, mais seul le second resta douze ans à la Bastille. François d'Entragues se retrouva assigné à résidence dans son château de Malesherbes.

Le roi s'était à nouveau déconsidéré.

Un point est acquis cependant. S'il se laisse reprendre aux filets d'Henriette, il ne lui fait pas de nouvel enfant. La blessure reste mal fermée. La confiance a disparu. Il se partage entre d'autres maî-

---

1. Il entoura la restitution de garanties juridiques, s'assurant la présence de témoins, dont le comte de Soissons, le duc de Montpensier et le chancelier, et faisant préciser dans un acte officiel que le document concerné était « le vrai et seul écrit fait par Sa Majesté pour ce sujet ». Henriette lui avait fait signer de son sang, semble-t-il, des lettres où il confirmait sa promesse.

tresses — Jacqueline de Bueil, Charlotte des Essarts —
et surtout il tente de rétablir avec sa femme des relations acceptables.

« *Barbouilleries* » et brouilleries

La vie conjugale d'Henri IV et de Marie de Médicis,
rendue difficile *a priori* par la dissemblance de leurs
caractères, a été littéralement empoisonnée par Henriette d'Entragues. Affrontements « disconvenables à
leurs éminentes dignités », qui n'auraient pas dû « passer l'huis de leur chambre », commente sagement
Sully, qui en fut le confident. C'est pourtant grâce à
lui que nous les connaissons : tout en laissant entendre
que le souci des convenances l'oblige à en taire la plus
grande part, il en fait dans ses *Mémoires* une assez
large chronique. À travers son pittoresque récit, les
relations du couple royal prennent des airs de comédie
grinçante.

Pitoyable Henri IV ! Bien qu'il ait eu deux femmes
légitimes et cinquante-six maîtresses répertoriées
— plus toutes celles qui ne le furent pas —, il a été
très peu aimé. Il en a pourtant un besoin pathétique.
Une sensualité débridée et brutale n'exclut pas chez lui
une forme de sentimentalité, toujours frustrée depuis
qu'il avance en âge. On lui cède parce qu'il est le roi.
Mais on ne lui envoie pas dire qu'il est laid et qu'il est
un amant médiocre. Il a fallu l'insistance de leurs
familles pour que Gabrielle d'Estrées ou Jacqueline de
Bueil se résignent à le satisfaire. Encore cette dernière
finira-t-elle par lui fermer sa porte. Beaucoup de ses
maîtresses aiment ailleurs et parfois le trompent. Henriette l'exploite cyniquement. Il est assez intelligent
pour s'en rendre compte et il en souffre. Il serait prêt,
comme l'Alceste de Molière, à se contenter de simulacres : « Efforcez-vous du moins, de paraître fidèle, /
Et je m'efforcerai, moi, de vous croire telle... » Après
des années de courses, de chevauchées, de campagnes

militaires, d'amours soldatesques, Gabrielle, sans être vraiment éprise de lui, lui avait offert une tendresse dont il a gardé la nostalgie. Il a espéré ensuite trouver un havre dans le mariage : une femme douce « qu'il puisse aimer », qui lui fournisse « aise, repos et contentement », compréhension, connivence. Il rêve d'un foyer paisible et chaleureux, d'un bonheur bourgeois. Il est bien mal tombé. Incapable de choisir entre épouse et maîtresse, il est la proie de deux femmes également impérieuses, exclusives, dressées l'une contre l'autre par la jalousie et par la volonté de puissance, sur fond d'enjeux politiques majeurs.

Ses relations avec la reine suivent la courbe de celles qu'il entretient avec Henriette. La contrariété, puis la colère montèrent chez Marie jusqu'au printemps de 1604, à mesure qu'augmentait l'arrogance de sa rivale et que sa propre prééminence était contestée.

À la naissance du petit Verneuil, « elle pleura fort » — d'autant plus fort qu'on lui rapporta que le roi avait longuement « baisé et mignardé » l'enfant, « l'appelant son fils et le disant plus beau que celui de la reine sa femme, qu'il disait ressembler aux Médicis, étant noir et gros comme eux ». Les attentions qu'il prodigua à son épouse furent insuffisantes à la consoler, surtout lorsqu'elle apprit la seconde grossesse d'Henriette. Mais la mesure fut comble quand celle-ci, brandissant l'imprudente promesse de mariage, mit en cause publiquement la légitimité de Marie et du dauphin. Les autres reines de France, au cours de leur vie conjugale, eurent à subir bien des avanies et à avaler bien des couleuvres. Mais une pareille situation était inédite. Et évidemment intolérable.

Entre le roi et sa femme, les scènes de ménage se succèdent et se ressemblent. Marie gémit, multiplie « picoteries », plaintes et reproches. Tandis que Sully rend compte de leurs différends au jour le jour, Richelieu en résume après coup, d'après les confidences de celui-ci, la substance globale. Les reproches qu'elle lui adresse sont de tous les temps. Elle lui fait de la

morale, « elle tâche de l'émouvoir par la considération
de sa santé, par celle de sa réputation [...], par celle
enfin de sa conscience, lui représentant qu'elle souffri-
rait volontiers ce qui le contente s'il ne désagréait à
Dieu ». Parfois même elle menace, « proteste qu'elle
fera faire affront à ses maîtresses, que, si même la passion qu'elle a pour lui la porte à leur faire ôter la vie,
cet excès, pardonnable en tel cas à toute femme qui
aime son mari fidèlement, ne sera blâmé en elle de
personne ». La jalousie la rend « industrieuse en inven-
tions » : elle fait surveiller ses allées et venues, épier
ses propos. Elle songe même à laisser dire qu'on la
courtise, pour le rendre jaloux. Et dans la vie quotidienne, elle se rend insupportable. Bref, elle fait tout
ce qu'il ne faut pas faire en pareil cas. Mais comment
lui jeter la pierre ? Il faudrait être une sainte pour
conserver son égalité d'humeur dans ces conditions.

Au début de 1604, les dissentiments du couple royal
atteignent leur point culminant. Henri abandonne sa
femme pour rejoindre Henriette et le bruit court qu'il
veut la renvoyer en Italie. Sully s'emploie à le raisonner et, au mois d'avril, accepte de jouer auprès de la
reine les conseillers conjugaux. Que Marie montre plus
d'indulgence pour les « infirmités » du roi, auxquelles
sont sujets presque tous les hommes, et qu'elle tire
parti des bons côtés de son caractère : « Car vous
n'ignorez pas qu'il ne soit libre et gai, qu'il n'aime à
rire, que l'on soit gai et libre avec lui, que l'on le loue,
flatte et caresse, et surtout que l'on l'entretienne avec
apparence de contentement ; [...] au lieu de venir au-
devant de lui le baiser, l'embrasser, le louer et l'entretenir gaiement, vous le recevez avec une mine froide,
comme si c'était un ambassadeur ; et là dessus vos
esprits s'en aigrissent, se dépitent, et chacun fait au
pis. » C'était demander à Marie d'être indulgente, sensible et bonne : autant vouloir décrocher la lune.

Le roi, cependant, apaisé par l'absence, rentre au
bercail, mais sa femme ravive son irritation : un mois
plus tard, les époux ne se parlent plus. Sully, comme

d'habitude, est invité à s'entremettre auprès d'elle. Il faudrait, lui dit le roi, l'amener à se « départir de ses opiniâtretés », à se « ranger dans la complaisance », à « s'accommoder à ses humeurs ». Lui-même, alors, « se retirerait entièrement des choses qui lui aigrissaient le plus l'esprit ». Car si elle l'avait « recherché, caressé et entretenu de discours agréables témoignant une grande amour, il n'eût jamais eu d'autres femmes ». Serment d'ivrogne, sur lequel suffit à jeter des doutes le chapelet de griefs variés qui suit : elle « grogne » et « rechigne » continûment et, lorsqu'elle « prend sa quinte », elle se montre contrariante et contredit en tout son mari. S'y ajoutent « l'extrême animosité » qu'elle témoigne envers ses enfants naturels et surtout les faveurs excessives dont jouissent auprès d'elle les Concini, des aventuriers et des espions. La reine lui fit répondre « que ses plus dépits et courroux, lesquels étaient seules causes de tout ce qu'on blâmait en elle, procédaient des amourettes du roi ; mais [...] elle n'avait point assez de puissance sur son courage [1] et son esprit pour supporter que Mme de Verneuil parlât d'elle irrévéremment, ni que cette putane (car ainsi l'appelait-elle toujours) parlât de ses enfants en telle façon que si elle les eût voulu mettre en comparaison des siens, ni que le roi, ayant eu avis qu'elle faisait des menées contre son service [...] n'en fît nulle punition ».

Visiblement chacun campait sur ses positions.

Avec l'arrestation et la condamnation de la marquise, Marie crut la partie gagnée. Les deux époux se rapprochent. Ils ne mènent pas tout à fait vie commune et ne partagent pas toujours leurs repas, mais ils ont l'un pour l'autre des attentions. Henri, rentrant de la chasse, meurt de faim, dîne seul, mais fait envoyer à sa femme une part de perdreaux, de cailles et de melons : il y a longtemps, lui dit-il, qu'il n'a pas été de si bonne humeur. — « Nous nous sommes bien ren-

---

1. Sur son cœur.

contrés ce jour d'huy, répond-elle, car jamais je ne fus plus gaie, ne me portai jamais mieux, ni ne dînai jamais de meilleur appétit. Et pour vous continuer en vos joies et allégresses, moi aussi, je vous ai fait préparer un ballet et une comédie de mon invention. [...] Le ballet représentera les félicités de l'âge doré, et la comédie, les passe-temps plus récréatifs des quatre saisons de l'année. » On ne sait si la reine aimait le gibier à plumes, mais assurément Henri IV goûtait peu les ballets. Peu importe : ils avaient fait quelques pas l'un vers l'autre.

La santé du roi est meilleure, il songe à donner des frères au dauphin. Les grossesses reprennent et se suivent avec une régularité d'horloge. Elles attendrissent toujours le futur père, que Sully nous montre veillant sur le sommeil et les malaises de sa femme entre deux entretiens financiers. En quatre ans, elle met au monde quatre enfants : le 10 février 1606, Christine, dite aussi Chrétienne, le 16 avril 1607, Nicolas, qui devait mourir en bas âge, le 25 avril 1608, Gaston, et enfin le 25 novembre 1609, une dernière fille, Henriette. Les naissances féminines la désolent chaque fois : elle n'aurait voulu que des garçons.

Réconciliation précaire, occasion manquée. Les affrontements domestiques reprennent, lorsque le roi pardonne à sa maîtresse et renoue avec elle. La marquise de Verneuil n'a rien perdu de son insolence. Un de ses bons mots fait le tour de Paris. Un jour de juin 1606, le carrosse qui ramenait les souverains de Saint-Germain versa dans la Seine au bac de Neuilly. Ils faillirent se noyer. On s'attendrit sur les premières paroles de la reine qui, repêchée par un gentilhomme, demanda aussitôt des nouvelles de son mari. Mais elle avait ingurgité beaucoup d'eau. Et la marquise de mettre les rieurs de son côté en s'exclamant : « Si j'avais été sur place, j'aurais crié : "La reine boit !" »

Chez le couple royal les mêmes griefs reviennent à satiété, ils s'exaspèrent cette année-là. Sully doit retenir la reine prête à lever la main sur son mari et l'on reparle de séparation. En 1608, Marie envoie à son époux une lettre en forme d'ultimatum : elle ou moi. Peu à peu cependant l'emprise de la maîtresse s'émousse, elle a des rivales, elle vieillit, engraisse, enlaidit, elle doit rabattre de ses prétentions. Marie n'est plus menacée. Elle s'enferme pourtant dans la hargne, la grogne, l'aigreur. Il ne se passe pas une semaine sans querelle. Mais les querelles changent de nature. Elles portent sur des sujets divers, l'éducation des enfants par exemple ou le budget personnel de la reine.

De tout temps l'usage a été de faire élever les enfants royaux à l'écart de Paris, au bon air, loin des allées et venues de la cour. Plutôt que Blois ou Amboise chers aux Valois, Henri a choisi Saint-Germain plus proche : il pourra aller les voir presque tous les dimanches. Mais il a pris une décision qui soulève des tempêtes : à ses enfants légitimes, il a décidé d'adjoindre les autres — ceux de Gabrielle, dont il a la charge, puis ceux d'Henriette. Fureur de la reine. Fureur de la maîtresse. Chacune s'indigne que ses propres enfants soient mêlés aux bâtards de l'autre ! Il tint bon, estimant que le meilleur moyen d'assurer l'autorité future du dauphin sur ses frères et sœurs était de les accoutumer à vivre ensemble, dans le respect de la hiérarchie. Cette étrange nursery alimenta quelque temps les dépêches d'ambassadeurs, puis on finit par s'y habituer. La reine dut s'incliner, mais elle ne prit jamais autant de plaisir que lui aux visites dominicales. Elle était moins expansive, avait la fibre maternelle peu développée. Son époux s'étonnait de cette indifférence « étrange » et l'accusait de « peu de sentiment » envers sa progéniture. Inversement, elle le trouvait trop familier. Le spectacle du roi à quatre pattes, chevauché par deux marmots hilares le cravachant à qui mieux mieux, lui inspirait à coup sûr autant de surprise et de réprobation qu'à l'ambassadeur qui rendit compte de la scène. Il n'est pas impossible aussi que la prédilection vouée par les enfants, et surtout le dauphin, à ce père exubé-

rant, qui savait être à la fois sévère et tendre, ait provoqué chez elle face à eux une sorte de blocage et
comme un rejet. Elle ne sera jamais une mère aimante.

Les dépenses excessives de Marie sont un autre sujet
de litige. Elle dépasse toujours, de très loin, la dotation
de 400 000 livres annuelles qui lui est allouée pour sa
maison. Elle pleure misère, réclame des revenus supplémentaires. Elle prend en grippe Sully, qui tient très
serrés les cordons de la bourse. Le roi cède, ou feint
de céder, quitte à lui allouer des crédits que ses tréso-
riers ont pour consigne secrète de ne pas honorer.
Comme dans une comédie de boulevard, il n'est pas
interdit de biaiser pour obtenir la paix chez soi.

Les achats de bijoux d'une part, les gratifications à
ses serviteurs d'autre part, sont les causes principales
de ces dérapages. En 1609, le ministre et confident
privilégié se voit charger par le roi d'une nouvelle
négociation : « Je vous donne ma foi et ma parole de
quitter amours et amourettes, de ne plus voir ni filles
ni femmes qui puissent donner à ma femme crainte ni
ombrage, et d'accommoder mes humeurs à sa fantaisie,
pourvu qu'elle fasse de même, chasse d'auprès d'elle
tous ceux qui m'y déplaisent et ne voie ni communique
avec certaines gens qui me sont suspects. » Au premier
chef, les Concini, et peut-être aussi quelques autres.
Marie est en effet le centre de ralliement de ce qu'on
nommera bientôt le parti dévot. Et le roi s'en inquiète
d'autant plus qu'il lui faudra bien, il le sait, préparer
sa femme à des responsabilités politiques au cas où il
disparaîtrait.

Il n'a pas beaucoup d'illusions sur ses chances de
succès.

Divergences politiques

Lorsque le pape consent à annuler le premier
mariage d'Henri IV en faveur d'une princesse florentine, lorsqu'il bénit sa nouvelle union, lorsqu'il accepte

d'être le parrain du dauphin, il a en vue la reconquête du terrain gagné au XVIe siècle par la Réforme. Marie doit être, dans une France où pullulent encore les huguenots, son cheval de Troie. Rome, Florence et Madrid comptent sur elle pour ramener dans les voies du militantisme catholique cet époux encore mal débarbouillé de son hérésie. Les conseils qu'elle a reçus ne visent pas à faire d'elle une bonne reine de France, mais l'instrument efficace de la Contre-Réforme.

Henri IV le sait et, faute de mieux, il s'applique à en tirer le meilleur parti : l'activisme catholique de sa femme peut servir de contrepoids à sa propre politique.

Marie prêche d'exemple en multipliant les actes de piété. Elle s'acquitte avec une « merveilleuse dévotion » des devoirs religieux qui sont de règle pour la reine : messe quotidienne, observance des fêtes de toute sorte qui jalonnent le calendrier. Elle renchérit sur le nombre d'églises et de couvents qu'elle honore de sa visite, rend un culte à d'innombrables saints, pratique avec ostentation une charité sélective, se montre inflexible pour les écarts de conduite de ses filles d'honneur. Elle noue des relations avec les milieux dévots parisiens et stimule les efforts de Mme Acarie et de Bérulle pour implanter en France des carmélites. Le roi n'y voit pas d'inconvénients, au contraire, tant qu'elle n'essaie pas d'influer sur des choix cruciaux.

Mais il est trois domaines où Marie a reçu des consignes impératives. Elle doit obtenir le retour des jésuites, la réception en France des décrets du concile de Trente et le rétablissement du culte catholique en Béarn, où Jeanne d'Albret l'a interdit. Pour le Béarn, le roi se contente de remettre la question à plus tard : rien ne presse. Pour les décrets du concile, il dit non, sans équivoque : il ne soumettra pas le clergé de France à l'empire de la Curie romaine et n'y introduira pas l'Inquisition. Le « roi très chrétien » est tranquille, il tient son pouvoir de Dieu seul et n'a pas de comptes à rendre à Rome : pour défendre les positions dites gallicanes face aux exigences ultramontaines, pour assurer l'indépendance traditionnelle de l'Église de France, toute l'Université — notamment l'imposante faculté de théologie de la Sorbonne —, toute la magistrature et une bonne partie de l'épiscopat font bloc derrière lui.

Sur le retour des jésuites en revanche, il lâcha du lest. Ils passaient pour dangereux, cependant. Directement soumise au pape, échappant aux autorités ecclésiastiques locales, la Compagnie de Jésus, instrument privilégié de la reconquête des âmes, se mêlait aussi de politique. Un de ses théologiens, l'Espagnol Mariana, soutenait que le régicide était légitime contre les souverains impies ou tyranniques. Les jésuites de France avaient pris fait et cause pour la Ligue et on les soupçonnait d'avoir approuvé, sinon encouragé les nombreux attentats contre le roi hérétique. En 1594, celui de Jean Châtel — un de leurs élèves —, qui avait réussi à le blesser, entraîna leur expulsion.

Henri IV avait dû promettre de les rétablir. Rome y tenait, en faisait un test sur la sincérité de sa conversion. Et Marie le tarabustait. Lui s'agaçait d'être traité comme un convalescent spirituel, de sentir son âme en observation, sous surveillance. Il se faisait tirer l'oreille. Les accidents de santé de 1603 vinrent à bout de sa résistance. N'étaient-ils pas un avertissement de la providence, lui disait sa femme ? En cédant, il lui offrit l'illusion d'une victoire. Mais Sully nous rapporte les vrais motifs d'une décision que lui-même réprouvait : selon Henri IV, mieux valait avoir les jésuites dans le royaume que dehors, avec soi que contre soi. Leur pardonner, c'était les désarmer. Et pour faire bonne mesure, le roi choisit un confesseur parmi eux, le père Coton. Le calcul se révéla juste, les jésuites français prirent clairement position contre les thèses autorisant le régicide, et les tentatives d'assassinat se firent plus rares, jusqu'à la crise de 1610, dans laquelle ils ne furent pour rien.

Si Henri IV donne des gages à la papauté sur le plan intérieur, c'est parce qu'il se veut intraitable en politique étrangère. L'avenir lui a donné raison. Mais à l'époque, deux options s'affrontaient, qui avaient toutes deux leurs partisans.

Politique contre religion : l'enjeu est grave. Le problème date du début du XVIᵉ siècle. Lorsque l'héritage espagnol et bourguignon mit entre les mains de Charles Quint une grande partie de l'Europe et lui permit de prendre la France en étau, François Iᵉʳ se chercha des alliés où il put et trouva les Turcs — au grand scandale de beaucoup de croyants. Lorsqu'un peu plus tard, la Réforme vint couper l'Europe en deux, l'Espagne, identifiant habilement ses intérêts propres avec ceux de l'Église, se fit le champion du catholicisme contre les hérétiques. La France déchirée par la guerre civile devait-elle repousser les offres d'intervention de Madrid ou lui ouvrir ses portes, au risque de devenir un simple protectorat espagnol ? Les catholiques se partagèrent, selon qu'ils donnaient priorité à la solidarité religieuse, ou à la défense de l'indépendance nationale. La Ligue adopta le premier parti. Catherine de Médicis et Henri III tentèrent de faire prévaloir le second, qui l'emporta avec la victoire d'Henri IV. Mais le dilemme n'était pas réglé dans tous les esprits. Une ligne de partage court encore, tout au long du XVIIᵉ siècle, entre ceux qui rêvent de voir une catholicité réunifiée partir en croisade contre les infidèles et ceux qui font primer l'intérêt de la France — avec, dans les deux camps, une conjonction d'hommes sincères, désintéressés, estimables, et d'ambitieux déguisés.

Pour Henri IV, le choix était simple, pas question de renverser ses alliances, d'abandonner les princes protestants d'Allemagne, de dénoncer la vieille amitié avec la reine Élisabeth d'Angleterre, de lâcher les Provinces-Unies [1] qui viennent de voir reconnaître *de facto* leur indépendance ; pas question de mettre la France à la traîne de l'Espagne. Le choix de Marie est très exactement inverse. Et il est notoire. Ses appartements

---

1. Sur les Provinces-Unies, cf. p. 14, note 1.

sont le rendez-vous des hispanophiles de Paris. Le roi voudrait bien les éloigner d'elle. Mais comment interdire sa porte au nonce apostolique, à l'ambassadeur de Philippe III et à celui du grand-duc de Toscane, qui lui transmettent les consignes de leurs maîtres respectifs ? À défaut, il s'en prend à ses amies, notamment deux femmes de la maison de Guise, qui « empoisonnent l'esprit de la reine » : la duchesse douairière, veuve du Balafré qui fut naguère à la solde de Philippe II, et sa fille la princesse de Conti, une intrigante capable d'« artifices incroyables ». En vain. Il ne parvient même pas à éliminer les indéracinables Concini, qui ont trouvé le moyen de se concilier Henriette d'Entragues.

Impossible de tenir sa femme à l'écart des affaires : ce serait aggraver les suspicions de ceux qui le croient prêt, au vu de sa vie sexuelle désordonnée, à retomber dans ses anciennes erreurs en matière de foi. Selon la tradition, les reines avaient leur place au Conseil. Marie y fut admise. Concession honorifique : ce n'est pas là que se décide l'essentiel. Quand les tensions domestiques s'apaisent entre eux, il l'associe publiquement à son action. En 1606 elle l'accompagne dans l'expédition contre Sedan destinée à intimider le duc de Bouillon — un turbulent réformé. Mais il répugne à lui accorder la consécration d'un couronnement solennel.

Le roi de France, on le sait, n'est pleinement roi qu'après le sacre, qui se déroule en principe à Reims [1]. S'il est déjà marié, la reine y est partie prenante. S'il convole après son avènement, elle a droit à une cérémonie particulière — à la fois couronnement et sacre —, dont le cadre est habituellement Saint-Denis. Dans les deux cas, elle reçoit deux onctions seulement — et non sept, comme son époux —, faites non avec

---

1. Exceptionnellement celui d'Henri IV, le 27 février 1594, avait eu lieu à Chartres, parce que Reims était alors aux mains de la Ligue.

l'huile de la Sainte-Ampoule, mais avec un chrême spécial, moins prestigieux. Il n'empêche : cette cérémonie lui confère, aux côtés du roi, une autorité particulière, elle achève de l'intégrer dans la continuité dynastique. La première à en bénéficier a été Berthe, femme de Pépin le Bref, la dernière sera Marie de Médicis.

Elle la réclamait depuis longtemps. Le roi reculait toujours. À la racine de ses répugnances, la perspective de sa propre mort. Il a vingt ans de plus qu'elle, sa santé est médiocre et trop de haine l'entoure encore pour qu'il ne redoute pas un assassinat. Plus le temps passe, plus sont vives chez lui les appréhensions superstitieuses. La couronner, c'est accepter de regarder en face sa propre disparition : « déployer son linceul de son vivant », comme disait naguère la reine Élisabeth d'Angleterre. L'insistance de Marie est suspecte : il lui est désagréable de penser qu'elle spécule sur sa mort. D'un autre côté, la raison lui dit qu'il faut envisager cette éventualité et que sa femme, si médiocre qu'elle lui paraisse, est la plus qualifiée pour veiller sur la minorité de leur fils et le protéger contre les entreprises des grands féodaux. À la fin de 1609, les circonstances l'obligent à prendre une décision : il se prépare à entrer en guerre contre l'Empereur et peut-être contre l'Espagne.

Les causes de ce conflit sont à la fois politiques et sentimentales.

Un vieil ami de la France, le duc de Clèves et Juliers, dont les États sont un carrefour stratégique dans la moyenne vallée du Rhin, vient de mourir sans enfants. À la faveur des contestations entre ses héritiers potentiels catholiques et protestants, l'Empereur, sous couleur de proposer son arbitrage, a mis la main sur le duché. Henri IV ne peut, sans se déconsidérer auprès de ses alliés, laisser passer ce coup de force : il opte pour une expédition militaire.

D'autre part, l'incorrigible vieil homme est tombé sous le charme d'une exquise enfant de quinze ans, aperçue en costume de nymphe lors des répétitions d'un ballet de cour. Armée d'un arc et d'une flèche en bois doré, elle fait mine de viser le roi au cœur, et ce qui se voulait plaisanterie devient réalité : le voici éperdument amoureux de Charlotte de Montmorency. Elle est promise à Bassompierre : il explique sans vergogne au fiancé qu'il lui déplairait de cocufier un ami. L'intéressé, bon courtisan, s'efface. On le remplace par un parti prestigieux, Henri de Condé — un prince du sang —, qui passe pour ne pas aimer les dames. Hélas, l'époux présumé complaisant tente de soustraire la jeune femme aux convoitises du roi. Celui-ci s'obstine, la poursuit déguisé en garde-chasse ou en paysan, se régale de son apparition à un balcon en chemise de nuit, les cheveux épars, tandis qu'elle éclate de rire en s'exclamant : « Jésus, qu'il est fou ! » L'opinion hésite entre la réprobation et l'hilarité. Condé se réfugie à Bruxelles auprès des Espagnols et tient son épouse sous clef. Celle-ci, exaspérée, clame qu'elle est prisonnière, en appelle à sa famille et échange avec son soupirant des lettres dans le style des romans à la mode : elle est Astrée, il sera Céladon. Le roi cependant tente de la faire enlever, échoue, parle d'envahir les Pays-Bas pour la reprendre.

Marie exige plus vivement que jamais d'être couronnée. Le moment est bien choisi : Henri s'est mis une fois de plus dans son tort. D'autre part il doit, en partant pour la guerre, laisser à quelqu'un, en son absence, la responsabilité du royaume. Il annonce qu'il confiera cette responsabilité à sa femme pour la durée de son absence : déjà il lui arrive de la nommer par anticipation *Madame la Régente*. C'est une intronisation politique.

Tant qu'à faire, le roi n'a pas lésiné. Il y aura deux cérémonies : le couronnement ou sacre, prévu pour le jeudi 13 mai 1610 à Saint-Denis, doit être suivi le dimanche 16 par une entrée solennelle offerte par la ville de Paris. Marie exulte. Elle n'a pas été à pareille fête depuis son mariage à Florence, dix ans plus tôt.

« C'était comme le Paradis... »

La cour s'est installée à Saint-Denis le 12 au soir, pour être à pied d'œuvre. Le roi veille à la préparation religieuse de sa femme : « Ma mie, confessez-vous pour vous et pour moi. » Pas d'improvisation comme lors de son arrivée en France. Tout a été minutieusement préparé. On veille à ne manquer à aucun usage. « Toutes les solennités, pompes, magnificences et cérémonies qu'on a coutume de garder et observer aux sacres des reines furent exactement pratiquées et observées. » Pas de prétextes à incidents. On s'aperçoit que l'Évangile du jour — le chapitre x de Marc, où il est demandé à Jésus si un homme peut répudier sa femme légitime et où celui-ci répond : « Ne séparez pas ce que Dieu a uni » — peut prêter à interprétations malveillantes. On le remplace par un autre.

La basilique brille de tout son éclat. Dans une galerie latérale, surplombant l'autel, une tribune vitrée est réservée au roi. La nef a été garnie de dix-neuf travées de gradins où s'installent les invités, par ordre de préséance. Deux algarades, entre l'ambassadeur de Toscane et celui des Provinces-Unies, puis entre celui d'Espagne et celui de Venise, c'est peu pour un pareil concours d'amours-propres chatouilleux. Des incidents mineurs, dans lesquels on voudra voir ensuite des présages, émaillent le déroulement du rituel : la dalle de la crypte royale fendue, la vitre de la loge royale brisée par un mouvement maladroit du duc de Montbazon, la lourde couronne, mal fixée sur la tête de Marie, qui manque choir. Mais dans l'ensemble, c'est une bien belle fête, qui laissera à l'héroïne du jour, en dépit de la tragédie qui suivit, un souvenir émerveillé : « Oui, précisément, c'était comme le Paradis. N'est-il pas vrai que la cérémonie de mon sacre a été semblable en beauté à l'ordre divin du Paradis ? »

Le pinceau de Rubens en a immortalisé le moment central. La reine agenouillée porte un manteau à la traîne interminable, d'un bleu profond, constellé de

fleurs de lis, qui contraste avec les robes rouges des
cardinaux, les mitres et les capes dorées des prélats. À
ses côtés, ses deux aînés, le dauphin Louis et la petite
Élisabeth. Derrière elle, un parterre de grandes dames.
Henri IV, au garde-à-vous dans sa loge, a l'air de son
propre portrait. La couronne d'or rehaussée de joyaux
qu'on s'apprête à poser sur la tête de Marie a son
répondant symbolique dans celle de lauriers que lui
tendent deux anges d'allure plus mythologique que
chrétienne.

Le roi admira la belle tenue de sa femme, si douée
pour « faire la reine », et trouva qu'elle n'avait jamais
eu « le teint plus beau ». Le peuple jugea son port
« doux et grave », « plein de majesté », se réjouit de
lui voir « un visage merveilleusement joyeux, gai et
content », se remplit les yeux des pierreries, perles,
robes de drap d'or et d'argent dont étaient couvertes
les dames de sa suite, « avec tel éclat qu'elles offus-
quaient les rayons du soleil ». Il se battit pour attraper
les pièces d'or qu'on lançait à la volée, selon l'usage.
Mais il omit, note L'Estoile, de crier comme de coutume : « Vive le Roi ! vive la Reine ! »

Celle-ci, toute à l'euphorie de son couronnement, a
oublié le songe répété qui, tout récemment, lui a
montré son époux frappé de deux coups de poignard.
Ses pensées sont maintenant tournées vers l'entrée
solennelle du dimanche suivant — qui n'aura pas lieu.
Henri partage à Saint-Denis l'allégresse générale, mais
les craintes le reprennent dès son retour à Paris.

« Ils me tueront... »

Les présages et mises en garde n'avaient pas
manqué. Rassemblés après l'événement, ils forment
une somme impressionnante, dont on se demande
comment Henri IV a pu ne pas tenir compte. Mais il
était accoutumé à ce genre de menaces. S'il lui avait
fallu s'en préoccuper, il n'avait plus qu'à s'enfermer

au fond de son palais sans rien faire. « Il y a trente ans, disait-il à Bassompierre, que tous les astrologues et charlatans me prédisent chaque année que je cours fortune de mourir, et en celle que je mourrai, on remarquera tous les présages qui m'en ont averti en icelle, dont l'on fera cas, et on ne parlera de ceux qui sont avenus les années précédentes. »

Il n'empêche. En ce début du mois de mai 1610, le roi est inquiet. À la veille d'entreprendre cette guerre qu'on prévoit coûteuse et dont la justification apparaît mal, il se sait impopulaire. Chez les ultra-catholiques, les vieux griefs resurgissent, on le traite à nouveau d'impie et de tyran. Une agitation sournoise se développe dans Paris. « Hé ! mon ami, que ce sacre me déplaît, confie-t-il à Sully ; je ne sais ce que c'est, mais le cœur me dit qu'il m'arrivera quelque malheur [...]. Ils me tueront, car je vois bien qu'ils n'ont autre remède en leurs dangers que ma mort. Ah ! maudit sacre, tu seras cause de ma mort. » Il faillit l'annuler, y renonça devant la colère de sa femme, après trois jours de discussions orageuses. De toute façon, le sacre étant annoncé, le remède eût été pire que le mal.

Cette cérémonie, à cette date, est bien une maladresse. Il a eu tort de la retarder si longtemps. S'il avait couronné Marie après la naissance du dauphin, par exemple, la chose eût paru toute naturelle. Mais s'y décider au bout de dix ans, alors qu'il se sait menacé, c'est investir sa femme d'une autorité de substitution, fournir une solution de rechange au cas où il disparaîtrait, et encourager par là les fanatiques à le faire disparaître. À sa décharge : il pouvait difficilement s'en dispenser, à la veille de partir pour la guerre. Mais il est certain que le sacre servit de détonateur.

Dans la nuit du 13 au 14 mai, le roi et la reine dorment séparément. Henri, insomniaque, se lève tôt, entend la messe, reçoit des visiteurs, dîne — c'est-à-dire déjeune —, puis se rend chez sa femme. Il a besoin de parler à Sully, qui est malade. Ira-t-il le voir chez lui, à l'Arsenal ? Cette visite semble lui peser.

« Monsieur, n'y allez point, envoyez-y, lui dit Marie. Vous êtes en bonne humeur et vous irez vous fâcher ! » Il s'attarde, tourne en rond, tergiverse : « Ma mie, irai-je, n'irai-je pas ? » Il se décide finalement : « Je ne ferai qu'aller et venir, et serai ici tout à cette heure même. »

La reine, fatiguée par les festivités de la veille, s'est retirée dans son petit cabinet où elle s'étend, tout en causant avec Mme de Montpensier. Une sorte de sas à double porte sépare cette pièce de la chambre à coucher du roi, silencieuse. Soudain, les deux femmes entendent du bruit, perçoivent une agitation insolite. Marie envoie son amie aux nouvelles. Celle-ci ouvre les portes, aperçoit Henri qu'on vient de déposer sur son lit tout sanglant, referme violemment sans pouvoir prononcer un mot. La reine pousse un cri : « Mon fils ! », Mme de Montpensier lui dit seulement : « Votre fils n'est pas mort ! » et tente de la tenir à l'écart. Marie force le passage, bouscule le capitaine des gardes, se trouve brusquement devant le cadavre au visage déjà cireux, se sent défaillir, se laisse aller dans les bras de ses femmes qui la ramènent dans le petit cabinet. « Sachant néanmoins qu'aux maux extrêmes il faut de prompts remèdes, raconte Pontchartrain, elle entre dans son grand cabinet, commence à parler aux uns et aux autres, les prie, les conjure de l'assister sur cet étrange et misérable accident, et d'y apporter chacun ses soins, entremêlant, avec ses pleurs, ses prières et ses exhortations. » Les gentilshommes présents au Louvre, les ministres accourus se précipitent à ses genoux, lui embrassent les mains avec les paroles de consolation usuelles. La tradition leur prête tout un florilège de mots historiques. Comme elle s'exclame : « Hélas ! le Roi est mort », l'un d'eux réplique, en montrant le jeune Louis : « Les rois ne meurent pas en France ! Voici le Roi vivant, Madame ! » Et devant ses larmes, un autre s'écrie : « Madame, ce n'est pas le moment de pleurer, mais il faut prendre courage car

nous sommes tous ici pour vous, qui avez maintenant
à être homme et Roi. »

Il était un peu plus de quatre heures, ce vendredi
14 mai 1610. Henri IV était mort sur le coup, l'artère
aorte[1] transpercée. Mais pour éviter des troubles, on
laissa courir jusqu'au soir le bruit qu'il n'était que
blessé. Quant aux témoignages prétendant qu'il fut
ramené vivant au Louvre et put y échanger quelques
signes avec un prêtre, ils sont destinés à montrer qu'il
est parti pour l'autre monde en règle avec Dieu et avec
l'Église catholique.

Marie de Médicis, après un peu plus de neuf années
de vie conjugale, se trouve veuve. Le nouveau roi, son
fils Louis XIII, a huit ans sept mois et dix-huit jours.
Le sacre intervenu *in extremis* autorise la reine à revendiquer la régence.

Elle fut parfaite. Elle prit le deuil en noir, comme
Catherine de Médicis. Elle sanglota comme il convenait, se drapa dans ses voiles, respecta la coutume qui
lui imposait quarante jours de réclusion dans son
appartement tendu de noir — mais elle s'abstint,
comme Catherine, de condamner sa porte. Elle prononça les mots qu'il fallait, quand il fallait, et fit dire
pour le repos de l'âme du défunt un nombre incalcu-
lable de messes. Sur ses sentiments intimes, les
contemporains furent partagés. Impossible de tirer des
conclusions de son comportement à l'annonce du
meurtre, à la vue du cadavre. Son relatif sang-froid ne
prouve rien : un choc brutal peut suspendre les réactions affectives. Et, du cri d'inquiétude poussé pour
son fils, on ne peut rien déduire concernant son mari.
Que Concini lui ait crié crûment : « *È ammazzato* »
— « il a été tué » — ou qu'elle l'ait crié elle-même,
ce peut être un signe d'affolement autant qu'une
marque de désinvolture.

Ce qui est certain en revanche, c'est qu'elle se
consola vite. Comment le lui reprocher ? Elle ne l'a

---

1. D'autres disent « la veine cave ».

jamais aimé. Il lui en avait fait voir de dures ! Elle n'a même pas eu pour lui l'affection de commande que ressentent les reines pieuses pour celui que Dieu leur a attribué comme époux : l'esprit d'abnégation lui faisait défaut. La mésentente du couple royal était notoire. L'épouse acariâtre et querelleuse apprécia la liberté que lui donnait le veuvage. Elle gagnait visiblement au change. Pas de regrets.

Faut-il aller plus loin et l'accuser, comme on le fit à l'époque, de couvrir les vrais responsables de la mort de son mari ? ou même, comme certains historiens, lui prêter une complicité active dans le crime ?

Un meurtrier sans complices ?

Dans la rue de la Ferronnerie, François Ravaillac, hébété, s'était laissé arrêter sans résistance. C'était une sorte d'illuminé barbouillé de mysticisme, un « esprit blessé de mélancolie », qui « ne se repaissait que de chimères et visions fantastiques ». Il voulait entrer dans les ordres, mais les feuillants et les jésuites, peu soucieux d'admettre parmi eux un déséquilibré, l'avaient écarté tour à tour. Natif d'Angoulême, il avait traîné en Guyenne, puis à Paris, sans grandes ressources, vivant de charité. Un homme d'aussi médiocre envergure ne pouvait être qu'un exécutant, pensa-t-on. On se mit donc en quête des instigateurs éventuels de l'attentat. Soumis à l'affreuse torture de la question, le meurtrier affirma qu'il n'y en avait pas. Condamné à périr dans d'abominables souffrances, menacé de se voir priver de l'absolution s'il refusait de livrer ses complices, cet homme profondément croyant persista : il avait agi seul, sur injonction de Dieu, à qui il croyait « être agréable ».

Sur le moment, on s'en tint là et il fut exécuté. Mais tous ne furent pas convaincus. Des gens parlaient, des ragots couraient. On découvrit que Ravaillac avait été protégé par le duc d'Épernon, gouverneur d'Angoulême, qu'il avait séjourné à Malesherbes dans le château de la famille d'Entragues, qu'une ex-demoiselle de compagnie d'Henriette l'avait hébergé à Paris en 1608, et qu'il était même allé jusqu'à Naples l'année suivante et y avait fréquenté des milieux où l'on complotait la mort du roi. Un an après cette mort, la demoiselle en question, nommée d'Escoman, fit des révélations : les commanditaires étaient Henriette et le duc d'Épernon. Plus grave encore, l'assassin lui ayant fait part de son projet, elle avait en vain tenté d'avertir Marie de Médicis, s'était heurtée à une fin de non-recevoir. La reine se trouvait indirectement mise en cause. Incapable de justifier tous ses dires, la d'Escoman fut accusée de faux témoignage, incarcérée. Elle mourut en prison un peu plus tard et les archives de son procès partirent en fumée dans l'incendie du Palais de Justice en 1618.

On ne put jamais rien prouver. Mais bien des questions restent sans réponse. À qui profita le crime ? Les grands bénéficiaires sont, à l'intérieur Marie de Médicis, à l'extérieur l'Espagne. Et il est hors de doute qu'on s'appliqua en France à couper court aux recherches et à faire taire les témoins trop bavards. Michelet, qui hait la régente, y voit la preuve qu'elle avait beaucoup à en craindre, n'hésite pas à parler d'un complot où elle aurait été partie prenante. Les historiens actuels sont plus prudents et certains d'entre eux suggèrent une autre explication à l'étouffement de l'affaire.

Pour le régime de la régente, les interrogations sur l'assassinat du roi sont une bombe à retardement. Lorsqu'à diverses reprises des voix s'élèvent pour réclamer la réouverture du procès, elles ne sont pas neutres, elles visent, grâce à des témoignages parfois douteux, à discréditer Marie de Médicis, voire à mettre en cause sa légitimité et celle de son fils. À un moment où elle s'efforce de maintenir la paix civile, la reine a-t-elle intérêt, même si elle est innocente, à laisser s'engager une enquête qui risque de ranimer les anciennes controverses sur la religion d'Henri IV en réveillant des fanatismes mal éteints ?

Car l'assassinat du roi marquait une résurgence des hantises et des peurs du temps de la Ligue. En faisant marcher ses troupes aux côtés de celles de l'Union protestante contre les princes protégés des Habsbourg, Henri IV paraissait au début de 1610 jeter le masque. Infidèle aux engagements de sa conversion et de son sacre, murmurait-on, il se montrait soudain pour ce qu'il était : un renégat, et donc un usurpateur et un tyran. Dans l'esprit des catholiques les plus fervents s'installait à nouveau l'idée qu'il était permis ou même méritoire de le tuer. Le désir de meurtre était dans l'air. Ravaillac, avec sa sensibilité à fleur de nerfs, fut réceptif à ce désir, crut se faire, en passant à l'acte, l'instrument d'une volonté collective inspirée par Dieu. En rouvrant le dossier, ce n'est pas un, deux, trois, mais des milliers de complices, au moins d'esprit et d'intention, qu'on risque de lui découvrir. Quand un président de tribunal, horrifié, s'écrie : « Dieu m'a réservé de vivre en ce siècle pour voir et entendre des choses étranges que je n'eusse jamais cru pouvoir voir et ouïr de mon vivant », cela peut vouloir dire, non pas que le meurtrier a eu tel ou tel commanditaire, mais — bien pis ! — qu'un bon nombre de Français de toutes classes sociales avaient souhaité la mort du roi, qu'ils étaient prêts à applaudir à un attentat, voire même à s'y associer.

Est-il opportun de remuer tout ce passé ? L'accomplissement du meurtre a créé une commotion salutaire, un sursaut. Ceux qui en ont rêvé n'osent plus, une fois réveillés, le regarder en face. Deux régicides successifs en l'espace de vingt ans, c'est trop. L'angoisse, la peur du lendemain l'emportent. Le criminel escomptait faire figure de martyr, comme naguère Jacques Clément, qui tua Henri III. Sur la place de Grève où l'on s'apprête à l'écarteler, il constate avec stupeur que le peuple le hait, le honnit, le maudit. Le martyr, c'est désormais Henri IV, unanimement regretté, modèle pour les siècles à venir. Les Français préfèrent oublier qu'ils l'ont, un temps, voué aux gémonies. L'obstination de Marie à jeter un voile de silence sur son assassinat n'est pas forcément un aveu de culpabilité : la sagesse voulait qu'on laissât refroidir ces cendres brûlantes.

Politiquement, elle a tout à gagner à la métamorphose de son défunt époux. Sa qualité de veuve du « bon roi » Henri le Grand lui confère une autorité accrue, renforce ce pouvoir dont l'accès lui est soudain ouvert et pour lequel elle va se découvrir une irrépressible passion.

CHAPITRE TROIS

« LA FÉLICITÉ DE LA RÉGENCE »

Qui aurait soupçonné l'indolente Florentine d'aspirer à gouverner la France ? Ceux qui l'aidèrent à
conquérir la régence comptaient sans doute régner sous
son nom. Ils se trompaient lourdement. Depuis longtemps Marie de Médicis se croyait destinée à marcher
sur les traces de son aînée Catherine. « Si jusqu'alors
elle ne s'était mêlée des affaires, ce n'était pas qu'elle
n'en eût la capacité », mais par discrétion — une discrétion contrainte et forcée. Sur sa capacité, on peut
s'interroger. Mais elle avait à coup sûr la volonté de
régner, une volonté qui ne cesse de s'affirmer au cours
des années. Marie se découvre à l'usage une passion
pour le pouvoir, pour ses pompes et pour ses fastes
plus que pour les réalisations qu'il permet. Elle s'y
cramponnera frénétiquement.

Orchestrant elle-même sa propre gloire, elle fit tout
pour laisser de son passage à la tête du royaume une
image avantageuse. Rubens célébrera sur les murs du
Luxembourg, à grand renfort d'allégories, le « bon
gouvernement de la Régence », tandis que des gravures
se chargeaient de répandre à travers le royaume
l'image de sa « félicité ». Il est facile aux historiens
d'ironiser sur cette autosatisfaction. Mais si l'on tient
compte des handicaps qui pèsent toujours sur une

régente, une femme, une étrangère, on doit avouer qu'elle ne s'en est pas si mal tirée. Dans son échec final et son éviction — d'ailleurs provisoire —, ses options politiques eurent moins de part que son caractère et son refus de comprendre qu'il était temps de passer la main.

La dévolution de la régence

Il y a en France, sous l'Ancien Régime, deux sortes de régences : l'une consiste à pallier l'absence du roi pendant la durée d'une campagne militaire, l'autre à exercer le pouvoir lorsque sa mort prématurée amène sur le trône un enfant mineur. Le souverain est maître de la première, mais la seconde lui échappe, quelques précautions qu'il ait prises pour y pourvoir.

Si Henri IV rechignait à envisager sa succession, ce n'était pas seulement par superstition. Aucune solution ne lui plaisait. Seuls pouvaient prétendre à une délégation de pouvoir la reine ou les princes du sang. Et il se demandait s'il devait redouter davantage l'incapacité de l'une ou la déloyauté des autres.

Entre deux maux, il faut choisir le moindre. Avant de partir pour la guerre au printemps de 1610, il se résigna à confier le gouvernement à sa femme, pour la durée de la campagne militaire, en limitant ses moyens d'action. Les décisions importantes seraient prises collégialement par un Conseil composé de quinze personnes, où la voix de Marie ne serait pas prépondérante et où des gens âgés et rassis, à la fidélité éprouvée, se chargeraient de la neutraliser. Dotée d'une autorité purement nominale, elle aurait les apparences et non la réalité du pouvoir.

Lui vivant, il n'avait ainsi pas grand-chose à craindre. Lui mort ? Il aimait mieux ne pas y penser. La mesure prévue ne concernait que son absence temporaire. Et elle était restée à l'état de projet, il n'avait confirmé ses intentions par aucun texte officiel. Son

assassinat ouvrait donc la porte à de multiples contestations.

Lorsque la nouvelle fut apportée au Louvre, vers
quatre heures et demie de l'après-midi, les ministres
Sillery, Villeroy et Jeannin, mandés en toute hâte, dis-
cutèrent avec la reine des dispositions à prendre. Des
troubles, des désordres, des soulèvements armés étaient
à craindre. Il fallait y couper court. Par chance, le parlement de Paris était en séance pour préparer l'entrée
solennelle du surlendemain. Le premier président,
averti, eut d'autant moins de peine à convaincre ses
collègues que le duc d'Épernon, puis celui de Guise
firent leur apparition en tenue de guerre, l'épée à la
main, les conjurant d'accélérer leur délibération. À
l'unanimité, les magistrats effrayés votèrent un arrêt
déclarant la reine mère du roi « régente en France, pour
avoir l'administration des affaires du royaume pendant
le bas âge du seigneur son fils, avec toute puissance et
autorité ».

Il était aux alentours de six heures du soir. Henri IV
était mort depuis moins de deux heures. Les choses
avaient été rondement menées. Mais les auteurs de ce
tour de force se savaient en pleine illégalité.

Bien que l'ancienne France n'eût pas de constitution
écrite, le fonctionnement de la monarchie y obéissait à
des règles coutumières. Sur la dévolution de la régence
lors d'une minorité — un cas relativement rare —,
l'usage était incertain. Entre les prétentions de la reine
mère et celles du premier prince du sang, à qui apparte-
nait-il de trancher ? Au roi défunt, par testament ? À
un conseil de famille, réunissant toute la parentèle du
petit prince ? Aux représentants des trois ordres du
royaume, réunis en états généraux ? On pouvait en discuter. Mais sûrement pas au parlement de Paris ! Ce
parlement, composé de magistrats propriétaires de
leurs charges, était un tribunal de grande instance et
une chambre d'enregistrement des édits royaux. Mais
il n'avait pas qualité pour prendre des décisions politiques. En nommant la reine régente, il outrepassait les

bornes de son pouvoir. Aussi chercha-t-on un expé-
dient pour consolider son arrêt.

Le lendemain samedi, dès l'aube, le parlement se
réunit à nouveau, en grande pompe. Il y avait là tout
ce qu'on avait pu rassembler de ducs et pairs et de
prélats. Marie de Médicis arriva, accompagnée de son
fils, dont la présence suffisait à transformer la séance
en « lit de justice » aux décisions irrécusables. Elle leur
tint un bref discours entrecoupé de soupirs et de
larmes, qu'elle conclut en confiant l'enfant à l'honorable assemblée : « Je désire qu'en la conduite de ses
affaires il suive vos bons conseils ; je vous prie de les
lui donner tels qu'aviserez en vos consciences. » Elle
fit mine de se retirer par discrétion, se laissa
convaincre de rester. Louis récita le petit discours
qu'on lui avait préparé : « Messieurs, il a plu à Dieu
appeler à soi notre bon roi, mon seigneur et père. Je
suis demeuré votre roi, comme son fils, par les lois du
royaume. J'espère que Dieu me fera la grâce d'imiter
ses vertus et suivre les bons conseils de mes bons serviteurs. M. le chancelier vous dira le reste. » À huit ans
et demi, encore bouleversé par le drame de la veille, il
balbutiait d'une voix si basse et si incertaine que peu
de gens l'entendirent. Le chancelier et le premier président rivalisèrent d'éloquence et de flatteries à l'adresse
de la reine, ils appelèrent à leur secours l'Écriture
sainte, l'histoire romaine et celle de France, ils passèrent en revue les reines mères ayant gouverné pour
leurs fils. On recueillit tour à tour l'avis de chacun des
assistants, par ordre hiérarchique décroissant : tous se
déclarèrent d'accord. Une autre harangue encore, puis
le chancelier vint lire le texte de l'arrêt : « Le Roi séant
en son lit de justice, par l'avis des princes de son sang,
autres princes, prélats, ducs et pairs, et officiers de sa
couronne [...] a déclaré et déclare la Reine sa mère
régente en France, pour avoir soin de l'éducation et
nourriture de sa personne, et l'administration des
affaires de son royaume pendant son bas âge... »

Cette nomination n'était donc plus le fait du seul

parlement, elle relevait de la volonté du roi et recevait l'assentiment des plus grands personnages du royaume. Marie pouvait être satisfaite. D'autant plus qu'on s'était bien gardé d'évoquer le Conseil dont Henri IV avait voulu la flanquer pour limiter ses pouvoirs. Le tour était joué. Elle disposait d'une autorité pleine et entière.

Difficile de savoir qui a monté cette opération. Sully, le plus proche confident d'Henri IV, y fut étranger : il se savait haï de la reine et s'était barricadé chez lui à l'Arsenal. Alors qui ? Les autres ministres, soucieux de conserver leur position ? Les ducs d'Épernon et de Guise, candidats aux fonctions enviables de mentors du nouveau règne ? Le couple Concini, dans l'espérance de diriger la régente en sous-main ? La convergence de toutes ces ambitions joua sans doute, en même temps que la crainte de voir se déchaîner à nouveau la guerre civile.

Cependant tout péril n'était pas écarté. Car en réalité, les princes du sang — autrement dit les trois cousins[1] d'Henri IV —, dont le texte officiel invoquait l'assentiment, n'étaient pas tous d'accord. Seul le second d'entre eux avait assisté à la séance, le prince de Conti, sourd, à demi muet, quasiment imbécile. Les deux autres n'étaient pas là. Le premier, Henri de Condé, époux de la belle Charlotte que poursuivait Henri IV, s'était enfui à Bruxelles, puis avait rejoint les troupes espagnoles en Lombardie. Il lui faudra du temps pour revenir. Mais le troisième, Charles, comte de Soissons, n'était qu'à deux jours de Paris : ulcéré de se voir refuser la lieutenance générale de l'armée, il avait pris prétexte d'une querelle de préséance pour bouder le couronnement de Marie et se retirer sur ses terres. Leur absence avait grandement facilité la

---

1. Tous trois sont issus de Louis Ier de Bourbon, prince de Condé — frère puîné d'Antoine de Bourbon, le père d'Henri IV. Henri II de Bourbon, l'héritier du titre de Condé, est son petit-fils, né de son défunt fils aîné. Les deux autres sont ses fils cadets.

manœuvre des partisans de la reine. Mais elle ne perdait rien pour attendre.

M. le Comte, comme on appelait Soissons, furibond qu'on eût pris cette résolution sans lui, débarqua à Paris jetant « feu et flamme ». Il dénonça haut et fort l'abus de pouvoir du parlement et la violation des usages : aux reines mères l'éducation de leurs enfants, aux princes du sang le gouvernement. Mais comme il n'avait pas les moyens de défaire ce qui était fait, il s'apprêta à monnayer au plus haut prix son ralliement : « Si au moins on faisait quelque chose de notable pour moi, je pourrais fermer les yeux à ce que l'on désire. » On paya pour son compte deux cent mille écus de dettes, on lui accorda une pension annuelle de cinquante mille écus, ainsi que le gouvernement de Normandie et d'importantes faveurs pour son fils en bas âge. « Ainsi M. le Comte fut content et entra dans les intérêts de la Reine, auxquels il fut attaché quelque temps. »

Restait M. le Prince, Henri de Condé, son neveu, qui, à la nouvelle de la mort du roi, était parti récupérer sa femme à Bruxelles. Les Espagnols lui proposèrent d'invalider le mariage de Marie de Médicis et de le faire proclamer héritier du trône, mais il refusa, tant le succès lui parut improbable. Il en tira argument pour exiger auprès du jeune roi « le rang et le crédit que sa naissance et sa bonne conduite lui devaient faire espérer ». Lui aussi se présentait en quémandeur arrogant. Lui aussi verra les faveurs pleuvoir sur sa tête et les gratifications tomber dans son escarcelle.

Il en faudrait davantage pour les consoler tous deux d'avoir vu le pouvoir leur échapper. Ils sont à l'affût des occasions de déstabiliser la régente. Ils profiteront de celles qui s'offrent et ils en créeront au besoin.

Pour l'instant, la chance est du côté de Marie de Médicis. Assurément elle a la tâche plus facile que son aînée Catherine. Elle a obtenu sans peine la régence. Elle a trouvé dans le pays une situation bien plus favorable. La France jouit de la paix intérieure, à l'étranger elle est respectée, elle a cessé d'être sur la défensive, la guerre qui se prépare est destinée à consolider nos positions, mais le royaume n'est pas en danger, au contraire. Enfin, le pays est riche, les finances sont en équilibre et un monceau d'or — entre onze et douze millions de livres — se trouve sous double clef à la Bastille, en réserve pour parer à d'éventuels coups durs.

Face à ces atouts, d'inévitables handicaps. Par définition, une régente n'est pas un souverain de plein exercice. Elle n'a ni le prestige, ni la liberté d'action d'un roi. Voudrait-elle prendre des initiatives qu'on lui en refuserait les moyens. Son rôle est d'assurer la transition, d'expédier les affaires courantes, de conserver le royaume pour le remettre intact à son fils. Il s'y ajoute, dans le cas de Marie, les préventions notoires que nourrissait Henri IV contre elle.

Dans ces conditions, est-il juste de lui reprocher de n'avoir pas maintenu la ligne politique fixée par son époux ? Elle ne pouvait pas le faire. Elle a essayé en tout cas de limiter les dégâts.

La régente au travail

Marie prend très au sérieux ses responsabilités politiques toutes neuves. Elle se met au travail avec une ardeur de néophyte. Cette grosse dormeuse écourte ses nuits, cette paresseuse se plie à un emploi du temps surchargé. Elle commence par « régler ses heures, et séparer les affaires des divertissements, afin de ne rien confondre ». Après le lever, la toilette à laquelle préside Leonora, une collation, la réception de quelques visiteurs, puis la messe. Elle consacre ensuite aux audiences et aux affaires la fin de la matinée et le début de l'après-midi, jusque vers deux ou trois heures. Elle dîne, prend un peu de repos, puis reçoit, dans le grand cabinet, hommes et femmes venus lui faire leur cour. S'il fait beau on se promène dans les jardins. Vers sept ou huit heures, le plus grand nombre lui souhaite le bonsoir, et elle termine la soirée en compagnie de ses familiers : musique, jeu, divertissements variés. Peu après dix heures, elle soupe. Arrive alors Leonora, avec qui elle s'entretient privément jusqu'au moment de se mettre au lit. « En somme, on peut dire qu'elle ne se repose que quand elle dort, ce qu'elle fait beaucoup moins qu'auparavant et véritablement au grand étonnement de tous », écrit à son maître l'ambassadeur florentin.

Sa porte est largement ouverte. Les gens de qualité ont auprès d'elle un accès aisé. Mais elle tient au décorum. C'est debout que les princes du sang écoutent les ministres, également debout, lui exposer les affaires du jour. Et dans les vastes réceptions de fin de journée, très peu de grandes dames se voient accorder le privilège envié de s'asseoir sur un « tabouret ».

Aux approches de la quarantaine, elle est en pleine santé, épanouie, rayonnante. « Beaucoup plus belle, note Fontenay-Mareuil, que du temps du feu roi, comme si son sang se fût renouvelé depuis qu'elle avait eu l'autorité et qu'elle était délivrée de ces jalousies qui lui donnaient tant d'inquiétude. » Le veuvage comme cure de beauté, le pouvoir comme bain de jouvence : voilà qui invite à réfléchir sur la condition des reines...

Bien qu'elle soit très convaincue de ses hautes capacités, Marie n'a aucune expérience politique. Gouverner, pour elle, c'est être obéie en tout et par tous. Elle n'a aucune idée des enjeux à long terme, moins encore des nécessaires arbitrages entre impératifs antagonistes. Quelques convictions simplistes la guident. Elle souhaite le triomphe de la catholicité, grâce à l'union de Paris et de Madrid. Elle refuse de comprendre qu'il est vital pour la France de contrecarrer l'impérialisme espagnol : n'est-elle pas elle-même à demi Habsbourg ? Mais elle est prête à s'opposer à l'Espagne sur des points précis, mettant en jeu son prestige et son intérêt propres et ceux de sa famille. D'une manière plus générale, elle approuve chaudement ce qui flatte son orgueil, réagit avec violence à ce qu'elle considère comme des offenses, et ne supporte en aucun cas la contradiction. On n'a jamais vu « femme plus entière et qui plus difficilement se relâchât de ses résolutions ». Les réactions passionnelles lui tiennent trop souvent lieu de politique.

Les contemporains la taxent à la fois d'indécision et d'opiniâtreté, la disent également autoritaire et influençable. Cette contradiction apparente s'explique aisément. Elle ne sait pas comment exercer cette autorité dont elle est si jalouse. Son manque de compétence la met à la merci de ses familiers. Mais elle conserve face à eux de la méfiance. Changeante, elle oscille entre divers conseillers, prétend prendre elle-même les décisions. Et lorsque l'amour-propre blessé ou la colère l'aveuglent, elle cesse d'être sensible aux arguments rationnels. Son entourage n'a alors d'autre ressource que de flatter ses passions.

La tradition l'oblige à ouvrir le Conseil aux grands, mais elle les redoute. Elle les sait orgueilleux, avides de pouvoir, indociles. Ceux mêmes qui l'ont servie — Épernon, Guise — ont à son égard la condescendance hautaine des hommes d'épée en face d'une femme, d'une étrangère. Elle préférerait recourir à des gens de plus humble extraction, des « créatures » lui devant tout, comme son avocat personnel ou son médecin, et bien entendu la chère Leonora et son mari. Ni les uns ni les autres, cependant, n'ont l'expérience et le statut social requis. Le couple Concini s'occupe exclusivement, dans les premiers temps de la régence, d'accumuler charges et prébendes : les ambitions, ce sera pour plus tard.

La meilleure solution est donc aussi la plus simple. Marie conserve les principaux ministres de son époux, au courant des dossiers, rompus au maniement des affaires. Elle s'entend assez bien avec Jeannin et surtout Villeroy, des bourgeois anoblis par la robe, des hommes d'âge et de sens rassis, experts en l'art de survivre aux vicissitudes politiques, catholiques bon teint, qui ont conquis leurs galons de négociateurs en louvoyant entre le parti de la Ligue et celui du roi et sont comme elle partisans d'une réconciliation avec l'Espagne. Soucieux avant tout de conserver leur place, ils songent seulement à « prêter l'épaule au temps, et gouverner doucement jusques à la majorité du roi ». Elle n'a pas à craindre d'initiatives de leur part. En revanche, elle n'aime pas Sully, un grand seigneur aux allures cassantes, qui a apporté au maniement des finances sa rigueur de calviniste et sa rudesse d'homme d'épée. Plus douée pour vider le trésor que pour l'alimenter, elle affiche un souverain mépris pour les questions financières. Dépourvue de sens juridique, elle n'a pas la moindre idée de ce que peut être la gestion d'un grand pays. Elle ignore les mérites de Sully. Elle lui en veut d'avoir marchandé âprement les rallonges budgétaires qu'elle réclamait et d'être intervenu en tiers dans ses querelles de ménage. Elle n'ose le congédier tout de suite, mais lui bat froid. Il sera mis à l'écart l'année suivante, et ses efforts de modernisation administrative réduits à néant.

Une régente doit cependant ménager les grands. D'où la mise en place de deux types de Conseils. Les uns, assez ouverts, ne sont que pour la forme, « de mine et de faste », destinés à satisfaire l'amour-propre des princes, ducs et officiers de la couronne qui ont l'honneur d'y être conviés. Mais on n'y propose rien qui n'ait été préalablement débattu dans des conseils particuliers, dits « de petite écritoire ». Inconvénients : l'alourdissement de la machine gouvernementale, des risques non négligeables de fausses manœuvres et de fausses notes, ainsi qu'un climat général de dissimulation, dont tirent argument les mécontents. Lorsqu'il se rendait compte que les jeux étaient faits d'avance, « M. le Prince grondait un peu, mais ce n'était que pour se faire mieux acheter, s'apaisant aussitôt qu'on lui avait donné quelque argent ».

Cahin-caha cependant, le système se mettait en place et Marie faisait son apprentissage.

Virage politique ?

Au regard rétrospectif de l'historien, la régence de Marie de Médicis constitue, par rapport au règne d'Henri IV, un virage politique à 180 degrés. Mais les contemporains eurent d'abord le sentiment d'une continuité — ou tout au plus d'une pause —, avant que n'apparaisse la nouvelle orientation.

Marie se trouve confrontée à deux types de conflits, intérieurs et extérieurs. Elle adopte pour y faire face deux tactiques différentes.

Les plus sérieux sont ceux du dedans : l'agitation orchestrée par les princes du sang qui lui disputent le pouvoir. Prudence, prudence. On gouverne au plus près de l'événement, au coup par coup. Pas de rupture brutale : l'équilibre réalisé par Henri IV est trop fragile. Marie déclare qu'elle veut « suivre les pas du feu roi son seigneur ». Ses amis ultra-catholiques en seront donc pour leurs frais. Bien loin de faire recevoir en France les décrets du concile de Trente — ils ne le seront jamais —, elle a pour premier geste la confirmation de l'édit de Nantes, dès le 22 mai 1610, une semaine tout juste après le régicide. Elle ne tentera pas davantage de rétablir le culte catholique en Béarn. La volonté de réconciliation nationale reste intacte.

Pour préserver la paix intérieure, il faut en revanche lâcher du lest à l'extérieur.

Comme ses prédécesseurs, Henri IV a mené contre l'Espagne un combat tantôt ouvert, tantôt larvé. Après la paix de Vervins en 1598, il a continué de la harceler dans une sorte de guerre froide, encourageant les États de moyenne importance à résister à ses pressions et les poussant à des entreprises contre elle. Cela supposait que les États en question aient confiance en lui et en ses capacités de les défendre le cas échéant. Or ses projets d'intervention à Juliers, coïncidant avec le scandale de sa dernière passion sénile, avaient déjà inspiré à l'Angleterre, à la République de Venise, à certains princes allemands, de vives réserves : on voulait bien le laisser faire, mais de là à s'engager, il y avait loin. Après son assassinat, une régente au pouvoir précaire ne pouvait envisager de poursuivre cette politique extérieure audacieuse.

La solution adoptée fut la moins mauvaise, elle permit de reculer sans perdre la face.

Deux offensives se préparaient, l'une sur Juliers, que le roi devait mener lui-même, l'autre sur le Milanais, confiée au duc de Savoie, avec l'appui de troupes françaises amenées du Dauphiné. La première partie de ce plan était officielle, non la seconde. L'une fut maintenue, l'autre annulée.

Sur la frontière allemande, les opérations se déroulent comme prévu. Nos troupes marchent sur Juliers, s'en emparent le 3 septembre et un compromis vient fixer le sort du duché. Cette trop facile victoire française, au terme d'une promenade militaire d'une aisance déconcertante, donnait à penser. Elle n'aurait pas été possible sans la complicité tacite des Espagnols, qui autorisèrent notre armée à traverser leurs territoires du Luxembourg et feignirent de ne pas se sentir visés dans le règlement de ce que nous appellerions aujourd'hui une « affaire intérieure » allemande. Madrid n'avait pas intérêt à affaiblir la régente et lui laissa les apparences du succès. Marie pavoisa.

En Dauphiné au contraire, le maréchal de Lesdiguières reçut l'ordre de ne pas bouger et le duc de Savoie dut faire marche arrière. Il est d'usage de reprocher vivement à Marie de Médicis ce lâchage d'un de nos alliés. Mais la réalité apparaît plus complexe.

Le duc de Savoie est un allié d'un genre assez particulier. Charles-Emmanuel, hardi et entreprenant, supporte mal — on le comprend sans peine — de voir ses États pris en étau entre la France et les possessions espagnoles de Lombardie. Il se trouve lié à Paris et à

Madrid par des alliances matrimoniales éclectiques : sa mère était la plus jeune fille de François Ier, mais lui-même a épousé une fille de Philippe II d'Espagne[1]. Il est pauvre de biens, mais riche d'enfants : sa femme lui a donné en douze ans cinq fils et cinq filles, avant de mourir de ses dernières couches, et il doit à ses nombreuses maîtresses une foison de bâtards. Il lui faut s'agrandir. Il cherche à gagner du terrain d'un côté ou de l'autre des Alpes[2] en jouant des rivalités entre les deux grandes monarchies. Or, battu à plates coutures par Henri IV en 1600, il a dû lui céder le Bugey et la Bresse. Ses ambitions territoriales ne peuvent plus se développer qu'en direction du Milanais. Du coup, il lui faut renverser ses alliances : il a besoin contre l'Espagne de l'appui des Français.

En 1609, c'est donc Charles-Emmanuel qui, voyant la France sur le point de s'engager en Allemagne, prit l'initiative de proposer l'ouverture d'un second front en Italie du Nord. Henri IV se méfiait de cet ancien adversaire réputé pour sa ténacité et sa fourberie. Il hésita beaucoup avant de signer avec lui, trois semaines avant sa mort, le traité de Brussol, qui fut tenu secret : le duc de Savoie, appuyé par Lesdiguières, attaquerait le Milanais ; en cas de succès, il en annexerait la plus grande partie, sauf un morceau destiné à récompenser l'indispensable soutien de Venise. Le roi de France ne demandait rien pour lui-même. Il accordait la main de sa fille aînée, Élisabeth, au prince de Piémont, héritier de Savoie. On ne sait si ce mariage était subordonné ou non, dans son esprit, à la conquête préalable du Milanais. Mais la chose est probable : il n'aurait pas donné son aînée à un prince de seconde

---

1. Cette Catherine d'Autriche était, il est vrai, la fille de Philippe II et d'Élisabeth de France, la fille aînée d'Henri II et de Catherine de Médicis !

2. Rappelons que ses territoires s'étendaient de part et d'autre de la ligne de crête des Alpes : d'un côté la Savoie proprement dite et l'ancienne capitale, Chambéry, de l'autre le Piémont et la nouvelle capitale, Turin.

zone. En tout état de cause, il avait le temps de voir venir : la fillette n'avait que sept ans et demi.

Lorsque la régente suspendit l'opération, Charles-Emmanuel poussa les hauts cris, invoqua le traité : c'était de bonne guerre. Mais l'entreprise, déjà fort hasardeuse du vivant d'Henri IV, n'avait plus après sa mort aucune chance de succès. Venise avait donné l'exemple en faisant savoir qu'elle se retirait. Y renoncer était la sagesse même.

Cependant l'affaire n'était pas sans inconvénients sur le plan international. Il en ressortait une leçon très claire que les princes allemands et italiens comprirent aussitôt : la France n'était plus en mesure de les protéger et d'arbitrer leurs différends avec l'Espagne, désormais toute-puissante en Europe.

La chose est regrettable. Mais il serait injuste d'imputer à la seule régente la responsabilité de cette reculade. Il n'est pas même certain qu'elle ait imprimé sa marque personnelle sur la politique alors mise en œuvre, et qui n'est pas totalement en rupture avec celle d'Henri IV. Car tout en évitant de se heurter à l'Espagne, ses vieux ministres s'efforcent de préserver nos alliances avec les puissances protestantes, Angleterre et Pays-Bas, jusqu'à ce que le jeune roi puisse prendre la relève. Le mot d'ordre est à l'attentisme. Ce n'est pas leur faute, ni celle de la régente. C'est le couteau de Ravaillac qui, en portant sur le trône un enfant mineur, a condamné la France à l'effacement.

Cet effacement est confirmé en 1613 lors de la succession de Mantoue. Profitant de la mort du duc Vincent Iᵉʳ de Gonzague, Charles-Emmanuel de Savoie s'empara d'une de ses possessions stratégiques dans la plaine du Pô, le Montferrat. Marie, indignée, voulut voler au secours de l'héritier légitime, son neveu Ferdinand, fils de sa sœur Éléonore : solidarité familiale oblige. Ses ministres se récrient : et si le Savoyard avait l'accord de Madrid ? Renseignements pris, il n'en est rien. L'Espagne parle d'intervenir elle-même. Des troupes françaises se mettent en route. Ce que voyant,

Charles-Emmanuel fait marche arrière. Et, en attendant la conclusion d'un traité, le gouverneur espagnol de Milan occupe les territoires contestés, à la grande fureur des deux intéressés spoliés. De quoi illustrer à l'avance quelques fables célèbres de La Fontaine, *Le Chat, la Belette et le petit Lapin, L'Huître et les Plaideurs* ou *Le Singe et le Chat* !

À laisser le champ libre à l'Espagne en Europe, la France ne perdait pas tout cependant. C'était le prix à payer pour la paix intérieure : Philippe III renonçait à subventionner la subversion chez nous. Et les circonstances ne nous laissaient pas d'autre choix. Mais Marie de Médicis montre à cette occasion les limites de son intelligence politique. Elle triomphe. Elle se fâche contre les ministres qui tentent de lui expliquer qu'il ne s'agit pas d'une victoire. Ce qui ne devrait être qu'un repli tactique, un recul provisoire, est pour elle le prélude à un alignement définitif, qu'elle appelle de tous ses vœux.

Madrid l'avait compris dès son accession à la régence et faisait miroiter à ses yeux la perspective d'une double union entre les princes et princesses des deux maisons, qui achèverait d'arrimer la France au char espagnol. L'enthousiasme sans mesure qu'éveille en elle ce projet révèle soudain à l'ensemble du pays l'ampleur de son virage politique, que l'apparent succès de Juliers avait occulté. C'est donc autour des mariages espagnols que se cristallise le débat.

Les mariages espagnols

La politique matrimoniale des grandes maisons régnantes obéit à des impératifs variés et parfois divergents. Au fil des ans, les chances d'acquérir une province par ce moyen se sont amenuisées : il n'y en a plus guère de disponibles. On veut avant tout s'assurer des alliances, avec l'idée — très illusoire ! — que les liens familiaux contribueront à renforcer l'amitié ou à fonder la paix. Mais les rois raisonnent aussi comme de simples particuliers : ils recherchent pour leurs enfants les mariages les plus brillants.

En ce début du XVIIe siècle, deux pays tiennent le haut du pavé en Europe, l'Espagne, longtemps prééminente, et la France, qui vient de lui résister victorieusement[1]. Les deux pays sont rivaux. La logique voudrait que chacun poursuive des alliances, et donc des unions matrimoniales, dirigées contre l'autre. Mais d'autre part, les héritiers de chaque pays sont sur le marché les partis les plus prestigieux, donc les plus désirables. Comment pourrait-on y renoncer ? Et la politique même incite à composer. On se battra peut-être, mais il faudra bien en finir un jour. Donner une de ses filles à l'adversaire, c'est en cas de conflit s'assurer un auxiliaire dans la place, puis faciliter les éventuelles négociations de paix. C'est aussi torpiller d'autres unions, gages d'autres alliances. C'est en tout état de cause affirmer sa supériorité sur les familles princières de moindre envergure. On comprend donc aisément que chacun garde un œil attentif sur les projets du voisin, prêt à modifier les siens en conséquence.

Ajoutons que le surnaturel s'en mêle parfois. Henri IV et Philippe III attendaient en même temps leur premier enfant. En septembre 1601, il leur naquit respectivement, à quelques jours de distance, un fils, Louis, et une fille, Anne. La providence ne destinait-elle pas ces enfants l'un à l'autre ? L'idée de leur mariage flotte dans l'air au-dessus de leur berceau. Les catholiques de toute l'Europe y voient un signe prémonitoire. Signe bientôt confirmé par la naissance ultérieure dans les deux cours d'une fille et d'un fils, prometteuse d'une seconde union symétrique.

---

1. L'Empire est en pleine décadence, menacé par les Turcs sur ses frontières orientales, dépossédé par la Réforme d'une part de son autorité sur les principautés allemandes et miné par des dissensions et des révoltes. De plus ni Rodolphe II ni son frère Mathias n'ont d'enfants à marier.

Rien ne pouvait plaire davantage à Marie de Médicis qu'une telle perspective, qui flattait son orgueil et confortait ses choix politiques. Henri IV, lui, en jugeait autrement. Aucune entente, déclarait-il, ne serait viable entre les deux pays qui se disputaient l'hégémonie. Il jugeait « plus utile à un grand roi de prendre des alliances avec des princes ses inférieurs, capables de s'attacher à ses intérêts, qu'avec d'autres qui fussent en prétention d'égalité ». Comme naguère Louis XI ou Henri II, il souhaitait mener une stratégie matrimoniale offensive, pour tenter d'acquérir la Lorraine et de s'attacher la Savoie.

Une petite Nicole était née à Nancy, d'un père âgé, la mère se remettait mal : la fillette allait être l'héritière du duché. Henri IV demanda sa main pour le dauphin. Le duc hésitait, craignant de s'attirer les foudres de l'Empereur et des princes allemands, peu soucieux de voir la France s'emparer de la Lorraine. Mais la duchesse ne mourut pas : la petite Nicole aurait probablement des frères. Le projet n'avait plus lieu d'être.

On a vu plus haut que le duc de Savoie s'était vu promettre la main de l'aînée des filles de France. Seule la conquête du Milanais pouvait justifier cet honneur inouï. En attendant ce très hypothétique succès, Henri IV y trouvait deux avantages. Il stimulait le zèle de son dangereux allié. Et il piquait au vif l'orgueil espagnol.

Car il n'excluait pas de donner sa seconde fille, Chrétienne, à un infant cadet d'Espagne, à condition que celui-ci règne sur les Pays-Bas. Mais, éclectique, il réservait sa dernière-née, encore au maillot, au prince de Galles déjà âgé de seize ans. En fait, il cherchait moins à prendre pour ses enfants des engagements irrévocables qu'à battre en brèche l'espèce de monopole que s'était arrogé l'Espagne en matière de politique matrimoniale européenne.

Profitant de l'affaiblissement de la France à la fin du XVIe siècle, les rois d'Espagne avaient pris en effet l'habitude d'agir en arbitres souverains sur l'échiquier matrimonial européen. Infantes et archiduchesses étaient réparties à leur gré entre les princes demandeurs et ils obtenaient pour leurs fils les partis de leur choix. Philippe II n'aurait jamais consenti à donner une de ses filles à Henri IV. Quand Philippe III lui fait espérer une union entre leurs enfants, pour achever de l'ancrer dans le camp catholique, il croit lui faire un honneur extrême. En affectant d'ignorer ses ouvertures, Henri marque fermement son indépendance. Et il fait monter les enchères. Comment le roi et la reine d'Espagne, « qui aimaient extrêmement leurs filles et souhaitaient passionnément de les voir hautement mariées », se seraient-ils résignés à voir une princesse lorraine leur souffler le dauphin ? Comment auraient-ils accepté que pour l'aînée de France on préfère à leur fils un modeste Savoyard ? Comme le suggère Jean-Pierre Babelon dans sa biographie d'Henri IV, il est probable que les négociations matrimoniales de 1609 étaient dans l'esprit de celui-ci des ballons d'essai plutôt que des décisions arrêtées. L'âge de ses enfants lui laissait du temps. En bon père de famille soucieux de caser au mieux sa progéniture, il ne pouvait raisonnablement ignorer les offres espagnoles. Mais il entendait bien n'y répondre que d'égal à égal, si possible après une victoire.

Sa mort modifie brutalement les rapports de force. L'Espagne brille à nouveau au firmament des puissances européennes. Et la régente, pour qui seules comptent les considérations de prestige, rêve bien entendu d'un conjoint espagnol pour l'un au moins de ses enfants. À Madrid on le sait, on va au-devant de ses désirs. Et pour mieux l'éblouir, on fait coup double.

L'occasion est toute trouvée. À l'automne de 1610, elle se hâte de faire procéder au sacre du jeune Louis XIII, pour asseoir sa légitimité. Les ambassadeurs étrangers sont invités. Le duc de La Feria arrive en grande pompe porteur d'une offre encore officieuse, un double mariage entre les enfants de France et d'Espagne : pour le dauphin l'infante Anne d'Autriche,

pour sa sœur Élisabeth le prince des Asturies. La reine
exulte, donne son accord de principe sans conditions.
Elle abreuve le duc de Savoie de paroles dilatoires,
puis lui fait comprendre qu'il n'a rien à espérer et l'invite à faire sa soumission à Philippe III, en demandant
au besoin pour le prince de Piémont la main d'une
infante cadette.

Paris et Madrid sont loin. Il faut du temps pour élaborer le double contrat. Marie de Médicis se débat
contre l'agitation nobiliaire endémique. Au début de
1612, elle estime le moment favorable pour frapper
l'opinion en rendant officiel l'accord sur les mariages
espagnols. La proclamation en est faite le 26 janvier.
Bientôt l'ambassadeur d'Espagne traite Élisabeth
comme sa future reine, en s'agenouillant devant elle,
selon le rituel de son pays. On habille la jeune fille à
la mode d'outre-Pyrénées, en robe de toile d'argent,
garnie d'or. Pour associer le bon peuple de Paris à la
joie de ses souverains, d'éblouissantes festivités sont
organisées pendant trois jours, du 5 au 7 avril 1612.
« Il se fait des fêtes si magnifiques que les nuits sont
changées en jours, les ténèbres en lumières, les rues
en amphithéâtres. » La place Royale est le cadre d'un
carrousel où des chevaliers se disputent amicalement
la possession du « Château de la Félicité », sous les
yeux ravis des courtisans et des badauds. Le soir, le
jeune roi et sa mère suivis de toute la cour se promè-
nent dans Paris illuminé, aux acclamations de la foule.
Un feu d'artifice très réussi vient mettre un point final
à la liesse générale.

Dans le courant de l'été, un ambassadeur extraordinaire du roi d'Espagne arrive à la tête d'un cortège
fastueux. Présentations officielles et le 25 août, jour de
la Saint-Louis, signature du contrat. La reine Marguerite, première épouse d'Henri IV, qui joue auprès des
enfants royaux le rôle d'une grand-tante ou d'une marraine, offre un bal mémorable où elle arbore, malgré
son âge et son embonpoint, une robe d'argent semée
de diamants assemblés en forme de roses. L'enfant roi

croule sous le poids de ses vêtements brodés et rebrodés, du cordon du Saint-Esprit qui pend à son cou et de la chaîne de diamants qui entoure sa taille. Mais la cour n'a d'yeux que pour Élisabeth, pour sa robe de satin vert rehaussée d'or, prolongée par une interminable traîne, pour les pierreries qui constellent ses cheveux et son corsage.

Au même moment, à Madrid, a été signé un contrat équivalent unissant le dauphin à l'infante Anne d'Autriche.

Il n'a été parlé que de mariage. Pas de clauses politiques. Impossible de faire comprendre à Marie que l'Espagne a une fâcheuse tendance à confondre les intérêts de l'Église avec les siens propres et que la France doit se défendre contre ses prétentions à l'hégémonie. Elle voit dans ces mariages une fin en soi et non un moyen, elle s'imagine que les liens de parenté ainsi créés seront une panacée à toutes nos difficultés. Les deux grandes monarchies étroitement unies sont appelées, croit-elle, à régner sur une Europe rendue au catholicisme : pourquoi marchander les termes d'une aussi profitable association ?

Entre-temps, la fureur du duc de Savoie a eu cependant quelques effets bénéfiques. Ulcéré d'être évincé par la France, il a lancé des négociations matrimoniales tous azimuts. Impossible d'entrer ici dans le détail de ces combinaisons complexes mettant en cause, outre les enfants du roi d'Espagne — il a quatre fils et deux filles —, ceux du roi d'Angleterre — deux fils et une fille —, ainsi que les deux filles cadettes de France. Toutes les combinaisons possibles sont envisagées, dans un tournoiement qui donne le vertige. Ce qui ressort finalement de ce tourbillon, c'est un projet d'union entre la seconde des filles de France, Chrétienne, et le prince de Piémont, tandis que la troisième, Henriette, serait donnée au prince de Galles. Ce dernier meurt, on se rabat sur son frère cadet. Mais Chrétienne ayant cinq ans et Henriette deux, la réalisation est remise à plus tard et on laisse entendre que les deux princesses seront interchangeables au besoin.

C'est à Louis XIII qu'il appartiendra de concrétiser ce projet un peu plus tard. En 1612-1613, seuls les mariages espagnols occupent le devant de la scène. Ils ont valeur de symboles. Ils engagent la régente et dans une certaine mesure, voulue par l'Espagne, la compromettent. Visiblement le tournant est pris, la rupture avec la politique d'Henri IV évidente : la France aligne désormais sa conduite sur Madrid. Fait sans précédent : la régente a offert à l'ambassadeur de Philippe III, en même temps qu'à celui de Florence et au nonce apostolique, l'accès au Conseil.

Par ces mariages, l'Espagne voulait dissuader la France d'intervenir en faveur des Provinces-Unies, qu'elle ne désespérait pas de reconquérir. En échange Marie, assurée de l'appui tacite de Madrid, comptait pouvoir mater facilement les grands seigneurs indociles. Mauvais calcul. Car un changement aussi brutal heurte la sensibilité et les habitudes de pensée de nombreux Français. Leurs intérêts aussi parfois. Les grands, privés du plaisir de guerroyer et de se rendre importants, piaffent de fureur. Beaucoup de ceux mêmes qui se refusaient à entrer en conflit avec l'Espagne renâclent devant une sujétion inconditionnelle. Quant à ceux qui avaient coutume de mendier des subsides à Madrid, ils s'inquiètent d'avoir à se priver de cet appui. Chez les gens de robe, le sentiment national se réveille : pas d'Espagnols chez nous. Et les protestants craignent la reprise des persécutions. Des pamphlets dénoncent l'alliance contre nature du coq français et du lion espagnol. Les mariages suscitent, à travers tout le royaume et dans les milieux les plus divers, une vague d'opposition contagieuse : « Le peuple, la noblesse, les princes et tout le monde généralement les abhorre », pourra bientôt écrire à ses maîtres l'ambassadeur de Venise.

Un climat de guerre civile

Dès les premiers jours de la régence, on l'a vu, les grands ont commencé de s'agiter, de revendiquer, de monnayer leur ralliement tout provisoire. La chance de Marie, c'est qu'ils ne parlent pas d'une seule voix. Ils éclatent en clans rivaux, qui se haïssent : autour des Guise et des Condé, traditionnellement affrontés, gravitent de vastes clientèles prêtes à en découdre. En marge de ces deux groupes dominants, il y a des potentats solidement implantés dans leurs fiefs provinciaux, comme le duc d'Épernon à Angoulême et celui de Montmorency en Languedoc, qui concluent avec les uns ou les autres des alliances intéressées. Il y a aussi les protestants : leur chef de file, le duc de Bouillon, dispose d'une base militaire dans sa principauté indépendante de Sedan, aux frontières de l'Empire, tandis que le duc de Rohan régente les implantations huguenotes de l'Ouest et du Sud-Ouest. Épernon et les Guise, catholiques convaincus, naguère à la solde de l'Espagne, s'accommoderaient à la rigueur, moyennant finances, de la nouvelle politique. Mais Condé se souvient qu'il est né réformé, et il se sent prêt à le redevenir si son intérêt l'exige. Aussi arrogants et ombrageux les uns que les autres, ils se chamaillent pour des questions de rang, de préséance, pour l'attribution de pensions ou de places, pour des affaires d'honneur ou de femmes. Chacun s'emploie à augmenter ses pouvoirs et à arrondir sa pelote.

Pour les neutraliser, la reine applique, sur le conseil de ses vieux ministres, la méthode qui a si bien réussi à Henri IV au début de son règne : « retenir les esprits remuants avec des chaînes d'or », comme dira élégamment Richelieu. En d'autres termes les acheter. La paix civile ainsi acquise coûte cher, mais infiniment moins que la guerre du même nom. Hélas ! Marie donne trop libéralement, sans discernement, elle ne sait pas assortir ses faveurs de menaces. Elle a mis le doigt dans un engrenage dont elle ne parvient pas à sortir. Dès la fin de 1613, les finances royales sont à sec. La régente puise, sous des prétextes divers, dans le fameux trésor de la Bastille : pour lever une armée contre les factieux, pour financer leur ralliement et, bientôt, pour faire face aux frais du double mariage. Et lorsqu'elle essaie de réduire le montant des pensions nobiliaires, elle relance l'agitation.

On renonce à énumérer ici les rébellions des uns et des autres, suivies de traités qui sont autant de capitulations pour la régente. Le scénario est toujours le même. Il suffit de se déclarer mécontent, de quitter ostensiblement la cour et de gagner son château provincial en compagnie de ses amis et serviteurs, dans un grand cliquètement d'armes, pour que s'ouvre la bourse royale et que pleuvent charges et gratifications. On accueille ces cadeaux comme un dû, on revient à la cour, pour se découvrir bientôt une autre cause de mauvaise humeur. Et l'on recommence ce fructueux chantage. « Les grands prostituaient leur fidélité à plus haut prix », écrira férocement Richelieu. À ce jeu, Condé est le champion incontesté : de 1610 à 1614, ses allées et venues incessantes entre la cour et ses terres donnent le tournis.

Comme chacun, « mesurant son mérite à son audace », lorgne vers son voisin et se livre à des comparaisons pour réclamer ce qu'il estime lui revenir, cette tactique multiplie les surenchères, en une spirale infernale. Mais elle empêche les trublions, qui se jalousent, de faire front commun. Ils agissent en ordre dispersé. Et ils ne peuvent assigner à leur insubordination aucun motif politique avouable.

Or voici que les mariages espagnols fournissent des arguments aux mécontents, focalisent les protestations et soudent l'union des opposants.

Ceux qui ont les meilleures raisons de s'inquiéter, ce sont les huguenots. Persuadés qu'ils vont faire les frais de la nouvelle politique, ils tiennent une assemblée sans demander au roi l'autorisation réglementaire, émettent des revendications, se fortifient dans leurs places de sûreté, se cherchent des soutiens. Ils en trouvent parmi les grands seigneurs, ravis d'avoir un prétexte pour remettre en cause la régence et réclamer part au pouvoir : sur un sujet aussi important que le mariage du roi, sa mère n'aurait-elle pas dû prendre l'avis de toute sa parentèle, et notamment des trois princes du sang, Condé, Soissons et Conti ?

Ceux-ci n'ont pu en empêcher la proclamation. Mais ils ne baissent pas les bras pour autant. La mort du plus énergique d'entre eux, Soissons, prive Condé d'un auxiliaire efficace, mais fait de lui le chef de file des rebelles : il est le seul prince du sang en droit de prétendre au gouvernement. L'agitation s'intensifie au début de 1614. Tandis que le duc de Nevers s'enferme dans Mézières, le prince, réfugié sur ses terres, publie un violent manifeste qui est une attaque en règle contre Marie : pour « remédier aux maux dont souffre le royaume », il exige la réunion des États Généraux, dans l'espoir que les États casseront l'arrêt du parlement lui attribuant la régence. Lourde imprudence de sa part. Marie, à la surprise générale, accepte de signer le traité de Sainte-Menehould, qui semble consacrer la victoire des rebelles. Car Condé, sans le vouloir, lui a fourni les moyens de renforcer son autorité. Louis XIII en effet approche de ses treize ans, date à laquelle est fixée la majorité des rois. Bien entendu, il n'est pas en mesure de gouverner par lui-même. Mais si sa mère veut voir proroger ses pouvoirs, il lui faudra, compte tenu de l'opposition active des grands, obtenir l'aval d'une instance représentative. Nul ne peut mieux remplir ce rôle que les États Généraux.

À condition de pouvoir les contrôler.

Pour de vieux routiers de la politique comme les ministres du feu roi, c'est jeu d'enfant. Ils connaissent tous les moyens de peser sur les votes. Lorsque la majorité de Louis XIII est proclamée solennellement le 2 octobre 1614, Marie est tranquille. Elle sait que l'assemblée qui s'apprête à s'ouvrir le 27 lui est acquise. Elle écoute à genoux mais secrètement ravie

le petit discours — préparé par ses soins — que récite
son fils : « Messieurs, étant parvenu en l'âge de majorité [...], j'entends gouverner mon royaume par bon
conseil, avec piété et justice [...]. Madame, je vous
remercie de tant de peines que vous avez prises pour
moi ; je vous prie de continuer et de gouverner et
commander comme vous avez fait par ci-devant. Je
veux et entends que vous soyez obéie en tout et partout, et qu'après moi et en mon absence vous soyez
chef de mon Conseil. » Les tentatives de Condé pour
lui arracher le pouvoir ont fait long feu.

Ce n'est pas ici le lieu de relater l'histoire de cette
assemblée célèbre, qui fut la dernière avant celle de
1789 où sombra la monarchie. Disons seulement qu'il
s'y instaura un débat sur la forme même du régime,
mais que les trois ordres furent incapables de se mettre
d'accord sur des mesures qui leur eussent permis
d'exercer un contrôle sur le souverain : les discussions
aboutirent au contraire à renforcer l'idée que le roi de
France est *absolu* au sens étymologique, c'est-à-dire
non lié par les lois, responsable de ses actes devant
Dieu seul. C'était notamment dénier aux princes du
sang le droit de participer au gouvernement. Contre
les trublions de tout bord, l'autorité royale s'en trouva
renforcée. Dans l'immédiat, Marie de Médicis en
obtint ce à quoi elle tenait le plus, la confirmation de
sa nomination à la tête du gouvernement et l'approbation des mariages espagnols.

Les harangues d'ouverture prononcées par les représentants des trois Ordres avaient fait pleuvoir sur la
tête de la régente — « la plus sage princesse de notre
siècle », « une seconde Blanche de Castille » — des
flots de louanges fleuries. Elle put savourer le discours
de clôture du clergé, confié à un jeune évêque au talent
très prometteur, M. de Luçon, autrement dit Armand-
Jean du Plessis de Richelieu : « Heureux le roi à qui
Dieu donne une mère pleine d'amour envers sa personne, de zèle envers son État et d'expérience pour la
conduite de ses affaires... » L'avenir se chargerait bien-

tôt de le démentir. Mais pour l'instant, Marie triomphait. « La reine, à sa grande réputation et louange, a conduit à bon port une affaire bien grave », écrivait au grand-duc l'ambassadeur de Florence ; mais la grande-duchesse Christine continuait de penser pour sa part que ces succès étaient dus à la providence plutôt qu'à la sagacité de sa nièce.

Restait à désarmer l'agitation toujours renaissante. Un bref voyage en Bretagne avait permis de mesurer le loyalisme s'attachant à la personne du roi : le jeune Louis XIII soulevait des acclamations passionnées. Marie décida de hâter la réalisation des mariages, pour ôter tout prétexte à discussion.

L'échange des princesses

Comme au temps de François Iᵉʳ ou de Catherine de Médicis, la Bidassoa sert de passage obligé entre la France et l'Espagne. C'est sur le petit fleuve que se croiseraient les deux princesses, après célébration des mariages par procuration le même jour à Burgos et à Bordeaux.

Mais pour aller à Bordeaux, il fallait traverser des provinces peu sûres, tenues par les huguenots qu'excitait en sous-main le prince de Condé, lequel pour sa part patrouillait en Champagne et en Picardie, avant de les rejoindre. En deux prélèvements successifs de 1 200 000 livres chacun, on acheva de vider le trésor de la Bastille pour lever 3 000 arquebusiers destinés à flanquer le cortège. Le voyage matrimonial prenait des allures d'expédition militaire. On quitta Paris le 17 août. Par une chaleur écrasante, on avançait avec une sage lenteur. Le danger surgit là où on ne l'attendait pas. À Poitiers, Élisabeth se sent mal, la petite vérole se déclare. Plutôt que de renoncer à l'union prévue, Marie pense aussitôt à une solution de rechange : si elle meurt, on la remplacera par sa petite sœur Chrétienne. La fillette a neuf ans et demi, elle sera nubile à douze, selon le droit canon : il n'y aurait guère plus de deux ans à attendre ! L'épreuve est épargnée à cette mère pleine de ressources : l'atteinte était bénigne, la malade se remet vite et — un vrai miracle — sa beauté n'en gardera pas trace. Après une telle émotion, la fluxion et l'érésipèle qui retiennent ensuite la régente au lit sont contrariété légère. On quitte Poitiers le 28 septembre, on fait étape à Angoulême. On s'informe. Les huguenots guettent le cortège, s'apprêtent à lui couper la route. On joue quelque temps à cache-cache avec les troupes du duc de Rohan, qui finalement renonce à l'affrontement. Voici Bordeaux, enfin, le 7 octobre ! Accueil enthousiaste, sécurité. On respire.

La date fixée pour la double cérémonie est le 18 octobre. Tandis qu'à Burgos le duc de Lerme épouse l'infante Anne par procuration au nom du roi, Bordeaux célèbre le mariage de Madame Élisabeth de France avec le prince des Asturies, héritier d'Espagne, représenté par le duc de Guise. Certes la cathédrale Saint-André est tapissée d'or et de soie et la parure de la mariée somptueuse. Certes l'événement est marqué par des réjouissances nocturnes auxquelles font écho les salves des navires ancrés dans le port. Rien n'approche en splendeur cependant les propres noces de Marie à Florence. Le climat reste tendu, le temps presse. Le départ est prévu pour le 21.

La cour n'ira pas jusqu'à Bayonne. Trop de risques : le duc de Rohan tient la campagne. Une petite armée est mise sur pied pour accompagner la nouvelle reine d'Espagne et ramener sa belle-sœur. Le duc de Guise, à la tête de 400 cavaliers et de 4 000 fantassins, dispose même de 4 canons. La jeune femme fait à sa famille des adieux arrosés par des torrents de pleurs. Louis XIII est bouleversé. L'appétit coupé il refuse de déjeuner, exige d'accompagner lui-même jusqu'aux portes de la ville « une aussi bonne sœur ». Sur le point de la quitter, il n'y tient plus : « larmes, sanglots, soupirs et cris mêlés avec les baisers et les embrassades, telles qu'ils ne pouvaient se séparer ; chacun faisait de

même, ému par les larmes de ces jeunes princes »
— hormis l'ambassadeur d'Espagne qui, agacé par ces
effusions, brusqua le départ, quitte à revenir ensuite au
train de sénateur imposé par l'étiquette.

Le 1er novembre, on arrive à Bayonne. Contretemps :
l'échange n'aura lieu que le 9. Attente, appréhension :
Élisabeth, nerveuse, s'exaspère. Enfin tout est prêt.
Comme au temps de François Ier, un ponton a été
dressé au milieu du fleuve. De chaque côté, une barque
d'apparat attend les princesses. Toutes deux doivent
quitter leur sol natal au même instant, mettre le pied
sur le ponton en même temps, et débarquer à l'unisson
sur le sol de leur nouvelle patrie. Même décor de
chaque côté. Non, justement : on s'aperçoit que la couronne qui orne la barque espagnole est deux fois plus
grande que son homologue française, et qu'elle s'agré-
mente d'un globe et d'une croix. Discussion : il est
trop tard pour modifier la couronne, mais le globe et
la croix sont sacrifiés à l'amour-propre des Français.

Voici enfin les deux princesses face à face. Elles se
croisent, échangent quelques propos convenus, avant
de s'en aller sans espoir de retour dans un pays étranger, pour y rejoindre un mari qu'elles n'ont jamais vu.
Elles ont respectivement quatorze ans tout juste pour
l'Espagnole, et pas tout à fait treize pour la Française.
Un des tableaux les plus célèbres de Rubens a immortalisé cette brève rencontre, dans une profusion d'allégories bottées et casquées et de *putti* caracolant en une
ronde joyeuse. Mais les deux jeunes femmes, Élisabeth
de profil et surtout Anne de face, n'ont pas un sourire.
Elles s'achemineront pensives, les yeux secs, parées
comme des châsses, prises en charge par la lourde
mécanique du rituel monarchique, vers un avenir
ignoré.

Le 22 novembre l'infante arrive à Bordeaux. La
reine mère est là pour l'accueillir, sanglée dans son
éternelle robe de deuil noire rehaussée d'un collier de
perles et d'une croix de diamants. Elle s'extasie devant
la beauté de sa bru, la serre dans ses bras, la baise sur

la bouche « à la française », prend-elle soin de préciser. Puis elle la prend par la main pour la conduire jusque dans la chambre où attend le roi : « Voici la reine, votre femme, que je vous amène. » Louis la salue, l'embrasse et murmure qu'il est ravi de la voir en ce lieu où elle aura « toute puissance ».

La cérémonie nuptiale est prévue pour le 25 novembre. La veille au soir, on cherche l'archevêque pour fixer les derniers apprêts. Catastrophe : il est introuvable. Quelques jours plus tôt Mgr de Sourdis, indigné qu'on lui refuse la grâce d'un de ses gentilshommes condamné à mort, a fait irruption dans la prison à la tête d'une troupe armée, forcé la porte du cachot, tué un gardien et embarqué pour l'étranger son protégé libéré. Après ce bel exploit, il a jugé opportun de se mettre lui-même en lieu sûr pour quelque temps.

La cour prit le parti de se passer de lui : l'évêque de Saintes le remplacerait. Au jour dit Louis et Anne furent unis dans la cathédrale Saint-André en grande cérémonie. Costume de brocart argenté rehaussé d'or pour lui, long manteau violet fleurdelisé, bordé d'hermine, pour elle : la foule se pâmait d'admiration. Sur la tête d'Anne la couronne royale, mal fixée, glissait, faillit tomber. Incident banal, où nul ne vit de fâcheux présage : cette couronne, beaucoup trop lourde, ne tenait jamais. Après la messe, qui dura jusqu'à six heures du soir, les deux époux soupèrent ensemble, puis la reine mère conduisit elle-même le jeune roi dans le lit de sa femme, où il fut laissé une heure ou deux. Il rejoignit ensuite sa propre chambre. Mais dès le lendemain la régente put faire adresser aux ambassadeurs étrangers et aux grandes villes du royaume une note officielle annonçant que le mariage était désormais « parfait », c'est-à-dire consommé, et donc irrévocable. Les doutes, ce serait pour plus tard.

Dans l'immédiat rien n'est réglé. Le trajet de retour se transforme en expédition militaire. Il durera six mois. L'opposition n'a pas désarmé, mais ses revendications changent d'objet. Ce qu'exige désormais son porte-parole, Condé, c'est qu'il soit fait droit aux doléances contenues dans les cahiers rédigés par les États Généraux — un interminable catalogue de mesures diverses, d'assainissement financier notamment — et que le couple Concini soit renvoyé. *Casus belli* avec la régente, dont l'Italien est devenu officiellement le bras droit.

La périlleuse ascension du couple Concini

Dès le règne d'Henri IV, cette ascension est largement amorcée. Leonora remplit assidûment ses fonctions de dame d'atour. La reine a engagé son mari comme majordome, elle le charge d'une mission officielle à Florence en 1606 et deux ans plus tard, il monte en grade en achetant la charge de premier écuyer de sa maison. Appartement au Louvre et, pour Concini, privilège très envié de pénétrer à cheval ou en carrosse dans la cour du palais : les deux Italiens ont fait du chemin en peu de temps. La reine avait été la marraine de leur fils, le roi consent à être le parrain de leur fille. Très bien placée pour recueillir la manne qui tombe des mains percées de Marie de Médicis, Leonora acquiert rue de Tournon[1] un hôtel particulier qu'elle fait restaurer et qu'elle meuble et décore avec un luxe et un goût qui surprennent le souverain lorsque celui-ci leur fait l'honneur d'y venir dîner. « Ce sont les bienfaits de Votre Majesté », répond galamment le maître des lieux. Et déjà le grand-duc de Toscane prend ombrage de la faveur scandaleuse d'un couple qui se permet de contrebalancer l'influence qu'il aurait voulu conserver sur sa nièce.

La mort du roi accélère le mouvement.

En août 1610, Leonora achète le marquisat d'Ancre, en Picardie, dont ils porteront désormais le titre. Bientôt voici Concini gouverneur de Péronne, Roye et

----

1. Cet hôtel existe encore, au n° 10.

Montididier, premier gentilhomme de la chambre du roi, gouverneur d'Amiens, maréchal de France enfin, en 1613 : le roi l'appellera « mon cousin », les autres le nommeront « Excellence ». Il reçoit le cordon de chevalier du Saint-Esprit.

Chaque étape de cette ascension fulgurante soulève des tempêtes de récriminations et de haine. Dès 1610, les ambassadeurs étrangers lui prédisent un destin tragique. Pour éviter d'être piégé à l'intérieur du Louvre, il s'est fait construire rue de l'Autruche, tout contre la muraille, une maison toute proche des jardins reliés aux appartements de la régente par une passerelle, qui peut lui épargner les tours et détours de l'itinéraire officiel. Sa femme, elle, est tenue d'occuper à l'intérieur du palais un logement discret. Mais elle a fait de l'hôtel de la rue de Tournon une demeure d'apparat, symbole éclatant de sa réussite, en même temps qu'une caverne d'Ali Baba, où elle entasse meubles et objets d'art, passionnément collectionnés.

Sur le rôle de Concini dans la conduite des affaires, les historiens sont partagés. L'homme était entreprenant et courageux, intelligent aussi et doté d'un réel sens politique. Tout en travaillant à sa propre fortune — son principal but —, il avait pour second désir, si l'on en croit Richelieu, « la grandeur du roi et de l'État », ce qui impliquait « l'abaissement des grands du royaume ».

Il commença par assurer sa fortune.

Dans les premières années de la régence, il cultive la discrétion, se tenant à l'écart, ne siégeant pas au Conseil — y est-il invité d'ailleurs ? —, préférant agir dans l'ombre. Auprès de la reine, il n'est qu'un conseiller parmi d'autres, qu'elle écoute quand elle le juge opportun, sans plus, un auxiliaire qu'elle utilise, notamment pour négocier avec les grands : il excelle à brouiller les cartes par des promesses contradictoires et à attiser leurs rivalités jalouses. Mais il arrive qu'elle s'irrite contre lui. Avoir osé dire en 1614, contre l'avis de Villeroy, que la France avait tort de « se laisser tenir en bride par l'Espagne » lui valut quelques mois d'exil en Picardie.

Il n'inspire à Marie de Médicis aucune sympathie particulière, au contraire. C'est sa femme qui jouit de la confiance de la reine et possède l'art de la manœuvrer. Elle use de son crédit pour obtenir des faveurs d'ordre privé, non pour s'immiscer dans les affaires publiques. Le couple, au début, semble d'accord sur ce point. Ils rêvent d'ascension sociale plus que de responsabilités politiques. S'ils accumulent titres et biens, c'est avec l'espoir de s'intégrer, de faire souche dans la noblesse française — comme les Gondi au siècle précédent. Un projet de mariage de leur fille avec le fils de Villeroy s'inscrit dans cette stratégie. Concini tentera de profiter de ses négociations avec les princes et les grands pour se concilier certains d'entre eux. En vain. Jamais ceux-ci n'accepteront comme l'un des leurs cet insolent parvenu italien, dont l'élévation leur paraît une insulte à l'ordre même du royaume. La greffe ne prend pas.

Leur qualité d'étrangers ne suffit pas à expliquer la violente animosité dont ils furent l'objet. La fortune qu'ils amassèrent, pas davantage. Tous les favoris, en tout temps, se sont enrichis fabuleusement. Les archimignons d'Henri III furent couverts de cadeaux. L'homme lige de Catherine de Médicis, Albert de Gondi — autre Italien —, accumula charges et pensions, fut maréchal, duc et pair, et fit un brillant mariage. Richelieu lui-même verra sa fortune bien arrondie par son passage aux affaires. Ne parlons pas de Mazarin, qui battra tous les records en ce domaine. Quant aux grands qui reprochent aux Concini l'argent extorqué à Marie de Médicis pour services rendus, ils oublient qu'eux-mêmes lui ont vendu infiniment plus cher une fidélité toujours marchandée.

Leur extrême impopularité tient moins aux faits eux-mêmes qu'à la manière. Ils vont trop loin, trop vite. Et les procédés employés choquent.

La rapacité de Leonora d'abord.

Elle jouait auprès de la reine le rôle d'un collecteur de fonds. Pour compenser la modicité des recettes légales de la couronne, elle avait mis au point un système de dessous-de-table et de pots-de-vin. Tout se monnayait, tout se payait. Aucune transaction ne s'opérait sans qu'on lui verse une dîme, destinée à la reine, mais sur laquelle elle prélevait sa part au passage. Certes la plupart des rois eurent recours à divers artifices pour renflouer leurs caisses. Mais aucun n'avait ainsi institutionnalisé la pratique d'un financement occulte. Marie eut tort de cautionner ce système et d'en user sans scrupules. D'un côté elle dilapidait l'argent en cadeaux, en gratifications, en achats de bijoux et d'objets d'art. De l'autre, elle pressurait individuellement ses sujets, par Leonora interposée, dans les moindres activités de leur vie quotidienne. Tous avaient le sentiment fort désagréable que les sommes gaspillées en haut lieu sortaient directement de leur poche : la ponction est moins douloureuse quand elle passe par le canal officiel des agents du fisc.

L'engrenage auquel se laissa prendre Concini d'autre part fut pour beaucoup dans leur perte.

De par ses fonctions — gouvernement de diverses places fortes —, il est plus en vue, plus exposé que sa femme qui se fait oublier dans les profondeurs du Louvre. Or il est seul. Ni père, ni frère, ni cousins, ni alliés. Pas de famille, pas de clan, pas d'amis, pas de clientèle. Une clientèle, cela ne se crée pas du jour au lendemain. Se sachant haï, il en prend son parti et répond à la haine par une arrogance accrue. Son compatriote Machiavel n'a-t-il pas dit qu'à défaut d'être aimé, il fallait être craint ? Peu à peu, il se met à bluffer. Pour se faire croire plus puissant qu'il n'est, il se donne pour l'arbitre de la régence. « Il affectait d'être le maître de l'esprit de la reine et son principal conseiller. Il voulait que tout le monde eût opinion que le gouvernement universel du royaume dépendait de sa volonté. » « Il essayait de faire croire à tout le monde que rien ne se passait que par son avis. » Les mécon-

tents, bien sûr, s'en prenaient à lui de leurs déconvenues. Et les grands estimaient qu'il leur volait le
pouvoir. On sentait pourtant qu'il avait « plus de réputation que de force » véritable et qu'il se maintenait
auprès de la reine « plutôt par son audace que par une
véritable confiance ».

Rien de plus dangereux que d'afficher une force que
l'on n'a pas. Plus il se sait fragile et plus il plastronne,
écrasant les autres de son mépris. Et pour accroître son
crédit, il se garde de démentir ce que murmurent les
mauvaises langues : qu'il serait l'amant de la reine. La
passerelle qui relie sa maison au Louvre est surnom-
mée le « pont d'amour ». Des couplets injurieux courent les rues : « Si la reine allait avoir / Un poupon
dans le ventre, / Il serait bien noir, / Car il serait d'Ancre [1]. » Et lui-même se plaît à entretenir une rumeur
qu'il croit flatteuse, allant jusqu'à renouer ostensiblement ses aiguillettes lorsqu'il sort de chez elle. Rien
de vrai dans tout cela : Richelieu nous apprend que
l'intéressé, affligé d'une double hernie inguinale,
n'était plus en état d'être l'amant de qui que ce fût.
Mais l'accusation fait mouche et elle contribue à
compromettre Marie. Un prédicateur se permettra de
tonner en chaire, invitant ses ouailles à « jeter à la mer
la déesse, avec une ancre au col ».

Au lendemain des mariages espagnols, jamais la
situation des Concini n'a été aussi brillante. Jamais elle
n'a été aussi menacée. Honnis de la noblesse dont ils
usurpent les privilèges, honnis des grands corps de
l'État garants des institutions, honnis du peuple qui
voit en eux des sangsues s'engraissant des dépouilles
du trésor royal, ils ne doivent leur survie qu'à l'influence exercée sur Marie par Leonora, collée à elle,
poisson-pilote la manœuvrant en secret.

Tout cela est trop beau pour durer. Leonora est prise
d'angoisse. Toute sa vie elle a eu peur — une peur qui

---

1. On se souvient que le titre officiel de Concini était : maréchal
d'Ancre.

la tient au ventre depuis son enfance déshéritée —,
peur d'avoir faim, peur de manquer. Elle aime l'argent
moins pour les plaisirs qu'il procure que comme rempart contre les aléas de l'existence. Elle thésaurise. Les
trésors s'entassent rue de Tournon, au Louvre elle dissimule dans sa chambre des cassettes pleines de pierreries. On la voit peu. Aussi discrète que son mari est
fastueux, elle fuit les honneurs, elle se cache, se tapit
dans l'ombre de sa maîtresse. Hypernerveuse, elle se
dit et se croit malade, d'une de ces maladies que nous
nommons psychosomatiques, elle s'entoure de médecins, de guérisseurs. Comme presque tous ses contemporains, elle cherche à percer le secret de sa destinée,
interroge les cartes, les astres, guette les signes, tente
de déchiffrer ses songes. Mais, quoi qu'on en ait dit,
elle ne franchit pas, en direction du surnaturel, le seuil
interdit : on ne put jamais la convaincre de sorcellerie.
Sa clairvoyance et son expérience de la vie la prému-
nissent contre les dérives de la superstition.

En 1615, elle n'a qu'une idée : quitter la France,
retourner à Florence pour y terminer ses jours dans
l'opulence. Pas besoin de mages ni d'astrologues pour
lui souffler cette solution : le simple bon sens suffit.
D'autant plus qu'elle sent diminuer l'affection que lui
portait la reine. Elle a cessé d'être une compagne
enjouée. Avec ses sautes d'humeur, ses malaises, ses
vapeurs, elle agace Marie, avec ses craintes, elle la
trouble. Pour la première fois, sa protectrice serait
prête à la laisser partir.

Son mari, lui, n'est pas d'accord. Les deux époux ne
s'entendent plus. Entre eux les scènes de ménage se
font violentes et la question d'un éventuel départ vint
aggraver leur désaccord. La mort de leur fille très
aimée, qui leur parut un signe du ciel, les rapprocha un
instant dans un même découragement. Concini faillit
abandonner la partie. Mais finalement, il s'accrocha.
Pour trois raisons majeures.

La première : son âge. De sept ans plus jeune que

sa femme, il ne se sent pas encore, aux alentours de la quarantaine, mûr pour la retraite.

La seconde : son caractère. C'est un aventurier, un joueur dans tous les sens du terme. Il s'était flatté naguère de rencontrer en France « la fortune ou la mort ». La fortune, il l'a. Devant la mort il n'est pas homme à reculer. Il a pris goût au pouvoir, il aime à voir les autres trembler devant lui, il est méprisant, hautain, cassant. Si on le provoque, il fait front. Pris d'une sorte de vertige, il perd tout sens de la mesure, se lance dans une fuite en avant qu'on dit suicidaire.

La troisième : sa situation conjugale, aggravée par son régime matrimonial. Concini n'est rien sans sa femme. C'est par elle que transitent la faveur et les gratifications. Or ils sont mariés sous le régime de la séparation de biens. La fortune est à elle, à elle seule. C'est elle qui a payé, grâce à l'argent de la reine, l'hôtel de la rue de Tournon, le marquisat d'Ancre et tous les biens meubles entassés chez eux ou expédiés à l'étranger. Elle lui a procuré, moyennant finances, de très hautes charges [1], dont l'éclat vient consolider sa propre position. S'ils rentraient en Italie, il devrait y renoncer. Adieu le pouvoir et les honneurs. Il serait, financièrement, à la merci d'une femme aussi impérieuse que lui et dont il connaît, pour l'avoir éprouvée maintes fois, la répugnance à lui céder la direction du ménage.

Le dos au mur, il est donc condamné à la fuite en avant.

Vers l'épreuve de force

Loin de calmer l'agitation nobiliaire, les mariages espagnols l'ont relancée. Les coffres de l'État sont

---

1. Il ne s'agit pas à proprement parler de prévarication. Sous l'Ancien Régime, les charges — on disait les *offices* — se vendaient et s'achetaient très officiellement.

vides. Les grands craignent de voir se tarir le flot des
libéralités. Ils veulent maintenant le pouvoir et la peau
de Concini. Ils croient la victoire à portée de main. Le
vieux Villeroy, opportuniste s'il en fut jamais, mise
désormais sur eux et lâche discrètement la régente.
Condé, qui est en passe de l'emporter, semble bien
placé pour devenir le mentor du jeune roi.

Dans un premier temps, Marie cède, chasse du
ministère les partisans de la résistance. Concini, prudent, renonce à la citadelle d'Amiens, dont on lui
conteste la possession, et offre de la faire démanteler.
La paix de Loudun, signée au début de mai 1616, offre
aux rebelles une dernière fournée de gratifications et
ouvre à Condé les portes du pouvoir : il sera maître du
Conseil et disposera de la signature royale. C'est pour
la régente une capitulation. Pour Concini un désastre.

Très habilement celui-ci persuade Marie de contre-
attaquer. Il parvient à introduire au ministère un
homme à lui, Barbin, et se fait donner, en compensation d'Amiens, la lieutenance générale du gouvernement de Normandie [1]. Fureur de Condé, qui arpente en
vainqueur les rues de la capitale, ameute le peuple
contre les deux favoris et réunit en hâte les principaux
seigneurs du royaume, pour une fois disposés à une
action commune. Tandis que le duc de Nevers s'empare de Péronne, un complot s'organise. Faire arrêter
et traduire en justice le maréchal d'Ancre ? Tous
approuvent. Ou bien plutôt, pour plus de sûreté, le faire
assassiner ? Tous sont d'accord, même les Guise, d'habitude opposés au clan Condé. Mais lorsque le duc de
Bouillon parle d'écarter ensuite la reine mère en l'en-
fermant dans un couvent, puis de remettre en cause la
validité de son mariage et donc la légitimité de
Louis XIII, au profit du prince de Condé, alors rien ne

---

1. Le gouvernement de Normandie continue d'appartenir à qui
en est titulaire. Mais c'est Concini qui a la haute main sur les
armées dans toute la province. Il commande les places de Caen, du
Pont-de-l'Arche et de Quillebœuf.

va plus, le duc de Guise se retire. Terrorisé à l'idée
d'une indiscrétion possible, Condé prend les devants,
s'en va dénoncer le complot à la reine, s'en désolida-
rise et lui propose d'espionner les conjurés pour son
compte ! Mais il s'embrouille lui-même dans son
double jeu, oublie de lui transmettre certaines informations, l'amenant ainsi à croire qu'il travaille contre elle.
Concini, qui veut crever l'abcès, exploite adroitement
sa colère : le 1er septembre, elle fait arrêter le prince,
qui est conduit à la Bastille.

C'est une déclaration de guerre. La cour s'y prépare
fébrilement.

Le ministère est remanié. Les trois hommes forts du
nouveau gouvernement ont été choisis sur les conseils
de Leonora. Barbin, intendant général de la maison de
la reine, est promu contrôleur général des finances,
Mangot, un maître des requêtes dont les Concini ont
patronné la carrière, est nommé garde des sceaux. Le
troisième homme nouveau n'est autre que Richelieu.
La charge de grand aumônier de la jeune reine, obtenue
par relations familiales, lui avait donné ses entrées à la
cour. Il cherchait à s'y pousser en courtisant les puissants du jour. Le voici récompensé des courbettes qu'il
leur prodigue. Il s'occupera des affaires étrangères et
des armées. Bien que le maréchal d'Ancre n'y tienne
officiellement aucune place, nul ne s'y trompe : chacun
parle du « ministère Concini ».

En réponse à ce mini-coup d'État, la populace parisienne excitée par les partisans des princes attaque
l'hôtel de la rue de Tournon, le prend d'assaut en mas-
sacrant deux domestiques, le met à sac et le vide de
tout son contenu, jusqu'aux tentures, aux portes et aux
boiseries. Leonora, enfermée dans le Louvre en
tremble de terreur, mais n'oublie pas de se faire accorder pour cette perte de larges indemnités. Le maréchal,
accusé de coûter une fortune à l'État, riposte en rendant publique la liste — très édifiante ! — des sommes
versées aux divers grands seigneurs depuis six ans.
Comme pour défier l'opinion, la reine propose d'ériger

pour lui en duché-pairie le marquisat d'Ancre, promotion qui le mettrait au tout premier rang. Hélas ! on s'aperçoit que le marquisat en question n'est pas à lui, mais à sa femme et il doit y renoncer. Mais il vise la charge de connétable — c'est-à-dire de général en chef de toutes les armées de France.

La campagne militaire, rondement menée, semble tourner en faveur des troupes royales. Et déjà la reine se félicite d'avoir opté enfin pour la force lorsqu'un coup de théâtre vient mettre fin brutalement à l'expérience. C'en est fini de l'éphémère « ministère Concini », c'en est fini de la régence indûment prolongée.

La postérité a entériné l'impitoyable jugement des contemporains sur Concini. Fut-il exceptionnellement détestable ? Son rôle fut-il nuisible du tout au tout ? Les grands seigneurs, parmi lesquels se recrutent en majorité les mémorialistes, avaient pour lui en vouloir de bonnes et de mauvaises raisons. Les bonnes : sa rapacité, le cumul de charges et de bénéfices. Les mauvaises : il avait enfin décidé la régente à les mettre au pas. Il est tombé au moment même où il commençait d'agir en homme d'État ; il avait su discerner en Barbin, Mangot et Richelieu des gens capables, il avait fini par faire prévaloir, face à l'insubordination chronique, une politique de fermeté — celle même que poursuivront, à leur gloire, Louis XIII et Richelieu, puis Louis XIV. Il travaillait à renforcer l'autorité royale chancelante.

Peut-être le lui aurait-on pardonné, s'il n'avait traîné avec lui des tares congénitales, qu'il aggrava par son comportement. Les Français, volontiers xénophobes, détestent en lui l'étranger, l'Italien. La noblesse lui en veut de sa médiocre naissance. Son arrogance, ses manières brutales, son dédain des usages, son écrasant mépris pour les hommes achèvent de le rendre haïssable. Il finit par faire figure de condottiere en pays conquis.

Marie, compromise, fut enveloppée dans l'impopularité croissante qui enveloppait les Concini. Mais cette impopularité n'aurait sans doute pas suffi à provoquer leur chute si elle avait été la détentrice légitime du pouvoir. La vraie, la très grave faute commise par eux et par elle, c'est de s'être aveuglés sur la précarité du pouvoir d'une régente, d'avoir tenu Louis XIII pour quantité négligeable. Les avertissements pourtant ne manquaient pas. Chacune des proclamations de Condé en appelait, contre les favoris de sa mère, à l'arbitrage du jeune roi. Marie de Médicis se décidera-t-elle enfin à associer son fils au gouvernement, puis à s'effacer devant lui ? Et si elle s'y refuse, quand et comment se saisira-t-il du pouvoir ?

La réponse viendra plus tôt qu'on ne s'y attendait, et elle sera d'une extrême brutalité.

CHAPITRE QUATRE

UN ADOLESCENT RÉVOLTÉ

En 1616, lorsque s'installe le ministère Concini,
Louis XIII a quinze ans, il est majeur, il est marié
— officiellement du moins. À cet âge, au XVIIᵉ siècle,
on passe pour un homme. Et si l'on est roi, il est grand
temps de prendre les rênes du gouvernement.

Mais Marie de Médicis, bien installée au pouvoir,
ne semble pas disposée à y renoncer. Rien ne peut l'y
contraindre, que sa propre sagesse ou une ferme revendication de son fils. Or Louis n'ose affronter sa mère,
qui le terrifie et qui lui opposera, il en est sûr, une
réponse dilatoire. Entre eux, les heurts sont inévitables,
en raison de leurs tempéraments respectifs : ils sont
aussi intraitables l'un que l'autre.

Henri IV en personne avait prédit à Marie qu'elle
aurait des démêlés avec lui : « Étant de l'humeur que
je vous connais et prévoyant celle dont il sera, vous
entière, pour ne pas dire têtue, Madame, et lui opiniâtre, vous aurez assurément maille à départir ensemble. » Et dès octobre 1612, le résident florentin à Paris
avait noté : « Les spéculatifs qui connaissent la nature
et la complexion de ce roi prétendent que, dans quatre
ou cinq ans, la reine restera sans aucune autorité auprès
de son fils, et en voici la raison : c'est que le roi est
vif, emporté, volontaire, et il ne serait pas impossible

que, poussé par des princes ou d'autres qui se trouveront autour de lui et qui déplairont à la reine, il ne
veuille gouverner par lui-même. » Prophétie d'une
rigoureuse exactitude : l'affrontement violent se produit en 1617, entraînant la mise à l'écart brutale de
Marie.

Mais il faut, pour comprendre ces conflits, remonter
en arrière et chercher leurs racines dans l'enfance
même de Louis XIII.

Un enfant difficile

L'histoire a pris l'habitude de rejeter sur Marie de
Médicis l'entière responsabilité de ses dissensions avec
son fils. C'est elle, une mère glaciale, impitoyable, qui,
en lui imposant un régime de terreur, aurait gâté à tout
jamais le caractère du jeune garçon. Quand on y
regarde de près, le tableau pourtant appelle quelques
nuances.

Il se trouve que nous disposons, sur Louis XIII, d'un
document inestimable, les notes consignées au jour le
jour par le médecin chargé de veiller sur sa santé. Jean
Héroard le prend en charge à sa naissance et seule la
mort, en 1628, mettra un terme à son *Journal*. Ce texte
est particulièrement précieux pour l'enfance du petit
prince, car il joint aux observations physiologiques des
notations sur les comportements, le langage, les jeux,
les menus incidents de la vie quotidienne. Un enfant
observé sur le vif avec minutie, compétence et amour :
c'est si rare à l'époque !

Le XVIIe siècle ne s'intéresse guère à l'enfance,
période ingrate dont il est urgent de sortir, pour assurer
la relève. Surtout quand on est roi : pour être vraiment
majeur à treize ans, il faudrait brûler les étapes ! Nos
ancêtres ne portent pas sur les enfants le même regard
que nous. Ils les comprennent mal et ne les aiment
pas pour ce qu'ils sont. Sauf exception. Henri IV est
l'exception, Marie de Médicis sera la règle. Et même

Henri IV paraîtrait à nos modernes pédagogues d'une inhumaine sévérité.

C'est que le dauphin n'était pas un enfant facile.

Le petit garçon spontané, gambadant et chantant, qu'évoque Héroard manifeste très tôt une personnalité bien affirmée. Est-il vraiment *gai*, comme on le dit souvent d'après le *Journal*, oubliant que ce terme évoque au XVIIᵉ siècle la bonne forme physique plutôt que l'humeur joyeuse ? Le médecin précise au contraire qu'il n'est pas « grand rieur ». Il est sensible, émotif, nerveux, et passe aisément d'un extrême à l'autre. Confronté au réel, il s'en évade par la rêverie, quitte à revivre ses inquiétudes sous forme de cauchemars, ou bien il s'y heurte avec violence. Il est exceptionnellement coléreux. Si on le contrarie, il trépigne, égratigne sa gouvernante et la bourre de coups de pied, il hurle : « Je vous tuerai. Je vous tuerai de mon couteau par la gorge. Je vous percerai la main. » Il brandit une pique contre un domestique, menace son médecin d'un couteau, bat son laquais, lance les pièces d'échecs à la tête de son gouverneur. Au fil des années s'égrène le chapelet de ses colères, aggravées par une opiniâtreté que dénoncent tous ses familiers. Dans la bouche des hommes de ce temps, ce n'est pas là une vertu. Opiniâtre ne signifie pas persévérant, mais obstiné, entêté, buté. Le dauphin refuse d'obéir, il résiste, se cabre, prêt à tout pour faire prévaloir sa volonté.

Tant qu'il est très jeune, sa résistance se traduit par des cris, des injures, des coups. Mais déjà il discute, réplique, cherche la contradiction, essaie de prendre l'interlocuteur en défaut. Un exemple de cet esprit d'opposition précoce ? Nous sommes en mars 1605, Louis — trois ans et demi — refuse la nourriture que prétend lui faire manger sa gouvernante, Mme de Montglat : « Je ne veux pas ! — Je ne veux pas que vous disiez : "Je ne veux pas." — Il ne faut pas que vous disiez : "Je ne veux pas", Mamanga, vous l'avez dit, je le dirai à papa ! — Et qu'est-ce que me fera papa ? — Il vous fouettera. — Et vous voudriez bien que papa m'eût fouettée ? — Oui. — Je vois bien que c'est le mauvais ange qui vous fait opiniâtre. Il vous souffle aux oreilles... » Pour cette fois, le bon ange, appelé à la rescousse contre le mauvais, a raison de l'obstination du bambin. Mais il n'en sera pas toujours de même.

À mesure que le dauphin grandit, ses ripostes se font plus acerbes, en même temps que s'accroît sa méfiance. Février 1610, son gouverneur lui reproche de faire manœuvrer, sous le nom de soldats, de petites billes de bois : un jeu d'enfant, dont il a passé l'âge. « Mais, Monsieur de Souvré, ce sont des soldats, ce n'est pas jeu d'enfant ! — Monsieur, vous serez toujours en enfance. — C'est vous qui m'y tenez ! » Mars 1610, la gouvernante abandonne le garçonnet aux soins exclusifs du gouverneur. « Je puis dire que M. le dauphin est à moi, le Roi me l'a donné à sa naissance, me disant : "Madame de Montglat, voilà mon fils que je vous donne, prenez-le." — Il a été à vous pour un temps, il est à moi », réplique Souvré, tandis que l'intéressé murmure, à la cantonade : « Et j'espère qu'un jour je serai à moi. » Deux exemples parmi les « mots » notés par Héroard et où les biographes voient avec raison des signes de vivacité intellectuelle. Ce sont aussi des insolences. « Sa colère et sa volonté étaient très fortes, note son premier précepteur. Il était d'autant plus difficile à gouverner qu'il semblait être né pour gouverner et pour commander aux autres. Il avait une cuisante jalousie de son autorité. »

La conscience aiguë qu'il a de sa dignité n'arrange rien, en effet. Né sur les marches du trône, il sait qu'il sera roi. Et déjà, dans la nursery de Saint-Germain, une stricte hiérarchie le place non seulement à une distance infinie des bâtards, « race de chiens », mais au-dessus de ses cadets légitimes. Il sait qu'une différence de nature, d'essence, le sépare d'eux : l'élection divine s'est posée sur lui, le fils aîné. Les autres lui obéiront. Il n'est que peu jaloux lorsque lui naissent deux petits frères : ce seront autant de serviteurs pour papa — et pour lui-même, il ne le dit pas, mais cela va de soi. Il assimile très vite les règles de politesse, s'indigne dès trois ans que ses demi-frères ne lui rendent pas l'hommage qui lui est dû, négligent d'ôter leur chapeau en sa présence. Extrême susceptibilité fondée sur la prééminence non point de sa personne, mais de son rang : c'est en tant que futur roi qu'il veut être respecté.

La tâche d'éduquer un tel enfant n'est assurément pas une sinécure. Henri IV s'en occupe directement. Non content de donner des instructions au personnel qui en est chargé, il multiplie les contacts, créant entre son fils et lui une relation très profonde et très forte, extrêmement rare dans les familles princières.

Premier impératif : discipliner l'enfant, brider cette volonté capricieuse prête à dégénérer en cruauté, d'autant plus dangereuse qu'elle s'accompagnera plus tard du pouvoir absolu. Face aux colères, Henri IV préconise la manière forte. Mme de Montglat est priée d'y recourir sans états d'âme : « Je veux et vous commande de le fouetter toutes les fois qu'il fera l'opiniâtre ou quelque chose de mal : sachant bien, par moi-même, qu'il n'y a rien au monde qui fasse plus de profit que cela. Ce que je reconnais par expérience m'avoir profité, car, étant de son âge — en l'occurrence, six ans —, j'ai été fort fouetté, c'est pourquoi je veux que vous le fassiez et le lui fassiez entendre. »

Loin d'appuyer cette sévérité, Marie de Médicis intercédait parfois pour son fils. « Un jour qu'il fit donner le fouet à M. le Dauphin : "Ah ! lui dit-elle, vous ne traiteriez pas ainsi vos bâtards. — Pour mes bâtards, répondit-il, il les pourra fouetter, s'ils font les sots ; mais lui, il n'aura personne qui le fouette." J'ai ouï dire, conte encore Tallemant des Réaux, qu'il lui avait donné le fouet lui-même deux fois : la première pour avoir eu tant d'aversion pour un gentilhomme que, pour le contenter, il fallut tirer à ce gentilhomme un coup de pistolet sans balle, pour faire semblant de le tuer ; l'autre, pour avoir écrasé la tête à un moineau ; et que, comme la Reine mère grondait, le Roi lui dit :

"Madame, priez Dieu que je vive ; car il vous maltrai-
tera si je n'y suis plus." »

Les châtiments corporels faisaient alors partie intégrante de l'éducation. Ne leur prêtons pas automatiquement, à la lumière de nos idées modernes, des effets
traumatisants : tout dépendait des enfants et des circonstances. Dans ce cas précis, l'administration assez
fréquente du fouet, sur ordre paternel, n'altéra en rien
les sentiments du petit garçon. Il craignait le châtiment,
mais n'en voulait pas à son père, au contraire. D'abord
parce qu'Henri IV, faisant confiance à son intelligence
et à son sens moral, veillait à ne le punir que pour de
justes et graves motifs. Ensuite parce qu'il débordait
d'une affection chaude, exubérante, rassurante. En
dépit des usages, il n'avait pas voulu « que ses enfants
l'appelassent Monsieur, nom qui semble les rendre
étrangers à leur père, et qui marque la servitude et la
sujétion, mais qu'ils l'appelassent papa, nom de tendresse et d'amour ». Marie de Médicis, elle, sera « maman ». Mais c'est avec son père que l'enfant joue,
s'ébat sans contraintes, se baigne dans la rivière en
costume d'Adam, gambade nu dans son lit, le bourrant
de coups de pied pour rire, se trémoussant sous les
chatouilles. Jamais il ne parviendra à partager son sens
de l'humour, mais il accepte de sa part des taquineries
qui, venues d'un autre, déchaîneraient sa colère. Il
saute de joie lorsqu'on annonce sa venue, pleure lorsqu'il s'en va, se réclame de lui en toutes circonstances.
Pourquoi l'a-t-on nommé Louis [1], comme son trop lointain ancêtre ? Il aurait choisi, lui, de s'appeler Henri.

L'adoration qu'il voue à ce père est le meilleur et
quasiment le seul moyen de le faire obéir. « Monsieur,
lui dit-on, voulez-vous retourner au Château Neuf ?
— Non. — Mais papa le veut. — Si papa le veut, je
le veux bien. » Non sans peine, il consent à « servir »
le roi, comme l'exigeait le cérémonial, à lui présenter

---

1. Le choix de ce prénom était destiné à rappeler que les Bourbons descendaient, non moins que les Valois, de saint Louis.

sa serviette au dîner : il sera « le petit valet à papa ».
Et il se plie, non sans une vive répugnance, à certaines
obligations rituelles comme de laver les pieds à des
pauvres le Jeudi saint. Ne doit-il pas imiter son père et
prouver qu'il est capable de le remplacer ?

Marie de Médicis, toujours murée dans les rancœurs
qu'elle nourrit contre son époux, reste étrangère à cette
intimité. Elle y trouve de nouveaux motifs à mauvaise
humeur.

Le 24 janvier 1609, le dauphin « sort d'enfance »,
on le transfère de Saint-Germain à Paris, on l'ôte aux
mains des femmes pour le confier à des hommes :
adieu, Mamanga, bonjour, Monsieur de Souvré. Le
jeune Louis monte l'œil sec dans le carrosse qui l'emporte loin du lieu de séjour puéril. Il habitera au Louvre
désormais. Après un bref séjour dans les appartements
de sa mère, il y aura sa propre « maison », à partir
du 19 mars. Il est prié de remplacer l'appellation de
« papa » par celle de « père ». Il sera désormais traité
en homme.

Enfin, presque. Le 27 avril, pour avoir montré de la
peur devant un fossé qu'il refuse de sauter, le roi lui
fait administrer trois coups de verges. L'enfant crâne :
« Ce n'est rien, il m'a pas fait mal ! » Dans le programme d'études qui lui est proposé, l'écolier rétif en
prend et en laisse. Le précepteur choisi pour lui ensei-
gner sans larmes des rudiments de latin, de la morale,
de la rhétorique est un vieux poète un peu libertin,
Vauquelin des Yveteaux, qui ne force pas la cadence,
et l'élève en profite. Très adroit de ses mains, curieux
d'activités concrètes, passionné de chasse et de stratégie militaire, ce n'est pas un intellectuel. Il renâcle au
latin, aux mathématiques, ne supporte que l'histoire
— à la rigueur —, le dessin et la musique, dont il
raffole. Mais le point capital pour lui, c'est que son
père commence à l'initier au métier de roi. Le 2 juillet,
Henri IV l'emmène au Conseil pour la première fois et
le petit dauphin, installé entre ses jambes, écoute une
obscure discussion sur les monnaies, à laquelle il ne

comprend goutte : mais l'essentiel est d'y assister. En décembre on le charge d'adresser quelques mots de bienvenue aux ambassadeurs vénitiens. En janvier, c'est le tour d'un envoyé de Madrid. Le départ est bien pris pour un apprentissage soigneusement dosé.

La mort de son père est un cataclysme dans son univers. À huit ans et demi, Louis XIII est proclamé roi, il en a toutes les prérogatives théoriques, sans être capable d'en exercer les fonctions. Et le seul être dont il était prêt à recevoir des leçons n'est plus.

Une éducation manquée

« Je voudrais bien n'être pas si tôt roi et que le roi mon père fût encore en vie ! » : ce cri d'amour et d'humilité à la fois est tout à l'honneur de Louis XIII, qui a conscience de monter sur le trône trop jeune. C'est aussi l'avis des Français, qui s'interrogent sur ses capacités. « Quant à notre roi, écrit L'Estoile, on n'en fait pas jugement d'un si grand esprit que l'autre, bien que généreux et guerrier, mais fort colère, opiniâtre et malaisé à démouvoir de ce qu'il veut. Il aime la chasse et la peinture, science de laquelle on dit que jamais tête de lourdaud ne fut capable. En ses autres actions, enfant enfantissime. » Faut-il s'en étonner ? il a huit ans et demi ! Et, si on le juge un peu en retard sur le degré de maturité présumé normal, Marie de Médicis n'y est pour rien.

En revanche, elle est coupable de ne rien faire pour l'aider à franchir les étapes conduisant à l'âge adulte. Au contraire, elle l'entretient dans un état de dépendance qui encourage chez lui l'immaturité. Les contemporains et la postérité s'accordent à dire que ce fut de propos délibéré, pour l'écarter d'un pouvoir qu'elle souhaitait se réserver. Là encore, l'examen des faits invite à nuancer et démontre que maladresse et sottise firent beaucoup pour envenimer au départ des relations dont elle s'accommoda trop aisément par la suite.

Le choc affectif profond causé par l'assassinat de son père s'accompagne chez le jeune Louis d'un changement de statut considérable. Il n'est plus dauphin, mais roi. Il a droit aux hommages de rigueur. C'en est fini de la familiarité ancienne : tout le monde, y compris sa mère, s'incline bien bas devant lui. Son univers familier est ébranlé, on change son précepteur, on change son confesseur. Mais songe-t-on à le consoler ? Au lendemain du drame, il est la proie d'angoisses et de cauchemars. Il refuse de dormir seul, parce qu'il lui « vient des songes » et qu'il « craint les esprits [1] ». Alors on transige quelque temps avec le cérémonial. On le déshabille publiquement en grande pompe dans sa propre chambre, puis il prend sa robe, ses bottines et s'en va coucher dans celle de sa mère. Mais Marie de Médicis a bien autre chose à faire que d'écouter ses plaintes et de panser les plaies de son cœur. Remarque-t-elle seulement à quel point il est touché, elle qui regrette si peu Henri IV ? Il reste seul face à son chagrin.

Puisqu'il est roi, on attend de lui qu'il soit raisonnable. Mais il traverse au contraire une phase d'opposition. Pour y faire face, la reine reste fidèle aux méthodes préconisées par Henri IV, sans songer que le fouet est désormais inadapté. Il y a l'âge : le moment serait venu de faire appel à la raison, plutôt qu'à la force. Et il y a le changement de condition : a-t-on le droit de fouetter un roi ? Mais Marie manque de patience et répugne à discuter avec qui que ce soit. C'est elle qui détient le pouvoir, elle exige d'être obéie. Le 29 mai 1610, elle donne l'ordre de fouetter l'enfant, pour refus de dire sa prière ou pour injures à son sous-gouverneur, on ne sait. M. de Souvré tente d'esquiver la commission, doit s'exécuter, acquiesce sans doute à la requête de la victime — « Ne frappez guère fort au

---

1. Les fantômes.

moins ! » « Peu après, conte L'Estoile, étant allé trouver la Reine, Sa Majesté s'étant levée pour lui faire la
révérence, comme de coutume : "J'aimerais mieux, va
dire ce prince tout brusquement, qu'on ne me fît point
tant de révérences et tant d'honneur, et qu'on ne me fît
point fouetter." » Ce trait fit rire la reine et les assistants, à qui il rappelait le fameux esprit de repartie de
son père. On avait tort de rire : l'enfant parlait très
sérieusement. Courbettes et fessées font mauvais
ménage. Marie, d'ailleurs, s'en rendit compte assez
vite. La consigne fut de donner le fouet « avec tant de
circonspection que la colère qu'il pourrait prendre ne
lui engendre aucune maladie » et de n'y pas recourir
pendant les périodes de grande chaleur. On y renonça
bientôt complètement. Mais il était trop tard : le mal
était fait.

Car ce que Marie n'a pas compris et ne comprendra
jamais, c'est qu'à la sévérité d'Henri IV faisait contre-
poids la tendresse : l'une ne saurait aller sans l'autre.
Elle a des principes rigides et un cœur froid. À l'opiniâtreté de son fils, à sa violence, elle ne conçoit de
répondre que par une violence symétrique. Il faut le
dompter, c'est ainsi qu'on élève les enfants. Hélas ! qui
aime mal châtie mal. Ses méthodes sont inefficaces.
Elle parvient à endiguer les manifestations de colère.
Il se maîtrise mieux de jour en jour. Mais il se dérobe,
se referme, se replie sur lui-même. Lui qui était très
franc devient dissimulé, secret. Il joue comme à plaisir
les mauvais élèves, se moque de ses précepteurs, tente
par dérision d'acheter l'indulgence de l'un d'eux
contre promesse d'un évêché, les contraint tous tour à
tour à jeter l'éponge. À douze ans, fini le latin. À quatorze ans, adieu les études : il n'en aura retenu que ce
qui lui convenait.

Dans ces années cruciales, qui correspondent à ce
que nous nommons l'âge ingrat, il est très seul. Il traverse une crise de confiance dans les autres en même
temps qu'une crise de confiance en soi. Il est de plus
en plus mal dans sa peau : immensément orgueilleux

de sa fonction, et rongé par la crainte d'en être indigne. Personne ne l'aime, il n'aime personne — sinon d'humbles serviteurs qu'il s'ingénie à traiter sur un pied d'égalité. Passionnément épris d'art militaire, il s'applique à jouer tous les rôles, du grand capitaine au simple soldat, se commandant à lui-même les tâches les plus pénibles, comme pour s'infliger une sanction symbolique. Il se regarde grandir, sans joie, peu satisfait de son image, trop brun de peau et de cheveux en ces temps où l'on goûte avant tout la blondeur, dépourvu des qualités permettant de briller dans un monde qu'il affecte de mépriser. La danse lui plairait s'il se laissait aller à son penchant. Mais pour la conversation, substance même de la vie de cour, il n'est pas doué : il est bègue.

Il est difficile de mesurer l'ampleur exacte de cette anomalie, tant nos ancêtres étaient habiles à pratiquer l'euphémisme : à l'âge adulte, on le dira affligé d'une « légère difficulté d'élocution ». Mais Héroard, qui appelle les choses par leur nom, signale pour la première fois le bégaiement en janvier 1604 — il n'a pas encore deux ans et demi — et y fait dans les années qui suivent des allusions régulières. L'émotion, comme il est normal, le fait bafouiller davantage, ce qui le met hors de lui : « Il s'empoignait alors le visage de ses mains, à demi en furie de dépit de ne pouvoir prononcer comme les autres. » Et la colère, en retour, amplifie le phénomène. On ne savait guère soigner, au XVIIe siècle, ce genre de déficience. En août 1607 — il approche de ses six ans — tout ce qu'on trouve pour y remédier, c'est de le menacer du fouet !

Dans ses plus jeunes années, le bégaiement pouvait passer pour gazouillis, sans qu'il en souffrît. Mais avec l'âge, l'impuissance à s'exprimer devient douloureuse frustration, surtout lorsqu'il quitte le cocon protecteur de Saint-Germain pour affronter le monde. Il découvre que, dans une civilisation largement orale, son handicap le rend ridicule. La crainte de bafouiller le paralyse. Il n'était pas timide, il le devient. Il s'enferme dans le silence, fuit la cour, recherche la compagnie de gens frustes maîtrisant la parole moins bien que lui. S'aperçoit-il qu'il alimente ainsi des doutes sur ses capacités intellectuelles ? Qui ne sait pas parler ne sait pas penser, commence-t-on à murmurer. L'insistance d'Héroard sur sa vivacité d'esprit sonne parfois comme une réponse à des craintes non formulées. En 1614 en tout cas, il prend les devants, tente d'imposer de lui une autre image. Une lettre de Malherbe nous apprend qu'il a choisi le surnom de « Louis le Juste », pour éviter qu'on ne l'appelle « Louis le Bègue », comme son lointain prédécesseur, deuxième du nom. Une façon comme une autre de conjurer sa disgrâce.

Se livrait-il déjà à des comparaisons entre lui et son dernier frère, mieux doté par la nature et préféré, dit-on, de Marie de Médicis ? Gaston, âgé de deux ans à la mort d'Henri IV, est pour longtemps encore aux mains des femmes, étranger à la vie commune. Marie découvre au fil des jours sa docilité : au lieu de se cabrer devant l'obstacle, il le contourne, biaise, cajole et séduit l'adversaire, mais il choisit de céder avant d'en venir à l'affrontement. La tendresse de la mère pour son petit dernier ne semble pas cependant avoir suscité chez l'aîné de réaction immédiate. Louis se veut protecteur, paternel pour ce cadet encore dans l'enfance et qui n'a pas comme lui la chance d'être né roi. La jalousie, ce sera pour plus tard.

Un mot encore sur ces années d'adolescence où se forge la personnalité de Louis XIII.

Dans ce programme éducatif qu'il ne se prive pas de contester, il faut faire une place à part à l'enseignement religieux, qui l'atteint au plus profond de lui-même et le marque durablement. Il encourage son goût de l'ordre, son sens de la justice, il le confirme dans la conviction qu'une mission divine lui est confiée. Mais il contribue à attiser son anxiété. C'est une foi inquiète, angoissée, qu'on lui inculque. Crainte de Dieu, horreur du péché : les obsessions majeures de la Réforme catholique sont là. Et on ne peut ici s'empêcher de se poser une question, à laquelle les documents connus ne permettent pas de fournir de réponse.

C'est seulement après la mort de son père que Louis, naguère négligent à faire ses prières, manifeste une dévotion et une retenue exceptionnelles pour son âge : en 1617, écrit Fontenay-Mareuil, « il n'avait aucun vice, non pas même ceux auxquels les jeunes gens sont les plus sujets, étant si réglé en toutes ses actions qu'outre qu'il priait Dieu soir et matin, et allait tous les jours à la messe, il en entendait même les fêtes et dimanches une grande, et vêpres, et oyait le sermon toutes les fois qu'il s'en disait ».

« L'horreur du vice » qu'il affiche alors fait évidemment référence à la sexualité. Or celle-ci est liée au souvenir de son père. Homme du XVIe siècle, Henri IV n'était pas bégueule et il avait tout fait pour que son fils y voie une chose toute naturelle. L'on sait par le *Journal* d'Héroard que dès ses premières années, le dauphin n'avait rien à apprendre sur la manière dont se faisaient les enfants et en parlait sans fausse honte. Que la venue de l'adolescence ait suffi à le rendre pudique, c'est très possible. Mais le lien qui unit désormais pour lui la « vertu », au sens sexuel du terme, à sa piété exaltée laisse à penser que ses confesseurs y sont pour quelque chose. Et quand on connaît Marie de Médicis, quand on se souvient de ses démêlés avec son époux, il paraît plus que probable qu'elle a fait inciter son fils à ne pas suivre, au moins dans ce domaine, l'exemple paternel : ne disait-on pas que le ciel avait puni, en le faisant périr, la passion sénile du feu roi pour Charlotte de Montmorency[1] ? Une façon comme une autre de se venger du défunt et de porter atteinte à l'image, trop idéalisée à son gré, que son fils conserve de lui.

---

1. On trouve dans le *Journal* d'Héroard une anecdote révélatrice. Son gouverneur lui ayant proposé de chanter les chansons qu'Henri IV faisait chanter à la princesse de Condé, le petit roi de dix ans se récria : « Je ne les aime point. »

Ce n'est là qu'une hypothèse. Si elle est exacte, elle pourrait, mieux que la seule sévérité maternelle, expliquer les inhibitions du jeune Louis XIII devant la sexualité, inséparable à ses yeux du péché et de la mort. Elle ferait de Marie de Médicis une mère castratrice, pour avoir fait peser sur son fils, rétrospectivement, le poids de son propre échec conjugal. Et elle lui imputerait ainsi la responsabilité de celui de ce dernier, dont il sera bientôt question, avec Anne d'Autriche.

Bien commencée avec Henri IV, l'éducation du jeune Louis XIII fut donc, entre les mains de Marie de Médicis, totalement manquée. Il lui aurait fallu être une mère exceptionnelle pour compenser la perte d'un père aussi aimé que l'avait été Henri IV. Mais si elle avait été une mère exceptionnelle, elle aurait été associée à son mari dans le cœur de son fils et le problème ne se serait pas posé. Dans le mariage comme dans la maternité, elle apporte une déficience majeure, irrémédiable : sa froideur, sa sécheresse. Et de cette déficience, tout le reste découle.

Le roi en lisières

Entre 1610 et 1617 le roi, a-t-on coutume de dire, fut entièrement tenu à l'écart des affaires par Marie de Médicis et ses conseillers. En fait cette remarque concerne surtout les deux dernières années. Elle est donc inexacte. Et elle présente un inconvénient : elle dispense de se demander comment on en est arrivé là, elle masque le creusement progressif du fossé qui sépare l'adolescent de sa mère.

Il suffit pourtant de parcourir les mémoires et documents d'époque pour constater qu'au lendemain de la mort d'Henri IV, le petit roi est amené à intervenir souvent dans les affaires publiques. Rien de plus naturel : en sa personne réside la légitimité. Mais vu son

jeune âge, il est étroitement tenu en lisières [1], comme
on disait alors — nous dirions téléguidé : actes et
paroles lui sont dictés.

Le 15 mai 1610, il préside le lit de justice au cours
duquel le parlement confie la régence à la reine ; le 25
il rend un dernier hommage au corps de son père avant
les funérailles ; quinze jours plus tard il reçoit l'hommage du prince de Condé ; le 20 août il pose la première pierre du bâtiment latéral de Vincennes ; le
27 septembre il reçoit le serment de Concini nommé
gouverneur de Péronne ; le 17 octobre il est sacré à
Reims et le 21 il procède au toucher des scrofuleux [2] ;
en rentrant à Paris, réception officielle par le prévôt
des marchands et les autres officiers de la ville... Voilà,
glanées au fil du calendrier, quelques-unes des circonstances où le jeune Louis XIII fut appelé à « faire le
roi ». Abrégeons en esquivant les activités de routine.
On relèvera seulement, en 1612, la réception de l'ambassadeur d'Espagne et le carrousel accompagnant la
proclamation des mariages, la signature des contrats ;
dans l'été de 1614, le voyage de Bretagne, jalonné de
festivités quasi quotidiennes ; puis l'entrée à Paris suivie de la séance solennelle où il fut proclamé majeur,
le 2 octobre ; en 1615, les États Généraux, procession
solennelle, séance inaugurale, séance de clôture : Louis
reçoit des mains des délégués leurs cahiers de
doléances et promet d'y faire réponse ; il s'achemine

---

1. Les lisières, ce sont des bandes d'étoffe passées autour du
corps des enfants, dont on tenait l'autre extrémité pour guider leurs
premiers pas.
2. On se rappelle que le sacre passait pour doter le roi du pouvoir miraculeux de guérir les écrouelles — adénites tubercu-
leuses — par simple attouchement. Les malades se pressaient en
foule pour en bénéficier et c'était une très rude épreuve pour le
souverain de poser la main sur chacun d'eux, tour à tour, en pro-
nonçant la formule rituelle : « Le roi te touche, Dieu te guérit ! »
Ils étaient ce jour-là plus de neuf cents ! Il procédera à nouveau à
cette cérémonie une ou deux fois par an, à l'occasion de grandes
fêtes.

ensuite vers Bordeaux où aura lieu son mariage : cérémonie où il joue évidemment le premier rôle !

Rien ne témoigne jusqu'alors d'une volonté d'exclusion. On exhibe beaucoup l'enfant roi, au contraire. On
le fait assister aux discussions du Conseil et parfois
même aux conciliabules qui les précèdent. Au tout
début, il semble décidé à remplir de bonne grâce le rôle
qu'on attend de lui. Il apprend par cœur et s'applique
à réciter correctement les brèves déclarations qu'ont
préparées pour lui les ministres et que son gouverneur,
M. de Souvré, lui fait répéter. Mais il n'est pas associé
aux décisions. Songe-t-on seulement à lui en expliquer
les raisons et le sens ? Il est probable que non. Alors
très vite son caractère « opiniâtre » prend le dessus : il
se met à contester systématiquement les démarches
qu'on lui fait faire.

Dès juillet 1611 — il n'a pas dix ans ! —, il se
rebelle contre Souvré à propos de la réponse prévue
pour les députés huguenots. Le fouet reçu pour cette
désobéissance ne le décourage pas. Il exige de lire ce
qu'on veut lui faire signer, il discute, ergote devant les
textes qu'on lui prépare et se permet d'y introduire des
variantes de son cru. En 1612, recevant l'ambassadeur
de Madrid lors de la proclamation des mariages, il
oublie la dernière phrase de son compliment « ... et
j'userai de ses bons conseils » — l'omission n'est pas
innocente : il s'agit du roi d'Espagne ! En 1614, chargé
d'adresser aux notables de Bretagne des paroles lénifiantes, il proteste : « M. de Souvré me baille des
harangues que je ne veux pas dire comme il me les dit.
Je doute que tous m'aient bien servi. »

Lucidité précoce et force de caractère : dans l'adolescent révolté perce le monarque à venir. L'usage est
d'admirer sans réserves. Pourtant ces qualités ont leur
envers. Car cet enfant si fier d'être roi, si sûr d'être
dans le droit fil de la justice, si jaloux de son autorité,
prêche en toutes circonstances la manière forte. En
digne fils de sa mère, il rêve de briser toute opposition.
Mais tandis qu'elle consent parfois à des compromis, il

est, lui, partisan des solutions radicales. La perspective d'une guerre contre le duc de Savoie ou contre les grands seigneurs révoltés le trouve prêt à ceindre l'épée et à revêtir la cuirasse : c'est de son âge. Mais sa conception de la justice est plus révélatrice encore. Ni concessions, ni grâces, ni faveurs. Il veut être obéi sans conditions. L'autorité est fondée sur la peur du châtiment. Jouant à faire des « sentences morales » en compagnie de Vauquelin des Yveteaux, le jeune Louis avait proposé : « La crainte de Dieu est le premier devoir d'un bon prince. — Et aimer la justice, ajouta le précepteur. — Non, il faut : "Et faire la justice" », répliqua l'enfant. Et dans son esprit, « faire la justice » signifie punir. Il lui manque cette humanité dont débordait son père, cette capacité de pardon qui n'appartient qu'aux forts : la dureté de Louis XIII est symptôme de faiblesse intime.

Nul n'est plus cassant que lui face aux rebelles de la veille venus lui rendre des respects hypocrites. « Servez-moi mieux dans l'avenir que vous n'avez fait par le passé et sachez que le plus grand honneur que vous ayez au monde, c'est d'être mon frère », lance-t-il à César de Vendôme. Et de s'indigner qu'il ait quitté la cour sans autorisation : « Pourquoi n'a-t-on pas mis mon frère de Vendôme à la Bastille ? » Il tance vertement Condé : « Mon cousin, à l'avenir conduisez-vous mieux ! », et insiste, en vain, pour qu'on lui refuse la place d'Amboise. Un jour où une altercation oppose le prince à Marie de Médicis, celle-ci a toutes les peines du monde à le retenir : « Ha ! Madame ! Vous m'avez fait grand tort de m'avoir empêché de parler ! Si j'eusse eu mon épée, je la lui eusse passée au travers du corps. »

Le jeune roi se prend passionnément au sérieux. Et il est déçu. De chaque événement venant modifier son statut officiel — sacre, majorité, mariage —, il attend beaucoup. En 1612, après avoir montré quelque inquiétude à l'idée d'épouser l'infante d'Espagne, il se réjouit : « Quand on lui parle de ses noces et qu'il se voit marié, il lui semble être un homme et il devient de jour en jour plus aimable et plus courtois. » La harangue de sa majorité, où il nommait sa mère chef du Conseil, « après [lui] et en [son] absence », éveille ses espérances. Il a si peur de bégayer qu'il a fait un vœu à Notre-Dame des Vertus, en lui demandant de « prononcer sans faire faute » les paroles qui feraient de lui le roi. Son vœu est exaucé, mais rien ne change. Ni majorité, ni mariage ne suffisent à l'émanciper. Tout continue comme avant. On ne le traite pas en adulte, il ne peut faire prévaloir sa volonté. Il se scandalise de voir se dégrader sous ses yeux l'autorité royale et reproche à sa mère ses capitulations. Il se voudrait intransigeant, impitoyable, souverain. Il s'exaspère de se sentir contrarié, bridé, manipulé, et il finit par prendre dans tous les domaines une position négative : hostile à l'Espagne, hostile aux grands, aux parlements, aux représentants du Tiers lors des États Généraux, au monde entier.

C'est là un comportement défendable. À condition d'en avoir les moyens. Or la régente, et plus encore, les vieux ministres hérités d'Henri IV pensent ne pas les avoir. Ils préfèrent multiplier les concessions pour sauvegarder la paix extérieure et acheter à l'intérieur une tranquillité relative. Louis XIII est pour eux un partenaire ingouvernable, imprévisible, donc dangereux. Ils craignent que les colères intempestives de l'adolescent ne viennent compromettre un équilibre précaire. Comment lui expliquer les vertus de la temporisation, le convaincre de prendre en compte les rapports de force ? Le jeune garçon ne veut plus rien entendre : il y faudrait un minimum de confiance, mais celle-ci n'est pas au rendez-vous.

Il est intelligent, mais dépourvu d'esprit de finesse, comme sa mère, et leur commune obstination aggrave leur malentendu. À partir de 1614 environ, Marie de Médicis trouve son fils vraiment difficile à vivre. Elle ne sait par quel bout le prendre. Lasse de conflits stériles, elle finit par penser qu'il n'y a rien à tirer de lui et jette l'éponge. Elle le renvoie à sa chasse, à ses chiens, à ses oiseaux et à ses châteaux de bois et de sable, pourvu qu'il la laisse gouverner en paix. Obscurément, elle n'est peut-être pas mécontente d'une mise à l'écart qui lui permet de conserver le pouvoir tout entier pour elle seule. Mais en toute bonne foi, elle peut croire impossible d'associer son fils au gouvernement sans risques majeurs. Elle ne dément pas le bruit qui court : les affaires publiques ? « Il était incapable de s'en occuper, il avait l'esprit trop faible et trop peu de jugement, sa santé n'était pas assez forte pour prendre ces soins. »

Lui, de son côté, feint de s'accommoder de cet ostracisme, qui lui épargne des épreuves où sa difficulté d'élocution lui est un handicap douloureux. Pour ménager son amour-propre, il met sa dérobade sur le compte de l'irascibilité maternelle : « Je ne peux rien dire à ma mère parce qu'elle se met en colère. » Il n'est pas exclu du Conseil, il y assiste au moins une fois par semaine, sinon plus. Ce n'est pas assez : il devrait non seulement y participer toujours, mais encore le présider — ce qui n'est pas le cas, et il en souffre. Il rend à sa mère plus de visites quotidiennes que ne l'exige l'étiquette — jusqu'à trois ou quatre par jour. Pas pour le plaisir de la voir : il l'accuse de le négliger. Un jour il marcha par mégarde sur la patte d'un de ses chiens, se fit mordre et s'attira des reproches en lieu et place des consolations attendues. Il s'indigna, « disant qu'elle aimait mieux un chien que lui ». S'il va chez elle, c'est plutôt dans l'espoir de recueillir quelques hommages de la part des courtisans qui s'y pressent. Mais il n'y est pas le centre du monde et il en sort ulcéré. Alors il s'enfuit, s'en va ruminer sa colère. Il se réfugie dans la compagnie de serviteurs d'un rang très inférieur, dont la docilité lui est acquise et dont le respect le rassure. Il use son énergie à la chasse, surtout la chasse au vol, qui préfère au contact brutal avec le gros gibier le recours à des émerillons dressés à l'obéissance : il a besoin d'exécutants. Secret, dissimulé, taciturne, il s'installe dans une solitude hargneuse.

« J'ai fait l'enfant », expliquera-t-il plus tard — comme Hamlet faisait le fou —, croyant ainsi se prémunir contre un danger qui n'existait que dans son imagination : car, quoi qu'en aient dit certains de ses serviteurs, nul n'en voulut jamais à sa vie. C'est contre lui-même et contre ses propres faiblesses qu'il édifie un écran protecteur. Il encourage ainsi chez sa mère le mépris dont il souffre au plus haut point. Il se coule dans le personnage de demeuré qu'on forge pour lui. Il est la victime consentante, complice, de ce maintien en enfance qui lui est intolérable. Et au fond de lui-même, il enrage.

Marie de Médicis a vaguement perçu le danger. Elle cherche à prévenir l'explosion en contrôlant ses fréquentations. « Ce qui préoccupe plus que tout la reine et les ministres, c'est la crainte où ils sont que puisse être mise en péril l'autorité de la souveraine qu'ils exercent en ce moment, écrit en 1614 l'ambassadeur vénitien Contarini, puisque, pour quelques années encore, le roi ne se montrera pas capable d'une aussi importante tâche, en raison de son peu d'application aux affaires de l'État. On a eu soin, à dessein, de l'en tenir éloigné, ainsi que d'ôter d'auprès de lui tous ceux doués de quelque esprit qui auraient pu lui donner quelque lumière sur ces matières, de façon qu'il soit maintenu dans le plus grand respect et la plus grande obéissance envers sa mère. »

Mais on ne peut tout prévoir. Qui aurait songé à prendre ombrage d'un petit gentilhomme provençal sans fortune, entré en 1611 dans la maison du jeune roi pour prendre soin de sa volerie ? Lorsque la reine s'aperçut de l'amitié passionnée que son fils vouait à Charles d'Albert de Luynes, il était trop tard. Non content de loger son favori au Louvre et de lui accorder la libre entrée de ses appartements à toute heure du jour et de la nuit, Louis, à la stupéfaction générale, exige et obtient pour lui le gouvernement d'Amboise, récemment libéré par Condé. Autour de lui se constitue un petit groupe de fidèles, une sorte de Conseil parallèle où se mijotent des projets. Il va décidément falloir compter avec le jeune roi.

Par deux fois, après le traité de Loudun en 1616, puis au début de 1617, Marie propose de lui laisser le pouvoir et de se retirer en Italie. Parle-t-elle sincèrement, est-elle lasse des tâches du gouvernement ? Ou veut-elle seulement le mettre à l'épreuve, lui faire peur, l'obliger à convenir de son incapacité ? Cherche-t-elle à se donner bonne conscience en escomptant un refus de sa part ? On ne sait. A-t-elle même essayé de démêler l'écheveau de ses propres motivations ? Face aux difficultés grandissantes, elle passe par des alternatives de combativité et de découragement.

En tout état de cause, son départ n'est pas pour demain. Car elle ne conçoit de s'installer en Italie qu'en souveraine. Pas question de retourner à Florence pour y mener une vie purement privée. Elle tente d'y acquérir un territoire où elle régnerait. Mais ses pourparlers pour l'achat de la principauté de La Mirandole ou pour l'usufruit du duché de Ferrare se heurtent à l'opposition résolue du grand-duc de Toscane et de l'Espagne, peu désireux de voir débarquer dans la péninsule une princesse que tout le monde sait insupportable. Elle ne risque donc pas grand-chose à invoquer son improbable départ.

Le fait est que Louis XIII refusa, la suppliant de rester. Personne ne pourrait plus dire qu'elle lui volait le pouvoir. Il retourna à ses oiseaux, à ses simulacres d'opérations militaires, à ses rancœurs, à ses complexes, à son petit groupe de familiers, renforcé de quelques nouveaux venus flairant le sens du vent : c'est pour le roi que le temps travaille.

Au début d'octobre 1616, il tombe malade, garde le lit : douleurs abdominales, diarrhées, agitation fébrile alternent avec des phases d'abattement où on le voit « rêveur, pâle, blême, triste ». Une rémission survient du 20 au 30, suivie d'une crise d'une violence extrême.

Il ronfle, râle, le souffle court, la mâchoire serrée. Le valet qui tenta de la lui entrouvrir faillit avoir le doigt coupé, il fallut user d'une petite cuillère pour desserrer l'étau de ses dents. Il s'évanouit. La reine accourut à son chevet, effrayée : on le disait en danger de mort. Les médecins du temps, perplexes, attribuèrent son mal à une « apoplexie » ou à une « mauvaise vapeur des intestins ». Pour leurs confrères d'aujourd'hui, la vérité est sans doute que chez cet hypernerveux les très vives contrariétés se traduisent en dérèglements du corps : il les « somatise ». La crise passée, il reprend le dessus, il va de mieux en mieux et vers le 10 novembre il peut enfin quitter la chambre.

C'est le moment où Concini perd avec lui toute retenue. Désormais convaincu de son irrémédiable débilité, il le tient — bien à tort, mais il n'est pas le seul — pour un « imbécile », « incapable de gouverner », « un être puéril, un idiot ».

Depuis longtemps le jeune Louis voue aux deux Concini une haine tenace. De leur part tout le blesse, y compris des comportements dus à l'ignorance des usages français ou à la simple grossièreté. Il déteste surtout le maréchal, pour son manque d'égards, sa désinvolture, ses familiarités, mais aussi — et ce n'est contradictoire qu'en apparence — ses avances intempestives. Concini remet son chapeau sur sa tête en disant : « Sire, Votre Majesté me permettra bien de me couvrir ? », sans attendre l'autorisation du roi. Concini se pose en protecteur, se permet de lui offrir des soldats, de l'argent, « lui qui a volé [ses] finances et baillé [ses] fermes [1] à qui bon lui a semblé » ! Comment ose-t-il ? Concini le traite comme un enfant, qui n'a d'autre droit que d'obéir : il aurait même dit d'une de ses actions qu'elle était puérile et digne du fouet ! Lourde imprudence. Il est probable aussi que l'adolescent fut mis au courant des rumeurs qui couraient sur les rela-

---

1. Une *ferme* est la charge — très lucrative — de collecter pour le compte du roi tel ou tel impôt.

tions prétendues de la reine et du maréchal. On ne dispose sur ce point d'aucun témoignage. Mais si ce fut le cas, il y avait là de quoi alimenter sa haine.

Un incident mineur en apparence, mais qui frappa les contemporains, témoigne de cette montée de l'exaspération chez le roi. Le 12 novembre, au matin, Louis, à peine remis de sa maladie, parcourt la grande galerie du Louvre en compagnie de deux gardes seulement. Il entend du bruit, regarde au dehors, se penche. Concini vient de pénétrer dans la cour, suivi d'une escorte quasi royale : plus de cent personnes se pressent autour de lui. Le maréchal sait, ou devrait savoir que le roi est là. Mais il n'a pas un regard pour la fenêtre où se tient le malheureux, qui se voit ignoré, humilié, dépossédé — détrôné !

Au début de 1617, tout le monde sent que toutes les conditions sont réunies pour un éclat. Le maréchal de Bassompierre avertit la reine : « Un de ces jours, on vous tirera le roi de dessous l'aile [...], on l'animera contre vous », et, ajoute-t-il en substance, s'il nous invite à quitter votre service pour le sien, nous ne pourrons faire autre chose qu'obéir et « vous demeurerez les mains vides ». Quant aux Vénitiens, voyant Sa Majesté « tenue pour ainsi dire prisonnière de la reine et du maréchal d'Ancre », ils prédisent que cela ne saurait durer.

Concini n'est pas un imbécile. Pourtant lorsque la reine mère lui suggère, avec l'accord de Leonora, de rentrer en Italie, il refuse, il pense pouvoir se maintenir sur place. Il sait très bien que le jeune Louis ne l'aime pas. Mais il commet l'erreur de le sous-estimer. Il entreprend, tout en menant le combat contre les grands seigneurs rebelles, de se constituer en Normandie un solide fief provincial qui lui permettrait de se faire leur égal en puissance et qui lui fournirait un refuge d'où il pourrait, comme eux, narguer le roi. Un pari très risqué, qu'il va perdre. Car il sera pris de court.

Marie de Médicis aussi.

Le coup d'État

Le 24 avril 1617, vers huit heures du matin, un inconnu demanda à parler à la reine pour une affaire urgente, « qui lui importait extrêmement ». Elle dormait encore. Il insista. Mais elle avait donné l'ordre de ne pas l'éveiller, craignant, dit-on, que le manque de sommeil ne lui donnât mauvais visage et ne la fît paraître moins belle. Ses femmes invitèrent le visiteur à revenir sur les onze heures. Il ne serait plus temps, déclara-t-il en se retirant, et elles s'en repentiraient.

Elle était encore au lit deux heures plus tard, lorsqu'un bruit insolite lui fit ouvrir les yeux. À son chevet, ses femmes pleuraient. L'une d'entre elles, entendant des coups de feu, avait ouvert une fenêtre, questionné et appris que Concini venait d'être abattu sur ordre du roi.

Des biographes admiratifs prêtent à Marie une exclamation de tragédie : « J'ai régné sept ans, je n'attends plus qu'une couronne au ciel », mais ce « mot historique » a toutes chances d'être apocryphe. D'autres récits la montrent en proie à la plus vive agitation, se levant, se recouchant, échevelée. Quand un serviteur murmura qu'on ne savait comment prévenir Leonora, elle répliqua « qu'elle avait bien d'autres choses à penser et que si on ne pouvait lui dire la nouvelle, qu'on la lui chantât » ! Et lorsque Leonora elle-même sollicita l'autorisation de se présenter, elle refusa : « Qu'on ne lui parle plus de ces gens-là, qu'elle le leur avait bien dit ! qu'il y avait longtemps qu'ils dussent être en Italie ! » L'affection qu'elle portait à sa camérière avait des limites. Leonora, elle, se serait montrée plus généreuse, s'écriant en parlant de la reine mère : « Pauvre femme, je l'ai perdue ! »

Marie était prisonnière. Déjà on abattait le petit pont qui reliait ses appartements aux jardins, on murait portes et fenêtres, ne laissant subsister qu'un seul accès, surveillé avec soin par les gardes écossais du roi substitués aux siens. Louis XIII éconduisit tous les

messagers qu'elle lui envoya pour lui demander de la
recevoir. Elle supplia même Luynes d'intervenir. En
vain. « Le roi lui répondit qu'il était trop empêché [1]
pour cette heure-là », ajoutant « qu'elle ne l'avait pas
traité comme fils par ci-devant », mais qu'il « la traite-
rait néanmoins toujours comme mère ».

Ce qui s'était passé ce matin-là est bien connu. À
l'instigation d'un petit groupe de familiers, Louis XIII
avait décidé de se débarrasser du favori. Faute de pouvoir le renvoyer en Italie, on se proposait de l'arrêter,
de l'emprisonner, de le faire juger et condamner.
Luynes, qui n'était pas un foudre de guerre, appuyait
cette solution. Et bien sûr, c'est celle qui fut retenue.
Cependant les pionniers de l'entreprise, notamment le
secrétaire du roi, Déageant, la savaient trop risquée :
le maréchal d'Ancre aurait vingt occasions de réagir et
ils redoutaient l'influence de Marie sur son fils. Il fallait donc le tuer. L'ambiguïté fut maintenue le plus
longtemps possible, et elle permet encore aux historiens d'affirmer que Louis XIII n'avait pas voulu la
mort de Concini. Mais en acceptant de se charger de
l'opération, Vitry, son capitaine des gardes, exigea des
précisions, pour se couvrir en cas de résistance : « Sire,
s'il se défend, que veut Sa Majesté que je fasse ? »
Déageant répondit : « Le roi entend qu'on le tue. »
Louis XIII garda un silence qui valait consentement.

Nul ne saura jamais si Concini interpellé à l'entrée
du Louvre fit mine de se défendre, si son cri — *Me !*
ou *A me !* — fut de surprise ou d'appel à son escorte :
il fut massacré aussitôt. Mais la satisfaction de
Louis XIII est certaine. La nouvelle lui arrache ce cri
du cœur : « Dieu soit loué, mon ennemi est mort ! »
Porté en triomphe à une fenêtre de la Cour carrée, il
lance : « Merci ! grand merci à vous ! À cette heure je
suis roi ! » Écho dérisoire à l'exclamation d'Henri III
devant le cadavre du duc de Guise. Car il s'agissait
pour ce dernier de vie ou de mort, tandis qu'un peu de

---

1. Occupé.

diplomatie aurait permis à Louis XIII de s'imposer. À sa décharge : il n'a que quinze ans et demi.

Après des jours et des jours de tension et d'angoisse, le succès le prit de court, le laissa comme assommé, vidé. Il fut stupéfait par la rapidité avec laquelle le royaume basculait de son côté. Tous se pressaient de lui rendre hommage. Le peuple de Paris arrachait à sa tombe le corps du maréchal d'Ancre pour le dépecer et en faire d'ignobles feux de joie. Comme tout était simple, au bout du compte ! Ou comme tout paraissait simple...

Car il fallait régler le sort de Marie de Médicis. Psychologiquement très difficile. Il est clair que l'animosité du jeune roi est dirigée contre elle. Concini est, dans une large mesure, une victime de substitution. Son assassinat est un matricide détourné. Ce n'est pas lui, mais elle, en dernier ressort, qui tenait le jeune roi écarté du pouvoir et l'enfonçait dans l'insignifiance. L'amour filial déçu s'est tourné en haine : évidence d'autant plus insoutenable que cette haine est le reflet de sa propre impuissance. Jamais il ne pourra ni le reconnaître publiquement, ni se l'avouer à lui-même. Il lui faut maintenant se débarrasser d'elle tout en maintenant intactes les apparences de la plus grande vénération.

Que faire ? Avant tout, ne plus la voir. L'écarter, l'éloigner, interposer entre elle et lui une distance protectrice, un vide sanitaire. Il a si peur d'elle encore. Si peur de lui-même, de sa propre faiblesse. Ne va-t-il pas de nouveau subir l'ascendant de cette volonté paralysante ? Huit jours durant, il recule à l'idée de l'affronter, se mure dans une cuirasse de silence, ne communique avec elle que par des intermédiaires dont il réduit au strict minimum les allées et venues, avec d'autant plus de soin qu'elle fourbit des armes pour sa défense. Au maréchal d'Ornano venu lui signifier qu'on souhaitait l'éloigner, n'a-t-elle pas répliqué « qu'elle était bien fâchée de n'avoir su plus tôt que le maréchal d'Ancre ne plaisait pas au roi, parce qu'elle se serait volontiers portée à tout ce qu'il aurait voulu, sans qu'il eût été besoin de répandre du sang », ajoutant qu'elle ne supporterait pas d'être privée de voir son fils, que jamais elle ne se résoudrait à le quitter. Elle ne se trompe pas, d'ailleurs, sur le vrai responsable d'une rupture dont Luynes n'est que l'orchestrateur : elle connaît trop bien le jeune garçon pour croire qu'il fera marche arrière.

Comme toujours, Louis XIII, au moment de prendre une décision, a besoin de garants. Le rappel immédiat des fameux « barbons », les ministres d'Henri IV congédiés par Concini, lui permet de faire endosser par le Conseil la sentence d'exil prononcée contre Marie. Il est bien obligé de tempérer l'isolement dans lequel il la tient. Le résident de Toscane réussit à se glisser auprès d'elle, le nonce intervient à son tour. Sur leurs conseils, on lui délègue pour discuter un des ex-ministres de Concini, Richelieu. Le roi, qui ne l'aime pas, a salué son arrivée au Louvre d'une cinglante réplique : « Eh bien ! Luçon ! me voilà débarrassé de votre tyrannie ! » Mais Luynes se souvient que l'habile homme a tenté, dans les dernières semaines, de se démarquer de collègues compromettants et lui a fait transmettre de discrètes offres de service. Tandis que ses deux confrères paient leur participation au ministère Concini — Mangot est consigné chez lui et Barbin emprisonné —, M. de Luçon se voit donc confier, du bout des lèvres, le rôle de négociateur.

Il réussit. Marie cède sur le principe d'un séjour provincial. On lui refuse seulement d'emmener avec elle ses filles, sœurs du roi. Mais à Moulins, trop inhospitalier faute d'entretien, on accepte de substituer Blois. Elle jouira dans le château de l'autorité souveraine, aura ses gardes, son personnel, et conservera tous ses revenus. Après huit jours de claustration et d'avanies, elle est prête à partir au plus vite. Mais elle exige une entrevue d'adieu, que Louis XIII ne peut sans mauvaise grâce lui refuser. Ce sera le 3 mai.

Il éprouve cependant une telle crainte de bafouiller,

de se tromper, de se laisser surprendre, qu'il fait préparer l'entrevue comme une scène de théâtre. Au Conseil, on rédige en commun, d'avance, en pesant chaque mot, le dialogue qui devra être échangé sans la moindre variante. Le jeune roi se rend-il compte qu'il reproduit un scénario cent fois joué naguère, lorsqu'il répétait sa leçon devant les ambassadeurs ou les délégués aux États ? Il est vrai que, cette fois, sa mère est contrainte d'en faire autant. Et c'est lui qui rédige le texte.

L'entrevue, qui se déroula devant quelques invités triés sur le volet, ne pouvait qu'être tendue et artificielle. Marie fit bonne figure jusqu'au moment où le roi entra, en pourpoint blanc et chausses rouges, botté et éperonné, coiffé d'un feutre noir à plumes blanches, tenant Luynes par la main. Elle se troubla un peu, dissimula ses larmes derrière son mouchoir et son éventail pendant qu'il récitait le couplet suivant :

« Madame, je viens ici pour vous dire adieu et vous assurer que j'aurai soin de vous comme de ma mère. J'ai désiré de vous soulager de la peine que vous preniez en mes affaires ; il est temps que vous vous reposiez et que je m'en mêle : c'est ma résolution de ne plus souffrir qu'un autre que moi commande en mon royaume. Je suis roi, à présent. J'ai donné ordre à ce qui est nécessaire pour votre voyage et commandé à La Curée [1] de vous accompagner : vous aurez de mes nouvelles étant arrivée à Blois. Adieu, Madame, aimez-moi et je vous serai bon fils. »

À quoi elle répondit : « Monsieur, je suis marrie de n'avoir gouverné votre État pendant ma régence et mon administration plus à votre gré et gain que je n'ai fait ; vous assurant que j'y ai néanmoins apporté toute la peine et le soin qu'il m'a été possible, et vous supplie de me tenir toujours pour votre très humble et très obéissante mère et servante [2]. »

---

1. Chef de la compagnie de chevau-légers du roi.
2. Ce dialogue comporte, selon les sources, diverses variantes, qui n'en affectent ni le sens général, ni surtout le ton.

Après cet échange laconique et glacial, il était convenu qu'elle s'inclinerait pour donner au roi un baiser et prendre congé de lui. Elle en profita pour sortir du schéma préétabli : elle le supplia de lui rendre son intendant, Barbin. « Le roi, qui ne s'attendait point à cette demande, conte Bassompierre, la regarda sans lui rien répondre. Elle lui dit encore : "Monsieur, ne me refusez point cette seule prière que je vous fais." Il la regarda encore sans rien répondre. Elle ajouta : "Peut-être est-ce la dernière que je vous ferai jamais", et puis, voyant qu'il ne lui répondait rien, elle dit : "Or sus !" ; et puis se baissa et le baisa. Le roi fit une révérence, et puis tourna le dos. » Lorsque Luynes vint la saluer, elle réitéra sa prière. « Comme M. de Luynes voulut répondre, le roi cria cinq ou six fois : "Luynes, Luynes, Luynes !", et lors M. de Luynes, faisant voir à la reine qu'il était forcé d'aller après le roi, le suivit. Alors la reine s'appuya contre la muraille, entre les deux fenêtres, et pleura amèrement. »

Le roi s'installa sur un balcon pour la voir sortir du Louvre, il courut ensuite à la galerie pour la voir franchir le Pont-Neuf, puis, en compagnie de quelques intimes, il s'enfuit à Vincennes où il arpenta le parc toute la soirée. Le lendemain la vie reprenait son cours.

Le voici libéré de ses inhibitions, délivré de sa mère — du moins, il le croit. Il lui reste tout de même un fond d'inquiétude, la conscience de son inexpérience. Peut-il compter sur les anciens ministres d'Henri IV, qu'avait congédiés Concini ? « Mon père, dit-il en accueillant Villeroy, je suis roi à présent, ne m'abandonnez point. » Mais il n'a pas grand-chose à attendre de ce revenant, le vieil homme — 74 ans — a déjà un pied dans la tombe, il ne tiendra que quelques mois. Rien à espérer non plus des autres barbons qui, ayant vu tourner à toute vitesse la roue de la fortune depuis quelques années, se soucient surtout de préserver leur propre situation. Les difficultés viendront vite. Le cher

―――――――――

1. Exclamation qui est l'équivalent de : Allons !

Luynes laisse voir ses limites. En dehors de ses talents d'oiseleur, il montre une aptitude remarquable à coloniser l'État et à établir brillamment ses frères et cousins. Pour lui complaire, le roi fait poursuivre Leonora et obtient à grand peine sa condamnation à mort comme sorcière, au terme d'un procès inique, sans l'ombre de preuve : c'était le seul moyen de confisquer son énorme fortune, qui est aussitôt attribuée au nouveau venu. Un favori chasse l'autre. Le duc de Bouillon ricane : « La taverne est la même, seul le bouchon a changé. » Et le nonce ironise : « Maintenant Luynes sera l'Ancre du roi. »

Ironie du sort : Louis XIII a abattu Concini au moment précis où celui-ci inaugurait une politique de mise au pas des grands, qui allait être plus tard l'obsession majeure de son règne. Mais nul ne s'en doute encore. Il a pour l'instant brisé net l'offensive qui était sur le point de les réduire à merci. Amnistie générale. Ils croient triompher. Ils se pressent à la cour, autour d'un roi qu'ils tiennent eux aussi pour un médiocre et qu'ils comptent manœuvrer à leur guise. Tiens, se serait-on trompé sur son compte ? Le roi n'est pas si sot qu'on l'avait cru ! « Vraiment, il apparaît qu'il entend mieux les affaires qu'on n'aurait pu l'imaginer », écrit le nonce. Les grands doivent déchanter. Le prince de Condé reste en prison, mais il se voit transférer de la Bastille à Vincennes, où les conditions de séjour sont moins dures et où l'on autorise sa femme à le rejoindre : ainsi rapproché par l'adversité, le couple naguère déchiré se prépare à procréer d'illustres enfants. Pour les autres, pas de gratifications, pas de faveurs, pas de pensions. Le roi tente de mettre en pratique l'intransigeante conception qu'il a de l'autorité. Il veut être obéi gratis.

En l'espace de trois ans, il apprendra à ses dépens qu'il faut parfois composer avec le réel.

CHAPITRE CINQ

LES « GUERRES DE LA MÈRE ET DU FILS »

À peine montée en carrosse, Marie de Médicis a repris possession d'elle-même. Elle n'a pas une larme en prenant congé du cortège autorisé à l'accompagner jusqu'à Bourg-la-Reine. Déjà elle se prépare à la lutte.

En se séparant d'elle, Louis a commis deux erreurs. D'abord, il l'a humiliée publiquement, il lui a fait perdre la face. Offense intolérable, selon les mentalités du temps ! C'est en victime indignement outragée qu'elle entend se poser à l'avenir. La volonté de puissance n'est plus seule au centre de leur conflit. Marie tient moins à l'exercice du pouvoir — c'est très fatigant de gouverner, elle l'a découvert par la pratique — qu'à la considération et aux honneurs afférents. Elle veut être la première. C'est pour sa position et son rang dans le royaume qu'elle va se battre — question de principe. La place d'une reine mère est aux côtés de son fils : qui osera dire le contraire ?

Ensuite, il lui a laissé la totalité de ses revenus et une partie de son entourage. À Blois, elle aura un Conseil, un sceau personnel, des secrétaires, un aumônier, des gardes, des dames de compagnie et des suivantes, bref une cour en raccourci et comme une sorte de gouvernement parallèle, des faveurs à distribuer, des charges à pourvoir, de quoi se constituer une clientèle.

Autrement dit, elle conserve de puissants moyens d'action. Elle en usera pour tâcher de « se faire des créatures qui puissent la tirer de sa captivité ».

L'usage est de rejeter sur Luynes la responsabilité de sa brutale mise à l'écart : en obligeant le jeune roi à couper les ponts avec sa mère, il renforçait sa propre emprise sur lui et confortait sa situation. C'est tout à fait exact : un retour de la reine entraînerait sa propre disgrâce. Mais la double erreur commise porte la marque du roi. La mortifiante mise en scène des adieux laisse deviner ce qui sera un des traits marquants du caractère de Louis XIII : il aime à humilier ses adversaires vaincus, à leur faire savourer longuement leur défaite. Un autre trait apparaît également dans cet épisode : il tient à conserver le beau rôle, il veut avoir le droit pour lui. En fait, il n'a pas de faute grave à reprocher à Marie, sinon d'avoir trop tardé à passer la main. Pas de quoi lui réserver un traitement ignominieux. D'où des efforts, qu'elle prend très mal, pour l'amener à plaider coupable : elle aurait mal géré le royaume. Mais il est tenu par une fausse honte. D'où la relative bénignité du régime qu'il lui impose à Blois.

La suite est facile à prévoir : un affrontement de deux volontés. Lequel des deux fera plier l'autre ? Louis a gagné la première manche. Mais il sait fort bien, et Marie sait aussi qu'un roi de France ne peut sans scandale s'en prendre à sa mère. À la règle tacite qui veut que les membres de la famille royale soient intouchables s'ajoutent ici des impératifs d'ordre religieux : « Tes père et mère honoreras... » La piété de Louis XIII l'incite au respect, celle de ses sujets l'y contraint. Les « guerres de la mère et du fils » consternent une bonne part des Français, notamment les dévots. Et quand on songe que ces guerres se déroulent sur fond d'agitation nobiliaire endémique et que la cause de la reine sert de cri de ralliement aux mécontents de tous bords, on conviendra sans peine que les deux adversaires étaient condamnés à se réconcilier.

De 1617 à 1622, on assiste donc entre Marie de

Médicis et son fils à cinq années de conflits déconcertants, au cours desquels les éléments passionnels priment sur la politique. Cinq ans pour parvenir à ce qui aurait dû être l'issue normale de la régence : la mise en veilleuse de la reine mère et la prise de pouvoir du jeune roi.

Prisonnière à Blois

Le voyage fut morne. Il pleuvait. À Paris, au lieu des acclamations qu'elle espérait, ce sont des quolibets qui fusent au long des rues : « L'aversion qu'on avait contre son gouvernement était si obstinée, explique Richelieu, que le peuple ne s'abstint pas de plusieurs paroles irrespectueuses en la voyant passer, lesquelles lui étaient d'autant plus sensibles que ces traits rouvraient et ensanglantaient la blessure dont son cœur était entamé. » L'accueil chaleureux d'Orléans la ragaillardit un peu, mais l'arrivée à Blois lui fut une douche froide : les habitants, très mécontents, n'escomptaient de sa présence que des ennuis.

Cependant elle s'installe. À l'aile François Ier, que hantent les ombres du Balafré et de Catherine de Médicis, elle préfère les bâtiments de l'ouest, aujourd'hui détruits. Le roi a ouvert un crédit : on aménage, on repeint, on construit une annexe. Il lui délègue six Suisses prélevés sur sa garde personnelle, pour qui elle fait dessiner et couper un uniforme de son choix — du noir sur lequel tranchent des bandes d'argent et d'or.

Les soins du jardin la retiennent quelque temps : elle plante des roses, bâtit une serre où elle installe des orangers, des jasmins, des azeroles et des myrtes achetés à Gênes. Elle décore ses appartements, commande pour mettre sur la table « une grande horloge sonnante enrichie de diamants », complète sa propre collection de bijoux, déjà fort riche. Elle visite les couvents des alentours. Elle donne des concerts, invite des musiciens de la région, convoque une troupe de comédiens italiens, fait traduire par Boisrobert et monter sur son théâtre une adaptation du *Pastor fido* de Guarini.

Tout cela ne l'empêche pas de s'ennuyer ferme. Elle écrit à son fils des lettres pleines d'humble soumission où elle déclare souhaiter seulement lui complaire et le contenter, auxquelles il répond en faisant assaut de mauvaise foi : il n'a pour elle que « déférence, respect et vénération ». Cependant elle ne manque pas de se plaindre. Pourquoi ne la laisse-t-on pas rentrer à Paris ? On n'a pas le droit d'empêcher une mère de voir son fils. Elle ne demande rien de plus. Quand celui-ci lui fait adresser en guise de vœux pour l'année 1618 un riche collier orné de son portrait, elle s'exclame : « Que veut dire ce portrait ? Si l'on croit que je ne reverrai jamais plus le roi, mon seigneur, et que par cette raison on m'envoie son portrait, je le verrai plus vite que certains ne le pensent. »

Auprès de Louis XIII, des voix s'élèvent en faveur de son retour : le pape et ses représentants, le roi d'Espagne, le grand-duc de Florence regrettent la présence au gouvernement d'une voix qui leur était tout acquise. Et ils ne manquent pas d'arguments moraux et religieux pour plaider sa cause. Mais le roi ne veut rien entendre, il interdit même que la question soit soulevée en Conseil.

Les mois passent, autour de Marie le climat se détériore. Le découragement se glisse chez ses serviteurs, peu soucieux de partager durablement le sort d'une exilée. Les défections, encouragées par la cour, tournent à la débandade et les partants sont remplacés par des gens destinés à la surveiller. Reste un petit noyau de fidèles, qui se partagent en deux camps : nous dirions les « faucons » et les « colombes ». Ceux qui prêchent l'affrontement ont à leur tête l'abbé Ruccellaï, un Florentin de grande famille, « esprit chaud et bouillant » dont l'humeur combative a de quoi séduire la reine ulcérée. En face de ce groupe assez fourni, il n'y a guère du côté des modérés que Richelieu.

M. de Luçon a accepté sans joie, faute de mieux, de
suivre Marie dans son exil. Revêtu des fonctions de
chef de son Conseil et de garde de son sceau, il est
responsable de l'ensemble de ses affaires. Ce qui se
cache derrière ce titre pompeux est moins reluisant :
chargé de la maintenir dans l'obéissance et de rendre
à Luynes un compte détaillé de ses activités, il est à
peine plus qu'un espion. Un bon point cependant : il
pense agir sincèrement dans son intérêt. Il est
convaincu en effet qu'une réconciliation entre le roi et
sa mère est impossible avant longtemps. Insister ne
fera qu'envenimer les rancœurs. C'est donc en toute
bonne foi qu'il prêche à Marie patience et sagesse.
Mais il mesure vite l'inconfort de sa situation. Dans le
climat tendu qui déchire la petite cour de Blois, il est
en butte aux attaques du clan adverse. Jamais il ne
parvient à conquérir pleinement la confiance de la
reine, qui le juge trop tiède et le soupçonne — non
sans raison — de double jeu. Luynes de son côté,
voyant Marie multiplier démarches et intrigues, en
attribue l'initiative à Richelieu, qu'il accuse de trahir
son rôle. En quelques semaines, l'imprudent a réussi à
s'aliéner les deux parties.

En deux temps et trois mouvements, on l'élimine.
D'abord on lui fait savoir qu'il est menacé de disgrâce,
il prend les devants et, en juin 1617, il demande un
congé pour se reposer dans son prieuré de Coussay, ce
qui lui vaut une lettre de félicitations ironiques du roi :
qu'il se consacre donc à des tâches spirituelles ! Les
protestations véhémentes émises par Marie, pour le
principe, ne font que renforcer la décision de l'éloigner. C'est en vain qu'il sollicite sa grâce. À la fin
d'octobre, il est sommé de quitter Coussay pour
Luçon : la place d'un évêque n'est-elle pas auprès de
ses ouailles ? Tandis qu'il s'y morfond, la reine mère
s'agite plus que jamais.

Elle a des raisons nouvelles de s'inquiéter et de s'indigner. On parle de l'ôter de Blois, un château de la
Renaissance bâti dans un site d'accès aisé, pourvu de

portes et fenêtres en grand nombre, pour la transférer dans la forteresse d'Amboise, plus propre à servir de prison. Elle craint un renvoi ignominieux en Italie, peut-être même la réclusion dans un couvent. D'importantes mesures d'ordre familial ont été prises à son insu. On a congédié le gouverneur de son dernier fils Gaston, M. de Brèves, qu'elle avait choisi sur les indications du feu roi, et surtout on a négocié le mariage de sa seconde fille Chrétienne avec l'héritier de Savoie sans la consulter, ni même l'avertir. Hélas ! ses récriminations n'aboutissent qu'à faire resserrer la surveillance autour d'elle. Les abords de Blois sont gardés, on fouille les messagers, on filtre les entrées, on décourage les visites. Affront suprême : le roi — sur les conseils de Luynes ? — exige d'elle une sorte d'autocritique écrite, dûment signée, où elle confesserait avoir mal gouverné le royaume pendant sa régence. Elle pousse des cris d'indignation, lorsque soudain éclate l'affaire Barbin, qui ressemble furieusement à un coup monté.

Depuis la chute de Concini, Barbin était tenu au secret à la Bastille et se rongeait d'inquiétude en attendant son procès : le sort de la malheureuse Leonora autorisait toutes les craintes. Les interventions de Marie en faveur de son ancien intendant s'étaient toujours heurtées à un refus quand soudain, à l'automne de 1617, on autorisa le prisonnier à écrire à sa protectrice. Intercepter cette correspondance était jeu d'enfant pour des geôliers expérimentés. Elle ne comportait rien de vraiment compromettant — Barbin n'était pas assez fou pour y tenir des propos subversifs —, mais le fait même qu'il eût osé solliciter l'appui de la reine provoqua chez Louis une très vive colère. Cette colère fit trois victimes. Lors d'un procès orchestré à grand bruit, le pauvre Barbin échappa de peu à la mort, à une voix près, dit-on ; mais sa condamnation au simple bannissement parut insuffisante au roi qui, contrairement à tous les usages, la commua en prison à vie. La seconde victime, tout à fait inattendue, c'est Richelieu, qui se tenait coi dans son évêché de Luçon, mais qu'on soupçonna d'avoir eu part à ces intrigues : il fut donc expédié en exil à bonne distance de Blois, dans le territoire pontifical d'Avignon — dernière étape de sa disgrâce. La troisième, c'est évidemment Marie. M. de Roissy, le personnage délégué par le roi pour prendre en main la direction de ses affaires en lieu et place du proscrit, fait murer les petites portes du château, interdit les visites non autorisées, limite ses déplacements à l'intérieur de la ville et la contraint de lui soumettre l'itinéraire prévu pour la moindre promenade. La reine mère est bel et bien prisonnière.

Ces mesures extrêmes visent surtout à faire pression sur elle. On espère, sans trop oser y croire, qu'elle prendra l'initiative de se retirer d'elle-même en Italie. Et, profitant de ce qu'elle est tombée malade, on lui envoie le père Arnoux, confesseur du roi, qui réussit à tirer d'elle par écrit, le 3 novembre, un engagement solennel de soumission. Nous pouvons lire cette lettre dans les *Mémoires* de Richelieu. Il est probable qu'elle lui a été dictée. Rien n'y laisse deviner qu'une mère s'adresse à son fils. Dans ce texte à la première personne du pluriel, impersonnel et dur, alambiqué, caparaçonné de rhétorique moralisante, elle prodigue au roi, « son souverain seigneur », des hommages d'une obséquiosité servile. Elle s'engage à n'avoir d'autre désir que de lui complaire, à n'entretenir aucune correspondance ou liaison préjudiciable à son service et à lui dénoncer celles dont elle pourrait avoir connaissance, à ne pas tenter de se rendre à Paris avant que le roi ne le lui ordonne. « Si nous avons souhaité ce voyage, ajoute-t-elle, ç'a été pour avoir l'honneur de le voir et pour lui faire connaître, par nos déportements [1] pleins de respect et d'obéissance, que l'on nous avait blâmée sans sujet, n'ayant eu aucun désir de nous mêler d'affaires, comme l'on l'avait voulu faire accroire au Roi, notre dit seigneur et fils, qui doit régner seul, et qui

---

1. Comportements.

peut, par sa prudence mieux que par l'entremise de qui que ce soit, gouverner son État avec la justice et réputation qui y est requise, reconnaissant que les bonnes qualités et inclinations qu'il y avait dès son jeune âge nous avaient été autant de promesses des effets qu'il y fait reluire de sa prudente conduite... » Et pour faire bonne mesure, elle autorisait le roi à en tirer des copies à diffuser à son gré.

On peut espérer pour le jeune Louis XIII qu'il n'usa pas de cette permission. Car pour ceux qui n'auraient pas compris où le bât le blessait, la lecture de cette lettre risquait d'être édifiante. Après avoir imposé à sa mère une telle palinodie, que pouvait-il attendre d'autre qu'une reprise du conflit ?

Une évasion mouvementée

Trop, c'est trop. L'opinion est en train de se retourner. Ceux qui naguère blâmaient Marie d'accaparer le pouvoir commencent à la plaindre. En dix-huit mois de gouvernement, Louis a fait bien des mécontents : les protestants, qu'il a provoqués à la légère en rétablissant brutalement le catholicisme en Béarn ; les grands, qui s'estiment insuffisamment rémunérés pour leur docilité, tous ceux qu'irrite enfin la promotion imméritée de Luynes au faîte des honneurs et de la fortune. La perspective de faire cautionner une nouvelle prise d'armes par la reine a de quoi les séduire : nul ne les blâmera de s'engager pour une aussi juste cause que la réconciliation de la mère et du fils.

Le moment est donc bien choisi pour la tirer de Blois. Deux hommes s'y emploient, deux abbés mondains, intrigants : Ruccellaï et un nouveau venu, Chanteloube. Tous deux circulaient entre Blois et Paris sous des prétextes divers. Ruccellaï profita d'un séjour dans une abbaye qu'il avait en Champagne pour prendre langue avec le duc de Bouillon. Celui-ci se récusa, suggéra que le duc d'Épernon, gouverneur de la citadelle de Metz, mais qui possédait aussi Angoulême, était mieux placé que lui pour intervenir en Touraine : sa place forte de Loches n'était qu'à quelques heures de route de Blois. Les choses traînèrent. Les deux seigneurs concernés s'entendent mal, ils se défient tous deux de Ruccellaï et le nerf de la guerre, c'est-à-dire l'argent, fait défaut. Mais l'entreprenant abbé finit par les convaincre. Épernon, lié à Marie de Médicis par une vieille fidélité et ulcéré que le chapeau de cardinal ait été refusé à son fils cadet, archevêque de Toulouse, consent à se lancer dans l'aventure.

Les conspirateurs d'occasion eurent beaucoup de peine à mettre sur pied les détails de l'opération. Un de leurs émissaires, porteur d'une lettre de la reine pour le duc d'Épernon, réussit à quitter Blois, mais fut arrêté à Troyes et « fouillé si exactement qu'on décousit tout son habit, hormis au lieu où il l'avait cachée ». Il arriva à bon port. Mais au retour le page de Ruccellaï chargé de porter à la reine les ultimes consignes pour l'évasion se rendit à Paris, avec l'intention de vendre l'information à la cour. Un partisan de Marie, qui le connaissait, l'arrêta au passage, « lui tira les vers du nez, lui donna trois cents écus pour sa dépêche et le tint quelque temps à couvert chez lui ». Luynes n'eut pas la lettre, mais la reine non plus.

Elle se morfondait à Blois dans l'incertitude et l'angoisse. Pendant ce temps, Épernon — audace inouïe — se permettait de quitter Metz sans autorisation sous prétexte qu'il avait à faire en Saintonge. Et comme le roi le faisait réprimander, il rétorqua insolemment qu'il avait laissé en Lorraine son fils aîné, qui le remplacerait fort bien. Il suivit longtemps la route d'Angoulême, mais au dernier moment il bifurqua vers le nord en direction de Loches et envoya un messager avertir Marie qu'il y serait le 22 février et l'y attendrait. La lettre parvient à la reine le 21. Parmi les quelques intimes qu'elle a mis dans la confidence, c'est l'affolement. Il est trop tard pour vérifier l'information, pour demander qu'on la confirme. Ne serait-ce pas un piège ? Mais d'autre part, si elle laisse passer cette occasion, elle ne la retrouvera pas de sitôt. À tout hasard, son écuyer, le comte de Brenne, fait préparer un carrosse qu'il dissimule sur la rive sud de la Loire, au débouché du pont de bois. À minuit, les doutes de Marie sont levés : le secrétaire du duc d'Épernon, Duplessis, paraît soudain à la fenêtre de sa chambre, au deuxième étage, à cent vingt pieds de hauteur[1]. Les échelles sont en place, on n'attend plus qu'elle. On hâte les derniers préparatifs.

Vers six heures du matin, en février, il fait encore nuit. Dans le château de Blois, tout dort. Nul ne la voit enjamber l'appui de sa fenêtre, qui donne sur la terrasse ouest. Elle aborde gaillardement la descente, au mépris de sa corpulence, oubliant qu'elle s'est alourdie de plusieurs cassettes où sont entassés ses précieux bijoux. L'échelle oscille et tangue sous le poids, la fugitive arrive sur la terrasse verte de peur, jurant qu'elle n'ira pas plus loin, qu'il est hors de question qu'elle emprunte la seconde échelle pour franchir le mur d'enceinte. On attrape des manteaux, on l'y emballe elle et ses bijoux, on ficelle le tout, on attache le paquet au bout d'une corde et on le laisse glisser sur une pente d'éboulis creusée dans la muraille par des travaux de réfection. On la récupère au fond du fossé sans une égratignure. Mais elle a semé en route une cassette, qu'une servante retrouvera le lendemain. Déjà la voici qui marche, encadrée par ses deux chevaliers servants. Derrière trottent une de ses femmes, chargée d'un paquet de vêtements, et deux gardes. Elle passe le pont à pied aux premières lueurs de l'aube, sous l'œil goguenard des paysans qui se rendent au marché et qui la croient en galante escapade. Elle se sent toute rajeunie devant cette plaisante méprise et elle rit : « Ils me prennent pour une bonne dame ! » Quelques instants d'inquiétude : on ne trouve pas le carrosse, trop bien caché. Le voici qui s'avance. Fouette, cocher ! En

---

1. Quarante mètres.

route pour Loches ! Épernon, venu à sa rencontre avec
deux cents cavaliers, la conduit en grande pompe au
château où elle se repose quelques jours, avant de
gagner Angoulême sous bonne escorte. Elle est libre.
La première « guerre de la mère et du fils » peut
commencer.

La première guerre n'aura pas lieu

Si l'on veut bien appeler les choses par leur nom, la
situation est scandaleuse. Un roi fait garder prisonnière
sa propre mère. Une reine mère fomente une révolte
armée contre son propre fils. L'animosité qui les dresse
l'un contre l'autre est inavouable. Alors les deux intéressés la nient, la dissimulent derrière des fictions qui
permettent d'occulter le fait que l'épreuve de force a
bien lieu entre eux deux et qu'elle a pour enjeu non
point seulement le retour de Marie à la cour, mais sa
participation au gouvernement. Affrontement verbal
par voie épistolaire, préparatifs militaires ostensibles :
il s'agit surtout de manœuvres d'intimidation. Le jeune
roi, toujours aussi intraitable, serait prêt à aller jusqu'au bout. Mais que ferait-il de sa mère en cas de
victoire ? Quant à une défaite, elle serait pour lui catas-
trophique. Une partie de son entourage s'inquiète,
notamment les gens d'Église, et s'applique à désamor-
cer la crise.

Les événements du printemps et de l'été 1619 donnent à qui les suit au jour le jour une étrange impression d'irréalité, comme s'il se jouait une partie de
poker menteur. Paroles et actions, tout est biaisé.

Le lendemain même de son évasion, Marie écrit à
son fils une longue lettre justificative. Elle n'a quitté
Blois, dit-elle, que devant un redoublement de violences qui lui font craindre pour sa vie, mais surtout à cause du péril couru par l'État et dont elle se
sent le devoir d'informer son fils : elle demande à le
rencontrer pour lui faire d'importantes révélations,

« sans haine et sans ambition, protestant ne vouloir prendre aucune part au gouvernement » et ne désirant « que la gloire de le voir bien gouverner son royaume par lui-même ». En clair, elle s'en prend à Luynes de la politique menée depuis deux ans. Elle n'a rien à reprocher au jeune roi, sinon d'être le jouet d'un favori qui lui pervertit le jugement.

Par cette missive, elle pensait à la fois se donner le beau rôle et blesser à vif son fils. Celui-ci évita de lui répondre sous le coup de la colère. Il attendit quinze jours pour la payer de même monnaie, affectant de croire qu'elle n'était pour rien dans la présente rébellion : elle a été enlevée de force à Blois par le duc d'Épernon ! Le coupable serait châtié, promettait-il. Qu'elle s'en aille de chez lui et choisisse une autre demeure d'où lui adresser des avis ! Le tout accompagné d'une mise au point : « blâmer ceux qui sont auprès de lui, c'est le blâmer lui-même », puisque c'est lui qui décide en dernier recours.

Avant même d'avoir reçu cette réponse, Marie avait récidivé le 10 mars. Dans cette seconde lettre, encore plus « piquante » et plus « aigre », elle reprenait, sur le mode véhément, les thèmes de la première, ajoutant que l'imminence d'une attaque, imposée au roi par ses favoris, l'autorisait à se mettre en état de légitime défense. Elle lui prédisait une « prodigieuse violence et désolation » de ses peuples, le menaçait du jugement de la postérité. Elle s'apprêtait, dans l'immédiat, à « faire retentir ses plaintes » à travers toute l'Europe, c'est-à-dire à porter leur différend sur la place publique. C'était une déclaration de guerre. Et pour lui donner plus d'impact, elle en avisait par le même courrier trois des ministres du roi.

Louis chargea les ministres de lui répondre qu'il n'avait nul besoin de ses conseils et qu'elle avait tort de penser qu'on pouvait « lui rendre les coups moins sensibles » en le frappant au travers de ses serviteurs. Et il hâta les préparatifs militaires. Trois armées sont prêtes à entrer en campagne, l'une en Lorraine, pour reprendre Metz, l'autre en Guyenne pour tenir en respect les huguenots, la troisième se dirigeant sur Angoulême. Marie, excitée par son entourage, ne songe qu'à en découdre. Grâce aux deniers qu'elle a fait saisir dans les recettes royales de la région, Épernon peut réunir 5 à 6 000 hommes de pied et 8 à 900 cavaliers. Ces troupes, insuffisantes en nombre et peu motivées, ne sont pas de taille à l'emporter. Mais il pense qu'elles suffiront à arracher au roi un compromis.

Celui-ci cherche à éviter l'affrontement. Il allume des contre-feux.

D'abord, il fait rappeler Richelieu. Les faits ont démontré qu'il n'était pas le boute-en-guerre qu'on avait cru : son départ n'a pas ramené le calme à la cour de Marie, tant s'en faut. Il n'est pour rien dans son évasion. Il s'est tenu tranquille et l'on peut espérer que ces longs mois de disgrâce lui auront servi de leçon. Le voici donc invité, comme au lendemain de la mise à mort de Concini, à jouer les bons offices. Le 7 mars, deux heures après avoir reçu en Avignon l'ordre royal, M. de Luçon prend la route, dans les neiges et la froidure, encore suspect aux agents du roi rencontrés en chemin, qui le soupçonnent d'aller se joindre aux rebelles. Vingt jours plus tard il arrive à Angoulême, qu'il trouve en ébullition. Le moins qu'on puisse dire est qu'on l'y accueille fraîchement, comme un maître fourbe, voire un traître.

Devant les autres démarches d'apaisement engagées, Marie a réagi avec hauteur. Ni Philippe de Béthune, frère de Sully, ni même des ecclésiastiques comme le cardinal de La Rochefoucauld ou Pierre de Bérulle, un ami de longue date, ne peuvent venir à bout de sa résolution. Le roi lui offre seulement la liberté dans une résidence de son choix. Mais elle souhaite reprendre sa place à ses côtés. Et elle exige comme préalable à toute négociation qu'il licencie d'abord ses armées.

Louis XIII se décide alors à lui donner un coup de semonce : ses troupes s'emparent par surprise de la petite place d'Uzerche, qui protège Angoulême. Sans coup férir : des habitants loyalistes leur ont ouvert la voie. Et pour un peu, la citadelle d'Angoulême subissait le même sort. Ruccellaï commence à traiter Épernon d'incapable, et réciproquement. Le duc réfléchit. Il a certes l'humeur « audacieuse », mais pas suicidaire. Il a marché dans cette affaire parce qu'il en escomptait du profit sans risque. Face à l'esprit de décision du roi, il ne songe qu'à s'en retirer. Et Richelieu trouve désormais en lui un allié pour plaider la paix.

Entre La Rochefoucauld, Bérulle et Richelieu, trois hommes d'Église, les négociations vont bon train, ils se comprennent aisément, ils parlent le même langage. Ruccellaï, lui, propose à Marie des solutions extravagantes : repli sur Saintes, puis sur Brouage, appel au roi d'Angleterre à qui on proposerait sa main ! Elle ne le suit plus. Il ne peut l'empêcher de signer, le 30 avril, ce qu'on nomme le traité d'Angoulême et qui n'est qu'un accord de principe, dont les modalités restent à préciser. De leur côté, Bérulle et ses deux collègues semblent avoir un peu forcé la main du roi. D'où une période de flottement, qui dure tout l'été.

Marie, défiante, hésite avant de consentir à l'entrevue qui doit marquer la réconciliation. Elle discute ferme. Elle qui clamait haut et fort son désir de revoir son fils retarde maintenant l'échéance. Elle refuse d'aller à Paris et, quand Luynes propose d'autres lieux de rendez-vous, à Tours ou même à Angoulême, elle oppose des réponses dilatoires qui inquiètent ses partenaires. Seul Richelieu paraît en mesure de la convaincre : on attend de lui « quelque coup de miracle ». En fait c'est un drame personnel qui va lui mettre en main les clefs de la situation. Un duel, vivement encouragé par Ruccellaï, coûte la vie à son frère aîné. Son chagrin est très vif, mais le départ obligé de l'irascible abbé lui laisse le champ libre. Il expurge l'entourage de la reine et le peuple d'amis à lui. Il passe pour être son « favori », « tout-puissant sur son esprit ». Ce n'est pas encore tout à fait exact, mais il est en bonne voie.

Grâce à lui, l'accord finit par se conclure. Amnistie générale, pour Marie et ses partisans. Le roi paie pour son compte 600 000 livres de dettes et lui laisse l'intégralité de ses revenus. En échange du gouvernement de Normandie, auquel elle renonce, elle réclame Nantes. En vain. Elle aura l'Anjou, ce n'est pas si mal. Elle cède enfin : elle rencontrera son fils le 5 septembre, au château de Couzières, près de Tours. Le choix du lieu est un geste à l'adresse de Luynes : le château appartient au duc de Montbazon, dont celui-ci vient d'épouser la fille.

Mère et fils ont renoué le contact par un échange de lettres aimables. Arrivée la veille au soir, Marie voit Luynes se jeter à ses pieds avec des protestations de dévouement. « Or sus, laissez donc les belles paroles et m'en donnez de bonnes ; je sais que vous avez été toujours homme de bien et que le roi mon fils n'a jamais été en meilleures mains ; c'est pourquoi il a raison de vous aimer et je vous aime aussi de bon cœur. Je ne veux plus me souvenir de tout ce qui s'est passé, comme si je n'avais jamais été éloignée de mon fils. »

Le lendemain, la foule se presse le long de la grande allée du jardin pour assister aux retrouvailles. La reine s'avance, appuyée sur son premier écuyer et sur M. de Béthune, suivie par son chancelier, l'évêque de Luçon, et par toute sa « maison ». Louis est accompagné et soutenu par son favori. Ôtant de son visage son masque de velours noir, Marie prend l'initiative, elle donne à son fils trois baisers, un sur la bouche et un sur chaque joue, tandis qu'il répond : « Soyez la bienvenue, ma mère. J'ai déplaisir de ne pas vous avoir vue plus tôt, car je vous ai toujours attendue. » Émotion générale, larmes, vivats. Il y a là l'épouse, le frère et les sœurs du roi, la famille au grand complet. Tandis que tous s'en vont partager une collation, le roi redit à sa mère des paroles apaisantes : « J'ai déplaisir des événements qui sont survenus. La cause n'en est pas la mauvaise volonté que je n'ai jamais eue à votre égard. Pour l'avenir nous devons continuer à nous tenir dans une constante amitié et union. »

L'histoire ne nous dit pas si Louis avait rédigé à l'avance et appris par cœur ces belles déclarations. Le discours officiel est à l'optimisme. Voilà terminée, sans combats, la « première guerre de la mère et du fils ». L'artisan de ce miracle, c'est aux yeux de tous M. de Luçon. Si l'habile homme rêva d'une récompense en forme de chapeau de cardinal, il n'en laissa rien paraître. C'est pour le fils d'Épernon que Marie le demanda.

La seconde guerre tournera court

Réconciliation illusoire. Le traité d'Angoulême est un retour à la case départ. Les belles paroles n'ont pas rétabli la confiance entre le roi et sa mère. Chacun campe sur ses positions.

Les quelques jours qu'ils passent ensemble, à Couzières, puis à Tours, sont l'occasion de menues frictions, que Marie prend très mal. Son fils la fuit. Elle cherche les entretiens privés, lui les redoute. Entre elle et lui s'interposent des courtisans, et surtout l'inévitable Luynes, omniprésent, qui tient à protéger son maître contre les tentatives de captation maternelle. Et puis il y a Anne d'Autriche, avec qui Louis XIII a ébauché une brève lune de miel, dont on reparlera. En tant que reine régnante, la coutume lui donne le pas sur la reine mère. Catherine de Médicis le savait et avait toujours respecté les formes. Marie, elle, exigea la préséance. Louis exaspéré trancha en faveur de sa mère, mais en voulut à toutes deux et le climat en fut envenimé.

Sous ces querelles affleure le véritable enjeu, toujours le même : la place de Marie auprès du roi. Elle veut « être à Paris, avec honneur, près de lui ». Traduisons : elle veut rentrer au Conseil. Parce qu'elle aime

le pouvoir, certes, mais aussi pour des motifs d'amour-
propre. Elle en a été exclue, c'est un affront. Elle
n'aura de cesse d'y être admise à nouveau. Et sur ce
point la tradition lui donne raison. La mère du roi, au
XVIᵉ siècle, a toujours siégé au Conseil. Et il se trouve
que les deux femmes concernées — Louise de Savoie
et Catherine de Médicis — y ont joué un rôle éminent.
Or Louis XIII, qui a eu tant de peine à l'évincer, n'est
pas disposé à l'y admettre à nouveau. Il continue de la
redouter.

À ses craintes s'ajoutent celles de Luynes, renforcées par les derniers événements. S'il ne s'agissait que
d'amadouer la reine mère, le favori serait en mesure
de le faire à coups d'hommages et de flatteries. Mais
celui qui la mène désormais, Richelieu, est pour lui
bien plus qu'un partenaire coriace dans la négociation :
un rival, en face de qui il ne fera pas le poids si elle
entre au Conseil. Le conflit de la mère et du fils se
double d'une lutte sournoise entre leurs favoris respectifs. Luynes encourage donc le roi à la résistance, sans
qu'on puisse faire la part exacte de l'un et de l'autre
dans les mesures qui sont prises pour tenir Marie à
l'écart.

Pas question pour celle-ci de rentrer à Paris en vaincue attachée au char de triomphe de son fils. Elle
refuse de le suivre, prétextant qu'elle doit prendre possession d'Angers. Les habitants ont été bien chapitrés.
Elle y fait son entrée sous les acclamations dans les
rues pavoisées. Mais l'arsenal est vide : pas un mous-
quet, pas une cartouche. Une raison de récriminer
parmi bien d'autres.

La libération de Condé vient sur ces entrefaites ranimer la discorde.

Il avait été mis en détention, on s'en souvient, le
1ᵉʳ septembre 1616, sur ordre de Marie, au temps du
ministère Concini. Louis XIII l'y avait maintenu. Mais
il ne pouvait indéfiniment laisser croupir en prison le
premier prince du sang. Quand la reine mère s'enfuit
de Blois, il fit savoir à la famille du captif qu'il était

prêt à le libérer et à le réhabiliter aussitôt la paix rétablie. Moyennant quoi le clan Condé se tint tranquille.
Après la réconciliation de Couzières et l'amnistie des
rebelles, il était grand temps de le tirer de Vincennes.
Marie, consultée, en était tombée d'accord, comptant
que l'intéressé lui saurait gré de sa mansuétude.

Mais Luynes alla plus loin, en proposant de le blan-
chir tout à fait. Une déclaration royale fut rendue
publique le 9 novembre : Condé y était déclaré inno-
cent de tout crime ; il avait toujours travaillé à la grandeur du roi et à l'affermissement de son autorité ; son
arrestation était due aux « mauvais desseins » de ceux
qui, « abusant du nom de Sa Majesté », voulaient « la
ruine de l'État » en même temps que la sienne. Ce texte
virulent visait en apparence le défunt Concini, mais en
réalité celui qui avait été son ministre, Richelieu, et
leur protectrice à tous deux, la reine mère. Il ne s'agit
pas, de la part de Luynes, d'une maladresse. Contre
l'influence montante de son rival, il a décidé de mettre
dans son jeu une carte maîtresse, Condé, et de se faire
de lui un allié, en prenant sciemment le risque de
s'aliéner Marie.

La libération de Barbin ne suffit pas à apaiser celle-
ci. Elle écuma de colère, mais rien ne prouve qu'elle
opta alors pour une nouvelle prise d'armes. La seconde
« guerre de la mère et du fils » lui fut comme imposée
par les circonstances.

Au début de 1620, il devient évident que le pays
n'est pas mieux gouverné que sous la régence. À l'intérieur, les protestants sont en révolte ouverte. À l'extérieur, la France est toujours dépourvue de prestige et
de poids. La mainmise croissante de Luynes et de sa
famille sur l'État soulève une vague de protestations.
Enfin l'alliance de Condé et du favori a rejeté dans
l'opposition les ennemis traditionnels du prince. La
grogne s'étend. Pour rassembler les mécontents, il
n'est pas de meilleur porte-drapeau que la reine mère.

Alors que, deux ans plus tôt, elle avait dû mendier
les appuis, elle voit maintenant affluer une grande par-

tie de la noblesse : la comtesse de Soissons, le duc du
Maine, celui de Longueville, les deux Vendôme, demi-
frères du roi, et même le puissant duc de Montmorency, maître du Languedoc. Comment résisterait-elle
à la tentation de reprendre le combat, forte de près de
la moitié de la France ? Toujours épris de violence,
Chanteloube attise son désir de revanche. Et ce coup-
ci, M. de Luçon fait chorus. Certes il s'applique dans
ses *Mémoires* à dissimuler la part qu'il prit dans les
préparatifs militaires. Il prêcha en vain la modération,
dit-il, et fut contraint de « céder au torrent ». Ce n'est
pas faux : pour garder la confiance de la reine et la
direction de ses affaires, il doit parfois aller dans le
sens de ses désirs. Mais il sait aussi qu'une victoire des
conjurés entraînerait la disgrâce de Luynes : il serait
débarrassé de son rival. Alors il tente de laisser le jeu
ouvert. Qui veut une paix à sa convenance prépare la
guerre. Autant se donner les moyens de l'emporter,
quitte à ne pas s'en servir. Mais ne jamais suspendre
la négociation. Telle est la règle qu'il adopte.

Tout recommence comme la première fois. Marie se
dépense en proclamations justificatrices. Une fois de
plus elle explique qu'il y a une grande différence entre
« ce qu'on fait pour troubler le repos de l'État et ce
qu'on fait pour sa sûreté et pour se garantir d'oppression ». Une fois de plus elle fait la leçon à son fils, en
lui adressant tout un programme de gouvernement, à
mettre en œuvre pour remédier aux désordres. Comme
de coutume, la révolte se drape dans la défense du
« bien public ». Et Richelieu tente de domestiquer ce
flot d'éloquence vengeresse, il l'aide à rédiger ses
textes, l'engage à ne pas publier les plus acerbes
d'entre eux.

On pourrait craindre une vaste révolte nobiliaire,
comme on n'en a pas connu depuis longtemps. Mais à
cette date personne n'a vraiment envie d'en assumer
les risques, personne ne veut d'une véritable guerre
civile. On aimerait mieux traiter avant l'affrontement.
La coalition des mécontents, qui se sent puissante, fait

donc étalage de ses forces, dans l'espoir d'intimider le roi et de lui imposer sa loi. Et déjà Luynes, appuyé par les vieux ministres, met en branle les négociateurs. Mais Louis XIII, au lieu de céder, décide, comme deux ans plus tôt, de faire lui aussi une démonstration dissuasive. Et il prend lui-même la tête de l'armée. Voilà qui change tout. On attaquerait de bon cœur ses lieutenants, mais devant la personne du roi, qui est sacrée, on hésite. Très habilement il marche d'abord, non sur Angers, mais sur la Normandie. Il entre sans coup férir à Rouen, où le duc de Longueville a préféré lui laisser le champ libre. Il s'empare de la citadelle de Caen. Et ces premiers succès démoralisent l'adversaire. Les grands ont beau faire : visiblement ce que nous appellerions la base ne suit pas. Les villes ouvrent leurs portes, les officiers subalternes se rendent. Lorsqu'il se dirige vers la place forte des Ponts-de-Cé, en Anjou, qui commande le passage de la Loire, les jeux sont faits : Marie a donné l'ordre aux défenseurs de se borner à la résistance et de ne pas tirer sur les troupes de son fils. Déjà beaucoup de ses partisans, plutôt que de courir à l'échec, se sont éclipsés. D'autres, comme le duc de Retz, font demi-tour au reçu de cette consigne aberrante. Seuls quelques fidèles résistèrent près de trois heures avant d'abandonner la forteresse en s'échappant par le fleuve. La plus grande partie des trois ou quatre cents victimes périt noyée. On appela cet étrange combat « la drôlerie des Ponts-de-Cé ».

Le duc de Vendôme, qui s'était sauvé à la nage, débarqua à Angers « avec un épouvantement épouvantable », en s'écriant : « Je voudrais être mort ! » À quoi une suivante facétieuse lui répliqua : « Si vous eussiez eu cette volonté, vous n'eussiez pas quitté le lieu où il le fallait faire. » La reine mère poussa des cris et versa quelques larmes. Elle hésita entre la capitulation et la poursuite des hostilités. Elle commençait à rassembler ses bijoux pour s'enfuir que déjà les émissaires royaux, qui attendaient tout près de là, faisaient des offres de paix. Richelieu, qui n'avait prôné la fermeté que pour n'être pas accusé de la trahir, fit partie des députés qui se rendirent auprès du roi négocier les articles de l'accord. Le traité d'Angers, comme de coutume, passait l'éponge sur la récente révolte et rétablissait chacun dans ses droits et prérogatives.

L'inévitable entrevue de retrouvailles eut lieu très vite, dans le château du duc de Brissac, et elle fut l'objet d'une moindre curiosité : c'était un *bis*. Marie fit grise mine à Luynes, qui se borna à une déférence minimale. Elle descendit de litière pour congratuler ses fils — car le roi était encore accompagné de son jeune frère. Il embrassa sa mère avec des propos ambigus : « Je vous tiens, vous ne m'échapperez plus » et reçut d'elle une réponse de même style : « Vous n'aurez pas de peine à me retenir, Monsieur, parce que je suis persuadée que je serai toujours traitée de mère par un fils tel que vous. »

Après un repas pris en commun, le roi se remit en route pour aller pacifier le Béarn, tandis que sa mère était censée rentrer à Paris.

Alors, est-ce à nouveau un coup pour rien, tout est-il encore à recommencer ? Non. Car cette fois, le réalisme triomphe des passions et des aigreurs. Marie a compris qu'elle ne peut pas compter sur les grands, qui l'utilisent à des fins personnelles et sont incapables de la moindre unité d'action. Elle n'obtiendra rien par la force. Elle est prête à suivre les conseils de Richelieu : pour se réconcilier avec son fils elle n'a d'autres armes que douceur et patience. Celui-ci, de son côté, s'est rendu compte que sa mère est beaucoup plus dangereuse à ronger son frein en province, proie toute désignée pour les conspirateurs en quête d'une caution, qu'auprès de lui à Paris, où il serait facile de la surveiller. Fort des succès qui lui ont donné confiance en lui-même, il a beaucoup moins peur d'elle, il est prêt à l'affronter sereinement.

Quant aux mentors respectifs des deux protagonistes, faute de pouvoir s'entre-détruire, ils étaient condamnés à s'entendre. Ils scellèrent leur accord tout neuf par un mariage : M. de Combalet, neveu de Luynes, épouserait Mlle Du Pont-Courlay, nièce de Richelieu. Ce n'est pas tout. L'évêque de Luçon vit son nom proposé par la France pour une promotion au cardinalat : le 22 août partait pour Rome la première des lettres de recommandation royales. Mais rien ne pressait. La proposition restait révocable. Avant d'insister vraiment auprès du pape, on attendait de lui des services plus substantiels. L'heureux bénéficiaire tremblera encore deux ans, le temps pour Louis XIII de voir comment fonctionnait, à l'usage, le *modus vivendi* si laborieusement mis au point. Le roi a dû laisser entendre, pour amadouer sa mère, qu'elle serait éventuellement invitée au Conseil, au moment opportun. Mais quand viendrait ce moment ?

Restait un dernier point en suspens, sur lequel on se garda bien de s'appesantir. Désormais auprès de Louis XIII, il n'y avait pas seulement une reine, mais deux, sa mère et son épouse. Quelle serait la place de chacune ? Durant l'exil de Marie de Médicis, Anne d'Autriche avait commencé de remplir son rôle de « reine régnante », comme on disait alors. Très modestement. Mais assez pour porter ombrage à son impérieuse belle-mère. Le retour aux affaires de Marie aura pour contrepartie la mise à l'écart d'Anne, jusqu'au jour où leur commun désir d'éliminer Richelieu les réunira dans un vain combat et les ruinera toutes deux dans l'esprit du roi.

LE ROI ENTRE DEUX REINES

(1620-1630)

DEUXIÈME PARTIE

LE ROI ENTRE DEUX RÈGNES

(1620-1630)

CHAPITRE SIX

PREMIÈRES ÉPREUVES D'UNE JEUNE REINE

Il nous faut maintenant revenir de quelques années en arrière pour savoir ce qu'il était advenu de la petite infante si chaleureusement accueillie.

La perle des infantes

Doña Ana Maria Mauricia, dite Anne d'Autriche, est la fille aînée de Philippe III, roi d'Espagne. Née à Valladolid le 22 septembre 1601, elle n'a jamais quitté son pays natal. Elle est espagnole par la langue, la culture, la sensibilité, les goûts, les habitudes de vie. Si on la nomme d'Autriche, c'est parce que les Habsbourg de Madrid ont conservé leur nom ancien, pour rappeler leurs origines communes avec ceux de Vienne, glorieux titulaires de l'Empire électif d'Allemagne. Et l'examen de ses ascendances montre qu'elle concentre en sa personne une quintessence de la maison de Habsbourg.

L'obsession dynastique avait multiplié chez eux les mariages consanguins. Anne avait pour arrière-grands-pères Charles Quint et son frère, l'empereur Ferdinand Ier. Son père, Philippe III, était le fils de Philippe II et de la propre nièce de celui-ci, fille de sa

sœur Marie et de leur cousin germain à tous deux,
l'empereur Maximilien II, fils de Ferdinand. Sa mère,
Marguerite d'Autriche, était la fille de l'archiduc
Charles, frère de Maximilien, et d'une princesse bava-
roise, laquelle était aussi sa nièce, fille de sa sœur Anne
et donc petite-fille de Ferdinand. Vous me suivez[1] ?
Ah ! j'oubliais : la mère de Marie de Médicis, Jeanne
d'Autriche, était aussi la sœur de Maximilien, de l'archiduc Charles et de cette autre Anne émigrée en
Bavière. Nos jeunes mariés sont cousins issus de ger-
mains.

En s'unissant à Louis XIII, la nouvelle venue ne
désertait donc pas l'arbre généalogique familial. Mais
elle pouvait légitimement se sentir très supérieure à
une belle-mère chez qui la race des Habsbourg s'était
compromise avec des parvenus florentins. Son père la
prévint que Marie de Médicis appréhendait son humeur
altière et l'engagea à y mettre une sourdine. Elle promit de bonne grâce, pensant retrouver en France un
climat familial chaleureux analogue à celui qu'elle
allait quitter.

Son enfance avait été heureuse. À la différence de
la plupart des enfants princiers, élevés par des nourrices et des gouvernantes à l'écart de leurs parents,
Anne eut la chance exceptionnelle d'être très aimée et
très choyée par eux.

Dans ces premières années du XVIIe siècle, l'Espagne
vit sous le régime de ce qu'on appellera en France le
ministériat. Philippe III, plus effacé que son redoutable
père Philippe II, abandonne à son *valido*, le duc de
Lerma, la gestion de ses affaires privées en même
temps que celles de l'État. Pacifique, plus épris de
chasses, de fêtes fastueuses, d'architecture et de théâtre
que de conquêtes militaires, il tente cependant de préserver les acquis espagnols en Europe. Il est passionné-

---

1. Ceux qui tiennent à connaître les méandres de ce labyrinthe
généalogique pourront se reporter au tableau placé en fin de
volume.

ment attaché à sa famille. En 1599, à vingt et un ans, il a épousé sa cousine Marguerite, qui en avait seize. Elle était pieuse, pleine d'énergie et prolifique. Elle trouva le moyen, en l'espace d'une petite douzaine d'années, de mettre au monde huit enfants, sans compter un « accident », d'assurer elle-même leur éducation religieuse et de s'opposer — presque toujours en vain, il est vrai — à la toute-puissance du duc de Lerma. Cette femme exemplaire mourut à la tâche, des suites de couches, comme beaucoup de ses pareilles. Elle laissa à son époux de si vifs regrets qu'il ne se remaria pas. Dix ans plus tard il a encore le cœur serré en datant une lettre du jour anniversaire de sa mort.

Il reporta une grande partie de son affection sur sa fille aînée, dont il avait toutes raisons d'être fier. Avec sa carnation laiteuse, son abondante chevelure blonde ou châtain clair et les reflets verts de ses yeux, elle est de type flamand plutôt qu'espagnol. La petite vérole, contractée en 1613, n'a pas laissé de traces sur sa peau, tant elle a pris soin de ne pas gratter les pustules. Son nez, assez marqué, ne s'est pas encore alourdi et la lèvre inférieure proéminente — marque de fabrique des Habsbourg — dessine sur sa bouche une moue charmante. On admirait surtout ses mains, très blanches et dont l'extrême finesse devait subsister jusqu'à un âge avancé. Pas assez grande à son gré, elle tricha quelque temps en rehaussant ses chaussures de « patins ». Mais elle avait la taille bien prise et portait avec grâce les lourdes robes rehaussées d'or et de pierreries. Étant la plus haute princesse d'Europe, elle passait pour la plus belle — et pour une fois, c'était vrai. Elle le savait. La piété profonde que lui avait inculquée sa mère parvenait tout juste à tempérer en elle le sentiment de sa valeur. Accoutumée à la tendresse de ses proches, à l'admiration et aux égards de tous, elle s'attendait à être partout le centre du monde.

Contrairement à la coutume, son père décida de l'accompagner en personne jusqu'à la frontière. Le cortège s'étirait au long des routes, embarrassé par la lourde suite de chariots où s'entassaient le trousseau de la jeune femme, son vestiaire, ses joyaux, sa vaisselle et ses affaires de toilette. Au départ de Burgos, après le mariage par procuration, festivités ou intempéries retardèrent le convoi, à la joie secrète de Philippe III, qui ne se résignait pas à se séparer de sa fille chérie. À Fontarabie il fallut bien la quitter. Il avait toutes chances de ne jamais la revoir. Ils se promirent de s'écrire longuement, à intervalles réguliers. Très émus, ils s'embrassèrent : « Ma fille, je t'ai procuré dans la Chrétienté le meilleur établissement que j'ai pu. Va, que Dieu te bénisse. »

Ce mariage n'était pas seulement affaire de prestige. Anne partait investie d'une mission politique.

Le fer de lance de l'Espagne et de la catholicité

Après trois quarts de siècle d'une guerre ruineuse l'Espagne a, autant que la France, besoin de souffler. Entre les deux pays, la méfiance est grande. La France accuse l'Espagne d'aspirer, comme au temps de Charles Quint, à la domination du monde. L'Espagne reproche à la France d'aider ses satellites à lui échapper, accélérant ainsi le déclin d'une hégémonie qui s'effrite. D'autre part, l'Église s'inquiète d'une rivalité qui affaiblit les puissances catholiques au bénéfice de la Réforme. Donnant donnant. Le double mariage devrait mettre fin à la politique de harcèlement mutuel et préluder à une réconciliation sincère. C'est dans cet esprit que la reine Marguerite, mère de l'infante, avait avant de mourir plaidé chaudement pour cette union.

Une promesse, c'est bien. Mais un agent actif sur place, c'est encore mieux. La jeune reine aura pour mission d'infléchir dans le sens voulu par l'Espagne la politique de son pays d'adoption. Philippe III lui remet avant son départ un mémorandum d'instructions secrètes. Elle devra encourager la lutte contre l'hérésie à l'intérieur du royaume, prévenir tout conflit entre les deux pays, empêcher la France de soutenir les adversaires de l'Espagne en Flandre, en Allemagne ou en Italie. Elle restera en liaison avec tous les membres de sa famille, à Madrid, à Bruxelles et à Vienne, pour les aider à préserver la paix.

Dès avant son départ pour la France, on avait adroitement fait intervenir la petite fiancée de Louis XIII lors d'une contestation concernant les frontières du minuscule royaume de Navarre : elle valut à son futur pays la cession de quelques arpents de cailloux sur les flancs des Pyrénées. Et les naïfs de s'exclamer qu'elle était déjà toute française : de quoi autoriser des interventions politiques ultérieures !

Le rôle qu'on prévoyait pour elle dépassait très largement les attributions usuelles d'une reine et contredisait les apparences de réciprocité qui avaient présidé au double mariage. Élisabeth de France n'avait reçu aucune consigne de ce genre et l'Espagne était bien décidée à ne lui concéder aucune influence politique. Mais Louis XIII passait pour un benêt, encore infantile, soumis aux volontés de sa mère. On pouvait espérer que son épouse, intelligente et séduisante, prendrait sans peine le relais et que, dans le secret de l'intimité conjugale, elle s'assurerait sur lui une influence déterminante.

En la chargeant d'une telle responsabilité, Philippe III avait-il le sentiment qu'il risquait de faire le malheur de sa fille ? et l'aimait-il assez pour reculer ? On ne sait. Il chercha en tout cas à lui procurer le maximum d'atouts.

La venue d'Anne fut préparée et orchestrée de manière à affirmer la prééminence de la nouvelle reine. Les courriers diplomatiques ne tarissent pas d'éloges sur sa beauté, son charme, ses mérites : assurément l'Espagne fait une grande grâce à la France en lui donnant une telle merveille. C'est là une reine autrement prestigieuse et de bien meilleure race que la Florentine qui la précédait : il ne faut pas le dire — Philippe insiste très fort auprès de sa fille sur ce point —, mais on est invité à le penser. Elle arrive en très grand équipage. Son trousseau occupe douze énormes malles et vingt-deux coffres pleins à ras bords. Douze tenues d'apparat, de diverses couleurs, dont trois entièrement rebrodées d'or et de perles. Des robes pour tous les jours, à dentelles et à volants, dont les éléments — jupe, corsage et manches lacées — peuvent être redistribués à son gré. Bas, jupons, chaussures, manteaux, capes et chapeaux, ceintures, mouchoirs et rubans à l'avenant, plus des accessoires de toilette, des objets de piété pour sa chapelle, une douzaine d'écritoires de voyage. Et des bijoux à profusion, soigneusement estimés et pesés, pour équivaloir à ceux donnés par la France à sa belle-sœur Élisabeth : chaînes d'or et de diamants, colliers de perles, ceintures, bracelets, diadèmes et pendentifs, un diamant taillé en table comme bague de mariage.

Philippe III compte bien qu'elle sera traitée avec tous les honneurs dus à son rang et à l'éminente dignité de sa famille. Elle arrive fortement entourée. Après d'âpres discussions, la suite respective des deux jeunes femmes a été fixée par le contrat à cinquante-trois personnes. Mais il fut impossible de refouler tous ceux qui accompagnaient la nouvelle reine : une bonne centaine d'Espagnols — dames d'honneur, dames d'atour, chapelains, femmes de chambre, écuyers, valets et cuisiniers — pénétrèrent en force avec elle. À Paris l'attendent l'ambassadeur d'Espagne, celui de Toscane et le légat pontifical, pour lui servir de garde rapprochée : ils surveilleront le comportement de la cour de France, tiendront son père au courant de tout et seront prêts à intervenir en cas de besoin.

Si bien élevée qu'elle soit, elle partage l'orgueil de sa maison, elle sait ce qu'elle vaut. Elle a une haute idée de ses obligations, mais aussi des égards qui lui sont dus. À la différence de beaucoup de ses aînées, qui n'avaient rien à espérer de leur pays natal, elle a ses arrières assurés et sait où trouver un recours. Elle est pleine de présomption candide et pour tout dire d'illusions.

Les premiers contacts avec Louis XIII paraissent lui donner raison. Mais elle doit déchanter très vite.

Un couple enfantin

Depuis longtemps on plaisantait dans l'entourage du dauphin sur l'infante que la providence lui avait destinée en la faisant naître la même semaine que lui. Mais très tôt, dès six ans, il semble avoir partagé les préventions de son père contre l'Espagne. « Qui aimez-vous mieux qui soit votre beau-frère, le prince d'Espagne, ou le prince de Galles ? — Le prince de Galles. — Et vous épouserez l'infante. — Je n'en veux point. — Monsieur, elle vous fera roi d'Espagne. — Non, je ne veux point être espagnol. » Cependant une préparation psychologique appropriée — échange de portraits, concert d'éloges sur l'incomparable beauté de la fillette — finit par lui faire désirer un mariage dans lequel il voyait aussi un moyen de s'émanciper. C'est donc de très bon cœur qu'il se prêta à la signature du contrat, aux préparatifs de la noce, puis à la rédaction d'un billet de bienvenue fort conventionnel.

Mais il était dévoré de curiosité et d'impatience. À quatorze ans, on a le cœur tendre et l'imagination romanesque. Il alla à la rencontre du cortège, se cacha dans une maison du petit village de Castres, à quelques lieues au sud de Bordeaux, put l'examiner à l'occasion d'un arrêt, tandis que la jeune fille, avertie, lui jetait un regard rapide. Puis il poursuivit son carrosse, arriva à la hauteur de la portière, ôta son chapeau, la salua. Respecta-t-il l'étiquette qui leur imposait le silence ? s'exclama-t-il, un doigt sur sa bouche, l'air mystérieux : «*Io son incognito !*», avant d'inviter son cocher à prendre les devants ? on ne sait. Mais si la seconde version est authentique, c'est en italien, et non en espagnol, que l'émotion lui a fait saluer sa fiancée.

À Bordeaux, lorsque sa mère la lui présenta officiellement, il lui fit la révérence et l'embrassa en lui disant
sa joie. Le lendemain, comme elle cherchait une plume
pour agrémenter sa coiffure, il en arracha une à son
chapeau et reçut en échange un de ses rubans. Et dans
la cathédrale, pendant la messe, l'assistance s'émer-
veillait de les voir si bien assortis qu'ils « se ressem-
blaient » — entendez qu'ils étaient aussi beaux l'un
que l'autre — et s'attendrissait sur leurs sourires
rayonnants, promesse de bonheur.

La reine mère, on l'a dit, tenait pour des raisons
politiques à ce que le mariage fût consommé aussitôt[1].
Ne nous indignons pas : la loi canonique et les usages
n'y voyaient pas d'inconvénient. Henri II et Catherine
de Médicis avaient commencé au même âge une vie
conjugale normale. Louis XIII fut donc invité à en faire
autant.

Il n'ignorait pas ce qu'on attendait de lui. L'extrême
liberté de langage et de mœurs qui régnait à Saint-
Germain l'avait instruit très tôt. Et la pudeur ne lui
était venue qu'assez tard, après la mort de son père,
sans doute inspirée par de nouvelles consignes éduca-
tives. Mais il était dûment averti et se croyait un
homme. En janvier 1612, lorsque ses fiançailles furent
arrêtées, sa mère l'interrogea : « Mon fils, je vous veux
marier. Le voulez-vous bien ? — Je le veux bien,
Madame. — Mais vous ne sauriez pas faire des
enfants. — Excusez-moi, Madame. — Et comment le
savez-vous ? — M. de Souvré[2] me l'a appris. »

Il avait tout de même grand peur, le soir de ses
noces, quand on lui enfila sa robe de chambre et
qu'une petite procession — Marie de Médicis, son
gouverneur, le grand maître de la garde-robe, Ram-

---

1. Celui du jeune couple madrilène ne fut consommé qu'en 1620
ou 1621. Mais en novembre 1615, l'infant Philippe et sa femme
Élisabeth de France n'avaient respectivement que dix ans et demi
et treize ans. Et personne en Espagne ne songeait à remettre en
cause ce mariage.
2. Son gouverneur.

bouillet, son premier valet de chambre, Beringhen, et sa nourrice... — le conduisit chez l'infante. « Ma fille, dit la reine mère à sa bru, voici votre mari que je vous amène ; recevez-le auprès de vous et l'aimez bien, je vous prie. » Anne répondit en espagnol qu'elle ne souhaitait que lui complaire. La reine les fit mettre au lit, leur murmura quelques mots et poussa tout le monde dehors — sauf les nourrices, vouées à la surveillance.

Deux heures plus tard, après avoir un peu dormi, le roi regagna sa chambre et affirma à Héroard qu'il « avait fait deux fois » : « il y paraissait le guilleri rouge », ajoute le médecin, qui lui demande comment a réagi Anne d'Autriche. A-t-il vraiment une pensée charitable pour l'épreuve qu'a dû subir la jeune femme ? Ou veut-il savoir si elle a compliqué la tâche de son époux en se montrant peu docile — ce qui impliquerait qu'il ne croit qu'à moitié à ce qui dit l'adolescent ? Mais non, il n'y a rien à reprocher à Anne : « Je lui ai demandé si elle le voulait bien, m'a dit qu'elle le voulait bien. » C'est tout ce que nous saurons sur ce qu'elle a pu ressentir cette nuit-là. En tout cas, si les choses ne se sont pas bien passées, elle n'y est pour rien. Louis avouera plus tard à son confesseur que sa nuit de noces ne fut pas un succès. Mais dans l'immédiat, il semble avoir été assez content de lui. C'est l'attitude de sa mère qui développa en lui le sentiment de l'échec.

Marie de Médicis clama bien haut que le mariage était consommé. Mais encourager le rapprochement entre Louis et Anne, créer entre eux la complicité qu'entraînerait l'intimité de chaque nuit et la venue éventuelle d'un dauphin, c'était programmer sa propre mise à la retraite. En son fils marié elle ne voulait voir qu'un enfant. Les deux époux vivraient désormais « comme frère et sœur », enfermés dans un placard doré. La déception de Louis XIII fut grande, on l'a vu. Celle d'Anne d'Autriche ne le fut pas moins.

« *Comme frère et sœur…* »

Pendant quelques mois, la petite reine put espérer. Certes sa famille et son pays natal lui manquaient, elle regrettait le ragoût de légumes — *olla* en espagnol — dont elle raffolait et « l'eau de neige » qui chez elle rafraîchissait les boissons. Mais elle était fière, elle cachait ses larmes et n'affichait en public que sourires.

Bordeaux lui offrit une entrée solennelle brillante. Puis les fêtes de Noël lui valurent des cadeaux, pendants d'oreilles en diamants, collier de perles, broches, montre à carillon. La suite du voyage se prêtait mal à la vie de cour : on guerroyait contre les rebelles. Mais Paris lui réserva un accueil chaleureux. Arcs de triomphe, procession, chars ruisselants d'allégories célébraient en elle la messagère de paix. Cupidon et Hyménée foulaient aux pieds la Discorde. Elle reçut du prévôt des marchands un flot de louanges fleuries, l'invitant à donner au plus vite à la France un dauphin. De couronnement (ou de sacre) à Saint-Denis, il ne fut pas question. Celui de Marie de Médicis avait laissé de trop mauvais souvenirs. Et puis, était-il opportun de lui offrir pareille intronisation ? La reine mère n'y tenait pas.

Mais une fois installée au Louvre, dans les appartements de l'aile sud réservés à la reine régnante, que Marie avait dû lui abandonner à contrecœur, Anne se vit engluer dans le formalisme d'une existence réglée par l'étiquette. Le roi faisait ponctuellement une apparition chez elle chaque matin et chaque après-midi, suivi d'une troupe de courtisans. Elle ne savait que quelques mots de français, il était bègue : pas de quoi alimenter une conversation. Ils prenaient leurs repas séparément, sauf exception [1]. Ils se retrouvaient quelquefois pour les divertissements qui meublaient les soi-

---

1. Ils dînent ensemble pour la première fois le 18 avril 1616. Il la ramène ensuite à sa chambre et regagne la sienne.

rées, concerts, bals, comédie. Mais il se retirait ensuite, sans jamais la rejoindre dans sa chambre.

Parfois un feu d'artifice offert pour la Saint-Jean par la Ville de Paris, une partie de chasse ou un ballet de cour conçu et dirigé par le roi venaient rompre la monotonie des jours. Elle vivait en vase presque clos, comme quand elle était jeune fille, entourée des femmes de sa suite. Celles-ci appartenaient pour moitié à chacun des deux pays. Mais on parlait castillan, pour plus de commodité, on s'asseyait par terre sur des carreaux[1] à la mode espagnole, on écoutait un peu de musique, on colportait — prudemment — les derniers potins de la cour et on commentait les nouvelles d'Espagne.

Anne — chose rarissime chez les jeunes reines — écrivait très souvent à son père. Ses lettres sont perdues. Mais on peut en deviner le contenu à travers les réponses paternelles débordantes de sollicitude. Cette correspondance lui est une sorte de cordon ombilical qui lui apporte, dans son désert affectif, un peu de sang nourricier. Elle se porte bien, la plupart du temps. Mais sa famille lui manque, elle a le mal du pays. Elle veut tout savoir de son père, de ses frères et sœurs, de leur santé, de leurs occupations. Et Philippe III d'évoquer les corridas, les autodafés, les bals masqués, l'actualité théâtrale. Lui dit-elle tout sur sa situation réelle ? il semble croire qu'elle est en mesure de jouer un rôle politique et continue de lui adresser des instructions en ce sens. Mais elle n'a pas pu lui cacher le comportement de son mari, qui est de notoriété publique. Patience et docilité, lui recommande-t-il sagement. Philippe doit penser, comme tout le monde, que le roi échappera bientôt à la tutelle de sa mère et que sa femme sera épouse et reine pour de bon.

---

1. De larges coussins plats.

Les répugnances de Louis XIII

On ne sait quelles réflexions inspira à la jeune reine le coup d'État du 24 avril 1617. Certes la mise à l'écart de sa belle-mère pouvait préluder à un rapprochement avec son mari. Mais les moyens employés donnaient beaucoup à penser sur le caractère de ce dernier.

Comme pour doucher ses espérances, un des premiers gestes du roi enfin maître de ses actes fut d'interdire la porte de sa femme au marquis de Monteleone, ambassadeur d'Espagne à Paris, qui, au titre de majordome, avait ses libres entrées dans les appartements de la reine. Elle protesta en vain. Quelques mois plus tard était également renvoyé un important contingent d'Espagnols. Il ne restait plus à Anne que sa dame d'honneur, la comtesse de la Torre — pour qui elle a peu de sympathie —, sa dame d'atour Luisa de Osorio, une autre dame, son confesseur, et quatre femmes de chambre, dont la fidèle Estefanilla, sa nourrice.

Ce sont là, ne l'oublions pas, des mesures traditionnelles. Toutes les reines d'origine étrangère se sont vu priver de leur suite, par esprit d'économie, pour faire place à des Français, par crainte de l'espionnage et pour accélérer de gré ou de force leur assimilation. En l'occurrence, Louis XIII n'avait pas tort d'être méfiant. Mais il n'a pas la manière. Jamais il n'explique ou ne tente de faire excuser ses décisions, qui tombent comme des couperets et dont la victime est informée par des intermédiaires. Il blesse doublement sa femme, tout en trahissant sa faiblesse intime : son autoritarisme masque mal sa dérobade devant tout ce qui ressemble à une confrontation.

Au fond, il a peur de sa femme, tout comme il avait peur de sa mère. Le fait qu'elle soit brillante n'arrange rien, au contraire, pour ce garçon rongé de complexes d'infériorité. Et puis, elle apparaît comme le centre d'un clan. Il retrouve autour d'elle, aggravé, le même climat pro-espagnol qu'autour de Marie de Médicis. L'excès de protection qui l'entoure, les gens de sa suite, le personnel diplomatique de Madrid, de Florence et de Rome, et en arrière-plan l'ombre tutélaire de Philippe III, tout cela lui fait craindre d'être à nouveau gouverné, dominé. Il n'aura de cesse qu'il ne l'ait dépouillée de cette cuirasse.

Éprouve-t-il de surcroît une répulsion instinctive face au sexe féminin ? Et si oui, d'où provient-elle ? Avouons honnêtement que nous n'en savons rien. Du *Journal* d'Héroard, on peut tirer autant de conclusions contradictoires qu'on veut. Le mépris affiché dès l'enfance pour les filles est celui du petit garçon, du mâle, pour des êtres inférieurs. Rien de plus. La pudeur ombrageuse ne se manifeste que plus tard, après la mort de son père, au cours de l'adolescence. A seize ans, il se targue d'une vertu sans tache. Toute allusion sexuelle lui fait horreur : crainte du péché. Le caractère sacré du mariage ne suffit pas à lever les inhibitions qui le paralysent à l'idée de rejoindre au lit son épouse. At-il mesuré, après coup, que sa tentative de 1615 était un piteux échec ? Et craint-il de ne pouvoir faire mieux ? La puberté est-elle chez lui lente à s'achever ? Il n'a toujours pas de barbe, il ne commencera qu'à vingt-deux ans de raser quelques poils clairsemés. En avril 1618, le nonce écrit à Rome que, si l'on en croit son confesseur, il a « plus de vergogne que de sensualité et ne sent aucun stimulus charnel capable de lui faire perdre cette vergogne ». Les dames espagnoles, elles, murmuraient à l'ambassadeur que Louis XIII « ne valait rien ». Bref, on le soupçonne d'impuissance. Et par suite, sa capacité à être roi se trouve mise en doute. Il s'en rend compte, évidemment, ce qui ne l'incite pas à tenter à nouveau l'épreuve de vérité.

Mais il y a autre chose encore. Louis n'a jamais aimé la société des femmes, il ne se plaît qu'en compagnie de jeunes garçons. Sa prédilection pour tel ou tel valet rustaud avait parfois paru excessive à sa mère, mais elle la mettait sur le compte de sa débilité d'esprit. En revanche l'affection passionnée qu'il manifesta pour Luynes commença de la faire réfléchir. Ils passaient ensemble les jours et une bonne partie des nuits. Toute tentative pour limiter leurs rencontres déchaînait chez l'adolescent de violentes fureurs. Elle soupçonna chez son fils des penchants homosexuels, en prit son parti : de toute façon, elle n'attendait plus rien de lui. Mais lorsqu'après 1617 le favori fut comblé de biens, d'honneurs et de pouvoirs, c'est la cour tout entière qui commença de bourdonner d'allusions indiscrètes. Et le sort réservé à Anne d'Autriche parut de plus en plus scandaleux.

Les historiens qui ont longuement débattu, sans parvenir à s'accorder, sur l'homosexualité réelle ou supposée de Louis XIII, conviennent cependant que ses sentiments pour Luynes restèrent probablement platoniques. Le favori, fort bel homme au demeurant, avait un goût très vif pour les femmes, et tout particulièrement l'exquise Marie de Rohan, que sa récente promotion venait de lui permettre d'épouser. Approchant de la quarantaine, il disposait sur un garçon de dix-sept ans de l'ascendant nécessaire pour maintenir leurs relations dans les limites qui lui agréaient. Mais la vérité importait peu aux colporteurs de ragots. Et le scandale était grand de voir la fille du roi d'Espagne délaissée pour un « mignon » de basse extraction. Philippe III en était ulcéré.

C'est ainsi que la consommation du mariage de Louis XIII devint une affaire d'État, et presque un *casus belli* entre la France et l'Espagne. À régler de toute urgence.

La « perfection » du mariage

Diplomates et hommes d'Église décidèrent de prendre les choses en main. Si Louis XIII ne se résolvait pas à coucher avec sa femme, si le mariage venait à être dissous, la catholicité déchirée serait livrée aux horreurs de la guerre : tel était le tableau apocalyptique brossé par le nonce à l'intention du Saint-Siège.

Le père Arnoux, jésuite confesseur du roi, chapitra

son illustre pénitent. Rien ne pressait, répondit Louis : ils étaient si jeunes ! Il avait peur de compromettre sa santé, il aimait sa femme et ne voulait pas gâter cet amour par une hâte malencontreuse. Bref, il finit par avouer qu'il avait conservé de la première tentative un dégoût insurmontable.

Alors on chercha du côté des bonnes vieilles recettes. On engagea la reine à se rendre attirante, on parla même de lui faire donner quelques leçons, mais le roi poussa les hauts cris. On envisagea de faire déniaiser celui-ci par une « garce » expérimentée. Jamais il n'y consentira, affirma le père Arnoux. Un soir qu'il rendait visite à la reine, les suivantes feignirent en riant de le garder prisonnier, pour le conduire dans les bras de leur maîtresse : il s'enfuit en les insultant. Autour de lui, ce n'est qu'un cri : il est jeune, il est roi, attendra-t-il d'être vieux pour « cueillir les fleurs de son amour », lui murmure en alexandrins alanguis le poète officiel, Malherbe, largement sexagénaire. Et on s'interroge sur sa santé, et on épie avec une sollicitude indiscrète le moindre geste en direction de son épouse.

Face à cette humiliante épreuve, Anne d'Autriche fut d'une patience angélique. Mais lui s'exaspérait de ces assauts répétés et cherchait sans cesse des échappatoires.

Les diplomates trouvèrent un allié en Luynes, peu soucieux de porter la responsabilité d'une crise internationale. Il intervint à son tour et se vit opposer une nouvelle excuse : le roi a pris en aversion les dames espagnoles qui entourent la reine, « il ne peut supporter la vue de leur vêtement », surtout celui des veuves, qui ressemblent à des nonnes ! Qu'à cela ne tienne ! Luynes négocie un marché : le départ des suivantes qui restaient, en échange d'une promesse formelle. Au début du mois de décembre 1618, elles plient bagage, généreusement indemnisées[1]. Que ne ferait-on pour

1. Il ne restera plus à Anne qu'une femme de service espagnole, la fidèle Estefania.

pouvoir prendre au mot ce fuyant époux ! La cour de
Madrid ravale sa mauvaise humeur. Quant à la reine,
« elle passe très bien son temps et fort gaiement sans
les dames espagnoles, écrit le nonce, et elle est toujours
dans l'attente de cette bienheureuse nuit que le roi
devra passer avec elle, nuit qui ne finit point d'arriver ». Ce qu'elle éprouvait tout au fond de son cœur,
elle le garda pour elle. Mais elle assista à beaucoup de
messes, communia souvent avec ferveur et récita force
chapelets et litanies de la Vierge.

En dépit de son culte de la parole donnée, le roi ne
se décidait toujours pas.

Alors on tenta de piquer son amour-propre. Le
mariage de sa sœur Chrétienne avec le duc de Savoie
était imminent. « Sire, lui déclara le nonce, je ne crois
pas que vous voudriez recevoir cette honte que votre
sœur ait un fils avant que Votre Majesté n'ait un dauphin. » Le roi rougit et bafouilla que non, il ne souhaitait pas une telle honte. On s'occupa ensuite de
compléter son éducation sexuelle. Le 23 janvier, sa
demi-sœur Catherine-Henriette de Vendôme épousait
le duc d'Elbeuf. Selon la tradition, une troupe d'amis
facétieux, entraînant le roi, vint mettre les époux au lit.
Si l'on en croit l'ambassadeur vénitien, il voulut rester
pour voir consommer le mariage, « ce qui fut répété
plus d'une fois ». Il y « applaudit grandement en mani-
festant un plaisir particulier » et la jeune femme l'apos-
tropha en riant : « Sire, faites, vous aussi, la même
chose avec la reine et bien vous ferez. »

Mais il fallut pour lui faire sauter le pas que le favori
intervînt *manu militari*.

Au soir du 25 janvier 1619, le roi, après une dernière
visite protocolaire à la reine, s'est déshabillé et couché.
Il vient de terminer sa prière et s'apprête à dormir. Il
est onze heures. Arrive soudain Luynes qui le presse
de rejoindre sa femme. Louis « résiste fort et ferme,
dit Héroard, par effort, jusqu'aux larmes ». Luynes
l'empoigne, le traîne jusqu'à la chambre où l'attend
Anne et, le voyant encore irrésolu, lui ôte le reste de

ses vêtements, le fourre dans le lit, et se retire en fermant la porte. À deux heures du matin, le roi rentrait chez lui triomphant, ayant « mis deux fois », comme dit Héroard, et il s'endormait du sommeil du juste.

Dès le lendemain, la nouvelle est claironnée *urbi et orbi* et fait l'objet d'une communication officielle aux diplomates étrangers. Rome et Madrid respirent, le monde catholique est sauvé. La patience et la soumission de la jeune reine trouvaient leur récompense. Elle allait assurément gouverner l'esprit et le cœur du roi.

En fait, si l'on en croit Héroard, l'adolescent mit quelques semaines à faire vraiment d'Anne d'Autriche sa femme. Mais ses appréhensions étaient tombées, désormais il se rendait chez elle spontanément. Le médecin, anxieux de sa santé, devait même lui prêcher la modération. Le 18 mars, son *Journal* commente en latin la dernière prouesse du roi : *Cum sua voluptate, nihil exit utriusque*. Il précise que c'est la première fois et salue l'événement de six traits verticaux en marge.

À ceux qui seraient tentés de trouver ces péripéties grotesques, on rappellera que l'intéressé n'avait que dix-sept ans.

La « lune de miel » d'Anne d'Autriche

Au cours de la nuit du 25 janvier, Louis, très ému, fit à Anne « de grandes promesses d'amour et de fidélité » : « il serait entièrement à elle, il ne toucherait jamais à d'autre dame qu'à elle seule, il voulait lui faire des enfants ». Ne nous demandons pas comment l'ambassadeur vénitien a eu connaissance de ces propos : l'entourage du jeune couple est truffé d'oreilles et d'yeux indiscrets. Anne est désormais le point de mire de la cour, l'objet de tous les égards, comme reine régnante en titre et comme mère probable d'un dauphin. Elle occupe avec d'autant plus de facilité cette place qui aurait dû être la sienne depuis longtemps que la reine mère n'est plus là. Entre Louis et elle, le ciel est au beau fixe. L'idylle royale durera un peu plus de deux ans.

La reine se métamorphose sous les yeux ravis des diplomates. Sa grâce de jeune fille s'était un peu éteinte au cours des années d'attente. Elle s'était raidie sous l'humiliation, elle passait pour fière, froide, distante. Elle rayonne désormais et sa beauté s'épanouit. On la découvre gaie, spontanée, rieuse.

Le roi n'en devient pas plus expansif, c'est contraire à sa nature, mais il se montre attentionné et lui sacrifie sans regret quelques-unes de ses chères parties de chasse. En janvier 1620, elle tombe gravement malade, d'une « fièvre double tierce » — ce qui ne nous renseigne guère. Il est à son chevet, verse beaucoup de larmes — il les a toujours eues faciles —, retient sa main dans les siennes et lui répète qu'il l'aime et qu'il sacrifierait de bon cœur la moitié de son royaume pour la sauver. Il est visiblement sincère. Elle s'en émeut et lui baise tendrement la main. Après sa guérison, il joue auprès d'elle les chevaliers servants, dans la plus pure tradition romanesque. Il compose — paroles et musique — une *Chanson d'Amaryllis*, pour dire que sa beauté éclipse l'éclat du soleil. Lors d'une course de bagues sur la place Royale, il lui fait hommage de l'anneau qu'il a remporté par trois fois. Son premier mouvement, il est vrai, l'avait conduit vers son maître d'équitation, le célèbre Pluvinel, mais celui-ci l'orienta vite vers la reine et le couple put s'embrasser sous les vivats de la foule. Ils assistèrent ensemble au feu d'artifice de la Saint-Jean et Louis s'amusa de bon cœur des débordements de l'enthousiasme populaire.

Le roi est-il prêt pour autant à la laisser prendre une influence politique ? Sûrement pas. La politique, c'est le domaine réservé des hommes. La reine n'est pas invitée au Conseil. Luynes est plus que jamais le maître des affaires. En 1620 cependant, lorsque Louis part en campagne pour couper court à la seconde rébellion de sa mère, il confie à son épouse une sorte de régence temporaire. Elle le remplacera à Paris. Est-ce

là une marque de confiance en ses capacités politiques
et le signe qu'il a l'intention de l'associer au gouvernement, comme on le dit souvent ? On oublie qu'il ne
peut pas faire autrement. L'usage veut que le roi soit
représenté, en son absence, par quelqu'un d'un rang
aussi proche que possible du sien. À cette date sa mère
et les princes du sang sont en révolte. Il n'a pas le
choix. Sa femme le remplacera donc pour recevoir le
serment du nouveau prévôt des marchands et pour présider au *Te Deum* de la victoire. Mais elle ne dispose
d'aucun pouvoir, elle n'est qu'un prête-nom : ce sont
les ministres qui gouvernent. Anne n'eut pas, pour
cette première fois, l'occasion de découvrir l'étroitesse
du champ d'action qui lui était ouvert. Mais lorsqu'en
1622, chargée à nouveau des mêmes fonctions, elle se
risquera à prendre une initiative, elle s'entendra dire
fermement qu'on n'a pas besoin de ses services [1].

L'amour de Louis pour elle n'implique pas loyale
association. Leur apparente idylle masque mal les premiers indices de mésentente.

Déceptions et chagrins

Louis XIII, enfin devenu le mari de sa femme,
comptait sur sa récompense. Or le dauphin tant désiré
ne vient pas. Vœux et bénédictions propitiatoires n'y
font rien. Aux ambassadeurs qui n'hésitent pas à l'interroger, Anne répond, en rougissant, par des sourires :
il faut attendre la volonté de Dieu.

Renonçons à faire le décompte des espoirs déçus

_____

1. Il est vrai qu'en 1622, le couple royal est déjà désuni. Mais
tout ce qu'on a vu de Louis XIII permet de penser que, même sans
cette mésentente, il n'aurait laissé à sa femme aucun pouvoir réel.
Catherine de Médicis avait eu la même déconvenue lorsque
Henri II, partant pour l'Italie, lui confia la régence. Plus tard, une
fois la monarchie administrative fermement installée, ce genre de
délégation de pouvoir n'a plus lieu d'être. L'administration gère le
royaume lors d'une brève absence du roi.

signalés dans les diverses correspondances diplomatiques : le moindre retard menstruel passe pour début
de grossesse dans une cour indiscrète qui prend ses
désirs pour la réalité. Le roi peut cependant être ras-
suré : c'en est bien fini des doutes sur sa virilité. De
l'avis général, son désir de paternité est très vif. Seul
un diplomate espagnol lui prête, au moment des graves
troubles de 1620, la crainte de se créer ainsi un rival,
que les rebelles pourraient vouloir mettre sur le trône
à sa place. Appréhension vite écartée par la victoire. Il
veut un fils, qui ne vient pas. Et comme la patience
n'est pas son fort, il prend cette disgrâce pour offense
personnelle et défi à sa volonté. Dans ce domaine
comme dans tous les autres il comprend mal que la
réalité lui résiste. Et il a toujours besoin de s'en
prendre à quelqu'un. S'il n'a pas d'enfant, ce ne peut
être que la faute de sa femme. Au premier accident, sa
compassion est prête à se muer en ressentiment.

Son assiduité auprès d'elle se ressent de cette déception. Anne en souffre, d'autant plus que les attentions
prodiguées en public ne s'accompagnent d'aucun effort
pour la comprendre. Il n'éprouve aucun plaisir à être
avec elle. Il fuit les tête-à-tête. Les contacts nocturnes
ne suffisent pas à les rapprocher. Aussitôt accompli
son devoir conjugal, il ne demeure auprès d'elle que si
le sommeil le surprend. Mais presque toujours il s'empresse de regagner son lit solitaire. Aucune intimité
entre eux, même traversée de querelles, comme ce fut
le cas entre Henri IV et Marie de Médicis. Ils restent
deux étrangers l'un pour l'autre, avec des goûts, des
habitudes de vie, une sensibilité différents. Deux
orgueils prêts à s'affronter.

Le retour en grâce de Marie de Médicis n'arrange
rien. Querelles de préséance : la reine mère entend bien
reprendre la première place auprès du roi. Il y faudra
du temps. Mais déjà, elle tente d'en évincer sa rivale.
A-t-elle cherché délibérément, comme l'en accuse plus
tard Mme de Motteville, à ruiner l'entente du ménage ?
Ce n'est pas certain. Mais elle fait tout assurément

pour reléguer la jeune reine au second plan. Picoteries, incidents obligent le roi à prendre parti, ce qu'il a en horreur. À Couzières, contre la coutume, il avait donné le pas à sa mère sur sa femme. Marie, encouragée, se dispose à faire la loi dans la maison de sa belle-fille, elle se permet d'en chasser un de ses anciens serviteurs, qu'elle a pris en haine. L'indignation de la cour devant une pareille atteinte au protocole oblige le roi à lui imposer des excuses, qui lui restent en travers de la gorge. Elle ne désarme pas, se plaint que sa bru la traite mal, la méprise, et c'est à celle-ci que le roi donne tort.

Pour comble de malheur, Anne vient de perdre son meilleur soutien, c'est-à-dire son père. Elle a beaucoup pleuré lorsque Louis, à la mi-avril 1621, est venu lui annoncer sans ménagements la mort de Philippe III. Chagrin sincère et profond. Elle aimait ce père affectueux et tendre, dont les lettres avaient le parfum de son enfance heureuse. Elle se sent seule désormais. Plus seule encore qu'elle ne le croit. Quelque affection qu'il ait pour elle, son frère Philippe IV, éclairé par ses ambassadeurs, comprend qu'elle n'aura jamais d'influence politique auprès de son époux. Pour soutenir les vues de Madrid, mieux vaut compter sur Marie de Médicis, hispanophile notoire, et sur son nouveau favori, l'évêque de Luçon, étoile montante du parti dévot.

Anne cependant, privée de la compagnie des dames espagnoles, a vu se créer autour d'elle une nouvelle société, et il n'est pas certain que le roi ait gagné au change. Comme surintendante de sa maison, il avait à l'automne de 1618 remplacé la comtesse de la Torre par Mme de Luynes. Elle vit d'abord une brimade dans cette nomination, faite sans la consulter, mais ses préventions tombèrent assez vite pour se muer en amitié. En dépit de sa très haute naissance et de ses liens avec le favori, Marie de Rohan-Montbazon était aussi peu qualifiée que possible pour faire régner l'ordre où que ce fût. Il apparut très vite qu'elle n'était pas non plus douée pour le métier d'espion. C'était une brune fine et racée, dans tout l'éclat de ses dix-huit ans, d'une séduction étincelante. Elle avait de l'esprit comme quatre, une imagination débridée, de la vitalité à revendre, pimentée d'une pointe d'insolence. Elle ne songeait qu'à s'amuser et à amuser les autres, aux dépens de tous les rabat-joie et empêcheurs de danser en rond. Les hommes en étaient fous et les femmes elles-mêmes se laissaient entraîner par sa gaieté contagieuse.

Anne d'Autriche aurait été sans doute plus rapidement séduite, si elle n'avait passé quelque temps par les affres d'une jalousie si visible que l'ambassadeur d'Espagne s'en émut. Le roi se montrait sensible au charme de la jeune Mme de Luynes. « Il était fort familier avec elle, conte Tallemant des Réaux ; mais il n'eut jamais l'esprit de faire le connétable [1] cocu. Il eût pourtant fait grand plaisir à toute la cour, et elle en valait bien la peine. Elle était jolie, friponne, éveillée, et ne demandait pas mieux. » Sur ce dernier point, Tallemant se trompe sans doute : Marie de Rohan appréciait les amants plus délurés. Elle laissa à son mari le soin de cultiver la faveur du souverain et s'employa à gagner les bonnes grâces d'Anne d'Autriche.

Sous sa très légère férule, la petite cour qui entoure la reine se peuple d'amies bien décidées à la distraire. *A giovine cuor tutto è gioco.* Il y a là Gabrielle-Angélique de Verneuil, une fille d'Henri IV et d'Henriette d'Entragues ; il y a aussi une veuve plutôt joyeuse, Mme du Vernet, née Antoinette de Luynes ; et une autre veuve, la princesse de Conti, une Guise, fille du Balafré, un peu plus âgée, mais pas plus sage, qui traîne une solide réputation de galanterie. On papote, on cancane sur le dos des autres dames de la cour, on s'amuse à des plaisanteries de collégiennes, et bien sûr on parle d'amour. On se jette avec gourmandise sur la dernière livraison du *Cabinet satyrique*, un recueil de

1. Louis XIII avait accordé cette haute dignité à Luynes en avril 1621.

poèmes libertins auquel ne dédaignent pas de contribuer les meilleures plumes du temps.

Le nonce, inquiet, chargea le confesseur de la reine de mettre sa pénitente en garde. Le père de Marie de Rohan invita le roi à surveiller ses lectures. Louis XIII, indigné, prit en horreur celle qu'il avait failli aimer, d'autant plus vivement qu'elle s'affichait avec le duc de Chevreuse : et il prévint peu charitablement Luynes de cette liaison. Lorsqu'une épidémie de scarlatine emporte son favori en décembre 1621, il congédie sans façons Mme du Vernet, sa sœur. Quant à la connétable, faute de pouvoir l'expulser du Louvre — elle est encore surintendante —, il la relègue dans un appartement inconfortable.

Les décisions prises sont une chose, la manière d'en informer les intéressés en est une autre. Celle de Louis XIII est particulièrement déplaisante. La reine commence à entrevoir certaines ombres du caractère de son mari. Il se dérobe à toute explication. Autant il est courageux en armes, face à l'ennemi, autant il se montre lâche dès qu'il s'agit de se colleter avec une volonté adverse. Impossible de se faire entendre de lui, de transiger, de composer. Il exige l'obéissance sans murmure. Pour éviter toute discussion, il ne fait pas ses commissions lui-même, face à face, il ne donne pas ses ordres directement, il les écrit ou même il les fait transmettre par des intermédiaires, ce qui, s'agissant de sa femme, est profondément insultant. Le bégaiement explique en partie ces dérobades. Mais il y a une constante du tempérament : l'opiniâtreté si marquée chez l'enfant tend à se muer chez le roi, quand on le contrarie, en un autoritarisme implacable.

Anne d'Autriche ravala son humiliation. Mais la lune de miel était bien finie. Il est loin l'été de 1621 où le roi l'avait invitée à le suivre en Languedoc en compagnie de Marie de Luynes et où il prenait plaisir à la rejoindre entre deux opérations militaires. En 1623, s'amusant à tirer les moineaux dans les bosquets des

Tuileries, il oublie que sa femme est dans les parages
et lui envoie une volée de plombs dans les cheveux.
Acte manqué, comme disent les psychiatres ? Entre les
deux époux d'humeur si opposée, un fossé est en train
de se creuser. D'autant plus profond que, tandis que sa
belle-fille commençait à s'enfoncer, Marie de Médicis
avait amorcé une superbe remontée.

CHAPITRE SEPT

LE RÉTABLISSEMENT
DE MARIE DE MÉDICIS

Entre la reine mère et son fils, le traité d'Angers avait mis fin au conflit armé, mais il ne réglait pas l'épineuse question de la place qu'elle occuperait désormais auprès de lui. Louis XIII voudrait bien la cantonner dans une retraite dorée de douairière. Mais Marie n'est pas femme à se contenter de satisfactions chichement mesurées. Elle veut reconquérir les positions perdues. Par goût du pouvoir, on l'a dit et répété. Mais surtout par amour-propre blessé. Louis XIII l'a humiliée, dans des domaines particulièrement sensibles : il a critiqué publiquement sa gestion du royaume, il s'est abstenu de l'associer aux décisions concernant ses enfants. Mauvaise régente, mauvaise mère ? Elle n'accepte pas le verdict. Elle n'aura de cesse que justice ne lui soit rendue.

Elle a une rude pente à remonter. Elle n'y serait sans doute pas parvenue seule. Son retour aux affaires est l'œuvre de Richelieu. Mais ce retour est pour lui un moyen et non une fin. S'il entreprend de la ramener au premier plan, c'est parce qu'il n'a pas d'autre moyen d'approcher le roi. Dans cette union qui fait, provisoirement, leur force à tous deux, la partie n'est pas égale : le meneur de jeu est Richelieu. Marie mettra huit ans à comprendre qu'il ne travaillait pas pour elle mais pour lui. Huit ans pendant lesquels elle tira tout de même un large bénéfice des conseils de celui qu'elle tenait alors pour la perle des serviteurs.

L'union fait la force

M. de Luçon a de très hautes ambitions, cela commence à se savoir. Ce n'est pas un enfant de chœur. Depuis ses premiers pas dans la sphère du pouvoir, il a beaucoup appris. En 1616-1617, il avait misé sur la reine mère. Il s'est trompé ; ce n'était pas le bon cheval. Il a été violemment secoué, a failli tomber, il a tenu bon. On ne l'y reprendra plus. Il se fixe un objectif, entrer au service du roi, et il met au point pour y parvenir une stratégie dans laquelle Marie est la pièce maîtresse.

Car les récents conflits lui ont aussi enseigné autre chose. C'est un fait : il est, que cela lui plaise ou non, étiqueté comme une créature de la reine mère, tenu à son égard par le devoir de fidélité. Il a bien tenté un instant de se démarquer d'elle, à la veille de la chute de Concini : on l'a utilisé, sans lui faire confiance pour autant. Il y a gagné une solide réputation de « brouillon », de pêcheur en eau trouble, d'hypocrite même, dont il voudrait bien se défaire. Ce n'est pas en abandonnant sa protectrice ni en la trahissant qu'il gagnera l'estime du roi, au contraire. Dès avant la paix d'Angers, il sait qu'une seule voie étroite lui reste ouverte : réconcilier Marie avec son fils.

Il lui faut pour cela la « gouverner » au plus près. Ce n'est pas chose facile. Elle est influençable certes, mais méfiante. Il n'est dans sa maison qu'un serviteur parmi d'autres. Jusqu'à la paix d'Angers, elle n'a cessé de flotter entre des conseils contradictoires, sans se fier pleinement à cet évêque retors, que son fils a rappelé d'Avignon à des fins ambiguës. Pour s'imposer à elle, il a dû consentir à un détour par la subversion armée, qui l'éloignait de son but. Il est devenu *persona grata* auprès d'elle, mais à quel prix ! Il est marqué : c'est un rebelle qui a porté les armes contre son roi. L'antipathie que lui voue Louis XIII n'en est que plus vive : « Voilà un homme qui voudrait bien être de mon Conseil, mais je ne puis m'y résoudre après tout ce qu'il a fait contre moi ! »

De ce côté, il n'y a rien à espérer dans l'immédiat. Les blessures seront longues à cicatriser. Reste à persuader la reine qu'il est urgent d'attendre.

Le moment est propice. Exaspérée par la défection des grands, démoralisée par les échecs répétés, elle a cessé de croire que la guerre civile lui rendrait le pouvoir perdu. Elle sait qu'elle doit compter avec son fils, dont la volonté est aussi forte que la sienne et qui a pour lui la légitimité. Ses conseillers se sont égaillés dans la nature, la défaite a fait le vide autour d'elle. Elle a besoin d'appui et d'aide. Elle est mûre pour entendre la voix de la sagesse.

Richelieu l'apaise, la rassure, la raisonne. Il réussit à la convaincre de prendre sur elle, de changer de comportement, de se montrer aussi amène, complaisante et douce qu'elle avait été arrogante jusque-là. Comment s'effectue pareil miracle ? Marie est capable de se contraindre et de dissimuler, dès l'instant que la soumission qu'on exige d'elle, loin d'être définitive, n'est qu'une tactique à d'autres fins.

Prudent, il a appris à se méfier de ses propres qualités. Sa supériorité intellectuelle fascine ses interlocuteurs, mais les effraie. Il passe pour dominateur. Il veille donc à ne pas abuser de cette autorité native. Il explique, suggère, insinue, décortique pour elle les tenants et aboutissants d'une situation, pose les questions, mais lui laisse l'illusion d'avoir trouvé elle-même la réponse et pris la décision : précieux apprentissage pour sa future relation avec Louis XIII, qui exigera les mêmes précautions. Il la dirige au coup par coup, à l'affût des occasions. Et quand les faits viennent démontrer que ses conseils étaient bons, il a le triomphe modeste. Elle a l'impression, grâce à lui, de retrouver la maîtrise des événements. Elle s'enthousiasme, elle vante ses mérites avec une fierté de propriétaire qui fait l'éloge de son bien. Elle le protège, le pousse, exige pour lui honneurs et responsabilités : elle le veut cardinal, elle n'a de cesse de le voir entrer au Conseil. Il y sera, pense-t-elle, l'instrument de son pouvoir.

Bientôt sa faveur auprès d'elle devint si éclatante que des rumeurs se mirent à courir sur la nature de leurs relations. Comme naguère Concini, on voulut voir en lui son amant. Mais la chose est très improbable, compte tenu de son âge, de leur caractère à tous deux, et surtout de l'infinie distance sociale qui les sépare. Il restera toujours pour elle un inférieur à son service, à peine plus qu'un « domestique [1] ». Le mot de « favori », qu'on lui applique souvent, n'a la plupart du temps aucune connotation sexuelle, il désigne seulement le plus haut placé des serviteurs d'un prince, celui sur lequel le maître se décharge du soin de gérer sa « maison ».

Pour protéger ses arrières, il s'est assuré en effet le contrôle de toutes les affaires de Marie. La défaite a dispersé les anciens conseillers de celle-ci. Il en profite pour accaparer toutes les places vacantes. Il concentre entre ses mains le plus grand nombre de responsabilités : il sera chef de son Conseil, garde de ses sceaux, grand aumônier, mais aussi surintendant de ses finances, seul au courant de ses revenus. Et il introduit dans les emplois subalternes des créatures à sa dévotion. Rien de ce qu'elle fait ne peut lui échapper et

---

1. Au XVIIe siècle, c'était un honneur de servir les princes, jusque dans le détail de leur vie quotidienne. Le terme de « domestique », plus étendu qu'aujourd'hui, s'appliquait à quiconque faisait partie d'une « maison » noble : non seulement au personnel de bas étage, mais aux intendants, médecins, secrétaires, précepteurs, aumôniers, etc. Les très hautes charges, occupées par de grands seigneurs, avaient des dénominations particulières.

sans lui, elle serait incapable de démêler l'écheveau compliqué de ses recettes et de ses dépenses.

Il n'est jamais oublié sur la liste des gratifications et pensions et ses biens, naguère médiocres, gonflent à vue d'œil. Investi de la confiance de la reine mère, aspirant à celle du roi, il lui faut paraître : les signes extérieurs de richesse sont indice de pouvoir. Oublié, l'évêque besogneux discutant âprement avec ses chanoines du prix de la réfection de l'église paroissiale de Luçon ! Il mène maintenant un très grand train, à la hauteur de ses ambitions.

L'ennui, c'est que ses premiers succès alimentent sa réputation d'homme dangereux. Il fait peur. Non seulement à ses rivaux dans la faveur de la reine, qui renoncent vite à la lutte ; non seulement aux ministres, peu désireux de voir débarquer parmi eux un tel concurrent ; mais à Louis XIII lui-même, si ombrageux lorsque son autorité est en cause. Marie dispose en sa personne d'un allié trop intelligent : « Le roi est plein de soupçon qu'elle ne veuille l'assujettir, comme du vivant de Concini, écrit en janvier 1622 le nonce Corsini. Lorsqu'on voit auprès d'elle l'évêque de Luçon, on peut redouter que celui-ci ne prenne pied trop avant ; car sa cervelle est ainsi faite qu'il est capable de tyranniser la mère et le fils. »

À ce handicap il n'y a d'autre remède que la discrétion et l'effacement. Tandis que Marie s'applique à avaler les couleuvres en silence, avec le sourire, Richelieu tente d'éteindre le feu de son regard, de réfréner son impatience nerveuse, de masquer l'ambition inquiète qui le brûle. Étroitement unis, tout doux, tout sages, ils veillent au grain en attendant que l'heure sonne pour eux.

Patience et longueur de temps...

Le traité d'Angers, en août 1620, stipulait que la reine mère retrouverait sa place à la cour et aurait

accès, quand elle le voudrait, auprès de son fils.
Manque de chance : il n'y a plus de cour, ou presque,
pendant les trois années qui suivent. Le roi, grisé par
sa facile victoire en Normandie et aux Ponts-de-Cé, a
décidé d'utiliser les troupes qu'il a levées pour s'en
aller réduire à l'obéissance les huguenots béarnais,
mettant ainsi le doigt, sans s'en douter, dans l'engrenage d'une nouvelle guerre de religion. De 1620 à
1623, il mènera campagne dans le Midi et l'Ouest
chaque été, ne passant à Paris guère plus de huit mois
au total. Quant à rétablir le contact avec lui, c'est chose
difficile : il ne tient pas en place, quand il ne guerroie
pas, il chasse, ses compagnons se tuent à le suivre. Où
donc le verra-t-elle ?

Cette situation inédite projette en pleine lumière le
délicat problème que pose la place de Marie. Que faire
d'elle ? Où va-t-elle séjourner ? Doit-elle suivre le roi
en campagne ? retourner chez elle en Anjou ? se rendre
à Paris ? ou bien ailleurs, mais où ? Personne ne s'est
posé la question à l'avance, et les réponses qu'on y
apporte, sous le coup de l'urgence, traduisent bien des
hésitations. Aucune solution n'est satisfaisante. Initiatives désordonnées de sa part, suggestions contradictoires de la part du roi : ces flottements ne recèlent pas
d'intentions cachées, ils sont signe de perplexité.
Qu'on en juge.

En octobre 1620, sur les conseils de Richelieu, elle
choisit d'accompagner le roi jusqu'à Poitiers, où il
séjourne un mois, puis renonce à le suivre dans sa che-
vauchée vers le Béarn, trop fatigante. Elle se réfugie à
Fontainebleau, le laisse faire une entrée triomphale
dans la capitale en novembre, et gagne ensuite Paris
privément. Elle n'est plus jeune. L'exercice physique
n'a jamais été son fort, sa corpulence s'est accrue, elle
déteste maintenant les voyages, surtout quand ils sont
improvisés. Au printemps de 1621, elle souhaite rester
à Paris, mais le roi insiste pour l'emmener. Ils quittent
Fontainebleau le 18 avril, l'un gênant l'autre, car un
bon cheval et une litière ne se déplacent pas au même

rythme. À Saumur, ils mettent le cap sur Saint-Jean-d'Angély. Mais Marie ne participera pas au siège de la place. Elle a obliqué vers Coussay, où Richelieu l'accueille quelques jours avant de lui offrir l'hospitalité dans son château familial. Tandis que le roi, ayant réduit Saint-Jean, pousse ses armées vers le Languedoc, elle retourne chez elle en Anjou, éveillant aussitôt des soupçons : ne préparerait-elle pas une troisième guerre ? Rentrée à Paris au début de l'hiver, elle reçoit des visites, celle du duc de Bouillon notamment et de divers partisans d'une paix négociée avec les huguenots : songerait-elle à se mettre à la tête d'un « tiers parti » en veine de médiation, comme il y en eut un sous Henri III ? Le roi s'inquiète de ce qu'elle peut faire loin de lui. Pourtant, en mars de l'année suivante, lorsqu'elle propose de le suivre, c'est lui qui refuse. Elle s'obstine, engage avec lui une course poursuite à travers le Sud-Ouest révolté où les places fortes tombent comme des dominos, elle est toujours en retard de deux ou trois étapes, épuisée, à bout de forces. Est-ce que Sainte-Foy-la-Grande résistera assez longtemps pour lui permettre de rejoindre enfin son insaisissable fils ? Elle préfère renoncer. Elle est souffrante. Elle s'en ira prendre les eaux à Pougues, un lieu neutre où, espère-t-elle, on ne pourra pas l'accuser d'intrigues. Elle retrouvera le roi à Lyon à la fin de novembre, en même temps que le reste de la cour.

Ces pérégrinations capricieuses ont eu au moins un mérite. Marie y a gagné un brevet de sagesse. Rien de ce qu'on pouvait craindre ne s'est produit. Pourtant les blessures d'amour-propre ne lui ont pas manqué. Lorsqu'en partant pour le Béarn, par exemple, Louis a délégué le pouvoir à son épouse pour la durée de son absence, Marie a beau savoir qu'il ne s'agit que d'une coquille vide, elle pense que cet honneur lui revenait. C'est pour elle un camouflet. Quant à son retour au Conseil, les envoyés chargés de tâter le terrain ne rapportent que des réponses négatives : le roi n'en veut pas et les ministres encore bien moins, qui craignent Richelieu plus que le feu.

En décembre 1621, voici que la chance lui sourit. Au cours du siège de la petite ville de Monheurt en Languedoc, Luynes, pris de « fièvre pourpre », est emporté en quarante-huit heures. Nouvelle tentative, nouveau refus : « Point de Conseil ! » Pourtant, à cette date, les préventions du roi contre sa mère semblent tombées. Il la couvre d'égards et d'hommages, échange avec elle des cadeaux, multiplie les marques publiques de déférence. Pour hâter le dénouement, Richelieu patronne la diffusion d'opuscules célébrant les mérites de toutes les reines mères qui, au cours de l'histoire, ont heureusement appuyé le règne de leur fils.

Le miracle se produit enfin. Ou plus exactement un demi-miracle. Le 31 janvier 1622, la porte s'entrouvre devant Marie, mais Louis dose ses concessions avec parcimonie : elle sera invitée à *certaines* réunions du Conseil, sans toutefois en être un membre « ordinaire ». Et on exige d'elle la promesse illusoire qu'elle n'en dira rien à Richelieu. « Elle reconnut bien, explique celui-ci, qu'on était en garde d'elle, qu'on ne lui faisait voir que la montre [1] de la boutique et qu'elle n'entrait point au magasin ; mais elle ne fit pas mine de le reconnaître, espérant de surmonter ces difficultés par sa bonne conduite. » Toutes les mesures importantes sont prises en dehors d'elle, notamment les nouvelles nominations au Conseil, qui sont autant de déceptions pour son candidat. Mais elle a un pied dans la place et l'occasion d'y faire entendre sa voix — leur voix.

À l'automne, la cour leur fait l'aumône d'une compensation. Les démarches sont réactivées à Rome. M. de Luçon, qui a eu l'élégance de féliciter son collègue de Toulouse, fils du duc d'Épernon, nommé cardinal l'année précédente, se voit enfin promu à son tour, le 5 septembre 1622. Lors de la remise de la bar-

---

1. L'étalage, la vitrine.

rette, en décembre, il fait au roi le discours de remerciement attendu, mais c'est devant Marie qu'il va s'incliner ensuite : « Madame, cette pourpre, dont je suis redevable à la bienveillance de Votre Majesté, me fera toujours souvenir du vœu solennel que j'ai fait de répandre mon sang pour votre service. »

La reine mère exultait. Le roi et ses ministres, eux, avaient une arrière-pensée en tête : envoyer le nouveau cardinal soutenir les intérêts de la France à Rome. Mais celui-ci se défendit adroitement contre cette forme d'exil déguisé, qui laisserait Marie livrée à elle-même. Il se sent soudain beaucoup plus fort. La pourpre a trois avantages majeurs. Elle fait de lui un prince de l'Église et lui donne le pas sur les grands seigneurs laïcs. En ces temps où la roue de la fortune tourne très vite, elle est une assurance contre les vicissitudes politiques : le pape et le Sacré Collège sont toujours prêts à voler au secours d'un des leurs. Enfin, elle lui confère sur des esprits profondément pieux, comme Marie de Médicis et surtout Louis XIII, un surcroît d'autorité morale qui n'est pas à négliger : un cardinal, de quinze ans son aîné, peut se permettre de dire au jeune roi, si ombrageux, des choses que celui-ci ne tolérerait jamais d'un laïc. Cette promotion est donc pour Richelieu bien plus qu'un lot de consolation : un grand pas vers le pouvoir encore à conquérir.

En dépit de la méfiance persistante qu'inspire « son esprit altier et dominateur », son entrée au Conseil n'est plus qu'une affaire de quelques mois. Les difficultés mêmes dans lesquelles se débat le roi feront bientôt de lui l'unique recours.

Déconvenues militaires

L'ivresse qui a suivi la mort de Concini — « Enfin, je suis roi ! » — est vite retombée. Louis s'aperçoit, comme la petite infante du poème de Victor Hugo, qu'un roi ne peut pas tout : beaucoup de choses, et pas seulement le vent, échappent à ses prises. Il est en train d'en faire l'amère expérience.

Il a voulu faire acte d'autorité en Béarn. Cette province, patrimoine personnel d'Henri IV, n'est pas encore assujettie à la loi française. Jeanne d'Albret y a imposé cinquante ans plus tôt le calvinisme, seule religion autorisée. Ni Henri IV, ni même Marie de Médicis ne s'étaient risqués à y toucher, en dépit des pressions pontificales. Louis XIII, qui est un catholique pur et dur, plus encore que sa mère, a pris dès le mois de juin 1617, sans concertation préalable, un édit rattachant le Béarn à la France et ordonnant que le catholicisme y fût rétabli — ce qui impliquait non seulement le libre exercice du culte, mais la restitution à l'Église des biens confisqués et notamment des édifices religieux. On comprend aisément la résistance acharnée des autorités paloises !

Le commissaire qu'il y envoya en 1618 pour faire appliquer l'édit se fit huer, malmener et tourner en ridicule. Le roi avait donc à laver une insulte, en même temps qu'à faire triompher la loi. Le conflit avec sa mère l'occupa deux ans et les Béarnais se rassurèrent : ils étaient si loin de la capitale ! Ils furent pris de court lorsqu'il débarqua soudain chez eux en septembre 1620, à la tête des troupes restées intactes après les Ponts-de-Cé. Ce fut pour Louis comme une promenade. Il releva de ses fonctions le gouverneur huguenot de la principale place forte et présida en grande pompe à la messe dans la plus grande église de Pau. Pendant qu'il faisait à Paris un retour triomphal, les protestants tenaient une assemblée en dépit des interdictions, « comme si le roi n'existait pas », et se préparaient pour l'épreuve décisive. Et pour montrer leur détermination, ils s'emparaient de la place de Privas.

Le roi, « plus rigide que jamais dans sa volonté d'être obéi et de faire prévaloir son autorité par la force », lance contre eux deux campagnes, les deux étés suivants. Elles commencent par des victoires : il se complaît à cueillir, comme naguère Charles IX ou

Henri III, une série de petites places du Sud-Ouest qui capitulent après une résistance plus ou moins acharnée, parfois dans des flots de sang — peu lui importe, c'est du sang d'hérétiques. Mais il se casse les dents sur Montauban, en 1622, puis sur Montpellier en 1623. Il est contraint de signer dans cette ville un traité qui confirme aux réformés le statut octroyé par l'édit de Nantes. Ceux-ci conserveront même deux « places de sûreté », Montauban et La Rochelle, alors que l'édit de pacification, appliqué avec sincérité, aurait dû les rendre inutiles. Autrement dit, trois ans de guerre en pure perte, sans compter les retombées prévisibles.

Désastre conjugal

Sur le plan personnel, les choses ne vont pas mieux pour lui. Un accident fait éclater au grand jour l'échec du couple royal.

Au début du mois de mars 1622, il apparut que la reine était enceinte. Le 14, elle passa la soirée dans les appartements de la princesse de Conti, logée dans une autre aile du Louvre. En compagnie de la connétable de Luynes et de Mlle de Verneuil, la princesse la raccompagna chez elle. Il fallait traverser la grande salle du trône, déserte et mal éclairée. Elles étaient fort gaies. Bras dessus, bras dessous elles se mirent à courir. Anne ne vit pas l'estrade, buta, tomba. Deux jours plus tard, ses espoirs de maternité s'envolaient. Selon les dires d'Héroard, l'embryon de quarante ou quarante-deux jours aurait été un garçon.

Nous savons aujourd'hui qu'il n'était pas possible, avec les moyens dont on disposait alors, de déceler le sexe d'un fœtus de quarante jours. De plus, il est peu fréquent qu'une chute entraîne l'interruption d'une grossesse au stade initial. Les incidents antérieurs dont fut victime Anne d'Autriche font plutôt penser à l'élimination spontanée, dans les toutes premières semaines, d'embryons non viables, sans qu'on puisse déterminer la responsabilité de chacun des deux conjoints dans cette déficience. Mais à l'époque, on croyait beaucoup aux causes « mécaniques » d'avortement, on préconisait pour les femmes enceintes une vie au ralenti, dans un cocon. L'imprudente glissade parut gravement coupable et le roi ne pardonna pas.

Il partait en campagne contre les protestants du Sud-Ouest. On chercha à lui cacher les causes présumées de la « blessure », comme on disait alors. Il ne les apprit qu'en arrivant à Orléans. Il entra dans une colère froide. La sanction tomba : renvoi immédiat des amies de la reine. Celle-ci en fut avisée par une lettre rédigée en ces termes :

« Le soin que je dois avoir qu'il y ait bon ordre en votre maison m'a fait résoudre d'y apporter du changement, qui ne sera que pour un plus grand bien, comme vous le reconnaîtrez par le temps. J'envoie La Folaine [1] vous faire entendre sur cela ma volonté, laquelle je vous prie d'effectuer au plus tôt et de vous rendre aussi prompte à me donner le contentement que j'en attends que je vous crois disposée à me faire recevoir tout celui que je me suis promis de vous. »

Anne tenta de faire intervenir un tiers, reçut la réponse la plus sèche : « La résolution que j'ai prise ayant été avec bonne considération arrêtée, je n'y puis rien changer. » Et comme elle protestait encore : « Je m'assure que vous n'aurez d'autre désir que de me plaire », ou encore : « Comme il n'y a rien que j'aime à l'égal de vous, aussi ne puis-je avoir considération plus forte que celle de votre bien. » Pas trace de compassion, d'indulgence. Il devait bien se douter pourtant qu'elle était aussi déçue que lui. Mais non, il se drapait dans sa bonne conscience pour lui assener un diktat, agrémenté d'une leçon de morale. Et il déguisait du nom d'amour une volonté de puissance inhumaine. Elle se soumit, ulcérée.

Elle ne le revit qu'en décembre 1622 à Lyon, où

---

1. Un de ses serviteurs.

toute la cour se retrouva à la fin de la campagne militaire. La rencontre fut froide. Ils tentèrent cependant de sauver les apparences. Devoir oblige : Louis reprit les relations conjugales. Mais leur couple n'existe plus.

La santé du roi

Louis XIII se sent d'autant plus désemparé que Luynes, aussi, l'a déçu. L'amitié passionnée qu'il lui vouait à quinze ans s'est émoussée avec le temps, quand il l'a vu à l'œuvre. Le Provençal était modéré, enclin au compromis, prudent, ou lâche, selon ses ennemis. Chez le jeune roi intransigeant et belliqueux, le doute s'apprêtait à faire place au mépris lorsque la mort enleva opportunément le favori, en décembre 1621. Cette mort dispense le roi de le disgracier, lui épargnant une épreuve. Mais elle le laisse face à sa solitude. Il l'avait beaucoup aimé. Il n'a pas envie de revivre pareille déception. Alors il déclare qu'il n'aura plus de favori : il gouvernera lui-même. Mais l'ampleur de la tâche le terrifie.

D'autant qu'il ne se porte pas bien.

Il était depuis longtemps sujet à des dévoiements intestinaux chroniques, liés, si l'on en croit Héroard, au fait que l'absence de « gouttières naturelles » ne permettait pas d'éliminer normalement les « humeurs organiques » : traduisons qu'il ne se mouchait ni ne crachait. Les humeurs dévoyées s'évacuaient par la voie digestive, provoquant des infections intestinales avec diarrhées hémorragiques. Le diagnostic peut paraître fantaisiste, mais les troubles, eux, étaient bien réels, et les prescriptions alimentaires et thérapeutiques aberrantes n'étaient pas faites pour les apaiser.

Était-il en outre atteint de tuberculose ? Des douleurs intercostales, des poussées de fièvre, des quintes de toux violentes peuvent le suggérer. Après deux ou trois alertes bénignes, il en eut une plus sérieuse dans l'été de 1622, au cours de la seconde campagne du

Languedoc qui, comme la précédente, voyait dysenterie et fièvre pourpre faire des ravages dans les rangs
de l'armée.

C'est à partir de cette date en tout cas que Louis XIII
commence à se défier de son corps, refusant de s'installer dans son état de malade, oscillant de la prostra-
tion à l'hyperactivité gratuite. Les ambassadeurs
signalent chez lui, en 1623 surtout, des épisodes
dépressifs, des passages à vide. Quand rien ne va plus,
ni sa santé, ni son ménage, ni son royaume, quand il
se sent incapable de supporter le fardeau du pouvoir,
il s'évade. Il s'épuise en exercices violents, il chasse
« au point qu'il n'a cure ni du soleil ni de la pluie, ni
de la nuit ni du jour, ni de manger ni de dormir ». « Je
ne sais comment un corps humain peut se faire à une
telle fatigue », s'étonne le nonce Corsini. Et pendant
ce temps, « il ne s'applique aucunement aux affaires »,
le royaume n'est pas gouverné. « Il vaudrait mieux
qu'il ait un favori ! » conclut le nonce. Quel favori ?
Le Saint-Siège s'accommoderait volontiers dans ce
rôle d'un cardinal fraîchement promu. Mais Louis XIII
n'y est pas tout à fait prêt encore. Ce sont les difficultés
extérieures qui l'y conduiront.

Il vaut la peine de s'y attarder un instant, car c'est
sur ce point qu'il se heurtera plus tard à Marie de
Médicis.

Un dilemme politique

En ce début du XVIIe siècle, la politique étrangère
française est plus que jamais confrontée au vieux
dilemme : faut-il donner la priorité à la lutte contre
l'hérésie, en acceptant pour ce faire de se mettre à la
remorque de l'Espagne ? faut-il assurer d'abord l'indépendance nationale en s'appuyant, pour contenir l'impérialisme des Habsbourg, sur l'Europe protestante ?
La question devient d'autant plus brûlante que le nou-

vel empereur Ferdinand II, élu en 1619, se veut le bras armé de la reconquête catholique.

Le choix de Louis XIII est d'abord très clair : la solidarité religieuse prime. Bien encadré par le parti dévot, dirigé par des confesseurs jésuites, il serait tout disposé à soutenir la lutte de l'Espagne pour le triomphe de la catholicité. Contre les Tchèques révoltés en Bohême, en qui il ne voit que des hérétiques rebelles à leur roi, il propose à Ferdinand un soutien militaire, que ses ministres ont de la peine à lui faire transformer en offre de médiation. Il applaudirait de bon cœur devant leur écrasement à la Montagne Blanche en 1620, si son initiative diplomatique à contretemps ne le rendait ridicule. Les Habsbourg se moquent bien de ses bons offices. Ils n'ont qu'une idée en tête, profiter de ce que la France est affaiblie par des luttes intérieures pour marquer des points à l'étranger.

En 1622, la question de la Valteline revient au premier plan de l'actualité. La Valteline est le nom de la haute vallée de l'Adda, en amont du lac de Côme, importante voie naturelle dans le trafic transalpin, carrefour permettant de passer d'Italie, soit en Franche-Comté, si l'on continue vers le nord, soit en Autriche, si l'on bifurque vers l'est. Politiquement, elle est placée sous la suzeraineté du canton suisse des Grisons, dont les deux routes stratégiques traversent ensuite le territoire. Et les Ligues Grises, comme on les appelle, sont les alliées de la France depuis près d'un siècle : elles nous réservent, outre le privilège d'y lever des soldats, le droit exclusif de transiter militairement par leurs territoires. Ce monopole n'a pas pour nous d'utilité directe : nous avons rarement l'occasion de faire passer des troupes par la haute vallée de l'Adda. Mais il interdit aux Espagnols d'en faire autant. Et ils en ont, eux, furieusement besoin, pour relier leurs possessions du Milanais à celles de Flandre, ainsi qu'aux terres de leurs cousins de Vienne.

Or les querelles religieuses leur fournissent un excellent prétexte pour intervenir. Tandis que les

Ligues Grises se sont ralliées à la Réforme, les Valte-
lins sont restés catholiques. En 1617, ils se soulèvent
contre les Grisons, réclament leur indépendance. L'Espagne vole à leur secours. Elle envahit la vallée, en
chasse les Ligues Grises et y construit quatre forts. La
France soutient ses alliés par la voie diplomatique. La
conjoncture est bonne, Bassompierre a la chance d'arracher en 1621 le traité de Madrid, qui préconise le
retour au *statu quo ante*. Mais sur place, les Espagnols
ne font pas mine de se retirer. Les Grisons, impa-
tientés, se mettent en devoir de les chasser, se font
battre et sont contraints, en janvier 1622, par le traité
de Milan, de renoncer à la Valteline. Après quoi l'Espagne, encouragée par ce succès et voyant Louis XIII
englué dans ses guerres contre les protestants, prétend
rétablir la « vraie religion » dans les Grisons, les
attaque, les écrase et couvre le pays de forts qu'elle
occupe. C'était tenir l'alliance française pour négligeable. Le camouflet est énorme et l'opinion publique
réagit violemment. Les vaincus appellent au secours.
« En Valteline, Sire ! » Qu'attend Louis XIII pour venger l'affront ? Il tergiverse. Sa seule réplique est la
création laborieuse d'une sorte de force d'intervention
collective, une ligue avec Venise et la Savoie, qui
n'aura pas le temps de passer à l'action : le gouverneur
de Milan a remis les forts entre les mains prétendues
neutres d'une garnison pontificale. Et la France, sans
même consulter ses partenaires, déclare se satisfaire
d'une solution qui équivaut à ouvrir librement à tous,
c'est-à-dire avant tout aux Espagnols, le passage à travers la Suisse. Elle signe son éviction de la scène internationale.

Si obsédé qu'il fût par l'éradication de l'hérésie en
France, Louis XIII commençait à comprendre qu'il y
avait d'autres enjeux. L'humiliation fut pour beaucoup
dans sa prise de conscience. Il avait horreur qu'on se
joue de lui. C'est par cette faille que s'engouffre Marie
de Médicis, chapitrée par Richelieu.

La victoire de la reine mère

Celui-ci a la partie belle. Autour de Louis XIII, pas une personnalité de premier plan. Des médiocres. L'avenir est incertain, le climat tendu. Les ministres songent surtout à préserver leur place et arrondir leur pelote pendant qu'il en est encore temps. Ils s'entre-détruisent. Rumeurs, dénonciations, procès pour corruption : le personnel politique valse, exposé à l'animosité parfois injuste d'un roi qui a le sentiment, tout à fait fondé, d'être mal servi.

Face à leur prudence timorée, à leurs hésitations, à leurs volte-face, Richelieu transmet au roi, par la voix de sa mère, des propos clairs et fermes. Dès 1622, elle préconise la paix avec les protestants français et affirme en plein Conseil : « Il faut faire tenir aux Espagnols la parole donnée pour la Valteline. Il est très important pour la grandeur et la réputation du roi qu'il ne soit pas si enfermé dans son royaume qu'il n'ait plus une porte pour en sortir. Et entrer dans une guerre civile n'est pas le chemin pour y arriver. » Car les Espagnols en profitent « pour pousser leurs armes plus loin et avancer le dessein qu'ils ont d'arriver à la monarchie de l'Europe ».

En février 1623, elle récidive. Et, confiante dans la force de persuasion de Richelieu, elle multiplie les occasions de rencontre entre son fils et lui. De ces entretiens à bâtons rompus, rien n'a été conservé par l'histoire. Mais l'ambassadeur de Venise note finement en novembre 1623 : « M. le Cardinal est ici le contre-poids de tout ce que font les ministres : il met toute son étude à s'élever dans l'esprit du roi, à s'assurer de son affection, en lui suggérant des idées de gloire et de grandeur pour la couronne. »

Gloire et grandeur, ce sont là les mots que Louis XIII a besoin d'entendre. Une sorte de dopage moral pour ce garçon de vingt ans encore immature et volontiers dépressif. Il commence de voir dans le maître à penser de sa mère une planche de salut.

Les tractations menées par Marie auprès du ministre du moment, La Vieuville, passent pour avoir ouvert à Richelieu l'accès au Conseil. Jouant du fait qu'elle sait ses avis très attendus, elle boude soudain les réunions, ne consent à apporter son concours au gouvernement que si son protégé y est admis. Et La Vieuville de s'écrier : « Madame, vous voulez une chose qui causera infailliblement ma ruine. Et je ne sais si Votre Majesté ne se repentira pas un jour d'avoir tant avancé un homme qu'elle ne connaît pas encore. » Mais Richelieu ne voulait pas tenir sa nomination d'un ministre en passe d'être disgracié. Il se fit prier, invoqua sa mauvaise santé. Et il obtint ce qu'il voulait : c'est du roi que vint l'initiative.

Le 29 avril 1624, Louis débarque au lever du jour dans la chambre de sa mère encore couchée et l'informe : il a décidé d'admettre Richelieu au Conseil. « Il lui dit qu'il avait fait élection de l'un de ses serviteurs pour diriger les affaires, afin que le monde connaisse qu'il voulait vivre avec elle en toute confiance, non de façon apparente, mais bien réellement. » Ce sera un gage éclatant de leur réconciliation. Silence, secret. C'est sans cérémonie que le nouveau venu fait son entrée à la séance de l'après-midi. Ses attributions seront limitées : il n'a que le droit d'opiner, c'est-à-dire d'exprimer son avis, mais il lui est interdit de se mêler d'affaires en dehors de la salle du Conseil. En l'espace de quelques mois cependant, il aura éliminé La Vieuville, ou tendu sous ses pas quelques chausse-trappes pour qu'il s'élimine tout seul. Et en août, tandis que s'ouvre le procès du malheureux, il se voit offrir par le roi sa succession. Sans avoir le titre de premier ministre, il est chargé de remanier le gouvernement.

À peine arrivé aux affaires, il règle l'urgente question de la Valteline. Par la méthode qui a si bien réussi à ses adversaires : en faisant parler les armes et en mettant ensuite les diplomates devant le fait accompli. À l'automne de 1624 le marquis de Cœuvres déboule en Valteline à la tête de 10 000 hommes, attaque et met en fuite les garnisons pontificales qui tenaient les forts, débarrasse la vallée de toute présence espagnole. Il fallait après ce coup de force affronter la colère du pape. Pour contrer la campagne orchestrée à Paris par le légat, Richelieu rédige un mémoire récapitulatif des empiétements espagnols, puis fait convoquer un « Conseil élargi ». Dans la grande salle ovale du château de Fontainebleau trônent côte à côte le roi et sa mère. En face d'eux, debout, princes, ducs, maréchaux, grands officiers de la couronne, représentants de la noblesse, du clergé, des cours de justice, de la Ville de Paris écoutent les divers avis, savamment gradués, qui concluent à la résistance. Après quoi le légat est informé du « sentiment unanime » du grand Conseil : la France ne céderait pas. Ce fut l'Espagne qui céda, sans combattre. Elle finit par renoncer officiellement, par le traité de Monzón, à toute incursion en Valteline ou dans les Grisons. Et la vallée litigieuse fut neutralisée : le verrou auquel tenait tant la France était refermé.

La reine mère, publiquement associée aux décisions de son fils, n'avait pas été à pareille fête depuis longtemps.

Nous venions de faire la guerre au pape — une guerre éclair, un semblant de guerre, puisque ses soldats n'avaient qu'à peine résisté. Mais tout de même ! Dans l'enthousiasme général, né de la fierté nationale retrouvée, il y eut quelques voix pour remarquer que la politique proposée par Richelieu et approuvée par Marie de Médicis n'était pas exactement celle qu'on pouvait attendre d'un cardinal issu du parti dévot et d'une hispanophile convaincue.

Richelieu avait-il dès cette date, comme il s'applique à le montrer dans ses *Mémoires*, conçu les deux grands desseins qui firent sa gloire, ramener à l'obéissance les protestants français et briser l'hégémonie des Habsbourg en Europe ? Ce n'est pas certain et les historiens en discutent. Mais si ce fut le cas, il n'en a certainement pas expliqué à sa protectrice toutes les implications. Auprès d'elle comme auprès de son fils, il a mis l'accent sur le côté personnel de l'affaire : les agissements de l'Espagne sont une insulte à venger. Et puis, il s'agit de reconquérir le pouvoir. Aux yeux de Marie, tous les moyens sont bons, elle est prête à mettre ses convictions dans sa poche, au moins provisoirement, pour y parvenir. Le résultat obtenu est si brillant qu'elle ne regarde pas plus loin.

Le roi, lui aussi, est plus sensible aux arguments d'amour-propre qu'aux exposés de stratégie à long terme. Mais à la différence de sa mère, il n'aime pas l'Espagne : une antipathie très ancienne, instinctive, qui date du temps où son père tentait de l'initier au gouvernement. Partagé entre son prosélytisme catholique et son désir de disputer à Philippe IV l'hégémonie en Europe, il hésite entre les priorités : faut-il continuer la lutte contre les huguenots ? faut-il réfréner les appétits espagnols en Italie ?

L'harmonie si vantée entre le roi, la reine mère et le seigneur cardinal repose donc sur une large part de non-dit, voire de malentendus. Mais ils ont cette chance que pendant cinq ans, les événements se chargent de leur éviter des choix douloureux. Marie peut donc savourer sa victoire.

De cette harmonie nouvellement établie, Anne d'Autriche est exclue. La reine mère s'interpose désormais entre Louis et elle. Une anecdote contée par Richelieu dans ses *Mémoires* en dira plus que tous les commentaires sur la situation qui est la sienne. Le roi, à qui « on donne de mauvaises impressions de sa femme », vient éveiller sa mère un beau matin, « avec un visage tout interdit », « pour lui conter ses douleurs ». Marie affecte de prendre la défense de sa bru : « S'il y avait quelque chose qui lui déplût en ses actions, c'était plutôt facilité que malice, un défaut qu'un crime. » Le lendemain il revient : l'affaire lui tient à cœur, il veut lui « en faire parler par sa première

femme de chambre ». La reine [1] offre de s'entremettre.
« Le roi en témoigna une joie extraordinaire, et
confessa que tout ce qu'il avait fait était pour la porter
d'elle-même à s'offrir de lui faire cet office. [...] Elle
parla, selon sa commission, à la reine sa fille, qui la
remercia de ses avis et lui promit de régler ses actions
sur ses conseils. » Marie préside alors à une rencontre
et « l'affaire se termine heureusement et au gré des
parties : elle leur témoigne à tous deux qu'elle ne souhaite rien plus infiniment que de voir leurs cœurs aussi
étroitement unis que leurs personnes ».

Ce n'était pas là, elle le savait bien, le meilleur
moyen d'y parvenir.

---

1. On remarquera que sous la plume de Richelieu, le nom de
reine, sans précision supplémentaire, désigne la reine mère, alors
que normalement il devrait désigner Anne d'Autriche.

CHAPITRE HUIT

LES IMPRUDENCES D'ANNE D'AUTRICHE

Anne d'Autriche est fière : on ne viendra pas à bout
d'elle par la force et l'intimidation. Plus on la brime,
plus elle se rebelle. Elle ne se résigne pas à l'étouffoir
que prévoit pour elle Louis XIII. Son éducation l'a préparée à un rôle important. Elle n'a pas épousé le roi de
France pour se laisser enfermer dans un gynécée, à
attendre en silence les visites de son seigneur et maître.
Elle est mûre pour faire des sottises.

Louis XIII, timide, renfrogné, bègue, déteste la vie
de cour. Il n'en comprend même pas l'utilité politique.
Cependant, qu'il le veuille ou non, la cour est une institution bien implantée, elle fonctionne tant bien que
mal, revigorée depuis le retour de Marie de Médicis,
puisque partagée entre deux pôles rivaux. Il y a deux
reines, et chacune a sa maison, ses suivantes, ses admi-
rateurs, ses courtisans. Dans cette cour à double foyer,
Anne d'Autriche brille d'un très vif éclat. Elle est
jeune, elle est belle. Privée de son entourage espagnol,
elle a fait de grands progrès en français : elle finira par
le parler à peu près sans accent, à la différence de la
Florentine, qui n'y est jamais parvenue. Elle a, pour
ce qui est de la conversation comme du charme, une
supériorité que lui envient secrètement sa belle-mère
et son époux.

Elle n'est pas seule. La connétable de Luynes, chassée sans ménagements du Louvre, a trouvé le moyen d'y rentrer aussitôt, par la plus grande porte. Elle est maintenant duchesse de Chevreuse. Claude de Lorraine, duc de Chevreuse, c'est autre chose que ce petit parvenu de Luynes. Troisième fils du Balafré, le héros de la Ligue mis à mort à Blois en 1588, il appartient au clan très puissant des Guise. Il est resté loyaliste lors de toutes les révoltes nobiliaires qui ont déchiré le début du règne. Il est intouchable, et sa femme aussi. Deux fois plus âgé qu'elle, il fera preuve à l'égard des infidélités de celle-ci d'une indulgence qu'explique sa propre liberté de mœurs. Mais ils sont solidaires pour défendre leur rang et leurs prérogatives.

La belle Marie de Rohan, qu'on appellera désormais par le nom sous lequel elle est restée célèbre, est rancunière. Elle n'a pas pardonné à Louis XIII d'avoir dénoncé à son premier mari sa liaison avec le second et d'avoir voulu la chasser du Louvre. Bien décidée à se venger, elle va pousser Anne d'Autriche sur la pente savonneuse de la désobéissance.

Cela dit, est-il exact, comme on le lit un peu partout, que tous les malheurs d'Anne soient dus à la pernicieuse influence de Mme de Chevreuse ? Le souci de préserver la réputation de la reine a conduit la plupart de ses biographes, à commencer par la très bien pensante Mme de Motteville, à aggraver au maximum la responsabilité de la duchesse. En fait, Anne d'Autriche s'est laissé entraîner très volontiers. Si indulgent qu'on soit pour elle, il faut avouer qu'elle commit des imprudences en grand nombre, et graves. Mme de Motteville se montre perspicace quand elle nous dit que la faute première en incombe à Louis XIII, qui ne l'a pas traitée comme il aurait dû : « Son malheur fut de n'avoir point été assez aimée du roi son mari, et d'avoir été comme forcée d'amuser son cœur ailleurs, en le donnant à des dames qui en avaient fait un mauvais usage. » Hélas, elle a aussi trompé sa faim d'amour en accueillant avec complaisance les hommages masculins.

« L'honnête galanterie »

En ce début du XVIIe siècle, on lit beaucoup de romans, des romans de chevalerie, des romans pastoraux. Tous exaltent une conception idéalisée de l'amour, issue de la littérature courtoise. La marquise de Sablé, qui, avec la marquise de Rambouillet, donnait le ton dans les salons, « était persuadée que les hommes pouvaient sans crime avoir des sentiments tendres pour les femmes ; que le désir de leur plaire les portait aux plus grandes et aux plus belles actions, leur donnait de l'esprit et leur inspirait de la libéralité, et toutes sortes de vertus : mais que, d'un autre côté, les femmes qui étaient l'ornement du monde, et étaient faites pour être servies et adorées des hommes, ne devaient souffrir que leurs respects ».

« La reine [...], ajoute Mme de Motteville, n'a pas fait difficulté de me conter depuis (fort détrompée de ces dangereuses illusions) qu'étant jeune, elle ne comprenait pas que la belle conversation, qui s'appelle ordinairement l'honnête galanterie, où on ne prend aucun engagement particulier, pût jamais être blâmable, non plus que celle que les dames espagnoles pratiquent dans le palais, où, vivant comme des religieuses, et ne parlant aux hommes que devant le roi et la reine d'Espagne, elles ne laissent pas de se vanter de leurs conquêtes, et d'en parler comme d'une chose qui, bien loin de leur ôter leur réputation, leur en donne beaucoup. »

Il n'est pas certain que cette forme de galanterie, qui s'étale dans les *comedias* de Lope de Vega et de Calderón, ait pénétré jusque dans les palais de l'Escurial ou du Prado : les rois d'Espagne passaient pour y faire régner un climat plus austère. Et en tout état de cause, elle ne concernait pas leurs épouses.

En France non plus, la femme du souverain ne devait pas entrer dans ce jeu. Un jour que Marie de Médicis envisageait de se faire courtiser par quelque galant, pour tenter de ramener Henri IV à elle au

moyen de la jalousie, Sully l'avait mise en garde :
« Elle allait donner au roi le plus grand et le plus juste
soupçon qu'un mari de sa qualité pût avoir de sa
femme, attendu qu'il n'y avait point d'homme de jugement qui ne sût fort bien qu'on ne parlait point
d'amour à une personne de sa condition, sans avoir
premièrement reconnu qu'elle l'aurait agréable, et sans
qu'elle fît la moitié du chemin. »

C'est là une maxime qu'Anne d'Autriche aurait eu
intérêt à méditer. Mais elle est jeune, et elle est
coquette — ce qui ne s'est pas vu depuis des décennies
chez une reine de France. Elle a de nombreux adora-
teurs, enhardis par l'abandon où la laisse Louis XIII,
et elle prend beaucoup de plaisir à leurs hommages
— « un tribut qu'elle croyait devoir être dû par tout le
monde à sa beauté » ! Avec « beaucoup de vertu », dira
La Rochefoucauld, « elle ne s'offensait pas d'être
aimée ».

Le premier dont la chronique ait retenu le nom est
le jeune et prestigieux Henri II de Montmorency, riche
de biens, d'ancêtres, d'alliances. Il renonça à l'amour
de Mme de Sablé pour faire à la reine une cour toute
platonique certes, mais peu discrète. Lors du ballet des
Bacchanales, il jouait un personnage rêvant de remplacer Jupiter, ne fût-ce qu'un jour, sur son trône et dans
« l'amitié » de la déesse sa femme. La marquise en
souffrit et eut la faiblesse de le montrer. Louis XIII ne
laissa rien voir, mais il prit bonne note, pour le cas
où...

Le second était autrement dangereux.

L'Angleterre cherchait alors à marier son prince
héritier. Le fils aîné de Jacques Ier avait bien été promis
naguère à une princesse française, mais il était mort et,
pour le second, Londres, voyant la France écartée du
jeu diplomatique, penchait, en dépit des divergences
confessionnelles, en faveur d'une alliance avec l'Espagne. C'est ainsi que le jeune prince de Galles, désireux de jauger de ses propres yeux les candidates, se
mit en route pour Madrid, flanqué du favori de son

père, le très fameux duc de Buckingham. Les deux hommes, en voyage privé, s'arrêtèrent deux jours à Paris, sans doute hébergés à l'hôtel de Chevreuse : le duc de Chevreuse est un Guise, le prince Charles est le petit-fils de Marie Stuart, ils sont cousins. Le carnaval bat son plein. Après le ballet du roi — les fameuses *Bacchanales* —, la reine présentera le sien le 5 mars, sur le thème des *Fêtes de Junon*. Elle y jouera, bien sûr, le rôle-titre. Nos deux Anglais ne voulant pas manquer pareille fête, le père de la duchesse les y emmène incognito. Ils ne cachent pas leur admiration. « La reine de France est la plus belle », écrit le prince à son père. C'est aussi l'avis de son compagnon, grand connaisseur sur le chapitre.

Le secret de leur présence fut ébruité. Ce manquement grave aux convenances internationales déplut au roi. Quant au succès remporté par son épouse, il en fut vivement irrité. Elle n'y était pour rien et ne remarqua sans doute pas les deux étrangers perdus dans la foule. Mais Mme de Chevreuse a dû lui faire part de l'effet qu'elle avait produit. Qui sait si elle ne leur a pas ménagé une rencontre, souffle à Louis XIII la jalousie ? Il fait enjoindre aux deux voyageurs de choisir un autre itinéraire pour rentrer chez eux et, peu de temps après, il prend une mesure interdisant à tout homme de pénétrer dans les appartements de sa femme hors de sa présence. Et il profite d'une querelle de préséance entre les deux plus grandes dames de la maison de la reine, Mme de Chevreuse et Mme de Montmorency, pour susciter autour de leurs fonctions un procès les menaçant d'éviction toutes deux : elles furent remplacées en septembre par une douairière moins titrée mais plus docile, qui lui rendrait compte de tout.

Sentant croître la suspicion autour d'elle, Anne avait eu, pendant l'été, une crise nerveuse, accompagnée d'une chute, qui la retint au lit plusieurs jours et les médecins parlèrent de « haut mal ». Mais elle ne présentait aucun des symptômes de l'épilepsie. La maladie était morale.

Dans ce climat l'apparition d'un troisième soupirant, parfaitement inoffensif celui-là, fait presque figure de diversion calculée. À soixante ans bien sonnés, Roger de Saint-Lary, duc de Bellegarde, ancien mignon d'Henri III, qui fut longtemps aussi la coqueluche des dames, a des manières d'un autre âge. Il ne manque pas d'esprit : « Que ferait Votre Majesté à un homme qui lui parlerait d'amour ? demande-t-il un jour à la reine. — Je le tuerais, répond-elle. — Ah ! je suis mort ! » s'exclame-t-il, au milieu de l'hilarité générale. Mais la modestie de ses désirs fait sourire : la plus grande grâce qu'elle pourrait lui faire est de poser la main sur la garde de son épée, comme dans les romans de chevalerie, pour lui porter bonheur. Elle supporta longtemps ses prévenances ridicules, qui accréditaient l'idée que tous les hommages qu'on lui adressait étaient jeu sans conséquence : même l'irascible Louis XIII ne pouvait prendre ombrage d'un pareil galant.

Malheureusement pour elle, les deux mariages qui s'apprêtaient dans la famille royale — celui d'Henriette-Marie, puis celui de Gaston — la conduisirent à commettre deux faux pas aux conséquences irrémédiables.

La reine mère marie ses enfants

Lors de son coup de force de 1617, Louis XIII n'avait pas seulement privé Marie de Médicis du pouvoir, il l'avait aussi séparée de ses autres enfants. Elle avait supplié en vain : pas question que ses filles l'accompagnent à Blois. Quant au petit Gaston, alors âgé de neuf ans, il avait fallu l'arracher en larmes des bras maternels au moment du départ. Un juriste d'aujourd'hui dirait qu'il lui avait retiré la garde de ses enfants, en lui refusant tout droit de visite. Il se réservait l'exercice de la puissance parentale : à ses frère et sœurs doublement orphelins, c'est lui, a-t-il dit, qui tiendrait lieu de père.

C'est une mesure politique. Il lui faut s'assurer de la personne de son cadet, afin d'empêcher les trublions de se servir de lui pour légitimer une éventuelle rébellion : aucun factieux ne pourra se réclamer de l'héritier du trône, comme au siècle dernier avec François d'Alençon. Il a pris soin de hisser Gaston à ses côtés sur le billard où il est monté pour s'offrir aux acclamations, aussitôt après la mort de Concini. Il lui confiera très vite de menues tâches de représentation.

Passe encore pour le fils. Mais était-il indispensable d'écarter de leur mère les deux fillettes ? Cet amour fraternel, au demeurant sincère, ne cache-t-il pas chez Louis XIII le désir informulé d'effacer, de nier ce qui justifie la place de Marie dans le royaume, sa maternité ? Socialement parlant, on le sait bien, une reine veuve n'a d'existence que par ses enfants. « Vous ne m'avez pas traité en mère... », lui a-t-il dit. Bien qu'il affirme vouloir la traiter en fils, tout montre qu'il ne demanderait qu'à la rayer de son ascendance.

Marie ne s'y est pas trompée et en a été ulcérée. Ses enfants lui appartiennent. Elle a protesté chaque fois qu'une décision les concernant était prise en dehors d'elle : lorsqu'on a congédié le gouverneur qu'elle avait choisi pour Gaston et lorsqu'on a marié Chrétienne au prince de Piémont sans l'en avertir. Sur ce terrain-là, elle est dans son droit : ceux mêmes qui blâment son attachement au pouvoir ne sauraient lui reprocher de revendiquer ses prérogatives de mère. Louis XIII le sait bien. Un de ses premiers gestes, une fois la réconciliation acquise, est de lui rendre l'initiative pour le mariage des deux benjamins.

La France avait vu dans le projet de mariage anglo-espagnol une insulte personnelle pour la famille royale en même temps qu'un revers diplomatique. Aussi se réjouit-elle quand on apprit que le prince de Galles avait été éconduit. Ne s'était-il pas permis d'escalader

le mur du verger de la Casa del Campo, où se promenait l'infante Maria, pour lui offrir son cœur et sa
main ? La fillette affolée s'enfuit et le majordome
accouru à ses cris mit poliment mais fermement le
prince à la porte. À Madrid, le romanesque n'excusait
pas les mauvaises manières. Le prince, dépité, rentra à
Londres en se plaignant très haut de l'orgueil espagnol.

Alors l'Angleterre, continuant son jeu de bascule
entre les deux puissances continentales, rouvrit les
pourparlers avec la France. Henri IV avait naguère proposé de donner sa plus jeune fille à l'héritier d'outre-
Manche, dans l'intention avouée de consolider son
alliance avec un pays hostile à l'Espagne. Marie de
Médicis, en dépit de son militantisme catholique, prit
fait et cause pour ce mariage : elle ne pouvait trouver
pour sa benjamine parti plus brillant que le futur roi
d'Angleterre.

Grosse affaire. Dans ce pays farouchement attaché à
la Réforme qui s'était façonné une Église à sa convenance, le catholicisme était interdit. Certes l'alliance
anglaise, qui allait de soi du temps d'Henri IV, continuait de comporter pour nous d'éminents avantages,
mais comment la concilier avec les nouvelles orientations prises par Louis XIII ? Dans l'euphorie du retour
au pouvoir de la reine mère, les dévots trouvèrent la
solution : Henriette-Marie serait une missionnaire en
terre hérétique, chargée de ramener dans le giron de
Rome ses futurs sujets égarés. La négociation, très
laborieuse, dura une année entière. Quand on demanda
aux Anglais d'accorder la liberté de conscience aux
catholiques, ils se bornèrent à des propos évasifs.
Cependant la future reine fut assurée qu'elle pourrait
pratiquer sa religion et la France réussit à glisser dans
son sillage une trentaine de prêtres dont on espérait des
miracles, sans compter une foule de serviteurs, tous
fervents catholiques. Moyennant quoi Rome accorda la
dispense nécessaire.

L'attente sera déçue. L'Angleterre ne redeviendra
pas catholique et les protestations d'amitié ne résiste-

ront pas à la pression des intérêts. Quant au rôle maladroitement assigné à Henriette, il fera son malheur et contribuera peut-être à la chute de son mari. Mais n'anticipons pas : en 1625, c'est la satisfaction qui prévaut.

Le 8 mai, on célèbre les fiançailles. Jacques Ier vient tout juste de mourir, son fils est roi [1]. Les cérémonies se succèdent, plus brillantes les unes que les autres. C'est à qui éblouira le partenaire. L'arrivée de Buckingham marque une recrudescence des fêtes.

C'est l'occasion pour Marie de Médicis d'inaugurer la grande galerie de son palais du Luxembourg, dont Rubens vient tout juste de terminer la décoration. Elle est aux anges. Mère d'une reine d'Espagne, d'une reine d'Angleterre et d'une duchesse de Savoie, la nièce des Médicis a réussi une ascension fulgurante : voici qu'elle est le tronc d'où sortiront, à la génération suivante, les principaux souverains d'Europe.

Pour Anne d'Autriche l'instant est venu de la tentation.

Georges Villiers, duc de Buckingham

« Le duc de Buckingham », écrit Mme de Motteville bien des années plus tard, « fut le seul qui eut l'audace d'attaquer son cœur. [...] Il était bien fait, beau de visage ; il avait l'âme grande ; il était magnifique, libéral, et favori d'un grand roi. Il avait tous ses trésors à dépenser et toutes les pierreries de la couronne d'Angleterre pour se parer. Il ne faut pas s'étonner si avec tant d'aimables qualités il eut de si hautes pensées, de si nobles mais si dangereux et blâmables désirs, et s'il eut le bonheur de persuader à ceux qui en ont été les témoins que ses respects ne furent point importuns... »

---

1. Rappelons que, selon l'usage, les rois ne sortent de leur pays que dans de très rares circonstances (pour conduire une guerre). Les relations entre rois passent par les ambassadeurs. Les mariages ont lieu par procuration.

Ceci, c'est la version qui fut imprimée. Mais à l'origine, la fin de ce paragraphe était différente : « ... s'il eut le bonheur », disait le manuscrit, « de faire avouer à cette belle reine que si une honnête femme avait pu aimer un autre que son mari, celui-là aurait été le seul qui aurait pu lui plaire ».

À trente-trois ans, Milord Bouquiquant, comme on le nommait en France, était dans tout l'éclat d'une beauté qui lui avait valu auprès du roi Jacques Ier une fortune aussi suspecte que rapide. Prévoyant, il s'était appliqué à vaincre les préventions du jeune prince de Galles, s'était imposé à lui par son audace, son charme, sa gaieté : le favori du père avait gagné l'amitié et la confiance du fils. Un corps d'athlète à la taille élancée, des traits fins et aigus soulignés par l'étroite barbe effilée et la moustache aux pointes hardiment relevées, des yeux noirs au regard décidé, une abondante chevelure éclairée de reflets fauves, des tenues somptueuses, ruisselantes d'or et de diamants, faisaient de lui la parfaite image du héros de roman à la mode. Il en avait adopté les manières, se piquant de gloire, visant toujours au plus haut, relevant tous les défis, cherchant l'exploit. L'amour était un de ses terrains de prédilection. Mais il y poussait son avantage beaucoup plus loin que les soupirants confits dans le respect de leur dame. Peu de femmes passaient pour lui avoir résisté.

Anne d'Autriche aurait-elle été sensible par elle-même au charme du bel Anglais ? On ne sait. Car l'attention qu'elle lui porta fut le fruit d'une machination ourdie par la duchesse de Chevreuse avec son nouvel amant.

Le représentant de Sa Majesté britannique, lord Holland, avait séjourné à l'hôtel de Chevreuse pendant les négociations préalables au mariage, qui s'étirèrent sur une année. C'était plus qu'il n'en fallait à la duchesse pour le séduire. À eux deux, ils décidèrent de provoquer une idylle entre Buckingham et Anne d'Autriche. Marie de Rohan pensait faire ainsi d'une pierre trois coups : procurer à la pauvre délaissée les délices d'un amour partagé ; se venger de Louis XIII ; et créer entre la France et l'Angleterre une « liaison d'intérêts » dont elle espérait, avec le concours de Holland, être l'artisan grassement récompensé[1]. C'était mal connaître le roi, et c'était faire bon marché des dangers courus par celle dont elle se disait l'amie. Mais c'était un si beau scénario de roman !

Le mariage par procuration a lieu le 11 mai : le duc de Chevreuse y tient auprès d'Henriette-Marie la place de son cousin, devenu Charles Ier. Lorsque Buckingham, venu chercher la nouvelle épouse de son maître, débarque à Paris le 24, Anne d'Autriche a déjà été mise en condition par les récits de la duchesse, elle attend le prince charmant. Quant à lui, il s'est fixé l'objectif le plus inaccessible et donc le plus glorieux : ajouter la reine de France à la liste déjà longue de ses conquêtes.

Les voici face à face. Mme de Chevreuse n'a pas menti. Pour être beau, il est beau. Il sourit de toutes ses dents. Il parle un excellent français et connaît le jargon de la « romanesquerie ». Perles et pierreries coulent de son habit et les dames de la cour se disputent pour les ramasser et se les voir offrir. Elle fut fascinée. Il lui parut « l'homme du monde le plus digne de l'aimer ». Lui la trouva « encore plus aimable que son imagination ne la lui avait pu représenter ». Coup de foudre réciproque. Mme de Chevreuse a d'autant moins de peine à leur ménager des entretiens — toujours publics ! —, que le roi, souffrant, boude une partie des festivités. Il n'est pas là au Luxembourg, le 27 mai, lors de la réception que donne sa mère pour inaugurer son palais tout neuf. Serait-ce une façon de marquer sa réprobation, sans pour autant insulter l'Angleterre en la personne de son représentant ?

L'étiquette veut que les deux reines accompagnent Henriette, que convoie Buckingham, jusqu'au port d'embarquement de Boulogne-sur-Mer. Le secrétaire

---

1. Buckingham espérait engager Louis XIII dans une alliance avec l'Angleterre contre les Habsbourg.

d'État Brienne, mandaté en sous-main par le roi, suggère à Anne de rester à Paris au chevet de son mari malade. Elle ne comprend pas, ou feint de ne pas comprendre l'avertissement, et passe outre. Consigne est alors donnée de ne jamais la laisser seule en présence du bel Anglais. Les risques de rencontres sont minces, puisque les cortèges des trois reines empruntent, pour des motifs d'intendance, des itinéraires différents. Tous se retrouvent cependant à Amiens, une ville assez grande pour les héberger, où une indisposition de Marie de Médicis les retient durant une large semaine.

Le duc de Chaulnes, gouverneur de la ville — un frère de Luynes —, s'emploie à leur faire trouver le temps moins long en organisant des divertissements. Il y a un bal, où la reine se montre éblouissante « comme un astre nouveau ». En ce début du mois de juin, il fait beau et chaud, les soirées sont exquises, on retarde l'heure de se retirer dans sa chambre où l'on étouffe. La maison qui abrite la reine comporte un jardin descendant jusqu'à la Somme. Un beau soir, à la nuit tombante, elle s'y promène modestement accompagnée, lorsque survient Buckingham. Mme de Chevreuse est là, au bras de Holland, et aussi Mme du Vernet — la sœur de Luynes. Ils s'emploient à faire diversion auprès des gens de la suite pour leur permettre de s'isoler.

Les deux amoureux s'avancèrent seuls vers les profondeurs du jardin, échappèrent à la vue de tous derrière une palissade, selon les uns, dans un « pavillon » — une sorte de tonnelle — selon les autres. Le galant était entreprenant, l'occasion unique. Le désir appelle le désir. Il la sentait s'alanguir, bouleversée par des propos d'amour entendus pour la première fois. Il tenta d'en profiter, se fit d'autant plus pressant que, selon les conventions du temps, accepter ce tête-à-tête valait de sa part consentement. *In extremis*, elle s'affola, se mit à crier. Son écuyer accourut, aussitôt suivi par ses femmes. Buckingham s'était fondu dans la pénombre, la laissant toute tremblante. Le scandale était difficilement évitable.

Que se passa-t-il réellement derrière les bosquets du jardin d'Amiens ? La question a fait couler beaucoup d'encre. Une chose est sûre : Anne d'Autriche n'a pas cédé, sa « vertu » est sortie intacte de l'aventure. Mais jusqu'où est allé Buckingham ? Les témoignages — tous indirects, puisque les intéressés étaient seuls — ont en général tenté de minimiser l'incident, pour des motifs de convenance. La reine fut « importunée par quelque sentiment trop passionné du duc », nous dit Mme de Motteville en style de patronage, d'après les confidences ultérieures d'Anne d'Autriche. « L'occasion était favorable et il essaya d'en profiter avec si peu de respect que la reine fut contrainte d'appeler ses femmes et de leur laisser voir une partie du trouble et du désordre où elle était », dit La Rochefoucauld, qui tient ses informations de Mme de Chevreuse. Le valet de chambre La Porte — alors assez proche d'elle — dit avec moins de détours encore que le duc « s'émancipa fort insolemment jusqu'à vouloir caresser la reine ». Quant à ce ramasseur de ragots de Tallemant des Réaux, qui ne parle que par ouï-dire, il écrit crûment que « le galant culbuta la reine et lui écorcha les cuisses avec ses chausses en broderie ; mais ce fut en vain ». Ajoutons, pour compléter cet échantillon, le récit que le cardinal de Retz affirme tenir de Mme de Chevreuse : « que, s'étant un peu éloignée, elle entendit du bruit comme de deux personnes qui se luttaient ; que s'étant rapprochée de la reine, elle la trouva fort émue, et M. de Buchinchan à genoux devant elle ; que la reine, qui s'était contentée, ce soir, de lui dire, en remontant dans son appartement, que tous les hommes étaient brutaux et insolents, lui avait commandé, le lendemain au matin, de demander à M. de Buchinchan s'il était bien assuré qu'elle ne fût pas en danger d'être grosse » [1].

---

1. Ce dernier récit est rendu suspect par sa date tardive (1675-1676) et par le fait que Retz situe l'incident au Louvre : ce ne peut être qu'une inadvertance, car il n'y eut évidemment qu'une « scène du jardin » dans la vie d'Anne d'Autriche. Ce récit n'implique pas, cependant, que la reine ait cédé à Buckingham, sans quoi la ques-

Libre à chacun, donc, d'imaginer la scène. Mais Buckingham se sentait assurément coupable et il tenta de se faire pardonner.

Pour couper court à tout nouvel incident, la reine mère décida qu'Henriette continuerait seule le voyage. Les deux reines l'accompagnèrent jusqu'aux portes d'Amiens avant de faire demi-tour. Au moment des adieux, on vit alors Buckingham, grimpé sur le marchepied du carrosse d'Anne d'Autriche, lui tenir en pleurant des propos enflammés que la jeune femme, visiblement troublée, eut le plus grand mal à endiguer. La princesse de Conti, assise aux côtés de la reine, affirmera perfidement qu'elle « pouvait répondre au roi de sa vertu ; mais qu'elle n'en ferait pas autant de sa cruauté », et qu'elle « soupçonnait ses yeux de l'avoir au moins regardé avec quelque pitié ». Elle spécifiera ensuite qu'elle ne se portait garante de la vertu de la reine que « de la ceinture aux pieds », suggérant par là que son cœur était pris.

Deux ou trois jours plus tard, le duc récidivait. Abandonnant le cortège royal d'Henriette, il revint à bride abattue, prétextant avoir reçu des dépêches urgentes. Il salua d'abord Marie de Médicis, qui bien que retirée dans sa chambre en raison de l'heure tardive, lui réserva bon accueil. Il demanda ensuite à voir Anne d'Autriche, également au lit. La jeune femme le fit éconduire par ses femmes et, comme il insistait, elle fit demander avis à sa belle-mère. Or celle-ci, loin de la soutenir dans son refus, lui conseilla — perfidement ? — de le recevoir. En dépit de la présence de ses suivantes, il se jeta aux pieds du lit d'Anne en sanglotant, lui prit la main, baisa ses draps. L'austère Mme de Lannoy, dépassée, ne sut que lui avancer une chaise en marmonnant qu'on ne parle pas à genoux à une reine de France. À quoi il répliqua qu'il était anglais et n'avait cure de nos usages. Il se retourna

---

tion posée au duc n'aurait pas eu d'objet, la réponse étant *a priori* positive.

vers la reine pour lui dire « les choses du monde les plus tendres » et lui jurer un amour éternel. Émue, mais terrorisée par les conséquences prévisibles de cet esclandre, elle se fâcha et la gouvernante parvint à le mettre dehors.

L'aimait-il vraiment ? Nous sommes tentés d'en douter en pensant à la situation dans laquelle il n'avait pas craint de la mettre. Mais l'amour romanesque ne s'embarrasse pas du danger, qui lui sert d'aiguillon, et il ne goûte que peu le secret : à quoi servirait-il d'avoir conquis le cœur d'une reine si personne n'en sait rien ? Les scènes d'Amiens furent connues de l'Europe entière et, bien entendu, aucun détail ne fut épargné au mari bafoué. Marie de Médicis, sous couleur de la défendre, se fit un plaisir de l'enfoncer : on ne saurait reprocher à une femme de donner de l'amour aux hommes, dit-elle à son fils, mais il pouvait être sûr qu'Anne ne l'avait pas trahi, aurait-elle voulu « mal faire » que cela lui aurait été impossible, « y ayant tant de gens autour d'elle qui l'observaient ». Piètre consolation pour un esprit jaloux et chagrin.

Comme de coutume, il ne dit pas un mot à son épouse. Il se déchargea sur son confesseur du soin de signifier à la reine les sanctions décidées contre tous ses serviteurs les plus proches, notamment son « portemanteau », le fidèle Pierre de La Porte. Sur le fond, on conviendra que, pour le coup, il n'avait pas tout à fait tort. Mais cette nouvelle purge, distillée en plusieurs fois, fut très mal prise par Anne d'Autriche, qui ironisa : que le roi veuille bien lui nommer d'un seul coup tous les indésirables, « afin que cela ne fût plus à recommencer ». Quant à Mme de Chevreuse, elle insista pour suivre à Londres son mari et son amant qui, tous deux, accompagnaient Henriette.

Ainsi se terminait, par une guerre conjugale déclarée, la très brève idylle entre Buckingham et la reine. Reste l'histoire des ferrets de diamants, popularisée par Dumas dans *Les Trois Mousquetaires*. Elle se placerait vers 1625. Une source unique : les *Mémoires* de La

Rochefoucauld. *Testis unus, testis nullus* : aussi des historiens récents l'ont-ils écartée. Mais, à la différence de l'épisode du jardin d'Amiens, cette péripétie était restée secrète. Pourquoi donc un écrivain aussi peu enclin à la fiction l'aurait-il inventée ? Trop jeune au moment des faits, il la tenait de la duchesse de Chevreuse. Elle serait alors sortie de l'imagination de celle-ci ? C'est possible, pas certain. Laissons planer le doute et rapportons-en tout de même les grandes lignes, dépouillées des adjonctions de Dumas.

Anne aurait eu l'imprudence de donner à Buckingham un de ces nœuds de rubans dont la mode voulait qu'on ornât les vêtements. Pour empêcher le tissu de filer, les extrémités des rubans était garnies — un peu comme nos lacets — de petites pièces métalliques nommées pour cette raison *ferrets*. Une variante luxueuse consistait à y sertir des pierres précieuses. Le nœud de rubans de la reine, qu'elle tenait du roi, était orné de diamants. On ne sait quand elle le lui aurait donné ou laissé prendre — fort imprudemment. Certes les échanges de présents font partie du code de bonne conduite entre grands seigneurs : les huit magnifiques chevaux qu'il lui avait fait offrir en 1620, bien avant qu'il ne fût question entre eux d'une idylle, n'avaient rien de compromettant. Mais le don d'un ruban fait figure, dans les romans de chevalerie, de gage d'amour.

Selon le récit de La Rochefoucauld, la comtesse de Carlisle, une ancienne maîtresse abandonnée par Buckingham, les remarqua, en devina la provenance et y vit le moyen de se venger de l'ingrat. Elle les coupa subrepticement et se préparait à les expédier à Richelieu lorsque le duc, constatant leur disparition et en devinant la cause, fit fermer les ports d'Angleterre, le temps pour son joaillier d'en tailler d'autres à l'identique. Et il fit rapporter d'urgence à la reine la parure reconstituée, lui épargnant ainsi un nouvel affrontement conjugal.

Le lecteur, à son gré, croira ou ne croira pas à cette

aventure. Le roi, quant à lui, n'avait pas besoin de preuves pour en vouloir violemment à sa femme. Qu'elle ne soit pas allée jusqu'au bout changeait peu de chose à la blessure d'amour-propre : il avait endossé publiquement le personnage ridicule de mari trompé.

Buckingham se vit signifier l'interdiction de remettre les pieds en France. Il insista, se proposa pour venir apaiser les différends qui avaient surgi entre Paris et Londres au sujet de la suite française et catholique de la reine Henriette. Il essuya un refus qu'il considéra comme un affront. Anne ne devait jamais le revoir. En 1627, la flotte anglaise lançait une attaque contre l'île de Ré. Incorrigiblement romanesques, les contemporains voulurent voir dans cette agression la vengeance de l'amant proscrit. Les historiens actuels pensent à juste titre que l'Angleterre avait d'excellentes raisons commerciales, politiques et religieuses pour intervenir. Quant à Buckingham, on ne sait si les espérances frustrées avaient transformé chez lui l'appétit de conquête en une passion authentique ou s'il dissimulait derrière un rideau de fumée sentimental son ressentiment et ses ambitions. Toujours est-il que des protestants français purent voir sur son navire amiral une petite chambre aménagée en chapelle, où le portrait d'Anne d'Autriche trônait comme une icône au-dessus de veilleuses allumées jour et nuit.

Comme il s'apprêtait à mener la flotte anglaise au secours de La Rochelle assiégée, il fut assassiné le 23 août 1628 par un puritain fanatique. La reine, dit-on, refusa d'abord de croire à la nouvelle, puis pleura, tandis que le roi se réjouissait ostensiblement.

Bien des années plus tard, veuve et régente, elle prit très intelligemment le parti d'assumer cette défunte idylle, la dépouillant ainsi de tout parfum coupable. Le grand fauve carnassier n'est plus qu'un fantôme inoffensif, tout juste bon à inspirer au poète Voiture des vers délicatement spirituels. Le souvenir du bel Anglais a désormais le charme nostalgique des amours mortes. Elle peut accepter d'en badiner. Mais en 1625, elle n'avait pas le cœur à sourire.

L'année suivante aggrava encore sa situation. Le mariage de Gaston, le jeune frère du roi, provoqua un drame familial à quatre personnages, dont sa belle-mère sortira triomphante et elle-même gravement compromise.

« Monsieur, frère du Roi »

Marie de Médicis avait toujours eu pour son dernier fils une prédilection marquée. Elle l'a perdu. Pendant les années d'exil, puis pendant les années d'attente, on l'a tenu écarté d'elle. Elle l'a aperçu un instant à Couzières, puis à Brissac, dans l'ombre de son aîné, puis elle l'a croisé, au hasard des campagnes militaires dans lesquelles elle s'essoufflait à suivre le roi. L'enfant est devenu un adolescent, qui, élevé loin d'elle, ne lui manifeste qu'une affection de convenance. Mais il voue un attachement profond à son gouverneur, le colonel d'Ornano, et à la femme de celui-ci, qui lui ont tenu lieu de famille.

À peine rentrée en grâce en 1624, Marie, pour des raisons de principe, prétend reprendre la haute main sur l'éducation et sur l'avenir de son fils : c'est à elle de choisir ses maîtres et de négocier son mariage. Elle déchaîne ainsi des orages.

Marie a la mémoire longue. Ornano a fait partie du petit groupe de fidèles qui poussa le roi à éliminer Concini, c'est lui qui le premier annonça le succès de l'opération : « Sire, c'est fait ! » Elle a un compte à régler avec lui, elle exige son renvoi. Le roi, en cédant, cherche à ménager la victime : prenant le colonel à part, il l'invite à se retirer quelque temps en province, « afin de désaccoutumer Monsieur de sa présence ». Le colonel, qui a la tête chaude, refuse de faire figure de coupable et s'exclame : « J'irai plutôt me mettre à la Bastille, pour conserver mon honneur et me justifier.

— N'en faites rien, vous me fâcheriez », soupire le roi, qui l'envoie à la Bastille, pour refus d'obéissance !

Gaston explosa de fureur, supplia son frère, fit grise mine à sa mère. Puis, désespérant de se faire entendre, il trouva la parade : il décida de faire les quatre cents coups. Il cessa toute étude, institua parmi ses compagnons ce qu'il nomma un « Conseil de Vauriennerie », se mit à vivre sans heures ni règles, devint « tout détraqué », bref, se montra si parfaitement insupportable qu'au bout de trois mois, on se résigna à rappeler le disgracié. Simplement, pour sauver les apparences, on ne lui rendit pas sa place de gouverneur : Monsieur, à seize ans, n'en avait plus besoin, il était adulte. Mais en tant que colonel de ses gardes, Ornano ne le quitta plus.

L'affaire laissa cependant des traces. Il ne fait pas bon marquer des points contre le roi, qui n'aime pas l'indiscipline. Méfiance réciproque. Pour Ornano, les responsables sont la reine mère et son favori, qu'elle vient tout juste d'introduire au ministère. Il incite son pupille à se défier d'eux. Richelieu contre-attaque en cherchant à s'attacher le reste de l'entourage du prince. Suspicions, commérages, ragots : un climat détestable s'installe sournoisement.

Ces querelles de palais n'auraient guère d'importance s'il ne se posait en arrière-plan une question politique majeure, aux répercussions psychologiques brûlantes.

Seize ans, dix-sept, dix-huit. Gaston grandit en âge et en séduction. Il est charmant ce jeune prince, simple, gai, avenant, chaleureux. Il est pourri de dons, apprécie l'étude, la littérature, les arts, mais il est également bon cavalier et sait manier l'épée. La parole aisée, le mot d'esprit facile, il brille sans peine en société. Il a aussi les défauts de son âge, la turbulence, le goût des facéties et des farces d'étudiants. Et il court allégrement la gueuse. Il aime la liberté, a un sens aigu du comique, supporte mal l'atmosphère guindée que fait peser son aîné autour de lui. Il en est l'exacte antithèse, aussi aimable que l'autre est grincheux et chagrin. Tout le monde en raffole, et pas seulement sa mère. C'est à cette époque que Louis XIII en devient franchement jaloux.

Tant que le roi n'a pas d'enfants — et l'on commence à penser qu'il n'en aura pas —, Gaston est l'héritier du trône. Et en tant que tel, il demande très légitimement à être associé à la conduite des affaires. Louis XIII y répugne. Dès 1621, il a argué d'une « fièvre continue pestilentielle » contractée par son frère au siège de Clairac pour accréditer l'idée qu'il n'a pas de santé et n'est pas fait pour la rude vie militaire. Certes à treize ans, l'enfant ne peut suivre à la guerre et à la chasse son aîné qui en a vingt, mais la suite montrera que le plus fragile des deux n'est pas celui qu'on pense. Lorsque Gaston en 1625 croit pouvoir forcer la porte du Conseil, il se fait vertement rabrouer par le chancelier. Lui donnera-t-on au moins un commandement dans l'armée, comme c'est l'usage, quitte à le faire appuyer par un vieux militaire chevronné ? Devant un nouveau refus, Gaston se répand en récriminations : son frère et sa mère s'accordent pour « le tenir bas ». Ornano, soupçonné d'encourager ses ambitions, s'attire une réprimande. Après le bâton, vient la carotte : Richelieu a suggéré à Marie de faire nommer l'ancien gouverneur maréchal en échange de sa bonne volonté.

Là-dessus, l'affaire du mariage de Monsieur vient exaspérer toutes les tensions, car elle est inséparable des questions que l'on se pose sur la succession au trône.

« Le parti de l'aversion au mariage »

La reine mère a décidé qu'il épouserait Marie de Montpensier. En digne descendante des Médicis, elle ne cherche pas pour son fils un trône, comme son aînée Catherine, elle convoite la plus grosse dot. Le projet, qu'on agite depuis 1611, semble pouvoir attendre encore. Le garçon n'a pas dix-huit ans, rien ne presse. Mais d'autres prétendants courtisent la jeune fille qui, elle, en a déjà vingt et un. Marie invite son fils à convoler au plus vite. Elle est bien la seule, en dehors de la fiancée pressentie, à vouloir précipiter ce mariage.

Le principal intéressé est peu enthousiaste, c'est le moins qu'on puisse dire. À son âge, se fixer, se mettre la corde au cou, renoncer à papillonner et à rire, devenir un personnage sérieux, respectable, la chose ne lui sourit guère : « J'aimerais mieux être diable que marié ! » Louis XIII n'y est pas très favorable non plus. On le comprend sans peine. Face à un frère pleinement adulte, pourvu d'une épouse et sans doute bientôt d'enfants, lui, pauvre roi sans descendance, fera piètre figure. Et son épouse stérile, Anne d'Autriche, ne décolère pas à l'idée de voir une belle-sœur, mère d'un futur roi, lui dérober les hommages.

Ministres et conseillers des uns et des autres restent donc dans une prudente expectative, en particulier Richelieu qui, trop récemment promu pour être assuré de la pleine confiance du roi, n'a pas envie de s'interposer entre lui et sa mère. Entre-temps, les opposants traditionnels s'agitent : Condé, bien sûr, qui est l'héritier du trône en second, après Gaston, et ne tient pas à voir des naissances princières le faire reculer sur la liste successorale ; et aussi tous les grands — Soissons, Montmorency, et les frères de Vendôme, fils d'Henri IV et de Gabrielle d'Estrées... — qu'inquiète l'autoritarisme de Louis XIII, désormais servi par l'intelligence redoutable de Richelieu. La duchesse de Chevreuse, rentrée d'Angleterre, prend contact avec les uns et les autres et devient la cheville ouvrière d'une coalition qu'on appela le « parti de l'aversion au mariage ». Mais de l'opposition au mariage à l'agitation politique, avec appel éventuel à l'aide étrangère, il n'y avait qu'un pas, qui fut vite franchi. Dans la maison de Monsieur, Ornano poussait à la roue. Au début de mai 1626, le voici arrêté et conduit à la Bastille. Vive colère de Gaston, qui proteste : « Je sais ce que je fais, répond le roi, le maréchal m'a voulu brouiller avec la reine ma mère. » Mais plutôt que d'incriminer sa mère, le jeune homme voit — à tort — en Richelieu le vrai responsable, qui tire toutes les ficelles. D'où l'idée de le surprendre dans son château de Fleury et d'en obtenir, sous la menace, la libération d'Ornano. L'entreprise, éventée, fait long feu, Gaston, l'oreille basse, se résigne à promettre la docilité. Et les deux Vendôme, qui s'obstinent à s'agiter, se retrouvent eux aussi à la Bastille.

La conspiration de Chalais

C'est alors qu'intervient un nouveau venu, Henri de Talleyrand-Périgord, comte de Chalais, vingt-huit ans, peu de cervelle, pas beaucoup de morale non plus. Ce n'est pas un ami de Gaston. Il a commencé par trahir César de Vendôme, dont il était le confident, en faisant transmettre des informations à Richelieu : pour l'expédition à Fleury, c'est lui qui avait vendu la mèche. Mais, retourné par Mme de Chevreuse, dont il est devenu amoureux, il se met soudain au service de Monsieur, lui promettant de multiples soutiens s'il veut bien prendre la tête d'une révolte. Trahi à son tour par un de ses complices, il est arrêté au début de juillet. Gaston, soumis par son frère à six interrogatoires solennels, en présence de la reine mère, de Richelieu, du garde des sceaux et du maréchal de Schomberg, crut s'en tirer en parlant à tort et à travers, s'embrouilla, mais tint à prendre sur lui la responsabilité de la conspiration : il se savait intouchable. Son but : protéger ses proches, tirer Ornano de prison. Quant à Chalais, il n'a jamais pensé — et nul n'a pensé alors — qu'il risquait autre chose qu'un séjour un peu prolongé dans quelque forteresse. Ainsi s'explique l'insouciance avec laquelle il se rendit au Croisic avec ses amis fêter

joyeusement la fin des interrogatoires et enterrer sa vie
de garçon. Pour Chalais, à la consternation générale,
ce fut la mort — et la maladresse d'un bourreau de
fortune fit de l'exécution une boucherie.

C'est à Richelieu que Gaston s'en était pris de tous
ses mécomptes, c'est lui que ses amis voulaient évincer
du gouvernement, c'est lui qu'il rendit responsable du
drame qui endeuilla son mariage. Il ne lui pardonna
jamais.

Pourtant la décision était entre les mains de
Louis XIII. Pourquoi, d'abord peu désireux de marier
son frère, fut-il amené à sévir si cruellement contre
ceux qui tentaient de s'y opposer et à hâter une union
que, d'autre part, il redoutait ? La lecture des pièces du
procès, comme celle des mémoires du temps, se prête
à des interprétations contradictoires : pour les uns la
conspiration de Chalais fut un vaste complot à ramifications internationales, visant à déposer Louis XIII,
voire à l'assassiner ; pour d'autres, notamment les biographes de Gaston, elle ne fut qu'une cabale maladroite
de jeunes écervelés ; et entre ces deux extrêmes, on
trouve tous les points de vue intermédiaires.

Car tous les textes sont suspects. Dans le climat
d'espionnage et de délation que fait régner Louis XIII,
double jeu et trahison prospèrent. Les dénonciations
invoquent des sources non vérifiables. Les aveux sont
suivis de rétractations. Ceux de Gaston, dûment
consignés, sont paraphés du roi, de la reine mère et du
cardinal [1], mais ne portent pas sa propre signature ! Les
coupables présumés modifient leurs déclarations à
mesure qu'ils prennent conscience du danger couru. Ils
chargent les uns pour tenter de décharger les autres.
De plus, ils n'étaient pas tous avertis de tout ce que
tramaient leurs complices : les comploteurs savaient
bien que Gaston n'était pas du bois dont on fait les
assassins. Que voulaient-ils au juste, ces conspirateurs

---

1. Plus exactement les deux premiers. Les suivants sont signés
du cardinal et de la reine, puis du cardinal seul.

brouillons ? Couper court à l'ascension de Richelieu, certainement. L'assassiner ? peut-être. Mais ils se sont toujours défendus d'avoir voulu attenter à la vie du roi. Une seule chose est sûre : ils tenaient à empêcher Monsieur d'épouser Marie de Montpensier. Pourquoi ?

L'affaire repose en réalité sur un postulat implicite : tous sont convaincus que Louis XIII ne vivra pas. Déjà des pronostiqueurs annoncent sa mort prochaine. L'entérite chronique a commencé de le vider de sa substance. Pas besoin de le tuer, la nature s'en chargera. À moins qu'il ne s'enfonce dans une « mélancolie » pathologique qui le rendrait inapte à régner. L'on commence à murmurer que la stérilité du couple royal lui serait imputable : un souverain incapable de procréer est abandonné de Dieu, quasiment maudit. Autour de lui, l'on se prend à rêver : quel roi charmant ferait à sa place Gaston Ier !

Anne d'Autriche est, malheureusement pour elle, impliquée dans ces spéculations. Qu'en adviendrait-il au cas où Louis XIII disparaîtrait ? Aucun parti digne d'elle ne semble disponible. Elle retournerait dans son pays, au mieux elle gouvernerait un jour les Pays-Bas. C'en serait fait de l'alliance franco-espagnole qu'elle était censée incarner. À moins que... À moins qu'elle ne conserve le trône de France en épousant le nouveau souverain, son beau-frère.

Ne poussons pas les hauts cris : les calculs de ce genre étaient monnaie courante dans les chancelleries. Un traité avait même spécifié qu'Anne de Bretagne, au cas où elle survivrait à Charles VIII, épouserait son successeur — ce qu'elle fit. Et lorsqu'Henri III, passant par Vienne pour rentrer en France après la mort de Charles IX, avait été reçu par l'Empereur, il s'était vu offrir sans façons par ce dernier la main de sa fille Élisabeth, veuve du défunt roi. En ce qui concerne Anne d'Autriche, il y avait déjà un bon moment que l'Espagne envisageait cette solution. On sait qu'un an plus tard, lorsque Louis XIII tomba malade, l'ambassadeur d'Espagne lui transmit des instructions très claires : elle devait, en cas de mort du roi, rester en France et tâcher d'épouser Gaston[1]. Il est plus que vraisemblable qu'elle avait déjà, en 1626, reçu des consignes verbales de ce genre.

Mais pour qu'elle puisse épouser Gaston, il fallait que celui-ci fût libre.

Anne d'Autriche s'engagea à fond dans le parti « de l'aversion au mariage ». Elle fit intervenir auprès de lui tous ceux qui pouvaient l'influencer. Elle le supplia elle-même à genoux, dit-on, de ne pas se marier. Elle avait des raisons avouables de le faire : la crainte de voir une rivale féconde mettre au monde avant elle un héritier putatif du trône et la supplanter à la cour. En avait-elle d'autres ? Elle le niera toujours. Mais des conjurés parlèrent : Mme de Chevreuse avait bel et bien prévu de lui faire épouser Gaston. En filigrane, le sort de Louis XIII : on n'a sans doute pas voulu le tuer. Un peu de patience : il suffisait d'attendre.

Ce que découvre avec épouvante Louis XIII, c'est qu'on spécule sur sa mort. Et il mesure l'étendue de sa solitude. Non seulement les grands, qu'il méprise, mais les plus proches — son frère, sa femme — organisent sa succession. Pour le malheureux, le coup est rude. On conçoit que les appels à la pitié l'aient laissé de glace...

A-t-il cru vraiment au projet d'assassinat qui fut érigé en version officielle et justifia la condamnation de Chalais ? Peut-être. En tout cas cette version a l'avantage, dans l'immédiat, de décourager les récidives et elle justifie les sanctions prises une fois de plus contre l'entourage de Gaston et d'Anne. Quant à ceux-ci, il ne peut rien contre eux, sinon leur donner un sévère avertissement.

Anne d'Autriche fut invitée à comparaître devant un Conseil où Louis XIII, Marie de Médicis et Richelieu s'érigèrent en juges. « Le roi lui fit donner un petit

---

1. Gaston, veuf au bout d'un an de mariage, se trouvait libre à nouveau.

siège pliant, conte La Porte, et non pas un fauteuil, comme si elle eût été sur la sellette, et elle fut interrogée comme une criminelle. » Elle fit face crânement, n'avoua rien. Non, elle n'avait pas eu connaissance du complot. Quand il lui fut reproché d'avoir voulu épouser Gaston, elle s'indigna : « elle aurait trop peu gagné au change ! » Marie de Médicis lui infligea l'inévitable leçon de morale, elle l'engagea « à vivre comme les autres reines de France avaient vécu », et lui promit en échange « son affection ». Elle se chargerait de la « diriger ».

Gaston, quant à lui, n'avait plus d'autre issue que le mariage immédiat. Pour lui dorer un peu la pilule, on lui attribua le riche apanage d'Orléans, dont il portera désormais le titre. Le 5 août 1626, au château de Nantes, il était fiancé à Marie de Montpensier, le lendemain, Richelieu les unissait dans l'église des Jacobins, sans cérémonie, quasiment à la sauvette. « Il ne fut jamais vu de mariage si triste. Madame était vêtue d'une robe de satin blanc, parée de ses perles et de celles des reines. Monsieur n'avait pas un habit neuf. On n'entendit ni violons, ni musique de tout ce jour-là. » Le 19 août, Chalais montait sur l'échafaud. Le 3 septembre, Ornano mourait dans sa prison de Vincennes, d'une rétention d'urine dirent les médecins. Mais la rumeur publique incrimina, au choix, le poison ou l'insalubrité des cachots de la forteresse, qui valaient, disait-on, « leur pesant d'arsenic ».

Pour Monsieur comme pour Anne d'Autriche, la fin de l'année est triste. Pour Louis XIII aussi. Il paie d'une crise de dépression les épreuves traversées. Il fuit Paris pendant des semaines entières, n'y revenant que pour la nuit de Noël. « Le reste du temps, écrit un diplomate vénitien, il chasse le cerf en de continuelles et violentes poursuites, sans permettre à lui-même ni à sa suite de souffler et sans s'accorder la moindre commodité, si bien qu'il est impossible aux ambassadeurs ni à personne d'autre de pouvoir l'approcher et lui rendre ses devoirs. »

Le drame comporte deux vainqueurs, Marie de Médicis et Richelieu.

Marie a eu gain de cause, elle a imposé à son cadet, avec le plein assentiment de son aîné, le mariage qu'elle souhaitait. L'affaire a resserré les liens entre Louis XIII et Richelieu, tous deux visés par les comploteurs. Avis aux amateurs : qui s'en prend au ministre s'en prend à son maître et sera puni en conséquence. La reine mère se croit sûre, avec l'aide de son favori, de tenir le pouvoir pour longtemps.

CHAPITRE NEUF

LE TRIOMPHE ÉPHÉMÈRE
DE MARIE DE MÉDICIS

Au sortir des grandes crises de 1625-1626, Marie croit donc à nouveau régner sur la France.

Les trois années qui suivent ne la détrompent pas. En 1627 l'Angleterre prend l'initiative d'attaquer la France en s'appuyant sur les huguenots de l'Ouest, pensant ainsi contrecarrer les projets de développement maritime mis en chantier par Richelieu. Elle s'empare de l'île de Ré. Impossible de ne pas riposter. C'est la guerre, aggravée par la rébellion des Rochelais. Ce n'est pas le lieu de raconter ici cet épisode bien connu, riche en péripéties dramatiques, qui se termina par la capitulation sans conditions de La Rochelle. Pendant deux ans, la destruction de l'organisation paramilitaire huguenote absorbe toutes les énergies. Le cardinal semble enfin revenu à la voie qui devait être la sienne : la lutte contre l'hérésie. Un traité d'alliance est signé entre la France et l'Espagne. Tous les « bons catholiques » exultent.

Anne d'Autriche, qui devrait se réjouir en tant qu'Espagnole, tremble, non seulement à cause de cette guerre qu'on dit déclarée pour elle, mais parce qu'elle a été mise au courant d'une ligue réunissant contre la France, à l'instigation de Mme de Chevreuse, le roi d'Angleterre, les ducs de Lorraine, de Savoie et de Bavière. Lorsque l'émissaire britannique Montaigu est arrêté et voit ses papiers saisis, elle se croit perdue, et il faut toute l'habileté de La Porte pour communiquer avec le prisonnier et s'assurer auprès de lui que son nom ne figure pas dans ces documents compromettants et qu'il ne sera pas mentionné. Elle est hors jeu pour un certain temps.

Marie de Médicis en revanche jouit de la pleine confiance de son fils : c'est à elle qu'il confie cette fois la régence au nord de la Loire, pour la durée de son absence. Tout va selon ses vœux. Lorsqu'il est à Paris, il la consulte en tout. Un signe qui ne trompe pas : le centre névralgique du royaume s'est déplacé, du Louvre au Luxembourg. Le roi prend l'habitude de tenir le petit Conseil dans la chambre qu'elle occupe au cœur de son palais tout neuf, dont elle peut sereinement savourer les splendeurs.

Le plus beau palais pour la plus grande reine

Quand son prestige était en cause, Marie de Médicis voyait clair et loin. Dès le début de la régence, sachant qu'elle devrait céder un jour à l'épouse de son fils les appartements réservés au Louvre à la reine régnante, elle se préoccupa d'éviter une cohabitation humiliante. Elle décida donc, comme naguère sa compatriote Catherine, de se faire bâtir un palais bien à elle, qui servirait d'écrin à sa majesté. Mais alors que celle-ci avait implanté l'hôtel de la Reine en plein Paris, dans le voisinage des Halles, elle choisit de traverser la Seine et de sortir du rempart qui enserrait la ville. Elle cherche au faubourg Saint-Germain l'air, l'espace, la verdure.

Le quartier s'étendant au sud de l'abbaye était encore au début du XVIIe siècle un lieu champêtre. De beaux hôtels particuliers et des maisons bourgeoises cossues bordaient les rues. Par derrière, des parcs, des potagers, des terres labourées, et même des vignes.

L'ensemble était limité au sud par les hautes murailles du couvent des Chartreux.

Marie connaissait bien l'endroit. Sa chère Leonora y avait fixé sa demeure d'apparat rue de Tournon. Elle-même avait séjourné dans l'hôtel du financier florentin Jérôme de Gondi, qu'elle acheta pour en faire don à Condé. Et il lui arrivait de mener le dauphin jouer dans le vaste parc du duc François de Luxembourg. C'est sur le domaine de ce dernier qu'elle jeta son dévolu. En bon courtisan, il consentit à lui céder le 27 septembre 1611, pour un prix de 90 000 livres, les bâtiments ainsi que le jardin attenant et le terrain de 8 hectares. Elle s'en sert aussitôt comme d'une maison des champs où elle envoie ses enfants se rétablir au bon air quand ils ont été malades.

Puis elle commence à arrondir son domaine en grignotant les propriétés voisines. Parcelle après parcelle, elle achète deux maisons, une ferme, un jardin — celui du célèbre avocat Antoine Arnauld, rue de Vaugirard. Elle convainc quelques récalcitrants en leur offrant le prix fort. Mais elle se heurte aux chartreux, qui refusent de lui abandonner un lambeau de leur parc. Bien qu'ils ne l'utilisent qu'une fois la semaine, pour la promenade prescrite par leur règle, ils tiennent à leur bien et surtout à leur tranquillité. Le voisinage d'un palais royal viendrait troubler leur retraite. Ils finirent par céder, à condition qu'aucun édifice ne serait construit à proximité. Leur mur fut déplacé, et comme Marie le trouvait sinistre, elle le fit masquer par une fontaine et par des bosquets.

Elle mit près de douze ans à faire sauter une à une les enclaves qui défiguraient son terrain : la dernière ne disparut qu'en 1624. Elle disposa alors d'un vaste rectangle d'un seul tenant, plus large que profond : 860 mètres d'ouest en est et 340 du nord au sud[1].

---

1. L'actuel jardin du Luxembourg, de forme plus carrée, s'est agrandi à la Révolution du couvent des Chartreux au sud et a été amputé à l'est et à l'ouest de quelques fragments.

Elle n'attendit pas d'avoir terminé les acquisitions pour lancer les travaux. Tandis qu'on discutait encore d'architecture, elle mit les jardiniers à l'œuvre. Tout de suite, elle se procura des arbres : c'est long à pousser, les arbres. Elle fit venir de Doullens et d'Orléans des « ormes ormillons, autrement dit ypréaux, lesquels ont la feuille belle et large » et en planta près de deux mille — dont trois, paraît-il, survivent encore. Elle recruta des fontainiers — quelque chose comme des ingénieurs en hydraulique — pour concevoir un aqueduc permettant d'amener jusqu'au Luxembourg des eaux captées à Rungis [1] : sans doute les deux frères Francini, des Italiens naturalisés, qui avaient aménagé les parcs de Fontainebleau et de Saint-Germain. La mode était aux grottes artificielles ornées de fontaines. Celle dite « de Démogorgon » resta inachevée, mais on peut voir encore celle de Médicis.

Avec ses balustrades soulignant les murs de soutènement de la terrasse, son grand bassin octogonal animé de jets d'eaux, ses parterres géométriques, où les buis taillés dessinaient comme en broderie les initiales de la reine, ses allées ombragées, ses bosquets, ses cascades, ce jardin rappelait un peu, par la diversité et l'harmonie des perspectives, par le souci d'imprimer à la nature la marque de l'art, le fameux jardin de Boboli qui avait abrité l'enfance de Marie.

Le palais est né lui aussi de la même nostalgie : elle le veut « en la forme et modèle du palais Pitti ». Dès 1611, elle écrit à sa tante la grande-duchesse pour l'informer de son projet et lui réclamer des documents techniques sur le palais florentin : « Le plan en son entier avec les élévations et perspectives des bâtiments [...], ensemble les mesures et proportions des cours,

---

1. Cet aqueduc avait 12 956 mètres de long. Épousant en partie le tracé de l'ancien aqueduc romain, il était construit pour l'essentiel en sous-sol. Il servit de fondations à l'aqueduc construit à la fin du XIXe siècle, mais quelques-uns de ses regards destinés à l'entretien sont encore visibles aujourd'hui.

terrasses, salles, chambres et autres stances[1] de la maison, pour m'en aider et servir en la structure et décoration. » Et elle envoie l'architecte Métezeau s'informer sur place. Mais après mise en concurrence de divers projets, c'est celui de Salomon de Brosse qui fut retenu.

Salomon de Brosse avait pour grand-père l'architecte Jacques Androuet du Cerceau, premier du nom. Il passa son enfance sur le chantier du château de Verneuil. Oncles, frères, cousins, beau-père, tout le monde était architecte dans cette famille protestante très unie. Jacques Androuet avait fait le voyage d'Italie, il possédait dans sa bibliothèque les traités théoriques des grands maîtres de son art. Il put aussi faire bénéficier son petit-fils de son expérience pratique. Celui-ci était donc le mieux placé pour opérer une synthèse harmonieuse entre les modèles italiens et la tradition française. Disons simplement que les emprunts les plus visibles au palais Pitti furent le choix du bossage[2] pour les murs, l'accent mis sur les lignes horizontales et la superposition du toscan, du dorique et de l'attique dans les colonnades. Mais on avait atténué la rudesse du modèle en adoucissant les arêtes des pierres, en décorant les cheminées de sculptures, en revêtant d'or balustrades et faîtage. Le toit d'ardoises était plus pentu, pour tenir compte du climat. On avait conservé le plan traditionnel français. Sur la rue un corps de logis sans étage surmonté d'une terrasse. Aux extrémités, deux pavillons à deux étages. En son centre un pavillon surmonté d'un dôme à lanterne contient la porte qui donne accès à une cour carrée pavée de grès. Au fond de la cour, les bâtiments nobles à deux étages. Ils comportent eux aussi un pavillon central à dôme et lanterne, qui contient le grand escalier menant au premier, où se trouve la chapelle. Ils sont flanqués de

---

1. Mot calqué sur l'italien *stanza* : salle.
2. Pierres faisant saillie sur la surface du mur pour y créer des reliefs et des jeux d'ombre et de lumière.

quatre pavillons d'angle et reliés à ceux qui longent la rue par deux ailes. L'ensemble forme un tout très homogène, rigoureusement symétrique.

La construction s'étala sur dix ans, émaillée de péripéties. Salomon de Brosse avait signé un double contrat, d'architecte et d'entrepreneur. Il s'aperçut vite que les devis seraient dépassés. Il eut la mauvaise surprise de trouver le sous-sol truffé de carrières et de puits qu'il fallut combler. Il s'était à peine attaqué aux murs lorsque l'exil de la reine à Blois vint suspendre les travaux. En 1620, la voici pressée de s'établir dans sa propre demeure. En 1622 le gros œuvre est achevé. Elle harcèle l'architecte, qui se débat dans les embarras financiers. Le temps a passé, les prix ont monté. Marie commande sans compter, mais paie mal, surtout depuis que Richelieu a la haute main sur ses finances. Les retards s'accumulent. Procès, expertises. Salomon de Brosse fut évincé. C'est un autre maçon, Marin de La Vallée, qui termina la construction.

Sans attendre l'achèvement du chantier, elle s'installa dans l'ancien hôtel de François de Luxembourg, jusqu'à ce que le palais fût habitable. Elle fit alors porter tout son effort sur l'aménagement intérieur, en conjuguant le sens du confort et celui du spectacle.

Elle s'est réservé au premier étage les deux pavillons de l'angle sud-ouest. Chacun est divisé en quatre pièces de taille inégale. Elle a inversé la disposition habituelle : les appartements d'apparat donnent pour partie sur la cour, les appartements privés, mieux orientés, présentent trois faces sur le jardin. De ses fenêtres elle pourra voir croître ses ormes et danser ses jets d'eau. Pour éviter d'être tributaire de la grande chapelle, elle s'en est fait aménager, à côté de sa chambre d'apparat, une plus petite, qui lui sert à ses dévotions quotidiennes.

C'est dans cette chambre qu'elle reçoit les courtisans et que se tiennent les réunions du petit Conseil. Les pièces voisines, ainsi que la grande galerie de l'aile ouest — car sa sœur jumelle, à l'est, n'est pas terminée — sont des cabinets de peintures. Partout une riche décoration : lambris, plafonds à caissons peints, corniches, frises et cartouches, dans la note dominante or et azur, jouant au besoin du contraste avec des rouges profonds. Pour les sols, elle avait songé à des carreaux à l'italienne, mais a finalement opté pour des parquets marquetés, plus chauds. Entre les fenêtres, des emplacements sont prévus pour des tableaux. Elle s'est mise en quête des artistes les plus réputés, aidée par l'homme de grande culture qu'est son aumônier, Claude Maugis.

Aux murs de sa chapelle privée, deux séries de douze peintures, les *Sibylles* et la *Vie de la Vierge*, d'auteur inconnu, au plafond, deux anges musiciens du tout jeune Philippe de Champaigne. La cheminée du Cabinet des Muses est surmontée d'un *David et Goliath* du fameux Guido Reni, dit le Guide. Pour les murs, c'est un autre Italien, Giovanni Baglione, qui se charge de représenter Apollon et les neuf déesses. La reine, fort prude, a spécifié qu'elles ne devaient pas être « tout à fait nues, ni trop lascives ». Au bout du compte, elle a trouvé les tableaux *bellissimi*. Des peintres divers concourent au cabinet des Mariages, glorifiant son passé familial florentin. Mais la merveille des merveilles est la galerie de la Vie de Marie de Médicis.

La reine souhaitait laisser de sa vie une image sublimée. On n'est jamais si bien servi que par soi-même. Avec un sens très sûr de la mise en scène, elle organisa, de son vivant, sa propre apothéose. Et elle trouva, pour la servir, l'un des plus grands peintres de tous les temps.

En 1622 la réputation de Rubens n'est plus à faire. Il a quarante-trois ans. Il a travaillé un peu partout en Europe, à la cour de Mantoue, à celle de Madrid, avant de revenir se fixer en Flandre, à Anvers. Il y règne sur un énorme atelier où affluent les commandes et où travaille sous ses ordres toute une équipe d'auxiliaires. Il a fait fortune, vit en grand seigneur, a ses entrées dans tous les milieux. Très cultivé, de goûts très éclectiques, collectionnant les marbres antiques et les pierres précieuses, à l'affût de toutes les « curiosités », il est lié au petit monde d'érudits dont les échanges épistolaires font circuler à travers l'Europe informations savantes et anecdotes. Sa correspondance avec le provençal Peiresc, qui nous est parvenue, fait la chronique de ses démêlés avec Marie de Médicis.

C'est Maugis qui suggéra son nom à la reine, mais c'est l'ambassadeur de l'infante Claire-Isabelle, gouvernante des Pays-Bas, qui emporta la décision. Rubens passa six semaines à Paris, au début de 1622, pour discuter du contrat. Moyennant la somme de 60 000 livres, qu'il accepta finalement d'amputer de dix pour cent, il s'engageait à fournir vingt-quatre tableaux sur les thèmes qui lui étaient proposés. Il visita les lieux, prit deux croquis de la reine avant de repartir pour Anvers où devait s'exécuter le travail. En mai, il était de retour pour lui soumettre ses premières esquisses.

La tâche était délicate. Certes, à cette époque, c'est jeu d'enfant pour un peintre de transfigurer de l'histoire encore fraîche en narration épique à la manière des Anciens : on transporte la scène de la terre sur l'Olympe et on fait évoluer l'héroïne parmi les dieux et les allégories. Pour le début de la série, tout va bien : naissance, éducation, mariage, arrivée en France, mise au monde du dauphin, couronnement, prise de Juliers, mariages espagnols sont des sujets innocents. Mais la suite posait un problème politique. Fallait-il passer sous silence certains épisodes fâcheux ? Comment y donner le beau rôle à la reine sans s'attirer la colère du roi ? Le « Départ de Paris » consécutif à la mort de Concini, fut supprimé et remplacé par le « Transfert de la régence », placé en 1614, lors de la majorité de Louis XIII. L'esquisse consacrée à la « Fuite de Blois » suscita de vives critiques : Marie, indignée d'y apparaître chaperonnée par la Colère, la Calomnie et la Haine, en discuta âprement.

Tandis que son atelier d'Anvers travaillait d'arrache-pied à préparer les toiles, Rubens faisait à Paris des séjours de plus en plus fréquents et y séduisait tout le monde. La reine lui commanda, pour la galerie symétrique, une vie d'Henri IV et le roi lui demanda des cartons de tapisseries sur l'empereur Constantin. Au cours des séances de pose, il avait avec Marie de longues conversations familières, en italien, qu'il orientait à sa guise. À la demande de l'archiduchesse Claire-Isabelle, qui lui alloua même une pension à ce titre, le peintre se muait parfois en diplomate, pour tenter de détourner la France d'intervenir dans le conflit qui opposait l'Espagne aux Provinces-Unies. Sans grande efficacité semble-t-il. Il en aurait fallu davantage pour influencer Richelieu.

Rubens réussit finalement le tour de force de livrer les vingt-quatre tableaux à temps pour orner la galerie lors du mariage d'Henriette de France, auquel il fut convié. Le roi lui fit l'honneur de les admirer et de s'en faire expliquer les allégories. C'était la gloire. Mais il eut, comme les architectes, le plus grand mal à se faire payer. Et la commande concernant Henri IV lui fut retirée. Ses incursions dans le domaine périlleux du renseignement politique avaient déplu.

Marie, elle, triomphe. Elle a gagné. Doublement. Dans l'immédiat, elle a réussi à récrire l'histoire. Depuis 1617, Louis XIII se refusait à lui donner le quitus pour les années où elle avait gouverné seule, il exigeait qu'elle fît amende honorable de ses « erreurs ». En déclinant longuement sur les murs de son palais la félicité de la régence et l'étroite union de la mère et du fils, elle effaçait le souvenir des conflits. Elle a gagné aussi auprès de la postérité. La décoration intérieure du Luxembourg a disparu, mais les toiles de Rubens, plus aisément transportables que des fresques, ont été préservées. Et dans la somptuosité des formes et des couleurs, l'éclat des chairs nacrées, la sensualité qui anime jusqu'aux allégories, l'image de Marie de

Médicis en majesté y rayonne, intacte, telle qu'elle souhaitait traverser les siècles.

Et peut-être cette image aurait-elle été retenue par l'histoire si Marie ne s'était pas, à nouveau, laissé emporter par son appétit de pouvoir, sa violence, son humeur vindicative. Quatre ans à peine après l'inauguration de la galerie qui chante sa gloire, les premières fêlures apparaissent dans la belle harmonie du triumvirat.

Richelieu change de maître

Lorsque Louis XIII, sous l'aiguillon des difficultés, avait placé Richelieu à la tête du gouvernement, il n'ignorait pas son éclatante supériorité intellectuelle, mais il se défiait toujours de lui. Il souhaitait vivre en bonne harmonie avec sa mère, mais ne voulait à aucun prix se voir confisquer le pouvoir par elle. Or il redoutait qu'elle n'utilise à cette fin ce personnage trop doué, qui était sa créature. La première tâche du cardinal fut donc de convaincre le roi qu'il travaillait pour lui, pour la grandeur du royaume, et qu'il n'était pas au service exclusif des intérêts de la reine mère.

C'est un remarquable pédagogue politique. Il prend en compte l'ensemble des problèmes, en analyse les données, faisant la part de ce qui est possible et de ce qui ne l'est pas, hiérarchisant les priorités. Il a réponse à tout, même quand cette réponse doit être formulée en termes interrogatifs. Il est clair, ferme, déterminé — éminemment rassurant, pour un roi encore jeune qui vient d'aborder sur le tas, dans les plus mauvaises conditions, l'apprentissage de son difficile métier. Et le succès est au rendez-vous. Les suggestions de Richelieu se révèlent pertinentes, ses calculs se vérifient sur le terrain. Après une série de déconvenues, voici à nouveau que tout marche au mieux.

Entre eux, les terrains d'entente sont nombreux. Ils ont en commun le goût de l'ordre, une même conception du pouvoir monarchique, de droit divin, qui appelle une obéissance sans murmure, une même idée du devoir d'État, qui exige du roi le sacrifice de ses passions à la grandeur du royaume, un même sens de l'honneur national. Il s'y ajoute des affinités de caractère. Tous deux sont durs, autoritaires, peu accessibles à la pitié. Tous deux sont des êtres de volonté, ils se sont construit une cuirasse, pour venir à bout d'une fragilité nerveuse qui les rend vulnérables. Car Richelieu, comme Louis XIII — on a tendance à l'oublier —, est sujet à des angoisses, à des malaises. Il est insomniaque et souffre d'atroces migraines. Ces deux êtres qui demandent trop à leur corps et en nient les faiblesses deviendront prématurément des malades chroniques et les souffrances vécues côte à côte créeront entre eux une sorte d'intimité.

On n'en est pas encore là, au milieu des années 1620. Ce qui les rapproche alors, c'est leur commune passion pour la chose militaire. Cette passion s'est déclarée très tôt chez le roi, elle est bien connue et conforme à ce qu'on attend de lui. Sans être exceptionnelle à l'époque, elle surprend davantage chez un prélat qui avait montré jusque-là plus d'onction ecclésiastique que d'humeur martiale. Le siège de La Rochelle lui permet de donner sa mesure, à la fois comme stratège et comme meneur d'hommes. C'est lui qui conçoit le dispositif d'encerclement de la ville et préconise la construction de la fameuse digue barrant le port. Mais on le voit aussi à cheval, casqué et botté, inspecter les lignes avancées sous le feu des canons ennemis et encourager les hommes à l'assaut. Rien ne pouvait séduire davantage Louis XIII. La fraternité d'armes dans un combat mené en commun, la victoire obtenue en commun ont balayé ses dernières réserves : sa pleine confiance est désormais acquise au cardinal. Plus même que sa confiance : son amitié. Tous les observateurs l'ont noté, c'est de la prise de La Rochelle que date leur étroite union, bientôt renforcée par la campagne de pacification du Languedoc. Louis XIII est l'homme du tout ou rien. Ce sera tout : « Assurez-vous pour toujours de mon affection, qui durera éternellement », lui écrit-il à la Toussaint de 1629. Et le 21 novembre il le nommera — du jamais vu en France — « principal ministre d'État ».

Le triumvirat qui gouverne le pays a changé de nature. Dans les premiers temps, l'élément central en était Marie de Médicis, qui assurait la liaison entre Richelieu et le roi. Les suggestions politiques du cardinal passaient par le canal de la reine mère pour atteindre son fils. Puis un contact direct fut établi entre les deux hommes, sans que Marie se sentît exclue, tant que le roi n'eut pour son ministre qu'une admiration intellectuelle dépourvue de sympathie. Après La Rochelle, en revanche, le centre de gravité du triangle s'est déplacé. Elle est de trop, son rôle est superflu.

Elle a commencé par se réjouir de la faveur accrue de son protégé. Louis XIII, rentré pour quelques semaines à Paris en laissant le cardinal sous les murs de La Rochelle, fait de lui un vif éloge, dont elle se réjouit dans une lettre à l'intéressé : « Vous êtes mieux que jamais dans son esprit. Il me dit que sans vous tout irait mal. » Il lui faudra du temps pour percevoir un glissement que les ambassadeurs étrangers, eux, ont vite saisi. « Si le roi est le monarque de la France, écrit en octobre 1628 le Vénitien Zorzi, le cardinal en est le patron. [...] Le cardinal agit et fait tout à sa guise sans le conseil de personne, et toutes choses réussissent, tandis que le roi ne parle et ne pense que si le cardinal lui en fournit la matière et la méthode, si bien que tout dépend de sa main. »

Sous couvert de l'union entre la mère et le fils, Richelieu a, en fait, changé de maître. Il se trouve par là, selon le code moral qui régit la société du temps, dans une situation fausse. Car il reste lié à la reine par un engagement de fidélité très ancien et maintes fois renouvelé publiquement. C'est elle qui l'a fait ce qu'il est, il lui doit tout. Et il est toujours, à bien des égards, son « favori », puisqu'il n'a pas renoncé à ses fonctions privées auprès d'elle et à la situation privilégiée dont il jouit dans sa « maison ». Au contraire, en 1627, il a accepté un cadeau splendide : elle lui a fait don du « petit Luxembourg », l'ancienne demeure du duc, qu'elle a quittée pour s'installer dans son palais neuf. Tout cela donne à Marie des droits sur lui. Richelieu serviteur de deux maîtres est à la merci du moindre dissentiment entre les deux. Que fera-t-il si, au lieu de lui laisser le champ libre auprès du roi, elle prétend soudain lui faire sentir le poids de sa laisse ?

La solution, pour lui, c'est évidemment de conserver son emprise sur elle. Mais comment faire ? Par la force des choses, le lien qui les unissait s'est distendu, il s'est éloigné de Marie. Lui donner l'illusion que c'est elle qui gouverne est un travail de tous les instants. Or le temps n'est pas extensible. Les journées n'ont que vingt-quatre heures et il n'a pas le don d'ubiquité. Il est au Louvre, à La Rochelle, en Languedoc, beaucoup plus rarement auprès d'elle. La patience n'est pas son fort. Diriger l'esprit du roi est une tâche harassante qu'il n'a pas le courage de reprendre avec sa mère. Elle semble se satisfaire des égards et des honneurs qui pleuvent sur sa tête. Il relâche sa vigilance. Il a cessé de la dominer. Si encore il avait pu placer auprès d'elle un homme sûr et habile, une sorte de Richelieu bis ! Mais une partie de l'entourage de Marie — et non la moindre — lui est désormais hostile.

La reine mère change de conseillers

Les familiers de Marie relèvent de diverses catégories, mais tous sont catholiques militants, hispanophiles convaincus. Il y a de grandes dames issues des plus hautes familles — des Guise pour la plupart —, qui se contentent de cancaner et d'intriguer. Il y a des diplomates étrangers, ambassadeurs d'Espagne et de Toscane, nonce apostolique, qui plaident la cause de leur maître, mais en raison même de leurs fonctions, ne peuvent prétendre au rôle de conseillers exclusifs. Et il y a des hommes, prêtres ou laïcs, qui secondent son prosélytisme et ses activités charitables. Ils ont la partie belle, ils sont en relation étroite avec elle, pour la plus sainte des causes. Car Marie, au faîte de sa gloire, ses ambitions comblées, a pris à cœur de remplir une des tâches traditionnelles des reines pieuses : distribution d'aumônes, assistance aux pauvres et aux malades, ouverture de maisons d'accueil et d'asiles pour héberger — et enfermer — les vagabonds et les filles perdues, installation au Luxembourg de jeunes esclaves turques rachetées, dûment converties, pour qui l'on ouvre un atelier de broderie, donations aux églises et aux couvents, encouragement aux ordres religieux récemment créés dans l'élan de la Réforme catholique.

Parmi eux, une figure de premier plan, Pierre de Bérulle. C'est un héritier de l'humanisme, pour qui la nature, reflet de la perfection divine, et la raison, sanctifiée par la grâce, conduisent à Dieu. C'est aussi un mystique, dont la vie spirituelle se nourrit d'une méditation sur le mystère de l'Incarnation. Il fut très écouté et son enseignement irrigua toute la pensée religieuse française en ce début du XVIIe siècle. Mais il n'a rien d'un contemplatif : il travaille sur le terrain à la reconquête des âmes et à la réunification de la catholicité, grande œuvre qui nécessite des appuis politiques.

Il a dix ans de plus que Richelieu. Alors que celui-ci n'est encore que le modeste desservant de l'évêché « le plus crotté de France », Bérulle est un personnage prestigieux et influent : il a aidé Mme Acarie — qui sera béatifiée — à implanter des Carmélites en France, et il vient lui-même de fonder, à l'image de Philippe de Neri en Italie, l'ordre religieux de l'Oratoire, dont il a pris la tête. Vivant en communauté, mais non cloîtrés, les Oratoriens se consacrent à l'enseignement et à la formation du clergé séculier : c'est pour implanter un séminaire à Luçon, en 1611, que Richelieu prit avec lui le premier contact.

Bérulle n'« appartient » à personne. Il a ses entrées

liberté de conscience et de culte, pourvu qu'ils se soumettent à l'autorité royale. Et voici qu'au lieu de poursuivre une campagne si brillamment commencée et de réduire les derniers bastions huguenots en Languedoc, il propose, en 1629, d'aller défendre le duché de Mantoue.

Car il y a urgence. Prenant à nouveau prétexte d'une succession, et profitant de ce que les troupes françaises sont immobilisées par le siège de La Rochelle, Charles-Emmanuel de Savoie et le gouverneur espagnol de Milan ont entrepris, selon leur bonne habitude, de se partager le duché. Richelieu a-t-il changé de politique ? Pas vraiment. Il oscille toujours entre deux priorités — intérieure et extérieure —, également impérieuses à ses yeux. Mais plus encore que dans l'affaire de la Valteline, les risques d'un engagement paraissent graves : car l'Espagne en est à sa énième récidive, et tout laisse à penser que les affrontements indirects en Italie finiront par déboucher sur un conflit frontal. À la guerre froide risque de succéder la guerre ouverte. Faut-il courir cette aventure alors qu'on croyait à portée de main la paix et la prospérité intérieures ? L'intervention pour Mantoue suppose qu'on retarde la mise au pas définitive du parti protestant : passe encore, ce n'est, affirme Richelieu, que l'affaire de six mois. Mais elle exige aussi qu'on renonce, pour raisons financières, à la mise en application du projet de réformes maintenant très avancé, surnommé le *code Michau*[1], en raison du prénom de son auteur. Le parlement de Paris avait beaucoup discuté avant de l'enregistrer, tant il heurtait de privilèges et d'habitudes. Il ne survivrait pas à un délai. C'en était fait du rêve de société idéale.

Bérulle et Marillac décident donc de s'opposer à la politique italienne du cardinal. Ils disposent d'une arme redoutable, Marie de Médicis, qu'ils n'ont pas de peine à convaincre que Richelieu la trahit.

---

1. *Michau* est un diminutif de Michel, prénom de Marillac.

Un conflit passionnel

Marie de Médicis s'est toujours cru des dons pour la politique. En réalité elle n'est pas mue par des opinions ou des convictions, mais par des sentiments — des « passions » disait-on à l'époque : amour-propre, orgueil, intérêt, sympathie, colère. On la dit hispanophile à tout crin. Mais c'est lui faire beaucoup d'honneur que de lui prêter une ligne politique cohérente. Elle est toujours « gouvernée » par quelqu'un. Elle épouse tour à tour les points de vue de ses conseillers du moment : les vieux ministres de son époux, le couple Concini, Ruccellaï puis Chanteloube, Richelieu, et maintenant Bérulle. Elle était prête à en découdre avec l'Espagne lorsque la succession de Mantoue s'est ouverte une première fois en 1613, parce que son neveu était alors en cause. Plus tard Richelieu n'avait pas eu de peine à la convaincre de blâmer les campagnes anti-huguenotes et de préconiser une démonstration militaire en Valteline. Si en 1629 il avait été encore maître de son esprit, il aurait pu à nouveau, sans doute, lui faire agréer ses choix. Mais elle n'a maintenant d'oreilles que pour Bérulle et Marillac.

Leurs arguments la trouvent très disposée à abandonner Mantoue. Pourtant l'héritier désigné, un Français, Charles de Gonzague, duc de Nevers, a beaucoup d'atouts en main. Avant de mourir, son cousin le duc Vincent II a fait un testament en sa faveur et a pris soin de marier à son fils la jeune nièce susceptible de réclamer la succession. De plus, Charles de Gonzague a de nombreux amis en Italie et surtout, son ardent catholicisme lui a valu la sympathie du pape, qui envisage de lui confier la direction d'une croisade. Lorsque l'Empereur, cédant aux pressions espagnoles, lui refuse l'investiture, Louis XIII se sent d'autant plus tenu de le soutenir qu'il s'agit d'un compatriote. Mais Marie a deux bonnes raisons de le détester. Il fut lors des révoltes nobiliaires qui ont marqué sa régence l'un des plus acharnés à se dresser contre son autorité. Et maintenant voici que sa fille fait obstacle aux nouveaux projets matrimoniaux qu'elle caresse pour son cadet, le duc d'Orléans, devenu veuf un an après ses noces.

Entre Bérulle et Marillac, dont elle soutient maintenant les thèses, et son ancien favori, qui a su rallier Louis XIII à ses vues, la tension monte dans l'hiver 1628-1629, sans éclat majeur cependant. Au Conseil, on discute fermement mais courtoisement des décisions à prendre. Richelieu et la reine échangent des amabilités où le fiel s'enrobe de miel. Les apparences sont sauves.

Cependant le roi a pris la tête de ses armées, il a forcé hardiment les barrières qu'avait édifiées le duc de Savoie au pas de Suse, et son apparition aux confins de la plaine du Pô a suffi à disperser sans combat les forces hispano-savoyardes qui menaçaient le Montferrat [1]. À peine de retour, couvert de gloire, il a foncé sur le Languedoc et réglé en quelques semaines le sort des dernières poches de résistance protestantes. L'édit d'Alès, qui met un point final aux guerres de religion le 28 juin 1629, est un édit de « grâce » et non de « pacification » : non plus un traité entre deux partis antagonistes, mais une faveur octroyée par le roi à ses sujets. Plus de privilèges politiques ou militaires, plus de places « de sûreté », mais la liberté de conscience et de culte, assortie de garanties en matière judiciaire. Victoire sur toute la ligne. Louis regagne la capitale, enchanté de son ministre : « Il faut rendre au cardinal l'honneur qui lui est dû : tout ce qu'il y a eu d'heureux succès dedans et dehors le royaume l'a été par ses conseils et ses avis courageux. » Celui-ci, resté dans le Midi pour régler les modalités d'application de l'édit, y fait une tournée triomphale. Mais quand il rejoint la

---

1. Rappelons que le duché de Mantoue est séparé en deux territoires distincts : l'un, à l'est, est le duché proprement dit, que l'Espagne voudrait rattacher à ses territoires du Milanais ; l'autre, plus à l'ouest, est le Montferrat — capitale Casal —, que convoite le duc de Savoie, possesseur du Piémont limitrophe.

cour à Fontainebleau, la reine mère lui réserve un accueil glacial, insultant, qui laisse les assistants stupéfaits.

C'est une déclaration de guerre. Surprenante en effet, eu égard aux succès remportés. Mais dans le revirement de la reine, la politique compte pour peu de chose à côté de l'orgueil blessé. Richelieu a beau feindre de ne pas comprendre, il sait parfaitement de quoi il retourne. Il est tout à fait vrai que, selon le code régissant les liens de fidélité personnelle au XVIIe siècle, il a trahi la reine. Il a passé outre à ses volontés. Il a cessé d'être un exécutant à son service. Il a beau répéter qu'il lui doit tout et n'existe que par elle, ses protestations de gratitude sonnent creux. Elle ne peut plus rien sur lui. Elle a fini par comprendre qu'il s'est émancipé. Pis encore ! Il lui avait promis de lui faire recouvrer son emprise sur son fils. Or voici qu'il exerce lui-même cette emprise et en profite pour gouverner la France à son idée. Elle est exclue de cette connivence nouvelle. Richelieu lui a volé le roi. Et avec le roi, le pouvoir. Ou l'illusion du pouvoir, ce qui pour elle est une seule et même chose.

Elle le hait désormais d'une haine irrépressible, viscérale. À la fin de 1629, la coupe est pleine, elle est décidée à renvoyer l'ingrat, le traître, au néant dont elle l'a tiré. Elle croit la chose aisée : « Personne ne trouverait à redire qu'étant maîtresse de son ouvrage elle le détruisît quand elle voudrait. » Elle exigera son départ et Louis XIII s'inclinera.

Elle a l'initiative de l'attaque, elle choisit son terrain. C'est sur le plan moral et non politique qu'elle se placera. Richelieu, qui ne cesse de la dénigrer, de combattre ses avis, lui aliène l'esprit du roi. Double scandale. Lui, un prêtre, il s'interpose entre une mère et son fils, et c'est péché. Lui, un vulgaire sujet voué à l'obéissance passive, il dresse l'un contre l'autre le roi et la reine mère, il met la « brouillerie » dans la famille royale, pilier sur lequel repose la monarchie, ébranlant ainsi l'ordre de la société et l'institution monarchique elle-même, dont Dieu est le garant. Plus qu'une faute contre la morale, c'est un sacrilège. Contre celui par qui le scandale arrive, il est facile de rassembler une large partie de l'opinion. C'était ainsi : nos aïeux souscrivaient alors en majorité à cette façon de voir le monde. Ne nous hâtons pas de sourire de ce qui nous paraît aujourd'hui sophisme : nous nous réclamons, nous, d'idées reçues qui ne valent pas plus cher que celles-là...

Haro sur Richelieu

Qu'on se le dise : Marie de Médicis s'apprête à lâcher Richelieu. Lorsque le bruit s'en répand, c'est une explosion de joie : enfin on va être débarrassé du cardinal. Ses adversaires de tout bord se préparent pour l'hallali.

En première ligne, comme prévu, les militants de la Réforme catholique. Tous les ecclésiastiques réguliers et séculiers qui assiègent Marie depuis son arrivée en France, pour la plus grande gloire de Dieu, ont maintenant pris leurs distances par rapport à leur ancien compagnon. Engagement sincère et rancœurs personnelles cohabitent parfois en eux. Quelques-uns, qui ont fait un bout de chemin avec lui, l'ont aidé même à se mettre en selle et qui sont restés sur le bas-côté tandis qu'il poursuivait sa trajectoire, lui en veulent de les avoir doublés, pour faire au bout du compte une autre politique que la leur. C'est le cas notamment de Bérulle qui, une fois cardinal et fort de l'appui de Marie de Médicis, se pose en rival de son ex-ami et collègue. Celui-ci avait perçu le danger et cherchait à l'écarter, en lui offrant une flatteuse sinécure : un poste d'ambassadeur à Rome. En cas de refus, il pensait même exiger sa disgrâce lorsque l'intéressé eut la complaisance de mourir opportunément, le 2 octobre 1629, au milieu de la célébration de la messe — un signe du ciel dans lequel d'aucuns voulurent voir l'ap-

probation de ses thèses. La relève est assurée par
Michel de Marillac, qui ne possède ni son charisme, ni
son crédit, ni ses relations. Mais courageux, obstiné,
cuirassé de certitudes, il a de plus à l'égard du fameux
code Michau la réaction d'un créateur dont on s'apprête à détruire le chef-d'œuvre : de quoi le pousser à
prendre tous les risques.

Se joignent à eux la plupart des grands seigneurs,
habitués à régner sans partage dans leurs fiefs provinciaux et qui se sentent menacés par le renforcement de
l'autorité royale. Ils ont de plus contre Richelieu des
griefs personnels pouvant aller jusqu'à la haine. Ils
attribuent à l'influence du ministre le nouveau style de
gouvernement, qui les surprend et les heurte. Henri IV
voulait être aimé autant que craint, il répugnait à sévir.
Et sous la régence, l'insubordination avait rapporté non
des ennuis, mais des profits. Mais voici que Louis XIII
pratique une autorité sèche, tranchante, brutale. Pas de
pitié pour les « bouches inutiles » de La Rochelle,
condamnées à périr entre les lignes de feu des deux
camps. Henri IV, lui, les avait laissé sortir de Paris,
compromettant, il est vrai, toutes ses chances de
prendre la ville. Pas de grâce pour Chalais, contre qui
l'on retient, sans même les discuter, les témoignages
les plus accablants. Henri IV, lui, avait pardonné une
première fois à Biron... Pas de grâce pour François de
Montmorency-Bouteville, un familier de Gaston d'Orléans, décapité avec son ami Des Chapelles pour avoir
bravé les édits interdisant le duel. Épuration dans l'entourage de la reine, voire même du roi, arrestations,
exils, exécutions : tout cela est la faute du ministre à
la pourpre tachée de sang.

Et derrière les figures de premier plan s'agite une
foule de comparses, des serviteurs ulcérés de devoir
partager l'exil de leur patron, des opportunistes qui
espèrent, à la faveur du coup de balai prévisible, se
glisser dans le sillage des vainqueurs et recueillir
charges et faveurs. Plus tous ceux qui croient voler au
secours de la victoire.

Car la victoire ne fait de doute pour personne, dès l'instant que la reine mère mène la danse. On la connaît bien : quand elle tient à quelque chose, il est impossible de lui faire lâcher prise. En revanche, on connaît mal le roi. Les ambassadeurs étrangers eux-mêmes continuent de voir en lui un faible, un hésitant, incapable d'avoir une volonté propre, un jouet entre les mains de Richelieu. On pense que sa mère n'en fera qu'une bouchée. A-t-on déjà oublié Concini ? Les hommes ont la mémoire courte.

Il est exact que l'arrivée au pouvoir du cardinal a donné à la politique de fermeté continuité et cohérence. Il en porte aux yeux des contemporains la responsabilité exclusive. Ils se trompent ; nous y voyons plus clair parce que nous connaissons, nous, la suite de l'histoire, et que nous avons pu lire la correspondance qu'échangea Louis XIII avec son ministre. Certes Richelieu est le bras armé du roi et il se fait parfois l'exécuteur de ses basses œuvres. Mais l'inspiration vient bel et bien de Louis XIII, de sa méfiance invétérée, du culte inhumain qu'il voue à son autorité, de son sens de l'État aussi et du sentiment de ses devoirs. Richelieu met sa force au service de la volonté du roi, il lui insuffle l'énergie de faire ce qu'il veut, lui donne les moyens d'être lui-même. Auprès d'un autre maître, l'habile homme se serait-il comporté autrement ? On ne sait. Certes il était lui-même autoritaire. Mais il savait aussi qu'en poussant le roi dans le sens de sa nature, il assurait plus fortement son emprise sur lui.

Entre le cardinal solitaire et la meute de ses adversaires, menée par la reine mère en personne, la partie est donc moins inégale qu'il n'y peut paraître au premier abord.

CHAPITRE DIX

« LE GRAND ORAGE »

À l'automne de 1629, Marie de Médicis peut se frotter les mains : les événements semblent donner raison au clan dévot, la victoire d'Italie n'en est pas une. Tout est à recommencer. À peine nos troupes ont-elles décampé que les Espagnols, enhardis par les informations encourageantes venues de France, faisaient une nouvelle tentative sur Mantoue et sur le Montferrat. Louis XIII se retrouve en politique extérieure devant le même choix crucial entre l'abandon définitif de ses alliés italiens et la guerre contre l'Espagne. Sa mère prend la tête de l'opposition intérieure, entraînant à sa suite sa femme et son frère.

Les « brouilleries » de la famille royale, les conflits qu'elles engendrent dans le royaume et les répercussions qu'elles ont sur la politique extérieure font de l'année 1630 un tournant dans l'histoire de France ainsi que dans la vie des protagonistes du drame.

« Brouilleries familiales »

Louis XIII n'a toujours pas d'enfant. Il est en conflit larvé avec son épouse. Il ne lui adresse dans la journée, lors des visites protocolaires, que des propos conven-

tionnels et il lui fait signifier ses volontés par des tiers.
Mais tous deux ont aussi impérativement l'un que
l'autre besoin d'avoir un fils. Les relations conjugales,
bien que sujettes à intermittences, n'ont jamais totalement cessé entre eux. Elles s'accompagnent d'un cérémonial qui fait que nul n'en ignore, même le corps
diplomatique. Avant de rejoindre sa femme, il envoie
« mettre le chevet » chez elle : le chevet, c'est un tra-
versin, dont il ne peut se passer, tandis qu'elle n'en a
pas l'usage. Et après s'être comporté « en bon mari »,
il rejoint à la hâte son propre lit. Comment vit-elle ces
nuits ? elle n'en a fait confidence à personne, mais il
n'est pas difficile de l'imaginer. À plusieurs reprises,
entre 1626 et 1631, elle eut, nous dit-on, des espérances de maternité, aussitôt déçues. Simples retards,
peut-être, dus à l'extrême tension nerveuse — au *stress*
comme nous dirions aujourd'hui. Les sages-femmes
parlèrent de fausses couches.

Le roi lui en veut d'autant plus de ces échecs répétés
que sa santé ne s'améliore pas. Il devient un malade
chronique et son humeur s'en ressent. Rien de plus
débilitant en effet que cette entérocolite, bien installée
désormais, qui passe par des phases de crise aiguë
alternant avec des périodes de rémission. Chaque journée lui apporte, à titre curatif ou préventif, son lot de
purgations, de lavements ou de saignées : un vrai martyre. À quoi il faut ajouter des accès de fièvre, de plus
en plus fréquents, qui le contraignent à s'aliter.

Les mêmes causes continuant de produire les mêmes
effets, les regards se tournent vers son successeur.

On se souvient que Marie de Médicis avait à grand
peine obligé l'insoucieux Gaston à épouser l'héritière
de Montpensier. Hélas, la jeune femme, aussitôt
enceinte, mourut en donnant le jour à une fille qui sera
la célèbre Grande Mademoiselle. Le roi manifesta une
joie indécente en apprenant que ce n'était pas un garçon. Mais en l'absence d'un dauphin, Monsieur est
toujours l'héritier du trône, il va falloir le remarier et
définir sa place dans le royaume. On se trouve ramené

au problème précédent, avec cette circonstance aggravante que Gaston, qui avance en âge, est en mesure de formuler davantage d'exigences.

La reine mère a une obsession : le remariage de son fils. Souci bien naturel, qu'on ne saurait lui reprocher. La providence l'a choisie pour être la souche d'une longue lignée de rois de France. Et à une époque où la mort frappe tôt et vite, il faut pour l'avenir de la dynastie que la relève soit assurée. Devant la défaillance de son fils aîné, elle mise sur le cadet. Il est urgent que Gaston soit en mesure de procréer.

Elle n'a attendu que quelques jours pour lui en toucher un mot. Comme il la suppliait de n'en point parler, parce que « sa perte était trop fraîche et son ressentiment[1] trop grand », raconte Bassompierre qui assistait à l'entretien, elle invoqua sa fortune, la satisfaction de ses proches et l'intérêt de l'État. Après quoi, elle lui énuméra tous les partis possibles. La liste, fort longue, avait été conçue pour lui imposer, par éliminations successives, une solution florentine. Il y avait en Toscane deux filles à marier, l'une assez jolie, mais promise au duc de Parme, l'autre moins favorisée par la nature. « Ah ! s'écria-t-il, on dit que cette dernière est un monstre, tant elle est affreuse, mais que l'autre est fort belle. Et si j'avais envie de me marier, comme j'en suis bien éloigné, je désirerais, ajouta-t-il imprudemment, que ce fût plutôt à une princesse de votre maison qu'à pas une autre, et à celle-là particulièrement ; mais je n'y pense pas. » C'est un semi-consentement. Marie le prend au mot : elle se fait fort de lui obtenir la plus belle.

Gaston n'a aucune envie de se marier, mais il a lui aussi une idée fixe : il veut un commandement militaire. C'est normal, la conduite des armées fait partie des prérogatives de son rang. Et c'est raisonnable : il peut être appelé à régner d'un jour à l'autre, il lui faut apprendre cette partie importante du métier de roi. Or

_____

1. Chagrin.

son frère, qui ne l'a admis au Conseil qu'à contrecœur en 1626, ne veut à aucun prix lui ouvrir l'accès à ce qu'il considère comme son domaine réservé. D'où son idée de faire intervenir leur mère pour obtenir gain de cause. Donnant donnant : il épousera la Florentine si on lui confie une armée à commander au siège de La Rochelle.

Nous sommes en août 1627. Louis XIII, gravement malade, ne peut quitter Saint-Germain. Difficile d'opposer un refus à son frère en la circonstance. Mais il fait tout pour retarder son arrivée devant la place. Gaston a tout juste le temps de faire ses premières armes autour de Ré que déjà le roi, à peine guéri, rejoint l'armée, le déchargeant de toute responsabilité. N'ayant plus rien à faire en Saintonge, celui-ci rentre à Paris très dépité et déclare à sa mère qu'il n'épousera pas sa candidate florentine.

Il fait mieux — ou pis, selon le point de vue adopté. Car c'est alors qu'il se met à courtiser la princesse Marie de Gonzague. À dix-sept ans, elle était, selon Mme de Motteville, « de belle taille » et, pour lors, « d'un embonpoint raisonnable. Elle avait les yeux noirs et beaux, les cheveux de même couleur, le teint beau, les dents belles, et les autres traits de son visage n'étaient ni laids, ni beaux. Mais tout ensemble elle avait de la beauté, avec un grand air dans toute sa personne qui annonçait une reine ». Elle avait des lettres, cultivait avec goût la poésie galante, et s'entendait à entraîner son soupirant dans les méandres de l'amour courtois. Ce n'était guère le style de Gaston. Aussi soupçonna-t-on son choix d'avoir été dicté par le désir d'être aussi désagréable que possible à sa mère, pour pouvoir marchander à plus haut prix son renoncement.

Au printemps de 1627 en effet, Louis XIII ayant consenti, sur les instances de Marie de Médicis, à lui interdire ce mariage, Gaston souhaita, à titre de compensation, diriger une expédition pour secourir le père de sa bien-aimée : il se disait prêt à verser son sang jusqu'à la dernière goutte. Nouveau refus, for-

mulé en termes d'une ironie contenue. Invitations à
venir terminer — en sous-ordre — le siège de La
Rochelle. À la fin de 1628 cependant, Louis se résout,
sur les instances de Richelieu conscient du danger, à
lui proposer la direction de la campagne maintenant
décidée en faveur de Mantoue. Mais cette bonne
volonté ne dure qu'une petite semaine : il prendra lui-
même la tête de ses armées, laissant à sa mère le soin
de gouverner en son absence.

Gaston, furieux, rentrait à Paris lorsqu'il apprit que
Marie de Gonzague avait reçu l'ordre de se retirer en Italie. Il partit à bride abattue pour la retenir. Marie de
Médicis, craignant qu'il ne l'enlève et ne l'épouse secrètement, la fit arrêter et enfermer à Vincennes. Concert de
protestations, gros esclandre. Gaston se réfugie dans son
apanage d'Orléans. Fureur de Louis XIII. La prisonnière
est libérée. Mais Gaston incrimine moins sa mère que
Richelieu, dont il voit la main partout. Il en appelle au
roi, qu'il dit « aimer et honorer comme un père ». Mais
il s'attire un beau morceau d'éloquence prêcheuse que le
garde des sceaux est chargé de lui transmettre — une
vraie volée de bois vert : « Je me plains de vous, du peu
de respect que vous rendez à la reine notre mère. Je me
plains du peu de compte que vous faites de garder les
paroles que vous m'avez si souvent et si solennellement
données. Je me plains de quoi vous vous tenez si souvent
loin de moi. Je me plains des désordres et des débauches
de votre vie... »

Diable ! Si le roi et la reine mère sont ligués contre lui,
c'est grave. Il prend peur, et ses conseillers plus encore.
Lui n'encourt que des réprimandes, mais eux craignent
le sort d'Ornano ou du Grand Prieur de Vendôme, qui
vient lui aussi de succomber aux vapeurs méphitiques
des cachots de Vincennes. Ils l'incitent à mettre une
frontière entre eux et les sbires de son frère. Au début de
septembre 1629, bravant les ordres de celui-ci, il s'enfuit
à Nancy où le duc de Lorraine, dont les sympathies vont
à l'Espagne, l'accueille à bras ouverts.

L'héritier de France réfugié en terre étrangère, inamicale, c'est une affaire d'État. Indépendamment du scandale, c'est un frein à l'action militaire projetée. Pas question pour Louis XIII d'exposer sa personne à la guerre, en laissant sur place le trône vacant. On négocie au plus vite. Le 2 janvier 1630, l'accord est conclu, moyennant dédommagement financier. Déjà Gaston fait ses bagages pour rentrer à Paris. Il y retrouve, à la fin du mois, la princesse Marie qui lui explique qu'elle consent à s'éloigner, afin de conserver à son père l'appui de Louis XIII : elle sacrifie héroïquement l'amour à la piété filiale. Jamais il n'a autant tenu à elle qu'au moment de la voir partir pour Mantoue. Ils passent plus de deux heures en adieux déchirants. Des années plus tard, elle sera reine de Pologne, deux fois de suite, puisqu'à la mort de Ladislas IV elle épousera son frère et successeur Jean II Casimir : une nouvelle preuve, s'il en était besoin, que cette pratique n'est pas insolite.

Les deux frères ne se revoient que le 17 avril à Troyes. Tous deux font un effort de bonne volonté. En échange d'une promesse de docilité, Gaston se voit nommé « lieutenant général du roi en la ville de Paris et provinces voisines », pour la durée de la campagne d'Italie qui se prépare. Mais les récentes péripéties ont laissé des cicatrices, qui ne demanderont qu'à se rouvrir le jour où s'engagera l'assaut de Marie de Médicis contre Richelieu. Ce jour-là, elle parviendra à faire entrer dans son jeu son fils cadet, qu'elle s'est pourtant ingéniée à contrarier en le forçant à se marier quand il n'en avait pas envie, puis en l'empêchant de le faire quand il le souhaitait. Car le jeune homme a souffert davantage de se voir refuser toute responsabilité militaire ou politique. Et c'est le ministre qu'il rend à tort [1]

---

1. Avant 1630, Richelieu a certainement tenté d'apaiser les brouilleries de la famille royale, parce qu'il avait tout à craindre d'un éclat. Mais il est très peu probable qu'au printemps de 1629, il se soit permis, comme il s'en vante dans ses *Mémoires*, de faire une véritable mercuriale sur ce thème, en plein Conseil, devant témoins, au roi et à la reine mère (*Mémoires de Richelieu*, Coll. Petitot, seconde série, t. 24, p. 247 *sqq.*). Louis XIII, pas plus

responsable de son exclusion, due à la jalousie de
Louis XIII.

Une variation de plus sur un thème inépuisable, déjà
illustré au siècle précédent par Catherine de Médicis,
Charles IX et Henri III : autour d'un trône, la rivalité
des frères ennemis, envenimée par la prédilection
maternelle pour l'un d'entre eux.

Un été incertain

Au début de 1630, la décision est prise, en dépit
de Marie de Médicis : on ira secourir Mantoue.
Louis XIII, immobilisé par l'absence de Gaston,
nomme Richelieu chef des armées. Premier succès : on
envahit et on occupe la Savoie, dont le duc soutenait en
sous-main l'Espagne, on franchit le Mont-Cenis sans
encombre et l'on s'empare de Rivoli. Mais il faut
renoncer, faute de moyens suffisants, à faire lever le
siège de Casal. C'est alors que le cardinal prend une
initiative hardie : il dévie sa marche vers Pignerol, une
place forte stratégique appartenant au duc de Savoie,
et l'emporte par surprise. Sera-ce un premier jalon pour
faciliter la poursuite de la guerre ou une monnaie
d'échange en vue d'une négociation immédiate ?

Louis XIII, enfin réconcilié avec son frère, s'est mis
en route vers le sud, accompagné de Marie de Médicis,
d'Anne d'Autriche et des ministres. Il laisse les deux
reines à Lyon, rejoint Richelieu à Grenoble pour y rencontrer un émissaire du pape, un inconnu nommé Giulio Mazarini, qui fait ainsi sa première apparition dans
l'histoire de France. Les propositions sont inacceptables. Mais, devant l'importance des enjeux, le roi
souhaite que son refus soit approuvé par le Conseil. Il

---

que Marie de Médicis, ne le lui aurait pardonné. Le morceau présente tous les caractères d'un discours *a posteriori*, comme en pra-
tiquaient les historiens romains. En revanche il a pu conseiller au
roi, en privé, d'accorder quelques satisfactions à son frère.

envoie le cardinal à Lyon, seul, pour obtenir cet aval
en dépit de l'opposition prévisible du garde des sceaux
et de la reine mère. Richelieu a fourbi ses armes en vue
d'une discussion serrée, il fait un exposé circonstancié
auquel Michel de Marillac, dûment préparé lui aussi,
s'apprête à répliquer lorsque Marie de Médicis intervient soudain et lui coupe la parole, approuvant l'intervention en Italie.

Surprenante victoire, beaucoup trop facile, qui laisse
supposer des arrière-pensées. Deux explications possibles, qui se ramènent au fond à une seule. La santé
du roi est mauvaise, il ne pourra mener à bien son
projet. Les forces françaises ne font pas le poids, elles
se feront battre. Marie mise donc, à proche ou à moyen
terme, sur un échec qui mettrait à mal le prestige de
Richelieu, fondé jusque-là sur la réussite. Politique du
pire, démonstration par l'absurde : que le cardinal, une
bonne fois, fasse la preuve de son incapacité.

Les semaines qui suivent se déroulent dans un climat
étrange, car aucun des trois protagonistes n'est sûr de
lui, chacun a peur, chacun est rongé par le doute.
Richelieu sait qu'il joue son va-tout. Depuis que la
reine mère lui bat froid, il a offert sa démission plusieurs fois : pour faire sentir qu'il est indispensable ou
par lassitude, on ne sait. Elle a été d'accord avec le roi
pour le retenir. Il multiplie à son égard les gestes de
déférence. Il essaie de retrouver l'ascendant qu'il exerçait autrefois sur elle. Et si l'on en croit le nonce
Bagni, il y parvient par instants : « La reine a toujours
l'esprit ulcéré contre le cardinal. [...] Néanmoins,
quand il est auprès d'elle, il l'apaise, la regagne et
retrouve son affection. [...] En son absence, Sa Majesté
brûle de dédain pour lui ; en sa présence elle s'apaise
et d'un jour à l'autre elle varie de mille façons. Elle
dit elle-même que quelquefois elle ne peut plus le voir
et elle ne sait pourquoi. Elle a fait force vœux et de
très grandes aumônes et accompli d'autres dévotions
pour se libérer de cet état passionnel. C'est pourquoi
le père Suffren craint qu'il ne soit intervenu quelque

sortilège. » De ces accès de piété est-il prudent de conclure qu'elle a des scrupules d'ordre moral ou des doutes d'ordre politique — ce qui lui ressemblerait si peu ? En revanche on peut penser que, superstitieuse, elle cherche un recours surnaturel contre une emprise ressentie comme un envoûtement.

Le roi, lui, est visiblement torturé. Sa conscience est inquiète. Il s'interroge à la fois sur le bien-fondé de l'entreprise et sur ses chances de succès. Et si Marillac avait raison de faire passer le soulagement du peuple avant le maintien de l'équilibre international ? À eux trois ils ont un comportement étrange. Un jeu de chassés-croisés s'instaure : entre Lyon, Grenoble et la Savoie, ils ne cessent de jouer à cache-cache, ils se fuient. Plus exactement, Marie tente d'éviter Richelieu, dont elle craint de subir l'impérieuse volonté, et elle tente de séparer de lui son fils, qu'elle peut manœuvrer plus aisément s'il est seul. Avec celui-ci, elle recherche donc les tête-à-tête, tandis qu'il s'applique à les esquiver. Au lieu d'affronter personnellement sa mère, appuyée sur l'inévitable Marillac, il lui envoie son ministre. Et quand il ne peut faire autrement, il se mure dans le silence et attend. Le résultat, c'est une situation très instable, que le moindre événement extérieur peut bouleverser.

Or des événements, il y en a, en ce mois d'août 1630, et ils sont conformes aux prévisions les plus pessimistes. Sur le terrain, c'est la débâcle. Les Espagnols se sont emparés de Mantoue. À Casal ils ont occupé la ville, seule la citadelle tient encore. D'autre part ce qu'on nomme alors peste — plus probablement le typhus — sévit dans la haute vallée de l'Isère où sont cantonnées les troupes, les rendant inopérantes. Plus grave encore, Louis XIII est malade : comme d'habitude dysenterie et fièvre, mais on craint la contagion. On l'a ramené en hâte de Saint-Jean-de-Maurienne à Grenoble, puis à Lyon, où se trouvent les deux reines. Richelieu a dû rester en Savoie pour diriger la guerre. « Plus mort que vif », il se ronge d'angoisse à l'idée de le savoir livré à l'influence des deux femmes. Lorsqu'il le rejoint le 22 août, sur son appel exprès, il le trouve très affaibli, physiquement et psychiquement, « grandement étrange », « plus fuyant que jamais », dit l'ambassadeur vénitien, tandis que sa mère l'assiège de récriminations et de doléances.

Ô surprise : Marie de Médicis a trouvé un appui auprès de sa belle-fille. L'artisan de leur réconciliation est, dit-on, la nouvelle dame d'atour que le cardinal a placée auprès d'elle à l'occasion d'une des valses coutumières de son personnel domestique. Mme Du Fargis, membre actif du parti dévot, n'a pas tardé à se retourner contre son commanditaire ; elle a pris le parti d'Anne d'Autriche et s'est employée à la rapprocher de Marie. Mais une commune haine contre Richelieu, en même temps qu'un commun désir d'éviter à tout prix une guerre avec l'Espagne, aurait sans doute suffi à faire des deux femmes des alliées.

Elles sont ensemble au chevet de Louis XIII lorsque son état s'aggrave brusquement le 22 septembre.

Le roi mourant

Il s'est alité secoué de frissons, le ventre dur et ballonné. Trois jours, quatre jours : la fièvre monte, les souffrances s'intensifient, les tortures thérapeutiques aussi. Le malade a demandé à son confesseur de l'avertir quand la mort sera en vue. Le vendredi 27 septembre, les médecins murmurent au père Suffren que la fin approche. Dans la nuit, il suffoque et délire. On profite d'une rémission pour lui faire faire le lendemain une confession générale et lui donner la communion. Mais le dimanche son état empire, il n'est plus que diarrhée sanglante. On pense qu'il ne passera pas la nuit et son confesseur le prépare à la vie éternelle. Richelieu tâche de se faire oublier, mais il est là, désespéré : il sait qu'avec la vie du roi, c'est la sienne qui se joue.

Car depuis le début de la crise les reines campent au chevet du moribond, mouchoir aux yeux, sanglots dans la voix. L'événement ne les prend pas au dépourvu, elles y étaient préparées depuis plusieurs années, elles avaient même tiré des plans en conséquence. Face à la réalité de cette mort, ont-elles cependant un sursaut d'émotion véritable ? Les récits contemporains laissent entendre que non. Entre Marie et son fils, il y a, c'est vrai, un contentieux énorme, fait de conflits, d'humiliations, d'avanies, d'épreuves de force infructueuses, un gouffre d'incompréhension surtout. Cet enfant ombrageux et sournois qui la repousse depuis des années lui est devenu étranger. Mais ne peut-on malgré tout la créditer de quelques larmes sincères ? L'indifférence d'Anne d'Autriche, elle, est plus que probable et tout à fait compréhensible : depuis huit ans, elle n'a jamais reçu autre chose de lui que des affronts.

À défaut de savoir ce qu'éprouvaient au fond d'elles-mêmes les intéressées, nous sommes avertis des réactions de leur entourage. Mme Du Fargis, dit-on, a fait prévenir Monsieur qu'Anne était toute prête à l'épouser. La distribution des dépouilles commence. Michel de Marillac sera premier ministre et son frère Louis régnera sur les armées. Et autour d'eux, qu'on se rassure, il y en aura pour tous les amis. Sur le sort de Richelieu, on hésite : il y a des volontaires pour l'abattre aussitôt, comme Concini, d'autres, plus respectueux de la pourpre, suggèrent prison ou exil.

Entre-temps le mal suivait son cours. Le 30 novembre au matin, Louis fit appeler tous ses proches. Il avait à peine la force de parler. « Je vous demande pardon à tous de tout ce en quoi je puis vous avoir offensés et ne mourrai pas content si je ne sais que vous me pardonnez et vous prie d'en dire de même de ma part à tous mes sujets. » Tous, y compris les reines, se jetèrent à genoux en pleurant, le temps d'un *miserere*. Il embrassa son épouse, puis il embrassa Richelieu. Et sa mère ? Les témoignages n'en disent rien. Et il livra son corps aux médecins pour une ultime saignée, tandis que l'archevêque de Lyon [1] lui donnait la dernière bénédiction. Soudain l'hémorragie redoubla et son ventre se mit à dégonfler. L'abcès intestinal venait de crever. Le malade reprenait vie. Le soir même il trouva la force de se lever et de manger. Il était sauvé.

Sa mère et sa sœur se rendirent en pèlerinage à Notre-Dame-des-Grâces, dans l'Île-Barbe, pour remercier dûment la Vierge. Richelieu s'écria en soupirant : plutôt mourir que de revivre à nouveau les affres qu'il venait de traverser. Mais il sait bien qu'il n'en a pas fini avec la haine de Marie de Médicis.

Pendant les dix jours que dure la convalescence du roi, les deux reines s'efforcent de pousser leur avantage. S'il a failli mourir, c'est la faute de Richelieu qui l'a incité à cette maudite expédition militaire et l'a entraîné dans cette vallée savoyarde infectée de peste. « Voilà les beaux conseils qu'on vous donne », s'exclame Marie. « Voilà ce qu'a fait ce beau voyage », répète en écho Anne d'Autriche. Maladie du roi, échecs militaires : l'événement a sanctionné sa politique. « Le cardinal n'est pas Dieu et il n'y a que Dieu seul qui eût pu empêcher ce qui s'est passé, réplique Louis. Mais quand il serait un ange, il n'a pu avec plus de prévoyance et de prudence pourvoir à toutes choses comme il a fait et il faut que je reconnaisse en lui le plus grand serviteur que jamais la France ait eu. » Richelieu comparé à Dieu et à ses anges, rien de moins ? Un esprit moins borné et moins opiniâtre que la reine mère aurait compris. Mais elle s'obstine, déroule inlassablement aux oreilles de son fils le catalogue des « crimes » du cardinal, mis au point par le garde des sceaux : politique extérieure aventureuse et contraire aux intérêts de la France et de l'Église, enrichissement scandaleux pour lui et sa famille, absence d'égards pour la santé du roi... Il semble, si l'on en

---

1. C'était Alphonse de Richelieu, frère du ministre, de trois ans son aîné, tout récemment nommé cardinal.

croit les commérages qui circulaient à la cour, qu'elle
ait ajouté pour faire bonne mesure une accusation personnelle très grave, que Richelieu n'évoque que par
périphrases — « invention infernale », « dessein diabo-
lique » nés de l'impudente effronterie de Mme Du Fargis : il aurait eu l'audace insigne de courtiser Anne
d'Autriche.

Comme beaucoup de prélats de son temps, Richelieu
n'en était pas moins sensible au charme féminin, tout
le monde s'accorde sur ce point. Qu'il ait prodigué
quelques amabilités à la jeune reine[1], pour tenter de se
la concilier, c'est probable : il avait intérêt à ne pas
l'avoir contre lui. Qu'il ait fait à l'occasion un brin de
cour à la très provocante duchesse de Chevreuse, c'est
possible. Le bruit courut d'une sarabande qu'il aurait
dansée pour elles au son des violons, en culottes vertes,
grelots aux chaussures, castagnettes aux mains, sous
leurs éclats de rire moqueurs — on ne sait trop à quelle
date, il n'est même pas sûr que ce soit vrai. Mais la
plupart des mémorialistes se disent persuadés que son
obstination à persécuter Anne d'Autriche n'était que
l'envers et la revanche d'un amour déçu. Quoi qu'il en
soit, Louis XIII était trop monté contre sa mère pour
croire un seul mot de ce qu'elle racontait.

Elle exigeait le renvoi immédiat de Richelieu.
Excédé, il promit d'y réfléchir à son retour à Paris et,
sans attendre le reste de la cour, il se mit en route en
compagnie du cardinal dès qu'il fut en état de voyager.
Ils se trouvaient à Roanne lorsque leur parvint l'annonce que nos plénipotentiaires avaient signé la paix à
Ratisbonne. Les conditions étaient inacceptables, il fallait les dénoncer. Louis XIII laissa son ministre sur
place avec l'ingrate mission d'y attendre la reine mère
et Marillac pour leur expliquer la chose, et il mit seul
le cap sur l'Île-de-France.

_____

1. La reine elle-même aurait fait une allusion en ce sens à
Mme de Motteville.

Quelques jours plus tard, Richelieu et Marie de Médicis se trouvaient face à face.

Faux-semblants

Dans la discussion qui opposa le cardinal au garde des sceaux elle a choisi, comme cinq mois plus tôt, de pousser à la guerre : la dernière place forte du Montferrat allait tomber, le duc de Nevers perdrait Mantoue et la preuve serait faite de l'incompétence de Richelieu. Mauvais calcul de sa part. Le 26 octobre, devant Casal, l'apparition inopinée entre les deux armées d'un émissaire du pape agitant un drapeau blanc suspend l'assaut imminent. *Pace ! pace !* La paix est à portée de main. L'intervention du signor Giulio Mazarini — car c'est encore de lui qu'il s'agit — est assurément théâtrale, mais moins miraculeuse qu'on ne le dit. L'habile négociateur, qui a décidé de mettre son talent au service de Richelieu, n'a pas eu trop de peine à convaincre le pape que l'occasion était bonne pour tempérer les appétits espagnols et que le duc de Nevers était un candidat idéal pour Mantoue : Urbain VIII en était déjà persuadé. Le traité est conforme aux exigences de la France.

Cette victoire militaro-diplomatique prive la reine mère de son principal argument contre Richelieu. Restent les griefs d'ordre moral et sentimental. Elle sait bien que ce ne sont pas les moindres.

Entre Roanne et Paris, les deux adversaires sont condamnés à cheminer de conserve, mi par bateau, mi en carrosse. Ils rivalisent d'hypocrisie. Elle lui fait la meilleure figure du monde, tandis qu'il redouble de prévenances et de courbettes. Il la connaît trop bien pour se laisser prendre à des apparences : sa vengeance n'est que différée, elle respire la haine et cela se sent. Avec son amie la princesse de Conti, son médecin Vautier, elle s'entretient chaque jour de ses projets pour l'abattre et, pour le cas où son fils l'aurait oublié, elle écrit à celui-ci pour lui rappeler qu'il lui a promis sa disgrâce. Au début de novembre ils atteignent la région parisienne, le 9 chacun a retrouvé sa demeure, Marie le Luxembourg et Richelieu l'hôtel particulier voisin, qu'il doit à sa libéralité. Louis XIII, chassé du Louvre par des réparations, s'est installé tout près d'eux, à l'hôtel des Ambassadeurs, l'ancienne résidence de Leonora Galigaï rue de Tournon.

Richelieu tente deux ultimes démarches. Il offre une fois de plus sa démission, refusée par le roi, comme prévisible, mais aussi par Marie, qui veut pour lui non une sortie honorable mais un renvoi ignominieux. Et il adresse à son ancienne bienfaitrice une longue lettre dont la lecture inspire un malaise, tant l'humilité y paraît servile et la flatterie démesurée :

« Ce n'est pas, Madame, que je ne m'estime malheureux et coupable de ce que j'ai cessé de plaire à Votre Majesté et que la vie ne me soit odieuse en l'état où je suis, privé de l'honneur de vos bonnes grâces et de cette estime que je prisais bien plus que les grandeurs de la terre ; comme je les tiens de votre main libérale, aussi je les porte et les abaisse à vos pieds. Mais, Madame, épargnez-moi, de grâce, par cette pitié qui vous est naturelle ; car la pourpre que je porte, dont vous m'avez revêtu, perdra son éclat et son lustre, si le rebut[1] de Votre Majesté y imprime de si noires taches. [...] Je souscris à mes malheurs, et ne veux point disputer contre ma souveraine maîtresse ni lui demander raison de ce qu'elle a fait. [...] Je m'ennuierais partout où Votre Majesté ne serait point et, sans la permission de la voir, je ne veux plus que celle de mourir. Mais je consentirais, pour ma réputation et en faveur du rang que je tiens dans la maison de Dieu, que ce fût au moins après mon innocence reconnue et, si ce n'est trop d'audace, après l'honneur de vos bonnes grâces retrouvées... »

Cette étonnante prière de la créature à son créateur,

_____

1. Le rejet qu'elle fera de moi...

pleine de résonances religieuses, laissa sa destinataire de marbre : elle ne répondit pas. L'auteur s'y attendait probablement. Mais il espérait sans doute qu'elle la montrerait autour d'elle. Il sait qu'aux yeux de tous, et notamment du roi, l'infraction au devoir de fidélité, le reproche d'ingratitude, d'insolence, de présomption pèsent très lourd dans la balance. Si irrité que soit Louis XIII contre sa mère, il ne pardonnerait pas à Richelieu de se montrer arrogant envers elle. Il n'est qu'un serviteur : qu'il ne l'oublie pas ! Il ne doit se départir en aucun cas des formes à garder à l'égard de ses souverains : de lui à eux la distance est infinie. Les manifestations ostensibles d'humilité sont la condition de son maintien au pouvoir.

La journée des Dupes

Le duel entre Marie de Médicis et Richelieu, arbitré par Louis XIII, revêt la forme d'une tragédie en trois actes.

L'épreuve de force commence le dimanche 10 novembre 1630, à l'initiative de la reine. Le Conseil, qui s'est tenu au Luxembourg, dans sa chambre, vient de se terminer. Sur les instances du cardinal, on a accordé le bâton de maréchal à son protégé, Louis de Marillac. Mais rien ne peut plus désormais la faire revenir en arrière.

Elle prend à part Richelieu, pour lui signifier très sèchement qu'elle n'a plus confiance en lui et qu'elle le décharge du soin de ses affaires ; elle congédie aussi les membres de sa famille qu'il a placés auprès d'elle, notamment Mme de Pont-Courlay, dame d'honneur, et Mme de Combalet, dame d'atour. Pas de discussion possible, elle ne veut rien entendre.

Ce n'est là pour elle qu'un préambule. L'avoir chassé de sa maison ne lui suffit pas. À peine a-t-il tourné les talons qu'elle se dirige vers le roi pour exiger son renvoi du ministère. Louis XIII tente vainement de l'apaiser. Elle redouble de plaintes contre « l'ingrat, le fourbe, le traître ». Pour se donner du temps, il remet au lendemain la pénible confrontation : il sera auprès d'elle en fin de matinée lorsque le cardinal viendra prendre congé, lui promet-il en la quittant.

Une explication à trois ? Elle n'a rien à expliquer à Richelieu, et aucune justification à recevoir de lui. Entre eux tout est très clair. C'est à son fils et à lui seul qu'elle veut avoir affaire. Il a paru indécis, troublé : il cédera, elle en est certaine. À condition que l'autre ne vienne pas s'interposer, l'impressionner, l'ensorceler. Elle prend ses précautions : quand il se présentera au Luxembourg, il trouvera porte close.

Second acte. Le lundi 11 novembre, Louis XIII se rend chez elle. Il est onze heures et demie. Elle est encore occupée à sa toilette. Soudain, une porte s'ouvre, celle de sa chapelle privée. Surgit le cardinal. Rien n'a filtré sur le détail de l'entretien, qui se déroule sans témoins, mais il est facile d'en deviner le thème général. « Vos Majestés parlent de moi... » Saisie de stupeur, elle hésite un instant, renonce à mentir : Non... Oui, c'est bien de lui qu'elle parlait, « comme du plus ingrat et du plus méchant des hommes ».

Quel était le secret de cette apparition miraculeuse ? Richelieu avait été refoulé deux fois : la porte principale de la chambre était gardée, celle qui donnait sur la galerie aussi. Mais il connaissait tous les tours et détours du palais. Il redescendit au rez-de-chaussée, gagna un petit escalier qui s'enroulait dans le corps d'un pilier et débouchait dans la chapelle privée du premier étage [1]. Entre la chapelle et la pièce où se tenait

---

1. La plupart des historiens placent la chapelle au rez-de-chaussée et font déboucher l'escalier dans la chambre de la reine. Mais les recherches récentes faites par M.-N. Baudouin-Matuszek, et publiées dans *Marie de Médicis et le palais du Luxembourg*, ne laissent aucun doute sur la disposition des lieux. Les *Mémoires* de Goulas confirment que la chapelle privée se trouvait bien, comme il est logique, au premier étage, et qu'elle était incluse dans les appartements de la reine. Ils donnent aussi le nom de la femme de

l'entretien, la porte n'était pas gardée et n'avait pas été fermée à clef — à moins qu'une chambrière amicale ne l'ait rouverte. Richelieu, dans ses *Mémoires*, préféra y voir la main de la providence : « Dieu s'est servi de l'occasion d'une porte non barrée qui me donna lieu de me défendre lorsqu'on tâchait de me faire conclure l'exécution de ma ruine. » Marie, elle, dira plus tard : « Si je n'avais pas négligé de fermer un verrou, le cardinal était perdu. »

L'effet de surprise inhibe chez elle le contrôle de soi, le sens des convenances. Et par contagion les autres personnages abandonnent pour une fois périphrases, euphémismes et circonlocutions. C'est pour tous trois le moment de vérité. Leur langage, comme leur âme, est nu.

La reine s'exaspère, elle s'agite, arpente la pièce en tous sens, vocifère et s'étrangle de fureur : elle ne peut plus supporter son arrogance, elle le hait ; elle ne veut plus le revoir ni entendre parler de lui. Et à l'adresse de son fils, elle clame qu'elle ne remettra pas les pieds au Conseil si elle doit l'y rencontrer.

Sous l'avalanche d'insultes, les nerfs de Richelieu craquent et sa cuirasse d'orgueil tombe : les formules convenues font vite place aux supplications. Il s'effondre à genoux, en larmes, implorant son pardon. Croit-il donc l'émouvoir ? Elle ricane : ce maître comédien sait pleurer sur commande, mais elle n'est pas dupe. Il finit par se reprendre, baisa le pan de sa robe et, sur un geste du roi, il sortit.

Celui-ci a tenté de s'interposer, puis consterné, impuissant devant ce déferlement de haine, il s'est réfugié dans le silence. Renonçant à discuter avec sa mère, il quitte la pièce à son tour. Au bas du grand escalier, Richelieu attend, entouré de tous ceux qui ont eu vent de l'esclandre. Le roi passe, lointain, glacial, sans un geste, sans un regard. Fuyant l'agitation de la

chambre, Claire Bricet, dite Zocoli, du nom de son mari, que Marie de Médicis congédia aussitôt.

cour, il s'en va chercher la paix à Versailles, dans le pavillon de chasse qu'il s'y est fait aménager. Aucun doute, la disgrâce du ministre est consommée. La nouvelle se répand comme une traînée de poudre. Les supputations vont bon train. Tandis que Mme de Combalet fait ses bagages pour se retirer chez les carmélites, les amis de la reine mère pavoisent. Marillac se précipite chez elle et y retrouve Mme Du Fargis. On ne sait au juste ce qu'ils se dirent, mais bientôt Marie, rayonnante, annonça aux visiteurs qui se pressaient chez elle que le cardinal quittait la cour et qu'il aurait pour successeur le garde des sceaux. Elle avait gagné.

Troisième acte, en forme de coup de théâtre : le mardi 12 au petit matin, un secrétaire d'État se présente chez elle, qui émerge à peine d'un sommeil plein de rêves dorés. Il lui fait part de la décision prise par le roi durant la nuit : Richelieu restera premier ministre. Un haut-le-cœur, un cri : elle veut voir son fils, tout de suite ; qu'on attelle son carrosse et qu'on la conduise à Versailles ! Il n'y est sans doute plus, lui répond-on, et, de toute façon, ce serait une démarche inutile : il ne reviendra pas en arrière. Il l'invite à passer l'éponge sur la scène de la veille et il espère qu'elle continuera à siéger au Conseil. Il n'en est pas question, s'écrie-t-elle. Mais quand elle apprend que Michel de Marillac a été destitué, arrêté et remplacé comme garde des sceaux par un ami de Richelieu, Châteauneuf, elle comprend que la partie est perdue.

Au Luxembourg, la déconvenue de ceux qui, la veille, se partageaient déjà le pouvoir fut à la mesure de leurs espérances. Devant leurs mines déconfites, un courtisan plein d'esprit s'exclama : « C'était la journée des dupes ! »

Le choix de Louis XIII

Nous connaissons, en gros, ce qui s'est passé à Versailles cette nuit-là. Invité à y rejoindre le roi, Richelieu hésita un instant, faillit s'enfuir, craignant l'arrestation. Selon certains témoignages, son ami le cardinal de La Valette l'aurait convaincu de s'y rendre en lui disant : « Qui quitte la partie la perd. » Mais il est possible qu'il ait décidé par lui-même d'y aller. Il y trouva le roi seul. Comme il se doit, il offrit sa démission, qui fut refusée. Il insista, comme il se doit, sur les devoirs d'un fils envers sa mère, sur la résistance prévisible de celle-ci et les dangers qui en découleraient. Louis les a pesés et se dit prêt à les affronter. Il ne reste plus qu'à convoquer, en pleine nuit, ministres et secrétaires d'État au grand complet, à l'exception d'un seul, Michel de Marillac, assigné à résidence. Une lettre est expédiée en Italie pour destituer son frère Louis — qu'on avait nommé maréchal la veille ! — et pour le faire mettre aux arrêts.

Contrairement à ce qui a été dit quelquefois, Richelieu n'a pas « retourné » Louis XIII ce soir-là, cet entretien n'a pas modifié le cours des choses : la décision était prise. N'oublions pas, cependant, qu'il se serait perdu s'il avait tenté de fuir. Il est venu. Son courage a tout au plus confirmé le roi dans sa détermination.

Marie de Médicis n'en démord pas : ce sera Richelieu ou moi, un « domestique » infidèle ou votre mère. La réponse à un ultimatum ainsi formulé allait, croyait-elle, de soi. Louis tenta d'abord de trouver une solution intermédiaire, en séparant les affaires privées de Marie et les affaires publiques : exclu des unes, le cardinal serait maintenu aux autres. Dans cette nuit cruciale du 11 au 12 novembre, il espère encore rétablir entre eux un accord de façade qui lui éviterait de choisir. Mais déjà, en prévision du pire, il a considéré les implications d'une rupture. Et il a trouvé la solution en modifiant les termes de l'alternative. C'est entre l'État et sa mère qu'il doit faire un choix. La réponse pour lui ne fait pas de doute. Les théologiens qu'il consultera quelques jours plus tard lui confirmeront que le devoir d'État doit primer chez un roi sur l'affection filiale.

Affection ? Après tant d'années de malentendus, de querelles, d'affrontements violents et de réconciliations fallacieuses, Louis XIII ne peut plus la supporter. On le comprend : il est impossible de s'entendre avec elle, sauf à lui céder en tout. Mais à défaut d'affection, il a des scrupules, d'ordre moral et surtout religieux. L'issue qu'il a trouvée soulage opportunément sa conscience. Dans ce débat qu'on dit parfois cornélien, sacrifier sa mère à l'intérêt général n'est pas si douloureux qu'il y paraît. Cette option « héroïque » va dans le sens de ses désirs secrets, mais inavouables : se débarrasser d'elle pour échapper à la tension quotidienne qu'engendrent ses prétentions à tout régenter. En revanche il sait aussi que ce choix en recouvre un autre, purement politique. Richelieu et Marie de Médicis incarnent deux orientations inconciliables : priorité à l'État ou à l'Église, au temporel ou au spirituel, à l'indépendance nationale ou à la paix et à la prospérité intérieures. Ce choix-là, Louis XIII ne le fait pas de gaieté de cœur. Et il sait que beaucoup d'autres, dans le royaume, en jugent autrement.

Marie de Médicis le sait aussi bien que lui. Elle ne désespère pas d'avoir gain de cause. Lorsqu'elle le rencontre à Saint-Germain, une semaine après la journée des Dupes, elle refuse à nouveau de siéger au Conseil tant que le « traître » en fera partie. Pour toute réponse, il se dit prêt à soutenir le cardinal « jusqu'à la mort ». Deux jours plus tard, afin de lui ôter tout espoir, il déclare publiquement, devant une délégation de magistrats du parlement : « Vous savez où l'animosité a porté la reine ma mère contre M. le cardinal. Je veux honorer et respecter ma mère, mais je veux assister et protéger M. le cardinal contre tous. » C'était pour elle un affront, qui la fit redoubler de colère.

Le roi, cependant, s'efforçait encore de circonscrire à l'espace familial ce pernicieux conflit. Il s'employa d'abord à neutraliser son frère. Il organisa, avec la complicité des conseillers du jeune prince, une réconciliation entre Gaston et le cardinal. « Les coquins ont

vendu mon fils, mais au fond, il ne me manquera pas »,
s'exclama Marie. Tour à tour plusieurs des proches de
la reine mère, craignant d'être emportés par la tour-
mente — son confesseur, le père Suffren, son médecin,
Vautier —, acceptèrent d'intervenir. En vain: Elle
consentit cependant à recevoir le nonce apostolique
Bagni, se montra un peu plus conciliante. Les fêtes de
Noël apportèrent un semblant d'apaisement : elle eut
avec Richelieu un entretien aigre-doux, lui promit « de
se comporter à l'avenir avec lui de la même façon qu'il
agirait avec elle », et exigea, comme preuve de bonne
volonté, la libération des frères Marillac. Elle assista à
quelques Conseils en feignant de ne pas le voir. Elle
avait changé de tactique, mais au fond ne désarmait
pas.

Elle disposait de l'appui d'Anne d'Autriche. La
jeune reine, restée à l'arrière-plan dans la phase aiguë
du conflit, était de cœur avec sa belle-mère. Elle avait
de multiples raisons d'en vouloir à Richelieu. Et surtout, ses relations avec Louis XIII ne cessaient d'empi-
rer : il venait d'apprendre qu'elle avait envisagé une
fois de plus d'épouser Gaston, lorsque lui-même se
trouvait à l'agonie. Il donna un nouveau coup de balai
dans l'entourage de sa femme. Anne, en dépit des
purges successives qui vidaient sa maison de sa suite
espagnole, avait réussi à rassembler autour d'elle
quelques personnes touchant de près ou de loin à son
pays par leurs origines ou par leurs sympathies. Tous
furent chassés. Victimes notoires : Mme Du Fargis,
exilée ; l'ambassadeur d'Espagne, Mirabel, contraint
de demander pour la voir audience officielle. Victimes
de rang plus humble : son apothicaire, qui n'eut plus
le droit de lui délivrer ses médicaments en personne,
ou même une enfant de dix ans, Françoise Bertaut, de
père français mais de mère espagnole, avec qui elle
avait plaisir à parler castillan. La fillette, devenue
Mme de Motteville, sera plus tard sa dame de compagnie et sa biographe.

La routine de la cour poursuit son train, dans un

climat glacial. Au début de l'année 1631, « le roi vivait froidement avec les reines, note Bassompierre, et ne leur parlait quasi point au cercle » — lors des réunions quotidiennes où l'on tient publiquement conversation chez elles. De leur côté celles-ci, solidaires, manifestaient leur désapprobation en boudant les festivités proposées par le roi. Lors d'une représentation théâtrale, leur absence fut très remarquée. Furieux, il partit aussitôt à la chasse sans les prévenir en emmenant le cardinal. De leur côté, elles disaient avoir mieux à faire que de complaire à un homme qui ne leur procurait que déplaisir.

Marie s'emploie d'autre part à reconquérir son fils cadet. En dépit de son geste de bonne volonté, Gaston est toujours en butte à l'animosité du roi et ses favoris n'ont pas reçu les récompenses promises. Elle n'a pas grand peine à le reprendre sous sa coupe. Elle l'engage à faire un éclat contre le ministre et consent à lui remettre, pour financer sa révolte, les pierreries de sa défunte épouse, sur lesquelles elle avait trouvé le moyen de faire main basse.

La démarche adoptée alors par Gaston n'est pas, comme on le croit quelquefois, le coup de tête d'un jeune exalté sans cervelle. Il tient à faire les choses en règle, selon le code chevaleresque. En novembre, il a dû promettre « amitié » à Richelieu. Il se sent tenu de dénoncer cet engagement en public, face à face, en donnant ses raisons. Le 30 janvier, en compagnie d'une vingtaine de fidèles, il se présente donc chez Richelieu — qui a quitté le Petit-Luxembourg et s'est installé dans ce qui sera le Palais-Cardinal, aujourd'hui Palais-Royal —, pour lui faire une déclaration de guerre en bonne et due forme : il ne saurait être l'ami d'un homme de rien qui s'est oublié au point « de mettre toute la famille royale en combustion », qui, devenu le « plus grand persécuteur » de sa bienfaitrice, s'acharne à la « noircir dans l'esprit du roi », et qui a usé à son propre égard « de tant d'insolence » que seule sa qualité de prêtre le protège d'un châtiment immédiat.

Après quoi, pour échapper aux foudres prévisibles de son frère, le prince se retira dans son apanage d'Orléans, où il commença de préparer une prise d'armes.

La rupture

En poussant son fils cadet sur la voie de la guerre civile, Marie de Médicis a commis l'irréparable. A-t-elle conscience de la gravité de son acte ? Et d'autre part, s'est-elle souciée d'évaluer les rapports de force ? Il semble que non. En vieillissant, elle tend à devenir, comme c'est souvent le cas, la caricature d'elle-même : une femme murée dans sa colère, arc-boutée sur son refus de composer, de céder, fermée à toute raison, à toute morale, presque suicidaire dans son désir effréné de vengeance — incapable de comprendre qu'en matière d'obstination elle a trouvé son maître. Louis XIII est maintenant décidé à la mettre hors d'état de nuire.

Au début de février, il s'en va s'installer dans le vieux château fort de Compiègne avec sa femme et ses ministres. Sa mère, ne voulant pas relâcher la pression sur lui, accepte de suivre. Énième explication, ultime tentative pour trouver un compromis — ou pour pouvoir dire qu'elle n'a pas su saisir sa dernière chance. Car les propositions qu'il lui fait ne peuvent lui paraître qu'inacceptables. En échange d'une déclaration publique de soumission du cardinal à son égard, Marie promettrait d'assister à nouveau aux Conseils et s'engagerait, par un document écrit, dûment signé, à renoncer à toute intrigue et à n'avoir en vue que le bien de l'État ! Elle jugea, non sans quelque raison, cette exigence insultante. Elle déclara qu'elle signerait tout ce qu'on voulait, à condition que Richelieu fût préalablement renvoyé.

Lors de la délibération qui suivit ce refus, on imagine mal Richelieu faisant sereinement un exposé méthodique en quatre ou cinq points, comme il le raconte dans ses *Mémoires* : Louis XIII connaissait la situation aussi bien que lui. Mais à coup sûr il offrit sa démission et il s'abstint, étant l'objet du litige, de donner son avis sur un exil éventuel de la reine mère. C'était la seule façon décente de se comporter, le meilleur moyen aussi de plaider sa cause : le roi avait horreur qu'on lui force la main.

Louis XIII agit par surprise et par personne interposée, selon son habitude.

Le lendemain 23 février, à l'aube, Anne d'Autriche fut tirée du sommeil par des coups frappés à sa porte. Elle fut saisie d'angoisse en voyant entrer le nouveau garde des sceaux, assurément messager de malheur. Elle ne se trompait qu'à demi : le malheur n'était pas pour elle, mais pour Marie de Médicis. Le roi venait de quitter secrètement Compiègne. Il y laissait sa mère, « pour certaines raisons regardant le bien de son État ». Il invitait sa femme à le rejoindre d'urgence dans un couvent de capucins du voisinage, en s'abstenant de prendre congé d'elle.

Il n'y avait qu'à obéir. Anne fit hâtivement ses préparatifs, mais tint à prévenir sa belle-mère. N'osant violer la consigne en allant chez elle de son propre chef, elle lui fit dire de la faire appeler. Elle trouva Marie échevelée, tremblante, recroquevillée dans son lit comme si on voulait l'en arracher. « Le roi me laisse-t-il ici ? et que veut-il faire de moi ? » À la première question, Anne répondit oui. Quant à la seconde, Dieu seul savait. Elles mêlèrent quelques instants leurs larmes, elles s'embrassèrent et la jeune femme s'enfuit.

Le maréchal d'Estrées, à la tête de quinze cents hommes, prit position dans Compiègne et vint avertir Marie qu'il avait ordre de rester auprès d'elle et de veiller sur sa personne jusque dans ses moindres déplacements. Elle était bel et bien prisonnière, comme elle l'avait été treize ans plus tôt à Blois. L'histoire semble bégayer. Purge dans son entourage, âpres discussions sur le lieu d'une retraite que le roi veut définitive. On lui propose Moulins. Elle se récrie : c'est un leurre, on veut la renvoyer en Italie, mais elle est prête à « souffrir les derniers outrages plutôt que d'y consentir, jusqu'à se laisser tirer de son lit toute nue ». Elle se ravise aussitôt, écrit à son fils une lettre qui est un chef-d'œuvre de duplicité :

« Bien que l'éloignement que vous m'ordonnez [...] soit bien sensible à une mère qui vous a toujours si tendrement aimé, puisqu'il me force à me séparer de vous, voyant néanmoins que vous le désirez, je me suis résolue de vous rendre l'entière obéissance que vous demandez de moi et de me retirer à Moulins, en attendant que Dieu, protecteur de mon innocence, vous ait touché le cœur et fait reconnaître le tort que la séparation d'avec vous me fait, non seulement dans votre royaume, mais aussi par toute la Chrétienté... »

Mais, ajoute-t-elle, il y a la peste à Moulins et le château est en ruine. En attendant, elle suggère Nevers. Va pour Nevers. Mais voici qu'elle manque d'argent pour le voyage, qu'elle est malade et ne peut être soignée que par son médecin favori, Vautier, que l'itinéraire proposé ne lui convient pas. Le roi essaie de la manière forte, il resserre la surveillance : douze compagnies de Navarre devraient suffire à l'épouvanter. Mais rien n'y fait. On lui propose Angers, qu'elle refuse : ce ne peut être que l'antichambre de Florence. Non, elle ne quittera pas Compiègne, quand bien même on lui offrirait de regagner son cher palais du Luxembourg. Et elle se cloître dans sa chambre.

Il devient évident qu'elle cherche à gagner du temps, pour permettre à Gaston de terminer ses préparatifs. Voyant les troupes royales menacer sa place forte d'Orléans, le jeune prince avait sauté le pas. En compagnie de son demi-frère le comte de Moret, fils d'Henri IV et de Jacqueline de Bueil, il avait marché vers l'est à la tête de quatre cents fidèles en armes, en essayant de soulever la Bourgogne aux cris de « Vive Monsieur et la liberté du peuple ! », mais faute de rencontrer un écho favorable, il s'était réfugié à nouveau en Lorraine. Il s'efforçait de susciter une intervention

internationale pour délivrer sa mère. Les quinze ans de
la plus jeune sœur du duc Charles IV, la petite Marguerite, avaient su toucher son cœur très inflammable. Le
duc se déclara prêt à lui fournir de l'aide s'il l'épousait.
Philippe IV d'Espagne, pressenti, refusa de s'engager,
mais fournit quelques subsides et sa tante, l'infante
Isabelle-Claire-Eugénie, offrit une base de repli à
Bruxelles en cas de difficultés. Mais ce n'était là qu'un
dernier recours.

Si Marie tenait à rester à Compiègne, c'est que la
ville était proche de la frontière du nord. Le plan arrêté
avec Gaston était le suivant. Elle s'évaderait, et s'ins-
tallerait dans la place de La Capelle, aux confins des
Pays-Bas. Le gouverneur, le jeune marquis de Vardes,
récemment marié avec Jacqueline de Bueil, devait lui
en ouvrir les portes. De là elle en appellerait à l'opinion de toute la chrétienté. À défaut de victoire militaire, elle comptait sur les pressions diplomatiques
pour être rétablie dans ses prérogatives de reine mère,
après éviction de Richelieu. Le succès de l'entreprise
exigeait que ses auteurs n'aient pas l'air inféodés à
l'Espagne, pour qui Gaston n'avait d'ailleurs qu'une
sympathie mitigée. Dans une lettre ouverte à son frère,
rendue publique le 1er avril, il s'efforçait de prévenir le
blâme : il n'était point sorti de la cour pour troubler
l'État, mais pour défendre sa liberté et celle de sa mère.
Le 30 mai, il récidivait dans un manifeste d'une
extrême violence, un réquisitoire en règle contre
Richelieu, « prêtre inhumain et pervers, pour ne pas
dire scélérat et impie, qui, trahissant son ordre et sa
vocation, a introduit dans le ministère la perfidie, la
cruauté et la violence », et dont la politique belliciste
a réduit à la misère le pauvre peuple de France.

Il ne reste plus à Marie qu'à s'échapper de sa forteresse. Elle ne manque ni de détermination, en dépit de
son âge, ni d'expérience : elle a déjà à son actif une
évasion très réussie. Le 1er juin, ô miracle, voici que
l'étau se relâche. Un dernier ultimatum — quinze jours
pour choisir une des retraites qu'on lui propose — est

assorti d'une marque de « bonne volonté » : les troupes se retireront de Compiègne pour stationner à deux lieues.

Il est difficile de ne pas voir un piège dans cette prétendue mesure d'apaisement. Car, pour Louis XIII, Marie de Médicis est désormais plus dangereuse prisonnière que libre. La laisser fuir, c'est priver ses partisans de leur meilleur argument. Garder en captivité sa propre mère, qui est aussi la belle-mère de trois souverains d'Europe, est un scandale qui peut justifier une intervention militaire. Si elle est libre en revanche, qui voudra se battre pour lui rendre sa place au Conseil ? Il valait mieux la laisser partir. Non sans avoir déjoué une partie importante de son plan. Elle s'en apercevra trop tard, après s'être précipitée tête baissée dans les filets qu'on lui tend.

C'est par la porte et non par la fenêtre qu'elle sort cette fois de sa prison, le 18 juillet, par une belle nuit d'été. Elle est enturbannée de voiles qui lui dissimulent le visage. Avec elle quatre serviteurs, dont son aumônier et le lieutenant de ses gardes, qui expliquent au concierge qu'il s'agit d'une suivante s'en allant contracter un mariage secret. Comme jadis à la sortie de Blois, un carrosse les attend qui, de relais en relais, a vite fait de gagner La Capelle. Las ! à deux lieues de la ville, le jeune marquis de Vardes les rejoint, tout penaud : son père, soudain arrivé de Paris, lui a retiré le commandement de la place et en a fermé les portes. Les services de renseignement de Richelieu fonctionnaient bien !

Il ne restait plus aux fugitifs qu'à franchir la frontière des Pays-Bas. Marie de Médicis commettait ainsi la faute qu'elle avait voulu éviter : elle demandait asile à l'ennemi.

On ne sait quelle fut la part respective de Louis XIII et de Richelieu dans cette mise hors jeu de Marie de Médicis. Un fait est sûr : en dépit de ses scrupules et malgré toutes les pressions qu'il pourra subir, jamais le roi ne lui permettra de remettre les pieds sur le sol de France. Ils ne se reverront pas.

Mais s'il croyait être débarrassé d'elle, il se trompait. Derrière toutes les entreprises menées contre lui au cours des douze années suivantes, il reconnaîtra sa main.

TROISIÈME PARTIE

ÉCHEC AUX REINES

(1631-1643)

CHAPITRE ONZE

« UN DESSEIN D'IRRÉCONCILIATION PERPÉTUELLE »

Faute de pouvoir pénétrer dans La Capelle, Marie de Médicis n'avait d'autre ressource que de franchir la frontière. Le 19 juillet 1631, elle trouve dans le tout petit village d'Estœung un hébergement de fortune. Le lendemain elle entre à Avesnes. La voici en territoire espagnol. L'échec de son plan initial ne l'a pas découragée. Animée de ce que Richelieu appellera « un dessein d'irréconciliation perpétuelle », elle est d'autant plus décidée à poursuivre la lutte qu'elle croit en la victoire.

Nous mesurons mal, aujourd'hui, le scandale que constituait le choix de Louis XIII, assignant sa mère à résidence puis la contraignant à l'exil, plutôt que de lui sacrifier son premier ministre. Le conflit a certes des implications politiques, mais c'est d'abord, aux yeux de beaucoup, une affaire privée, domestique. Entre une reine prestigieuse, veuve d'Henri le Grand, mère du roi de France, des reines d'Espagne et d'Angleterre et de la duchesse de Savoie, et le serviteur ambitieux qui s'est emparé de l'esprit de son maître, comment pourrait-on hésiter une seconde ? En portant le débat devant l'opinion internationale, Marie se sent sûre de l'emporter. Contre le fils ingrat, elle espère susciter une « ligue des gendres » coalisés pour la rétablir dans ses droits. C'est une nouvelle guerre de la mère et du fils qu'elle prépare, à une bien plus vaste échelle, puisqu'elle aura pour arrière-plan l'impitoyable conflit qui fait rage depuis vingt ans dans le centre de l'Europe.

Son premier geste fut d'envoyer deux messagers, l'un vers Paris, pour justifier sa fuite, l'autre vers Bruxelles, pour demander asile.

Louis XIII inflexible

La lettre de Marie de Médicis à son fils mêle à une longue plainte sur sa détention d'habiles reproches contre le cardinal, rendu seul responsable de tous ses malheurs. Cinq mois durant, elle a subi patiemment, à Compiègne, humiliations et brimades, dans le vain espoir que la pitié prévaudrait : « J'y ai souffert ce qu'une femme de moindre condition que moi aurait bien de la peine de souffrir avec patience. L'on m'a arrêtée en criminelle dès le commencement pour n'avoir pas voulu obéir aux volontés du cardinal ; depuis l'on m'a traitée comme la plus grande ennemie de la France. [...] Comme j'ai vu que mon corps diminuait bien fort et mes forces de jour en jour s'abattaient, et que l'intention du cardinal était de me faire mourir entre quatre murailles, je me suis résolue, pour sauver ma vie, ma réputation et pour donner un peu de relâche à mes maux, de recevoir l'offre [...] d'aller à La Capelle... »

La réponse fut rapide et très sèche. Louis XIII refuse d'entrer dans son jeu : « Je suis d'autant plus fâché de la résolution que vous avez prise de vous retirer de mes États que vous n'en aviez point de véritable sujet. La prison imaginaire, les persécutions supposées dont vous vous plaigniez et les appréhensions que vous témoignez avoir eues à Compiègne de votre vie, n'ont pas [...] de fondement... » En somme, il la traite de mythomane.

Ulcérée, elle le relance, en concentrant le tir sur Richelieu : « Tout n'aboutit qu'à vous demander justice d'un mauvais serviteur et à vous faire voir ses crimes et ses desseins contre votre État. » Elle pardonnerait de bon cœur si son honneur n'était en cause. Qu'il soit traduit devant le parlement de Paris et condamné. Après quoi, elle lui fera grâce de la vie si son fils le souhaite.

Cette fois, Louis XIII ne répliqua pas directement. Mais il convoqua des représentants du parlement pour dénoncer les propos mensongers de sa mère et confirmer son entier soutien à Richelieu : « Quiconque l'aimera m'aimera et je le saurai bien maintenir. » Aux brillants pamphlets publiés par Mathieu de Morgues pour la défense de Marie de Médicis, il fit répliquer par des articles dans le *Mercure français* et la *Gazette*. Et dès le mois d'août, Richelieu était nommé duc et pair.

Louis XIII fut-il réellement fâché du départ de sa mère ? On ne sait. Richelieu, lui, parla d'une « purgation salutaire du royaume ». Elle avait quitté d'elle-même la France pour se rendre chez les Espagnols : grand bien leur fasse !

L'accueil des Pays-Bas

Ne pouvant administrer eux-mêmes leurs possessions flamandes, les rois d'Espagne avaient pris l'habitude de déléguer leurs pouvoirs à des membres de leur famille. Depuis le début du siècle, les Pays-Bas étaient gouvernés par un couple, l'archiduc Albert, fils de l'empereur Maximilien II, et sa femme, l'infante Isabelle-Claire-Eugénie. Devenue veuve en 1621, celle-ci continue de régner à Bruxelles. L'éloignement de Madrid lui donne une importante marge de manœuvre.

L'infante Isabelle est la fille de Philippe II et de sa troisième épouse, Élisabeth, fille d'Henri II et de Catherine de Médicis. C'est une charmante vieille dame de soixante-cinq ans, très pieuse, mais pas confite en dévotion. Bien qu'elle-même ait choisi de revêtir, après la mort de son mari, l'austère habit noir des clarisses, elle entretient une cour fort animée, où règne un esprit d'aimable indulgence. Mal consolée de la sécession des provinces du nord, où s'est implantée solidement une république calviniste, elle milite pour la Réforme catholique, dont son demi-frère Philippe III, puis son neveu Philippe IV sont les champions. Si attachée qu'elle soit à l'Espagne, elle n'a pas oublié ses origines françaises et italiennes. A Marie de Médicis, qui est de sa famille, de sa génération, qui partage non seulement ses options politiques et religieuses, mais ses façons de penser et de sentir, elle est prête à ouvrir tout grands les bras.

Elle y est d'autant plus disposée que Bruxelles abrite depuis longtemps des émigrés français menacés d'arrestation, voire condamnés à mort par contumace. Aux transfuges de la Ligue ont succédé les opposants à Richelieu. Dans cette période de guerre froide où chacune des deux puissances rivales encourage le désordre chez l'adversaire, les Pays-Bas francophones, très proches de Paris, constituent pour les hispanophiles français ce que nous appellerions un « sanctuaire » idéal.

La fugitive y reçoit donc un accueil triomphal. Elle quitte la petite ville d'Avesnes pour se rendre à Mons où elle est reçue en souveraine. Les autorités civiles lui offrent des banquets et des bals, le clergé la choie, elle est invitée à visiter églises et monastères, à honorer de sa présence la fête d'Ignace de Loyola, fondateur des jésuites. De joie et de fatigue la tête lui tourne. Il lui faut s'aliter. Elle est tout juste rétablie lorsque arrive l'infante, qui vient la chercher en grande pompe. Les deux femmes se rencontrent aux portes de la ville, s'embrassent avec chaleur, puis parcourent les rues en cortège, sous les acclamations. Le lendemain 12 août, départ pour Bruxelles, qui déploie le tapis rouge, au propre et au figuré. L'estrade où l'attendent les magistrats municipaux est drapée d'écarlate et les discours sont dithyrambiques. « La mère de tant de rois et de tant de vertus ensemble » sera logée princièrement, dans l'ancien palais des ducs de Brabant. Jusqu'à la fin du mois, Marie savoure les merveilles de la capitale flamande, dans un tourbillon de fêtes. Après Bruxelles elle veut voir Anvers. Elle y retrouve Rubens, dont elle visite la riche demeure tapissée de chefs-d'œuvre. Elle y découvre l'étoile montante de la peinture, Van Dyck, qui fait son portrait.

L'avenir se présente à ses yeux sous les plus riantes couleurs. Par l'intermédiaire du fidèle Rubens, à nouveau saisi par le prurit de la politique, elle fait savoir au marquis d'Aytona, représentant permanent de Philippe IV à Bruxelles, qu'elle rassemblera sans peine une armée de 2 500 cavaliers et 15 000 fantassins, et que les ducs de Guise, d'Épernon et de Bouillon sont prêts à entrer en campagne pour elle. Avec l'appui des invincibles troupes espagnoles, elle compte retrouver très vite à Paris ses prérogatives de reine mère.

Invincibles ? Est-ce certain ? Marie eut sous les yeux la preuve du contraire. L'Espagne mettait au point à Anvers une énième tentative de reconquête des Provinces-Unies. Une flottille devait descendre l'Escaut pour couper en deux leur territoire, préparant les voies à une intervention terrestre. Marie assista aux derniers préparatifs, passa en revue les combattants et bénit leurs armes. En pure perte : la rencontre se solda par une victoire sans appel des Hollandais, appuyés par un fort contingent de volontaires français, avec l'assentiment tacite de leur gouvernement. Cet échec pousserait-il les Espagnols à miser sur elle pour renverser le ministre incriminé ou les inciterait-il à la prudence ? La seconde hypothèse ne vient même pas à l'esprit de Marie de Médicis. C'est pourtant celle qui prévaut à Madrid.

À vrai dire Philippe IV n'a jamais envisagé un instant de faire fond sur elle. Lorsqu'une dépêche d'Aytona lui annonça qu'elle s'était réfugiée aux Pays-Bas, ce fut la consternation. Olivarès, l'homologue espagnol de Richelieu, ne mâcha pas ses mots : il ne croyait pas qu'elle leur amène les troupes promises. Mais si même elle les amenait, il faudrait les payer, des sommes énormes, pour un succès très hypothétique. Autant jeter l'argent par les fenêtres. De plus, conclut-il, « nous irriterons le roi de France et la reine mère nous restera sur les bras, sans moyen de nous en débarrasser ». La solution ? Qu'elle s'installe donc chez les voisins allemands, à Aix-la-Chapelle, une ville libre relevant directement de l'Empereur.

Hélas, entre Bruxelles et Madrid, la route est longue et les communications difficiles. Philippe IV n'avait reçu la nouvelle qu'au milieu du mois d'août. Lorsque sa réponse parvient à destination, la fugitive est déjà installée aux Pays-Bas et traitée en reine. L'infante Claire-Isabelle s'est trop engagée pour pouvoir reculer. Elle a promis son concours financier aux émissaires de Gaston d'Orléans qui, réfugié en Lorraine, prépare une expédition pour rétablir sa mère dans ses droits. Puisque décidément Marie de Médicis semble tenir bien en main son fils cadet, la cause n'est peut-être pas désespérée. L'Espagne laisse donc l'entreprise suivre son cours.

Mainmise sur Gaston d'Orléans

À cinquante-huit ans, Marie de Médicis a largement atteint l'âge de la retraite. Elle a depuis longtemps démontré son aptitude à semer le trouble et la discorde. Elle n'a plus par elle-même aucun crédit et personne ne s'aviserait de la soutenir si elle ne dominait l'esprit de son plus jeune fils. Il est son meilleur, son seul atout. Or — nous avons tendance à l'oublier parce que nous savons la suite de l'histoire — tous voient alors en Gaston d'Orléans le prochain roi de France, à très brève échéance, puisque la santé de Louis XIII se détériore de jour en jour. Miser sur lui, c'est préparer l'avenir. Il trouvera toujours des partisans pour appuyer ses rébellions.

Gaston est donc une pièce maîtresse dans le combat que livre Marie de Médicis contre Louis XIII et Richelieu. Pour le neutraliser, le roi use tour à tour, auprès de lui et surtout auprès de son entourage, de la carotte et du bâton : des honneurs, de l'argent, ou au contraire des menaces, des condamnations. Mais il en faudrait davantage pour effacer des blessures profondes : Gaston déteste Richelieu et, plus grave encore, il juge vraiment sa politique désastreuse. Marie de Médicis n'a donc pas de peine à obtenir de lui des proclamations tonitruantes qui creusent irrémédiablement le fossé entre son frère et lui : ne prétend-il pas délivrer le royaume du « prêtre inhumain et pervers [...] qui, trahissant son ordre et sa vocation, a introduit dans le ministère la perfidie, la cruauté et la violence » et a réduit à la plus extrême misère le pauvre peuple de France ?

Gaston est jeune, il est faible, aisément influençable — « Sa trop facile Altesse », le surnomme Richelieu. Il a le cœur tendre. Et il est toujours à marier. Louis XIII lui fait savoir qu'il est prêt à lui laisser épouser Marie de Gonzague : c'est de bonne guerre, la reine mère sera furieuse. Mais c'est trop tard, l'intéressé s'en est dépris. En Lorraine, où il a cherché asile, le duc Charles IV lui a jeté dans les bras sa plus jeune sœur, Marguerite. Elle a dix-huit ans, elle est frêle, douce, timide, elle admire le prince charmant qui sera demain roi de France. Il fond de tendresse, tandis que le duc pousse à la roue : le mariage contre l'appui des armées lorraines. Marie de Médicis, consultée, approuve avec chaleur : l'héritier du trône marié sans l'assentiment du roi, c'est une faute grave ; avec la sœur d'un adversaire, la faute devient irréparable. Elle tient Gaston.

Louis XIII eut vent du projet. L'occasion était bonne pour mettre à la raison un voisin dangereux et pour déloger son frère. Apprenant qu'il s'approchait à la tête d'une armée, Gaston s'enfuit au Luxembourg avec les troupes qu'il avait levées, s'y fit battre par le maréchal de La Force, trouva Sedan occupé par les Français et fut contraint de gagner les Pays-Bas. Il aurait voulu éviter le recours direct aux Espagnols, qui répugne à beaucoup de ses partisans et fait mauvais effet en France : c'est raté. Le voici embarqué avec sa mère aux côtés de l'Espagne, alors que la guerre ouverte entre les deux pays apparaît désormais inévitable. Et par-dessus le marché, il est marié ! Le 3 janvier 1632 il a épousé la jeune Marguerite, en si grand secret que les espions n'en ont rien su. Et avant de s'enfuir, il a pris soin de consommer le mariage. Charles IV, qui avait organisé la cérémonie, mais s'était bien gardé d'y assister, put feindre l'ignorance et promettre à Louis XIII, lors du traité de Vic signé trois jours plus tard, qu'il s'opposerait à cette union. Lorsque le roi comprit qu'il avait été berné, sa fureur ne connut plus de bornes. Marie de Médicis, elle, pavoisait. Le 28 janvier elle serrait dans ses bras son plus jeune fils.

Bruxelles réserva au duc d'Orléans un accueil fastueux, digne d'un futur roi de France : avec une pareille carte dans son jeu, l'Espagne jugeait que la partie valait la peine d'être jouée. La cour est fort gaie. Tout en écrivant à son épouse restée en Lorraine, à qui il donne le surnom romanesque de « petite Angélique », le jeune marié papillonne autour des belles dames flamandes, tandis que son principal conseiller, Puylaurens, poursuit son idylle avec la princesse de Phalsbourg, sœur aînée de Marguerite. L'argent coule à flots, pour les festivités et pour le recrutement des troupes. Gaston a monnayé les bijoux de sa première femme, Marie de Médicis a sacrifié quelques-uns des siens et l'infante a ouvert un crédit de 20 000 écus. Madrid en envoie 100 000 et promet de substantielles mensualités. Tout est en place pour une offensive de grande envergure.

La révolte du duc de Montmorency

En France, l'impopularité de Richelieu est alors extrême, dans toutes les couches de la société. Les grands sont depuis longtemps révoltés par son autoritarisme brutal ; la pression fiscale lui a aliéné les classes moyennes ; dans les campagnes, la misère suscite des jacqueries endémiques. Pour regrouper les mécontents de l'intérieur, il manquait un chef. Ce sera l'héritier d'une des familles les plus prestigieuses de France, Henri II de Montmorency, maréchal de France, gouverneur du Languedoc. Il avait soutenu Richelieu lors de la crise de 1630. Mais la récompense escomptée ne vint pas. Il s'estima frustré, trouva que le ministre se moquait de lui et, poussé par le ressentiment, aiguillonné par sa femme, née Orsini, amie de la reine mère, entraîné par le mécontentement qui grondait dans sa province, il bascula.

Il s'engagea à soulever le Languedoc, tandis que Gaston, traversant pour le rejoindre la Bourgogne et l'Auvergne, tenterait de les rallier à leur cause. Le gouverneur de Calais livrerait la ville aux conjurés et le duc de Lorraine envahirait la Champagne. Louis XIII, informé, donna un coup de semonce brutal. Il fit passer en jugement Louis de Marillac, incarcéré au lendemain de la journée des Dupes. Et comme un tribunal ordinaire se serait refusé à le condamner, faute de griefs sérieux, il nomma une commission extraordinaire. C'était, on s'en souvient, un des proches conseillers de la reine mère. Elle jeta feu et flamme, écrivit à son fils des lettres indignées, en adressa d'autres aux juges pour les menacer de représailles. Elle ne réussit qu'à renforcer la détermination du roi. Le 8 mai 1632, le maréchal était condamné à mort, au mépris de toute justice, au terme d'un procès inique. Le 10, il était décapité. Son frère aîné, l'ancien garde des sceaux Michel de Marillac, en mourut de chagrin trois mois plus tard dans sa prison. Sanglant avis aux amateurs de subversion !

Et le procès compromit, par contrecoup, toute
chance de succès pour Gaston et Montmorency. Car
dans l'espoir de sauver Marillac, ils voulurent précipiter le soulèvement, hâtèrent les préparatifs, au mépris
de toute prudence. Leurs plans, mal coordonnés, furent
découverts par les agents de Richelieu, qui put les
contrecarrer sans peine. Gaston ne recueillit pas en
chemin les adhésions escomptées : le sort de Marillac
faisait réfléchir ceux que ne suffisait pas à rebuter l'alliance espagnole. Parti trop tôt de Bruxelles, il dut s'attarder en Auvergne pour laisser à son complice le
temps de réunir ses troupes. Le combat qui s'engagea
devant Castelnaudary le 1er septembre ne dura guère
plus d'une demi-heure. Les conjurés manquaient cruellement de stratégie. Le comte de Moret, demi-frère du
roi, fonçant à l'aveuglette sur les troupes royales, se fit
tuer dans les premières minutes. Le duc de Montmorency, se ruant à son tour dans la mêlée, fut blessé et
pris, en dépit des efforts de ses vainqueurs pour le laisser fuir : nul n'avait envie d'assister à ce qui suivrait.

L'entourage de Gaston ne l'avait pas laissé exposer
au premier rang sa précieuse personne d'héritier du
trône. Battu sans recours, il ne lui restait plus qu'à
s'humilier pour tenter de sauver la vie du prisonnier.
Dans le traité qu'il signa à Béziers, il en passa par
toutes les exigences de son frère : assigné à résidence
à Tours, il éloignerait de son service les gens déplaisant au roi et avertirait celui-ci de toute menée
suspecte. Il renonçait à « toute intelligence avec l'Espagne, la Lorraine et la reine mère ». Quant aux vaincus de Castelnaudary, il s'engageait à ne pas intervenir
pour eux. Mais il plaida leur cause en privé. En vain.
Montmorency fut condamné à mort. Les larmes de la
duchesse, les prières de la reine régnante, du confesseur du roi et de bien d'autres, furent sans effet.
Louis XIII et Richelieu laissèrent entendre, chacun de
son côté, qu'ils auraient bien fait grâce, mais que
l'autre s'y opposait. En fait ils étaient d'accord pour
une sévérité exemplaire et la découverte, sur le prison-

nier, d'un médaillon à l'effigie d'Anne d'Autriche avait contribué, disait-on, à aigrir le roi. Le duc monta sur l'échafaud le 30 octobre 1632 à Toulouse. Comme il était très aimé, on l'exécuta à huis clos, dans la cour de l'Hôtel de Ville et non en place publique. Sa mort frappa de stupeur l'Europe entière. Le temps était bien fini où les grands pouvaient se révolter impunément, pour monnayer ensuite leur ralliement à prix d'or. Il leur faudrait rompre avec les mauvaises habitudes prises sous la régence. Quant à Gaston, sorti indemne, comme dans l'affaire Chalais, d'un drame où étaient tombées les têtes de ses amis, il y gagna une solide réputation de lâcheté. La leçon était cruelle, mais claire : il ne faisait pas bon s'engager à ses côtés.

Lui-même s'en veut, se fait des reproches, tout en cherchant des responsables : « La reine mère m'a porté dans cette brouillerie. Son opiniâtreté a causé tout le mal. Il faut maintenant qu'elle s'amuse [1] à prier Dieu. Quant au père de l'Oratoire, je voudrais que le diable l'eût emporté. » Il semble bien décidé à se tenir tranquille.

Marie de Médicis, non moins intouchable que lui, mais beaucoup plus vindicative, se prépare à continuer seule la lutte du fond de sa retraite des Pays-Bas.

Espoirs et déconvenues

Tandis que Gaston d'Orléans tentait vainement de soulever le sud de la France, elle négociait avec le plus grand entrepreneur de guerre du moment, le célèbre Wallenstein, qui mettait sa science militaire et ses troupes aguerries au service du plus offrant. Il avait été

---

1. *S'amuser* signifie passer son temps, s'occuper. Marie de Médicis est en effet à l'âge où l'on commence, au XVIIᵉ siècle, à se préoccuper de sa mort prochaine. — Le père de l'Oratoire est l'abbé Chanteloube, qu'on a déjà vu aux côtés de la reine lors des guerres de la mère et du fils.

jusqu'alors au service de l'Empereur. En 1632 la mort de son principal adversaire, le roi de Suède Gustave-Adolphe, risque de rendre ses services inutiles et de le mettre au chômage. Il est à la recherche d'un nouvel employeur. Mais les pourparlers engagés par Marie n'aboutissent pas. Richelieu a fait arrêter et exécuter l'émissaire qu'elle lui a envoyé. Et surtout, elle ne peut concurrencer tels autres candidats plus fortunés. Prières et pèlerinages n'y font rien, Notre-Dame de Montaigu ne saurait lui rendre les sommes dépensées pour la récente aventure militaire. L'argent manque et le découragement s'installe dans son entourage.

Le désastre de Castelnaudary précipite la débandade : sans Gaston, plus de perspectives d'avenir. Certains de ses serviteurs, et non des moindres, sollicitent l'autorisation de rentrer en France. Elle se fâche, fait arrêter le plus notable d'entre eux, capitaine de ses gardes, parle de le faire passer par les armes. Il appelle à son secours les États-Généraux des Pays-Bas, mais leur intervention provoque l'indignation de Marie : ce n'est qu'un « domestique », qui a perdu le respect dû à sa maîtresse, elle prétend avoir sur lui juridiction souveraine. On reconnaît là quelques arguments familiers. Gros remous, scandale. L'infante Isabelle, sommée de trancher, n'ose aller contre l'opinion publique et fait relâcher le malheureux. Marie a perdu dans l'affaire une partie du capital de sympathie dont elle jouissait dans ce pays très attaché à la justice et à la liberté. Quant aux autorités de Madrid, elles sont plus réservées que jamais.

Sur ces entrefaites débarque inopinément aux Pays-Bas l'incorrigible Gaston d'Orléans. Pourquoi cette nouvelle équipée ? Craignant à juste titre la colère de son frère, il avait menti aux négociateurs qui l'interrogeaient sur son projet de mariage lorrain. Or il a appris que Montmorency, à la veille de sa mort, a dévoilé la vérité. Il prend peur et ses conseillers plus encore, car eux risquent leur tête. Les voilà donc partis très discrètement, en modeste équipage, vers Bruxelles où ils

Une mère impérieuse : Marie de Médicis
et le futur Louis XIII en 1603.

Henri IV, partant pour la guerre en 1610,
confie le royaume à Marie de Médicis.

Gaston d'Orléans.

Louis XIII adolescent.

Henriette d'Entragues.

Bérulle.

Richelieu.

Les mariages espagnols.

Le couple Concini.

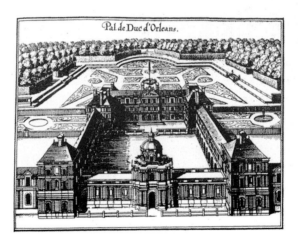

Le palais du Luxembourg.

5

Réception faite à la reine du Louvre
où Leurs Majestés prennent le frais sur le balcon.

L'entrée de Marie de Médicis à Bruxelles (13 août 1631).

Sic ivit noſtram grandis MEDICEA per Vrbem,
Sceptrorum Mater ſuſpicienda trium.

Marie de Médicis à Amsterdam (août 1638).

Une mère en adoration devant son fils :
Anne d'Autriche et le futur Louis XIV vers 1640.

L'échange des princesses : Élisabeth de France et Anne d'Autriche
(détail).

ANNE DAVSTRICHE III DV NOM ROYNE DE FRANCE ET DE NAVARE

La Maiesté Royale et la libre nature
Ce chef dœuure ont paré de leurs plus beaux tresors,
Et lame qui lanime est si parfaicte et pure
Quil nia rien, de manque et dedans et dehors

Portrait d'Anne d'Autriche jeune femme.

Louis XIII.

Anne d'Autriche

Buckingham.

Mazarin.

Les deux petits princes, Louis et Philippe,
aux côtés de leur mère en grand deuil.

Le lit de justice du 18 mai 1643.

Condé.

Broussel.

Louis XIV en tenue d'apparat à l'âge de dix ans.

L'île des Faisans.

Le jeune roi en Soleil.

La rencontre entre Louis XIV et Philippe IV en juin 1660.

arrivent le 21 novembre. L'infante les reçoit sans joie, mais poliment. Marie de Médicis, elle, écume de rage. Elle ne pardonne pas à Gaston de s'être désolidarisé d'elle par le traité de Béziers. Pour ne pas le rencontrer, elle s'enfuit à Malines puis à Gand, dont le climat trop humide la rendra malade. Fièvre, migraines, saignées. Louis XIII averti fait prendre de ses nouvelles. Elle en profite pour réclamer son médecin et homme de confiance, Vautier, toujours emprisonné. On lui envoie à sa place deux confrères fort réputés, qui lui conseillent de regagner Bruxelles, et des vœux du cardinal pour sa santé, qui la mettent en fureur.

Gaston fit les premiers pas, la revit, flatta son désir d'en découdre avec Richelieu, amorça des négociations avec les Espagnols. Mais la confiance entre eux est bien morte. Monsieur n'a plus envie de faire la guerre. S'il s'est enfui, c'est pour sa « sûreté » — en clair pour éviter d'être retenu prisonnier comme le fut sa mère à Blois et à Compiègne — et pour être en mesure de négocier les mains libres. Il n'a qu'un but, faire accepter son mariage par Louis XIII et regagner la France pour y retrouver sa place de second personnage du royaume. Marie de Médicis rêve toujours d'abattre le cardinal, mais elle voudrait elle aussi, rentrer en France, ne serait-ce que pour récupérer ses revenus confisqués. Elle préférerait, décidément, mener la lutte de l'intérieur.

Le point de vue de Richelieu, exposé en Conseil, est très clair. Il faut faire revenir Gaston d'Orléans, mais surtout pas la reine mère : « On ne voyait aucun profit qu'on pût retirer de son retour, ains[1] beaucoup de mal. » Mais ce point de vue est difficile à mettre en œuvre. Car Louis XIII fait de l'annulation du mariage de son frère une condition *sine qua non* à son accommodement, pour des raisons passionnelles autant que politiques. Le mariage n'a pas été publié, les époux n'ont cohabité qu'une semaine : autant d'éléments

---

1. Mais.

favorables à une rupture discrète. Une campagne militaire vivement menée devrait venir à bout de la résistance de Charles IV. Nancy est bloqué, la Lorraine occupée, les territoires relevant de la couronne de France saisis. Mais le duc réussit à faire évader sa sœur. Habillée comme un homme d'un pourpoint et d'un haut-de-chausses noirs, avec bottes et éperons, ses longs cheveux emprisonnés sous une perruque, elle traversa incognito le camp français cachée au fond d'un carrosse, puis elle sauta sur un cheval, suivie d'un seul serviteur, et galopa seize heures durant avant d'atteindre Thionville, alors citadelle espagnole. À Namur, elle tomba dans les bras de son époux venu à sa rencontre. « Jamais je n'aurais cru, s'exclama-t-elle joyeusement, ce que disent les romans des princesses exilées, si je n'en eus fait moi-même l'expérience. »

Loin de céder aux pressions de son frère, Gaston envoie des faire-part au pape et aux souverains étrangers, et comme Louis XIII proclame son refus de consentement dans une déclaration enregistrée au parlement, il lui réplique en faisant célébrer à nouveau son mariage, solennellement, par l'archevêque de Malines. Marie de Médicis, ravie de ce bon tour joué à son fils aîné, fête joyeusement l'arrivée de sa nouvelle bru.

Mais à la fin de 1633 survient un coup dur. La disparition de l'infante Isabelle, le 1ᵉʳ décembre, prive de son meilleur soutien le dernier bastion d'exilés français. Elle a beau faire promettre à Gaston, à son lit de mort, « d'aider et consoler Madame sa mère » et de lui conserver l'amour qu'il lui doit, la fragile entente qui subsistait entre eux ne lui survivra pas. Le Conseil chargé de gérer les Pays-Bas en attendant l'arrivée du nouveau gouverneur, le cardinal-infant, frère de Philippe IV, n'a que faire de ces réfugiés politiques turbulents et brouillons, qui ne tiennent pas leurs promesses et coûtent beaucoup d'argent. Les difficultés quotidiennes aggravent la mésentente. Entre Gaston et sa mère, rien ne va plus. Leurs favoris respectifs, Puylaurens et Chanteloube, dont le temps qui passe aigrit l'humeur, se querellent, s'injurient, se tendent des guet-apens.

Complots et négociations continuent d'aller bon train. Pour venir à bout de Richelieu, Marie de Médicis soudoie des assassins, qui se font prendre, engage des magiciens, dont les sortilèges semblent plus efficaces : le cardinal est souffrant, elle expose dans une lettre à sa fille Chrétienne comment elle compte manœuvrer au lendemain de sa mort. Mais la lettre tombe entre les mains de ses espions et il se rétablit. Monsieur, lui, mène avec la France et avec l'Espagne des tractations contradictoires, prétextant auprès de chaque parti qu'il lui faut bien donner le change à l'autre. Il signe en même temps des engagements des deux côtés. Mais on voit bien où penche son cœur. Les opérations militaires en Allemagne, après avoir été longtemps favorables à la Suède, que soutient la France, tournent à l'avantage du Habsbourg de Vienne, l'empereur Ferdinand II, champion de la cause catholique : voici qu'il remporte une victoire écrasante à Nördlingen — ce qui signifie que la France va devoir entrer en guerre. Tandis que la nouvelle arrache à sa mère des cris de joie, Gaston quitte la table où il était en train de jouer et jette dans l'Escaut ses cartes et son argent. « Inutile de lever pour lui des soldats, déclara-t-il ; il ne tirera pas un coup de pistolet contre la France. »

Les réjouissances qui suivent cette victoire apportent à Marie un lot de nouvelles défections : les Français ne sont plus *persona grata* à Bruxelles. Tandis que sa mère et sa femme multiplient les pressions sur Gaston pour qu'il s'engage aux côtés de l'Espagne, il négocie son retour en France, moyennant l'assurance que la question de son mariage sera examinée par une commission ecclésiastique. Le traité, signé par Louis XIII à Écouen le 1er octobre 1634, parvient à Bruxelles en grand secret quelques jours plus tard. Gaston le signe à son tour. Trois semaines lui sont accordées pour rentrer. Mais il n'en demande pas tant. À l'aube du 8 octobre, il met en œuvre son plan de fuite. Une partie de chasse au renard lui sert de prétexte pour entraîner une trentaine de ses fidèles. Quatre seulement sont au courant. On fait halte. Gaston harangue les autres, leur laisse le choix. Tous optent pour la France. Ils galopent tout le jour sous le couvert des forêts. Le soir même les plus rapides sont aux portes de La Capelle, en territoire français. Le 21 octobre, à Saint-Germain, les deux frères échangent dans l'allégresse générale les mots attendus : « Je vous ai pardonné, dit Louis, ne parlons plus du passé, mais de la joie que je ressens très grande de vous revoir ici. » Et comme il remarquait que l'heure du repas était largement passée, Gaston répliqua gracieusement : « Il y a quatre ans que je dîne tous les jours sans voir le roi. Je ne puis moins faire que de préférer ce bien à mon dîner. »

Derrière cette « merveilleuse joie » se cachent encore, chez l'un comme chez l'autre, bien des rancœurs prêtes à resurgir. Plutôt que de rester auprès du roi, Monsieur préfère s'installer dans son riche apanage, au château de Blois. Entouré de sa propre cour, il y goûte avec délices la vie insouciante de prince de la Renaissance pour laquelle il se sent fait. Et en attendant qu'il soit statué sur son mariage, il poursuit une idylle passionnée avec la ravissante fille d'un modeste gentilhomme tourangeau, passée dans l'histoire sous le nom familier de Louison Roger.

Quels que soient ses sentiments intimes à l'égard de son frère, il est las de l'exil, de l'aventure, des ennuis d'argent. La rupture entre lui et sa mère paraît définitive. La sachant prête à tout pour empêcher son accommodement, il est parti sans l'embrasser, sans même la prévenir. Elle ne le lui pardonne pas. Elle ne compte plus que sur les Espagnols. Après trois ans de séjour à Bruxelles, la Florentine fille de Jeanne d'Autriche a rejoint, d'esprit et de cœur, ses ancêtres Habsbourg. Elle félicite sans états d'âme le vainqueur de Nördlingen et, dans la guerre déclarée l'année suivante, ses vœux iront à l'Espagne.

À toutes ses tentatives pour rentrer en France, elle se verra proposer des conditions inacceptables, qu'elle rejettera avec hauteur. Qu'elle reste désormais à la charge de l'autre camp !

CHAPITRE DOUZE

UNE REINE SOUS SURVEILLANCE

Quel fut le sort d'Anne d'Autriche après l'éviction
de Marie de Médicis ? Il nous faut maintenant remonter de quelques années en arrière.

Le coup de théâtre de Compiègne, suivant de peu la
journée des Dupes, a frappé Anne de stupeur. Mais si
son époux compte qu'elle va en tirer la leçon et se
désolidariser de sa belle-mère, il se trompe. Elle s'indigne au contraire et sa haine contre Richelieu
redouble. Et bientôt l'accueil réservé par les Pays-Bas
à la fugitive vient lui redonner confiance : tout n'est
pas perdu. Elle s'installe donc dans une hostilité délibérée.

Or le départ de Marie a modifié sa situation. La reine
mère, éclipsant sa bru, dominait la vie de cour et la vie
politique. C'est elle qui servait de porte-drapeau aux
adversaires de son ancien favori. Maintenant qu'elle
n'est plus là, la reine régnante se trouve projetée au
premier plan. Elle devient le centre naturel du foyer
d'opposition qui subsiste en France. Elle entretient
avec les exilés une correspondance régulière, elle est
avertie de tous les complots, qu'elle encourage de ses
vœux. À cette espèce de promotion, si l'on peut dire,
elle ne gagne aucun pouvoir. Mais elle est plus exposée
et court davantage de risques. Elle constitue un enjeu

politique, dont Richelieu a pris aussitôt la mesure. Il est capital pour lui de la neutraliser. En l'amadouant ? en l'intimidant ? Il essaiera des deux méthodes, à la fois ou tour à tour, en pure perte. Au fil des années, elle passe d'espérances en déconvenues. Elle subit de plein fouet le contrecoup des échecs de sa belle-mère. Plus elle sent monter sur elle la pression, plus elle se débat comme un animal pris au piège, multipliant les imprudences, comme toujours, jusqu'à la crise finale où elle sera prise en faute et brisée.

Le malentendu

Anne d'Autriche a commencé par avoir très peur. Au point d'en perdre la tête. Passe encore qu'elle redoute une répudiation, oubliant que ce serait un *casus belli* avec son pays natal et que le pape ne consentirait jamais à une annulation, que d'ailleurs le très pieux Louis XIII n'oserait pas solliciter. Mais lorsqu'on lui refuse les services de son apothicaire, soupçonné de lui transmettre des messages politiques, ne va-t-elle pas s'imaginer que son remplaçant est chargé de l'empoisonner, pour permettre au roi d'épouser... la nièce de Richelieu, Mme de Combalet, veuve d'un modeste gentilhomme de province ! Fallait-elle qu'elle fût affolée pour croire que l'intéressé se fût prêté à pareille mésalliance !

Nous savons aujourd'hui, par les documents d'archives, que Richelieu ne fut pas son persécuteur, qu'il n'envenima pas ses relations avec son époux et qu'il lui arriva même de la « couvrir », en gardant par-devers lui des informations qui la mettaient en cause. Disons-le franchement : il y avait tout intérêt.

Il vient de remporter sur Marie de Médicis une périlleuse victoire. En 1631, sa position reste fragile. Il a contre lui la majeure partie de l'opinion en France et en Europe. Et il n'est pas sûr du roi — personne ne peut jamais être sûr de Louis XIII. Il le sait tourmenté

de remords, que ses confesseurs ne se feront pas faute
d'exploiter : appui aux puissances protestantes, mauvais traitement à sa mère sont autant de péchés pour la
conscience scrupuleuse du Très-Chrétien. Le cardinal
passe pour avoir suscité dans la famille royale une
scandaleuse discorde : Louis XIII lui a sacrifié sa mère
et s'est brouillé avec son frère. Il vaudrait mieux pour
lui que le couple royal cesse de se déchirer. Entre
les deux époux, Richelieu souhaite plus qu'une paix
armée : une réconciliation véritable.

Il a donc des égards pour Anne et lui vaut quelques
satisfactions, par exemple, au lendemain de la journée
des Dupes, le retour de la duchesse de Chevreuse, bannie de la cour après l'affaire Chalais. Mais il en faudrait davantage pour vaincre l'animosité de la jeune
femme. Comme le roi lui voue, depuis le « grand
orage » de 1630, un ressentiment justifié, elle ne voit
pas se dissiper la chape de suspicion qui l'écrase et
elle rend le cardinal responsable de toutes les avanies,
réelles ou imaginaires, qu'elle subit. Pour expliquer les
amabilités de Richelieu à son égard s'élabore alors un
étrange roman d'amour déçu, dont se sont délectés les
contemporains.

La rumeur, on l'a dit, courait les antichambres
depuis longtemps : Richelieu aurait été éperdument
épris d'elle. D'après les confidences tardives de l'intéressée à Mme de Motteville, il lui aurait un jour tenu
des propos passionnés, que l'arrivée inopinée du roi
l'aurait empêchée de relever vertement ; elle aurait pris
le parti de faire silence sur cet incident, dont la date ne
nous est pas connue. Est-ce vrai ? n'est-ce pas vrai ?
Tout est possible, naturellement, et les plus grands
hommes ont leurs faiblesses. Mais avec le recul, le
scepticisme prévaut, tant les risques étaient grands. On
voit bien, en revanche, d'où put naître l'équivoque.
Profondément coquette, la reine n'est que trop disposée
à considérer tous les hommes comme des soupirants
en puissance et à provoquer en eux des comportements
de « galanterie » : elle « entendait les airs », dira le

cardinal de Retz. Autour d'elle sa volière de filles d'honneur ne demandait qu'à donner les couleurs de la passion au moindre geste de politesse un peu appuyée.

Et puis, quel magnifique moyen de le compromettre ! Il semble bien que la reine, à l'instigation probable de Mme de Chevreuse, ait tenté de le piéger au printemps de 1631. Elle se plaignit de ne pas recevoir de lui les égards de rigueur. Qu'il lui rende visite, suggéra l'ambassadeur d'Espagne, même en l'absence du roi : elle avait le plus grand besoin de ses conseils. Il remercia, mais se garda de tomber dans ce qu'il considérait comme un guet-apens.

Avec le temps, le roman se développe et s'enrichit de subtilités nouvelles. L'amoureux éconduit — avec horreur, bien sûr ! — se serait appliqué à dresser son mari contre elle, pour pouvoir se prévaloir ensuite de l'avoir apaisé : il lui faisait toutes ces « pièces » — il lui jouait ces mauvais tours —, dit La Porte, « afin qu'elle eût besoin de lui, qu'il eût l'occasion de la servir, et de gagner ses bonnes grâces, qu'il n'avait pu obtenir autrement ». Et plus tard, Mme de Motteville fera chorus : « Les premières marques de son affection furent les persécutions qu'il lui fit. » Tout cela est invérifiable. Mais il est sûr qu'Anne d'Autriche souscrivit à cette explication, qui permettait de placer les moindres actions du cardinal sous un jour défavorable et venait conforter les préventions qu'elle nourrissait contre lui.

À sa décharge, le climat oppressant qui régnait à la cour.

Au royaume du soupçon

La cour, milieu clos, peuplé de femmes oisives, est vouée par nature à devenir un haut lieu d'intrigues et de commérages, sauf si une reine énergique y impose son autorité indiscutée — ce qui n'est pas le cas d'Anne d'Autriche. Et quand de surcroît l'espionnage y est élevé à la hauteur d'une institution, l'air y devient rapidement irrespirable.

Louis XIII n'aime pas la cour, où il a souvent le sentiment de jouer un personnage ridicule. Faute de pouvoir la supprimer, il va tenter, un temps, de s'y imposer, en s'essayant aux grâces du romanesque à la mode. Mais il ne cherche pas vraiment à en prendre le contrôle. Très soupçonneux, plus enclin à croire le mal que le bien, il accueille sans les vérifier tous les ragots et encourage la délation, mais ne l'organise pas. Quand il est mécontent, il sévit, il bannit les coupables et se contente de les remplacer par des cerbères chargés de faire respecter les interdictions. Son idéal serait d'isoler son épouse de tout contact avec l'extérieur.

Richelieu, lui, est plus méthodique et il voit plus loin. En tant que responsable de la police, il a mis au point un réseau d'espionnage efficace, qui lui fournit des informations sur les allées et venues des grands et de leurs serviteurs. On a vu comment il s'en est servi pour déjouer les complots ourdis par Marie de Médicis. Il n'a donc guère besoin des potins de cour pour savoir ce qui se trame. En plaçant des pions dans l'entourage d'Anne d'Autriche, il cherche moins à se renseigner sur elle qu'à la diriger. Il s'emploie donc à combler les vides créés par les purges royales avec des gens sûrs, mais capables de plaire à la reine, de s'accorder à sa frivolité, à son penchant pour les « honnêtes plaisirs », le jeu, le théâtre, à son goût de la raillerie, bref de gagner sa confiance. Il compte qu'ils la distrairont et qu'ils feront passer auprès d'elle les messages souhaités, l'empêchant d'entendre d'autres sons de cloche, pour l'amener insensiblement à souscrire à sa politique. C'est ainsi qu'il s'y était pris dans les années 1620, on s'en souvient, pour circonvenir Marie de Médicis.

Il en use de même, très discrètement, à l'égard du roi, dont il redoute les engouements affectifs.

Il garde en mémoire l'exemple de Luynes, qui remplissait auprès de celui-ci les deux fonctions d'ami de cœur et de principal ministre, la première lui ayant valu la seconde. Il sait que Louis XIII a éperdument besoin d'être aimé, à sa manière. Il lui faut une oreille complaisante pour écouter sa plate conversation, une âme sœur pour compatir à sa mélancolie, une présence de tous les instants, parce qu'il s'ennuie mais n'aime pas s'ennuyer seul — le tout agrémenté si possible d'un minimum de séduction physique. Richelieu s'est vu confier les rênes du gouvernement malgré l'antipathie initiale du roi. Il n'a aucune envie de s'immiscer dans sa vie affective : il n'a pas les dons requis, il a mieux à faire que de l'accompagner à la chasse, et le cumul des fonctions est trop dangereux — sans compter qu'il est déjà, au départ, l'homme de confiance de Marie de Médicis. C'est pourquoi il tient à ce que le cœur du roi soit occupé par des gens inoffensifs ou, mieux, dépendants de lui, pour qui l'écurie, le chenil ou la volière ne risquent pas d'être l'antichambre du Conseil. Il n'a rencontré de rival jusqu'alors ni en Barradat, ni en Toiras, ni en Saint-Simon, le père du mémorialiste. Mais tout risque n'est pas exclu.

Contrôler les amitiés du roi et de la reine est une tâche autrement difficile que le simple travail de surveillance. Les gens de bas et moyen étage, prêts à tout pour parvenir, acceptent sans trop de peine de lui servir d'indicateurs. Il trouve aisément des domestiques disposés à épier les souverains et à lui rapporter leurs faits et gestes. Mais pour gagner leur confiance et les trahir ensuite, les volontaires ne se bousculent pas. Il ne peut plus compter sur les membres de sa famille, qu'il avait glissés dans la maison de Marie de Médicis : « la Combalet » et ses autres nièces sont brûlées. Il lui faut donc s'accommoder d'auxiliaires peu fiables, toujours susceptibles de lui échapper.

Derrière l'ordre apparent imposé par l'étiquette — visites biquotidiennes du roi, divertissements, bals et concerts —, la cour est donc minée par un climat de suspicion générale. On se surveille, on s'observe, on s'espionne, sans trop savoir qui sert qui. On rapporte à qui de droit et l'on commente le moindre mot, le moindre regard, le moindre geste. La méfiance règne, ainsi que le désir de prendre autrui en défaut, de le moquer, d'engranger contre lui des armes à ressortir au besoin. Mais, passé un premier moment d'affolement, Anne d'Autriche voit se déclarer en sa faveur beaucoup de ceux qu'on avait mis auprès d'elle pour la desservir. « Elle était malheureuse » : il n'en fallait pas plus, si l'on en croit La Rochefoucauld, pour lui valoir sympathie et dévouement. Une « cabale » de la reine prit forme, dans laquelle figurait en bonne place celle qui avait fait d'abord figure de rivale, Marie de Hautefort.

Les amours de Louis le Chaste

Au cours de l'été de 1630, le roi avait remarqué en rendant visite à sa mère une exquise jeune personne de quatorze ans d'apparence timide, presque une enfant, blonde aux yeux bleus, au teint transparent, vivante incarnation de la pureté virginale. C'était la petite-fille d'une certaine Mme de La Flotte, qui faisait partie de la suite de Marie de Médicis. Le roi en tomba vivement amoureux. En tout bien tout honneur, naturellement : il demanda respectueusement à sa mère la permission de la « servir » comme sa « dame ». On voguait en plein roman. Mais, compte tenu de sa misogynie bien connue, la surprise fut grande à la cour, qui jasa.

La première réaction d'Anne d'Autriche fut une jalousie bien compréhensible. Sa dame d'atour, Mme Du Fargis, encore en fonctions à cette date, tenta de la consoler en arguant de la chasteté du roi : « S'il est capable d'aimer, c'est à vous seule qu'il est capable de le marquer. » Quelques mois plus tard, Marie de Médicis était écartée, et avec elle les dames de sa suite. Louis XIII tenait à garder auprès de lui la jeune fille. Une solution s'imposa. La grand-mère hériterait des fonctions de dame d'atour de la reine, laissées libres

par le renvoi de Mme Du Fargis, et la petite-fille suivrait. Anne d'Autriche encaissa mal le double affront.
Une fois de plus, on renouvelait son personnel domestique sans lui demander son avis. Et son époux, sans
la tromper vraiment, courtisait assidûment une rivale
sous ses yeux, dans sa maison, comme s'il se faisait
un plaisir pervers de la narguer. Il n'aimait pas sa
femme, avait-on pensé jusque-là, parce qu'il était plutôt attiré vers l'autre sexe. Voici qu'il lui infligeait,
infidélité plus humiliante, une rivale féminine.

Les choses s'arrangèrent mieux qu'on n'aurait pu
l'espérer. Hautefort, la « merveille », ne possédait pas
la douceur de caractère que semblaient promettre ses
yeux limpides. Elle était fière, spirituelle, railleuse,
voire insolente, peu disposée à subir la tyrannie d'un
amant possessif exigeant d'elle l'abdication de toute
existence autonome, sans contrepartie. Les autres filles
d'honneur l'avaient prévenue en riant : « Ma
compagne, tu ne tiens rien, le roi est saint. » En fait,
elle aurait peut-être accepté de devenir une maîtresse
en titre, avec les avantages afférents. Et à défaut, elle
espérait se voir proposer un parti brillant. Mais le roi
n'a d'un amant ordinaire que la jalousie. La seule idée
d'une proposition de mariage le met en fureur. « Il était
avec ses favoris, dira Nicolas Goulas, comme le chien
du jardinier qui ne mange point les choux et ne veut
pas qu'on les prenne. » Avec Marie comme avec les
autres, « ses amours n'allaient pas plus loin que la
conversation ».

Flattée, elle reçut tout d'abord ses hommages embar-
rassés avec une attention respectueuse, mais réservée.
Et l'on loua hautement sa vertu. Elle n'éprouvait
cependant pour lui que de l'aversion. Il ne lui parlait
guère que de chasse, de chiens et d'oiseaux. Il l'agaça
très vite. Elle se mit à le traiter de haut, à le rudoyer,
et il sembla s'en accommoder, y prendre goût même.
Elle se lia d'amitié avec la reine, en compagnie de qui
elle riait de ses naïvetés et de ses petitesses. Et si l'on
en croit les mémoires du temps, les deux femmes se

liguèrent un jour pour embarrasser sa pruderie maladive. Comme il prétendait s'emparer d'un billet que lisait Marie, celle-ci le glissa dans son corsage. La reine, emprisonnant les mains de la jeune fille, le mit au défi de venir l'y chercher. Il rougit, hésita, puis s'empara dans la cheminée d'un tisonnier avec lequel il tenta en vain d'attraper le papier convoité. L'histoire précise que le tisonnier était en argent, mais ce détail n'en rend pas le roi moins ridicule.

Anne d'Autriche donc, qui, aux premiers jours de sa colère jalouse, avait parlé de faire couper le nez à sa rivale, finit par trouver à cette idylle des avantages non négligeables. Le roi se mettait en frais pour sa dulcinée, il lui offrait des divertissements dont tout le monde profitait : on dînait sur l'herbe, on composait des vers, on écoutait de la musique, on dansait des « branles », on jouait à des « petits jeux ». Lorsque la belle se montrait aimable, son royal soupirant devenait presque galant pour son épouse. Il la traitait mieux et la voyait plus souvent, dit Mme de Motteville, qui laisse entendre que le départ de Marie de Médicis avait aussi contribué à améliorer son humeur : tant continuait à l'écraser, malgré ses trente ans, la présence maternelle.

En somme la cour a pris un coup de jeune, et pendant quelques mois elle devient presque vivable. D'autant que Mme de Chevreuse y apporte à nouveau sa gaieté communicative.

Depuis l'affaire Chalais, Louis XIII ne la portait pas dans son cœur. Elle était interdite de séjour à Paris. Réfugiée en Lorraine, elle n'avait pas manqué d'amants : le duc Charles IV ne demandait qu'à succomber. Mais elle avait le mal du pays et se languissait de la cour. Richelieu avait négocié son retour, sous conditions. Donnant donnant. Il comptait sur elle pour faciliter les pourparlers avec la Lorraine, mais aussi pour distraire la reine et pour lui inspirer de meilleurs sentiments à son égard. Bref il avait tenté d'acheter ses services.

Mais les événements eurent rapidement raison de

cette alliance contre nature, et la quiétude d'Anne
d'Autriche fut de courte durée.

Cachotteries et complots

En donnant ses instructions à sa fille, à la veille de
son mariage, Philippe III lui avait enjoint de conserver
des liens très étroits avec ses parents, pour travailler
efficacement à la réconciliation franco-espagnole.
Recommandation superflue. Anne se sentait en France
comme une exilée en pays hostile. Après la mort de
son père, elle poursuivit une correspondance assidue
avec son frère, devenu Philippe IV d'Espagne, avec sa
tante, l'infante Claire-Isabelle, et avec un autre de ses
frères, Ferdinand, le cardinal-infant, qui remplacera
bientôt celle-ci à la tête des Pays-Bas. Toutes considérations politiques mises à part, c'est pour elle un besoin
vital de ne pas laisser se rompre le cordon ombilical
qui la relie à sa vraie, à sa seule famille.

Malgré la guerre froide qui les divise, la France et
l'Espagne ont officiellement de bonnes relations. On
ne peut empêcher la reine d'écrire à ses proches. Mais
on surveille sa correspondance. Chez elle, on a recours
à l'œil indiscret de suivantes achetées : n'en a-t-elle
pas surpris une en train de loucher sur son écritoire
tout en feignant de s'absorber dans un livre, qu'elle
tenait à l'envers ? On peut aussi intercepter le courrier
au cours des trajets. Anne s'irrite de cette inquisition
sournoise, qui la traite en suspecte *a priori*, la contraint
de peser ses mots et de brider ses sentiments. À partir
de 1631, l'étau se resserre : on lui interdit de corres-
pondre avec les réfugiés français qui complotent aux
Pays-Bas. Elle se rebiffe. Elle aura recours désormais
pour écrire à des circuits clandestins.

Au centre du dispositif, le monastère du Val-de-
Grâce, où elle se sent chez elle puisqu'elle l'a créé.

Dès 1618, elle avait pris sous sa protection le
monastère de bénédictines du Val-Profond, près de

Clamart, naguère patronné par Anne de Bretagne et rebaptisé par elle Val-de-Grâce-de-Notre-Dame-de-la-Crèche. La piété d'Anne d'Autriche était sincère et profonde. Mais sa démarche avait surtout, à cette date, une signification politique. Dans le grand élan de renouveau qui soulevait alors le monde catholique, elle tentait de prendre le relais de sa belle-mère écartée l'année précédente lors de la chute de Concini. En 1619, Michel de Marillac acheta pour elle au faubourg Saint-Jacques un domaine que son isolement dans un quartier paisible vouait depuis le début du siècle à héberger des ordres religieux. Les derniers occupants, Bérulle et ses Oratoriens, venaient de le libérer, s'y trouvant trop à l'étroit. L'exiguïté du pavillon d'habitation n'était pas pour la reine un inconvénient, puisqu'un très vaste terrain l'entourait, sur lequel elle pourrait bâtir à son gré. Elle y transféra les moniales deux ans plus tard et donna alors au « Petit-Bourbon » le nom abrégé de « Val-de-Grâce », qui lui est resté. En 1624, elle posa la première pierre du cloître, mais elle devra attendre d'être régente pour parfaire l'édifice et faire construire l'admirable chapelle qui en constitue le joyau.

C'est qu'entre-temps, elle avait attiré sur son monastère de prédilection les foudres vengeresses de son époux.

La fréquentation assidue des églises et autres établissements religieux faisait alors partie des devoirs d'une reine. Rien de plus normal que de voir Anne rendre au couvent qu'elle avait fondé de nombreuses visites. Elle s'y sentait bien. Elle n'y avait que des amies. Elle y trouvait un havre de paix, loin des soupçons, des espions, des commérages. Elle s'y était fait aménager un petit salon et une chambre où s'isoler. Quelle joie de pouvoir y rédiger tranquillement son courrier et y lire en secret les réponses ! De fil en aiguille le Val-de-Grâce fut promu au rang de boîte aux lettres et devint le centre névralgique de sa correspondance clandestine.

La police de Richelieu mit un certain temps à s'en apercevoir. Au mois de juin de 1631, elle parvint à saisir diverses lettres de Mme Du Fargis, qui n'étaient pas destinées à la reine, mais impliquaient qu'elle lui en avait adressé d'autres. Louis envoya Richelieu et le garde des sceaux Châteauneuf interroger sa femme. Celle-ci, très adroitement, joua l'ignorance tout en feignant de collaborer : oui, les lettres qu'on lui montrait étaient bien de la main de son ancienne dame d'atour, mais elle ne savait rien de ses projets et ne pouvait être tenue pour responsable des propos saugrenus tenus par l'exilée — en l'occurrence l'éternel projet de la marier à Gaston en cas de veuvage, plus la vieille litanie des griefs contre le cardinal. Comme ce dernier l'invitait à lui dire franchement si elle avait à se plaindre de lui, elle le paya de même monnaie : que pourrait-elle lui reprocher, puisqu'il n'a jamais rien fait qui lui déplût ?

Elle comprit qu'il la ménageait, mais en tira la conclusion imprudente qu'elle ne risquait rien et continua de plus belle.

Sur ces entrefaites éclatèrent les drames de 1632, qui la frappèrent d'horreur. Au début de mai, le maréchal de Marillac paie de sa tête son opposition à la politique de Richelieu. Vers la mi-août, le roi se met en route vers le Languedoc, où se joue le sort des conjurés regroupés autour de Gaston d'Orléans et de Montmorency. Anne d'Autriche appréhende toujours les déplacements royaux, partagée entre la crainte d'être laissée à Paris — un affront — et le regret de devoir renoncer pour un temps à la bienheureuse correspondance qui lui est un ballon d'oxygène. En 1632, pas question de rester en arrière, le roi, selon la coutume, traîne avec lui ministres, secrétaires, ambassadeurs étrangers, courtisans et épouse. La reine apprit à Lyon la défaite des conjurés à Castelnaudary, elle arriva en Languedoc à point nommé pour le procès de Montmorency. Elle avait connu le coupable, il l'avait aimée. Elle mêla vainement ses prières à celles de toute la noblesse. L'impopularité de Richelieu redoubla et l'hostilité de ses adversaires trouva dans sa « tyrannie » une justification morale appréciable. Anne d'Autriche en fut ancrée dans sa haine. Et Mme de Chevreuse refusa de le servir auprès d'elle plus longtemps. Après avoir prêché l'apaisement pendant plus d'un an, elle ne songeait qu'à reprendre la lutte.

Elle venait de retourner le garde des sceaux, Châteauneuf, dont Richelieu tenait pourtant la servilité pour acquise, puisqu'il présidait les tribunaux d'exception qui avaient envoyé à l'échafaud Marillac et Montmorency. Il portait beau, il avait conservé, en dépit de sa cinquantaine bien sonnée, la prétention de plaire aux dames. Il était prêt, pour l'amour de la séduisante duchesse, à toutes les folies. Elle commença par lui soutirer des informations qu'elle communiqua au duc de Lorraine. Après quoi elle le convainquit de changer de camp, avec d'autant moins de peine qu'il crut soudain y trouver son intérêt.

La cour remontait lentement de Toulouse vers Paris. Le roi, avide de chasse et de solitude, a pris les devants avec quelques serviteurs, laissant à son ministre le soin de rapatrier à petites étapes le reste de sa maison. Contretemps : voici que Richelieu se trouve immobilisé à Bordeaux par une crise aiguë d'hémorroïdes, accompagnée d'une rétention d'urine. Il doit laisser Châteauneuf continuer la route en compagnie de la reine et de la « Chevrette » et accepter l'hospitalité du duc d'Épernon, goguenard, qui lui offre aussi les services de son chirurgien. Les trois autres, ravis, rencontrent au cours du voyage quelques satisfactions imprévues : La Rochelle, qui porte encore les stigmates de l'horrible siège de 1628, réserve à la reine un accueil spartiate mais chaleureux, sachant que l'évocation de ses malheurs récents trouvera en elle une oreille complaisante. À intervalles réguliers, ils envoient prendre des nouvelles du malade, dont on leur conte avec force détails les humiliantes misères. Et ils font des gorges chaudes aux dépens du « cul pourri », dont la providence s'apprête à débarrasser enfin la France.

On le dit en effet à l'article de la mort. Le garde des sceaux se verrait bien lui succéder.

Mais Richelieu était solide, et le chirurgien compétent. Le résultat ne se fit pas attendre. Il ne fut pas difficile de convaincre de menées subversives Châteauneuf et la duchesse de Chevreuse. Le premier s'en alla pour dix ans méditer dans la forteresse d'Angoulême sur les dangers que faisaient courir aux vieux messieurs leurs trop belles amies. La seconde dut au rang de son époux d'être confinée sur leurs terres de Touraine, au château de Couzières.

Anne d'Autriche se retrouve isolée, à nouveau terrifiée, et plus dépendante encore, pour son moral, des échanges épistolaires dont elle tire désormais sa seule consolation. À Bruxelles Mme Du Fargis, à Tours Mme de Chevreuse sont à l'unisson, mêlent leurs plaintes aux siennes et tentent d'entretenir ses espoirs. Auprès de ses frères en revanche, elle n'obtient pas l'appui souhaité. Elle voudrait les voir intervenir en sa faveur — mais comment ? —, elle s'indigne qu'ils osent comparer son sort à celui de Marie de Médicis, d'un rang si inférieur au sien, elle accepte mal de s'entendre conseiller la patience. Elle les bombarde de lettres auxquelles ils ne répondent qu'une fois sur trois en moyenne, brièvement et froidement.

En 1635, nouvelle source de désespoir, la France déclare la guerre à l'Espagne. Pas une hésitation chez elle, pas un scrupule. Ses vœux vont à son pays natal. Elle pleura de dépit lors de la première victoire des armées françaises à Avesnes. Le roi, lui, prit plaisir à l'humilier : « Il s'amusa à lire sept ou huit lettres, puis après les avoir lues, il les mit à terre, prit lui-même un flambeau, et y mit le feu, disant tout haut : "Voilà le beau feu de joie de la défaite des Espagnols contre le gré de la Reine" ; puis il s'en alla sans la voir. » Cette scène, contée par La Porte, donne une idée du climat qui régnait entre les époux.

Le conflit aurait dû mettre fin à toute correspondance : on interdit à Anne d'écrire à ses frères, devenus

officiellement des ennemis. Mais elle s'obstine envers
et contre tout. Elle développe et perfectionne le système compliqué mis au point dès avant la guerre. Au
Val-de-Grâce ou quelquefois la nuit, au Louvre, elle
rédige ses lettres en espagnol. Son plus fidèle serviteur,
La Porte, les transcrit alors en langage chiffré, selon
un code secret. Pour la transmission, on use suivant les
cas d'un secrétaire d'ambassade en Flandre, de l'abbesse de Jouarre — une fille de la maison de Guise,
qui a des attaches en Lorraine —, des voyageurs qui
se rendent en province ou même, dans le cas de Tours,
de la poste, sous le couvert d'intermédiaires. Raffine-
ment supplémentaire : les lettres sont écrites avec
quelque chose comme une encre sympathique, « une
eau en l'entre-ligne d'un discours indifférent, et en
lavant le papier d'une autre eau, l'écriture paraissait ».
Ensuite, lorsque les relations diplomatiques avec la
Flandre furent rompues, les circuits se compliquèrent,
il fallut faire un détour : de Paris à Bruxelles et retour,
via Londres, la correspondance voyageait par la valise
diplomatique anglaise, grâce au silence complice de
Charles Ier et de la reine Henriette.

Anne se donne, semble-t-il, beaucoup de peine pour
un piètre résultat. Politiquement, c'est exact. Mais psychologiquement, c'est autre chose. Elle ne se soucie
pas de transmettre des informations, même s'il arrive
à ses lettres d'en contenir. Elle lance des appels au
secours. Un secours avant tout sentimental et moral.
Elle attend en réponse des marques d'affection, un
simple signe, la preuve qu'elle n'est pas oubliée, perdue. Chaque jour elle guette avec une anxiété pathétique. Y aura-t-il enfin une lettre de son frère ? « Ce
désir, lui écrit-elle, m'habite autant que l'espoir du
salut, le plus grand que j'aie en ce monde. » Il est si
proche, sur la frontière du nord — où, par parenthèse,
il dirige la campagne contre la France ! Ah ! si elle
pouvait le voir, lui parler ! Elle aurait tant à lui dire... !

Tout cela était d'une folle imprudence. Ces conciliabules, ces allées et venues, joints à l'évidente nervosité

d'Anne d'Autriche, ne pouvaient manquer d'attirer l'attention des espions de Richelieu. L'examen des archives a prouvé que, dès 1634, il détenait sur la question un important dossier de police, des lettres de la reine, de Mmes Du Fargis et de Chevreuse, du marquis de Mirabel et du cardinal-infant. S'il avait voulu la perdre, il n'avait pas besoin d'attendre que les trois années suivantes aient enrichi sa moisson.

Il est donc impossible d'évoquer l'affaire des lettres espagnoles, telle que la racontent les contemporains, sans s'interroger sur les circonstances dans lesquelles elle éclata.

L'affaire des lettres espagnoles

Le 10 août 1637, Anne d'Autriche reçut soudain de son mari, alors à Saint-Germain, l'ordre de se rendre à Chantilly où il la rejoindrait deux jours plus tard. Elle venait de terminer une lettre à Mme de Chevreuse qu'elle confia, avant de partir, à La Porte, qui devait l'acheminer par les voies habituelles. Celui-ci prit contact avec l'intermédiaire prévu, lequel trouva un prétexte pour le renvoyer au lendemain. Comme il rentrait chez lui, vers six heures du soir, il fut coincé à l'angle de la rue des Augustins et de la rue Coquillière par des inconnus qui l'immobilisèrent, lui mirent les mains sur les yeux et le jetèrent dans un carrosse qui l'emporta. Quand les portières s'ouvrirent, il se vit dans la cour de la Bastille. On le fouilla et l'on découvrit sur lui la lettre qu'on était sûr d'y trouver, puisque son complice l'avait trahi. Il y avait flagrant délit.

La Porte était entré très jeune au service d'Anne d'Autriche en qualité de portemanteau[1]. Comme son dévouement inquiétait, il avait été éloigné d'elle. Elle avait obtenu son retour, pour peu de temps puisque la

---

1. Officier chargé à l'origine de porter la queue du manteau de la reine et qui devenait souvent une sorte de factotum.

guerre avait motivé son envoi à l'armée. Mais il avait réussi à se faire porter malade et il était revenu à Paris, pour la plus grande joie d'Anne qui ne pouvait se passer de ses services de déchiffreur. Son absence lors d'un séjour de la cour à Fontainebleau avait déjà attiré l'attention du roi, qui le soupçonna, à tort, de s'être rendu à Tours chez Mme de Chevreuse. Il s'en était tiré de justesse. Mais il faisait un suspect idéal. On ne l'avait pas pris sur le fait par hasard, mais en connaissance de cause. Cela voulait dire que la reine allait être mise en accusation.

On ne sait si le cardinal a joué un rôle dans cette arrestation, et si oui, lequel. On peut penser, très simplement, que le roi avait soudain découvert par lui-même le commerce épistolaire secret de son épouse. Le ministre, dans ce cas, ne pouvait que faire chorus en partageant sa colère. Ce qu'il fit.

Mais on peut aussi se demander si les raisons qui l'avaient poussé naguère à ménager Anne d'Autriche n'ont pas perdu de leur valeur en 1637 et s'il n'a pas alors intérêt à la compromettre. Il a renoncé à obtenir sa neutralité. Obnubilée de haine, elle est irrécupérable. Mais elle constitue encore pour lui, au cœur des cabales de cour, un danger potentiel. Or précisément, il se sent attaqué de toutes parts. Il sait que le roi, en s'obstinant à refuser d'entériner le mariage de Gaston et en envoyant ses favoris à la Bastille, a rejeté son frère dans les bras des comploteurs impénitents qui rêvent de l'assassiner. Il s'aperçoit aussi que les ennemis de sa politique ont désormais l'oreille de Louis XIII grâce à deux porte-parole de choix, sa nouvelle bien-aimée et son nouveau confesseur.

Il avait comblé de faveurs la famille de Marie de Hautefort, comptant qu'elle lui revaudrait cela en services. Il n'a rien tiré d'elle, elle s'est attachée à la reine. Heureusement Louis se lassait de son humeur railleuse et de ses rebuffades. Richelieu rêve d'une remplaçante docile et bornée, propre à occuper son cœur à l'écart de toute intrigue. Au printemps de 1635, il voit avec plaisir son intérêt naissant pour une jeune fille effacée, nièce d'une dame d'honneur et d'un évêque également soucieux de l'élévation de leur famille — les moyens de pression étaient tout trouvés.

Du même âge que la précédente, mais fort dissemblable à tous égards, la nouvelle élue se nommait Louise-Angélique de La Fayette, elle était brune, timide et sentimentale. Elle se mourait déjà d'amour pour le roi, lorsque celui-ci jeta enfin les yeux sur elle. Le succès dépassa toutes les espérances. Louise fut parfaite. Elle partagea les peines de son mélancolique amoureux, écouta sans se lasser les griefs qu'il ressassait sur son entourage, réussit à s'intéresser aux chiens de chasse et aux oiseaux de volerie, puisqu'il les aimait. Refusant de se laisser entraîner, comme Hautefort, dans un clan hostile, elle garda face à la reine une prudente réserve. Elle se voulait toute au roi, à lui seul. Auprès d'elle il trouvait ce qu'il n'avait jamais rencontré en personne, une admiration sincère, absolue. Il en oubliait d'être malheureux.

Hélas, elle était douce, mais pas sotte, elle avait du courage et quelques idées. Ces idées, elle les tenait du courant dévot, qui, pour avoir perdu ses chefs de file avec Bérulle et les Marillac, n'en rayonnait pas moins de façon diffuse dans tous les milieux. D'une piété ardente, elle crut devoir user de son influence pour ramener le roi dans le droit chemin de la morale et de la religion : il ne retrouverait la paix du cœur que s'il se réconciliait avec sa mère, s'il cessait de soutenir en Europe les souverains hérétiques et s'il rendait à son peuple la paix, condition de la prospérité. Sortant d'une bouche aimée, ces propos trouvaient chez le scrupuleux Louis XIII un écho qui inquiéta gravement Richelieu.

D'autant plus que le roi subissait des assauts analogues de la part de son confesseur. Des personnages falots s'étaient succédé à ce poste depuis 1631, incapables de nuire, mais dont la médiocrité rebutait l'illustre pénitent. Richelieu avait cru bien faire, au printemps de 1637, en recommandant pour ce poste un jésuite de très grand renom, le père Caussin, dont il espérait les meilleurs services. Las, le bon père travaillait lui aussi pour le parti dévot. Lorsque son protecteur le pria de ne pas se mêler de politique, il répliqua fermement : « Le prince a des péchés d'homme et des péchés de roi. Il ne suffit donc pas de l'absoudre uniquement de ce qu'il a fait comme homme. » Sur quoi, il joignit ses instances à celles de Louise. Le succès de leur entreprise impliquait, bien entendu, le renvoi de Richelieu, qui contre-attaqua.

Anne d'Autriche lui apporta contre Louise un appui imprévu. Elle se sentit humiliée, fut jalouse, c'était bien naturel. Elle en voulut à la jeune fille de son mépris ingénument affiché pour les plaisirs, les cancans et les manèges de cour, de son attachement exclusif au roi, de son exaspérante vertu. Elle la persécuta sournoisement, prit plaisir à la laisser humilier par les autres filles de sa suite. Richelieu de son côté s'employait à la brouiller avec toutes ses amies.

Louise, écœurée, chercha à fuir : elle avait depuis longtemps, confia-t-elle au dominicain qui la confessait, le désir d'être religieuse. Quelle bonne idée ! Richelieu, averti par le saint homme qu'il tenait bien en main, mit tout en œuvre pour la pousser vers le cloître. Il lui fallut pour y parvenir seize mois de pressions et de manigances dont le récit, trop long pour figurer ici, soulève le cœur. Elle hésitait. Louis hésitait. L'homme en lui fut tenté, si l'on en croit Mme de Motteville, il envisagea de « la mettre à Versailles pour y vivre sous ses ordres ». Elle s'affola, comprit que cet amour qu'ils s'étaient tant appliqués à sublimer risquait de ne pas résister aux réalités de la chair et au remords du péché. La grille du couvent la préserverait de toute tentation. Elle prit sa décision, il s'inclina. Mais il pleurait lorsqu'elle prit congé de lui et de la reine. « Allez où Dieu vous appelle », réussit-il à lui murmurer, tandis qu'elle retenait ses sanglots. Restée seule elle gémit : « Hélas, je ne le verrai plus ! » Ce dénouement atténue pour nous le malaise provoqué par les machinations antérieures. Louis XIII en sort un peu humanisé, et surtout on peut penser que la décision finale de Louise fut sienne, librement consentie.

Jamais découragé, Richelieu songeait déjà à pourvoir à nouveau aux besoins affectifs du roi. Mais quand il lui vanta les mérites d'une autre fille d'honneur, Chémerault, celui-ci déclara qu'il garderait à La Fayette, jusqu'à la mort, la fidélité promise. On verra plus tard ce qu'il en fut.

Le cardinal avait gagné la première manche — la plus difficile. Il ne lui restait plus qu'à se débarrasser du père Caussin. Ce fut chose faite au mois de décembre. L'imprudent jésuite fut expédié à Quimper — en ce temps-là le fin fond de la province —, où il put jusqu'en 1643 réfléchir aux ennuis qu'on s'attire en mettant le doigt entre l'arbre et l'écorce.

L'alerte a été chaude. Pour un peu, les efforts conjugués du confesseur et de la femme aimée auraient renversé les options politiques de Louis XIII et ruiné Richelieu sans remède. C'est dans ce climat que s'inscrit l'affaire des lettres espagnoles : une vraie bénédiction pour le ministre menacé. Déclenchée par lui ou fortuite, la découverte de la correspondance secrète d'Anne d'Autriche tombait à point nommé pour attiser la colère de Louis XIII contre les exilés qui complotaient à Bruxelles et pour raviver son animosité contre l'Espagne.

Enquête policière sur les activités d'une reine

La Porte était le premier maillon de la chaîne. On fouilla son appartement, où l'on trouva une liasse de lettres de Mme de Chevreuse. Mais tous ses papiers importants, dont la clef du chiffre et le cachet de la reine, dissimulés dans un trou du mur obturé par un morceau de plâtre bien ajusté, échappèrent aux investigations. Il le comprit quand il vit le maître des requêtes

chargé de l'interroger brandir seulement les lettres à la
« Chevrette », sur lesquelles il plaida volontiers coupable, leur contenu étant anodin.

On perquisitionna au Val-de-Grâce, où l'on ne
trouva rien d'autre que des objets de piété. Le monastère avait alors pour abbesse une Franc-Comtoise fort
attachée à Anne d'Autriche et dont le frère était gouverneur de Besançon, place forte espagnole. La mère
Saint-Étienne commença par tout nier, défendant sa
maîtresse avec véhémence. Puis, pressée de questions,
destituée de ses fonctions, elle finit par avouer qu'elle
avait vu quelquefois la reine écrire, elle ne savait pas
à qui ni sur quoi. On l'exila en province, sans avoir pu
en tirer autre chose.

À Chantilly cependant, la reine, dûment informée de
l'arrestation de La Porte par un secrétaire d'État connu
pour ses liens avec Richelieu, se rongeait d'angoisse.
Elle avait vu le vide se faire autour d'elle, le roi l'ignorait, les courtisans la fuyaient, elle se répandait en
larmes et en prières. Le bruit courait qu'on allait l'emprisonner dans la citadelle du Havre, rompre son
mariage, la répudier, l'enfermer dans un couvent jusqu'à la fin de ses jours. Fit-elle alors demander au
jeune prince de Marcillac, futur La Rochefoucauld, de
l'enlever et de la conduire à Bruxelles avec Marie de
Hautefort ? Le projet était chimérique. Elle se résigna
à affronter l'inévitable.

Sur les conditions dans lesquelles elle fut interrogée,
les témoignages divergent, mais il est certain qu'elle
n'assista pas à la fouille du monastère. Elle ne quitta
pas Chantilly. Eut-elle affaire au chancelier Séguier,
comme le disent La Porte et La Rochefoucauld ? à
Richelieu seul, si l'on en croit les *Mémoires* de celui-
ci ? ou aux deux successivement ? Il est probable
cependant que nul ne lui fit vider ses poches et La
Porte, qui n'y était pas, est le seul à dire que Séguier
porta la main à son corsage pour y chercher une lettre
compromettante qu'elle tentait de sauver. Mais sa
situation s'aggravait rapidement. Elle avait d'abord

juré sur l'Évangile, et convaincu le père Caussin de jurer pour elle, qu'elle n'avait jamais écrit qu'à Mme de Chevreuse — ce qui n'était une révélation pour personne et ne pouvait passer pour crime d'État. Mais lorsqu'on lui montra la copie d'une lettre d'elle adressée au cardinal-infant par le truchement du marquis de Mirabel, l'ancien ambassadeur de Madrid à Paris, ainsi que la réponse de celui-ci, elle commença de s'affoler.

Richelieu avait en main le bout d'une pelote qu'il ne tenait qu'à lui — et au roi — de dévider jusqu'à son terme. Anne crut qu'on allait pousser plus loin les recherches. À la Bastille, la police faisait son métier, l'enquête suivait son cours. La Porte résistait héroïquement aux interrogatoires assortis d'inquiétantes menaces. Il s'en tenait aux échanges épistolaires avec la duchesse de Chevreuse. Il fut bien embarrassé quand il se rendit compte que la reine avait fait d'autres aveux, sur lesquels on voulait confronter ses affirmations avec celles de sa maîtresse. Comment savoir ce qu'elle avait bien pu dire ? De son côté la reine cherchait activement un moyen de communiquer avec lui pour accorder leurs témoignages.

Les histoires de prisonniers prennent souvent, au XVIIe siècle, des airs si romanesques qu'on les croirait tirées du cerveau d'Alexandre Dumas. Mais, non, celle-ci est vraie, transcrite ici d'après les *Mémoires* du protagoniste.

Parmi les pensionnaires de la Bastille se trouvait le commandeur de Jars. Compromis en 1633 dans les intrigues de Châteauneuf et gracié sur les marches de l'échafaud, il y purgeait depuis une peine d'emprisonnement à vie. Il connaissait à merveille les habitudes de la maison, il était autorisé à recevoir au parloir quelques visites et il détestait Richelieu : c'était l'homme de la situation. Marie de Hautefort s'entendit avec une de ses amies, s'introduisit dans la prison à sa suite sous les habits d'une femme de chambre et convainquit Jars de faire passer les messages. La Porte était au secret deux étages plus bas. Jars prit langue lors d'une promenade avec les occupants du cachot intermédiaire, des rescapés de la révolte des croquants du Sud-Ouest. Un trou creusé dans son plancher aboutit chez eux et ils creusèrent à leur tour un autre trou menant à la cellule inférieure ; un fil permettait d'y faire monter et descendre des lettres. Un bout de papier oublié dans une poche, un brin de paille taillé en pointe et quelques restes de cendre : il n'en fallut pas plus à La Porte pour accuser réception du premier billet et demander plus ample information. Il sut bientôt ce qu'il aurait à dire.

Il était bien armé pour affronter les interrogatoires. Mais il se fit prier longtemps pour que son revirement ne parût pas suspect. Il s'offrit le luxe de résister à la menace de la « question » — l'affreux supplice des brodequins —, ne fit mine de céder que sur un ordre exprès de la reine, qu'elle dut signer de sa propre main. Après quoi il avoua tout ce que les enquêteurs savaient déjà. Il en fut quitte pour un séjour de neuf mois à la Bastille.

Et du côté de la cour, les choses, apparemment, en restèrent là.

La principale victime, si l'on peut dire, fut Mme de Chevreuse, pour des raisons qui, une fois de plus, fleurent bon le romanesque. Avant de se quitter les deux femmes avaient convenu d'un code : l'envoi d'un livre d'heures relié de rouge signifierait danger très grave, tandis qu'une reliure verte serait, comme il se doit, porteuse de bonnes nouvelles. Or un malentendu ou une précipitation excessive — on ne sait, les récits divergent — fit que fut adressé à la duchesse un message d'alarme. Elle chevauchait déjà vers l'Espagne à grandes guides, déguisée en homme, lorsque parvint à Tours l'avis qu'elle n'était pas menacée. Ni le roi ni Richelieu ne s'affligèrent de sa fuite. Quant à elle, elle trouva à Madrid, Bruxelles et Londres des rois et des princes à ajouter à la liste de ses conquêtes, plus excitants à coup sûr que le vieil archevêque de Tours qui l'avait aidée à s'enfuir.

La reine brisée

Rien ne parut changé dans la condition d'Anne d'Autriche. Et La Porte put croire de bonne foi qu'il l'avait sauvée. Richelieu confia aux ambassadeurs vénitiens, inégalables colporteurs de nouvelles, la version officielle de l'incident : la reine, pleine de mérite, mais trop bonne, s'était laissé entraîner à des imprudences par des religieuses à la solde de l'ennemi ; elle a fait de ses fautes une confession sincère et a promis à son époux de n'y plus retomber ; ils sont maintenant « très bien ensemble ». Mais nous pouvons aujourd'hui nous faire une idée, par les *Mémoires* de Richelieu et par les documents manuscrits conservés à la Bibliothèque nationale, de ce que cachaient ces propos lénifiants.

Selon sa bonne habitude, Louis XIII évitait d'affronter sa femme. Il s'en remettait à Richelieu. Elle pensa qu'elle avait intérêt à passer par le canal de celui-ci, elle sollicita une entrevue à laquelle il consentit, avec l'accord du roi. Il se rendit chez elle le 17 août, accompagné de deux secrétaires d'État. Elle croyait encore pouvoir s'en tenir à des aveux limités sur la lettre à Mirabel. Mais le cardinal exigeait davantage. Il fit sortir les témoins et, comprenant qu'il disposait contre elle de toutes les armes voulues, elle s'effondra et confessa tout. Elle avait bien demandé à son frère de secourir la Lorraine attaquée par Louis XIII, d'empêcher le duc Charles IV de traiter avec lui, et de s'opposer à l'accord que la France tentait de négocier avec l'Angleterre. Elle avait même donné quelques renseignements sur les campagnes prévues en Lorraine.

Il se garda de feindre la surprise : il savait déjà, et il fallait qu'elle se persuadât qu'il savait. Ensuite il offrit de s'entremettre auprès du roi. Nous n'avons de cette conversation qu'un compte rendu partial, le sien, où il se donne le beau rôle. Mais il est certain qu'Anne s'humilia. Elle se jugeait perdue. Alla-t-elle jusqu'à s'écrier à plusieurs reprises : « Quelle bonté faut-il que vous ayez, monsieur le cardinal ! » Lui fit-elle l'honneur de lui tendre une main qu'il refusa de prendre, par respect ? Peu importe. Lui seul pouvait inspirer au roi quelque mansuétude. Elle était, pieds et poings liés, à sa merci. Il dut savourer sa revanche.

Louis, toujours mesquin, exigea une confession écrite et elle dut mettre noir sur blanc et signer de sa main le catalogue détaillé de ses fautes :

« Sur l'assurance que notre cousin le cardinal-duc de Richelieu [...] nous a donnée que le roi lui avait commandé de nous dire qu'ainsi qu'il avait oublié diverses fois quelques-unes de nos actions qui lui avaient été désagréables [...], il était encore disposé à faire de même, pourvu que nous déclarions franchement les intelligences que nous pouvons avoir eues depuis à l'insu et contre l'intention de Sa Majesté, tant au-dedans qu'au-dehors du royaume, les personnes que nous y avons employées et les choses principales que nous avons, ou qui nous ont été mandées.

« Nous Anne, par la grâce de Dieu reine de France et de Navarre, avouons librement, sans contrainte aucune, avoir écrit plusieurs fois à M. le cardinal-infant, notre frère, au marquis de Mirabel, à Gerbier, résident d'Angleterre en Flandre, et avoir reçu souvent de leurs lettres... »

Le relevé détaillé de ses manquements était, comme le préambule, de la main d'un secrétaire. Mais elle avait pris la plume en personne pour ajouter, avant de signer : « Nous avouons ingénument ce que dessus comme chose que nous reconnaissons franchement et volontairement être véritable : nous promettons de ne retourner jamais à pareilles fautes et vivre avec le roi [...] comme une femme qui ne veut avoir autres intérêts que de sa personne et de son État. » La signature du secrétaire venait donner à l'acte un cachet d'authenticité.

On porta le papier à Louis qui y consigna par écrit son verdict : « Après avoir vu la franche confession que la Reine, notre très chère épouse, a faite de ce qui a pu nous déplaire en sa conduite depuis quelque temps et l'assurance qu'elle nous donne de se conduire à l'avenir selon son devoir envers nous et notre État, nous déclarons que nous oublions entièrement tout ce qui s'est passé, n'en voulons jamais avoir souvenance, ains voulons vivre avec elle comme un bon roi et bon mari doit faire avec sa femme. »

C'était une « abolition » en bonne et due forme, telle que l'entendait le droit régalien. Mais il n'y avait pas là de quoi réjouir les jours et les nuits du couple royal. Pour la visite qu'il rendit ensuite à son épouse, il se fit accompagner de Richelieu. Il répondit à ses supplications en lui disant sèchement qu'il lui pardonnait et le cardinal dut insister pour qu'il l'embrassât.

Il n'avait pas encore fini de distiller sa vengeance. Elle reçut le même jour un catéchisme de bonne conduite rédigé par ses soins :

« Je ne désire plus que la reine écrive à Mme de Chevreuse, principalement pour ce que ce prétexte a été la couverture de toutes les écritures qu'elle a faites ailleurs.

« Je veux aussi que Fillandre, première femme de chambre, me rende compte toutes les fois que la reine écrira, étant impossible qu'elle ne le sache, puisqu'elle garde son écritoire.

« Je défends à la reine l'entrée des couvents de religieuses, jusqu'à ce que je le lui aie permis de nouveau, et lorsque je le permettrai, je désire qu'elle ait toujours sa dame d'honneur et sa dame d'atour dans les chambres où elle entrera. »

Un dernier paragraphe, assez emberlificoté, lui rappelait qu'elle perdrait le bénéfice du pardon qu'il venait de lui accorder si elle se risquait à renouer des relations, épistolaires ou autres, avec l'étranger. Elle

dut promettre, toujours par écrit, « d'observer religieusement le contenu ci-dessus » et signer.

Elle avait bu le calice jusqu'à la lie.

Trahison ?

Sur sa culpabilité, les avis sont encore partagés. Certains historiens d'aujourd'hui n'hésitent pas à parler de
trahison. Ceux de Louis XIII sont, bien sûr, les plus
sévères et l'on trouve même sous leur plume les mots à
résonance très grave d'« intelligence avec l'ennemi ».
Ceux d'Anne d'Autriche arguent pour l'excuser que
ses lettres, n'apportant à ses frères aucune information
qu'ils ne connussent déjà, étaient inoffensives. Mais à
cela on peut répondre que la médiocrité des renseignements transmis par un traître n'atténue en rien sa responsabilité morale.

En réalité, c'est mal poser le problème. Les historiens réagissent en hommes de notre temps, imprégnés
de nationalisme. Mais au XVIIe siècle, le sentiment
national est beaucoup moins vif, surtout chez les
princes et les grands dont les liens matrimoniaux entre-
croisés ignorent les frontières. D'une façon plus générale, ce qui compte d'abord, selon la morale de
l'époque, ce sont les relations personnelles. On est
fidèle à des hommes, pas à des abstractions. On trahit
un individu, à qui l'on a engagé sa parole ; pas une
entité comme la patrie ou l'État. Ce sont aussi les
convictions religieuses : on trahit sa foi, ou ses coreli-
gionnaires. Et la foi en un Dieu vivant, personnel, n'a
rien d'abstrait.

Dans un tel système de pensée, Anne d'Autriche ne
se sent nullement coupable. Personne ne lui a
demandé, quand elle a épousé Louis XIII, de rompre
avec sa famille[1]. Elle devait être au contraire le garant

---

1. Selon le rituel espagnol, la nouvelle reine devait s'engager
« à oublier son peuple et la maison de son père ». La France n'avait

d'une amitié. Elle avait promis à son père d'y veiller : cette promesse n'a rien perdu de sa valeur. A-t-on le droit d'empêcher une sœur d'écrire à ses frères ? À un époux qui la méprise et l'humilie, elle pense ne rien devoir d'autre que la fidélité du corps, qu'elle lui a jurée à l'autel. En France on n'a jamais rien fait pour « l'assimiler », comme nous dirions aujourd'hui. Ses vœux vont à l'Espagne, où l'attachent toutes les fibres de son cœur. Les vrais intérêts de la France ne sont-ils pas d'ailleurs conformes à ceux de l'Espagne, quoi qu'en pense le ministre détesté : paix générale et victoire du catholicisme sur l'hérésie ? Elle ne souhaite pas l'écrasement de son pays d'adoption, mais un redressement bénéfique de ses orientations politiques.

Ses contemporains ne manquaient donc pas d'arguments pour l'excuser et la plupart d'entre eux l'excusèrent. Il y avait là de quoi apaiser chez elle d'éventuels scrupules de conscience, mais il semble bien qu'elle n'en eut pas, tant le désir d'évasion tourne chez elle à l'idée fixe au fil des années et des déceptions. Elle ne voit rien au-delà de sa propre anxiété. Si elle s'inquiète, par exemple, d'un risque de rupture entre l'Angleterre et l'Espagne, c'est surtout parce que ses échanges épistolaires s'en trouveront perturbés. Elle se sent prisonnière, étouffant dans un milieu confiné, prête à faire n'importe quoi pour respirer quelques bouffées de l'air extérieur. Ses efforts maladroits, dictés par l'affolement, sont voués à l'échec. Ils n'ont d'autre effet que de resserrer les liens dans lesquels elle se débat. Après les violents soubresauts de la crise, une fois la tension nerveuse retombée et l'espérance évanouie en même temps que la peur, elle reste brisée.

« Les affaires de la reine s'étaient terminées avec beaucoup de douceur », dit La Rochefoucauld. Les apparences sont sauves en effet. Mais bien des choses ont changé.

---

rien de semblable. Et de toute façon, en 1615, Marie de Médicis n'aurait jamais exigé d'Anne d'Autriche une pareille promesse.

Sur le plan politique d'abord, elle est hors d'état de nuire. La rupture de ses communications avec les Pays-Bas contribue à démoraliser les adversaires de Richelieu. Certes elle n'avait pas d'influence sur son époux, mais elle avait valeur de symbole. Sa résistance encourageait l'esprit d'insubordination à la cour. Elle pouvait aussi donner à Bruxelles l'impression d'avoir en France des appuis. L'affaire acheva de convaincre les Espagnols qu'ils avaient peu à attendre de l'opposition intérieure ; sur les exilés, ils avaient perdu depuis longtemps toute illusion.

Et puis, personnellement, Anne évolue. La rude leçon a porté. Elle renonce à poursuivre une guerre conjugale visiblement perdue. Elle a compris d'autre part qu'elle doit compter avec Richelieu et qu'il vaudrait mieux l'avoir comme allié que comme adversaire. Il lui faut même nuancer le jugement qu'elle porte sur lui. Certes elle continue de le détester, mais si elle récapitule honnêtement les péripéties de la crise récente, elle est bien obligée de reconnaître qu'il a poussé à l'apaisement.

Elle a fini par comprendre enfin qu'il est vain d'appeler au secours : ses frères ont bien d'autres soucis et ne peuvent rien pour elle. Ils ne l'ont pas vue depuis plus de vingt ans. Elle n'est pas pour eux ce qu'ils sont pour elle. On a beaucoup parlé de l'immaturité affective de Louis XIII. On pourrait en dire autant d'Anne d'Autriche. Au fond d'elle-même elle est restée, jusqu'à trente-cinq ans, l'infante chérie de son père, qui se croyait invulnérable parce qu'adossée à la puissance des Habsbourg. Mais son père est mort depuis longtemps et cette puissance est battue en brèche. Il lui faut, dans la douleur, devenir adulte.

Un événement inespéré, si improbable qu'il passera pour miracle, va l'y aider : à la fin de cette dramatique année 1637, après deux décennies de mariage stérile, voici qu'elle attend un enfant.

CHAPITRE TREIZE

UNE MATERNITÉ QU'ON N'ESPÉRAIT PLUS

Si étrange que la chose puisse nous paraître, les relations conjugales n'ont jamais totalement cessé entre Louis XIII et Anne d'Autriche. Tout au plus ont-elles subi des éclipses, au moment des affrontements les plus graves. Pendant toutes ces années où il lui adresse à peine la parole en public lors des entrevues que lui impose l'étiquette, le roi continue d'user de temps à autre de ses droits d'époux. Et elle-même attend et souhaite ses visites nocturnes. Car ils désirent l'un et l'autre par-dessus tout avoir un fils.

Le drame de la stérilité

La stérilité est toujours difficile à vivre pour un roi. C'est l'exception douloureuse qui confirme la règle : le roi doit avoir des enfants. Pour éviter tout litige lors de sa succession. Mais surtout parce que le pays tout entier se reconnaît dans la famille royale, perpétuée par les générations successives. Un monarque fécond est promesse de prospérité pour le royaume. Sa stérilité est au contraire perçue comme une menace, dont la contagion risque de s'étendre aux familles de ses sujets, à leurs troupeaux, à leurs champs, à leurs récoltes. Un « roi sans fils » n'est qu'un roi diminué, imparfait, un roi à qui Dieu refuse sa bénédiction, presque un réprouvé. Il s'y ajoute, dans une société qui exalte les valeurs viriles, le mépris secret des autres hommes pour celui qui n'a pas été capable de procréer.

Louis XIII supporte très mal une situation qui l'humilie. Ainsi s'explique en partie son attitude à l'égard de son frère. Il n'a pas réussi à faire casser son mariage. La sagesse aurait voulu qu'il en prît son parti, pour ne pas compromettre une réconciliation fragile. Mais il a fait obstacle, sous des prétextes divers, à la venue en France de Marguerite de Lorraine. Tant que les deux jeunes gens seront séparés, ils ne risqueront pas d'avoir un fils avant lui.

Entre Louis XIII et Anne d'Autriche, la mésentente, on s'en souvient, est venue d'une malencontreuse fausse couche qui a mis fin à leur « lune de miel ». Il y en a eu d'autres depuis. De nouveaux griefs sont venus aggraver leurs dissensions et son assiduité auprès d'elle s'en ressent. Lorsqu'il se plaint qu'elle est incapable de lui donner des enfants, elle laisse entendre qu'il ne fait pas tout ce qu'il faut pour cela. D'où des relations en dents de scie. Après la rupture avec sa mère, Louis, comme soulagé d'un poids, s'était rapproché de sa femme, chez qui on signala un espoir de maternité, vite envolé. Mais la découverte d'une lettre à Mme Du Fargis, puis la révolte de Montmorency les séparèrent. À l'automne de 1632 il est « très dégoûté d'elle » et elle « très peu satisfaite de lui » : comprenons que les relations entre eux sont interrompues.

Leur entourage cependant ne cesse de faire entendre la voix de la raison. « Le plus de familiarité que Sa Majesté pouvait avoir avec la reine sa femme était le meilleur ; car outre que Dieu bénit ceux qui vivent bien, comme Sa Majesté faisait en mariage, un dauphin était nécessaire à la France et à la sûreté de sa personne », lui aurait dit très tôt Richelieu. En clair : vous ne la trompez pas, c'est bien ; mais si vous couchiez avec elle, ce serait mieux. Avec les années, l'admonestation n'a rien perdu de sa valeur. Elle trouve un écho plaisant chez Mme Du Fargis qui écrit à Anne, de Bruxelles : « Pour Dieu, achevez ces disputes et faites un fils. Vous seriez la plus brave de votre paroisse, car aussi [tout le reste] ne vaut pas une citrouille. »

Si dressés qu'ils fussent l'un contre l'autre, les deux époux avaient essayé des remèdes habituels. Sur les conseils du médecin Bouvard, ils allèrent prendre les eaux de Forges, en Normandie : la source ferrugineuse était réputée contre l'anémie. Mais ils implorèrent surtout l'intercession divine. Un seul pèlerinage est signalé : Anne s'en alla en 1633 dans un petit village de Brie s'asseoir, comme le voulait l'usage, sur le tombeau de saint Fiacre — sans qu'on sache pourquoi elle a choisi d'invoquer ce patron des jardiniers. Mais tous deux, dans leur piété fervente, multipliaient les prières. En vain.

Dans ces conditions, on ne pouvait pas ne pas penser à une séparation définitive, qui permettrait au roi de « songer à d'autres noces ». Il aurait, dit-on, des vues sur la princesse Marie de Gonzague, celle-là même qu'avait voulu épouser son frère.

L'impossible divorce

Un divorce ? Cela n'existe pas au XVIIe siècle. La seule solution licite est l'annulation en cour de Rome. Selon le droit canon, la stérilité de l'épouse n'est pas un motif recevable. Mais il y a pour les rois des accommodements avec le ciel ou plutôt avec le Saint-Siège, en l'occurrence des vices de forme, qui permettent de conclure à la nullité d'un mariage. En octobre 1631, le nonce, qui appelle un chat un chat, écrit très crûment : « Le roi continue de caresser beaucoup la reine. Mais je crains que si cette année elle ne puisse pas être enceinte, on n'en vienne à parler de divorce » ; car il semble se confirmer qu'elle est stérile. On ne saurait être plus clair.

Pour Anne d'Autriche, le divorce porte un autre nom : il s'appelle répudiation. De 1631 à 1637, elle vit continûment dans cette crainte. Certes dans des moments de grande détresse, elle en vient à souhaiter une solution qui desserrerait l'étau où elle se sent prise. En 1632 elle parle de se retirer dans un monastère — un pis-aller qui ne lui convient guère. Remplacer sa tante Claire-Isabelle à la tête des Pays-Bas espagnols lui paraîtrait une perspective plus séduisante. Mais sa fierté se cabre devant un affront qui lui vaudrait une perte de prestige : après avoir été reine de France, elle ne pourrait que déchoir.

Ses craintes récurrentes atteignirent leur summum lors de la grande crise de l'été 1637. Elle resta persuadée qu'elle l'avait alors échappé belle. Et La Porte put croire qu'il l'avait sauvée : « Comme je n'avais rien dit, on ne trouva pas cela [= la lettre de Mirabel] assez fort pour la renvoyer en Espagne. » Ce qui permit au fidèle serviteur de voir dans le dauphin « le fils de [son] silence ». La formule est superbe, mais peu conforme à la réalité. Car cette crise a amené au contraire le roi à prendre conscience du fait qu'il ne pouvait pas se débarrasser de sa femme.

Oh ! ce n'est pas que l'envie lui en ait manqué. Il a sûrement pensé à l'arrêter et à l'enfermer, sinon à la Bastille ou à Vincennes, comme le dit La Porte, du moins dans quelque château où les apparences seraient sauves. Il savait comment s'y prendre, il s'était fait la main sur sa mère. Mais précisément le précédent de Marie de Médicis lui interdisait d'y recourir une seconde fois. Et il savait que le problème ne serait pas réglé pour autant : une simple séparation de fait perpétuerait son état de roi sans fils. Alors, un divorce suivi d'un remariage ? Anne n'est pas dépourvue d'appuis ni hors d'âge, comme Jeanne de France ou Marguerite de Valois, dont l'union avait été annulée. Elle n'est pas une orpheline sans famille comme Catherine de

Médicis, qui faillit être répudiée. Elle est la sœur du roi d'Espagne, le plus puissant dans l'Europe d'alors. Jusqu'en 1635, le souci d'éviter une confrontation armée avec Philippe IV suffisait à empêcher Louis XIII de renvoyer son épouse. Avec la déclaration de guerre, cet argument disparaît. Encore faudrait-il obtenir du pape une sentence d'annulation. Or celui-ci est trop lié à Madrid pour y consentir aisément. Est-il prudent de s'exposer au scandale d'un refus ?

D'autres raisons ont dû retenir le roi. Il est profondément religieux. Le mariage est un sacrement qu'il se ferait scrupule de rompre : ne séparez pas ce que Dieu a uni. Et si la providence lui refuse une descendance, il ne se sent pas le droit de s'opposer à ses desseins. Il est probable aussi que la perspective d'avoir à chercher et à affronter une autre épouse le terrifie. Certes, il s'accroche à l'idée rassurante que la stérilité de leur couple est imputable à Anne : n'a-t-elle pas à son actif quatre fausses couches au moins ? Mais qui sait ? Lui-même, s'étant toujours refusé aux aventures extra-conjugales, n'a pas fait ses preuves. Et il ne manque pas de mauvaises langues pour insinuer que le responsable, c'est lui. Il suffit de les regarder tous les deux. Bien qu'ils aient le même âge, il paraît bien dix ans de plus qu'elle. Beaucoup croient, écrit en 1632 l'ambassadeur vénitien, que « l'absence d'héritier vient de son côté à cause de sa faible constitution », tandis que la reine est « de complexion très robuste, dans la pleine fleur de sa jeunesse ». Cinq ans plus tard, l'écart s'est encore creusé : une femme épanouie face à un valétudinaire. Un divorce suivi d'un remariage, ne serait-ce pas aventureux ?

La crise de l'été 1637 sert de révélateur. S'il veut la renvoyer, c'est maintenant ou jamais : avec les lettres espagnoles, il tient un motif. Il pèse le pour et le contre. Lorsqu'il lui impose l'humiliante capitulation que l'on sait, cela signifie qu'il a décidé de la conserver. Est-il si étonnant, alors, qu'il s'applique à lui faire un enfant ?

Passé le premier moment de colère, pendant lequel il lui a battu froid, il entreprend d'exploiter sa victoire et de la dompter. Il découvre en elle une docilité à laquelle elle ne l'avait pas habitué. « J'ai mené la reine à la chasse, qui a vu prendre six loups et un renard, écrit-il à Richelieu le 12 septembre. Je lui ai dit la belle affaire de Mme de Chevreuse — la fuite précipitée de la duchesse —, laquelle elle a trouvée fort étrange, disant qu'il n'y a qu'une folle qui pût faire ce tour-là. » Mensonge, peut-être. Mais il a, pour la première fois sans doute, le sentiment de la sentir à sa merci. Nulle tendresse assurément, dans la reprise des relations conjugales dont il a seul l'initiative et que leur mode de vie assaisonne d'un rituel pesant : les serviteurs chargés de mettre au lit de son épouse le fameux « chevet » préparant la venue du seigneur et maître. Mais Anne d'Autriche sait que son avenir en dépend.

L'enfant du miracle

Sur la conception même du futur Louis XIV, la postérité a retenu une anecdote édifiante, contée avec force détails par le mémorialiste Montglat, à qui on laisse ici la parole :

« Au commencement de décembre, la reine étant à Paris et le roi à Versailles, il en partit pour coucher à Saint-Maur. Il passa dans Paris et s'arrêta aux Filles de Sainte-Marie de la rue Saint-Antoine, pour voir mademoiselle de La Fayette ; mais quand il fut prêt d'en partir il survint une pluie si grande et un vent si impétueux, que toute la campagne fut inondée, et que les hommes et chevaux ne pouvaient aller ; outre que l'obscurité était grande et que les flambeaux ne pouvaient demeurer allumés, à cause du grand vent qui les éteignait. Cet accident embarrassa fort le roi, à cause que sa chambre et son lit, et ses officiers de bouche étaient à Saint-Maur. Il attendit longtemps pour voir si le temps changerait : mais voyant que ce déluge ne passait point, l'impatience le prit ; et comme il dit qu'il n'avait point de chambre au Louvre tendue, ni d'officiers pour lui accommoder à souper, Guitaut, capitaine au régiment des gardes, qui était fort libre avec lui, répondit qu'il fallait qu'il envoyât demander à souper et à coucher à la reine. Le roi renvoya bien loin cette proposition, comme fort contraire à son inclination, et s'opiniâtra dans l'espérance que le temps changerait. Mais, voyant que l'orage augmentait au lieu de diminuer, Guitaut, au hasard d'être encore rebuté, lui fit la même proposition, qui fut un peu mieux reçue que la première fois ; seulement le roi dit que la reine soupait et se couchait trop tard pour lui : mais Guitaut l'assura qu'elle se conformerait à son heure ; et Sa Majesté se rendant à ses raisons, il partit en diligence pour en avertir la reine et faire en sorte que le roi n'attendît pas longtemps à souper. Elle reçut cette nouvelle avec une joie extrême, d'autant plus grande qu'elle ne s'y attendait pas ; et ayant donné ses ordres pour faire que le roi soupât de bonne heure, ils couchèrent ensemble, et cette nuit la reine devint grosse du dauphin, qui fut depuis le roi Louis XIV, lequel causera la fin des maux de cette grande princesse et la mettra un jour au plus haut point d'honneur et de gloire où jamais reine soit parvenue. »

Tous les éléments d'un miracle sont ici réunis : un monastère, un orage, un concours de circonstances imprévu, l'influence irénique de Louise de La Fayette viennent à bout de la résistance du roi. Et la date du 5 décembre, ordinairement retenue pour cette rencontre, précède de neuf mois, jour pour jour, la naissance du dauphin. Hélas ! ce charmant récit est aujourd'hui mis en pièces par les historiens. À l'itinéraire évoqué par Montglat, ils opposent le compte rendu des déplacements du roi fourni par la *Gazette*. Et, fait plus grave, ils invoquent le témoignage des médecins. Pas un mot sur la date fatidique. Leurs calculs prennent pour point de départ la période du 23 au 28 novembre. C'est donc pour la fin août — le 28 ou le 29 au plus tard — que la naissance est annoncée. Et le roi lui-même, dans une lettre du 2 septembre suivant, affirme que son épouse « est de deux jours dans le dixième mois ». Bref, il est possible qu'un orage ait conduit Louis XIII dans le lit d'Anne d'Autriche le 5 décembre et que Louis XIV ait été conçu ce soir-là, mais on ne peut plus voir dans cet orage la cause seconde providentielle mettant fin, de par la volonté divine, à la séparation des époux. Il y avait déjà quelques semaines qu'ils s'efforçaient de procréer.

Pour l'opinion publique cependant, l'intervention surnaturelle n'est pas douteuse. Depuis longtemps toute la France dévote se consumait en prières et macérations ! Des visionnaires inspirés n'avaient-ils pas prédit la naissance d'un dauphin ? L'Enfant Jésus, apparaissant à une jeune carmélite, lui aurait promis à plusieurs reprises d'exaucer ses prières ; à la mi-décembre de 1637, il lui aurait révélé que la reine était enceinte, avant même que celle-ci ne le sût. Toutes les communautés religieuses de Paris, mues par une inspiration mystérieuse, avaient, dit-on, joint leurs prières à celles des visitandines pendant la fameuse nuit du 5 décembre et Vincent de Paul lui-même aurait annoncé dès le lendemain à la reine que ses vœux étaient exaucés.

Si pieux que fût le roi, il finit pas en être agacé. Certes Dieu faisait parfois des miracles, mais « ce n'en était point un qu'un mari qui couchât avec sa femme lui fît un enfant ». Il n'avait pas envie que Dieu lui disputât une paternité si péniblement conquise.

Paternité

Revenons sur terre. Il est certes surprenant qu'Anne d'Autriche se soit soudain trouvée féconde après dix-huit ans d'union conjugale effective — au point d'avoir, deux ans après le dauphin, un second fils. Le cas n'est pourtant pas exceptionnel, on en relève des exemples en tout temps. Catherine de Médicis était restée dix ans stérile avant d'avoir, coup sur coup, dix enfants : or l'assiduité de son mari auprès d'elle n'était pas en cause. Dans le cas de Louis XIII, ce n'est pas non plus une raison suffisante : Héroard atteste qu'il avait fait, au début de son mariage, tout le nécessaire. Quant à l'argument selon lequel la reine, jusqu'alors, n'était pas « prête » psychologiquement « à devenir mère », il est en contradiction avec ses souhaits les plus explicitement formulés. Resterait un refus inconscient, motivé par l'animosité réciproque. Mais en 1637, les deux époux, bien que se sachant liés sans recours, ne sont pas plus proches l'un de l'autre par le cœur, au contraire. On voit mal comment Anne pourrait soudain trouver plaisir au devoir conjugal. L'explication la plus probable semble à chercher dans une modification de l'équilibre hormonal chez la jeune femme, qui lui permettrait de fixer enfin les ovules fécondés qui jusque-là étaient évacués spontanément dans les toutes premières semaines. Mais ce n'est là qu'une hypothèse, invérifiable.

Reste une question délicate, qu'il faut bien poser puisque les contemporains se la sont posée en secret : la reine ne devrait-elle pas cette grossesse inespérée à un autre partenaire ? C'est ce que soutiendront plus tard des pamphlets, faisant de Richelieu le père de Louis XIV.

À vrai dire, quelques esprits sans préjugés avaient bien rêvé, durant la longue stérilité du couple royal, à des solutions possibles. Femme avisée, si l'on en croit le proverbe, ne manque jamais de descendance. Et le triste Louis XIII avait tout ce qu'il fallait pour faire un mari trompé. Buckingham était mort. Mais on disait Richelieu amoureux de la reine. Quel rejeton magnifique pourrait engendrer, avec la femme la plus belle du monde, l'homme le plus intelligent ! L'ambitieux ministre, conte Tallemant des Réaux, lui aurait fait proposer par Mme Du Fargis, dans les années 1628-1629, « de consentir qu'il tînt auprès d'elle la place du roi ;

[...] que si elle n'avait point d'enfants, elle serait toujours méprisée et que le roi, malsain comme il était,
ne pouvant pas vivre longtemps, on la renverrait en
Espagne ; au lieu que si elle avait un fils du cardinal,
et le roi venant à mourir bientôt, ce qui était infaillible,
elle gouvernerait avec lui, car il ne pourrait avoir que
les mêmes intérêts, étant père de son enfant ».

Si enclins que fussent nos aînés à faire aller de pair
concupiscence et politique, la proposition est tout de
même peu croyable. En tout cas, si elle fut faite, Anne
d'Autriche la repoussa avec horreur. Et aucun autre
nom ne put jamais être avancé sérieusement, même
celui de Mazarin, qui n'était pas à Paris à la date
concernée. D'ailleurs en 1637, le temps des « galanteries » est loin. Comment la reine se serait-elle risquée,
au sortir d'une épreuve très grave où s'était joué son
sort, à compromettre ce qui lui restait d'avenir ?
Comment, au milieu d'une maison truffée d'espions,
aurait-elle pu trouver matériellement le moyen de
tromper son mari ? Jamais Louis XIII, si soupçonneux,
n'eut le moindre doute sur sa paternité. Et la naissance
d'un second fils, deux ans plus tard, acheva de confirmer l'opinion dans cette certitude : le couple royal
avait enfin échappé à la malédiction première, Dieu lui
avait accordé la consécration suprême — une descendance mâle, en mariage légitime.

La naissance de Louis-Dieudonné

Dès le 14 janvier, le médecin Bouvard informe
Richelieu de l'état de la reine : l'enfant déjà formé a
environ six semaines, la période cruciale où se sont
évanouis les précédents espoirs est dépassée. Le
30 janvier 1638, la *Gazette* peut signaler à ses lecteurs
que tous les princes, seigneurs et gens de condition
s'étaient allés « conjouir avec Leurs Majestés à Saint-
Germain sur l'espérance conçue d'une très heureuse
nouvelle de laquelle, Dieu aidant », on leur ferait part

« dans peu de temps ». Prudence, prudence : il ne faut pas tenter la destinée... Le 10 février cependant Louis XIII, en renouvelant le vœu qui consacrait son royaume à la « très sainte et très glorieuse Vierge », mère du Christ, invitait ses sujets à prier pour la naissance d'un dauphin. Bref, l'enfant était en route, mais on avait encore besoin du ciel pour qu'il fût du sexe désiré.

Ce fut une explosion de joie à travers tout le pays. La reine vit affluer les félicitations et les vœux versifiés — dont ceux d'une fillette de douze ans qui s'appelait Jacqueline Pascal —, les reliques et talismans, comme la ceinture de la Vierge du Puy, mise à contribution à chaque grossesse royale. Confinée à Saint-Germain, pour éviter tout accident, elle se portait comme un charme, déjà sa taille s'épaississait, il fallait élargir ses jupes de quatre doigts. Au mois d'avril, l'enfant remuait. Anne, sentant sa position raffermie, sollicita et obtint la libération de La Porte, qui dut cependant quitter Paris : « Le premier coup de pied du roi, dira-t-il avec esprit, me fit ouvrir les portes de la Bastille et m'envoya à plus de quatre-vingts lieues de là. » La reine n'avait plus qu'à attendre sa délivrance.

Louis XIII tire de sa prochaine paternité une fierté et une joie extrêmes. Affichant une allégresse inhabituelle, il fait donner deux ballets au lieu d'un seul pour le carnaval. En éprouve-t-il davantage de tendresse pour celle à qui il la doit ? Les témoignages divergent. Certes il se montre très soucieux de sa santé, va la voir tous les jours quand il est là et fait prendre de ses nouvelles quand il n'y est pas. Mais est-ce à elle qu'il s'intéresse, ou seulement à l'enfant à venir ? Il continue en tout cas de s'ennuyer. Il courtise à nouveau Marie de Hautefort, avec qui il se querelle : brouilleries et réconciliations commandent son humeur et retentissent sur ses fonctions digestives. Quant à la reine, il ne lui fait, à l'instigation de Richelieu, que des concessions minimales, ne tirant pas à conséquence, comme le maintien de sa dotation financière. Mais si elle croit pouvoir choisir le personnel qui s'occupera du bébé, elle se trompe.

Elle souhaitait lui donner pour gouvernante Mme de Saint-Georges, fille de « Mamanga », qui avait été celle de Louis XIII. Pas question, elle est son amie. Celle qu'on lui impose, la marquise de Lansac, a des antécédents familiaux également indiscutables, puisqu'elle est fille de l'ancien précepteur du roi, le maréchal de Souvré, mais ce n'est pas à sa qualification qu'elle doit d'être nommée. « Vous savez bien que Mme de Lansac n'est point à la reine, avait dit Richelieu au roi, et, en une affaire de cette importance, vous savez mieux que personne de quelle importance il est à Votre Majesté d'avoir une personne confidente. » Le roi approuva, disant « qu'il avait vu que la reine ne voulait point de Mme de Lansac, qu'il était ravi de cela, et que cette seule raison, quand il n'y aurait que celle-là, le confirmerait dans la résolution qu'il avait prise ». Anne dut se plier aux convenances, recevoir la visite de la postulante et se déclarer d'accord. Savait-elle que le contrat de la dame comportait un relevé détaillé de ce qu'elle devrait dire et faire pour capter la confiance de sa maîtresse ? Sans doute pas. Mais elle avait perdu depuis longtemps toute illusion sur les serviteurs qu'on lui imposait. Elle accepta sans sourciller sous-gouvernante, nourrice et « remueuses [1] », bien qu'elles ne fussent « pas de son goût ». À l'approche du terme, sachant son médecin habituel malade, elle demande qu'il soit remplacé par son neveu. Richelieu conseille au roi de céder, « puisqu'elle le désire et qu'il est question de la conservation de sa personne, où elle a plus d'intérêt que qui que ce puisse être ». Qu'est-ce que cela signifie ? Qu'on la soupçonne des plus noirs desseins dès qu'elle n'est plus directement en cause ? Visiblement la confiance n'est pas revenue. La prétendue « bonne entente » du couple royal fait partie de

---

1. Les femmes chargées d'agiter le berceau pour endormir l'enfant.

l'entreprise de désinformation officielle dont est chargée la *Gazette* et à laquelle on parvient parfois à associer les diplomates les moins fins.

Dès la mi-août, tout était prêt. La sage-femme,
Péronne, avait dressé le lit de travail dans la chambre
de la reine à côté du grand lit à baldaquin. Les appartements de l'enfant étaient tendus d'un épais damas
blanc sur toutes les surfaces accessibles, pour qu'il ne
pût pas se blesser en se cognant ou en tombant lorsqu'il commencerait à marcher. Toutes les églises et
couvents de Paris étaient en prière. Arrivé à Saint-Germain le 18 août, pour assister à la naissance comme
l'exigeait l'étiquette, le roi s'impatientait. « Je voudrais
bien n'être arrivé si tôt, écrit-il presque aussitôt à
Richelieu. [...] Je m'en vais demain à Versailles pour
deux ou trois jours. J'ai trouvé le sexe féminin avec
aussi peu de sens et aussi impertinent en leurs questions qu'ils ont accoutumé [*sic*]. Il m'ennuie bien que
la reine ne soit accouchée pour m'en retourner en
Picardie, si vous le jugez à propos, ou ailleurs : pourvu
que je sois hors d'avec toutes ces femmes, il ne m'importe où. » Ces plaintes ne visent pas la reine, mais
Marie de Hautefort. La reine ? qu'elle se dépêche donc
de mettre son enfant au monde, pour qu'il puisse
« [s]'ôter d'ici ».

Il alla à la chasse, prit froid, dut s'aliter. Il était rétabli et réconcilié avec celle qu'il appelle la « créature »
lorsque se déclenchèrent chez Anne d'Autriche les premières douleurs, au soir du 4 septembre. Elle avait très
peur. Elle redoutait de mourir en couches : appréhension bien naturelle à une époque où cet accident était
fréquent. D'autant que son âge avancé pour un premier
enfant — trente-sept ans — passait pour augmenter les
risques. Pour la rassurer, deux messes furent dites dans
sa chambre au cour de la nuit, qui fut pénible. Si l'on
en croit un biographe de Marie de Hautefort, on put
craindre un instant pour sa vie ; le roi, voyant pleurer
la jeune fille, lui aurait dit : « Je serai assez content si
l'on peut sauver l'enfant ; vous aurez lieu, Madame, de

vous consoler de la mère. » Prenons garde ! Il n'est pas sûr qu'on doive faire grief à Louis XIII d'un choix qui a prévalu pendant des siècles lors de tous les accouchements difficiles : priorité à l'enfant. À plus forte raison s'il s'agit de l'héritier du trône.

On n'eut pas à en venir à ces extrémités. Vers la fin de la matinée, le 5 septembre 1638, Anne était heureusement délivrée. Le roi, qui l'avait quittée un instant pour déjeuner, revint en toute hâte : c'est un beau et gros garçon que la sage-femme lui présenta, au milieu des cris de joie, et la foule des princes massée dans l'antichambre put se ruer pour le voir. Gaston d'Orléans, « tout étourdi » et mélancolique, dut se rendre à l'évidence : son frère avait bel et bien réussi à faire un fils.

Tandis que le dauphin, dûment ondoyé et allaité, prenait possession de son berceau, la reine radieuse recevait les félicitations de la cour. « Ma joie cause du chagrin à bien des gens », murmura-t-elle à Brienne. *Te Deum* à la chapelle royale du château, sonneries de cloches à Paris, salves d'artillerie dans les principales places du royaume : à Verdun, on prit de loin pour une attaque ennemie la gerbe de feu qui s'éleva de toutes les bouches de canon. Partout, pendant plusieurs jours, la liesse populaire se déchaîna : danses, chants, feux d'artifice, festins et beuveries ; les fontaines crachaient du vin, les prisons ouvraient leurs portes. La *Gazette* s'extasiait sur les « transports de joie » de Son Éminence, « voyant entre le père et la mère cet admirable enfant, l'objet de ses souhaits et le dernier terme de son contentement ».

Qu'en était-il au juste des sentiments réciproques du couple ? Le roi, après avoir récité à genoux une prière d'action de grâces, s'était rendu au chevet de son épouse. Devons-nous croire Mme de Motteville quand elle affirme « qu'il fallut l'exciter de s'approcher d'elle pour l'embrasser » ? Cette froideur s'accorderait mal avec le fait qu'il l'avait soutenue de ses propres bras pendant une partie de l'épreuve. Peut-être pas. Il a des égards pour sa femme tant que l'heureuse venue de l'enfant dépend d'elle. Mais après la naissance, elle ne compte plus, il n'a d'yeux que pour le dauphin — ce fils qui lui ressemble : il est brun, « comme son père », a fait remarquer adroitement le cardinal. Le premier jour, il s'en alla quatre ou cinq fois dans sa chambre, « pour le voir téter et remuer ». Il soulevait doucement les rideaux du berceau pour faire admirer aux visiteurs, dans son sommeil, le « si bel enfant » que le Seigneur Dieu venait de lui accorder. On l'appellerait Louis-Dieudonné et le pape serait son parrain.

Anne, de son côté, songe au sanctuaire qu'elle a fait vœu d'édifier si ses prières étaient exaucées. La promesse sera tenue quelques années plus tard : nous lui devons l'admirable chapelle de Notre-Dame du Val-de-Grâce. En attendant elle s'abandonne en toute quié-tude au bien-être qui suit la cessation de la souffrance et de l'angoisse. Un autre avenir s'ouvre devant elle. Elle le doit à cet enfant, envers qui elle décide d'assu-mer pleinement son rôle de mère. Lors de la fête des relevailles, le 26 septembre, elle tint à le porter elle-même à l'autel pour le consacrer à Dieu, elle entendit la messe et communia, puis elle le reprit et le garda dans ses bras, le caressant, à mi-chemin entre le sourire et les larmes, visiblement débordante d'amour maternel.

Toutes les conditions étaient réunies pour que les parents ennemis se disputent ce fils tant désiré.

Querelles autour d'un berceau

Il n'était pas dans les habitudes des reines de s'occu-per personnellement de leurs enfants. Ceux-ci, dotés d'appartements distincts, sont pris en charge par une nuée de serviteurs à qui la mère, dans le meilleur des cas, se borne à donner des consignes générales. Pour des rai-sons d'hygiène, on les tient à l'écart de Paris. Au XVIe siècle, on les envoyait à Amboise ou à Blois. Et

Catherine de Médicis devait se contenter, pour les voir grandir, des portraits au crayon que lui adressaient les Clouet. Henri IV, père affectueux, avait fait élever les siens à Saint-Germain, pour leur rendre plus souvent visite ; mais Marie de Médicis et lui n'y vivaient pas.

Avec Anne d'Autriche, tout change. Elle a passé à Saint-Germain tout le temps de sa grossesse, elle veut rester auprès de son fils. Elle cherche donc à en faire sa résidence habituelle. Louis XIII ne s'y oppose pas : elle y sera plus isolée qu'à Paris. Lui-même, toujours instable, ne se plaît nulle part, surtout pas dans l'atmosphère confinée du Louvre ; lorsqu'il ne fait pas la guerre, il chasse, court de Chantilly à Versailles, à Saint-Maur ou à Rueil, et lorsqu'il revient à Saint-Germain il préfère loger dans le Château Neuf et non dans le Château Vieux, où se trouve sa femme. Il ne la voit que de loin en loin. Mais il répugne à lui laisser quelque responsabilité que ce soit dans l'éducation du dauphin. Il la fait espionner plus étroitement que jamais.

Il songeait depuis longtemps à lui ôter Mme de Sénecey, qui lui était trop attachée. Il n'avait pas osé la contrarier tant qu'elle était enceinte. Deux mois après la naissance il lui imposa une dame d'honneur choisie par Richelieu, Mme de Brassac, dont le mari, pour parfaire le dispositif, fut nommé surintendant de sa maison. Pas un mot, pas un geste ne pouvaient échapper à l'œil exercé des deux cerbères, qui rendaient au cardinal un rapport quotidien. Le couple devait également la convaincre que leur maître regorgeait pour elle de bonnes intentions. Ce n'était pas un pur mensonge : la santé de Louis XIII déclinait ; s'il venait à mourir, il faudrait bien compter avec la reine. Celle-ci ne fut pas dupe, mais elle comprit qu'elle disposait d'un moyen de pression et consentit à jouer avec le cardinal le jeu des amabilités réciproques.

Elle supporte beaucoup mieux qu'auparavant le poids de la surveillance. Finies les correspondances clandestines avec sa famille espagnole : elle n'a plus rien à cacher. Elle ne fréquente que des personnes confites en dévotion. Lui présente-t-on — c'est un test — une lettre de Mme de Chevreuse, elle la refuse en s'exclamant : « Quel artifice ou quelle fantaisie a poussé cette femme à m'écrire ? » Elle est heureuse — ce qui ne lui était jamais arrivé depuis des années. Son fils est tout son univers. Elle ne le quitte que le moins possible, prend plaisir à le promener dans son carrosse et à partager ses jeux. « C'est tout son divertissement. » Sa présence l'aide à accepter le départ de la dernière amie qui lui restait : en novembre 1639, Louis XIII, excédé des « picoteries » et de l'humeur altière de Marie de Hautefort, l'a renvoyée sans ménagements. Mais Anne n'a plus guère besoin d'amies : elle a un fils, et bientôt un autre enfant s'annonce. En janvier 1640, la voici enceinte à nouveau, et toujours en pleine santé.

Elle fut l'objet de moins de précautions, on réduisit le budget qu'elle avait prévu pour la naissance, mais on la laissa tranquille : les opérations militaires tinrent le roi occupé tout l'été. À l'approche du terme, il regagna Saint-Germain. Le 21 septembre son épouse lui donnait un second fils, qui portera le nom de Philippe.

Mais déjà une ombre se profile sur son bonheur. Ces enfants qui font sa joie la rendent aussi plus vulnérable. Voilà-t-il pas que Louis XIII prend ombrage de l'affection que le dauphin porte à sa mère ! C'est que le petit garçon, qui le voit plus rarement, a parfois devant lui une réaction de recul. Ses cris, ses pleurs sont interprétés comme autant d'offenses : le père ombrageux et jaloux estime qu'on dresse son fils contre lui. « Le dauphin ne peut souffrir ma vue. C'est une étrange nourriture [1] que la sienne. Mais j'y mettrai bon ordre. » Cela veut-il dire qu'il envisage de l'enlever à sa mère ? L'entourage de la reine ne veut pas y croire. Mais il persiste dans son projet. « Je suis très mal satisfait de mon fils, écrit-il à Richelieu. Dès qu'il me voit, il crie comme s'il voyait le diable et crie toujours à maman.

---

1. Éducation.

Il faut lui faire passer ces méchantes idées et l'ôter de la reine le plus tôt que l'on pourra. » À cette date, le dauphin n'a que deux ans et son petit frère est sur le point de naître.

Peu après, l'enfant se cabre à nouveau à la vue de son père en chemise et bonnet de nuit, il refuse de l'approcher. La colère du roi l'affole encore davantage. On doit l'emporter en larmes, hurlant. On le raisonne, alternant menaces et promesses : il aura des cadeaux s'il est aimable avec son papa. Deux jours plus tard, l'évêque de Lisieux donne à la réconciliation une plaisante solennité : « Je viens, dit-il au roi, traiter de la paix avec Votre Majesté de la part d'un des plus grands princes du monde. » Sur quoi le prince en question, deux ans et quelques mois, s'agenouille aux pieds de son père pour lui demander pardon avant de l'embrasser. Il y gagne une petite épée et un petit cheval pour tirer sa carriole. Pour une fois Louis XIII, cédant aux conseils de son mentor, consent à passer l'éponge : il n'enverra pas l'enfant en Val de Loire, loin de sa mère. Anne a eu très peur. Mais elle a bénéficié d'un appui imprévu, celui de Mme de Brassac, qui, en tant que femme, trouve que le roi dépasse les bornes, et qui lui offre d'être son interprète auprès du cardinal. Elle a conquis également la sympathie du capitaine des gardes françaises qui veillent sur le château : nulle part, affirme ce brave homme, l'air n'est meilleur ni la sécurité mieux assurée qu'à Saint-Germain. En fait tous les serviteurs, même à la solde de Richelieu, s'efforcent de préserver le *statu quo* : pourquoi aller au-devant des ennuis en cédant aux humeurs de Louis XIII, alors qu'il n'est pas éternel ?

Anne d'Autriche va vivre les trois années qui suivent avec cette épée de Damoclès suspendue sur sa tête : le roi, à chaque instant, peut lui enlever ses enfants. C'est ce qu'elle redoute le plus au monde. Mais elle sait que le temps travaille pour elle et tout le monde le sait aussi.

CHAPITRE QUATORZE

UNE REINE INDÉSIRABLE

Toujours réfugiée aux Pays-Bas, Marie de Médicis, à la différence de sa bru, voit le temps travailler contre elle. Jamais elle n'avait imaginé que son exil pût se prolonger autant.

Elle a une idée fixe : revenir en France. Louis XIII, qui a pu mesurer tout ce qu'il gagne à son éloignement, est bien décidé à l'en empêcher. Et Richelieu plus encore. Pour le cas où le roi serait incité à céder, le cardinal veille et prend ses précautions. Elle avait d'abord espéré y rentrer triomphalement, après élimination de son adversaire par une conjuration ou par une campagne victorieuse : elle se voyait ramenant paix et prospérité dans le royaume. Mais les années passent, les complots échouent, la guerre s'éternise. Elle modifie donc ses plans : elle cherche à négocier son retour. Elle tentera d'utiliser tous les médiateurs possibles. En vain. La réponse est toujours non. Pourquoi ne se retirerait-elle pas dans son pays d'origine, comme l'ont fait plusieurs reines avant elle ? Sa place est à Florence, où la France est prête à lui assurer de quoi vivre selon son rang et où le grand-duc sera, paraît-il, très heureux de la recevoir.

Une situation financière désespérée

En s'échappant de Compiègne, elle a fourni à Richelieu un atout inestimable : elle a permis la mise sous séquestre de ses revenus. La chose n'aurait pas été possible si elle était restée en France. La situation financière des reines y est régie par des règles juridiques très strictes. Elles ont droit à une dotation annuelle considérable. Veuves, elles disposent de biens propres, sous la forme d'un douaire inaliénable. Mais Marie, entrée en rébellion contre le roi, est réduite à ses seules ressources et à la pension que le cardinal-infant veut bien lui consentir. Ses réserves, qu'elle croyait inépuisables, ont fondu dans le financement des entreprises de son fils cadet. Elle a vendu une partie de ses bijoux, mis en gage contre des emprunts ceux auxquels elle tenait le plus. Elle compte les récupérer très vite : la victoire de l'Espagne rétablira sa situation. Son retour en France sera le premier article du traité, avec restitution de ses arriérés de revenus et paiement de toutes ses dettes. Hélas ! cette heureuse issue se fait attendre et, en attendant, elle se trouve dans la pénible nécessité de « mendier son pain ».

L'entretien de sa maison lui coûtait très cher. Que ne réduisait-elle son train de vie ? ont beau jeu de dire les historiens. Qu'elle dépense moins, distribue moins de cadeaux à ses serviteurs ! Mais dans une société fondée largement sur le paraître, une reine qui ne serait pas environnée des signes extérieurs de sa grandeur s'attirerait aussitôt le mépris et perdrait tout crédit. Beaucoup de reines veuves y ont consenti, se sont réfugiées dans un château de province ou dans un monastère. Elles savaient, ce faisant, qu'elles renonçaient non seulement à tout rôle politique, mais à toute fonction de représentation : elles se retiraient du monde. Or Marie de Médicis n'est pas du tout disposée à cette forme d'abdication. Elle prétend au contraire incarner une autre politique. Contre l'impérialisme belliqueux de Richelieu, elle prêche pour la paix, la réunification de la catholicité et le soulagement de la misère des peuples : elle ne manque pas une occasion de le répéter dans des proclamations largement diffusées.

Alors il lui faut tenir son rang, il lui faut un palais, des dames d'honneur et des suivantes, des conseillers et des secrétaires pour gérer ses affaires et rédiger son courrier. Les serviteurs, cela se paie. Il faut qu'elle les rétribue d'autant plus généreusement qu'elle les entraîne dans une révolte où ils risquent gros. Certains d'entre eux touchent une pension de l'Espagne, mais par son intermédiaire ; quand elle les disgracie, elle retient pour elle les fonds à eux destinés — chose normale à ses yeux, puisque c'est à leurs fonctions auprès d'elle qu'ils les devaient. Elle est reine : elle récompense, elle punit à son gré, souverainement.

Pour son malheur, le roi d'Espagne et surtout son frère, le gouverneur des Pays-Bas, raisonnaient de même. Ils n'étaient disposés à la subventionner que si elle leur rendait des services en proportion. Or ce n'est plus le cas depuis que son fils cadet l'a abandonnée. Elle n'est plus en mesure d'attiser la subversion en France. Elle voulut y croire encore. À la fin d'octobre 1636, un guet-apens contre Richelieu échoua : les conjurés le tenaient à portée de leurs poignards, ils n'attendaient que le signal de Gaston d'Orléans, qui, reculant devant la réalité concrète du meurtre, ne le donna pas. Et Mme Du Fargis se fit l'écho de la déception des réfugiés bruxellois en écrivant sans scrupules à Anne d'Autriche que les jeunes gens d'aujourd'hui ne valaient pas leurs ancêtres : « Dieux ! quelle sorte de génération ! La reine mère et Madame[1] sont confuses de cette banqueroute, car les Français d'ici s'étaient imaginé de grandes choses. »

L'année suivante, nouvel espoir. Le comte de Soissons, que sa participation à l'attentat manqué de l'automne précédent incite à la fuite en avant, organise un nouveau soulèvement, auquel doit s'associer Gaston.

1. Marguerite de Lorraine, l'épouse de Gaston d'Orléans.

La reine mère s'entremet, avec succès. Soissons est un personnage plus énergique et donc plus fiable que Monsieur, et d'autre part, le moment est bien choisi : les révoltes populaires contre la fiscalité battent leur plein dans les provinces. En juin 1637 Marie, promue mandataire du comte, signe avec le cardinal-infant un traité promettant 500 000 livres pour la levée et l'entretien d'une armée. Elle s'engageait personnellement à ne jamais s'accommoder avec son fils avant que Richelieu ne soit chassé et la paix rétablie. Coup de théâtre : un mois plus tard, Soissons refuse la subvention pour le motif qu'il ne se sent pas en mesure de monter l'opération militaire promise. Richelieu, prenant les devants, l'avait retourné !

La reine mère a pour le coup perdu toute crédibilité. Le cardinal-infant, avec l'accord de son frère Philippe IV, est déterminé à se débarrasser d'elle : elle coûte beaucoup trop cher pour ce qu'elle rapporte. Comme il ne peut pas la chasser, il tâchera de la décider à partir d'elle-même. Il y réussira sans peine : elle est en train de modifier sa stratégie.

« *Les afflictions subies aux Pays-Bas...* »

Le séjour aux Pays-Bas a perdu beaucoup de son attrait avec la mort de l'infante Claire-Isabelle, puis avec la guerre franco-espagnole. Le climat n'est plus aux festivités. Gaston est parti, et avec lui les jeunes gens pleins d'entrain qui animaient la cour de leurs galanteries. La frontière est toute proche. Bruxelles, comme d'ailleurs Paris, dans le camp opposé, est à la merci d'une opération militaire réussie. En 1635 la reine mère a dû se replier à Anvers pour se mettre hors d'atteinte des troupes françaises, qui avaient, dit-on, pour consigne de s'emparer d'elle — on se demande bien ce qu'elles auraient fait d'une prisonnière aussi encombrante... En 1637, nouvelle alerte : les Espagnols perdent les places du Cateau-Cambrésis et de Landrecies et le peuple bruxellois en quête de responsables s'en prend aux réfugiés français, suspects d'espionnage en faveur de leur patrie. Les autorités ordonnent la fouille de toutes les maisons occupées par des étrangers. Marie de Médicis demande à être exemptée de cette mesure et tient le refus essuyé pour offensant — ce qu'il est en effet. Elle doit laisser visiter sa demeure de la cave au grenier, jusqu'à la provision de bois de chauffage qu'on déplace pour voir si des armes ne sont pas cachées dessous. Ses promenades aux alentours de la ville passent pour rendez-vous secrets. Dénonciation, enquête : on ne trouve rien, mais on continue de la surveiller ostensiblement. On lui conseille, en vue d'un apaisement, de se séparer d'une partie de ses serviteurs français : elle pousse les hauts cris.

Aux vexations d'amour-propre s'ajoute un grief sérieux. Le versement de sa pension subit des retards de plus en plus fréquents. Excuse : les fournitures militaires absorbent toutes les ressources. Comment ? s'indigne-t-elle : sa pension n'est pas imputée sur le même fonds — nous dirions sur la même ligne du budget. Comme si l'impécuniosité n'atteignait pas l'ensemble de l'économie des Pays-Bas !

Abreuvée de « mépris et d'injures », elle perdit patience et décida très brusquement de s'en aller : départ « aveugle et précipité », inspiré par la colère et la crainte, commente Richelieu. En fait, elle savait assez bien ce qu'elle faisait. Mais elle n'avait prévenu personne et prit tout le monde de court.

Elle fit part à ses hôtes de son désir d'aller prendre les eaux de Spa. Excellente idée. La petite station thermale était calme, elle y serait tranquille, à l'écart pour quelque temps des centres de décision. Le 10 août 1638, elle partit comme pour un séjour de courte durée, sans prendre congé du cardinal-infant. Mais elle emporta tout son équipage, meubles, coffres, tableaux, cabinets et curiosités : elle déménageait, comme on dit familièrement, à la cloche de bois. Elle prit normale-

ment la route de l'ouest, traversa Louvain, mais arrivée
à Saint-Trond, au lieu de continuer sur Liège et Spa,
elle bifurqua soudain vers le nord, en direction du territoire hollandais où elle pénétra hardiment. Démarche
fort surprenante. Car les Provinces-Unies, comme on
le sait, étaient alliées de la France dans la guerre contre
l'Espagne.

Elle donna de son départ, dans deux manifestes
imprimés et largement diffusés, deux explications successives. Dans le premier elle invoquait les « injures »
récentes : elle n'était plus en sûreté, on songeait à « se
saisir de sa personne », sa vie même était menacée par
les « émotions populaires » quotidiennes qu'attisaient
en sous-main les autorités espagnoles. Le second avançait des motifs politiques : voyant que sa présence atti-
rait sur les Pays-Bas les foudres de Louis XIII et
risquait de compromettre d'éventuelles négociations de
paix entre la France et l'Espagne, elle choisissait de se
retirer dans un esprit d'apaisement. Beau geste, mais à
cette date la paix entre les deux pays n'était pas à
l'ordre du jour. Ce qu'on pouvait lire entre les lignes,
c'est que sa présence en territoire espagnol compromettait ses propres chances, à elle, de négocier son
retour. La vérité est qu'elle a perdu tout espoir de rentrer dans les fourgons de l'armée espagnole. Renonçant
à la force, elle veut jouer de la diplomatie pour tenter
de fléchir le roi son fils.

Il s'y serait ajouté, si l'on en croit Montglat, une
arrière-pensée sinistre. Si, comme l'annonçait une pré-
diction, Louis XIII survivait de peu à la naissance de
l'enfant attendu, elle pourrait disputer la régence à
Anne d'Autriche. À condition de n'être pas entre les
mains des Espagnols, qui soutiendraient bien sûr leur
compatriote.

Quelles qu'en fussent les raisons, son départ quasi
clandestin marquait une rupture de fait avec l'Espagne.
Le cardinal-infant en tira aussitôt les conséquences. Il
lui fit verser royalement sa pension pour le mois en
cours — la dernière —, puis il mit à la porte de

Bruxelles les Français restés à la traîne. Il n'était pas fâché d'en être débarrassé.

Marie avait maintenant à trouver d'une part un lieu d'asile moins compromettant, d'autre part des intercesseurs de poids.

À défaut de ses fils, elle a des gendres. Sur le roi d'Espagne, elle vient de tirer un trait, c'est terminé. Du côté savoyard elle n'a rien à espérer. La Savoie est une région pauvre, que les neiges et les rochers de ses montagnes n'ont jamais engraissée, et qui pèse peu dans le concert international. Les quelques mots hasardés pour elle par Victor-Amédée sont restés sans écho. Il est mort en 1637, laissant sa femme Chrétienne se débattre dans de très graves difficultés. Et Marie n'a nulle envie de passer les Alpes pour s'installer dans la capitale de sa fille, Turin, qui lui offrirait comme un avant-goût amer de son renvoi au pays natal.

Reste l'Angleterre, bien sûr, vers laquelle elle prétend se diriger, non sans avoir au passage tenté de tirer quelque appui des Hollandais. Sait-on jamais ?

L'intermède hollandais

Marie de Médicis se doutait-elle que la ville vers laquelle elle se dirigeait, Bois-le-Duc, était le quartier général de l'offensive que les Provinces-Unies se préparaient à lancer contre la place forte de Gueldre, tenue par le cardinal-infant ? C'est probable. Elle espérait y trouver le prince d'Orange. Il y était en effet, en train de rassembler ses troupes.

Le pays dans lequel elle débarque ainsi à l'improviste est une république fédérale calviniste, que la France a puissamment aidée à se libérer de la domination espagnole à la fin du siècle précédent. Elle est gouvernée, province par province, par des assemblées élues, les États. Le commandement militaire y est confié à un stathouder, qu'on a pris l'habitude de choisir parmi les descendants du héros de l'indépendance,

Guillaume le Taciturne, dans la famille d'Orange-Nassau. C'est à lui — un très grand seigneur — que Marie souhaite avoir affaire.

Elle ne s'est pas trompée en escomptant un accueil favorable. Le prince Frédéric-Henri se porte à sa rencontre, accompagné de son épouse, et tous deux se confondent en compliments et en révérences. Une brillante escorte d'officiers la convoie jusqu'à Bois-le-Duc où elle pénètre sous les vivats de la foule massée aux fenêtres. Le reste de l'itinéraire qui la conduit à Amsterdam est jalonné de fêtes, de réceptions, d'entrées solennelles. Enfin elle est à nouveau traitée en reine. Elle rayonne de satisfaction.

Pourquoi cet accueil chaleureux ? Nul ne sait ce qu'elle vient faire en Hollande. Dans le doute, le prince d'Orange estime qu'il vaut mieux la ménager. Quant aux habitants, ils sont dans leur ensemble pleins de préventions favorables à l'égard d'une Française, veuve du bon roi Henri IV qui les a tant soutenus. Bien qu'elle soit catholique, ils n'ont jamais eu qu'à se louer d'elle. Elle n'a pas à leurs yeux la réputation d'hispanophilie butée que lui prêtent les historiens. Ils se souviennent que lorsqu'elle a pris la régence, elle s'est bien gardée de dénoncer le traité qui les liait à la France ; elle a continué de les protéger. Elle dit avoir été maltraitée par les Espagnols : cela seul suffirait à la rendre sympathique. Elle n'a que la paix à la bouche, elle parle de supprimer la pomme de discorde que constituait sa présence à Bruxelles. Et les Hollandais, qui savent très bien faire la guerre quand il le faut, ne seraient pas fâchés de voir la paix se rétablir. Elle s'est disputée avec son fils certes, mais elle s'en désole et se déclare prête à tout pour rentrer en grâce ; elle s'installera n'importe où, en province, pour y « passer le reste de ses jours en repos », à l'écart du gouvernement. Les choses, dans ces conditions, devraient pouvoir s'arranger aisément.

L'ambassadeur de France s'inventa une maladie diplomatique en attendant des instructions. Mais déjà

Messieurs des États offraient leur médiation. Le 30 août ils écrivirent à Paris « qu'ils reconnaissaient en elle un si sensible amour pour le roi son fils, tant de bonne volonté pour ceux qu'il honorait de sa confiance, et si peu de souvenir de ce qui s'était passé en son endroit, qu'ils avaient cru être obligés de supplier Sa Majesté d'avoir agréable qu'elle se réconciliât avec lui d'une bonne et solide réunion ». Louis XIII se garda de répondre à leur lettre. Il chargea l'ambassadeur d'aller fournir verbalement à ces braves gens, qui s'étaient permis de parler « de ce qu'ils ne savaient pas », des explications très circonstanciées.

Marie se trouvait bien en Hollande, elle y serait volontiers restée. Mais déjà elle commençait à peser à ses hôtes. Il y eut des blessures d'amour-propre. Elle connaissait mal les usages du pays. Elle refusa à telles ou telles dames l'honneur d'un baiser sur la bouche. Elle se permit de ne raccompagner ses nobles visiteuses que jusqu'au seuil de sa porte et non jusqu'au bas de l'escalier. Elle n'invita pas les représentants des États à remettre leur chapeau en sa présence, bien qu'ils eussent rang d'ambassadeurs et en dépit d'une pluie torrentielle. Bref sa morgue déplut à ce peuple fier aux convictions démocratiques.

Et puis, il fallut bien parler gros sous. Le bruit courait qu'elle avait laissé des dettes à Bruxelles. Messieurs des États, qui s'y connaissaient en finances, s'aperçurent vite qu'elle coûtait très cher. Si cher qu'ils expédièrent un messager à Paris pour supplier Sa Majesté que « s'il ne lui plaisait pas encore la faire venir en France, et que, pour certaines considérations, il désirait plutôt qu'elle s'arrêtât encore en leur pays pour quelque temps, il eût agréable de lui donner le moyen d'y subsister »... En clair, ils voulaient bien l'héberger, mais pas à leurs frais. La réponse tomba, tranchante : le roi son fils l'entretiendrait à Florence, pas ailleurs.

La princesse d'Orange lui expliqua que le climat du pays était très, très mauvais pour la santé en hiver et qu'elle se porterait beaucoup mieux à Londres. La saison des tempêtes approchait, la traversée pourrait devenir difficile. On se hâta de lui trouver un navire, sur lequel on l'embarqua, à La Haye, à la fin octobre. Les Hollandais s'en tiraient au bout de deux mois et demi, ils pouvaient s'estimer heureux. Marie de Médicis n'avait pas pu ne pas sentir qu'ils la poussaient dehors. Mais quoi, c'étaient des étrangers, des républicains ! Tout irait pour le mieux maintenant. Elle se rendait chez sa fille préférée, Henriette, qui lui devait bien l'hospitalité.

Les habits neufs de la reine mère

La ligne suivie par Marie de Médicis est désormais claire. En changeant de tactique elle a changé de conseillers — à moins que ce ne soit l'inverse. L'irréductible Chanteloube, dont la goutte a aigri le caractère plus encore qu'elle n'a tordu le pied, a été congédié au bénéfice d'un nommé Fabroni, qui cherche à négocier. Adieu la reine outragée. Elle endosse un nouveau personnage, celui d'une humble suppliante. Elle consent à accepter ce qu'elle avait refusé jusqu'alors. Renonçant à obtenir le renvoi du ministre détesté, elle se dit prête à se faire oublier dans un séjour provincial convenablement aménagé, sans se mêler de rien. Pourquoi lui impose-t-on Florence comme résidence alors que les autres reines douairières se sont vu offrir le choix ? Et pour quelles raisons la prive-t-on des revenus qui lui reviennent ? Les choses vues sous ce jour lui donnent l'air d'une victime.

Et si elle était sincère, après tout ? Nous n'en savons rien. Elle a soixante-cinq ans, c'est beaucoup pour l'époque, c'est un âge où un chrétien se détourne des vaines ambitions de ce monde pour se préparer à la mort. Peut-être a-t-elle vraiment renoncé à la lutte ? Richelieu, lui, n'en croit pas un mot. Mais il sait que Louis XIII, chapitré par Louise de La Fayette et par le père Caussin, ne demande qu'à le croire. Sur le plan international, voici qu'elle s'appuie, non plus sur les ennemis de la France, mais sur ses alliés, elle leur arrache de la compassion et trouve en eux des interlocuteurs pour plaider sa cause. Il a fallu, pour en dissuader les Hollandais, un long réquisitoire de l'ambassadeur. Mais il est peu glorieux d'avoir à étaler ainsi un différend familial. Louis XIII, obligé de dire — ou de faire dire — du mal de sa mère, n'en sort pas grandi.

Sous ce nouveau visage inoffensif, Marie de Médicis paraît à Richelieu plus dangereuse encore que lorsqu'elle levait des troupes contre lui à Bruxelles. Il ne veut pas courir le risque d'une réconciliation dont il est persuadé qu'il finira par faire les frais. Il allume donc tous les contre-feux possibles. Mais il est mal à l'aise pour préconiser la sévérité à l'égard de son ancienne bienfaitrice depuis qu'elle semble venue à résipiscence. On le verra donc s'abriter derrière l'avis unanime du Conseil, dont les membres — qui sont ses créatures —, sont priés de répondre à un questionnaire sur l'éventuel retour de la reine mère. Ces bonnes gens n'ont qu'un cri : ce serait pour le royaume une catastrophe. Il a pris d'autre part les devants avec Charles Iᵉʳ d'Angleterre, qu'il invite à ne pas la recevoir. Enfin il a fait donner à tous les ambassadeurs de France en poste à l'étranger l'ordre de lui battre froid, dans l'espoir que leur exemple sera suivi. Il lui ménage le plus d'avanies possibles et se montre, bien entendu, intraitable devant toutes ses demandes d'argent.

L'épreuve de force est engagée. Il cherche à fermer devant elle toutes les issues, afin qu'il ne lui reste qu'une solution : se retirer à Florence.

L'accueil de Londres

La reine mère n'ignorait pas que son gendre britannique serait très contrarié. Mais elle n'avait pas le choix et décida de lui forcer la main.

Sa fille Henriette est la dernière de ses enfants, la

seule, avec Gaston, à qui elle ait manifesté quelque tendresse. En rentrant à Paris après ses premiers conflits avec Louis XIII, elle s'était attachée à cette adolescente aimable et gaie, surveillant son éducation, travaillant à son mariage. Pendant les premières années de son séjour en Angleterre, quand la jeune femme avait le mal du pays, elle avait tenté de la réconforter par de longues lettres, dont le ton pesamment moralisateur laissait parfois percer un sentiment vrai. Elles ne s'étaient jamais revues. En 1638, voici soudain que l'occasion se présentait. Comment Henriette aurait-elle pu lui fermer sa porte ? Elle n'eut sans doute pas besoin des encouragements de Mme de Chevreuse [1] pour lui adresser des lettres chaleureuses, pouvant être interprétées comme une invitation. Elle n'est pas sans appréhension cependant, parce qu'elle sait que la venue de Marie de Médicis est politiquement inopportune et parce qu'elle redoute, pour la sérénité de la vie quotidienne, son caractère impérieux. Mais elle attend son sixième enfant et a envie d'un peu de sollicitude familiale.

Prudente, Marie attendit d'être embarquée pour informer son gendre qu'elle voguait vers l'Angleterre. Durement secouée par sept jours de tempête, elle arriva enfin à bon port au début novembre. Le mal étant sans remède, Charles Ier fit contre mauvaise fortune bon cœur. Sans illusions. Comme le grand amiral envoyé à sa rencontre s'informait sur les moyens de l'identifier, il répondit avec humour : « Vous ne pouvez pas ne pas la reconnaître, la douairière n'a pas rétréci avec les années et on la reconnaîtrait n'importe où, même sans les six carrosses et les soixante-dix chevaux qu'elle emmène toujours avec elle. » Il se rendit lui-même aux portes de Londres pour l'accueillir et la conduire en grande pompe au palais Saint-James, tout proche de sa

_____

1. La duchesse vient en effet de quitter Madrid pour Londres. A-t-elle fait, sur les chances de succès de l'Espagne, le même raisonnement que Marie de Médicis ?

propre demeure de Whitehall, où elle fut somptueusement installée. Une confortable pension de 100 livres
par jour lui est allouée. Mais le choix d'un décompte
quotidien et non mensuel semble indiquer qu'on table
sur un séjour de courte durée.

De la part de la France, les avanies ne se font pas
attendre. L'une d'entre elles la blesse profondément,
en ce qu'elle l'atteint dans son image de *materfamilias*
à la progéniture innombrable. Après la naissance du
dauphin, Louis XIII, hésitant, avait cru bon de consulter Richelieu : ne devait-il pas faire part à sa mère d'un
événement aussi heureux pour le destin de leur lignée ?
La réponse fut non. Et Marie apprit par hasard, en Hollande, qu'elle avait un nouveau petit-fils. À Londres
arriva, très peu après elle, un ambassadeur extraordinaire chargé d'en informer les souverains anglais : il a
pour consigne de ne pas la voir. Richelieu avait tout
prévu : dans le cas où elle enverrait des félicitations,
surtout ne pas lui écrire ! Le roi devait recevoir brièvement le messager et le charger de remerciements ver-
baux. Mais la question ne se posa pas. Ulcérée, elle a
pris le parti de s'abstenir.

Dans ces conditions, elle n'avait rien de bon à
attendre de l'ambassadeur ordinaire. Les instructions
de M. de Bellièvre étaient très précises : lui rendre une
seule visite pour témoigner du « respect » que lui porte
le roi, et n'y plus jamais revenir ; éviter tout contact
avec elle et avec ses serviteurs. Elle parvint pourtant à
le coincer dans un couloir, avec la complicité de
Charles Ier, elle lui décrivit sa misère, son désir de rentrer en France ; elle cherchait en vain depuis des
années, ajouta-t-elle, quelqu'un qui veuille bien
convaincre Richelieu de sa bonne foi. Le diplomate se
récusa : il ne lui était pas permis de se charger d'un
message de sa part. Elle lui rit au nez, certaine, lui dit-
elle, qu'un ambassadeur bien stylé rendait compte de
tout. Ce qu'il fit en effet. Mais la démarche fut vaine.
On lui propose Florence et rien d'autre.

Alors elle fait agir son gendre. Lord Jermyn est

envoyé spécialement en France avec deux missives, l'une pour Louis XIII, l'autre pour le cardinal, demandant « qu'il plût au roi de permettre le retour de la reine sa mère dans le royaume et de lui laisser la libre jouissance de tout le bien dont elle jouissait avant sa sortie, ou au moins de lui envoyer à Londres de quoi vivre et s'entretenir selon sa qualité ». On lui répondit qu'il s'agissait « d'une affaire domestique » dont nul n'avait à se mêler et que « lorsqu'elle se soumettrait au roi son fils comme elle devait », il aurait « les bras ouverts pour lui donner tous les témoignages d'affection qu'il devait à sa mère ». En attendant, elle ne devait pas compter qu'il subvienne à son entretien ailleurs qu'à Florence.

C'est sur ce dernier point que le bât blesse. Marie sait bien qu'elle sera une lourde charge financière pour Charles Ier. Elle commence à en avoir l'habitude. Elle fait celle qui ne veut pas comprendre, elle s'impose. Mais elle ne se rend pas compte qu'elle est pour lui, sur le plan politique, un embarras autrement grave. Elle ne mesure pas que sa pratique ostensible du catholicisme risque d'aggraver une situation politique déjà tendue. Elle s'abandonne avec délices aux effusions familiales dans un climat de guerre civile imminente.

Une famille royale menacée

Henriette avait eu tout d'abord une vie conjugale difficile. Le tout-puissant Buckingham s'efforçait de la tenir à l'écart. Mais, après la mort du favori, elle avait acquis sur son époux, au fil des maternités heureuses, une influence croissante. Il ne pouvait lui refuser le plaisir de retrouver sa mère. En voyant arriver le carrosse de celle-ci, elle dévala les marches du perron et se jeta dans ses bras avec des larmes de joie. Puis elle lui présenta ses enfants. Ils étaient quatre : Charles, huit ans ; Mary, sept ans ; Jacques, cinq ans et Élisabeth, qui allait en avoir trois ; la petite Anne, quinze mois, était restée à la nursery.

Faute de témoignages, nous en sommes réduits à imaginer ce que purent être les sentiments de Marie de Médicis. Elle n'a jamais aimé les enfants pour eux-mêmes. Mais ils sont partie intégrante de son être, ils fondent ses droits au respect de tous, ils sont sa grandeur, sa richesse, un capital qu'elle se réjouit maintenant de voir fructifier. Elle caresse l'idée que tous les trônes d'Europe, à la génération suivante, seront tenus par ses descendants. Elle fut sûrement très fière de découvrir ses petits-enfants britanniques.

Il est rarement donné aux reines de remplir leur rôle de grands-mères — et jamais en tout cas auprès des enfants de leurs filles, qu'elles sont condamnées à ne pas connaître. Ceux-ci étaient beaux, bien portants, gracieux. On aimerait penser qu'elle ressentit à les voir quelque émotion. Il est sûr en tout cas qu'elle prit goût à la vie familiale que lui ménageait Henriette. Celle-ci, enceinte, approchait de son terme. Marie était présente, le 29 janvier 1639, lorsqu'elle mit au monde, dans des conditions très difficiles, une petite fille qui mourut aussitôt. L'épreuve avait rapproché le roi des deux femmes, dans une anxiété partagée. La reine mère était prête à s'installer durablement.

Elle ne pouvait tomber plus mal.

Un conflit couvait depuis longtemps entre le souverain britannique et ses sujets pour des raisons à la fois politiques et religieuses. La constitution anglaise interdisait au roi de lever des impôts sans l'aval du parlement, composé comme aujourd'hui de deux chambres représentatives élues, celle des Lords et celle des Communes. Jacques Ier, puis son fils Charles Ier cherchèrent à s'affranchir de ce contrôle. Le parlement ne siégeait pas en permanence, mais seulement quand le roi le convoquait. La solution était donc de ne pas le convoquer. De 1629 à 1640, Charles Ier parvint à se passer de lui et à vivre d'expédients financiers divers, non sans de graves difficultés.

La question religieuse, d'autre part, restait brûlante. Le pays avait adhéré massivement à la Réforme. Les catholiques, minoritaires, n'avaient pas le droit de pratiquer leur culte et faisaient l'objet de persécutions. Or si le catholicisme est un, le protestantisme, lui, est multiple. Depuis Henri VIII et Élisabeth Ire, la religion nationale était l'anglicanisme, dont le souverain est le chef suprême. Mais les presbytériens en Écosse, les puritains en Angleterre, se réclamant de la tradition calviniste, rejetaient l'organisation hiérarchisée de l'Église anglicane et sa complaisance pour un cérémonial trop spectaculaire ; ils préconisaient une organisation démocratique des communautés de fidèles et un culte dépouillé d'ornements. Quelques « Indépendants », plus radicaux encore, refusaient toute forme d'autorité. Charles Ier tenta d'unifier son double royaume sous la houlette anglicane, plus compatible avec l'idée qu'il se faisait d'une autorité monarchique indiscutée. Il ne réussit, en voulant imposer le livre de prières officiel, qu'à précipiter ses sujets écossais dans la rébellion à partir de 1638 et à relancer l'agitation en Angleterre.

Or la reine est directement engagée dans le conflit religieux. Le mariage du roi avec une catholique, destiné à consolider l'alliance franco-anglaise, a déplu à beaucoup de ses sujets qui y ont vu, non sans quelque raison, l'amorce d'une reconquête. On se souvient qu'Henriette avait en effet pour mission secrète de ramener l'Angleterre dans le giron de Rome. Elle n'a pas converti son mari, mais elle est restée ardemment catholique, elle a obtenu le droit de pratiquer son culte dans les limites de son palais. L'opinion craint qu'elle n'inocule à ses enfants la contagion « papiste ». On ne l'aime pas.

Les Anglais n'ont pas, à l'égard de Marie de Médicis la même indulgence que les Hollandais. Elle se trouvait associée au gouvernement lorsque leur flotte fut repoussée à l'île de Ré et devant La Rochelle. Voici qu'elle arrive flanquée d'une suite de serviteurs, tous catholiques — et parmi eux un bon nombre d'ecclésiastiques. Ils viennent renforcer le petit noyau qui végétait autour de sa fille. Une véritable provocation ! D'autant plus redoutable que l'intrépide reine mère rechigne à se cacher pour entendre la messe, la « persécution » l'indigne et l'exalte, elle ne mâche pas ses mots à l'endroit de ceux qui s'opposent à la pratique de la vraie foi.

Le moment est vraiment mal choisi. Pendant l'été de 1639, Charles se porte au-devant de l'armée écossaise avec des troupes insuffisantes, il doit battre en retraite et consentir à traiter. Et il lui faut bien, pour obtenir des subsides, convoquer le parlement au printemps suivant. En vain : devant sa résistance, il le congédie au plus vite. Henriette a l'imprudence de solliciter l'aide financière du pape, qui lui fait répondre qu'il ne peut aider un souverain hérétique. Le bruit court, à tort, qu'elle aurait promis de ramener au catholicisme son mari, puis le royaume tout entier. Un des principaux ministres, Laud, archevêque de Cantorbéry, est accusé de rapprocher insidieusement la religion anglicane du « papisme ». Il est avec lord Strafford, artisan du renforcement du pouvoir royal, la bête noire de l'opposition. L'émeute secoue la rue.

Le roi éloigne de la capitale sa belle-mère et sa femme, qui attend un nouvel enfant. C'est à Oatlands que naît, le 12 juillet 1640, le petit duc de Gloucester, Henry. Lorsqu'on le baptise selon le rite anglican, Marie refuse d'assister à la cérémonie. Tandis que la situation empire chaque jour et que les troupes royales se font battre par les Écossais à Newburn, elle continue de caresser des chimères : si l'on renouvelait l'opération du double mariage espagnol, qu'elle a jadis menée à bien en France ? l'infant Balthazar Carlos, âgé de onze ans, n'est-il pas fait pour Mary, qui en a dix ? et le prince de Galles ne conviendrait-il pas à la petite Marie-Thérèse [1], qui vient de naître en 1639 à Madrid ?

---

1. Elle épousera Louis XIV.

Charles Ier coupe court à ces rêveries. Mary épousera le jeune prince d'Orange, Guillaume deuxième du nom, calviniste bon teint. Et au plus vite. Henriette, boudeuse, refusa d'embrasser son futur gendre. Ni elle-même, ni sa mère ne consentirent à paraître au mariage, célébré le 2 mai 1641 dans l'intimité. Elles restèrent dissimulées derrière un rideau.

Mais déjà la révolution est en marche. Charles a dû réunir un nouveau parlement, qui se montre aussi intraitable que le précédent et accuse la reine, le 5 mai, de préparer un débarquement de troupes françaises pour écraser la révolte. Le 7 il exige et obtient du roi la condamnation à mort de Strafford. Le 11 il demande l'expulsion de la reine mère. Le 12 la tête de Strafford tombait sur l'échafaud. La chasse aux catholiques commençait, spécialement dans l'entourage du couple royal.

Henriette tenait à rester auprès de son mari, mais Marie n'avait plus rien à faire à Londres, sinon envenimer les choses. Elle n'avait pas attendu les ordres du parlement pour se préoccuper d'une retraite. Elle avait peur.

Le dernier voyage

Dès le début de cette funeste année 1641, elle a envoyé à Paris son aumônier, le père Bonnefons. Il doit prier Mme d'Aiguillon, la nièce de Richelieu, de lui obtenir un entretien avec son redoutable neveu : cette fois, elle capitule, elle consent à aller à Florence, il ne reste plus qu'à en fixer le prix. Richelieu refuse de recevoir lui-même son messager, mais lui accorde un secours de 100 000 livres. Il en promet autant pour ses frais de voyage. Une allocation annuelle de même montant lui sera versée dès qu'elle sera installée en Toscane.

Au mois de mars, son confesseur, le père Suffren, est avisé de l'itinéraire qu'on veut lui voir suivre : traversée maritime entre Londres et Rotterdam ; remontée du Rhin par bateau jusqu'à Cologne, Brisach et Bâle ; voyage en litière de Constance jusqu'à la plaine du Pô ; puis bateau encore jusqu'à Venise et de Venise à Bologne ; et litière à nouveau pour traverser l'Apennin et gagner Florence. On avait visiblement tenu compte de sa santé et préféré, chaque fois que c'était possible, le transport maritime ou fluvial à l'inconfort de la litière.

Elle donna son accord de principe, mais elle s'empressa de disposer à sa guise des 100 000 livres, pour payer des dettes, récupérer des bijoux laissés en gage et rémunérer grassement son favori, Fabroni. Et elle réclama qu'on lui verse, en plus de la pension promise, les revenus de son douaire. D'un point de vue juridique, la revendication était soutenable. Mais Richelieu fit répondre que ces revenus avaient servi à payer les troupes qui défendaient la frontière.

Les choses avaient donc traîné jusqu'au mois de mai, lorsque le parlement avait sommé Charles de la renvoyer. Celui-ci ne demandait pas mieux et il la savait pressée de partir : la foule hurlait à la mort sous ses fenêtres, exigeait de fouiller sa maison pour en chasser les traîtres, on ne pouvait garantir sa sécurité. Pour son départ il ne manquait qu'une chose, comme d'habitude : l'argent. Son gendre n'en avait pas. Ce fut le parlement qui consentit à financer son voyage. Non moins prudent que Richelieu, il fractionna les versements : 3 000 livres comptant et 6 000 lorsqu'elle aurait pris pied sur le continent. Ensuite les Anglais s'en désintéressaient. C'est ainsi que Marie de Médicis parvint à faire payer à ses pires ennemis, les puritains britanniques, le voyage qui leur permettrait d'être débarrassés d'elle.

Henriette l'accompagna jusqu'à Douvres où elle s'embarqua avec toute sa suite à la fin du mois d'août. Elle aborda à Flessingue, où la mort du père Suffren, qui la suivait depuis des années, vint l'affliger. C'est un peu de sa génération qui s'en allait. Il avait soixante-seize ans, elle-même en a soixante-huit et se sent bien lasse. En suivant sagement l'itinéraire imposé, elle arriva à Cologne le 12 octobre 1641. Mais elle n'alla pas plus loin. Elle n'ira jamais à Florence, et l'on ne saura donc jamais si le grand-duc, contrairement à tous les autres, aurait eu du plaisir à l'accueillir...

Sur les causes de cet arrêt, nous en sommes réduits aux hypothèses. Sans doute avait-elle épuisé les subsides du parlement britannique, qui n'étaient pas calculés pour la mener jusqu'en Italie. La fatigue a pu jouer, ainsi que le découragement. Et sa fameuse opiniâtreté aussi qui la pousse à braver l'adversaire jusqu'au bout. Eut-elle des arrière-pensées politiques, comme on le dit souvent ? C'est possible. Elle trouvait dans la grande cité rhénane un milieu favorable aux intrigues.

Cologne était alors une ville libre administrée par son archevêque, l'un des trois Électeurs ecclésiastiques du Saint-Empire. Elle grouillait de diplomates, souvent hommes d'Église, qui tentaient de débrouiller le gigantesque imbroglio créé par la guerre de Trente Ans. Marie fut à coup sûr ravie de se retrouver en milieu catholique et d'entendre à l'occasion parler italien. D'autre part Cologne n'est pas loin de Sedan, dont le duc de Bouillon a fait la base arrière de toutes les rébellions contre Richelieu. De là à penser qu'elle fut partie prenante dans les complots qui secouèrent alors la France, il y a un pas qu'on hésite à franchir. Elle se trouvait encore en Angleterre lorsque le comte de Soissons mena contre les armées françaises, le 6 juillet 1641, une offensive victorieuse mais inutile, puisqu'il fut tué à la fin de la rencontre. Quant à la conjuration suivante, celle de Cinq-Mars, dont on reparlera plus loin, on voit mal pourquoi elle aurait été mise dans le secret. La vieille dame sans ressources, chassée de partout, n'existe plus pour personne.

Alors pourquoi achète-t-elle au mois de mai 1642 des litières et des mulets, pour un voyage par voie de terre ? N'est-ce pas la preuve qu'elle s'apprête à rentrer en France ? Certainement. Et elle ne s'en cache pas. Mais ce n'est pas sur le succès d'une conjuration qu'elle compte pour lui rouvrir les portes du royaume, c'est sur la mort de son fils : explication désagréable à envisager, mais qui est la seule vraisemblable. Louis XIII est très malade, on le dit perdu à brève échéance. Tout le monde spécule sur sa disparition prochaine. En ce qui concerne Marie, les plus indulgents pourront dire qu'elle ne souhaite pas sa mort, mais qu'elle en intègre l'éventualité dans ses projets d'avenir. Les autres... Passons.

Le plus étrange est qu'elle se croie encore un avenir, en dépit de l'âge, des échecs répétés, des défections successives, de la solitude. Elle n'est pas de celles qui baissent les bras. Il y a même une sorte de grandeur pathétique dans cet acharnement à lutter, contre toute raison et toute morale, dans une radicale affirmation de soi.

À Cologne il lui faut comme toujours mendier sa subsistance. Auprès d'étrangers, puisque ses enfants l'ont tous abandonnée. Pour l'héberger — gratis —, elle trouve d'abord Rubens, qui avait couvert les murs du Luxembourg des fulgurations de sa gloire. Un singulier retour des choses l'amène à prendre en charge sa protectrice d'autrefois. Il met à sa disposition une maison à lui, un peu trop exiguë, en attendant que l'Électeur de Cologne prenne la relève. Elle s'établit alors dans un hôtel particulier où elle survit à coups de dons, de prêts, d'expédients. Tous ses biens sont engagés, elle ne trouve plus de créanciers, elle est aux abois.

Sa santé se détériore, elle a beaucoup maigri, sa célèbre corpulence n'est plus qu'un souvenir. Elle est déjà malade lorsque parvient à Cologne la nouvelle de l'arrestation de Cinq-Mars. Même sans être personnellement liée aux conjurés, elle fut très affectée par cette défaite. Elle déclina très vite. Le 25 juin elle dut s'aliter : elle avait la fièvre, ne pouvait plus respirer, était couverte d'érésipèle. Son médecin, Riolans, la jugeant perdue, fit prévenir son fils, qui se décida tout de même à envoyer *in extremis* — trop tard — un mot de sympathie et quelque argent. Lorsque la gangrène se déclara le 1er juillet, Marie, qui jusque-là avait nié la gravité de son état, se résigna. Elle mourut le 3, assistée de l'archevêque-Électeur et de deux nonces apostoliques, en invoquant saint Jean-Baptiste, patron de Florence, et en serrant sur son cœur le crucifix de saint Charles Borromée. Elle revenait ainsi, pour l'éternité, à sa figure initiale, celle d'une militante de la Réforme catholique.

Post mortem

Elle avait fait son testament. Divers cadeaux symboliques à sa famille florentine, au pape, à l'Électeur de Cologne, à ses filles, à Anne d'Autriche — à qui elle offre son anneau de mariage. Des dons à ses fidèles serviteurs, dont elle exclut Fabroni — il l'a bien assez volée, il n'aura que son carrosse et ses chevaux. Tous ses autres biens doivent aller à ses fils, qui se les répartiront à leur gré. Quels biens ? Ses riches possessions de France se trouvaient déjà entre les mains du roi, elle ne pouvait en disposer. Elle n'avait à lui léguer que des dettes.

Elle fit spécifier, dans ce testament, qu'elle gardait toute son affection à Louis XIII, comme mère à l'égard de son fils, comme reine à l'égard de son roi. Et pour Richelieu ? avait dit le nonce : un bijou, un portrait, en signe de pardon ? — Non, c'était beaucoup trop. Elle ne lui donna rien. Mais un serviteur anonyme et facétieux fit expédier au cardinal, quelques jours plus tard, un perroquet qu'il lui avait offert lui-même au temps de leur bonne entente.

À Paris, la nouvelle de sa disparition fut accueillie avec froideur, seul Gaston pleura, il avait le cœur tendre et le regret facile. La *Gazette* ne manqua pas, en l'annonçant, de rappeler qu'elle était responsable de son exil : « Le regret de sa mort a été accru en cette cour par celui de l'absence qu'elle s'était causée en suivant le conseil de quelques esprits brouillons auxquels la facilité du sien avait laissé trop de créance. » Telle est l'image officielle : une faible femme manipulée par des intrigants.

Lorsqu'on apprit dans quel dénuement elle était morte, l'opinion fut partagée entre la stupéfaction, la pitié, la réprobation. Contre Richelieu, bien sûr. Qu'il ait fait dire des messes et tendre sa maison de draperies noires choqua : il lui devait sa fortune et l'avait laissée « mourir de faim ». Et l'on se complut à méditer chrétiennement sur la grandeur et la misère de ce destin royal, illustration exemplaire des fragilités de la condition humaine.

Louis XIII et Richelieu, qui s'étaient tant acharnés à la tenir hors de France de son vivant, se hâtèrent par décence de faire rapatrier son cadavre. Mais les créanciers ne le lâchèrent qu'après règlement des plus criantes de ses dettes. Il y fallut six mois. Le convoi funèbre, parti de Cologne au début de 1643, arriva à Saint-Denis le 4 mars. Le corps de la reine y fut inhumé, tandis que son cœur s'en allait rejoindre, chez les jésuites de La Flèche, celui de son défunt époux, Henri IV.

À cette date, Richelieu était déjà mort, et Louis XIII se mourait. De tous les partenaires de cette tragédie familiale et politique, il ne restera bientôt plus qu'Anne d'Autriche, et le falot Gaston d'Orléans. Une époque est sur le point de se terminer.

CHAPITRE QUINZE

LA COURSE CONTRE LA MORT

Après la naissance de Philippe, Anne d'Autriche,
forte de sa double maternité, s'installe dans une position d'attente. Sa santé est excellente, celle de
Louis XIII continue de se détériorer. Selon toutes pro-
babilités elle lui survivra. Sans aller jusqu'à souhaiter
sa mort, elle ne peut pas ne pas en envisager l'éventualité, avec toutes ses implications. Étant donné l'âge des
petits princes, il y aura régence. Et cette régence, elle
est bien décidée à la revendiquer, moins par goût du
pouvoir que par amour maternel : elle ne veut confier
à personne le soin d'élever ses fils.

La question n'est pas encore à l'ordre du jour en
1641. Le roi, le tout-puissant ministre et les éternels
opposants semblent figés dans leurs positions de toujours. Mais l'année suivante voit se déchaîner une lutte
dont aucun des participants ne garde pleinement le
contrôle, une sorte de course contre la mort, entraînant
vainqueurs et vaincus dans une même tornade — dont
Anne d'Autriche recueillera le bénéfice.

Attentisme de la reine

À partir de 1638, le couple royal a adopté à cause des enfants un nouveau mode de vie dont il se trouve bien. Louis XIII n'a jamais aimé la vie urbaine, confinée, il lui faut de grands espaces où il puisse s'échapper lorsque la mélancolie le prend. De plus il se sent impopulaire à Paris, le climat y est hostile ; on n'en est pas à l'insulter, mais on a cessé de crier « Vive le Roi » sur son passage ; la capitale, comme la plupart des provinces, supporte mal la prolongation de la guerre, avec la pression fiscale qu'elle entraîne. Saint-Germain devient donc son point d'attache. Il y passe les hivers, tandis qu'il vit l'été au rythme des campagnes militaires, qu'il tient à diriger en personne. Mais il n'y séjourne jamais continûment. Il s'en évade pour aller chasser à Versailles, qu'il affectionne de plus en plus, à Chantilly ou à Saint-Maur. Ou bien il s'en va rejoindre le cardinal dans son château de Rueil : c'est là que se tient le plus souvent le Conseil. À Saint-Germain même, il ne partage pas, on l'a dit, la demeure de sa femme : l'une est au Château Vieux, l'autre au Château Neuf. Ils vivent presque comme des particuliers, lui chassant ou s'adonnant à ses travaux manuels de prédilection — bricolage et cuisine —, elle s'occupant des petits princes. On leur rend visite, mais ils ne sont pas le centre d'un rituel de cour. La vie mondaine, c'est dans les hôtels particuliers du Marais qu'on la trouve, la vie intellectuelle dans les salons comme celui de Mme de Rambouillet ou dans les académies savantes, dont Richelieu a encouragé les activités en faisant de l'une d'entre elles, en 1635, l'Académie française.

Le roi et la reine ne s'y mêlent que par exception et parfois sans plaisir. Venus à Paris lors du *Te Deum* pour la naissance du duc d'Anjou, ils assistèrent ensuite à une représentation théâtrale offerte par Richelieu pour inaugurer la magnifique salle qu'il avait fait édifier chez lui, au Palais-Cardinal, et qui possédait des équipements dernier cri. On y jouait *Mirame*, une tragédie signée Desmarets de Saint-Sorlin, dont la rumeur publique disait que le véritable auteur était Richelieu lui-même. Dans une grande débauche d'effets spectaculaires dus aux « machines » sophistiquées se déroulait une intrigue à la vérité fort banale, mais qui parut pleine de sous-entendus : la fille du roi de Bithynie, Mirame, amoureuse d'un prince ennemi, y est partagée entre sa passion et la fidélité à son pays. « Je me sens criminelle, aimant un étranger / Qui met pour mon amour cet État en danger », soupirait l'héroïne, tandis que le public, frémissant d'attention scandalisée, croyait reconnaître dans les deux héros Anne d'Autriche et Buckingham. Le roi quitta la salle dès la fin du spectacle, pour un motif futile. La reine, stoïque, accepta la main de Richelieu pour gagner le fauteuil passementé d'argent qui lui était destiné, puis elle ouvrit le bal en compagnie de son beau-frère. Nul n'a encore compris si le cardinal avait vraiment prémédité de lui faire cette insulte — c'en était une aussi pour le roi — ou si sa vanité d'auteur l'avait aveuglé sur les interprétations malveillantes que pourraient faire d'un lieu commun dramaturgique des courtisans qui le détestaient.

À Saint-Germain, les hivers sont monotones et les étés plus encore. En 1640 Anne y est à peu près seule de mai à septembre, puis en 1641 de mai à novembre : le roi va et vient, guerroyant dans le Nord et dans l'Est. Les opérations militaires se poursuivent, sans combat propre à emporter la décision, mais la supériorité française apparaît de plus en plus nette, surtout depuis que les Hollandais ont acquis, par leur victoire navale de 1639, la maîtrise du Pas de Calais : les Pays-Bas sont coupés de leurs bases. Qu'en pense la reine ? On ne sait. Mais elle a cessé de se réjouir ostensiblement des succès de l'Espagne et son époux ne vient plus la narguer avec ceux de la France. Au mois de novembre 1641, il lui annonce laconiquement la disparition du cardinal-infant : « Votre frère est mort. » Brutalité délibérée ? ou peut-être simple maladresse ? Car il fait prendre le deuil à la cour, par égard pour elle, bien qu'il s'agisse du commandant en chef des armées adverses. Est-elle en train de « devenir française » ? ce serait beaucoup dire. Mais elle se sent désormais attachée au patrimoine qui sera celui de son fils. Elle continue de souhaiter la paix, mais une autre paix : non plus une victoire de l'Espagne, mais un équilibre entre les deux antagonistes réconciliés.

On ne sait pas non plus ce qu'elle a pensé de la conjuration qui faillit réussir, en 1641, à imposer au roi par les armes un changement de politique. Louis de Bourbon, comte de Soissons — un prince du sang —, avait réuni une vaste coalition de mécontents, toujours les mêmes ou à peu près. Mais cette fois leurs arguments rencontraient dans le royaume un très large écho. Quand ils attribuaient à Richelieu l'échec des négociations de paix, ils n'avaient pas tout à fait tort : le ministre voulait tirer de ses victoires récentes un bénéfice que l'Espagne n'était pas encore résignée à lui accorder. Mais devant le coût exorbitant de la guerre et les souffrances qu'elle entraînait, beaucoup, toutes classes sociales confondues, pensaient que le moment était venu d'y mettre un terme, sans se montrer trop intransigeant sur les conditions. Soissons avait des alliés, dont le duc de Bouillon, des soldats, des subsides espagnols et des troupes auxiliaires allemandes. Il renversa sans peine l'armée royale dans le petit bois de La Marfée, près de Sedan, le 6 juillet 1641, mais il se tua accidentellement ou il fut tué, on ne sait, dans la confusion qui suivit son triomphe. « S'il était resté en vie, écrit l'ambassadeur vénitien, il pouvait s'avancer librement jusqu'aux portes de Paris, où il ne lui aurait pas été difficile de soulever le peuple en sa faveur et de ranger à son parti une province entière de ce royaume. » Pas seulement une province : « toute la France se fût jointe à lui », écrit à Richelieu un de ses jésuites affidés.

Il y eut peu de sanctions — le roi en avait-il les

moyens ? L'échec de la conjuration affligea tous les
ennemis du ministre, même ceux qui ne s'y étaient pas
associés, comme Gaston d'Orléans. Ils en gardèrent
des regrets cuisants : elle avait été si près de réussir !
Et le soutien très large de l'opinion leur donna l'impression trompeuse que la situation était mûre et qu'il
serait aisé de rééditer l'aventure avec succès. On pouvait donc s'attendre à de nouvelles convulsions.

Anne d'Autriche n'a pas soufflé mot. Elle attend.
Elle regarde avec détachement le climat se dégrader
entre Louis XIII et son nouveau favori.

La dernière passion de Louis XIII

L'histoire des relations entre Louis XIII et ce nouveau favori serait franchement grotesque si le dénouement ne la faisait basculer dans le tragique. Voyez
plutôt.

Louis XIII, on l'a dit, ne pouvait pas se passer de
ces amitiés amoureuses ambiguës où se mêlaient de
sa part candeur et suspicion, confiance abandonnée et
despotisme possessif. Ses amours étaient promesses
d'asservissement. Et Richelieu, peu désireux, on l'a dit
aussi, de remplir lui-même cette fonction, s'efforçait
d'en contrôler les titulaires. Or il a trouvé les femmes
rétives : Marie de Hautefort s'est rangée aux côtés de
la reine et Louise de La Fayette aux côtés du parti
dévot. Pour les remplacer, il songe à un homme,
comme au temps pas si lointain de Luynes, de Barradat, de Toiras et de Saint-Simon. Il croit avoir sous la
main l'oiseau rare.

Le jeune Henri Coëffier de Ruzé d'Effiat, marquis
de Cinq-Mars, est de moyenne noblesse, sans fortune,
et beau comme un jeune dieu. Son père, en mourant,
l'a confié à Richelieu. À seize ans, le voici, par la grâce
de son protecteur, à la tête d'une compagnie des gardes
du roi. Hélas ! celui-ci ne le distingue pas du lot. L'année suivante, le cardinal lui propose la charge presti-

gieuse de grand maître de la garde-robe, qui l'introduirait dans l'intimité du souverain. L'adolescent refuse : trop assujettissant. En 1638, Richelieu, qu'inquiète l'emprise de Marie de Hautefort sur le roi, insiste à nouveau. Ce n'est pas une offre qu'il lui fait, mais quasiment un ordre qu'il lui donne. Et il précise quel devra être son rôle : lui répéter fidèlement les confidences du roi et tenter d'influencer celui-ci dans le sens requis. À la grande fureur de sa mère, qui lui reproche de sacrifier l'avenir de sa famille, l'intéressé refuse encore. Alors, Richelieu s'y prend autrement. Soudain, à la cour où pullulent ses créatures, il n'est bruit que de ce jeune homme si plein de mérites. Comment le roi ne l'a-t-il pas encore remarqué ? Le roi finit par tourner ses regards dans la direction indiquée, il le découvre, il lui parle. C'est vrai qu'il est charmant, bien fait, et spirituel de surcroît. Le piège fonctionne. Dans les deux sens. Louis XIII est séduit. Et le garçon, croyant avoir conquis par lui-même la faveur royale, accepte maintenant de devenir grand maître de la garde-robe. Richelieu sollicite et obtient pour lui cette charge le jour même de son dix-huitième anniversaire. Il entend bien bénéficier de la contrepartie promise : l'espionnage à son profit.

Cinq-Mars joua le jeu un certain temps avec une relative docilité, mais il lui fallait forcer sa nature. Il mit plus de dix-huit mois pour supplanter Hautefort, qui est enfin chassée de la cour en novembre 1639. À cette date, il se sent si bien intronisé qu'il exige et obtient, contre l'avis de Richelieu, que le roi rachète pour lui la très haute et très coûteuse charge de grand écuyer des écuries royales. Le voici pourvu du titre prestigieux de M. le Grand. Louis XIII est homme d'habitudes, il s'est attaché à lui, il ne peut plus s'en passer. Fasciné par sa vitalité et sa gaieté, il se laisse quelquefois dérider, va jusqu'à « faire débauche », dit Tallemant. Très modestes excès : « on dansait, on buvait des santés » ! Il en faudrait bien davantage pour réconcilier Cinq-Mars avec une existence qui lui pèse.

À la différence des favorites féminines, qui n'avaient à supporter le roi que dans le cadre de la maison de son épouse, il se trouve condamné à partager toutes ses activités. Or il déteste la campagne, surtout en hiver, il goûte peu la chasse au renard ou au merle et les conversations au coin du feu. Le roi — un couche-tôt lève-tôt et un pisse-froid — lui impose un régime d'une simplicité spartiate, alors qu'il aime les plaisirs mondains, les repas raffinés, les salons où il parade, vêtu à la dernière mode, la danse, le jeu, les femmes. Alors il mène double vie. Il suit son maître tout le jour, bâillant de fatigue et d'ennui, puis, à peine refermée la porte de la chambre à coucher royale, il saute sur son cheval et galope jusque chez Marion de Lorme, dont il est l'amant. Il rentre à l'aube épuisé et tente de dérober quelques heures de sommeil à son tyran ; déjà on le secoue, il émerge du lit de fort méchante humeur, pour s'entendre adresser reproches et sermons. Il se plaint à qui veut l'entendre de la « servitude » qui le lie à un homme « dont la compagnie l'ennuie fort ».

Le roi ne serait-il pas un peu masochiste ? Toutes ces rebuffades ne font que l'attacher davantage à son « cher ami ». Avant d'attribuer cette sujétion à des pulsions équivoques, rappelons-nous que Marie de Hautefort, elle aussi, l'avait soumis des années durant au mordant de ses railleries. Il faut bien cependant se poser à nouveau la question. La « passion » très vive qu'il porta à Cinq-Mars était certainement de nature homosexuelle. Tous les contemporains le pensèrent. Mais passa-t-il à l'acte ? Seul Tallemant des Réaux rapporte, de seconde ou de troisième main, deux anecdotes que récusent la plupart des historiens. L'Église menaçait de ses foudres les sodomites. Louis XIII était d'une piété extrême, obsédé par la crainte du péché, et il faisait de la chasteté la première des vertus. Ajoutons qu'à cette date il était malade, miné par l'entérocolite chronique, et que d'autre part il se trouvait en face d'un partenaire aussi peu coopératif que possible. Autant de raisons pour penser que son attachement pour Cinq-

Mars en resta, comme les précédents, masculins ou féminins, au stade platonique ou, si l'on tient à prendre en compte les insinuations de Tallemant, qu'il s'arrêta à mi-chemin. Ce qui ne l'empêchait pas, au contraire, de souffrir toutes les affres de l'amour non partagé.

Alors, il se plaint. À qui ? À Richelieu, bien sûr, comme au temps de Hautefort. Il se plaint longuement, de vive voix ou par écrit, ressassant ses griefs, et Richelieu en consigne le relevé dans un mémoire qui lui servira de base pour aller morigéner le jeune homme. Car Louis XIII, toujours incapable à quarante ans passés de gérer lui-même ses rapports avec autrui, compte sur l'Éminence pour les prendre en charge, comme il a pris en charge la conduite des affaires du royaume. Laquelle Éminence déteste intervenir en tiers dans les problèmes sentimentaux du roi, sachant qu'il n'a que des ennuis à y récolter. Il le faut bien pourtant : n'est-ce pas lui qui lui a « donné » Cinq-Mars ? Alors il convoque le coupable et lui savonne les oreilles. Aux reproches du roi — il est paresseux, débauché, dépensier, impertinent, cancanier, présomptueux, effronté... — s'ajoutent les siens propres : c'est un très mauvais espion. Il tente de recoller les morceaux et il y parvient quelquefois, faisant signer à l'un comme à l'autre des « certificats » de bonne entente ! Mais le jeune homme supporte de moins en moins d'être traité en gamin, sa faveur le grise : il a obtenu d'assister au Conseil, debout derrière la chaise du roi, et il ambitionne la main de la princesse de Mantoue, Marie de Gonzague, celle-là même qu'avait voulu épouser Gaston d'Orléans. Il croit n'avoir plus besoin de son protecteur. Il se rebiffe, prêt à se retourner contre lui.

Tout Paris retentit des éclats de ces querelles et en suppute l'issue. Sur place, à Saint-Germain, Anne d'Autriche ne peut pas ne pas les connaître. Elle n'aime pas Cinq-Mars, qui a fait chasser son amie Hautefort et lui manifeste peu d'égards ; elle n'aime pas Richelieu ; quant à son mari, il est permis de penser qu'elle n'est sans doute pas mécontente de le voir souf-

frir à son tour. Elle attend, sereine, en dorlotant ses
enfants.

Une bien étrange conspiration

Vers le milieu de 1641, M. le Grand, comme on le
nomme désormais, a décidé d'avoir la peau de Richelieu
et il se croit en mesure d'y réussir. De qui vint l'initiative ? De Cinq-Mars lui-même et de ses amis très
proches. Ni le duc de Bouillon, ni Gaston d'Orléans ne
figurent parmi les instigateurs. Au stade initial du projet,
il n'y avait d'ailleurs pas besoin de complices, le favori
se faisait fort d'obtenir du roi le renvoi de son ministre,
voire même son éviction par la force.

Entre Louis XIII et Richelieu, les relations se sont lentement dégradées. Sur les choix politiques majeurs, ils
ont été jusque-là pleinement d'accord. Mais Richelieu,
sur qui repose le poids des affaires intérieures et extérieures, prend maintenant quelques libertés avec les
formes. Il se sait indispensable. Il a vieilli, il est fatigué,
très souvent malade. Il n'a pas toujours le temps ni la
patience d'expliquer longuement au roi les options en
présence et de lui laisser l'illusion de décider. Il a pris
l'habitude de proposer — oui, non, il faut... — et
Louis XIII entérine. Celui-ci a d'ailleurs contribué à
créer, puis à aggraver cette situation, en consultant le
cardinal sur tout, y compris ses chamailleries avec ses
ami(e)s de cœur. Mais, dans son for intérieur, il vit mal
cette dépendance et son orgueil supporte encore plus mal
qu'elle s'étale aux yeux de tous : chacun sait et dit que le
véritable maître de la France est Richelieu.

Or, au début des années 1640, les leçons de Louise
de La Fayette, de Marie de Hautefort, du père Caussin,
maintenant relayées par Cinq-Mars, commencent à
faire leur chemin dans l'esprit de Louis XIII. Il se met
à douter du bien-fondé de la politique suivie. Certes la
France remporte des victoires, mais pas autant qu'on
aurait pu l'espérer. Et surtout à quel prix ? Voici que

le ronge le souvenir de sa mère exilée, voici qu'il découvre la misère de son peuple, la cruauté de la guerre. « Le responsable, ce n'est pas moi », murmure-t-il aux ambassadeurs étrangers. Il s'épanche plus librement encore auprès de ses familiers. Déjà Marie et Louise avaient reçu confidence de ses scrupules. Avec Cinq-Mars, il va plus loin, parle de la « tyrannie » du cardinal, de « l'esclavage » où il le réduit. Hypocrisie délibérée ? Sans doute pas. Le malheureux se défoule, il joue à se libérer, en paroles, d'une subordination dont il mesure qu'elle est le fondement même de son pouvoir : sans Richelieu, il se sait incapable de gouverner, il sait que celui-ci, sans faire de miracles, gère le pays aussi bien que possible ; il sait aussi que les succès internationaux ont un prix, coûteux, sur le plan intérieur, mais il voudrait que ce prix soit porté au passif de Richelieu, et les succès à son actif à lui. Au ministre la sale besogne, à lui-même la gloire. En gémissant contre lui, il apaise sa conscience et se dédouane : il n'a pas voulu le mal.

Cinq-Mars ne comprend rien et prend pour bonnes toutes ces jérémiades : le roi veut vraiment se débarrasser du cardinal, mais il n'ose pas, il faut l'y aider. Et l'on aboutit à ce paradoxe inouï d'une conspiration dont « le grand écuyer était l'âme, mais dont le roi était tacitement le chef ». Le roi complotant contre son propre premier ministre ! Avouons que la chose n'est pas banale. C'est cependant ce que rapportent en chœur les mémorialistes du temps.

Cinq-Mars semble avoir tout de même commencé par le plus simple. — Si vous êtes mécontent de lui, renvoyez-le ! — Je ne peux pas, il dispose de tous les leviers de commande. — Qu'à cela ne tienne, un bon coup de poignard vous en défera, il y a parmi vos gardes des hommes tout dévoués, dont le fidèle Tréville [1], qui est là et opine. — Il est prêtre, cardinal de

---

1. Celui-là même dont Dumas a fait un personnage des *Trois Mousquetaires*.

la sainte Église romaine, ce serait un sacrilège valant excommunication. — Il y a pour cela des accommodements... Les conversations dont on a résumé ici la substance en restèrent là. En somme, le roi n'a pas dit oui, mais il n'a pas reculé d'horreur et n'a pas formulé d'interdiction. Cinq-Mars en conclut qu'il fallait le mettre devant le fait accompli, exécuter à sa place ce qu'il désirait de tout son cœur ou, comme dit en style noble un contemporain, le « délivrer d'une captivité dans laquelle il était retenu malgré lui ».

Le favori se rendait bien compte qu'il prenait des risques en se découvrant ainsi. Avant de recourir à la force, il chercha à s'assurer des appuis. Il n'avait que l'embarras du choix. Autour de lui beaucoup rêvent de voir tomber Richelieu. Il y a tous ceux qu'il a humiliés, comme Fontrailles, un petit bossu dont il a raillé l'infirmité en le traitant de « monstre » ; tous ceux dont il a rabattu les prétentions, comme la plupart des grands seigneurs ; tous les parents et amis de ceux qu'il a envoyés à l'échafaud ; tous les rescapés des conjurations antérieures, qui n'en reviennent pas d'avoir échappé au couperet ; tous leurs sympathisants, qui ont peur que leur complicité ne soit découverte — Cinq-Mars lui même se trouve dans ce dernier cas : il avait appuyé en secret l'entreprise manquée du comte de Soissons. En arrière-plan, pour les encourager, le mécontentement général.

Le premier contacté est le duc de Bouillon. Curieux personnage que ce grand seigneur, dont on a déjà rencontré le nom dans toutes les rébellions antérieures et qui sera un des acteurs clefs de la Fronde. Frédéric-Maurice de La Tour d'Auvergne, de très haute et très ancienne noblesse française, est l'héritier de Sedan, une place forte stratégique au centre d'un territoire indépendant. Sous la lointaine tutelle de l'empereur d'Allemagne, il en détient la pleine possession, censée lui donner droit au titre de prince. Son père, converti à la Réforme, a été un des compagnons d'Henri IV. Sa mère, Élisabeth de Nassau, qui gouverne encore Sedan d'une main ferme, est la propre fille de Guillaume d'Orange, le Taciturne, héros de la libération des Provinces-Unies. Il a pour frère cadet le vicomte de Turenne, qui entame une brillante carrière militaire au service du roi de France. Mais lui, l'aîné, est revenu au catholicisme en épousant Éléonore de Bergh, issue d'une grande famille des Pays-Bas espagnols. Le personnage, comme on le voit, a des convictions éclectiques et ne manque pas de répondants. Il est intelligent, retors même, et excellent homme de guerre. Il se veut un souverain à part entière et prétend traiter d'égal à égal avec les rois. Et comme il a eu maille à partir avec Marie de Médicis, puis Louis XIII, il offre aux rebelles de toute sorte le refuge de sa forteresse. Imprenable, Sedan ? Pas tout à fait. La citadelle a de bonnes murailles, mais elle n'est pas à l'épreuve d'un assaut vigoureux. Le duc ne veut donc pas s'exposer à la légère.

Lorsqu'à la fin de l'été 1641 François de Thou vient le pressentir de la part de son ami Cinq-Mars, il donne son accord de principe, mais cherche à élargir le cercle des conjurés. On prend langue avec Gaston d'Orléans, qui approuve. Reste à s'entendre sur les moyens. Et avec l'extension du nombre de participants s'introduit l'équivoque. Tous ne sont pas au courant de tout et les objectifs commencent à diverger. Les intermédiaires — de Thou, Fontrailles et quelques autres — exagèrent la détermination des premiers engagés pour en recruter d'autres : venez, venez nous rejoindre, il y a déjà tel ou tel grand personnage qui « donne la main » au projet ; venez, le roi lui-même a fourni sa caution, preuve que l'entreprise est « innocente ». Mais qui croit vraiment à cette fiction ?

Sur la marche à suivre, on jette un rideau de fumée pudique. Persiste-t-on dans le projet d'assassinat, comme le souhaite le cynique Fontrailles, partisan des solutions rapides ? Moins il y a de gens dans le secret, mieux cela vaut. Inutile de recruter davantage : quelques hommes déterminés suffisent. Mais on ne peut plus affirmer que le roi est d'accord. Il apparaît d'ailleurs très vite que les autres conjurés non plus ne sont pas d'accord. Gaston d'Orléans ne veut pas entendre parler de verser le sang, on le sait : sur le point de donner le signal, il a déjà reculé deux fois ; on lui propose donc une prise d'armes sur le modèle de celles de Montmorency ou de Soissons. Bouillon hésite, par scrupule peut-être, sans doute parce qu'il voit plus loin et songe à l'inévitable régence ; et comme il craint qu'une aventure militaire ne lui fasse perdre Sedan, il exige de faire assurer ses arrières par l'Espagne. Quant à François de Thou, qui travaille activement à rapprocher les partenaires, il préfère s'éclipser au moment de leurs réunions, ne voulant rien connaître de ce qu'ils trament !

Pendant l'hiver de 1641-1642, on discute ferme lors d'entrevues nocturnes dans les écuries d'Artois, une dépendance de l'hôtel de Venise, place Royale. Mais on laisse soigneusement dans l'ombre les sujets éventuels de friction. Plus surprenant encore : au lieu d'élaborer un programme de campagne, on s'attelle à un projet de traité avec l'Espagne qui suppose le problème résolu, on rédige en détail les articles de la « paix générale » qui suivra la victoire. Quant aux moyens, il est prévu une assistance militaire et financière, mais elle ne sera prête qu'au mois de juillet, si tant est qu'elle le soit — à Madrid les caisses sont vides.

On ne discutera pas ici, une fois de plus, l'insoluble question de la trahison. C'en était une assurément aux yeux de Richelieu et du roi. Et c'en est une à nos yeux aussi. Mais peut-être pas pour les mêmes raisons. Ce qui mettra Louis XIII en fureur, c'est que Gaston usurpe l'autorité souveraine. Il se substitue à un roi censé n'être plus en mesure d'exercer ses fonctions. Il affirme rendre service au pays en éliminant le ministre responsable de la prolongation d'une guerre désastreuse. Il propose un « bon traité » — la « paix blanche » dont Richelieu ne veut pas — revenant au *statu quo ante* en annulant les annexions récentes et ramenant la France dans le camp des puissances catholiques qu'elle n'aurait jamais dû quitter. Ce n'est pas une capitulation devant l'Espagne, prétend-il, mais une main tendue à un pays frère qui ne demande qu'à déposer les armes. La preuve : le traité spécifie que les conquêtes faites le cas échéant par lui avec le secours des troupes espagnoles lui resteront acquises, sans que l'Espagne puisse les revendiquer ; il proclame que seront respectés les intérêts du roi Très-Chrétien, ainsi que « les droits et autorités de la reine Très-Chrétienne et régnante ».

Que signifie cette allusion à la reine ? Qu'elle était avertie du complot ? Oui, c'est exact. Gaston l'a prévenue, elle a donné son accord. Mais ce n'est pas une raison suffisante pour faire paraître son nom, alors qu'elle avait exigé le secret. Si l'on s'interroge sur son rôle, si l'on réfléchit à la teneur et au ton du traité et si on lit en tenant compte des dates les récits des mémorialistes, on s'aperçoit que, au début de l'année 1642, les objectifs des conjurés ont changé. Mais ils évitent de le dire, parce que la donnée sur laquelle ils fondent leur stratégie n'est pas avouable : ils parient sur la mort imminente du roi et préparent sa succession. Et dans cette succession, Anne d'Autriche tient à être partie prenante. Et la caution de l'Espagne pourrait lui être utile.

Ils sont en train de vendre la peau de l'ours... Il faut dire que l'ours paraît vraiment à bout de souffle.

La lutte pour le pouvoir

Pour Louis XIII le compte à rebours a commencé. Sa mort prochaine est inscrite dans son teint jaune, dans sa maigreur squelettique, dans les accès de fièvre et les crises d'entérite qui le clouent au lit, dans ses bouffées de mélancolie noire. Combien de temps tiendra-t-il encore ? Au début de 1642, les médecins lui accordent six mois au plus. Le problème de la régence va se poser. Avec des implications diverses.

Il y a pour la régence, selon les lois coutumières françaises, deux candidats possibles : Anne d'Autriche et Gaston d'Orléans. La reine, mère d'un petit roi de quatre ans, est, comme nous disons aujourd'hui, incontournable. Mais avec qui partagera-t-elle l'autorité ? Car on la dit incapable, peu désireuse de gouverner. Et de plus, dans un pays en guerre, on pense qu'il faut un homme aux commandes. Alors qui ? Gaston d'Orléans le souhaite d'autant plus ardemment que le trône longtemps espéré lui a échappé avec la naissance du dauphin. La régence serait une — maigre — compensation. Hélas ! il sait que son frère fera tout pour l'en priver. Il prête à Louis XIII le projet de faire d'Anne d'Autriche une régente purement nominale, sous l'autorité de Richelieu. Quelle forme prendrait cette autorité ? La tutelle des enfants royaux, très probablement. C'est là une hypothèse raisonnable et vraisemblable, qui sera en effet envisagée.

Mais les adversaires de Richelieu, à force de le voir triompher, ont laissé leur imagination s'emballer. Ils ont fini par lui attribuer des ambitions démesurées, une volonté de puissance sans limites et sans scrupules. Ils en viennent à redouter qu'il ne prétende lui-même à la régence. « Le cardinal ambitionnait hautement le gouvernement du royaume, dit Montglat, au préjudice de la reine et de Monsieur, auxquels il appartenait de droit. » Il tient déjà en son pouvoir les principales forteresses du royaume, que gouvernent des officiers choisis par lui. Il lui suffirait de s'assurer de la personne des enfants royaux pour se rendre maître, en leur nom, de tout l'appareil de l'État. « Qui tient le roi, tient le pouvoir... » : le vieil adage, qui a beaucoup servi pendant les guerres de religion, est toujours d'actualité. Le cardinal s'emparant des petits princes — avec ou sans le consentement de Louis XIII, peu importe — et se perpétuant au pouvoir grâce à eux : tel est le scénario catastrophe imaginé par nos conjurés au début de

1642. Y croient-ils vraiment eux-mêmes ? Montglat
— un étranger au complot — semble convaincu : lorsque le roi partit pour le Roussillon, écrit-il, Richelieu, pensant qu'il n'en reviendrait pas, « lui avait persuadé d'ôter le dauphin et le duc d'Anjou d'entre les mains de la reine, pour les mettre au château de Vincennes ou dans celui d'Amboise, sous la conduite de Chavigny qui était sa créature, sous prétexte que la reine, étant espagnole, aimait trop sa maison, et que ses enfants ne seraient pas en sûreté entre ses mains. Ainsi, si le roi fût mort dans le voyage, ayant la personne du jeune roi en son pouvoir, avec toutes les troupes et les places fortes, il eût été difficile de l'empêcher ».

Nous sommes certains aujourd'hui que Richelieu raisonnait autrement. Il respectait trop l'institution monarchique pour songer à jouer les usurpateurs et n'avait aucune illusion sur ses chances d'y réussir. De plus, il se savait gravement malade. Pour préserver son œuvre, il misait sur la reine, épaulée par de bons conseillers, plutôt que sur Gaston d'Orléans. L'intérêt d'Anne d'Autriche aurait été de s'entendre avec lui. Il s'efforçait, depuis plusieurs années, de le lui faire comprendre. Mais elle avait trop souffert depuis son arrivée au pouvoir pour revenir de ses préventions.

Les conjurés engagèrent donc aisément la reine dans leur parti en agitant cet épouvantail. C'est probablement Gaston d'Orléans, et non de Thou, qui la pressentit. Quand il ne pouvait accéder à elle, il prenait pour intermédiaire Mme de Saint-Georges, la gouvernante de sa fille, qui fréquentait assidûment Saint-Germain. Il a besoin d'elle. Elle est la sœur du roi d'Espagne. Il ne peut se présenter à celui-ci en négociateur autorisé que si elle se dit d'accord. Quel meilleur moyen de l'y amener que d'évoquer la menace planant sur ses enfants ? Louis XIII parle périodiquement de les séparer d'elle. Elle en a toujours incriminé, à tort, Richelieu. À la seule idée de cette menace, elle s'affole. Il est donc certain qu'elle a « donné la main » au projet des conjurés. Mais à quoi, au juste ? A-t-elle souscrit à l'assassinat de Richelieu ? C'est possible, mais rien ne le prouve. Lui en a-t-on même parlé ? En revanche elle a approuvé le plan qui consistait à garantir ses enfants de tout risque d'enlèvement : « On se servit du prétexte spécieux de défendre les enfants du roi et la reine leur mère de l'oppression du cardinal, et l'on publia que le roi d'Espagne les prenait sous sa protection », explique Brienne, qui va même plus loin quand il poursuit : « ce qui acheva de persuader le duc de Bouillon qu'il rendrait un service considérable à la reine, si sa ville de Sedan pouvait être destinée pour une place de sûreté pour Sa Majesté et pour les princes ses enfants ».

Anne d'Autriche ne se contente pas d'approuver, elle fait plus, elle recrute des adhérents : « M. de Thou, raconte La Rochefoucauld, vint me trouver de la part de la reine pour m'apprendre sa liaison avec M. le Grand, et qu'elle lui avait promis que je serais de ses amis. » Elle est sur le point de commettre une sottise beaucoup plus grave lorsque Brienne l'en détourne *in extremis*. Brienne est secrétaire d'État aux Affaires étrangères et à ce titre, il a ses entrées à Saint-Germain. Il sait beaucoup de choses et s'en tient entre les partis à une sage neutralité. Mais il éprouve de la sympathie pour la reine. Il apprend par de Thou, qui est son cousin, que les conjurés veulent obtenir d'elle des « blancs-seings », c'est-à-dire des feuilles blanches préalablement signées qu'ils rempliraient selon les besoins : le roi est mourant, elle doit s'assurer l'appui des officiers de l'armée, pour qu'ils se rallient à ses ordres et non à ceux du cardinal ! Très inquiet il va la voir, la trouve prête à consentir, l'en dissuade : « Gardez-vous bien, Madame, de confier un écrit de cette nature à qui que ce puisse être, quand même ce serait à moi ; car, quoique je ne me sente pas capable d'en abuser, il pourrait tomber en telles mains que vous auriez sujet de vous en repentir. Mais s'il arrivait par malheur que la maladie du roi augmentât, je ne manquerais pas alors de me rendre à l'armée en diligence, pour y faire tout ce qui serait de votre service. » Anne d'Autriche, apparemment, n'a pas encore appris la prudence ! Mais la signification de l'incident est claire : à ses yeux le complot ne vise pas à assassiner Richelieu, mais à le mettre hors jeu après la mort de Louis XIII.

Sur ce, la situation évolue très rapidement.

Fontrailles, qui est allé à Madrid négocier le fameux traité, revient en France au début d'avril. Il découvre d'abord que Cinq-Mars a perdu toute influence sur le roi. Pour conserver son crédit auprès de ses complices, le jeune homme ment : les querelles qui l'opposent à son maître ne sont, dit-il, que comédies destinées à donner le change à Richelieu. Mais les domestiques racontent que le roi lui interdit sa porte et qu'il en est réduit, afin de sauver les apparences, à tuer le temps dans l'antichambre en lisant le *Roland furieux*, pour faire croire à sa sortie qu'il vient de passer une heure avec le souverain. Plus question d'obtenir de Louis XIII le renvoi de son ministre. Plus question non plus de l'assassiner avec son approbation tacite. D'ailleurs Gaston d'Orléans et Bouillon n'en veulent pas : ils ont fait faux bond au rendez-vous de Lyon, prévu pour l'exécution. La sagesse est d'attendre la mort du roi. Mais la disgrâce du favori rend l'attente infiniment plus dangereuse. Si Cinq-Mars ne peut plus faire écran entre Louis XIII et Richelieu et si celui-ci découvre ce qui se trame, c'est le désastre assuré.

Or, précisément, le complot a été ébruité. « Votre affaire est sue communément à Paris, comme on sait que la Seine passe sous le Pont-Neuf », lui écrit Marie de Gonzague. Il y a eu trop de conciliabules, d'allées et venues, de tergiversations. Richelieu est certainement au courant. La peur saisit au ventre les plus lucides. Fontrailles tente de diffuser parmi les conjurés dispersés à travers le royaume un message de sauve-qui-peut. Il prévient Cinq-Mars, il prévient Gaston. Et il organise sa propre fuite. Tant que Richelieu n'a pas de preuve, cependant, ils peuvent encore espérer.

Car entre-temps, un autre élément est intervenu,

pour les ragaillardir. Richelieu à son tour est tombé gravement malade. Leurs plans postulaient qu'il survivrait à Louis XIII : voici que le contraire risque de se produire. Tous les projets antérieurs deviennent caducs. Impossible cependant de faire marche arrière. Il suffit de tenir jusqu'à l'échéance. À l'abri, si possible. Chacun pour soi. Rendez-vous à Sedan, mais pas avant que l'armée promise par les Espagnols ne soit en mesure de protéger la place. Elle ne sera là que le 1er juillet. En attendant, Monsieur se terre en Val de Loire, Bouillon est parti commander l'expédition d'Italie. Cinq-Mars est à Perpignan, auprès du roi qui assiège la ville. Il veut croire encore à son étoile. Il a tort. Le roi se plaint de lui à qui veut l'entendre, prétendant même le « vomir ». Pourtant, il ne le congédie pas et, contrairement à ce que pensent les conspirateurs, il n'est pas vraiment réconcilié avec Richelieu, dont il s'est trouvé séparé presque constamment depuis qu'ils ont quitté l'Île-de-France et qu'il l'a laissé à Narbonne en train de soigner ses ulcères purulents. Bref, il reste irrésolu, en proie au doute. Il est seul. Ses maux s'aggravent. Au début de juin, on le dit à l'extrémité. Au camp, devant Perpignan, il se traîne de matelas en matelas, torturé de douleurs abdominales, incapable de se tenir debout. Il abandonne la place. Le voici à Narbonne, que le cardinal a quitté quelques jours plus tôt. L'un et l'autre souhaitent regagner au plus vite la région parisienne.

Par malheur pour les conjurés, Richelieu n'est pas mort — pas encore, mais il s'en faut de peu. Il se trouve en Arles lorsque le 10 ou le 11 juin lui tombe entre les mains ce qu'il cherchait. En toute hâte, il envoie Chavigny qui se présente au roi le 12, à l'aube, porteur d'un document à délivrer seul à seul. Coup de théâtre : c'est la copie du traité d'Espagne. Si mécontent qu'il fût de son favori, Louis XIII n'aurait pas cru la chose possible. Il accuse durement le coup, demandant si l'on n'avait pas mis « un nom pour un autre », hésitant à se rendre à l'évidence : « Quel saut a fait

M. le Grand ! » La suite est bien connue : procès, jugement, exécution sur la place des Terreaux à Lyon, le
12 septembre 1642. Le roi a laissé à Richelieu le soin
des basses œuvres, à cette date il a depuis longtemps
regagné Paris.

Reste une question, non encore élucidée : qui a livré
à Richelieu le traité d'Espagne ?

Anne d'Autriche et le traité d'Espagne

La version officielle fut que le traité avait été découvert par hasard, dans une valise diplomatique espagnole. Avec variantes : on dit tantôt que la valise
provenait d'un courrier intercepté, tantôt qu'elle fut
trouvée dans l'épave d'un bâtiment coulé lors d'un
combat naval. Mais en diffusant cette version, on laissait entendre qu'elle cachait une vérité qu'il valait
mieux taire : excellent moyen de semer la suspicion
entre les survivants du complot et d'aiguiser leur
inquiétude.

Un personnage important aurait donc livré le traité.
Qui ? Par éliminations successives et en examinant le
comportement de la reine au mois de juin 1642, c'est
sur elle que se sont concentrés les soupçons. Les
mémorialistes du temps se contentent de suggérer l'hypothèse, mais beaucoup d'historiens sont passés
aujourd'hui à l'affirmative. Leurs arguments ? La reine
était au courant, c'est certain. Le dossier à charge ?
ce sont les comptes rendus quasi quotidiens envoyés à
Richelieu et à Chavigny par M. de Brassac, l'espion
en titre placé auprès d'elle. Au début juin, Anne, à
qui a été signifié l'ordre de rejoindre son époux en
Languedoc, écrit et fait écrire à Richelieu, le 7, puis à
nouveau le 9, pour tenter de s'y soustraire. Le 13,
arrive un message du roi l'autorisant à rester à Saint-
Germain, elle déborde de joie et de reconnaissance
pour le cardinal, à qui elle attribue cette faveur. Entre-
temps, Richelieu, le 10 ou plutôt le 11, avait reçu le

traité. D'où une conclusion : elle a trahi ses complices et en a touché la récompense. On y ajoute quelquefois un mobile supplémentaire : elle aurait vu là un moyen de compromettre Gaston d'Orléans, son futur rival pour la régence.

Examinons à nouveau les faits sans parti pris, sans chercher à la défendre ni à l'accabler.

Première question : a-t-elle eu en main le *texte* du traité ? Ceux qui l'accusent de l'avoir livré parlent du *projet* de traité. Ce n'est pas la même chose. Elle a certainement été mise au courant, verbalement ou par écrit, des termes de l'accord. Et elle a appris que Fontrailles irait le négocier à Madrid. Mais on sait par le même Fontrailles que la rédaction initiale ne comportait pas de noms, en dehors de celui du signataire, Gaston d'Orléans. Monsieur y promettait, à grand renfort de périphrases, le concours de deux seigneurs, parmi les plus importants du royaume, dont l'un détenait une place forte stratégique. Prudence oblige ! Seulement Olivarès ne voulut jamais signer sans connaître l'identité de ces mystérieux personnages et il exigea même que leurs noms figurent, ainsi que celui de la place de sûreté, dans une sorte de codicille, dit *Contre-lettre*, annexé au traité. Or le document que Richelieu transmit à Louis XIII comportait les fameux noms, ceux de Cinq-Mars — que le malheureux souverain espéra un instant avoir mal lu —, de Bouillon et de Sedan. Il s'agissait donc d'une copie, fautive par endroits parce que faite à la hâte, du texte définitif.

Ce texte fut-il communiqué à Anne d'Autriche ? C'est très peu probable. Fontrailles, en rapportant d'Espagne l'original, savait que c'était de la dynamite. Il le montra à Cinq-Mars, puis, comme il craignait d'avoir été suivi lors de son passage des Pyrénées, il chargea un comparse de l'apporter à Monsieur, qui en était le destinataire. Il y eut beaucoup de temps perdu, pour déjouer les soupçons et par suite de flottements, mais le document finit par être remis à Gaston d'Orléans à Chambord : celui-ci l'avouera lors des interrogatoires, prétendant avoir brûlé l'original après en avoir fait prendre une copie, qu'il conserva. Ensuite les conjurés affolés ne songèrent qu'à se faire oublier. Pendant ces mois cruciaux, Anne d'Autriche vivait à Saint-Germain, sous l'œil vigilant du couple Brassac. Pourquoi aurait-on pris des risques considérables pour lui communiquer un document dont elle connaissait en gros la teneur et qui ne lui était d'aucune utilité ?

Deuxième question : la thèse de la « récompense » pour la livraison du traité est-elle compatible avec le calendrier ? Et sinon, comment rendre compte des faits ?

Anne d'Autriche a bien adressé à Richelieu, les 7 et 9 juin, deux messages dont on ne connaît la substance qu'indirectement, par les Brassac. C'étaient des appels au secours, pour la garde de ses enfants. Admettons qu'elle ait joint à un de ces deux envois le texte du traité. Pour parvenir au cardinal le 10, il aurait fallu que le premier des deux courriers galope nuit et jour en crevant bien des chevaux. Admettons encore. Mais que Louis XIII, averti le 12, et plein de prévenances pour les angoisses de sa chère épouse malgré le choc de la découverte du complot, ait expédié sa réponse avec une célérité plus grande encore, de façon qu'un secrétaire d'État puisse venir lui en faire part le 13, cela défie toute vraisemblance.

Il faut donc reprendre tout l'épisode, en commençant par le commencement.

Lorsqu'au début de février 1642 Louis XIII se met en route pour aller secourir les Catalans révoltés contre l'Espagne, il prévoit que sa femme l'accompagnera en Roussillon. Rien d'anormal à cela : il en a souvent usé de même lorsqu'il s'éloignait pour longtemps de la région parisienne. Mais il remet son départ pour des raisons d'intendance — il y aura déjà sur les routes sa propre suite et celle du cardinal — et à cause de la mauvaise saison. Trois mois se passent. Anne peut croire qu'il a oublié. Elle a toujours voulu, par amour maternel, rester auprès de ses enfants. Elle a maintenant des raisons supplémentaires de s'accrocher à eux, depuis que les conjurés lui ont fait craindre le projet d'enlèvement supposé de Richelieu. Louis XIII multiplie les recommandations à leur sujet, mais c'est contre Condé ou contre Gaston qu'il songe à les protéger. Pourvu qu'il n'ait pas l'idée de les transférer dans quelque château fort sous la garde de féaux du cardinal ! Elle s'efforce d'amadouer celui-ci en chantant ses louanges auprès des Brassac.

Le 30 avril, catastrophe : elle est invitée à rejoindre son mari au plus vite. Fontainebleau, où il la somme de se rendre, est la première étape du voyage. De l'aveu même de ses cerbères, son affliction « est l'une des plus sensibles et des plus cuisantes qu'elle ait jamais reçues ». Elle verse beaucoup de larmes. Elle ne compte guère fléchir son mari. C'est à Richelieu qu'elle écrit pour le supplier d'intercéder. Elle fait aussi appel à sa nièce, la duchesse d'Aiguillon. Tous lui conseillent d'obéir, ajoutant que le cardinal n'est pour rien dans les ordres reçus. Ce qu'on omet de lui dire, c'est qu'à cette date il ne peut rien pour elle : il est en froid avec le roi. Mais elle doit s'en douter, puisqu'elle essaie — quelle imprudence ! — de faire intervenir Cinq-Mars. Heureusement pour elle, le gentilhomme qu'elle expédia eut l'intelligence de se rendre compte que la démarche était inopportune et il s'abstint. Mais sa présence fut remarquée et quelques-uns s'interrogèrent après coup sur sa mission.

En désespoir de cause, elle trouve la meilleure parade : elle tombe malade. Et peut-être n'est-ce pas une maladie entièrement feinte. Le chagrin et l'angoisse la minent pour de bon. « Son sang s'échauffe et sa santé s'altère », dit le médecin. Elle ne veut pas guérir : « On lui fait user de force remèdes que l'on voit bien qu'elle prend plutôt par obéissance que par désir qu'ils lui fassent du bien. » Elle finit par apitoyer Brassac. Si l'on persiste à vouloir la faire partir sans ses enfants, écrit-il, il est sûr qu'elle va se laisser mourir. Bref Anne, dans son malheur, joue au mieux des ressources dont elle dispose. Le temps passe, elle ne part pas.

Au début juin, nouvelle alerte d'un autre genre. Tout Paris commence à parler de la conspiration. On murmure qu'elle y est mêlée. Richelieu la soupçonne certainement. Elle se hâte de démentir, d'abord par son secrétaire Le Gras, qu'elle charge d'écrire à Chavigny, puis par Brassac, puis de sa propre main, à l'adresse du cardinal : elle conservera son amitié à celui-ci quoi qu'il arrive ; dans le cas où Cinq-Mars « serait aussi puissant que l'on se l'imagine » — c'est-à-dire s'il cherchait à le faire renvoyer —, elle prendra son parti ; elle « restera ferme et attachée à tous ses intérêts sans jamais changer son affection, sachant bien qu'il sera tel aussi de son côté et ne l'abandonnera pas ». C'est une sorte de pacte qu'elle lui rappelle : ne lui a-t-il pas fait, depuis la naissance du dauphin, des offres de service répétées ? Elle ne ment qu'à demi. Cinq-Mars lui est tout à fait indifférent. Dans la lutte qui l'oppose à Richelieu, elle tente de se ranger du côté du vainqueur. Et le vainqueur, on commence à deviner qui ce sera. À supposer qu'elle ait eu entre les mains le fameux traité, n'aurait-elle pas pris en le livrant un risque grave ? Car il aurait fallu expliquer comment il était parvenu jusqu'à elle, c'est-à-dire avouer implicitement sa participation initiale. Mais il était douteux qu'un retournement de dernière minute lui vaille le pardon de Louis XIII. Quant à compter que Richelieu garderait ce secret pour lui, c'était au moins aussi dangereux : elle se fût livrée pieds et poings liés à sa merci. La raison lui conseillait de se taire, la peur aussi.

Reste à savoir pourquoi Louis XIII, dont on connaît l'opiniâtreté, a soudain renoncé à la faire venir dans le Midi. On a pu invoquer diverses raisons, notamment la crainte d'un enlèvement des enfants par leur oncle ou par le prince de Condé[1] : ne valait-il pas mieux que

---

1. Le roi l'avait chargé de gouverner Paris en son absence, mais il n'avait pas pleinement confiance en lui.

leur mère fût là pour les défendre ? Richelieu plaida sa cause, semble-t-il, par la voix de son émissaire Chavigny. Mais il y eut aussi une raison beaucoup plus simple. C'est aux alentours du 5 juin que Louis XIII décide de laisser la reine à Saint-Germain et en avise les secrétaires d'État restés à Paris. Il se trouve alors à Perpignan, avec l'armée, dans le camp retranché qui investit la place. C'est le moment où, on l'a dit plus haut, sa maladie s'aggrave si sérieusement qu'on le croit perdu. Et qu'il se croit perdu. Il n'a plus rien à faire en Roussillon. Les opérations sont en bonne voie, la prise de Collioure, qui protégeait Perpignan, a condamné la ville à périr de faim, on ne se bat plus, on attend qu'elle se rende. Sa place n'est plus à la tête des troupes, mais à Paris, auprès de ses fils. Le voici sur la route du retour : Narbonne, où l'atteint la nouvelle que Cinq-Mars l'a trahi, n'est qu'une étape sur le chemin qui doit le ramener dans la capitale. En même temps que la décision de rentrer il a pris, très logiquement, celle d'annuler le voyage de sa femme. A Saint-Germain Anne, guérie comme par enchantement, exulte de joie. C'est à Richelieu qu'elle affirme devoir ce bonheur, elle chante chaque jour sur son compte des louanges que les Brassac lui transmettent amplifiées.

Le mystère entretenu à dessein par les enquêteurs sur l'origine de la « fuite », s'ajoutant à la faveur dont jouit soudain la reine auprès de son mari, alimenta une rumeur : la coupable, c'était elle. Mais on vient de voir que l'hypothèse ne tient pas. Alors, comment Richelieu s'est-il procuré le fameux traité ? Peut-être le dépouillement d'un fonds d'archives ignoré nous livrera-t-il un jour le secret, mais pour l'instant nous n'en savons rien. Selon Brienne, il l'eut « par une voie que l'on ne devait pas craindre naturellement : ce qu'il faut entendre de ceux qui ne savaient comment les choses se passaient ». Cette phrase sibylline ne nous avance pas beaucoup ! Mais Brienne ajoute : « Monsieur ne fut point trahi, comme on le publia. » Ce qui exonère non seulement la reine, mais les autres participants.

Faut-il chercher du côté de l'Espagne ? On a pensé à un certain Pujols, qui se livrait au travail de renseignement auprès des secrétaires d'Olivarès et qui fut rapatrié peu de temps après, avec récompense. Ou à Olivarès lui-même, pour torpiller la candidature de Gaston à la régence. Solutions plus terre à terre, propres à décevoir les amateurs de romanesque. Encore faudrait-il qu'elles fussent avérées, ce qui n'est pas le cas...

La loi du silence

Bien que dispensée du voyage en Roussillon, Anne d'Autriche n'était pas au bout de ses peines. L'arrestation de Cinq-Mars, qu'elle apprit quelques jours plus tard, la jeta dans de nouvelles transes, plus graves encore que les précédentes. Elle tenta de se dédouaner en adressant à Louis XIII une lettre de félicitations. Mais elle était terrifiée à l'idée de se voir mêlée à l'affaire.

Elle avait fait jurer à son beau-frère, lorsqu'il l'avait mise au courant du complot, « de ne point dire aux autres qu'elle le sût » et, si l'on en croit Mme de Motteville, « il lui promit de le faire et il l'observa religieusement ». Il est exact en effet que Monsieur ne la nomma pas lors des aveux très circonstanciés qu'il se résigna à faire. Mais à l'égard des autres conjurés, le secret avait été très mal gardé. L'appui que leur donnait la reine était quasiment de notoriété publique à la fin du mois de mai, tous les mémorialistes le confirment. Or Cinq-Mars et de Thou, qui jouaient leur tête, se turent. Personne ne dit rien, sinon un comparse qui, au mois d'octobre, y fit une allusion aussitôt traitée d'imposture par Richelieu lui-même. Silence complet, incroyable, assourdissant.

Tout se passe comme si un accord tacite était intervenu entre tous les acteurs de cette histoire, juges et accusés solidaires, pour dissimuler au roi la part prise par sa femme dans le complot — avec la bénédiction et même la collaboration active de Richelieu. Ce n'est là qu'une hypothèse, précisons-le bien. Et ainsi formulée de façon provocante, elle surprendra. Mais elle ne manque pas de vraisemblance.

L'arrestation de Cinq-Mars a marqué un tournant dans les relations entre Louis XIII et Richelieu. Ceux-ci se revoient à Tarascon le 18 juin, après une longue séparation, pour une entrevue à laquelle le roi a d'abord tenté de se dérober. Ni l'un ni l'autre ne peut marcher. Ils sont étendus côte à côte sur des civières, avec la mort pour seule perspective. À côté du cardinal, deux acolytes à ses ordres, Chavigny et De Noyers — deux greffiers. Le moment de vérité est venu. Richelieu parle. Il parle en maître. Et le roi s'incline, accepte — en « pleurant à chaudes larmes » — de lui laisser la direction du procès, de lui donner pleins pouvoirs en toutes choses, de rentrer seul à Paris. Et le cardinal interroge, et le roi avoue « tout ce qui s'est passé au camp contre lui » : il a, sans réagir, laissé débattre en sa présence de l'assassinat de son ministre. Complicité passive, bien mal récompensée par la trahison du favori trop aimé. Devant l'impitoyable réquisitoire du cardinal, corroboré par les faits, Louis s'effondre. L'amertume de l'un n'a d'égale que l'humiliation de l'autre. En dépit des déclarations officielles, la confiance est morte : ils n'oseront plus se regarder en face. Mais pour quelques mois, Richelieu détient la totalité du pouvoir.

Plus que la punition d'un jeune ambitieux sans cervelle, la condamnation à mort de Cinq-Mars est une victoire de Richelieu sur le roi. Victoire morale, puisque le vainqueur se meurt. Mais qui aura des retombées : les options politiques du cardinal en sont, pour l'avenir, renforcées — ce à quoi il tient par-dessus tout.

Or, on ne le répétera jamais assez, c'est sur Anne d'Autriche qu'il mise. Certes, elle n'est qu'un pis-aller. Mais il est impossible de l'évincer de la régence, sauf à provoquer un scandale aux conséquences imprévisibles, dont le seul bénéficiaire serait le très peu fiable Gaston d'Orléans. Richelieu décide donc de la soutenir. Il se fait nommer avec elle, par disposition testamentaire, cotuteur des enfants royaux. Et l'on murmure, ajoute l'ambassadeur vénitien, « que le roi a repris maintenant ce projet pour manifester ses dispositions les meilleures au seigneur cardinal et adoucir ainsi pour lui les amertumes passées, car le roi sait que ce projet est l'une des choses auxquelles le cardinal tient le plus, pour asseoir sa fortune ». C'est aussi pour la reine l'assurance de n'être pas écartée.

Nous sommes le 17 août. Le roi, fuyant les lieux du drame, a regagné Fontainebleau, où Anne est venue à sa rencontre, accompagnée de leurs fils. Climat idyllique : il la traite « de façon extraordinairement affectueuse ». Pour lui faire avaler la pilule amère de la cotutelle avec Richelieu ? ou simplement parce qu'il respire enfin après une période d'extrême tension ?

Mais elle ne doit tout de même pas dormir tranquille. À Lyon les interrogatoires se poursuivent, sous la conduite exclusive du ministre et de ses affidés. Qui sait ce qui peut en sortir ? Or il n'en sort rien qui soit de nature à la compromettre. Pas un mot. Certes les accusés sont hommes d'honneur, mais comme le fit remarquer Fontrailles, nul ne peut se dire à l'épreuve de la « question ». Or précisément, elle ne leur fut pas infligée. On prit même soin de prévenir Cinq-Mars qu'on lui présenterait, pour la forme, les instruments de torture, mais qu'on ne l'y soumettrait pas. Il n'avait d'ailleurs rien d'autre à dire, ses juges en convenaient. À croire qu'on n'avait pas envie d'en apprendre davantage. Une idée s'impose à l'esprit, avec insistance : Richelieu savait que la reine était mêlée au complot, il aurait pu, s'il l'avait voulu, la faire dénoncer ; mais il l'a au contraire protégée, parce qu'il a besoin d'elle comme caution, en cas de mort brutale du roi, pour exercer le pouvoir en son nom, et parce qu'il la croit plus apte que Gaston d'Orléans à défendre ensuite, par amour pour son fils, la politique qu'il préconise. En revanche, il fait en sorte que son beau-frère, dont il n'attend rien de bon, soit écarté du pouvoir. Il n'eut pas à pousser Louis XIII, celui-ci ne pardonnait pas à Gaston d'avoir anticipé sur sa mort et usurpé ses pouvoirs. Par un arrêté du 1er décembre enregistré par le parlement, Monsieur, privé de son gouvernement d'Auvergne et de ses compagnies d'hommes d'armes, se voit interdit pour l'avenir « de toute sorte d'administration de cet État et nommément de la régence... » — il est comme déchu de ses droits de fils de France. Quant à Bouillon, il sauva sa tête, mais perdit Sedan.

Anne d'Autriche devait à Richelieu une fière chandelle. S'en est-elle enfin rendu compte ? L'ambassadeur de Venise estime que oui. « Entre la reine et le seigneur cardinal, écrit-il le 11 novembre, existe la plus étroite correspondance. L'on croit que le seigneur cardinal entend se servir de la reine pour surveiller toutes les actions de Sa Majesté, qui manifeste d'ailleurs à celle-ci une grande affection et de la bonne volonté. » Anne d'Autriche dernier agent de Richelieu auprès de Louis XIII ? On aura tout vu ! Que penser alors d'une anecdote fameuse, mais rapportée de seconde main ? Lorsqu'il fut rentré de Lyon, elle lui rendit visite à Rueil. Il la reçut sans quitter son fauteuil, il ne pouvait plus bouger. Mais au lieu d'invoquer la maladie pour excuser cette impolitesse, il lui rappela qu'en Espagne les cardinaux n'étaient pas tenus de se lever devant les reines ; à quoi elle répliqua qu'elle avait oublié les usages espagnols, étant désormais toute française. On a voulu voir dans cette désinvolture la preuve qu'il détenait sur elle des secrets compromettants, ce qui était vrai. Mais ce pouvait être aussi — tout dépend du ton — un signe de connivence, marquant qu'ils étaient affranchis tous deux des conventions et du protocole, qui comme chacun sait varient de part et d'autre des Pyrénées...

Il mourut le 4 décembre, en paix avec sa conscience et avec l'Église. D'après les contemporains la reine ne manifesta que des regrets de convenance ; en revanche ils prêtent au roi, « ravi d'en être défait » selon les uns, sincèrement affligé selon les autres, des sentiments ambigus. Faute de confidences, nous en sommes réduits, comme eux, aux supputations. Mais il est sûr que cette mort créait un grand vide, dans lequel allaient flotter, pour quelques mois encore, les deux êtres sur lesquels il avait pesé d'un poids si lourd.

Interrègne

Après la disparition de Richelieu, Louis XIII eut six semaines de rémission, au grand désappointement de ceux qu'irritait la longueur de l'attente. Il pouvait lire la contrariété sur les visages : « Tout le monde était triste quand il se portait mieux, témoigne Montglat, et dès qu'il empirait la joie se marquait dans les yeux d'un chacun. » Ils devront patienter cinq mois.

Visiblement enchanté de gouverner par lui-même, il fit mine de se démarquer de son ministre, « pour persuader à ses peuples, dit Mme de Motteville, que les cruautés passées n'avaient pas été faites par lui ». Il accorda donc aux disgraciés quelques mesures de clémence : des prisonniers furent libérés, des exilés rappelés. Au compte-gouttes cependant, et ceux qui avaient cru pouvoir anticiper leur pardon durent faire demi-tour. Il n'entend pas rompre avec la ligne politique adoptée jusque-là, il confirme dans leurs fonctions les ministres et secrétaires d'État et il les renforce même d'un surnuméraire qui est une créature notoire de Richelieu.

Giulio Mazarini, bien que les hasards d'un séjour estival l'aient fait naître dans les Abruzzes, avait passé toute sa jeunesse à Rome, où son père, d'origine sicilienne, servait dans la maison des Colonna en qualité de majordome : fonctions importantes, qui avaient valu à cet homme de confiance une épouse de petite noblesse. Leur aîné, très tôt remarqué pour ses dons brillants, fit de solides études chez les jésuites du Collège romain, puis à la Sapienza, et accompagna ensuite le fils de ses maîtres à l'université d'Alcalá, en Espagne, où il passa deux ans. On le fit entrer au service du Saint-Siège comme officier d'abord, avant qu'il ne s'oriente vers la diplomatie. Nous l'avons rencontré dans l'exercice de ses talents au début des années 1630 : il travaillait alors à la paix. Mais ses sympathies pour la France lui ont valu l'hostilité de la faction pro-espagnole. Tout avenir lui étant fermé à Rome, il est passé au service de Richelieu. Celui-ci l'a invité à s'installer à Paris en 1639 et lui a fait obtenir des « lettres de naturalité », il pourra jouir des mêmes avantages que ses collègues français en matière de bénéfices ecclésiastiques. On l'appelle désormais Jules Mazarin. Son protecteur a également décroché pour lui un chapeau de cardinal, sollicité dès son arrivée mais dont Urbain VIII a fait traîner l'attribution jusqu'en décembre 1641. Une estime réciproque lie les deux hommes, très différents mais d'une égale intelligence, et qui ont en commun une vision européenne de la politique. Les talents de diplomate du nouveau venu font merveille dans les négociations pour la paix, qu'il mène désormais selon les vues de sa patrie d'adoption. Très actif à l'étranger, il passe inaperçu en France, en dépit de la pourpre. Richelieu, qui pressent en lui le plus capable des successeurs possibles, a manqué de temps pour lui chauffer la place. Il a tout juste pu dire à Louis XIII : « Employez-le. » Et Louis XIII, qui ne connaît pas grand-chose aux affaires internationales, l'engagea parce qu'il était en ce domaine « au courant des projets et des maximes » du défunt cardinal.

Mazarin est beaucoup trop prudent pour prendre des risques dans ce climat de fin de règne. Il prêche l'apaisement. C'est à son influence lénifiante qu'on peut attribuer quelques retours en grâce, mais la tâche est difficile. Louis XIII en veut encore à son frère et à sa femme. Lorsque celle-ci lui fit dire, par l'entremise de Chavigny, qu'elle se repentait de ses imprudences passées, mais qu'elle n'avait jamais songé, au temps de l'affaire Chalais, à épouser son beau-frère, elle s'attira une réponse terrible : « En l'état où je suis, je lui dois pardonner, mais je ne suis pas obligé de la croire. » Lorsque le 13 janvier 1643 Monsieur, enfin autorisé à reparaître devant lui, mit un genou en terre en le suppliant d'annuler la déclaration qui le condamnait : « Cela ne se peut encore, dit le roi. Je vous ai déjà pardonné six fois. Je veux voir désormais des effets de ce que vous me promettez. Je ne croirai plus à vos paroles et, si vous faites votre devoir, je vous témoignerai que je vous aime. » Mais il donna en son honneur, deux jours plus tard, à Versailles, un magnifique souper.

Tant qu'il lui resta un souffle de vie, Louis XIII refusa d'envisager sa succession. Il se défiait également de son frère et de son épouse, mais n'avait pour assurer la régence aucune solution de rechange. Aussi maintenait-il le suspens. Et les supputations allaient bon train, les manœuvres de couloir aussi. Le 21 février, son état s'aggrave brusquement, mais il résiste encore. Au début d'avril, il sent que la fin est venue, il consent à s'attaquer aux questions pendantes.

Le 20 avril, il prend ses dispositions pour la régence. Elle sera confiée à Anne d'Autriche, mère du roi mineur, selon la tradition. À ses côtés Gaston d'Orléans remplira les fonctions de lieutenant général du royaume, sous l'autorité de sa belle-sœur. Mais les décisions seront prises, à la pluralité des votes sans voix prépondérante, par un Conseil inamovible, où siégeront également Henri de Condé, premier prince du sang et quatre ministres : Mazarin, Le Bouthillier et son fils Chavigny, ainsi que le chancelier Pierre Séguier. Faites le calcul : la majorité est vite trouvée.

Gaston d'Orléans se sentit soulagé. Ces nouvelles dispositions valent un pardon, et en effet l'arrêté pris contre lui au début de décembre est retiré des registres du parlement le 21 avril. Anne d'Autriche en revanche fut ulcérée. Elle espérait être régente de plein exercice, comme l'avait été Marie de Médicis. Elle devra compter avec son beau-frère, et surtout, avec un Conseil qui ne lui laissera aucun pouvoir. Dès qu'elle eut connaissance du projet, elle fit déposer chez un notaire, avant l'annonce officielle [1], une protestation indiquant qu'elle allait signer sous la contrainte. Après quoi, elle apposa son paraphe, la mort dans l'âme.

Le lendemain, 21 avril, on baptisa le dauphin. À sa naissance il avait seulement été ondoyé. On attendait pour la cérémonie que le pape, parrain pressenti, se décide à confier à Mazarin le soin de le représenter. Mais Urbain VIII, une fois envoyés les cadeaux d'usage, s'était fait tirer l'oreille et les choses avaient traîné. Maintenant l'urgence était là : on ne pouvait laisser monter sur le trône un souverain non encore intronisé dans l'Église. C'est donc Mazarin qui fut appelé, en compagnie de la princesse de Condé, à tenir le dauphin sur les fonts — non pas au nom du pape, comme prévu, mais à titre personnel. « Inestimable honneur » pour un homme d'aussi modeste origine, dû en partie aux circonstances, mais qui contribuera beaucoup à l'avenir du bénéficiaire.

Enfin, le 6 mai, le roi consent à reconnaître pleinement l'union de Gaston d'Orléans avec Marguerite de Lorraine. Il autorise la jeune femme à venir en France, à condition que le mariage y soit célébré à nouveau, solennellement. Les époux rebelles ont déjà été mariés deux fois, à Nancy, puis à Bruxelles : ce ne sera jamais que la troisième ! Mais ils seront enfin réunis.

Cette ultime concession à son frère donne à penser que l'éternel moribond sent désormais approcher l'échéance.

---

1. Pour étrange qu'elle nous paraisse, cette démarche n'est pas inhabituelle. François Ier en avait usé avant de signer le traité de Madrid, qu'il n'avait pas l'intention de respecter. Pour que la protestation fût recevable en justice, il fallait la faire enregistrer par des hommes de loi *avant* de prononcer sous la contrainte le serment mensonger.

La délivrance

Louis s'est installé au Château Neuf, où l'air passe pour meilleur, dans l'ancien cabinet de la reine : une pièce assez vaste dont les fenêtres donnent vers l'est en direction de Saint-Denis. Il peut de son lit apercevoir les flèches de l'abbaye qui sera sa dernière demeure. Anne d'Autriche a pris position à son chevet. Ne cherchons pas à cette sollicitude une signification particulière : c'est la règle, les reines veillent leur époux malade ou mourant. La tâche est, dans son cas, particulièrement éprouvante. Le malheureux, qui s'écœure lui-même, l'invite à garder quelque distance. Elle supporte héroïquement la puanteur abominable de ce corps dans lequel la décomposition — pourriture et vers — est déjà à l'œuvre. Nos ancêtres étaient plus aguerris aux odeurs que nous ne le sommes. Pour qu'on lui glisse un flacon d'essence de jasmin, il fallait que celle-ci fût vraiment insoutenable.

Les rois naissent et meurent en public. Dans la chambre où il agonise se bousculent tous ceux qui comptent dans le royaume. Et la venue des anciens comploteurs lui arrache des sursauts de révolte : « Ces gens viennent voir si je mourrai bientôt. Ah ! si j'en puis revenir, je leur vendrai bien cher le désir qu'ils ont que je meure ! » Si seulement on pouvait le laisser seul, en paix ! Lorsqu'on lui administre les derniers sacrements, le 23 avril, la cohue est telle que le malheureux, sortant tout juste d'une syncope, cherche en vain sa respiration, fait ouvrir la fenêtre en suppliant qu'on le laisse vivre.

La présence de tout ce monde n'est pas seulement dictée par une curiosité morbide. Chacun craignant de se laisser doubler par les autres, « la cour grossissait continuellement ». On cherche à se placer dans le nouveau règne. Les grandes manœuvres ont commencé. Ceux qui se croient les maîtres de demain font déjà les importants. Si les ministres semblent balancer entre Monsieur et la reine, les grands, dans leur ensemble,

penchent pour cette dernière, sans doute parce qu'elle
leur paraît plus inoffensive. Ils comptent sur elle pour
les dédommager des maux réels ou imaginaires que
leur a causés Richelieu : n'a-t-elle pas été, comme eux,
sa victime ? Le bon vieux temps va revenir. Déjà ils
caracolent insolemment entourés de fidèles armés jusqu'aux dents, avides d'en découdre avec les créatures
du cardinal, mais également prêts à se battre entre eux.
Anne d'Autriche eut très peur en voyant sous les armes
Gaston, Condé et le grand maître de l'artillerie, La
Meilleraie, un neveu de Richelieu, elle redouta que
l'un d'eux n'enlève les petits princes et chargea le duc
de Beaufort, le seul qui fût disponible, de les protéger.
Il se prit au sérieux et ceignit le Château Vieux d'un
cordon de troupes spectaculaire, mais il en tira l'imprudente conclusion qu'il allait être l'arbitre du nouveau
règne, se conduisit à Saint-Germain comme en pays
conquis, faisant le joli cœur auprès de la reine et se
permettant de forcer sa porte lorsqu'elle prenait son
bain. Bref il ne tarda pas à se rendre insupportable.

Le roi traîna encore trois semaines, il n'en finissait
plus de mourir. Quels que fussent ses sentiments antérieurs, ce fut pour Anne d'Autriche une dure épreuve.
Ne disons pas qu'elle regrette de voir approcher une
délivrance souhaitable pour lui comme pour elle. Mais
elle a pour la première fois un contact brutal avec la
souffrance physique et avec la mort. Personne ne peut
vivre cette expérience sans en être bouleversé. Et ce
mourant est son mari, le père de ses enfants, un être
contre les volontés de qui elle s'est débattue vingt-huit
ans, mais dont elle est sur le point de triompher, puisqu'elle survit et qu'il est perdu. Vingt-huit ans de
malentendus, d'affrontements, d'angoisses, une vie en
partie gâchée, par sa faute à lui, mais peut-être aussi,
en partie, par sa faute à elle : inéluctable retour sur soi,
chez une femme profondément croyante, face à un être
déjà tourné vers la contemplation de l'au-delà. Les
larmes abondantes versées à son chevet ne sont pas
forcément feintes. Et le chagrin dont elle fut la pre-

mière surprise, elle l'avoua à Mme de Motteville, paraît sincère : « Il lui sembla, lorsqu'elle le vit expirer, qu'on lui arrachât le cœur. »

On peut penser aussi qu'elle a fait pendant ces trois dernières semaines une autre expérience, déterminante. Si la fréquentation quotidienne d'un agonisant est sinistre, le spectacle des ambitions déchaînées ne l'est pas moins. Elle a eu quelques amis, fort peu, au temps de son plus grand délaissement — La Rochefoucauld par exemple, ou le secrétaire d'État Brienne. La naissance du dauphin lui en a amené d'autres, comme le comte de La Châtre, devenu colonel des Cent-Suisses. Elle en voit maintenant affluer des centaines, prêts à « adorer le soleil levant ». Jamais elle n'a eu autant de partisans, jamais elle n'a été autant recherchée, flattée. Mais au milieu de cette nuée de courtisans, elle est plus seule encore qu'au temps où tous la fuyaient, à Chantilly, lorsqu'on la croyait en instance de répudiation. Car tous poursuivent leurs propres intérêts, ils exigent « récompenses » pour les dommages subis, ils se partagent déjà charges et prébendes. À l'horizon se profile un retour de l'agitation nobiliaire qui a empoisonné la régence de Marie de Médicis. Perdre le bénéfice des efforts de Richelieu pour réduire les grands à l'obéissance, renouer avec l'indiscipline endémique, est-ce vraiment ce qu'elle souhaite pour le règne de son fils ? Se profile également un accord avec l'Espagne qui sacrifierait le fruit de huit ans de guerre, comme en témoigne le projet de traité signé par Monsieur. Est-ce bien là ce qu'elle veut ? « Elle n'avait rien plus à cœur que la grandeur du roi son fils, et de procurer la paix à la France, pourvu, spécifie Brienne, que ces deux choses pussent s'accorder ensemble. » Dans le cas où elles ne le pourraient pas, il n'est pas difficile de deviner où incline sa préférence.

L'interminable agonie du roi fut peut-être sa chance. On remarqua qu'elle se comportait « merveilleusement bien », invoquant l'état du malade pour tenir à distance le tourbillon des courtisans. Elle eut le temps de méditer longuement, lors des veilles passées à son chevet en un dialogue silencieux. Richelieu n'est plus là. Louis XIII s'en va à son tour. Avec eux meurent les passions et les haines. Elle est maintenant capable de comprendre les desseins qui les avaient animés. De cette descente au plus profond d'elle-même, elle sort transformée : lucide et responsable.

Que la métamorphose soit intervenue avant même la mort de son époux ne fait aucun doute, tant elle agit rapidement et sûrement dans les jours qui suivent. Lorsque le roi rend enfin l'esprit, le 14 mai, à deux heures trois quarts de l'après-midi, trente-trois ans jour pour jour après être monté sur le trône, la ligne de conduite de la régente est arrêtée. Elle a décidé de prendre le pouvoir et s'est assuré, par l'entremise d'intermédiaires discrets, les appuis nécessaires. Elle ne sait pas encore très bien ce qu'elle en fera, mais elle est résolue à le conserver intact, pour son fils.

Cinq jours après la mort du roi, les courtisans stupéfaits découvrent qu'Anne d'Autriche, si bonne soit-elle, n'est pas la charmante incapable qu'ils avaient cru.

QUATRIÈME PARTIE

LA MÉTAMORPHOSE
D'ANNE D'AUTRICHE

(1643-1666)

CHAPITRE SEIZE

« LA REINE EST SI BONNE... ! »

La disparition de Louis XIII, suivant de peu celle de son ministre tant redouté, souleva en France un immense soupir de soulagement. Elle suscita aussi une espérance énorme, lourde de périls. On escomptait un changement, sous la forme d'un retour en arrière. Oubliées, les tensions qui avaient déchiré le règne d'Henri IV. On rêvait d'une monarchie familiale et débonnaire, celle d'avant Richelieu, que les yeux du souvenir paraient de couleurs idylliques. Et chacun croyait devoir y occuper le premier rang, oubliant qu'il n'y aurait pas place pour tous.

À l'étranger, alliés et adversaires s'attendaient à un revirement complet de notre politique. Tandis que l'Espagne était transportée d'aise, nos alliés traditionnels protestants s'inquiétaient.

Des choix cruciaux, déterminants, s'imposent donc d'emblée à Anne d'Autriche. Nul ne sait, en ce 14 mai 1643, ce qu'elle a décidé à leur égard. Le sait-elle d'ailleurs elle-même ? L'historien a de la peine à reconstituer le cheminement intérieur, et plus encore le jeu des influences qui la conduisent, une fois maîtresse du pouvoir, à préférer au changement la continuité — dans un style profondément différent toutefois.

L'adieu à Saint-Germain

Dès la mort de Louis XIII, les événements se préci-
pitèrent. On avait arraché la reine à la ruelle de son lit
un peu avant la fin, lorsqu'il était entré dans le coma.
Elle attendait dans une chambre voisine qu'on vînt lui
annoncer qu'il avait passé. Elle s'en alla alors rejoindre
ses enfants au Château Vieux. Le Château Neuf se
vida, la foule reflua pour la suivre. Avant tous les
autres, elle rendit hommage au nouveau roi, le petit
Louis XIV, en s'agenouillant devant lui. Puis elle le
serra dans ses bras, les yeux pleins de larmes. Elle ne
le quitterait plus désormais.

Il est loin le temps où les reines veuves devaient
passer les quarante premiers jours de leur deuil à la
lueur des bougies, cloîtrées dans une chambre tendue
de noir aux fenêtres aveuglées, non loin de la pièce où
reposait leur défunt mari. Minorité oblige. Le cadavre
nauséabond resta seul à Saint-Germain, sous un simple
drap, « sans autre presse que celle du peuple, qui courut le voir par curiosité plutôt que par tendresse. [...]
De tant de gens de qualité qui lui avaient fait la cour
la veille, personne ne demeura pour rendre ses devoirs
à sa mémoire : tous coururent à la régente ». Il n'était
aimé de personne et nul ne le regretta.

Dès le 15 mai la cour déménagea en grande pompe.
Le duc de Beaufort, qui s'était chargé de l'organisation, se surpassa. Il voulait en faire son jour de gloire.

Les meubles et autres impedimenta partirent
d'abord : il allait falloir les réinstaller au Louvre. À la
fin de la matinée, Anne prit place dans son carrosse en
compagnie de ses deux fils, de son beau-frère et de la
princesse de Condé. Devant marchaient les régiments
à pied des gardes françaises et des gardes suisses, puis
les mousquetaires du roi, à cheval, conduits par Tréville, puis les chevau-légers, les écuyers de la reine, les
gardes de la porte et ceux du corps français, ainsi que
les Cent-Suisses. Derrière venaient les gendarmes de la
maison du roi, les filles d'honneur, la garde écossaise,

d'autres gardes français et suisses encadrant le carrosse vide du défunt, traîné par ses chevaux favoris. En queue de la caravane, dans un joyeux méli-mélo de véhicules hétéroclites, suivait la foule des serviteurs, pimentée de filles de joie et de coupeurs de bourse. Tout au long du chemin, le cortège se gonflait d'un flot de voitures venues à sa rencontre. Il ne mit pas moins de sept heures pour faire le trajet entre Saint-Germain et Paris, sous les vivats. Aux approches de la capitale, la foule se fit plus dense. Le faubourg Saint-Honoré était noir de monde, les fenêtres toutes garnies. Le duc de Montbazon et le prévôt des marchands, au nom des autorités militaires et civiles, y allèrent chacun de leur discours. Bref ce fut un accueil qui, quoique improvisé, pouvait rivaliser avantageusement avec les « entrées solennelles » les mieux préparées. Un triomphe. Un signal politique aussi : l'enfant roi et sa mère sont populaires.

La régence « pleine et entière »

Le lendemain samedi se passa à recevoir les condoléances et les visites protocolaires, le dimanche fut consacré aux dévotions. En apparence du moins. Les tractations se poursuivaient en sous-main, mais déjà tous savaient que le testament de Louis XIII serait cassé au bénéfice de la reine. Gaston d'Orléans, puis le premier prince du sang, Henri de Condé, y avaient tous deux donné leur consentement. Pas de gaieté de cœur certes, mais contraints et forcés.

Lorsque la régence avait été accordée à Catherine, puis à Marie de Médicis, le défunt roi n'avait pas de frère. Elles avaient pour compétiteurs des cousins plus éloignés. Gaston, lui, pouvait plus légitimement revendiquer la régence pour lui tout seul. Mais sa participation au complot de Cinq-Mars l'avait assez déconsidéré pour qu'il comprît qu'il n'avait aucune chance d'évincer sa belle-sœur. Mieux valait donc l'aider à se débarrasser du Conseil de régence prévu par Louis XIII, qui risquait d'être coriace. Il lui serait ensuite aisé, croyait-il, de manœuvrer cette femme inexpérimentée, qui passait pour indolente. Quant à Condé, il ne pouvait aspirer qu'à un rôle d'appoint. Il jalousait Gaston, n'avait aucune envie de le voir régent et jugeait lui aussi que la reine serait plus maniable. Tous deux décidèrent donc de la pousser. Celle-ci, fort habilement, les avait d'ailleurs, à l'insu l'un de l'autre, comblés de promesses, offrant à Gaston la lieutenance générale du royaume, mais prenant auprès de Condé l'engagement de le soutenir, lui et son fils le duc d'Enghien, dans toutes leurs prétentions.

On savait également que le parlement de Paris était d'accord. Les magistrats, que Louis XIII avait vertement rappelés à l'ordre lorsqu'ils tentaient de discuter sa politique fiscale, n'étaient pas mécontents de prendre sur lui une revanche posthume. Ils se montrèrent ravis d'être consultés — preuve qu'ils avaient voix au chapitre en matière de gouvernement. La reine avait envoyé un de ses aumôniers pressentir l'avocat général Omer Talon. Elle attendait de lui un service : que le parlement, puisque Monsieur et M. le Prince y souscrivaient, annule la déclaration du feu roi et « lui conserve son autorité tout entière ». Talon promit de préparer les voies auprès de ses collègues. Le testament de Louis XIII était d'ailleurs en contradiction avec les lois coutumières du royaume, qui prescrivent qu'aucun souverain ne peut contraindre son successeur. Il suffirait que Louis XIV vienne en personne, lors d'un « lit de justice [1] », signifier sa volonté pour que celle de son père devînt caduque.

Tout était donc prêt pour une cérémonie sans sur-

---

1. On appelle « lit de justice » une séance du parlement à laquelle assiste le roi, en grande solennité. Cette cérémonie est ainsi nommée parce qu'il y est assis sur un large coussin pouvant faire penser à un lit d'apparat, surmonté d'un dais fleurdelisé. La présence du roi interdit tout débat contradictoire et les décisions qu'il y annonce sont automatiquement enregistrées.

prise et sans problèmes. Les ministres que Louis XIII pensait avoir rendus inamovibles pour huit ans — jusqu'à la majorité du nouveau roi — se préparaient à une retraite définitive. Mazarin avait offert sa démission, il faisait ostensiblement ses bagages en vue de son retour à Rome.

Le lundi 18 mai, dès huit heures, toutes les personnalités du royaume, ducs et pairs, maréchaux, grands officiers de la couronne, ecclésiastiques de haut rang, garnissaient de dorures et d'hermine les parois de la Grand-Chambre, tandis que se tassaient sur les bancs les magistrats en robe rouge ou noire, coiffés, pour ceux dont c'était le privilège, du traditionnel mortier [1]. La reine se faisait attendre : elle s'était arrêtée à la Sainte-Chapelle pour sa messe matinale. Vers neuf heures et demie, elle fit son entrée. Le roi, tout de violet vêtu selon l'usage, était porté par le duc de Chevreuse, grand chambellan, qui le déposa sur le trône, dans l'angle de la salle. Il se tenait aussi bien qu'on pouvait l'espérer d'un bambin de quatre ans et huit mois. Lorsque vint son tour de parole, on le dressa tout debout sur son siège et il gazouilla gentiment la phrase apprise par cœur : « Messieurs, je suis venu vous voir pour vous témoigner mes affections, M. le chancelier vous dira le reste. » Mais seuls les assistants des premiers rangs l'entendirent. La reine prononça ensuite quelques mots, d'une voix à peine plus audible. C'était la première fois qu'elle prenait la parole en public. Quelques mots sur sa douleur, puis un hommage appuyé aux magistrats, dont elle sollicitait les précieux conseils pour elle et pour son fils : de quoi les faire béer de satisfaction.

Vinrent ensuite Gaston d'Orléans, puis Condé, qui demandèrent pour elle la régence pleine et entière, déclarant renoncer à toute participation au gouvernement, sauf celle qu'il lui plairait de leur donner. L'on

---

1. Sorte de bonnet carré, qui se portait pointe en avant, et qui était le privilège de certains magistrats, dits présidents à mortier.

remarqua que Condé y mit un peu moins de chaleur que Monsieur, comme s'il éprouvait quelques regrets. Après quoi le chancelier Séguier dut venir soutenir le contraire de ce qu'il avait dit trois semaines plus tôt pour faire enregistrer le testament de Louis XIII. Il bafouilla, à la grande joie des magistrats. On ne l'aimait pas. Il avait été de toutes les répressions, il avait payé son maintien en fonctions d'une servilité extrême. Personnellement la reine lui gardait rancune de la fouille de ses appartements au Val-de-Grâce. Quand elle l'entendit célébrer les mérites de la « vertueuse et sage princesse », dont l'autorité ne saurait être trop grande, on vit se dessiner sur ses lèvres un sourire qu'elle ne chercha pas à réprimer.

Omer Talon, en portant les conclusions, se distingua par une de ces envolées oratoires dont il était coutumier : après des années de misère, la régence allait ouvrir pour les peuples une ère de paix et de prospérité. C'était préjuger imprudemment des orientations futures du gouvernement. Deux présidents, dont le très respecté Barillon, appuyèrent vigoureusement sur le clou, ils se permirent de blâmer la « tyrannie passée », qui avait « fermé la bouche » aux magistrats, ils réclamèrent pour le parlement le libre exercice de son légitime droit de remontrance. Ils déplurent. Le moment n'étant pas propice aux réprimandes, la reine se tut, mais elle se promit de ne pas oublier. Chaque chose en son temps. En cette journée triomphale, le parlement unanime casse la déclaration de Louis XIII. Son arrêt officiel confère à la régente « l'administration libre, absolue et entière des affaires du royaume » et la faculté de choisir « les personnes de probité et expérience qu'elle jugera à propos » pour l'assister dans ses Conseils, sans être astreinte à suivre « la pluralité des voix ». Anne d'Autriche est désormais investie des pleins pouvoirs.

Assurément les ministres du feu roi, tous mis en place par Richelieu, allaient être honteusement chassés, et l'on ferait rendre gorge à tous ses parents et alliés qu'il avait comblés de charges et de prébendes. Un grand coup de balai se préparait, et déjà les candidats à la relève se partageaient en imagination les dépouilles des vaincus. Pour les fonctions de premier ministre, un nom courait sur toutes les lèvres, celui du grand aumônier de la reine, l'évêque de Beauvais, Augustin Potier de Blancmesnil, dont la pieuse sollicitude l'avait aidée à supporter l'agonie du roi. Issu d'une famille de robe, il était bien vu du parlement, où il avait parents et amis. Généralement apprécié du clergé, il plaisait aux dévots, dont il partageait les vues sur la politique étrangère. Sa bonne volonté naïve et son évidente médiocrité intellectuelle — il n'était qu'une « bête mitrée » selon le cardinal de Retz — le recommandaient auprès des grands, qui pensaient n'avoir rien à craindre de lui.

Or au soir de ce même 18 mai, à peine terminé le lit de justice qui la rendait souveraine, Anne d'Autriche déclara sans attendre qu'elle nommait Mazarin premier ministre et président du Conseil[1]. Ébahissement, stupéfaction, stupeur, on manque de mots assez forts pour décrire l'effet produit par ce choix pour le moins inattendu.

Un choix stupéfiant

L'heureux élu revenait de loin. Certes, en homme prévoyant, il avait tenté de se concilier la reine. Il était naturellement affable, prévenant. Sa douceur et son humilité contrastaient heureusement avec la morgue de son maître Richelieu. Il travaillait à la paix, qu'elle souhaitait de tout son cœur. Au temps où tous la tenaient pour quantité négligeable, il ne dédaignait pas

---

1. Plus exactement, il devait présider le Conseil en l'absence de Monsieur et de Condé, que leur sang royal fait présidents de droit. Mais comme ils ne peuvent s'astreindre à une présence régulière, la présidence effective revenait à Mazarin.

d'écouter ses avis. Presque toujours éloigné de la cour, il profitait de ses voyages en Italie pour lui faire envoyer, comme à divers autres, quelques menus cadeaux, flacons de senteurs, gants parfumés — de quoi rappeler qu'il existait. Elle n'éprouvait contre lui aucune antipathie de principe, au contraire. Mais au dernier moment, démarche difficilement pardonnable, il avait participé à la mise au point du fameux testament de Louis XIII.

Anne lui en voulait donc très fort. Elle commença de s'adoucir lorsque des hommes d'Église de toute confiance, comme l'évêque de Beauvais et le nonce apostolique, lui expliquèrent que la suggestion venait de Chavigny et non de Mazarin, et surtout quand elle comprit que ce testament qui la faisait régente devenait un atout dès l'instant qu'on pourrait faire sauter le verrou du Conseil inamovible. D'autres amis s'employèrent pour lui, notamment le premier valet de chambre du roi, Beringhen, un Anglais ex-agent des Stuarts, Walter Montagu, que sa conversion au catholicisme avait chassé de son pays et le père Vincent de Paul en personne, grand ordonnateur d'œuvres charitables : autant de gens liés à la Contre-Réforme, qui voyaient dans le maintien aux affaires étrangères d'un cardinal italien, frotté d'hispanisme, la promesse d'une paix assurée.

De là à le nommer premier ministre, il y avait malgré tout un grand pas. C'est la reine elle-même, toute seule, qui décida de le franchir.

Elle a pris lucidement, humblement, la mesure de ses limites. Elle n'a aucune expérience. Elle a besoin, pour l'aider à gouverner, d'un homme à la fois capable et sûr. Or les hommes de ce genre ne courent pas les rues. Elle a confiance en Potier, mais elle le sait incapable. Parmi les ambitieux qui se bousculent autour d'elle, aucun n'est sûr et leur capacité n'est pas garantie. Tout comme Marie de Médicis trente ans plus tôt, elle conclut qu'il est sage de garder, au moins au début, une partie de l'ancienne équipe, pour se donner le temps de voir venir. Hélas, l'ancienne équipe est maigre, elle a été laminée par les disgrâces en cascade. À moins d'aller chercher le vieux Châteauneuf, que dix ans de forteresse à Angoulême n'ont pas dû améliorer et contre qui Louis XIII a d'ailleurs prononcé une exclusion formelle, il ne reste que les quatre sentinelles du feu roi : Le Bouthillier, surintendant des finances, et son fils Chavigny, le chancelier garde des sceaux Séguier, et enfin Mazarin. Elle déteste les trois premiers, surtout Chavigny et Séguier, qu'elle a trop souvent trouvés sur son chemin lors de ses démêlés avec son époux. Reste, par élimination, l'aimable et habile Italien. Le choisit-elle uniquement « faute d'autre », comme le dira le cardinal de Retz ? Il offrait tout de même de multiples avantages tout à fait positifs.

D'abord, sa compétence en politique étrangère se révélait irremplaçable au moment où les pourparlers de paix s'ouvraient en Westphalie. Il était seul à connaître les dossiers et leurs dessous, il possédait à travers toute l'Europe un réseau d'informateurs et de relations, il avait une longue expérience des négociations franches ou biaisées. Bref il s'imposait.

Il avait aussi des mérites d'un autre ordre. Sa qualité d'étranger constituait un avantage. L'accent italien qui déparait son français ne la gênait pas : elle-même avait gardé quelques intonations de sa langue maternelle, que la colère faisait reparaître. En revanche, il parlait excellemment l'espagnol. C'était un homme neuf, exempt de toute attache. Fraîchement arrivé en France, employé par Richelieu à des tâches extérieures, il n'a trempé dans aucune des « cruautés » de son patron, il a les mains pures. Et il est seul. Il n'a pas de famille ambitieuse qui fasse pression sur lui, il n'appartient à aucun clan, à aucune clientèle, il ne dépend ni de Monsieur, ni du prince de Condé, ni des Vendôme, il n'est inféodé à personne. Il est libre, ce qui le rendra plus dépendant : plus dépendant de celle qu'il choisira de servir. Aucune cabale ne se dressera pour le défendre si un beau jour, elle l'invite à regagner ses pénates. Il n'aura pour se maintenir d'autre recours que la fidélité.

Il le sait. Il s'en fait auprès d'elle un argument. Brienne a conté comment, aussitôt après la mort du roi, fut passé entre eux un pacte décisif. Elle souhaitait le maintenir à son poste — sans plus — et fut déconcertée par ses offres de démission et ses préparatifs de départ. Consentirait-il à rester ? — Faites-lui des propositions et vous verrez bien, aurait dit Brienne. Mazarin saisit la balle au bond et s'engagea résolument. Le texte du billet qu'il lui aurait alors fait parvenir n'est peut-être pas mot pour mot authentique, mais il traduit à coup sûr l'esprit de cet engagement : « Je n'aurai jamais de volonté que celle de la reine. Je me désiste dès maintenant de tout mon cœur des avantages que me promet la déclaration[1] que j'abandonne sans réserve, avec tous mes autres intérêts, à la bonté sans exemple de Sa Majesté. Écrit et signé de ma main, De Sa Majesté le très humble, très obéissant et très fidèle sujet, et la très reconnaissante créature[2], Jules, cardinal Mazarini. » Mais pour la bien servir, il lui fallait un titre qui lui donnât une autorité officielle incontestée. C'est ainsi que l'habile homme, renonçant noblement aux fonctions illusoires octroyées par le roi disparu, se retrouva investi des mêmes fonctions, aux côtés de celle qui allait régner sans partage sur la France huit années durant.

C'est tout ? diront peut-être les lecteurs qui connaissent la suite de l'histoire. Oui, c'est tout. Rien ne donne à penser que les sentiments aient eu part à ce choix. Il ne lui déplaisait pas, sans quoi elle l'eût rejeté. Mais il était loin d'avoir alors dans sa confiance et son amitié la place qu'occupaient de fidèles serviteurs comme La Porte ou Brienne. Le feuilleton des amours supposées

---

1. La déclaration testamentaire de Louis XIII.
2. Les trois premières formules ici employées sont conventionnelles, mais la quatrième — « la très reconnaissante créature » — est tout à fait insolite, et donc significative.

d'Anne d'Autriche et de son ministre débute en sourdine et il faudra toute la mauvaise foi haineuse des
courtisans pour voir dans la nomination de Mazarin le
fruit des élans du cœur.

Un ministre à l'essai

C'était un excellent choix, mais à hauts risques. Il
fallait à Anne d'Autriche une bonne dose de candeur
et de témérité pour propulser soudain au premier rang,
évinçant les candidats nationaux et ignorant superbe-
ment l'attente du pays tout entier, un étranger de
médiocre naissance, ancien protégé de Richelieu.
N'étant ni candide, ni téméraire, l'intéressé savait bien
qu'un concert de protestations s'élèverait contre lui et
que les chausse-trappes se multiplieraient sous ses pas.
Il proposa donc une période probatoire de trois mois,
au cours de laquelle la régente mettrait ses capacités à
l'épreuve : si elle n'était pas satisfaite, il se retirerait
alors à Rome. Cette offre lui permettait de gagner du
temps et elle avait l'avantage de désarmer momentané-
ment ses adversaires : il n'était qu'un ministre de transition.

Il adopta un profil bas. « L'on voyait sur les degrés
du trône, d'où l'âpre et redoutable Richelieu avait fou-
droyé plutôt que gouverné les humains, un successeur
doux, bénin, qui ne voulait rien, qui était au désespoir
que sa dignité de cardinal ne lui permettait pas de s'humilier autant qu'il l'eût souhaité devant tout le monde,
qui marchait dans les rues avec deux petits laquais derrière son carrosse... » Et Anne d'Autriche put se livrer
à de royales libéralités pour exalter son pouvoir tout
neuf. Il suffisait de demander pour que pleuvent pensions, charges et faveurs. Il n'y avait plus que quatre
petits mots dans la langue française : « La reine est si
bonne ! » Les toutes premières semaines de sa régence
eurent comme un parfum de paradis.

Les mêmes causes produisent les mêmes effets. Elle

puisait sans compter dans les coffres de l'État, comme jadis Marie de Médicis, et comme jadis, on ne tarda pas à en voir le fond. Mazarin la laissait faire, conscient qu'il fallait jeter du lest et ne disposant pas d'autres moyens pour désarmer l'hostilité. Il parait au plus pressé. Anne renouvela en partie le ministère, elle écarta Le Bouthillier et son fils Chavigny. Mazarin se donna l'air de défendre ce dernier, qui l'avait beaucoup aidé à son arrivée en France, mais on le disait satisfait d'être débarrassé d'un rival. Il le remplaça par un homme à lui, Michel Le Tellier. En revanche Séguier fut maintenu en fonctions, par égard pour sa très dévote sœur, prieure au Carmel de Pontoise. Plus surprenante fut l'indulgence dont bénéficièrent les parents et alliés de Richelieu. Sous couleur de générosité chrétienne, c'était en réalité une opération politique. Comme lui avait expliqué son mentor, Anne était sûre de décevoir ses soi-disant amis, aux prétentions insatiables. Tant qu'à les mécontenter, autant le faire au bénéfice de gens qui, croyant avoir tout perdu, lui seraient reconnaissants de ce qu'ils conserveraient. Elle se rendit sans trop de peine à ces raisons.

Lorsque par exemple le prince de Marcillac, futur duc de La Rochefoucauld, vint lui réclamer le gouvernement du Havre, il se croyait sûr de son affaire : « Il y avait dix ans, dit-il, qu'elle me tenait particulièrement pour son serviteur, et six ou sept qu'on me nommait tout publiquement son martyr. » Mais elle se refusa à ôter cette place à la nièce préférée de Richelieu, la duchesse d'Aiguillon. De même elle laissa au duc de Brézé, autre bénéficiaire du népotisme cardinalice, la charge de l'amirauté, et lorsqu'à sa mort, trois ans plus tard, le duc d'Enghien la réclama, elle se l'attribua, pour ne pas accroître la puissance des Condé et, accessoirement, pour se réserver les revenus afférents. Quant aux revendications du duc de Bouillon, elles firent office de test. Le duc avait perdu Sedan parce qu'il s'était engagé aux côtés de Cinq-Mars, « pour l'amour de la reine ». Lui restituer sa principauté, c'était, observe un magistrat du temps, avouer sa propre participation au complot. C'était aussi donner quitus d'avance à tous les comploteurs à venir. Elle faillit commettre cette faute, Mazarin l'en empêcha. Bouillon se vit offrir des compensations — on disait des « récompenses » —, mais la France garda Sedan.

Les trois mois de noviciat étaient largement passés, Anne se trouvait très satisfaite de son ministre et de plus en plus docile à ses conseils. On commençait à murmurer contre l'ingratitude d'une reine qui préférait les ouvriers de la onzième heure aux vieux serviteurs et le devoir d'État à celui de reconnaissance : « La mort du feu roi arriva, écrit encore La Rochefoucauld, et les premiers sentiments de la reine moururent avec lui. On fit — et derrière ce *on*, lisez, bien sûr, Mazarin — qu'elle affecta de désavouer tout autre intérêt que celui de l'État. L'arrêt du parlement qui la fit régente la déchargea dans sa pensée de tout ce qu'elle avait cru devoir jusqu'alors ; elle fut persuadée que ce n'était pas à une princesse qui disposait de tout à payer ce qu'on avait fait pour une princesse qui ne pouvait rien... » Langue superbe, insigne mauvaise foi : Anne d'Autriche essayait tout simplement d'exercer son métier de reine.

Il y avait donc des mécontents, des déçus, des aigris. Mais au moins, on respirait : plus de prisons, plus d'échafauds, on échappait à l'étreinte de la peur. Et puis, prolongeant ce que nous appellerions aujourd'hui l'état de grâce, la paix paraissait imminente, une paix glorieuse conquise à la pointe de l'épée par un jeune capitaine de vingt-deux ans, issu du sang de saint Louis. Le 19 mai 1643, au lendemain même du lit de justice qui nommait Anne régente, le duc d'Enghien avait remporté à Rocroi sur les célèbres bataillons de *tercios* espagnols, réputés invincibles, une éclatante victoire dont les trophées vinrent orner les voûtes de Notre-Dame et dont les lauriers métaphoriques « couvrirent le roi dans son berceau » du plus heureux présage.

Une Espagnole face à l'Espagne

Anne d'Autriche se trouvait confrontée à un choix urgent : fallait-il continuer la guerre ou traiter avec l'Espagne ?

La réponse semblait aller de soi : elle devait traiter. Oui, mais à quelles conditions ? En dépit de Rocroi, le rapport des forces se trouvait modifié par l'accession au pouvoir, en France, d'une Espagnole. Rocroi, c'était une victoire posthume de Louis XIII et de Richelieu. Face à un souverain fort et résolu comme le feu roi, les vaincus aux abois se seraient peut-être résignés à des concessions. Mais la régente était faible, ses sympathies pour son pays natal bien connues. Elle allait céder, assurément : ne prêchait-elle pas depuis toujours la réconciliation dont ses noces auraient dû être le gage ? En conséquence les Espagnols mirent la barre au plus haut, exigeant la restitution de toutes les conquêtes récentes.

Ils ne risquaient rien à faire traîner les discussions, au contraire. Car la coalition laborieusement constituée par la France était, pour les mêmes raisons, sur le point de se disloquer. Tous nos alliés traditionnels protestants, convaincus que nous les lâcherions, se disposaient au sauve-qui-peut en négociant, chacun pour soi, des traités de paix séparés. C'était notamment le cas des Provinces-Unies, à qui Philippe IV, désespérant de les reconquérir, était prêt à reconnaître une indépendance depuis longtemps acquise. Et si la France se retrouvait seule, sans alliés, face à l'Espagne, celle-ci pourrait continuer la guerre avec de bonnes chances de la gagner.

Que Mazarin ait aussitôt mesuré l'ampleur du danger et conçu les moyens d'y parer, rien de plus normal pour un vieux routier des affaires européennes. Mais qu'il en ait convaincu Anne d'Autriche est un vrai miracle, tant étaient enracinées en elle des préventions inverses. C'est l'amour maternel qui eut raison de ses scrupules. La paix avait pour enjeu l'Artois, le Roussil-

lon, diverses places en Alsace et en Lorraine, des territoires conquis en combat loyal mais payés au prix fort,
celui du sang et des larmes, qui venaient s'ajouter au
patrimoine de son fils. Voulait-elle que ce fils lui
reproche un jour de les avoir sacrifiés ? Ce patrimoine
s'appelait la France. Un grand pays, dont les affaires
atteindraient « le plus haut point de prospérité », si ses
habitants consentaient enfin à ne pas se battre contre
elle : « Que les Français soient pour la France ! » lui
murmurait cet Italien, appliqué à lui inculquer un peu
de ce sentiment national qui commençait, la guerre
aidant, à irriguer de façon diffuse toutes les classes de
la société. Des propos insolites, qu'elle n'avait entendus que dans la bouche de ceux qu'elle haïssait, mais
qu'elle était maintenant disposée à écouter parce qu'il
en allait de la grandeur de son fils.

Pour persuader alliés et adversaires que notre politique étrangère ne changerait pas, les déclarations de
principe risquaient de ne pas suffire. Il fallait un signe
fort et clair. Ce fut la poursuite immédiate des hostilités. Dès le 27 mai, six jours après avoir appris la
victoire de Rocroi, la reine ordonna qu'on mît le siège
devant Thionville. Pour l'y décider, Mazarin avait dû
appeler à la rescousse les deux maréchaux chargés de
l'entreprise, Rantzau et Turenne. Elle franchissait ainsi
une manière de Rubicon. Le sort en était jeté, elle
continuait la guerre pour obtenir une bonne paix.

Épreuve plus décisive encore, elle tint bon devant
les avances que lui fit son frère. Philippe IV, qui avait
vu dans la mort de Louis XIII une vraie bénédiction,
ne doutait pas que sa sœur ne possédât encore « le
cœur avec lequel elle était née ». Il chargea don Diego
de Saavedra, qui se préparait à traverser la France pour
se rendre au congrès de Westphalie, de faire un détour
discret par Paris, afin d'y rencontrer la reine. Sous prétexte de condoléances, l'ambassadeur devait entamer
avec elle une négociation de paix — dans le plus grand
secret, sous peine de compromettre l'influence de
celle-ci. Et il pourrait, le cas échéant, tenter d'acheter

son ministre. Mais Mazarin avait allumé des contre-feux. Saavedra, contraint de solliciter une entrevue par les voies officielles, reçut une réponse défavorable. Le Conseil estimait que la reine, pour conserver la confiance de ses alliés, ne devait recevoir d'Espagne ni lettres ni visites. Anne elle-même lui fit dire par un messager privé que, se sentant trop peu compétente pour se mêler de politique étrangère, elle souscrivait entièrement aux avis de son Conseil. Il insista, en vain, jouant de la corde sentimentale. Elle ne répondit pas. « Plutôt que de la considérer comme sa sœur, écrivit le diplomate à son maître, Votre Majesté ferait mieux d'y voir une étrangère. » En l'espace de trois mois, le libre exercice des responsabilités avait réussi là où vingt-sept ans de vie conjugale étouffante avaient échoué : l'infante d'Espagne s'était métamorphosée en reine de France.

Bientôt la victoire de Nördlingen, payée de lourdes pertes, lui inspirera une joie si vive que Mazarin lui-même l'invitera à y mettre une sourdine, par égard pour le chagrin des familles — « Madame, tant de gens sont morts... » —, tandis que Mlle de Montpensier murmurait à la cantonade qu'un *De profundis* serait mieux à propos qu'un *Te Deum*.

Un peu plus tard, la disparition de son neveu, unique héritier d'Espagne, après lui avoir tiré quelques larmes de compassion, la laissera songeuse : n'y aurait-il pas là un trône disponible pour son cadet ? Étrange renver-sement du sentiment familial : faute d'avoir fait de la France un satellite de l'Espagne, voici qu'elle rêve, par une réconciliation à rebours, d'une Espagne gouvernée par un Français. Après tout, pourquoi pas ? Elle n'anti-cipe que deux générations : c'est un autre Philippe, son arrière-petit-fils, qui régnera à Madrid.

Les ami(e)s d'autrefois

Premières semaines réussies donc. Le changement de condition s'est opéré avec une aisance inespérée. Anne est régente, elle a un ministre efficace. Euphorie.

Elle est enfin maîtresse chez elle. Elle qui, toute sa vie, a dû subir du haut en bas de sa maison la présence d'un personnel imposé, va maintenant pouvoir choisir son entourage. Quelle joie de pouvoir y rassembler les fidèles amies d'autrefois ! Hélas ! elle découvrit rapidement que le retour des disgraciées n'allait pas sans poser quelques problèmes.

Elle avait toujours détesté la gouvernante de ses enfants, Mme de Lansac. Elle la congédia, et rappela pour occuper cette charge Mme de Sénecey, qui avait été sa dame d'honneur. Celle-ci accourut, mais refusa de se contenter d'un emploi qu'elle jugeait subalterne : elle exigea de retrouver également ses anciennes fonctions. Anne aurait souhaité y maintenir Mme de Brassac, une créature de Richelieu certes, mais dont la sollicitude pendant les années difficiles avait conquis sa sympathie. Elle céda pourtant, à contrecœur[1]. Et l'orgueilleuse Mme de Sénecey laissa entendre qu'elle allait faire la pluie et le beau temps à la cour : assaillie de visiteurs les premiers jours, elle les accueillit sur son lit de repos, où elle resta « si longtemps appuyée sur ses coudes qu'ils en avaient été écorchés ».

Marie de Hautefort, elle aussi, était revenue. Anne lui avait écrit, de sa propre main, qu'elle ne pouvait goûter de plaisir parfait si elle ne le goûtait avec elle : « Venez, ma chère amie, je meurs d'impatience de vous embrasser. » Et, pour le voyage, elle lui avait envoyé sa propre litière. Marie arriva en exhibant la lettre de la reine, persuadée que les bonnes grâces de celle-ci lui étaient acquises à jamais. Elle crut que leurs relations allaient reprendre le même cours qu'autrefois,

---

1. Mais elle garda M. de Brassac comme surintendant de sa maison.

lorsqu'elles complotaient comme deux collégiennes pour narguer la « tyrannie » de Richelieu et pour tourner en dérision les soupirs platoniques de Louis XIII. Son esprit acide, sa liberté de langage n'avaient rien perdu de leur force corrosive. Bref, avec toutes les marques extérieures du respect, elle se conduisait en égale, conseillant, critiquant, tranchant de tout. Elle ne comprenait pas que cette amitié impérieuse, un tantinet protectrice, qui faisait chaud au cœur de la reine persécutée, n'était plus de mise avec une régente investie des pleins pouvoirs.

Ces deux cas sont exemplaires. Il y en eut d'autres, comme celui du fidèle La Porte, également rétabli dans ses fonctions. Aucun ne peut renouer avec Anne la relation antérieure. Ils en souffrent. Elle en souffre aussi. On l'accuse d'ingratitude. Mais ce qui est en jeu est bien autre chose. Tous ces anciens « serviteurs », qui l'ont naguère protégée, sont étrangement possessifs. Ils se sentent des droits sur elle. Ils n'en attendent pas seulement faveurs et gratifications. Ce qu'ils veulent, c'est maintenir sur elle une influence, une emprise. Elle leur appartient. Ils sont prêts à défendre bec et ongles ce privilège. Face à l'intrus qui leur vole leur reine, ils — et elles — ont une réaction passionnelle, comme des amants trompés. Cela va de l'agressivité ouverte ou feutrée d'une Hautefort ou d'un La Porte, qui leur vaudra le renvoi, jusqu'à la réprobation muette d'une Motteville, qui réserve pour ses *Mémoires* un fiel lentement distillé. Pour la régente, qui s'enivre de sa liberté tardivement découverte, cet insistant rappel de son devoir de gratitude est insupportable. Et elle apprécie, par contraste, de trouver en Mazarin un homme qui lui doit tout et à qui elle ne doit rien.

On comprend mieux, dans ces conditions, qu'elle ait hésité à rappeler Mme de Chevreuse.

C'était pourtant la plus illustre de ses amies et celle qui avait le plus souffert pour elle : des années d'exils répétés. Certes elle y avait trouvé des consolations. Ses pérégrinations à travers l'Europe lui avaient donné, comme dit pudiquement Mme de Motteville, « le moyen de triompher de mille cœurs ». Mais cela n'allégeait pas la dette de la reine à son égard. Lorsque le prince de Marcillac [1] vint plaider auprès d'elle la cause de la duchesse, celle-ci se retrancha d'abord derrière l'interdiction royale : Louis XIII, à son lit de mort, avait expressément spécifié que Mme de Chevreuse — « le Diable ! » — devait rester interdite de séjour en France. Elle en parla avec froideur. Elle affirma « qu'elle l'aimait toujours, mais que, n'ayant plus de goût pour les amusements qui avaient fait leur liaison dans leur jeunesse, elle craignait de lui paraître changée ». En outre elle savait « par sa propre expérience » combien l'intéressée était « capable de troubler par des cabales le repos de sa régence ». C'étaient là d'excellentes raisons, tout à fait avouables, pour la tenir à l'écart. Elles en cachaient une autre, secrète : Anne se doutait bien que la duchesse, plus encore que ses autres amies, prétendrait la « gouverner ».

L'avocat de l'exilée insista : que penserait-on quand on verrait tomber « les premières marques de sa sévérité » sur celle qui fut la plus proche et la plus fidèle de ses amies ? que dirait-on, précisa-t-il, « si elle préférait le cardinal Mazarin à Mme de Chevreuse » ? Les pires appréhensions d'Anne furent alors confirmées. Elle batailla, irritée, puis recula devant la perspective d'un concert de protestations indignées. Mais elle chargea Marcillac d'aller à sa rencontre pour la chapitrer.

Rentrant d'exil, Mme de Chevreuse, selon une formule qui fera fortune plus tard, n'avait rien appris, ni rien oublié. Elle ne crut pas un mot des avertissements qu'on lui donna. Elle se jugeait irrésistible. Et elle avait de très substantielles raisons de s'obstiner. Après six ans passés à l'étranger, principalement en Lorraine et

---

1. Rappelons qu'il s'agit du futur auteur des *Maximes*. Il ne prendra le titre de duc de La Rochefoucauld qu'à la mort de son père, en 1650.

aux Pays-Bas, elle était d'autant plus acquise aux intérêts espagnols qu'elle touchait pour cela d'importants
subsides. Madrid comptait sur elle pour arracher la
reine à l'influence de son ministre et pour la ramener
dans le droit chemin de son hispanophilie native. Le
goût du pouvoir, la passion de l'intrigue et de l'aventure la tenaillaient. Si elle avait désormais perdu, avec
sa légendaire beauté, un de ses atouts majeurs, il lui
restait l'intelligence, le charme, l'audace et l'entregent.
Voyant « qu'on ne faisait rien pour elle ni pour ses
amis », que son vieux complice et amant Châteauneuf
restait confiné à Montrouge, hors des sphères gouver-
nementales, elle se lança à corps perdu dans la lutte
contre Mazarin.

Elle n'eut pas de peine à trouver des alliés. Les Vendôme ne se consolaient pas de n'avoir pas recouvré,
aux dépens des parents de Richelieu, le gouvernement
de la Bretagne et la direction de l'artillerie. Dans leur
clientèle gravitaient un certain nombre d'ecclésiastiques proches de la reine, les évêques de Beauvais et
de Lisieux, plus la nébuleuse mal définie des dévots,
dames d'œuvres et piliers des entreprises de charité.

Les opposants firent d'abord pression sur Anne pour
l'obliger à renvoyer son ministre. Puis, désespérant d'y
parvenir, quelques-uns d'entre eux recoururent aux
grands moyens.

Une campagne d'insinuations

Plus jeune qu'elle d'une dizaine de mois, Mazarin,
né le 14 juillet 1602, venait tout juste de passer la quarantaine. « Madame, vous l'aimerez bien, il a de l'air
de Bouquinquant », aurait dit Richelieu à la reine en
le lui présentant. Nous avons peine à croire à pareille
insolence. Quant à sa prétendue ressemblance avec le
beau Buckingham, il est difficile d'en juger sur des
portraits où la barbe taillée en pointe et la moustache
fringante donnent à tous les visages un reflet de

parenté. Mais il était « grand, de bonne mine, bel homme, le poil châtain, un œil vif et d'esprit, avec une grande douceur dans le visage ». Indiscutablement séduisant. C'est donc sur le terrain de la morale qu'on attaqua.

Dès les premières semaines, quand on vit la faveur de Mazarin se confirmer, la reine se trouva la cible d'un feu croisé d'avertissements hypocritement amicaux. On lui chanta le grand air de la calomnie. Il n'était pas convenable d'avoir des entretiens privés avec un homme encore jeune ; certes les portes restaient toujours ouvertes, mais si on pouvait les voir, il était impossible d'entendre ce qu'ils disaient. Bref elle se compromettait. Lorsque Marie de Hautefort l'entreprit sur ce thème, Anne commença par plaisanter : il était italien, avait les mœurs de son pays. Il contre-attaqua, fit quelques avances à Mme de Chevreuse ou à Mme de Guéméné, mais comme il s'en tenait aux amabilités verbales, ces dames en conclurent qu'il était impuissant : ce qui aurait dû les rassurer. Oui, mais le qu'en-dira-t-on ! On savait bien qu'elle ne pensait pas à mal — encore que..., rappelez-vous Bouquinquant... — mais on tentait charitablement de la retenir sur la pente savonneuse où elle semblait vouloir s'engager. Qu'elle ne renouvelle pas, lui dit La Porte, les fautes de Marie de Médicis ! « Quelles fautes ? — D'avoir fait mal parler d'elle et de cet Italien [1]. » Sa réputation était en jeu, elle perdrait l'amour de son peuple.

Les notes griffonnées au jour le jour dans ses *Carnets* attestent que Mazarin prit très au sérieux cette offensive. On eût dit que tous les familiers de la reine s'étaient donné le mot. Les foyers d'incendie s'allumaient un peu partout : dames d'honneur, serviteurs et gouvernantes, confesseurs et directeurs de conscience, bénédictines du Val-de-Grâce, visitandines et carmélites relayaient une rumeur qui était dans l'air. Mme de

---

1. Concini.

Chevreuse, aidée de Mme de Vendôme, servait d'agent de liaison. Voir le pieux évêque de Lisieux, Cospéan, et le charitable Vincent de Paul s'allier à la « Chevrette » — la moins qualifiée en ce domaine ! — pour prêcher la vertu à la reine ne manque pas de piquant. Mais de tout temps la politique a ses raisons que la raison ne connaît pas.

Mme de Brienne, une amie de longue date, prit la reine à part dans un coin de son oratoire, demanda à lui parler franchement et lui débita tout ce qu'on racontait sur son compte, la faisant rougir jusqu'au blanc des yeux et verser des larmes de rage. Quant à La Porte, désespérant de se faire entendre par des remontrances directes, il eut recours à ce qu'il appelle « une autre voie, et plus libre et moins dangereuse » : « J'écrivis une lettre, raconte-t-il sans vergogne, où je marquai généralement tous les bruits qu'on faisait courir d'elle, ce qu'elle devait faire pour les détruire, et les choses que je prévoyais devoir arriver si elle n'y donnait ordre. L'ayant fait copier d'une autre main, je la mis dans son lit, où elle la trouva en se couchant. » Et il semble étonné qu'elle se soit indignée et que cette méthode n'ait pas mieux réussi que les autres !

Mazarin avait tort d'avoir peur. Certes Anne d'Autriche fut bouleversée. Elle n'avait rigoureusement rien à se reprocher. Devant les attaques, elle réagit tantôt par la colère, tantôt par la dérobade. Elle put parfois donner l'impression de faiblir. Mais en réalité elle n'envisageait pas de céder. Elle était fière, courageuse et, à sa manière, aussi autoritaire et opiniâtre que l'avait été son époux. On voulait la contraindre à renvoyer Mazarin, elle se braqua. Les pressions, les calomnies eurent un résultat inverse de celui qu'on escomptait : elle s'attacha davantage à ce ministre qu'on tenait tant à lui ôter. Mais — et la chose est importante pour apprécier la suite de leur histoire — ses relations avec lui s'en trouvèrent marquées. L'image qu'elle donna d'elle à ce moment-là ne put pas ne pas peser sur son comportement, créant une sorte d'inhibition, le jour où des sentiments plus profonds commenceront à la lier à lui.

Dans l'immédiat la campagne d'insinuations se soldait par un échec. Vinrent alors les menaces. Comme elle s'apprêtait à dîner, Anne trouva un jour sur son couvert un nouveau billet anonyme : « Madame, si vous ne vous défaites du nouveau cardinal, on vous en défera. » Les « Importants » avaient décidé de passer aux actes.

La déroute des « Importants »

En dépit du chapeau de cardinal qu'on lui faisait miroiter, Augustin Potier, évêque de Beauvais, ne se consolait pas d'avoir tiré pour Mazarin les marrons du feu. Ses commanditaires moins encore. La maison de Vendôme tout entière bouillonnait de dépit.

Elle se composait de quatre personnages.

Le père, César de Vendôme, bâtard légitimé d'Henri IV et de Gabrielle d'Estrées, avait tâté de la prison lors de l'affaire Chalais et son frère le Grand Prieur y était mort — empoisonné, avait-on dit. Ennemi juré de Richelieu par la suite, il avait conservé prudemment ses distances. Indésirable à la cour, il vivait retranché sur ses terres de Bretagne où il jouait au potentat local, prêt à sauter dans une barque pour franchir la Manche en cas de menaces. Il traînait une réputation assez sulfureuse de faux-monnayeur et de « bougre » — entendez d'homosexuel —, n'aimant rien tant que son plaisir, ripailles et beuveries en compagnie de ses mignons attitrés. Mais il manquait toujours de bel et bon argent. La mort de Louis XIII l'avait ramené à Paris, gonflé de grandes espérances.

Sa femme, la très pieuse Françoise de Lorraine, nièce de la reine Louise, gravitait à Paris dans les milieux dévots. Leur fils aîné, Louis, duc de Mercœur, avait hérité du sérieux, de la discrétion et de la piété maternelles ; il finira cardinal. Le second, François, duc de Beaufort, était un colosse athlétique aux cheveux bien blonds et bien longs, courageux mais de cervelle étroite, brouillé avec la langue française qu'il écorchait atrocement. Il avait la fatuité de se croire irrésistible. Nous l'avons vu tourner autour de la reine pendant l'agonie de Louis XIII, mais sa maîtresse officielle était la duchesse de Montbazon, une sculpturale Junon, altière et insolente.

Les Vendôme, entrés dans la famille royale par la petite porte de la légitimation, jalousaient les authentiques descendants de sang royal qu'étaient Gaston d'Orléans d'une part, le prince de Condé et ses enfants de l'autre. Mais ils auraient peut-être continué de remâcher leur amertume en silence, si une sotte histoire de lettres d'amour perdues n'avait pas servi de détonateur. Mme de Montbazon, qui les trouva, se fit un malin plaisir de les attribuer à Mme de Longueville, la fille de Condé, dont la beauté éclipsait la sienne. Sous ses dehors angéliques — des yeux turquoise, une blondeur diaphane —, celle-ci cachait un esprit acéré et une provocante hardiesse : « Je n'aime pas les plaisirs innocents », se plaisait-elle à dire, en collectionnant les amants. Renseignements pris, il y avait erreur, les lettres étaient d'une autre. Les deux clans en vinrent aux insultes et la reine, invitée à arbitrer, contraignit la coupable à d'humiliantes excuses publiques. À genoux devant la princesse douairière de Condé, l'orgueilleuse Montbazon débita d'un ton rogue le petit discours imposé — on l'avait collé au dos de son éventail pour qu'elle ne pût y changer un seul mot. Tout son maintien proclamait : « Je me moque de ce que je dis. » Quelques jours plus tard, elle insultait la princesse et bravait la reine dans le jardin de Renard — un coin des Tuileries servant de rendez-vous à la société élégante pour des promenades et des collations. Elle reçut l'ordre de se retirer à la campagne.

C'est alors que Beaufort, fou de rage contre la reine et excité en sous-main par Mme de Chevreuse, décida d'éliminer Mazarin.

Le duc et ses familiers, qui devaient aux grands airs qu'ils se donnaient depuis quelques mois le surnom d'*Importants*, parurent si ridicules à leurs contemporains qu'on ne les prit pas au sérieux. On vit en eux des songe-creux jouant aux autres et se jouant à eux-mêmes la comédie de gens influents. Et l'on soupçonna Mazarin d'avoir inventé de toutes pièces le complot qu'il leur prêta, pour trouver un prétexte à les disperser.

À l'époque, en effet, l'impuissance de l'enquête à produire des preuves encouragea le scepticisme. Mais les présomptions étaient accablantes et nous savons aujourd'hui par les *Mémoires* de Campion qu'il y eut bien projet d'assassinat. La maladresse des exécutants, s'ajoutant à la méfiance ou à la chance — nous dirions aujourd'hui la baraka — du cardinal, le fit échouer à deux reprises. L'affaire commençait à s'ébruiter, les comparses fuyaient. Beaufort crânait, repoussant les conseils de prudence, le 2 septembre il s'en alla étourdiment faire sa cour au Louvre, où on n'attendait que cette occasion. Deux jours auparavant la reine, le voyant caracoler dans le parc de Vincennes où se donnait une collation, avait tourné son regard vers le donjon et soupiré : « Hélas ! ce pauvre garçon, dans trois jours il sera peut-être ici où il ne rira plus ! » Pitié sincère ? ou ironie ? Mme de Motteville, toujours prête à louer la douceur de sa maîtresse bien-aimée, veut voir dans cette réflexion une « marque de sa bonté », à joindre aux larmes que lui aurait arrachées, au soir de l'arrestation, le souvenir d'une amitié perdue. Mais comme la reine aurait également déclaré : « Vous verrez comme je me vengerai des tours que ces méchants amis me font », on s'abstiendra ici de trancher. Une seule chose est sûre : Beaufort séjournera cinq ans à Vincennes, et il n'en sortira que par une évasion spectaculaire.

Les Vendôme furent invités à se retirer dans leur château d'Anet, mais le duc César jugea plus sage et plus agréable de prendre le large : l'Italie lui offrit un asile conforme à ses goûts. Mme de Chevreuse eut avec Anne d'Autriche une longue explication, se rebella devant les remontrances de celle-ci et reçut l'ordre de quitter la cour pour une de ses demeures provinciales, mais, n'ayant pas « trouvé le secret de s'ennuyer » en Touraine, elle s'enfuit bientôt dans les îles anglo-normandes, avant de regagner Bruxelles, son port d'attache. Quant aux évêques trop épris de politique parisienne, on leur rappela l'obligation de résidence et ils furent expédiés dans leurs diocèses respectifs pour y évangéliser leurs ouailles.

« Quand on vit que le Cardinal avait arrêté celui qui, cinq ou six semaines devant, avait ramené le roi à Paris avec un faste inconcevable, l'imagination de tous les hommes fut saisie d'un étonnement [1] respectueux. » Et comme le ministre se garda d'abuser de l'autorité ainsi conquise, on se dit que Beaufort, par sa sottise, n'avait pas volé son malheur et chacun se crut à l'abri de pareil accident. En essayant d'abattre Mazarin, les *Importants* avaient consolidé sa position.

Les chansonniers cependant ne s'y trompèrent pas et tout Paris fredonna après eux :

> *Il n'est pas mort, il n'a que changé d'âge,*
> *Ce cardinal, dont chacun en enrage...*

ou bien, sur un air à la mode, ce quintil plus éclectique :

> *La reine donne tout,*
> *Monsieur joue tout,*
> *Monsieur le Prince prend tout,*
> *Le cardinal Mazarin fait tout,*
> *Le chancelier scelle tout.*

Et il est exact qu'après le coup d'éclat qui dispersa les *Importants*, la reine dut à la docilité native de

1. Au sens fort de *stupeur*.

Séguier, et à la neutralité de Condé et de Gaston d'Orléans, tout occupés, l'un à s'enrichir, l'autre à se ruiner
au jeu, cinq années paisibles pendant lesquelles elle put
se croire « aussi heureuse que puissante ».

CHAPITRE DIX-SEPT

LA RÉGENTE AU QUOTIDIEN

Automne 1643 : « Voici donc la cour sans trouble
et la reine sans *Importants*. » Anne d'Autriche, à qui
les récentes contrariétés ont donné une jaunisse, ou
quelque chose d'approchant, est maintenant tout à fait
remise. Elle s'installe dans une existence conforme à
son tempérament et à ses goûts. Nous avons la chance
de pouvoir en suivre le déroulement quotidien, grâce à
Mme de Motteville, à qui nous emprunterons la plupart
des traits évoqués ici.

Au seuil de l'âge mûr

La reine a toujours eu une excellente santé. Délivrée
de toute appréhension, elle se porte maintenant comme
un charme, et c'est une des composantes de sa beauté.
Elle est restée belle, du moins c'est ce que proclame
le chœur des courtisans. Avec quelques réserves toutefois. « L'âge de quarante ans, affreux à notre sexe, ne
l'empêchait pas d'être fort aimable. » On pouvait
encore la « compter au rang des plus belles dames de
son royaume » et elle put « augmenter en âge sans
perdre ces avantages ». Soit : nous dirions qu'elle a de
beaux restes.

Elle a beaucoup épaissi. Une chance : le XVIIᵉ siècle aime les femmes bien en chair. Elle y gagne d'échapper aux rides. Mais sa peau, quoique très blanche, manque de finesse. Son nez, un rien trop long, est devenu, comme prévisible, beaucoup trop gros et il alourdit son visage qu'empâte un double menton. Elle a toujours ses yeux marrons éclairés de reflets verts, sa petite bouche vermeille agrémentée d'une discrète moue héritée des Habsbourg, mais sa gorge encore lisse, s'est affaissée. Sa chevelure est restée très fournie, mais a perdu sa tonalité de blond chaud pour s'assombrir en un châtain banal. Elle la fait dresser autrement : renonçant à la coiffure courte, ronde et frisée, auréolant toute la tête, elle a opté pour des cheveux lisses partagés par une raie sur le dessus et tirés vers l'arrière en un chignon haut placé, que viennent adoucir de fines boucles ou de longues anglaises encadrant les joues. Seules ses célèbres mains semblent avoir traversé les années sans dommage : leur blancheur « égale encore celle de la neige ».

En fait sa séduction a toujours tenu moins à la perfection de ses traits qu'à son sourire, à son charme, à la grâce qui émane de sa personne, à un mélange de grandeur et de simplicité, tel qu'il sied à une souveraine.

Fini le temps des reines blanches. Comme Catherine et Marie de Médicis, elle a choisi le noir pour son deuil. Mais, contrairement à elles et bien qu'il lui fût seyant — sans doute parce qu'il l'amincissait —, elle y renonça au bout de l'an. Elle était gaie, elle n'avait nulle envie de s'enfermer dans son personnage de veuve. La seule concession qu'elle fit à son nouvel état fut de renoncer au rouge à joues dont elle faisait autrefois, à la mode espagnole, un usage abusif. Son teint y gagna — il parut plus blanc —, sa réputation de vertu également — « on l'en estima davantage et l'approbation publique obligea les dames à suivre son exemple ».

Exceptionnellement délicate, elle exigeait pour son

linge des tissus d'une extrême douceur, préférant la batiste à la toile de Hollande, et elle tentait de combattre par des parfums les effluves malodorants dont semblaient s'accommoder la plupart de ses contemporains. Elle prenait régulièrement des bains — chose tout à fait insolite — dans une sorte de cuve qu'on remplissait à la louche. Pour tous les jours, elle s'habillait sans luxe, « sans or ni argent et sans façon extraordinaire », mais avec un goût subtil qui laissait deviner le soin qu'elle y apportait. Elle restera jusqu'à sa mort très attentive à son apparence.

Ses tenues de cérémonie étaient, comme il se doit, somptueuses. Sur ses portraits sa gorge se rehausse d'un collier de trente énormes perles, qui pesait trois cents carats et valait plus de cent mille livres. D'autres perles enserrent la base de son chignon. On n'aperçoit pas les pendants d'oreilles en diamants, mais au creux de son décolleté se niche une broche, pas toujours la même, savante composition de pierreries et de perles. Respectueuse des usages, elle s'est dessaisie des joyaux de la couronne bien avant que le mariage de son fils ne la contraigne de les transmettre à la nouvelle reine. Mais elle a gardé les siens, apportés d'Espagne ou reçus en cadeau de son époux, qu'elle fait volontiers remonter au goût du jour.

Bien que docile aux obligations imposées par sa dignité, elle n'aimait pas le faste, le décorum. Elle avait si longtemps vécu sous le regard inquisiteur d'une armée de domestiques espions qu'elle supportait mal le poids de l'étiquette. Elle s'appliqua à simplifier sa vie quotidienne, à la rendre aussi aisée et agréable que possible, avec un sens aigu de ce que nous appellerions le confort. Elle tenta d'en diminuer les contraintes et de se réserver des moments de liberté. C'est dans cet esprit qu'elle conçut sa nouvelle installation.

Déménagement

Anne ne s'était jamais plu au Louvre. En dépit d'adjonctions et d'embellissements successifs, la demeure traditionnelle des rois de France n'avait pas perdu son air de forteresse médiévale. Pour y pénétrer, on franchissait sur un pont-levis le fossé nauséabond qui le ceignait. Il était lourd, sombre, il n'offrait qu'un jardin étriqué sur le bord de Seine. Bref il n'était pas au goût du jour.

Anne décide de s'installer au Palais-Cardinal, que Richelieu a fait construire après sa rupture avec Marie de Médicis et qu'il vient de léguer au roi. En changeant d'occupant l'édifice change de nom : il s'appelle encore aujourd'hui le Palais-Royal.

Elle trouva beaucoup de plaisir à l'aménager.

Qu'on y songe. Jusqu'à quarante ans, elle a toujours vécu dans des locaux arrangés par d'autres. Jamais on ne la consulta, jamais elle n'eut son mot à dire. Si elle avait prétendu prendre des initiatives en matière de décoration, comme c'était l'usage dans la famille royale, elle se serait heurtée à la mauvaise volonté et à la pingrerie de Louis XIII. Son appartement du Louvre restait encore tel que sa belle-mère l'avait fait décorer à son intention en 1615. Une fois seule, en possession des revenus de son douaire qui se révélèrent confortables, elle eut furieusement envie d'avoir, comme Marie de Médicis, son palais à elle.

Quitter le vieux Louvre pour le Palais-Cardinal clair, lumineux, ouvert comme le Luxembourg sur de vastes jardins, c'était passer d'un château fort à une « villa » à l'italienne : changer de climat, changer de siècle. Anne eut-elle en s'y installant le sentiment obscur d'occuper le terrain de son vieil adversaire ? c'est possible, pas certain. Mais une autre raison majeure l'incitait à déménager : le désir de distribuer l'espace intérieur à sa guise.

Au Louvre, une coutume contraignante répartissait les appartements. Au premier étage, communiquant

entre eux, ceux du roi et de la reine régnante. Au rez-
de-chaussée, juste au-dessous, ceux de la reine mère.
Marie de Médicis elle-même n'avait pas osé braver
cette règle. En 1643, vu l'âge du petit roi, l'arrivée
d'une belle-fille n'était pas pour demain. Mais Anne
ne pouvait envisager d'occuper aux côtés de son fils
les locaux réservés aux époux royaux. Et elle n'avait
pas envie non plus de s'exiler loin de lui à l'étage inférieur. Et où mettre le très jeune Philippe, qu'elle tenait
à garder auprès d'elle ? Les lieux, visiblement, convenaient mal, tandis que le Palais-Cardinal, vierge de
toute tradition, pouvait être agencé à son gré.

Comme tous les hôtels particuliers de l'époque, il
s'ordonnait autour d'une vaste cour carrée. Le bâtiment
de façade et le rez-de-chaussée étaient affectés au service. Les pièces nobles se trouvaient au premier. Au
fond de la cour, desservi par l'escalier d'honneur, un
bâtiment central où l'on recevait les visiteurs, entièrement occupé par une grande galerie, élargie au nord,
côté jardins, par une sorte de loggia permettant de
prendre l'air à l'abri du soleil ou de la pluie. Anne en
fit soigner la décoration. On y admira beaucoup, entre
autres merveilles, le plafond peint par Simon Vouet
et le parquet de marqueterie — roses et fleurs de lys
cloisonnées — créé à base de bois précieux par l'ébé-
niste Jean Macé.

Les deux ailes, réservées aux appartements privés,
étaient vastes. Le roi occupa une partie de celle de
gauche, qu'avait habitée Richelieu. La reine opta pour
celle de droite et elle installa dans le prolongement
de ses appartements, vers l'arrière, la nursery du petit
Philippe d'Anjou. On ne sait pas au juste comment
étaient disposés les lieux. Les récits des mémorialistes
et les devis des décorateurs nous permettent de les imaginer en partie. Il y avait une galerie, dite « petite »
pour la distinguer de la « grande », un grand cabinet,
un autre cabinet plus réduit, parfois nommé « petite
chambre grise » en raison de ses tentures murales, une
chambre et ses dépendances, un boudoir. Il s'y ajoutait,

bien entendu, un oratoire, où l'on pouvait accéder du rez-de-chaussée, comme au Luxembourg, par un escalier dérobé correspondant à une sortie latérale qui donnait, par-delà une petite rue, vers le cloître de l'église Saint-Honoré.

La décoration intérieure, qui ne fut achevée qu'en 1646, y était riche et raffinée : lambris jusqu'à mi-hauteur, au-dessus tapisseries et tableaux encadrés de boiseries dorées, plafonds peints. La thématique en avait été choisie avec grand soin. Des figures allégoriques, la Providence, la Prudence, ainsi que les trois vertus de l'âme — Volonté, Intelligence et Mémoire — appelaient sur la régente, pour la soutenir dans sa tâche, la bénédiction du ciel. Des enfants sur fond de paysages champêtres et, dans l'oratoire, des scènes de la vie de la Vierge évoquaient sa vocation maternelle. Concession au goût espagnol ? cet oratoire était encombré de reliquaires en bois précieux, ruisselants d'or, d'argent, de pierreries. On y trouvait un doigt de sainte Anne, un fragment de la vraie croix, un morceau du voile de la Vierge et du manteau de saint Joseph, plus divers débris arrachés à la dépouille mortelle de quelques saints. C'était la seule note discordante dans l'élaboration d'un décor dont on célébra, à juste titre, l'équilibre et l'harmonie.

Dans ce cadre conçu par elle et pour elle, la régente put enfin mener une existence selon son cœur.

Emploi du temps

Elle a conservé, en matière d'horaires, les habitudes espagnoles, sensiblement décalées par rapport à celles de France. Elle se lève et se couche tard.

Elle n'ouvre guère les yeux avant dix ou onze heures, sauf les jours « de dévotion », où elle émerge du sommeil vers neuf heures, pour se réserver le temps d'une plus longue prière. Elle écarte alors les rideaux de son lit et invite la femme de service qui a couché dans sa chambre à annoncer officiellement son réveil. Viennent la saluer, au lit, ses principaux officiers[1], suivis d'un certain nombre de solliciteurs, hommes ou femmes, qui lui présentent leurs requêtes. Puis on lui amène ses deux enfants. Elle se lève, enfile une robe de chambre, fait une seconde prière et s'attable pour déjeuner d'excellent appétit : bouillon, côtelettes, saucisses et pain bouilli, elle prend « de tout un peu ». Le petit roi — privilège insigne — lui présente sa chemise avec un baiser, elle met son corps de jupe, un peignoir et se rend à la messe. Elle revient ensuite à sa toilette : on la coiffe et on l'habille. Après quoi elle accueille tous ceux qui ont demandé audience, « tant sur les affaires générales que sur les particulières ». Pas tous les jours cependant : elle « garde la chambre » de temps en temps, pour se reposer — entendons qu'elle ne reçoit pas.

Puis elle dîne[2], généralement dans son petit cabinet, avec le seul secours de ses femmes : elle déteste prendre ses repas en public, servie par ses grands officiers, comme l'y invite la coutume. Elle s'accorde une heure de répit, dans sa chambre ou dans son oratoire, et s'en va rendre visite à des églises ou à des couvents, à moins qu'elle ne tienne son « cercle[3] ». Les lundis et jeudis, ces occupations cèdent la place à la réunion du grand Conseil. Ensuite elle reçoit divers grands personnages : à l'occasion, le prince de Condé et son fils et, ponctuellement, Gaston d'Orléans, qu'elle ne laisse jamais repartir sans avoir échangé quelques mots avec

---

1. Les grands personnages responsables des différents services de sa « maison ».

2. Au XVIIᵉ siècle, le déjeuner était l'équivalent de notre petit déjeuner, le dîner celui du repas de midi et le souper celui du dîner. Mais comme les horaires d'Anne d'Autriche retardaient d'au moins deux heures sur l'habitude, son dîner devait tomber au milieu de l'après-midi.

3. Réunion de princesses et de dames de qualité, se tenant assises — c'est un privilège envié — ou debout, en rond, autour du fauteuil de la reine, pour des conversations mondaines.

lui en privé. Entre-temps, Mazarin a fait son apparition, « à la belle heure du soir », lorsque la cour est « fort grosse ». Il se mêle à la foule, puis s'isole une bonne heure avec elle dans son cabinet, porte ouverte, mais à l'abri des oreilles indiscrètes : cela s'appelle le petit Conseil. Elle prend ensuite congé des courtisans, s'attarde quelque temps avec ses familiers, consacre à nouveau un long moment à ses oraisons, et reparaît pour souper vers onze heures. Ses femmes s'attardent à manger les restes et la rejoignent dans son cabinet « pour une conversation gaie et libre », qui les mène jusqu'à minuit ou une heure. Après quoi on la déshabille et on la met au lit.

Cet emploi du temps comporte quelques variantes estivales, lorsque la canicule chasse les Parisiens hors de leurs murs. En 1644, Anne accepte l'invitation de la duchesse d'Aiguillon : le parc de son château de Rueil regorge de sources et de fontaines et les soirées y sont délicieusement fraîches aux promeneurs. C'est à Fontainebleau — plutôt qu'à Saint-Germain, peuplé de mauvais souvenirs — qu'elle se réfugie les années suivantes. Il s'agit d'une concession à son entourage plus que d'un penchant personnel : elle ne raffole pas de la campagne, où son époux l'a jadis condamnée à s'ennuyer ferme. À l'automne de 1645, « après avoir passé quelque temps dans ce beau désert avec l'accompagnement ordinaire des plaisirs qui s'y trouvent, qu'elle eut goûté à son aise l'air des bois avec la vue de ces affreuses solitudes, et que par la chasse, les promenades, la comédie et le bal, elle eut satisfait toute la cour ; lassée de toutes ces choses, elle revint à Paris, où, selon son ancienne inclination, elle se plaisait plus qu'en aucun autre lieu ». En revanche elle apprécia le séjour de Fontainebleau pendant l'été de 1646, si étouffant que « les divertissements de toutes les dames furent entièrement renfermés dans les bornes de la rivière de Seine : elles demeuraient tous les jours plusieurs heures dans l'eau ou dans les forêts qu'il fallait passer pour y aller ». La plupart des hommes étaient à la guerre, il ne restait à leurs côtés que des enfants et des vieillards, et tout le monde se baignait ensemble sans « blesser la modestie », sous la sauvegarde de grandes chemises de toile grise traînant jusqu'à terre.

Une piété sereine

Bien qu'Anne d'Autriche passât chaque jour dans son oratoire un nombre d'heures considérable, il serait imprudent d'en conclure qu'elle inclinait au mysticisme : elle y trouvait aussi un lieu où s'isoler, où échapper à la pression de l'entourage. Ne croyons pas non plus sur parole Mme de Motteville qui lui prête « la piété de la reine Marguerite d'Autriche sa mère, morte en odeur de sainteté ». Anne, en dépit d'une pratique religieuse assidue, n'est pas du bois dont on fait les saints et n'y prétend d'ailleurs nullement.

Son éducation l'a accoutumée à une existence rythmée par les prescriptions de l'Église, qui lui est devenue naturelle. On vient de voir comment les prières jalonnent pour elle la journée. Le calendrier liturgique commande aussi le déroulement de la semaine et celui de l'année. Elle se confesse tous les samedis et communie tous les dimanches. Elle se partage entre les églises, pour honorer le saint patron de chacune : « Pendant la première année de son veuvage, raconte Mlle de Montpensier, elle visita soigneusement toutes les églises de Paris, et comme il n'y a guère de jours qui n'aient leur fête particulière en quelques-unes, elle observait de se trouver à toutes. » Elle va souvent le samedi à Notre-Dame, par dévotion spéciale à la Vierge. Pendant le carême, elle refuse toute dispense de jeûne. Elle fait célébrer la cène chez elle le Jeudi saint, puis s'enferme au Val-de-Grâce avec ses chères religieuses : levée à cinq heures le vendredi matin, elle écoute le sermon et suit la messe avec elles, puis elle s'en va comme elles adorer la croix en attendant l'office des ténèbres. Elle visite l'infirmerie du couvent, s'attardant auprès des malades, avant de regagner le Palais-Royal le Samedi saint, pour participer dans sa paroisse aux fêtes du jour de Pâques.

Depuis la naissance du dauphin, et après sa désignation comme régente, elle déborde de gratitude envers Dieu. Sans doute est-ce la raison de cette recrudescence de piété, très remarquée. Elle s'affilie à des confréries religieuses, celles de Notre-Dame et de Saint-Denis, et elle devient tertiaire de saint François. Fidèle à son vœu, elle entreprend de donner au Val-de-Grâce l'extension promise : les travaux s'engagent et le 1er avril 1645, le petit roi peut poser solennellement la première pierre de l'église [1].

Sa piété se manifeste également à travers les œuvres, dans l'esprit du concile de Trente. Elle renchérit sur l'ordinaire devoir de charité, qui fait partie des prérogatives d'une reine. Elle prête l'oreille aux sollicitations en faveur des entreprises caritatives qui fleurissent alors un peu partout, notamment dans l'orbite de Vincent de Paul, qu'elle révère ; elle distribue à titre personnel aumônes et secours. Un temps frustrée de ses visites dans les couvents par les sanctions de son époux, elle se rattrape : elle connaît toutes les abbesses d'Île-de-France et possède parmi elles quelques solides amies.

Un tel tableau incite à confusion le lecteur moderne, tenté de l'associer au vaste effort de la Réforme catholique en faveur d'un renouveau de la foi. Ce n'est pas le cas. Fidèle aux enseignements reçus dans son enfance, elle est fermée aux grands débats qui déchirent l'Église. Elle ne voit le jansénisme naissant que par le petit bout de la lorgnette : c'est par amitié pour Arnauld d'Andilly qu'elle fait libérer Saint-Cyran, que Richelieu avait mis en prison. Sa piété est conformiste. Les arguties sur la grâce lui passent au-dessus de la tête. Elle se défie des « opinions nouvelles » qui risquent de troubler l'Église. Si elle communie toutes les

---

1. Il faudra vingt ans pour la terminer.

semaines, en un temps où la plupart se contentent des fêtes d'obligation, ce n'est pas par dévotion spéciale, mais plutôt par habitude, et elle reste étrangère aux tempêtes soulevées, en 1643, par le traité *De la fréquente communion*, d'Antoine Arnauld, qui préconisait un usage restrictif du sacrement. Ce qu'elle goûte dans les couvents, c'est leur atmosphère feutrée, mi-religieuse mi-mondaine[1], c'est la sollicitude des bonnes sœurs aux petits soins pour leur souveraine en visite, ce sont les papotages féminins enveloppés d'onction, lénifiants et suaves.

Mais elle n'est pas disposée à mener le reste du temps une vie monacale, comme ont choisi de le faire certaines veuves pieuses. Les dévots voudraient bien la tirer en ce sens, Vincent de Paul rêve de l'embrigader dans ses troupes et de faire du Palais-Royal une annexe des Filles de la Charité. Ils cherchent à lui interdire les divertissements profanes, comme le jeu ou le théâtre, dont elle raffole. Et là, elle n'est pas du tout d'accord. Elle veut bien s'en priver certains jours consacrés à Dieu, mais non pas y renoncer. Et elle a refusé, on l'a vu, de confier aux dévots la direction des affaires. Elle se décide même à leur marchander le contrôle des nominations ecclésiastiques.

Elle avait créé, dans les tout premiers jours de sa régence, un Conseil de conscience chargé de veiller à ce qu'évêchés et abbayes fussent attribués au mérite et non à la faveur. C'était heurter des traditions enracinées : les grandes familles y voyaient le moyen de caser leurs cadets. C'était aussi se priver d'un puissant instrument politique. Même amputé des prélats disgraciés avec les *Importants*, le Conseil de conscience, présidé par Vincent de Paul, constituait pour Mazarin un

---

1. N'oublions pas que les grandes familles plaçaient en religion les filles qu'elles n'avaient pas les moyens de doter et que donc les couvents étaient un lieu de vie un peu particulier, mais pas coupé de la société. Seuls certains d'entre eux « se réformaient », comme ce fut le cas de Port-Royal, en commençant par interdire les visites.

obstacle sérieux. Beaucoup de nominations donnaient lieu à des affrontements où la reine hésitait à trancher. Elle en souffrait. Il tint bon et parvint sans doute à la persuader que la foi n'était pas seule en cause. Le Conseil ne fut pas supprimé, par crainte de remous, on espaça simplement ses réunions et il tomba en désuétude. Mais les pressions sur la reine ne cessèrent jamais.

Sa dévotion « embarrassait Mazarin », dit Mme de Motteville : c'est un euphémisme. La vérité est qu'il l'avait en horreur. Quelles étaient ses convictions personnelles en matière de foi ? On ne sait. Mais en bon disciple de Richelieu, il n'acceptait pas de voir la religion interférer dans la politique. Il se méfiait des pieux amis, des abbesses et de leurs moniales, des dames d'œuvres militantes : il savait bien que tous distillaient contre lui les plus dangereuses insinuations. Aussi reproche-t-il à Anne sa prédilection pour les couvents : « Dieu est partout, et la reine peut le prier dans son oratoire privé. » Et pour contenir dans de justes bornes ses exercices de piété, il invoque le devoir d'État : Dieu lui a confié le « gouvernement du royaume et l'éducation du roi » ; « un moment donné par elle à ce devoir suprême est plus agréable à Dieu que des heures entières de prières, de visites aux églises, de sermons et de vêpres ». En somme, le temps qu'elle passe en oraisons est volé à son fils.

Il ne pouvait y avoir auprès d'elle de meilleur argument.

Une mère très tendre

Elle s'était toujours promis, si Dieu lui donnait un jour des enfants, de les élever autrement que ne l'avait été son époux, qui avait tant souffert de la froideur de Marie de Médicis. Elle a gardé de sa propre enfance, entourée d'un père et d'une mère pleins d'affection, un souvenir attendri. Elle veut que ses fils soient heureux. Grâce à elle, avec elle.

C'est en mère épanouie qu'elle se fait peindre. À ses côtés les deux petits princes debout, vêtus soit de la longue robe alors affectée aux quatre ou cinq premières années, qui leur donne l'air de petites filles, soit d'un élégant costume de cavalier. Elle rayonne de fierté maternelle. À juste titre. Ils sont charmants tous deux, bien que très différents, l'aîné aux cheveux clairs, au visage grave, déjà sérieux et réfléchi, l'esprit vif mais riant peu, le second câlin, enjôleur, avec ses larges yeux sombres, ses cheveux noirs « à grosses boucles naturelles », ses traits fins et réguliers, proches de la perfection. Louis promet d'être grand, Philippe sera plus petit. Sains et vigoureux, ils tiennent plutôt de leur mère que de l'éternel valétudinaire que fut Louis XIII.

Pour élever ces deux garçons sans père, dont l'un accède au trône prématurément, il faut une autorité masculine. Un nom s'impose, qui paraîtrait fort naturel si l'intéressé ne cumulait déjà de très nombreuses fonctions : Mazarin n'a-t-il pas été désigné par Louis XIII pour tenir le dauphin sur les fonts baptismaux ? « J'ai cru ne pouvoir faire mieux que de choisir mon cousin [1] le cardinal Mazarini pour se charger du soin du gouvernement du roi [...]. J'ai cru que ce choix était comme enfermé dans l'honneur que le feu roi mon seigneur lui avait fait de vouloir qu'il fût son parrain... » Le 15 mars 1646, Mazarin fut donc nommé surintendant de l'éducation des enfants royaux : une fonction nouvelle, qui lui permettrait d'exercer un contrôle sur gouverneurs et précepteurs. Mais Anne d'Autriche n'abdique pas pour autant ses responsabilités de mère. Elle se repose sur Mazarin de ce qui échappe à sa compétence, la formation intellectuelle des enfants et l'éducation politique du jeune roi. Mais elle se réserve

---

1. *Mon cousin* est le titre dont usent normalement les souverains pour s'adresser aux cardinaux, toute considération de parenté étant exclue.

leur éducation morale et religieuse, qu'elle entend mener par l'exemple, dans la vie de tous les jours.

Pas question de les reléguer à l'écart, selon l'usage, en Val de Loire ou à Saint-Germain, dans un climat plus salubre. Elle les gardera auprès d'elle. C'est un peu pour eux qu'elle a quitté le vieux Louvre. Ils seront très bien au Palais-Royal, plus aéré, plus lumineux, doté d'un plus grand jardin. Elle les associe dans la mesure du possible à sa vie quotidienne. Dès qu'ils sont capables de manger proprement, ils prennent leurs repas avec elle, dans l'intimité de son petit cabinet, ils gambadent autour d'elle, ravis d'être mignotés et dorlotés par ses dames d'honneur et d'arracher aux courtisans des cris d'admiration. Ils l'accompagnent dans ses promenades, dans ses visites aux églises et aux couvents. C'est un crève-cœur pour elle lorsque les nécessités de l'étude l'obligent à les livrer aux précepteurs une bonne partie de la journée. Et les grincheux de murmurer qu'elle les gâte : « Ce qui nuisait à l'instruction du roi, c'est que ses véritables serviteurs ne lui laissant rien passer, cela lui faisait une peine extrême ; ce qui n'est que trop ordinaire à tous les enfants : de sorte qu'il demeurait chez lui le moins qu'il pouvait, et qu'il était toujours chez la reine, où tout le monde l'applaudissait, et où il n'éprouvait jamais de contradiction. »

C'est affaire d'appréciation. Et en la matière, le fidèle La Porte, qu'elle a nommé premier valet de chambre du petit roi, n'est pas un juge impartial : il voue à l'enfant une affection férocement jalouse et à Mazarin une haine inexpiable. D'autres témoignages montrent qu'Anne savait se montrer sévère au besoin. Pour avoir proféré un juron, Louis se vit consigné deux jours dans sa chambre, sans pouvoir sortir. Le fouet lui-même n'a pas complètement disparu de l'arsenal répressif, mais il semble avoir été surtout utilisé comme menace dissuasive. Comme, au cours d'un voyage en Picardie, le petit roi de neuf ans faisait mine d'être insolent, conte le valet de chambre Dubois, sa mère s'écria : « Je vous ferai bien voir que vous n'avez point de pouvoir et que j'en ai un. Il y a trop longtemps que vous n'avez été fouetté, je veux vous faire voir que l'on fesse à Amiens comme à Paris. — Maman, je vous demande pardon, s'écria l'enfant en se jetant à ses genoux ; je vous promets de n'avoir jamais d'autre volonté que la vôtre. » Et l'incident se termina par un baiser. Qui aime bien peut se permettre de ne pas châtier : une autorité tempérée d'affection suffit à obtenir l'obéissance. Anne d'Autriche fait de ses fils tout ce qu'elle veut.

C'est aussi que son autorité n'est ni tyrannique ni tatillonne. Elle autorise les jeux innocents. Pourquoi attrister leur enfance en réprimant toute espièglerie ? La veille même des funérailles de son père, on permet au nouveau roi — quatre ans trois quarts — de faire pourchasser des canes par ses chiens dans le grand canal des Tuileries : « Il avait un carrosse traîné par un petit cheval et un petit chariot fort bas traîné par deux chiens barbets. » Au Val-de-Grâce, dans l'après-midi du Vendredi saint, on le laisse trottiner dans l'église en s'amusant à souffler les cierges. Un peu plus tard il joue au capitaine de guerre avec des enfants de son âge dans des fortifications de sable et de carton-pâte. Il se bat avec son frère, comme tous les petits garçons du monde. Pas de contraintes inutiles, pourvu qu'ils aient un juste sentiment de leurs devoirs. Bref, une éducation relativement libre, dans laquelle la piété ne vienne pas réfréner l'amour de la vie : tel est l'idéal de celle qui a gémi pendant toute sa vie conjugale sous le poids d'une contrainte de tous les instants.

Pour l'organisation de leurs études, elle laissa l'initiative à Mazarin. Nous sommes mieux renseignés, par la force des choses, sur celles du roi que sur celles de son cadet. On donna à Louis un gouverneur, le duc de Villeroy, assisté de deux sous-gouverneurs, un précepteur Hardouin de Péréfixe, abbé de Beaumont, plus une escouade de maîtres spécialisés. Pas de fortes personnalités dans cette équipe, ce qui fit dire que Mazarin souhaitait maintenir le jeune Louis dans l'ignorance pour conserver le pouvoir. Les historiens sont aujourd'hui revenus de ces préventions. Il est tout à fait exact que les pédagogues firent peu de zèle et que l'instruction de Louis XIV ne fut pas très poussée : beaucoup d'histoire, un peu de géographie, quelques rudiments de latin — de quoi traduire péniblement les *Commentaires* de César et déchiffrer plus tard, avec l'aide d'un spécialiste, les inscriptions qu'il fera graver sur ses médailles —, des notions d'italien, de géométrie, de droit et de dessin. L'enfant était intelligent, avide d'apprendre et n'aimait pas parler de ce qu'il ne connaissait pas. Mais ni Anne d'Autriche, ni Mazarin ne faisaient confiance aux clercs — nous dirions aux intellectuels — pour former l'esprit d'un souverain. Certes ceux-ci ont toujours caressé ce rêve. Raison de plus pour s'en défier. Tous les traités du Prince chrétien qui ont fleuri comme pâquerettes au soleil après la naissance du dauphin n'apprendront jamais à un roi comment mener les hommes, Mazarin en est bien convaincu. Quant au seul ouvrage qui ne confonde pas morale et politique, *Le Prince* de Machiavel, dont Richelieu avait tenté en vain de réhabiliter l'auteur, il est à l'Index. En matière de gouvernement donc, rien ne vaut la formation sur le tas, génératrice d'expérience. Peu de livres, beaucoup de travaux pratiques. Louis apprendra peu à peu son métier de roi à travers les délibérations du Conseil, les lits de justice, la réception des ambassadeurs, puis les campagnes militaires, sous la houlette de Mazarin. Et l'on découvrira soudain, à la mort de celui-ci, qu'il n'avait pas si mal profité de ses leçons.

Fut-il mieux traité que son frère ? c'est l'avis général. Anne portait au second un amour maternel normal, si l'on peut dire, mais elle idolâtrait l'aîné. Lorsqu'en 1647 ils furent tour à tour gravement malades, il semble bien que ses craintes ne furent pas égales.

En partant pour Fontainebleau, au mois d'août, elle avait dû laisser à Paris son fils cadet : il était fiévreux, on l'avait purgé, déclenchant ainsi une dangereuse crise d'entérite ; c'était sérieux, on avait cru devoir le saigner. La reine voulut revenir auprès de lui. Mais déjà la rumeur courait : sa mort allait faire avancer Gaston d'Orléans d'un rang dans l'ordre de succession au trône. Pour y couper court, elle devait ne pas bouger. Elle résista deux jours, puis n'y tint plus. Si malade qu'il fût, « il se jeta à son cou et la tint longtemps embrassée, tout pâmé de joie et de plaisir de la revoir ». Aucune médication ne valait la présence de sa mère : il la supplia de prolonger son séjour, elle céda. Quand elle regagna Fontainebleau trois jours plus tard, il était hors de danger.

Au mois de novembre, nouvelle alerte. Louis est pris d'un violent mal de reins, suivi de frissons et d'une forte fièvre, il s'alite : c'est la petite vérole. Anne, affolée, fit éloigner son cadet et suspendit toutes ses activités — ce qu'elle n'avait pas fait pour Philippe, note Mme de Motteville — ; elle s'installa dans la chambre de l'enfant pour ne plus le quitter, quasiment « malade de son mal », ne dormant plus, méconnaissable. « Emportée par ses sentiments, elle n'observa nulle politique à l'égard du public » — et Dieu sait que dans le public les spéculations allaient bon train : s'il venait à mourir, il faudrait rediscuter de la régence ! « Par cet empressement, elle témoigna qu'elle avait une tendresse infinie pour le roi, plus grande que pour son second fils, qu'elle aimait néanmoins beaucoup. »

Les comparaisons en ce domaine sont hasardeuses. Est-ce seulement d'amour maternel qu'il s'agissait ? L'un n'était que son fils, en l'autre elle voyait en même temps son roi, représentant de Dieu sur la terre, vivante incarnation de la puissance souveraine. Il lui était impossible de les traiter de manière identique. Ce qui est certain, c'est que Philippe, comme tous les cadets de maison royale, a souffert de la prééminence de son aîné. Sa jalousie ne s'est pas traduite, comme souvent, par la révolte, il a refusé le combat que d'autres avaient recherché. Il s'est voulu autre. On y reviendra.

Le renouveau de la cour

Anne d'Autriche ne pouvait se passer de vie mondaine. Elle avait beaucoup souffert d'avoir pour époux un ours qui ne se plaisait qu'à courir les bois avant de se changer en un valétudinaire. Une fois veuve, elle décida de rendre à la cour son éclat et de former son fils en conséquence. Parmi les exercices du corps, où se doit d'exceller tout gentilhomme accompli, figurent l'équitation et les armes, avec leur corollaire qu'est la chasse, image atténuée de la guerre, mais aussi, bien que la chose soit pour nous très surprenante, la danse. Art suprême de mise en valeur de la personne, la danse, où l'on s'expose, où l'on s'exhibe, où l'on se livre, est une activité qui, parce que gratuite, exige la perfection : chacun marche comme il peut, car la marche est indispensable ; mais nul n'a le droit de danser mal. Sous ses deux modalités distinctes du bal et du ballet de cour, la danse fait partie intégrante, depuis le règne de Henri III, du cérémonial ritualisé de la cour.

Anne d'Autriche a aimé le bal, ses parures, ses pas compliqués, ses figures. Elle a aimé les grands ballets masqués et costumés, sur thème mythologique ou plaisant, qu'on répétait de longs mois pour les danser aux « jours gras », juste avant d'entrer en carême. Hélas ! elle « en a perdu le goût avec la jeunesse ». Disons qu'elle n'ose plus danser : elle n'a plus la légèreté requise. Ses enfants sont trop jeunes pour prendre vraiment le relais. Mais ils se montrent doués. Lorsque Marie-Louise de Gonzague épouse le roi de Pologne, en 1645, le petit Louis XIV, qui n'a pas sept ans, ouvre le bal avec elle : il dansait déjà « admirablement bien ». Un peu plus tard, il paraît au grand bal donné en l'honneur du prince de Galles, avec « un habit de satin noir, en broderie d'or et d'argent », paré « de plumes incarnates et de rubans de même couleur », le teint tout blanc, les cheveux tout blonds, les yeux doux et graves : « Il dansa parfaitement bien ; et quoiqu'il n'eût alors que huit ans, on pouvait dire qu'il était un de ceux de la compagnie qui avait le meilleur air, et bien assurément le plus de beauté. » Faute d'entrer en piste elle-même, la reine savoure les joies du bal à travers son fils.

Pour les grands ballets de cour en revanche, il faudra attendre quelques années. C'est le théâtre qui les remplace, lors des festivités du carnaval. Plus précisément, des représentations en musique, premières ébauches de l'opéra.

Anne d'Autriche et Mazarin se découvrent une commune passion pour le théâtre. C'est chez elle un goût ancien, apporté d'Espagne. Il n'est pas sûr qu'elle ait eu l'occasion, adolescente, d'assister à des *comedias*. Mais nous savons qu'à Madrid les femmes de la cour se divertissaient à monter des spectacles. Et le théâtre du « siècle d'or » a brillé d'un tel éclat qu'elle n'a pas pu ne pas en recueillir l'écho. Ni en France, ni en Espagne on ne trouvait alors à redire à un divertissement que les jésuites eux-mêmes utilisaient dans leurs collèges à des fins pédagogiques. C'est Genève la calviniste qui commença de lancer l'anathème, avant que les militants français de la Réforme catholique ne viennent renchérir. Du vivant de Richelieu, cependant, qui raffolait du théâtre, nul n'éleva la voix pour s'indigner. La reine avait pu voir, non seulement l'offensante *Mirame*, mais aussi les premiers chefs-d'œuvre de Corneille : elle avait applaudi *Le Cid*. Les comédiens italiens, attirés plusieurs fois à Paris par les derniers Valois, y étaient installés à demeure et leurs comédies d'improvisation réjouissaient les gens de toute condition. Tiberio Fiorelli, dit Scaramouche, avait accès à la cour, et la petite histoire veut que le futur Louis XIV, à l'âge de deux ans, se soit oublié sur ses genoux à force de rire.

L'amour du théâtre est tel chez Anne d'Autriche qu'elle ne peut s'en passer durant son veuvage : elle se dissimule derrière ses suivantes pour aller voir du Corneille, « de belles pièces dont la morale pouvait servir de leçon à corriger le dérèglement des passions humaines ». Au moins, si on l'aperçoit, il n'y aura que demi-mal ! Aussitôt sortie de ses voiles de veuve, elle cesse de se cacher. Au Palais-Royal, son appartement est juste au-dessus de la salle de spectacle. Un petit escalier lui permet de descendre directement jusqu'à sa tribune où elle s'installe en compagnie du petit roi, de Mazarin et de quelques invités de marque.

Voyant s'affirmer cette prédilection, le curé de Saint-Germain-l'Auxerrois [1] revint à la charge. Il lui avait déjà écrit pour la mettre en garde contre la comédie [2], surtout la *commedia dell'arte*, « plus libre et moins modeste ». Il vint la voir, cette fois, porteur des foudres de l'Église : aller au théâtre est péché mortel, sept docteurs de Sorbonne l'attestent, dans un avis dûment circonstancié. Anne, troublée, consulta des évêques qui prirent la défense de la comédie. Finalement on trouva, dans la même Sorbonne, dix ou douze autres théologiens non moins doctes pour démontrer que, pourvu qu'elle ne contînt rien de contraire aux bonnes mœurs, « elle était de soi indifférente et qu'on pouvait l'entendre sans scrupule ». La première manche était gagnée [3]. À l'ombre des tragédies sérieuses, les farces débridées continuèrent de prospérer. En 1647, on donnait la comédie au Palais-Royal un jour sur deux, en alternant pièces françaises et italiennes, pour le plus grand plaisir de toute la cour.

Mazarin, de son côté, gardait la nostalgie de la Rome somptueuse et baroque des Barberini — le pape Urbain VIII et ses deux neveux —, où il avait lui-même incarné saint Ignace sur la scène d'un illustre collège de jésuites, où des cardinaux faisaient construire chez eux des théâtres et jouer des opéras

---

1. L'église de Saint-Germain-l'Auxerrois, située en face de l'entrée principale du Louvre, était depuis des siècles la paroisse de la famille royale.

2. Le mot de *comédie* désigne alors le théâtre en général.

3. Mais comme Louis XIV héritera de la passion de sa mère pour le théâtre, la polémique rebondira sans cesse, traversant le XVIIe siècle de part en part.

sacrés ou profanes de leur composition. Sentant la reine réceptive, il décide d'importer en France l'art dramatique musical italien.

Pendant l'été de 1644 il invite la plus célèbre cantatrice de la péninsule, Leonora Baroni, une *virtuosa*, dont on ne disait pas encore — mais que ne dira-t-on pas ensuite ? — qu'il avait été l'amant. Ce fut pour Anne une révélation. Cette voix suraiguë, ce chant expressif, ce mélange de violence et de suavité, c'était autre chose que les airs de cour monotones du vieux Boesset ou les gentils cantiques que composait Louis XIII. À l'entendre on croyait être en paradis. Cette « merveille du monde », célébrée à l'envi par un pape et par le grand poète puritain anglais Milton, devint en quelques jours la coqueluche de Paris et fut traitée en grande dame par la cour. Suivirent le castrat sopraniste non moins illustre, Atto Melani, et le « grand magicien » Torelli, ingénieur en décors transformables et en machinerie. Plus toute une foule de comparses. Mazarin avait de quoi se lancer dans des expériences théâtrales.

Le public français apprécia peu les pièces : il ne comprenait rien aux paroles et la musique lui déchirait les oreilles ou l'endormait, c'est selon. Mais il raffola de la mise en scène. Dans *La Finta Pazza*, le lieu changeait cinq fois : un parc, un port de mer, une ville, un palais, un jardin ; l'action s'entrecoupait de trois ballets, d'ours et de singes, d'autruches et de nains, d'Éthiopiens et de perroquets, qui firent battre des mains le jeune Louis ; l'Aurore s'élevait de terre sur un char enchanté, les Zéphyrs montaient et descendaient dans les airs. Mais la merveille des merveilles fut, pour le carnaval de 1647, l'opéra de Luigi Rossi, *Orfeo*, pour lequel Torelli se surpassa : on voyait s'écrouler sous l'assaut des guerriers la muraille d'une forteresse, du haut d'un char aérien une Victoire célébrait les armes du roi, on promenait le spectateur d'un bocage construit en perspective, de manière à donner l'illusion de la profondeur, à un palais à portiques, demeure des Olympiens, puis à l'entrée des Enfers, « un désert affreux, des cavernes, des rochers, avec un antre en forme d'allée » à contre-jour.

Ni Anne, ni son fils n'étaient sans doute en mesure d'apprécier l'exceptionnelle qualité de la musique. Mais ils se délectèrent de cet enchantement baroque, haut lieu du trompe-l'œil et de l'illusion, qui tournait si allégrement le dos au réel pour mêler hommes et dieux dans une même fantasmagorie.

Hors du théâtre, la vie de cour suit son train-train peuplé de cancans, de querelles de préséance et de galanteries. De temps en temps, la visite de souverains ou d'ambassadeurs étrangers vient rompre la monotonie : on accueille la reine d'Angleterre chassée de son pays par la révolution ou les Polonais venus chercher Marie-Louise de Gonzague, « dont la magnificence tient beaucoup du sauvage », comme en témoigne, sous leur bonnet fourré, leur crâne à demi rasé, d'où pend par derrière un petit toupet. Et quand on n'a rien de mieux à faire, on joue. Beaucoup. A toutes sortes de jeux, principalement de cartes et de dés. Et l'on peut y gagner ou y perdre des sommes qui nous paraissent astronomiques. L'Église s'indigne, mais faute de pouvoir empêcher, elle distingue entre les jeux de pur hasard, qu'elle réprouve, et ceux qui font intervenir l'intelligence, qu'elle tolère. Si les mémorialistes n'en parlent guère, c'est qu'on en a un peu honte. Mais nous savons que Mazarin jouait — il mit à la mode le *hoc*, auquel la malignité publique associera son nom —, que la reine elle-même jouait et regardait avec indulgence les folies que le jeu inspirait aux courtisans.

Au début de 1647, Anne d'Autriche se sentait heureuse comme elle ne l'avait jamais été. Quant à la cour, « sa plus considérable affaire était le divertissement et le plaisir ».

L'emprise de Mazarin

Tout en initiant la régente aux délices de la musique italienne, Mazarin poursuivait son éducation politique. Rien ne nous est parvenu de leurs entretiens de chaque soir. Mais les *Carnets*[1] nous permettent de deviner comment il procédait.

Comme Richelieu auprès de Marie de Médicis, puis de Louis XIII, il doit expliquer pour convaincre. Mais il a la tâche plus facile. Anne d'Autriche, très pénétrée de son incompétence, est peu désireuse d'exercer le pouvoir par elle-même — ce que Mme de Motteville appelle sa « paresse », et qui est moins une répugnance à l'effort qu'un recul devant une tâche qui lui paraît insurmontable : la « pesanteur du sceptre l'incommodait ».

Mazarin ne rencontre donc pas chez elle la susceptibilité ombrageuse qui a tant gêné son prédécesseur. Il faut dire aussi qu'il se comporte autrement et use d'une autre méthode. Richelieu parvenait mal à dissimuler une supériorité intellectuelle qui faisait peur. Mazarin, lui, est doux, humble, patient, jamais méprisant, jamais tranchant. Richelieu, si l'on en croit ses *Mémoires*, avait le goût des exposés rhétoriques bien construits. Mazarin, lui, procède par petites touches, au jour le jour, sur cas d'espèces, et tout paraît plus facile.

« Elle ne se croyait pas si habile que lui. » C'est le moins qu'on puisse dire. Elle n'est pas très intelligente. Plus exactement, elle est très instinctive, d'aucuns diront très féminine, mue par les sentiments et non par les idées. Les raisonnements abstraits sont peu propres à la persuader, il faut aussi qu'on fasse appel à sa sensi-

1. Mazarin avait toujours dans sa poche de petits carnets où il notait pêle-mêle, à l'encre ou au crayon, en italien ou en français, des informations fraîchement reçues, des propos entendus, des idées qui lui passaient par la tête, des choses qu'il projetait de dire à tel ou tel... Il ne faut pas les lire comme des journaux intimes. Ce sont des pense-bête, difficiles à déchiffrer et plus encore à interpréter, mais très instructifs.

bilité. Rappelons-nous : Mazarin lui a fait accepter la poursuite de la guerre contre l'Espagne en lui disant qu'il fallait préserver non l'équilibre des forces en Europe, mais l'héritage de son fils. Le revers de la médaille, c'est qu'il devra batailler dur pour l'amener à brider sa spontanéité, à renoncer à ses habitudes de familiarité avec ses serviteurs, à réfléchir avant de parler, à rester maîtresse d'elle-même. Pas à coups de conseils théoriques, mais par l'entraînement quotidien : il lui prépare une rencontre, un entretien, un discours, prévoit les objections qu'elle rencontrera, les pièges qu'il lui faudra éviter ; et chaque fois qu'il le peut, il est présent, à ses côtés, pour la retenir ou l'encourager d'un regard. Avec lui elle a l'impression, non seulement de comprendre, mais d'être comprise. Et d'être soutenue. C'est la première fois que cela lui arrive depuis qu'elle a quitté son père, et elle trouve cette sécurité merveilleuse.

Fort de son entière confiance, Mazarin réunit très vite entre ses mains tous les leviers du pouvoir, en même temps qu'il accumule les marques éclatantes de sa faveur. Résumons.

Dès sa nomination, il a commencé de faire le ménage au ministère et d'y placer des gens à lui : c'est chose acquise dès la fin de 1643. Il a acheté, sur les arrières du Palais-Royal, un vaste hôtel particulier — devenu aujourd'hui la Bibliothèque nationale —, où il commence à rassembler des trésors artistiques en provenance de toute l'Europe. Sa vie ayant été menacée par le complot des *Importants*, Anne d'Autriche lui offre une garde, qu'il refuse modestement ; en fait il trouve plus sûr de faire venir d'Italie quelques valets de pied taillés en athlètes et discrètement armés sous leur livrée — des « gorilles », dirions-nous — ; mais il accepte qu'on perce entre ses propres jardins et ceux du Palais-Royal une porte qui le dispensera d'un long détour par la rue. À l'automne de 1644, il tombe malade. La reine, bouleversée, se rue à son chevet. Et pour lui éviter de prendre froid dans la traversée des jardins, elle l'invite à s'installer dans sa propre demeure : il occupera une partie de l'aile gauche du Palais, à la suite des appartements du roi. À la mort de Brassac, en 1645, elle le nomme surintendant de sa maison. L'année suivante, elle lui confie la haute main sur l'éducation de ses enfants. En 1647 enfin, elle accueille à la cour ses trois nièces et son neveu, mandés tout exprès d'Italie, encourageant ainsi son implantation dans la haute société française.

Rappelons-le, il était de tradition que les favoris accaparent les responsabilités, tant privées que politiques, et le travail en commun d'un souverain et de son ministre, de par les liens de fidélité qui le fondaient, donnait toujours à leurs relations un tour personnel : Louis XIII a éprouvé de l'affection pour Richelieu et le lui a dit. Mais tout de même, les contemporains estimèrent qu'Anne d'Autriche en faisait trop. La pluie d'honneurs et de charges s'abattant sur lui les confirma dans l'idée que leurs craintes initiales étaient justifiées et qu'elle avait succombé à une passion coupable.

Une relation ambiguë

Disons d'emblée qu'aucune preuve n'est venue confirmer ou infirmer l'accusation. Nous en sommes donc réduits aux hypothèses. Mais il n'est pas facile d'y voir clair, tant est lourd le poids d'une tradition uniformément défavorable. L'historiographie du XIXe siècle et du début du XXe, positiviste et misogyne, a emboîté le pas aux pamphlets orduriers du temps de la Fronde : seule la possession physique pouvant expliquer l'emprise exercée sur elle, il était son amant ou, au mieux, son époux secret.

La thèse du mariage, accréditée par les bien-pensants, ne tient pas la route. Certes Mazarin n'était que cardinal diacre, il n'avait pas reçu les ordres majeurs. Rien ne lui interdisait donc de se marier. Mais à une condition : il lui aurait fallu renoncer à la pourpre. Ce qu'il n'a pas fait. Sans compter qu'il aurait dû demander une dispense en raison du lien spirituel créé entre lui et la reine par le parrainage de son fils. Quant à penser que Vincent de Paul, qui d'ailleurs ne l'aimait pas, se serait prêté à quelque mascarade sacrilège, c'est hors de question.

La thèse d'une liaison est la plus répandue. À l'époque des rumeurs coururent, que la passion politique transformera en insultes. Mais aucun des mémorialistes du temps ne se hasarde à affirmer. Passe encore que Mme de Motteville ou même La Porte, qui détestent Mazarin mais idolâtrent la reine, se taisent sur un sujet délicat. Mais on voit mal pourquoi, trente ans plus tard, bien après la mort des intéressés, le cardinal de Retz s'associerait à un pieux mensonge. Or après avoir pesé le pour et le contre, en s'appuyant sur le témoignage de Mme de Chevreuse, il renonce à se prononcer.

Pour ou contre la vertu d'Anne d'Autriche : si incroyable que cela paraisse, la question suscite aujourd'hui encore des réponses passionnelles. Mais si l'on se contente de dire que Mazarin « la respecta », on n'en est guère plus avancé. Car faute d'expliquer pourquoi, on ne convaincra personne. Une seule solution s'impose : essayer sans idées préconçues, de refaire, à travers ce qu'on sait de leur caractère, de leurs convictions, de leurs actes, l'histoire de leur relation. Sans garantie de résultat.

Au départ, il n'y eut pas de coup de foudre. C'est peu à peu, insensiblement, que la sympathie qu'elle lui portait se changea en un sentiment plus vif et plus tendre, ressemblant à s'y méprendre à de l'amour. Sur la fameuse *Carte de Tendre* de Mlle de Scudéry, on dirait qu'elle est allée vers lui par le sentier de Tendre-sur-Reconnaissance, ou de Tendre-sur-Estime, au choix. Cet itinéraire ne mène pas forcément aux débordements de la chair, surtout lorsque l'âge est là pour tempérer les ardeurs. Au-delà de quarante ans

— l'équivalent de cinquante ans et plus pour nous —, on juge alors que le temps des amours est largement dépassé pour une femme. Le poids des usages la pousse de gré ou de force vers la dévotion. Seules continuent à pratiquer la galanterie celles qui y sont installées depuis toujours, comme la duchesse de Chevreuse — un cas. Anne d'Autriche fut-elle tentée de passer soudain de l'amitié amoureuse à des plaisirs plus concrets ? La Chevrette a affirmé à Retz qu'elle « n'était espagnole ni d'esprit, ni de corps ; qu'elle n'avait ni le tempérament ni la vivacité de sa nation ; qu'elle n'en tenait que la coquetterie, au souverain degré ». Pour parler clair : qu'elle était frigide. Et ce n'est pas en effet sa vie conjugale qui pouvait lui avoir donné le goût de l'amour charnel. Alors, s'y mettre à quarante ans en bravant inhibitions et interdits ? La chose ne va pas de soi.

Mazarin, lui non plus, n'est pas un jouvenceau. Éprouva-t-il pour elle une attirance physique ? On n'en sait rien. Mais d'habitude, chez un quadragénaire, les poussées de désir irrépressibles s'orientent plutôt vers les tendrons que vers les matrones. Son attachement pour elle est-il sincère ou intéressé ? Impossible d'en décider. Dans son engagement initial, il entra certainement une part de calcul : il a misé sur celle qui lui ouvrirait les portes du pouvoir. Et par la suite, dépendant d'elle en toutes choses, il n'a pas le choix. Mais cela n'interdit pas l'affection. Quel homme n'eût été sensible au besoin qu'elle avait de son appui, flatté des progrès qu'elle faisait sous sa direction, ému de l'admiration qu'elle lui vouait, des risques qu'elle prenait pour lui ? Loin de renforcer des liens aussi subtils, il s'exposait à les dénaturer en devenant son amant.

Reste l'irritante question de sa vie sexuelle, sur laquelle aucun élément d'information n'a transpiré. À part une amourette avec la fille d'un notaire d'Alcalá lorsqu'il avait vingt ans, on ne lui connaît aucune liaison. Le pacte passé avec Anne d'Autriche impliquait fidélité absolue. Il lui appartenait. Elle ne lui aurait pas

pardonné une liaison, féminine ou masculine, l'attachant à quelque autre et lui créant d'autres devoirs. A-
t-il trouvé des exutoires discrets ? ou bien, comme un
certain nombre de gens d'Église au XVIIᵉ siècle, a-t-il
opté pour la chasteté ? Son secret, en tout cas, fut bien
gardé.

Deux autres éléments, souvent sous-estimés de nos
jours, plaident en faveur de l'amitié amoureuse.

D'abord la piété d'Anne d'Autriche, profonde, sincère, et formaliste. Pour elle un péché est un péché.
Qu'on n'allègue pas le faux serment qu'elle fit sur les
lettres espagnoles : car alors, elle parlait sous la
contrainte et d'autre part elle ne se sentait pas coupable
d'écrire à ses frères, la faute incombait à ses persécuteurs. Mais on l'imagine mal se confessant tous les
samedis d'avoir fauté contre le sixième commandement, on la voit encore plus mal faire chaque dimanche
des communions sacrilèges. Les grands pécheurs
lavaient leur conscience une fois par an seulement,
pour faire leurs Pâques : le temps de prendre de bonnes
résolutions et de les oublier. Mais le cycle hebdoma-
daire ne permet pas de ces ruses. Quant à trouver des
confesseurs complaisants, il n'y fallait pas songer :
tous les dévots la serraient de près pour la ramener
dans leur camp. Elle-même ne serait pas entrée dans
ce jeu. La religion est le seul domaine dans lequel
Mazarin ne parvient pas à la contrôler totalement.
Pourquoi l'exposerait-il à des tourments et à des scrupules dont il risque de faire les frais ? Il la tient beaucoup mieux si elle ne se sent pas coupable. Les
imprudences même qu'elle commet pour lui — comme
de l'inviter à habiter sous son toit — témoignent en sa
faveur. Elle brave le qu'en-dira-t-on, parce qu'elle n'a
rien à se reprocher. De vrais amants se montreraient
plus soucieux des apparences. Le défi qu'elle lance aux
commérages est présomption d'innocence. Et l'injustice des accusations l'attache à lui d'un lien que renforce l'orgueil blessé.

On oublie trop souvent, d'autre part, l'amour passionné qu'elle voue à son fils. Il pèse de deux façons sur les relations qu'elle entretient avec Mazarin. D'abord parce que ce fils occupe dans son cœur la première place. Son ministre ne vient qu'ensuite. S'il fallait le lui sacrifier, on peut être sûr qu'elle n'hésiterait pas longtemps. Deux vraies passions ne font pas bon ménage, il y a entre elles une hiérarchie. Ensuite parce que l'enfant, qui lui rend bien cet amour, est une proie toute désignée pour la jalousie. Mazarin est son parrain et à ce titre, remplaçant le père disparu, il aide à l'élever et à gouverner son royaume. Très bien. Mais à condition qu'il ne sorte pas de son rôle. Toute intrusion dans la vie privée de sa mère serait ressentie comme une usurpation intolérable. Rien de tel que les enfants, même très jeunes, pour percevoir obscurément ce genre de choses et pour en concevoir amertume et rancœur.

Dans l'entourage de Louis, des serviteurs s'ingéniaient à le dresser contre Mazarin. La Porte ose se vanter dans ses *Mémoires* d'avoir réussi à lui inspirer « la plus forte aversion » pour le cardinal, qu'il l'accoutume à surnommer « le Grand Turc ». Un roi adolescent, une mère dominée par un favori trop puissant ? Il y a un précédent illustre. C'est le destin de Concini que Mazarin voit se profiler devant lui : un risque qu'il n'a sûrement pas envie de courir. Or si le garçonnet semble avoir cédé quelque temps à l'influence de La Porte, il s'en dégagea en grandissant. Mazarin réussit à conquérir sa confiance et son affection, ce qui supposait que l'enfant n'eût pas de doutes sur ses relations avec Anne d'Autriche. Le fait que Louis XIV, jusqu'à l'âge de vingt-deux ans, s'en soit remis à Mazarin pour gouverner le royaume et qu'il lui rende dans ses *Mémoires* un hommage non forcé est en fin de compte le meilleur démenti à opposer aux racontars. Il y a, au moins au XVIIe siècle, quelqu'un qui n'y croyait pas : c'est le roi.

À la fin de 1647 il semble donc qu'Anne d'Autriche s'installe en toute bonne conscience dans une amitié amoureuse d'arrière-saison, à la douceur de laquelle elle s'abandonne d'autant plus volontiers que lui sont épargnés les orages de la passion. Mazarin la décharge des soins de la politique : le royaume est calme, la situation militaire n'est pas excellente, mais à Münster on travaille à la paix. Elle règne sur une cour dont les autres souverains lui envient l'éclat. Elle a deux fils, les plus beaux du monde. L'avenir lui paraît souriant.

Contrairement aux hommes les plus avertis, elle ne voit pas, ne veut pas voir, les nuages précurseurs de tempête. Au soir de la Saint-Sylvestre, elle dit « sa joie d'entrer dans une nouvelle année, parce qu'en celle qui était passée elle n'avait eu que du mal, peu de bons succès à la guerre, et beaucoup d'inquiétude par la maladie de ses deux enfants qu'elle avait pensé perdre ».

La Fronde la prendra au dépourvu, comme une atteinte à l'ordre du monde qu'elle s'efforce depuis cinq ans de faire prévaloir.

CHAPITRE DIX-HUIT

L'AUTORITÉ ROYALE EN QUESTION

Au fil du temps, « l'amour qu'on avait eu pour la reine commença peu à peu à diminuer parmi les peuples ». On ne l'acclame plus dans les rues de Paris. Stupéfaite, incrédule, elle fait connaissance avec l'impopularité. Le 11 janvier 1648, en se rendant à Notre-Dame pour y entendre la messe comme chaque samedi, elle est prise à partie par un groupe de femmes criant et demandant justice. Elle passe outre, sous la protection de ses gardes. Elle a renoncé à leur répondre, explique-t-elle à Mme de Motteville, parce qu'elle appréhendait « les insolences de cette canaille » : il est vain de parler à de telles gens, « qui n'écoutent jamais la raison, qui ne la comprennent point, qui n'ont dans la tête que leur petit intérêt, et qui par conséquent ne peuvent approuver les causes qui forcent les rois à leur demander de l'argent, quelque justes qu'elles puissent être ». Et pourtant, n'est-ce pas, les pauvres rois ont tellement, tellement besoin d'argent !

Anne d'Autriche et Mazarin sont aux abois : les caisses sont vides. Leurs efforts maladroits pour se procurer des ressources nouvelles servent de détonateur et déclenchent des troubles qu'attiseront très vite les mécontentements et les rancœurs accumulés chez tous les déçus de la régence. Le nom de Fronde[1] donné par dérision à cette révolte ne doit pas faire illusion. La crise qui secoua la France pendant cinq ans fut très grave et mit en danger, sinon la monarchie elle-même, du moins la forme que lui avaient donnée Louis XIII et Richelieu. Il n'est pas question d'en raconter ici les inextricables péripéties et encore moins d'en proposer une interprétation, alors que les historiens chevronnés ne s'accordent pas entre eux[2]. Seule nous intéresse la manière dont Anne d'Autriche l'a vécue. Disons-le tout de suite : très mal, dans la colère et la consternation.

Au bord de la banqueroute

Il serait injuste d'imputer à la régente et à Mazarin la responsabilité du désordre qui règne dans les finances : il vient de très loin. Mais, précisément parce qu'on semblait s'accommoder depuis toujours de ce désordre, ils n'ont pas mesuré qu'ils s'apprêtaient à franchir un seuil au-delà duquel ce qu'on a longtemps supporté paraît soudain intolérable.

A l'origine le roi était censé vivre sur le revenu de ses biens propres, comme n'importe lequel de ses vassaux. Mais l'accroissement de son pouvoir et de ses responsabilités a rendu la chose impossible depuis longtemps. Il a donc mis en place tout un arsenal de prélèvements directs et indirects, dont les plus connus sont la taille et

---

1. « Quand le parlement commença à s'assembler pour les affaires publiques, Bachaumont s'avisa de dire un jour, en badinant, que le parlement faisait comme les écoliers qui frondent dans les fossés de Paris, qui se séparent dès qu'ils voient le lieutenant civil et qui se rassemblent dès qu'il ne paraît plus. Cette comparaison, qui fut trouvée plaisante, fut célébrée par des chansons... » (Retz, *Mémoires*).

2. Notamment sur la question de savoir s'il faut ou non la qualifier de révolution. Tout dépend de ce que chacun met sous ce terme : préfiguration de 1789 ou, simplement, action menaçant de modifier le régime politique existant.

la gabelle, plus une infinité d'autres, qu'on se dispensera d'énumérer ici. Les exemptions sont multiples et les modalités de recouvrement changent suivant les provinces. Notre système fiscal actuel, pourtant complexe, passerait pour une merveille de simplicité à côté.

Ces impôts, calculés tout juste pour subvenir aux besoins en temps de paix, sont cruellement insuffisants pour faire face aux dépenses d'une guerre. Richelieu, en s'y engageant, avait clairement défini l'ampleur des besoins et imposé, en plein accord avec Louis XIII, les mesures appropriées. Avec l'aval non d'un roi en exercice mais d'une régente, Mazarin, ministre étranger mal accepté, n'avait pas l'autorité nécessaire pour en faire autant. Sentant le terrain miné, il affecta l'incompétence et se tint en retrait. C'est à un autre Italien francisé, Particelli d'Hémery, qu'il confia, à titre de contrôleur général puis de surintendant des finances, la redoutable mission de trouver de l'argent et d'endosser l'impopularité.

« Trop d'impôt tue l'impôt », comme on ne disait pas encore à l'époque. Bien que le montant de la taille eût été triplé entre 1630 et 1635, le rendement n'avait pas suivi. Pour peu qu'intervienne une mauvaise récolte — c'est le cas en 1646 et 1647 —, les fonds cessent de rentrer. Le manque à gagner est très lourd.

Devant l'ampleur du gouffre, l'État s'engage à coups d'expédients dans la fuite en avant. Pendant quatre ans, Hémery, excellent technicien, déploie des prodiges d'imagination fiscale qui provoquent une explosion de mécontentement. Il promulgue des taxes nouvelles ou bien il en remet en vigueur d'anciennes, tombées en désuétude. Et chacun se voit visé : les édits sur la propriété foncière frappent dans ses intérêts la bourgeoisie parisienne, d'autres, comme les taxes sur le vin, touchent le menu peuple. Il rogne sur le service de la dette publique, et notamment sur le paiement des rentes de l'Hôtel de Ville de Paris[1] : en 1648 le retard

---

1. Quelque chose comme des obligations d'État.

atteint plus de trois ans, à la fureur des gros porteurs, mais aussi au grand dam de petites gens qui n'ont pas d'autres ressources pour vivre. Il vend des « offices », principalement dans la magistrature et les différentes branches de l'administration ; il en crée sans cesse de nouveaux, ou bien il subdivise ceux qui existent, réduisant les titulaires à fonctionner par semestre ou par « quartier » ; plus il en augmente le nombre, plus la valeur marchande de ceux qui existent baisse, lésant gravement leurs détenteurs.

Rien de tout cela ne suffit. C'est alors qu'interviennent les financiers. Depuis de nombreuses années, l'État a trouvé commode de se décharger de la collecte de divers impôts, indirects ou même directs, en les *affermant* auprès de professionnels de la finance, qu'on appelle les *partisans*[1]. Ceux-ci lui versent d'un coup les sommes escomptées et s'occupent ensuite de se rembourser, avec usure, auprès des contribuables. En cas de besoin urgent, la tentation est forte de se faire avancer par eux, non seulement le montant de l'année en cours, mais celui des suivantes. C'est ainsi que, à la fin de 1647, l'État a mangé son blé en herbe, les revenus des trois années à venir ont déjà été touchés et dépensés. Les partisans restent la seule source possible d'argent frais — à condition qu'ils veuillent bien faire crédit.

Mazarin sait que cette situation n'est pas saine, mais il ne s'en inquiète guère. Pourquoi ne perdurerait-elle pas ? La vénalité des offices a un bon siècle d'existence. L'habitude d'affermer les impôts à des financiers remonte, elle, au Moyen Âge. Quant aux révoltes anti-fiscales, elles sont endémiques. La paysannerie accueille à coups de fourches et de gourdins les collecteurs du fisc. Ceux-ci reviennent flanqués de *fusiliers* qui mettent rapidement à la raison les récalcitrants. Et lorsqu'un nobliau local prend la tête de la rébellion, il

_____

1. Ainsi nommés parce que l'opération s'appelait : mettre les impôts *en parti*.

suffit d'envoyer quelques troupes aguerries pour disperser les bandes de croquants ou de va-nu-pieds après
avoir pendu les meneurs. Il n'en parvient à la cour que
des échos très amortis.

Or en 1648 le ras-le-bol fiscal prend une autre tour-
nure, infiniment plus dangereuse. La grogne atteint
cette fois-ci Paris, la grande ville riche et prospère,
dorlotée par l'administration royale, exemptée de taille.
Les historiens, forts de leurs statistiques économiques,
partagent le point de vue d'Anne d'Autriche : les Parisiens pouvaient payer. C'est vrai. Mais ils ne veulent
pas. Par égoïsme sans doute : nul n'aime à voir baisser
son niveau de vie. Mais aussi parce qu'ils trouvent ces
prélèvements injustifiés, pour de multiples raisons.

Est-il indispensable de poursuivre la lutte contre
l'Espagne alors que celle-ci a cessé d'être menaçante ?
Pour arrêter l'hémorragie financière, il suffit de signer
la paix. En attendant, que la cour mette fin au gaspil-
lage ! Les brillantes représentations de l'*Orfeo* soulèvent des critiques qui ne sont pas seulement d'ordre
esthétique. Tandis que les dévots s'indignent d'un
déploiement de faste coupable, dont les fonds auraient
été mieux employés à soulager la misère du peuple, la
sagesse bourgeoise fait les comptes et accuse Mazarin
de dilapider les deniers publics. Et si l'on manque d'argent, qu'on le prenne là où il se trouve, dans la poche
des partisans, dont la plupart ont édifié des fortunes
colossales. Il n'y a qu'à faire payer les riches, faire
rendre gorge aux exploiteurs : la recette a un bel avenir
devant elle.

À l'origine de la Fronde, pas de réflexion politique
approfondie, pas de remise en cause du régime monarchique. Une vive réaction de rejet devant des pratiques
qui en pervertissent le fonctionnement normal. Quel
désastre que les commandes soient entre les mains de
deux irresponsables ! Ce n'est pas ainsi que gouvernerait un vrai roi, adulte et majeur.

Les conséquences de cette grogne auraient pu rester
limitées si, par malheur pour Anne d'Autriche et pour

Mazarin, tous ces thèmes n'avaient trouvé pour les orchestrer des porte-parole prestigieux : les magistrats du parlement de Paris. Hélas, il n'y avait pas moyen de se passer d'eux : la levée d'impôts et de taxes nouvelles ne pouvait se décréter sans leur aval.

Un parlement récalcitrant

La cour était mal armée pour faire face à une guerre juridique menée par ses propres magistrats. Mazarin, longtemps cantonné dans la politique étrangère, connaissait mal le fonctionnement du parlement et plus mal encore la psychologie de ses membres. Quant à Anne d'Autriche, elle éprouvait à leur égard un profond mépris, prêt à se muer en exaspération. Ni l'un ni l'autre ne se rendit compte qu'ils détenaient, de fait, un pouvoir redoutable.

Parmi les dix parlements du royaume, assortis chacun d'une chambre des comptes et d'une cour des aides, celui de Paris jouissait d'une prééminence fondée sur l'étendue de sa juridiction — plus d'un tiers du pays — et surtout sur des prérogatives propres qui faisaient de lui une institution unique en Europe. Ce n'était pas une assemblée élue, comme le parlement britannique à l'époque ou comme le nôtre aujourd'hui, c'était un tribunal composé de magistrats propriétaires de leur charge [1], donc inamovibles. Mais, outre ses fonctions judiciaires, il était chargé d'apprécier la conformité des édits royaux avec le droit — on disait les *vérifier* —, puis de les *enregistrer*, faute de quoi ils

---

1. Les magistrats du parlement étaient à l'origine nommés par le roi et donc révocables. Mais l'habitude de vendre les charges, ou *vénalité des offices*, avait été prise dès François Ier et tous les rois successifs en avaient tiré des revenus substantiels. En outre depuis 1604, les magistrats propriétaires de leur charge pouvaient la transmettre au successeur de leur choix, à condition d'avoir acquitté un droit annuel, dit *paulette*, dont le montant était renégocié tous les neuf ans.

ne sauraient être exécutoires. Il pouvait, par deux fois si nécessaire, faire au roi de *très humbles remontrances*. Une telle procédure lui donnait un droit de regard, à défaut de décision, en matière législative et lui permettait de retarder presque indéfiniment l'application des mesures qu'il réprouvait. Il n'était contraint de s'incliner que si le roi en personne venait lui dicter sa volonté lors d'une séance dite *lit de justice* — inutile de dire qu'il détestait cela. Il se voulait garant de l'ordre et de la légalité et, en l'absence des États Généraux[1], il prétendait transmettre au roi les vœux et doléances de ses sujets et se charger au besoin de les défendre. Cette prétention était-elle légale ou non ? Affaire de coutume, puisque la France n'avait pas de constitution écrite.

Henri IV, fort habilement, s'en était fait un allié. Richelieu, lui, avait choisi la manière forte, l'exil immédiat sanctionnant toute velléité d'opposition. Les magistrats, ulcérés, rêvaient de revanche ; après sa mort, ils entreprirent de reconquérir le terrain perdu. Anne d'Autriche leur en fournit une belle occasion en recourant à eux pour casser le testament de son époux.

Dès le début de la régence ils réaffirment leur droit à discuter les décisions royales et à voter librement sur les édits élaborés par la cour. Et ils engagent une guerre d'usure à l'occasion de chaque train de mesures fiscales. À la pointe du conflit, Jean-Jacques de Barillon. Il avait à son actif un brillant passé de contestataire : des mesures d'exil temporaire en 1631, 1636, 1638 et 1641 n'étaient pas venues à bout de son obstination, mais lui avaient valu un gros prestige auprès de ses collègues. Face à la régente le parlement, gonflé à bloc, ne manque pas une occasion de grignoter du terrain. Il discute, ergote, multiplie les délégations auprès

---

1. Il existait bien une assemblée représentative élue, les États Généraux. Mais aucune périodicité n'en imposait la réunion. Et la monarchie ne faisait appel à eux qu'en cas de nécessité grave. Ils ne seront pas réunis une seule fois entre 1614 et 1789.

d'elle et fait traîner la promulgation des édits. De quoi la mettre en fureur. Elle s'oublie jusqu'à traiter l'un des présidents de « vieux fol » et finit par refuser sa porte aux envoyés qui l'assiègent. En mars 1645, alors qu'elle a promis, contrainte et forcée, de renoncer à de nouvelles taxes, Barillon déclare que sa parole ne suffit pas et il proclame que « nuls deniers ne peuvent être levés dans Paris ni ailleurs sans lettres patentes vérifiées au parlement ». Pour faire bonne mesure il ajoute que la régente, en s'opposant aux règles de droit instaurées par la coutume, porte préjudice à l'autorité du roi. La sanction tombe, immédiate, il est arrêté et expédié à Pignerol, où par malchance il devait mourir quelques mois plus tard : on avait offert au parlement son martyr.

Anne cependant fit un effort pour que le lit de justice du mois de septembre 1645 se déroule dans la meilleure harmonie. Elle tenta d'impressionner les magistrats et de les séduire. « Elle mit des pendants d'oreilles de gros diamants mêlés avec des perles en poire fort grosses. Elle avait au-devant de son sein une croix de même sorte d'un très grand prix. Cette parure, avec son voile noir, la fit paraître belle et de bonne mine et en cet état elle plut à toute la compagnie. » L'enfant roi plut davantage encore lorsqu'il jeta un regard affectueux vers sa mère avant de prononcer d'une voix claire la petite phrase rituelle : « Messieurs, je suis venu ici pour vous parler de mes affaires, mon chancelier vous dira ma volonté. » Mais quand Séguier expliqua que la poursuite de la guerre exigeait de l'argent — « en cela consistait tout le mystère » ! —, quand la compagnie constata qu'au lieu des cinq édits fiscaux prévus on lui en imposait dix-neuf, l'avocat général Talon se lança dans une émouvante harangue « d'un style hardi », réaffirmant le droit du parlement aux remontrances et implorant pitié pour la misère du pauvre peuple opprimé et ruiné par les guerres.

Anne d'Autriche, humiliée, supporte mal que des « robins » lui fassent la leçon. Ces parvenus, mal

débarbouillés d'une roture à laquelle la faveur royale
leur a permis tout récemment d'échapper, ne sont à ses
yeux que de solennels imbéciles, qui ne méritent que
dérision. Et c'est vrai, Messieurs du parlement ont
quelques travers. Avec leurs robes rouges ou noires,
leurs bonnets fourrés, leurs étoles d'hermine, ils se
prennent très au sérieux. Ils sont pointilleux, tatillons,
formalistes, et tout est avec eux d'une lenteur désespé-
rante. Ils ne sont pas disposés à obéir en silence, il leur
faut d'abord parler, même pour exprimer leur approbation : ainsi auront-ils l'agréable illusion d'être associés
aux décisions. La tête farcie de culture latine, ils raffo-
lent d'une éloquence ampoulée qui se déploie en interminables discours fleuris. La régente, fermée aux
débats d'idées, ne leur prête qu'une oreille distraite.
Elle a tort, les idées peuvent être dangereuses. La
publicité des débats, l'usage pour chacun de formuler
son vote en le justifiant — on disait *opiner* — fait
du parlement une redoutable caisse de résonance. Et
comme, en souvenir de l'ancienne *Cour-le-Roi* médiévale dont il tire son origine, les pairs du royaume et
les hauts dignitaires ecclésiastiques y ont droit de
séance, il peut devenir en cas de conflit le lieu d'un
dangereux débat contradictoire.

Et puis, Messieurs du parlement sont riches, très
riches. Autour d'eux gravite une vaste clientèle. Ils ont
des liens avec l'Église, la Sorbonne, la basoche, les
corps de métiers, les milieux dévots, la finance, et ils
commencent à se glisser par le mariage dans la vraie
noblesse, celle qui doit ses titres à l'épée et non à la
robe. De plus, à la différence des grands, toujours
divisés entre eux, ils se sentent solidaires, soudés par
l'esprit de corps : qui s'en prend à l'un d'eux s'en
prend à tous. Ceux mêmes qui, comme le premier président ou les avocats généraux, y représentent officiellement le roi, ne peuvent ou n'osent s'opposer aux
volontés majoritairement exprimées de la compagnie :
Mathieu Molé ou Omer Talon se trouvent ainsi pris
entre deux feux. La reine ne comprend pas cette fidé-

lité à leur corps et la leur reproche. Une fois de plus
elle a tort : c'est parce qu'il n'a jamais trahi ses collègues qu'un Molé pourra, le moment venu, les engager sur la voie de l'obéissance.

Mais n'anticipons pas : au début de 1648, le parlement est à la pointe du combat, sur fond de crise financière aiguë. Dans la ville en ébullition les mécontents
— artisans ou commerçants aisés — s'assemblent,
manifestent, envoient des députés auprès de Gaston
d'Orléans ou de Molé, commencent à fourbir des
armes et à les essayer dans les rues. Le parlement, lui,
se prépare à résister aux mesures que lui promet le lit
de justice prévu pour le 15 janvier.

La révolte des juges

Ce jour-là, le petit roi, encore rouge et boursouflé de
sa récente variole, était fort laid. Sensible à la tension
ambiante il se troubla et, ne sachant plus que dire, se
mit à pleurer. Omer Talon, au nom de ses confrères,
développa avec une véhémence accrue les griefs habituels : pressions exercées sur le parlement, et surtout
misère du peuple. « Il y a, Sire, dix ans que la campagne est ruinée, les paysans réduits à coucher sur la
paille, leurs meubles vendus pour le paiement des
impositions, auxquelles ils ne peuvent satisfaire ; et
que pour entretenir le luxe de Paris, des millions
d'âmes innocentes sont obligées de vivre de pain de
son et d'avoine, et n'espérer d'autre protection que
celle de leur impuissance. Ces malheureux ne possè-
dent aucuns biens en propriété que leurs âmes, parce
qu'elles n'ont pu être vendues à l'encan. [...] L'espérance de la paix, l'honneur des batailles gagnées, la
gloire des provinces conquises ne peut nourrir ceux qui
n'ont point de pain, lesquels ne peuvent compter les
myrtes, les palmes et les lauriers entre les fruits ordinaires de la terre... »

Il paraît qu'Anne fut émue. Mais cette émotion céda

vite le pas à la colère lorsqu'elle comprit que le parlement, se drapant dans le rôle de défenseur du peuple opprimé, s'engageait dans un processus de contestation.

Il serait trop long et répétitif de conter ici en détails les épisodes de ce processus. De fil en aiguille, le parlement se permit de revenir sur des édits promulgués en lit de justice, c'est-à-dire ayant force de loi. Les différentes chambres cessèrent tour à tour de statuer sur les procès en cours — nous dirions qu'elles se mirent en grève. Elles prirent la liberté de faire séance commune, en dépit des interdictions : elles votèrent un *arrêt d'Union* et, rassemblées le 13 mai dans la Chambre de Saint-Louis, elles décidèrent de travailler à la « réformation de l'État ». Elles firent des propositions de plus en plus hardies : alléger les impôts ; poursuivre les « partisans » et confisquer leur fortune ; révoquer les intendants, représentants directs du pouvoir dans les provinces ; interdire les lettres de cachet permettant au roi d'emprisonner à son gré les opposants ; limiter à deux jours la détention provisoire avant jugement.

Les magistrats étaient tout sauf des révolutionnaires. Dans leur esprit, ces propositions préparaient un retour à la monarchie traditionnelle, dénaturée par Richelieu. Il en avait « changé la forme » ; avec lui « le gouvernement était dur, dit encore Talon, et l'on voulait les choses par autorité et non par concert ». Le constat est tout à fait exact : les historiens ont même qualifié de révolution monarchique la mutation entreprise par Louis XIII et Richelieu pour transformer une monarchie de type familial, où le roi requérait le conseil de sa parentèle, de ses féaux et des grands corps de l'État, en une monarchie autoritaire dite administrative parce que appuyée sur des fonctionnaires dociles, spécialement recrutés et formés. Selon le parlement, il fallait revenir à l'ancien « concert » — à la fois concertation et consensus — indispensable à la santé du corps social, qui fait la supériorité de la monarchie « tempé-

rée » à la française sur la tyrannie ou le despotisme.
Rien n'y est prévu pour régler un éventuel conflit entre
le roi et son peuple, car ils sont la tête et les membres
d'un seul corps mystique, dont toutes les parties, en
dépit de leur hiérarchie, restent solidaires. Le souverain
de droit divin est absolu, c'est-à-dire non lié par les
lois, il n'a de comptes à rendre qu'à Dieu, dont il est le
représentant terrestre. Mais en tant que tel, il ne saurait
vouloir que le bien de son peuple, dont il est morale-
ment tenu de prendre en considération les aspirations
et les doléances. Et Dieu l'inspire en conséquence. Tel
est le « mystère de l'État », sur lequel on doit se garder
de lever le voile.

C'est pourtant bien ce que le parlement est en train
de faire, en se posant, à l'instigation imprudente de la
reine, des questions incongrues. Dieu inspire-t-il une
faible femme, titulaire transitoire de la régence ? Inspire-t-il aussi le ministre étranger qu'elle s'est permis
de choisir, contre les vœux unanimes du pays ? C'est
moins sûr. Le parlement s'oppose donc à Anne d'Autriche et à Mazarin au nom de l'autorité du roi, dont il
se prétend le garant. Contre le « ministériat », fâcheu-
sement illustré par Richelieu, il en appelle au gouvernement royal direct. Et en attendant que Louis XIV ait
l'âge de gouverner, il serait tout prêt à s'en charger lui-
même : il n'ose pas le dire, mais la chose crève les
yeux. De la lutte contre la fiscalité on est passé à une
interrogation sur la nature et les modalités d'exercice
du pouvoir.

Ce bref rappel des conceptions politiques du temps
était nécessaire pour comprendre la réponse d'Anne
d'Autriche.

Elle tenta de ramener le conflit à son point de
départ : des récriminations catégorielles contre des
atteintes aux intérêts de divers particuliers. Chacun a
le droit d'en discuter, dit-elle. Et elle était prête à des
compromis, soigneusement calculés pour diviser entre
eux les magistrats et pour les déconsidérer aux yeux
du peuple — voyez donc, ils se battent pour défendre

leurs privilèges ! La manœuvre échoua : les membres de la Grand-Chambre, exemptés de pénalités, se déclarèrent solidaires de leurs collègues frappés. Quant au peuple, il ne s'y trompa pas : tout en défendant leurs intérêts propres, ces hommes défendaient aussi des principes auxquels ils croyaient très fort, notamment la mission de contrôle des lois dont ils croyaient être investis ; et peu importait aux marchands et artisans de Paris que la vénérable compagnie fût ou non habilitée légalement à exercer ce contrôle, l'essentiel est qu'ils se sentaient protégés. La reine eut beau faire faire au roi sur la place de Grève, le soir des feux de la Saint-Jean, une apparition démagogique, elle n'y gagna que « du chaud et de la fatigue », assortis de quelques applaudissements éphémères. Et la pression populaire ne cessa d'encourager, tout au long de l'année 1648, les revendications du parlement.

À hue et à dia

Face à cette résistance inattendue, Anne d'Autriche et Mazarin sont d'accord sur les objectifs : il faut préserver l'autorité royale, telle que l'ont façonnée Louis XIII et Richelieu. Mais ils divergent sur les moyens : temporiser ou sévir ? Anne est pour les mesures énergiques. Les théories politiques la dépassent. Elle ne comprend pas et ne cherche pas à comprendre le point de vue de ses adversaires. Elle ne voit qu'une chose, c'est que le parlement se rebelle contre l'autorité royale et tente de la limiter. Intolérable ! « Comme le sang de Charles Quint lui donnait de la hauteur, elle ne croyait pas qu'aucune créature pût ou dût oser se défendre contre la volonté du roi ; de sorte que dans toutes les affaires du parlement, dont elle n'entendait point l'ordre ni la chicane, elle voulait toujours le terrasser. » Mazarin, plus prudent, estime qu'il ne faut tenter l'épreuve de force que si l'on est sûr de la gagner. Comme ce n'est pas le cas, il cherche à sauver l'essentiel, c'est-à-dire à empêcher les poursuites contre les partisans, seule source possible de financement. Et l'argent, il le sait bien, est la clef du succès. Sur le plan des principes, il est d'avis de céder. Qu'importent les prétendues conquêtes législatives du parlement ? Tout nouveau règne repart à zéro : pour le roi majeur, ce ne sera qu'une formalité de balayer les arrêts limitant son pouvoir. Mais Anne d'Autriche, mi par orgueil mi par amour maternel, met son point d'honneur à transmettre « au roi son fils » une autorité intacte.

Plus grave encore : à chaud, face à l'épreuve, ils réagissent différemment. Aussi impulsive que son ministre est mesuré, elle se cabre et se raidit devant l'orage, tandis qu'il plie, comme le roseau de la fable, pour ne pas risquer de rompre. La moindre revendication, la moindre critique sont vécues par elle comme un affront et elle y répond par la colère. Et comme elle est intrépide — parce qu'elle s'aveugle sur le danger, disent les mauvaises langues — elle commet des imprudences, elle blesse inutilement des gens qu'il aurait fallu se concilier. Les magistrats sont avides de considération et d'égards ; en s'astreignant à les écouter, à les flatter, elle aurait pu gagner la majorité d'entre eux. Au lieu de quoi elle les insulte, leur refuse audience, les accuse de crimes imaginaires — comme de vouloir instaurer une « république » à l'intérieur de la monarchie, ce à quoi ils ne songent nullement. Elle rejette ainsi les plus modérés dans le camp des extrémistes.

À ses côtés Mazarin s'emploie péniblement à réfréner ses mouvements d'humeur. Échange de regards, gestes discrets, propos en forme de diversion : le jeu se voit. Mésentente réelle ? manque de coordination, cafouillage ? ou bien tactique arrêtée entre eux pour se partager les rôles ? Les observateurs ont hésité à se prononcer. Il y eut un peu de tout cela sans doute. Les intéressés eux-mêmes, si l'on en croit Mme de Motteville, ont poussé à la dernière interprétation :

Anne sachant son ministre beaucoup plus menacé
qu'elle, se serait chargée de prendre les mesures désagréables, pour lui laisser ensuite le mérite d'arrondir
les angles et de négocier les accommodements. Il est
permis de penser, cependant, qu'ils improvisaient souvent, au petit bonheur.

Ce qui est sûr, c'est que le gouvernement oscille
entre sanctions et concessions. Mais si la régente
compte sur cette tactique pour affirmer la position de
Mazarin, elle se trompe. La prétendue « bonté » de
celui-ci est aveu de faiblesse, car les concessions viennent à chaque coup annuler les sanctions, renforçant la
détermination de ses adversaires. De reculade en reculade la cour impuissante, à court d'argent, contrainte
même à une semi-banqueroute, s'apprête à capituler.
Au mois de juin Anne a pleuré de colère, lorsqu'on lui
expliqua qu'il n'était pas possible d'expédier en prison
les délégués que lui envoyait le parlement. Au début
de juillet, elle a dû renvoyer Hémery. À la fin du mois,
de toute évidence, il devient urgent de mettre un terme
aux délibérations des magistrats, pour arrêter la
machine emballée. Un nouveau lit de justice, le 31 juillet, consacre la victoire des rebelles, puisque le roi
approuve l'essentiel de leurs exigences, à la seule
condition qu'ils suspendent leurs assemblées. Anne s'y
est rendue la rage au cœur, dans l'intention « de leur
jeter des roses à la tête » en attendant d'être en mesure
de les punir.

Cette fois-ci, c'en est trop. Elle veut donner un coup
d'arrêt définitif. L'exemple britannique est là pour
démontrer qu'il faut briser les rébellions dans l'œuf,
faute de quoi elles risquent de vous dévorer, comme est
en passe de l'être le malheureux Charles Ier. Décidée à
ne plus tolérer les prétentions des juges, elle ne respire
que vengeance. Tant pis pour les troubles qui peuvent
s'ensuivre : il valait mieux courir le risque de voir
« vingt ou trente maisons pillées » plutôt que de laisser
perdre l'État ! Telle était son exaltation qu'une sorte
de joie la soulevait à l'idée de châtier ceux qu'elle

appelle des « ingrats ». Sur le fond, Mazarin partageait son avis.

Nul n'avait d'ailleurs d'illusions sur la sincérité des concessions arrachées par la force. Au parlement, on continuait de débattre sur les sujets interdits, mais chacun s'attendait à un retour de bâton. À l'évidence la reine n'attendait qu'une occasion pour sévir.

Émeutes et barricades

Elle crut la trouver dans l'éclatante victoire remportée sur les Espagnols à Lens le 20 août. Le mercredi 26, Louis XIV et sa mère se rendent à Notre-Dame pour un *Te Deum* d'action de grâces. La cathédrale regorge de monde, tout ce qui compte à la cour et au parlement est là. Le peuple s'est amassé dans les rues avoisinantes pour voir passer le roi. Les gardes requis pour faire la haie le long du trajet de Sa Majesté sont postés au bord des rues. À la sortie de la messe, la reine glisse un mot à l'oreille de leur lieutenant et celui-ci, au lieu de les replier à la suite du cortège royal, les maintient sur place. Il a reçu l'ordre d'arrêter trois des magistrats les plus virulents, dont le conseiller Pierre Broussel. C'est un vieil homme qui, bien que fort à son aise, mène dans sa maison familiale de la rue Saint-Landry une vie d'une simplicité patriarcale ; très populaire dans son quartier, un peu démagogue, il a fait de l'allégement des impôts et de la mise en jugement des partisans ses chevaux de bataille et il s'érige en tribun du peuple, dans le style de l'ancienne Rome.

Au Palais-Royal, Anne attend l'esprit serein. Hélas ! les nouvelles ne sont pas excellentes. L'un des trois conseillers a échappé au filet et la prise de Broussel, à son domicile, a provoqué un début de sédition : la foule, brisant le carrosse qui l'emmenait, a failli le libérer, il a fallu en réquisitionner un autre pour l'entraîner vers Saint-Germain. L'après-midi l'agitation gagne toute la capitale. La régente et Mazarin refusent encore de croire au danger. Cependant ils concentrent autour du Palais-Royal toutes les troupes disponibles, à titre de dissuasion plutôt que de réelle protection : ce bâtiment moderne est indéfendable. Et ils envoient le maréchal de La Meilleraie calmer les émeutiers. Retour peu glorieux de celui-ci : les chaînes tendues en travers des rues [1] ont entravé la marche de ses chevaux, il a reçu mille injures et essuyé des projectiles divers, assortis « d'imprécations horribles contre la reine et contre son ministre ». Il est accompagné du coadjuteur de l'archevêque de Paris, qu'il a rencontré dans la rue et qui confirme son diagnostic : la situation est grave.

L'entrée de ce dernier a le don d'irriter fortement la reine. C'est elle qui l'a nommé coadjuteur de son oncle, dans les tout premiers jours de la régence, sous la pression de ses pieux amis. Elle a tout lieu de le regretter. Jean-François-Paul de Gondi — qui sera connu sous le nom de cardinal de Retz — est issu d'une famille dévote. Son père, Philippe-Emmanuel, très lié à Bérulle, aux frères Marillac et à Vincent de Paul, est devenu à la mort de sa femme prêtre de l'Oratoire. Lui-même, de tempérament « galant » et d'humeur combative, entré dans les ordres sans vocation pour complaire à ses parents, a décidé de faire de ses fonctions ecclésiastiques un tremplin politique. Il ne manque pas une occasion de se faire remarquer. Lors de l'assemblée du clergé de 1645 il a poussé ses collègues à résister aux exigences de la cour. Dans le sermon qu'il a prononcé le 24 août 1648 pour la fête de saint Louis, il a développé un thème certes traditionnel

---

1. Il s'agit là, non d'un acte de rébellion, mais d'un geste de précaution. À chaque carrefour se trouvaient des chaînes, enroulées sur des tambours pendant la journée, et qu'on pouvait tendre en travers des rues la nuit ou en cas de danger, pour ralentir et contrôler la circulation. Ce sont des gens aisés, artisans et commerçants, qui tendent les chaînes le 26 août, par crainte que l'agitation n'incite la « canaille » au pillage. Par malheur pour la cour, cette petite et moyenne bourgeoisie est tout acquise au parlement et elle réclame la libération de Broussel.

— l'Église a vocation à dire aux rois leurs devoirs —, mais qui, compte tenu des circonstances, a fortement déplu. Bien que son cœur penche du côté du parlement, il n'a pas encore versé dans la subversion. Il cherche plutôt à se rendre indispensable en se posant en média-teur. Il déteste Mazarin, qui le lui rend bien : sur la scène politique, les deux personnages ne peuvent que faire double emploi.

Anne d'Autriche, fort peu disposée à le croire, commença par traiter son récit de bagatelle. Puis elle s'en prit à lui et sa voix s'éleva sur le ton de fausset pour crier : « Il y a de la révolte à s'imaginer que l'on se puisse révolter ; voilà les contes ridicules de ceux qui la veulent. L'autorité du roi y donnera bon ordre. » Voyant qu'elle allait trop loin, Mazarin fit un signe discret et proféra quelques paroles lénifiantes. Les assistants étaient partagés entre une peur très vive et le désir de ne pas se montrer moins intrépides que la reine. De nouveaux arrivants accrurent l'inquiétude. Mais à la seule idée de céder, Anne rougit de colère : « Je vous entends, Monsieur le coadjuteur ; vous vou-driez que je donne la liberté à Broussel : je l'étrangle-rais plutôt avec ces deux mains. Et ceux qui... », ajouta-t-elle en lançant les mains vers son interlocu-teur. Mazarin l'apaisa d'un mot murmuré à son oreille. Et l'on se débarrassa de l'importun en l'invitant à aller calmer l'émeute, en compagnie de La Meilleraie. La reine, plaisantant avec ses suivantes, affectait l'indiffé-rence.

L'événement sembla d'abord lui donner raison. Les milices bourgeoises avaient reçu l'ordre de patrouiller pour prévenir les troubles[1]. Le soir venu, l'agitation s'apaisa : les gens, même les plus excités, n'aiment pas à « se désheurer ». Lorsque le coadjuteur revint au

---

1. On se souviendra que le maintien de l'ordre à Paris était confié à des milices bourgeoises levées quartier par quartier et que l'intervention de troupes régulières y était vue d'un très mauvais œil.

Palais-Royal quêter des remerciements, il fut accueilli par des quolibets : « Allez vous coucher, Monsieur, vous avez bien travaillé. » La reine, plus confiante que jamais, railla si fort la poltronnerie de ses femmes que celles-ci finirent par se rassurer.

Hélas ! le lendemain matin, il fallut déchanter. À l'aube, le chancelier, envoyé au Palais [1] pour en interdire l'accès, fut pris à partie sur le quai des Grands-Augustins, abandonna son carrosse, se réfugia dans une maison voisine où la foule en furie le poursuivit en saccageant et pillant et il ne dut son salut qu'à une soupente passée inaperçue des mutins. Le maréchal de La Meilleraie s'en alla le délivrer, au milieu des mousquetades, et le ramena effondré au Palais-Royal. Son récit y jeta la consternation. Déjà on comptait des blessés et des morts, le climat tournait à l'insurrection. Les Parisiens, se croyant revenus au temps de la Ligue, avaient ressorti des greniers les armes qui y rouillaient depuis des décennies. Les chaînes tendues dans les rues, renforcées de barriques, de poutres, de pavés, de moellons, de détritus, de terre et de matériaux hétéroclites, s'étaient transformées en barricades. On en dénombra plus de douze cents selon les uns, six cents selon les autres : de quoi quadriller entièrement la ville. À quelques mètres du Palais-Royal, l'une d'elles narguait les gardes de Sa Majesté.

En s'éveillant aux alentours de neuf heures, la reine trouve devant elle une importante délégation du parlement. Elle l'accueille avec colère. Quoi ? le peuple ose s'insurger pour l'arrestation d'un Broussel, alors qu'il n'a pas bougé, jadis, lorsque la reine mère ou le prince de Condé furent mis en prison ! Enfermée dans ses préjugés, cramponnée à ses certitudes, sourde et aveugle à tout raisonnement, elle refuse encore de transiger et brandit la menace : « Je sais bien qu'il y a du bruit dans la ville, mais vous m'en répondrez, Mes-

---

1. Notre actuel Palais de Justice, dans l'île de la Cité, où siégeait le parlement.

sieurs du parlement, vous, vos femmes et vos enfants. » Et elle les congédie en les sommant de cesser leurs délibérations.

Ils se croyaient populaires. Or à la Croix-du-Trahoir[1] ils se heurtent à une meute qui leur barre le chemin, les insulte, les tire par la barbe et leur met le pistolet à la gorge, en les accusant de trahison : qu'ils retournent auprès de la reine et n'en reviennent qu'avec Broussel ! Une partie de ces messieurs se débande sans gloire et se perd dans les ruelles voisines. L'héroïque premier président Molé, accompagné de quelques collègues, s'en retourna au Palais-Royal assez déconfit. Anne d'Autriche hésitait. Comme il se faisait tard et qu'ils n'avaient rien mangé depuis le matin, elle leur fit servir une collation, avant de leur envoyer Gaston d'Orléans, Séguier et Mazarin pour faire le point. Elle réservait sa décision. Sa belle-sœur, la reine d'Angleterre exilée, la mit en garde : elle jouait peut-être son trône. Quand elle les reçut enfin dans sa petite galerie, elle était résignée à transiger : la liberté de Broussel en échange de la promesse qu'ils ne se mêleraient plus des affaires de l'État d'ici la Saint-Martin[2]. Une capitulation, qui lui permettait à peine de sauver la face.

La vue de la lettre de cachet libérant le prisonnier ne suffit pas à calmer les émeutiers : ils attendaient d'avoir constaté son retour de leurs propres yeux. Toute la nuit, ils restèrent en armes et, du Palais-Royal, on entendait crépiter les coups de feu. La reine était inquiète, le cardinal plus encore. Un régiment de cavalerie fut posté dans le bois de Boulogne pour le cas où il leur faudrait fuir. Mazarin ne se coucha point, se tenant botté, prêt à sauter sur un cheval. Mais les Parisiens montaient bonne garde et la reine, renonçant à s'échapper, fit remettre les clefs de la ville aux chefs

---

1. Carrefour de la rue Saint-Honoré et de la rue de l'Arbre-Sec. Il tirait son nom d'une potence.
2. Le 11 novembre.

de la milice en signe de bonne volonté. Moyennant quoi la nuit se passa sans incident. Le lendemain matin, alimentées par des bruits alarmistes, la confusion et la peur régnaient encore dans la capitale. L'arrivée triomphale de Broussel, sur le coup de dix heures, rétablit rapidement le calme. Les barricades furent levées, les boutiques rouvertes. Le samedi 29 août, la ville avait repris sa physionomie habituelle.

« Le parlement a fait les fonctions de roi », note ce jour-là Mazarin dans ses *Carnets* — le crime suprême. Les magistrats rebelles tirent de l'appui populaire un regain d'assurance. Cependant ils sont les otages des émeutiers, dont la pression fait taire les modérés et pousse les extrémistes à la fuite en avant. Pour les briser un seul remède : réduire la ville à merci. Mais les récentes imprudences ont démontré qu'avant d'user contre elle de la force, il faut d'abord en faire sortir le roi et la reine, afin de les mettre à l'abri. Et il faut disposer de troupes sur place, à pied d'œuvre, avec des gens sûrs pour les commander.

La mise au point de l'entreprise n'exigera pas moins de quatre mois.

Fausse sortie

Les Parisiens se méfiaient. La cour tenta de donner à sa fuite un air de parfait naturel. La reine annonça qu'elle passerait chez la duchesse d'Aiguillon à Rueil, comme de coutume, les quelques jours nécessaires au grand nettoyage annuel du Palais-Royal. Aussitôt dit, aussitôt fait : le 13 septembre à six heures du matin, Mazarin et le roi s'échappèrent en catimini. Ils faillirent cependant être arrêtés par des mutins. La reine, avertie, garda son sang-froid, ne changea rien à l'emploi du temps prévu pour la journée et les rejoignit à Rueil en fin d'après-midi. Elle dut laisser à Paris son fils cadet, convalescent de la petite vérole, qu'il lui faudra faire enlever quelques jours plus tard, caché dans la malle d'un carrosse. Aux magistrats venus lui reprocher ce départ, elle demanda pourquoi les rois n'auraient pas, comme n'importe lesquels de leurs sujets, le droit de s'en aller à la campagne savourer les derniers beaux jours.

Apprenant ce qu'ils appellent le « rapt » du roi, les Parisiens comprennent et s'affolent : la venue de l'hiver va mettre fin, comme chaque année, à la campagne militaire et les troupes vont se trouver disponibles pour les attaquer. Certains quittent la ville, d'autres remplissent de provisions caves et greniers.

Sur ces entrefaites, les traités de Westphalie, signés le 24 octobre, sont une lourde déception, malgré les avantages territoriaux substantiels qu'ils nous apportent, parce qu'ils ne règlent le conflit qu'en Allemagne. La guerre se poursuit, hélas, contre l'Espagne, dans des conditions aggravées. Madrid s'est décidé enfin à accorder l'indépendance aux Hollandais, nos alliés traditionnels, qui nous lâchent en signant une paix séparée : des forces supplémentaires se trouvent libérées pour attaquer notre frontière nord. C'est à tort qu'on accuse Mazarin de prolonger les hostilités à dessein pour se rendre indispensable à la reine et pour s'enrichir dans le trafic de fournitures militaires : l'Espagne se dérobe, comptant que les difficultés intérieures, à défaut de succès militaires, le contraindront d'assouplir sa position. Mais on comprend que les Français soient désappointés.

Le parlement n'a pas désarmé. Il continue de marquer des points, obtenant confirmation des déclarations antérieures, et il fait un pas de plus en réclamant l'éviction du ministre par le biais d'un arrêté autrefois dirigé contre Concini, qui excluait du Conseil tous les étrangers. Mais ce qui blesse le plus Anne d'Autriche est la clause qui touche à ce que nous appellerions la liberté individuelle : plus de ces arrestations préventives qui ont envoyé en prison pour des années, sans procès, sur simple lettre de cachet, ceux que Louis XIII jugeait suspects ; désormais, ordonne le parlement, « aucuns sujets du roi, de quelque qualité et condition qu'ils soient, ne pourront être détenus prisonniers passées vingt-quatre heures sans être interrogés et rendus à leurs juges naturels ». Anne en pleure de colère. Comment gouverner dans ces conditions ? C'en est fait de l'autorité de son fils, il ne sera « qu'un beau roi de carte ».

Mazarin la raisonne : tout est affaire de circonstances. La reine a quitté Rueil pour Saint-Germain, où elle trouve un excellent abri. Qu'elle renonce donc à se colleter verbalement avec les rebelles, qu'elle feigne de céder, promette tout, consente à tout. Ces déclarations extorquées partiront en fumée dès qu'elle aura la force de son côté. Le moment n'est pas encore venu. Elle ne peut rien entreprendre sans l'appui des deux piliers de la famille royale, détenteurs du pouvoir militaire, que sont le duc d'Orléans, lieutenant général du royaume, et le prince de Condé, général en chef des armées du nord. Or elle n'est sûre ni de l'un, ni de l'autre. Il lui faut avant tout se les concilier.

Gaston d'Orléans l'a loyalement soutenue depuis le début des troubles. Il a accepté d'être son porte-parole auprès du parlement. Il a affronté avec patience d'interminables palabres, discuté pied à pied la rédaction de textes juridiques abscons, rendu harangue pour harangue. Il a fini par y prendre goût. Il a la parole aisée, agréable, une bonne culture classique, de l'éloquence et de l'esprit : il trouve dans ces assemblées l'occasion de briller. Et pour la première fois de sa vie, il se sent important, chargé de responsabilités — un agréable sentiment, qui le comble d'aise. Le voici enfin indispensable à l'État. De ses années d'opposition à Richelieu il a conservé une vive aversion pour les méthodes autoritaires, il est naturellement libéral et se sent assez proche des magistrats les plus modérés. Comme eux il regrette l'ancienne monarchie « tempérée ». Il ne répugnerait pas à faire du parlement un relais entre l'autorité royale et le peuple. Seules les outrances des extrémistes le rejettent dans le camp adverse. Bien que sa belle-sœur lui reproche de manquer de fermeté, il ne remplit pas trop mal son rôle de médiateur. Mais quand il est question d'attaquer Paris, il n'est pas d'accord du tout.

L'autre arbitre de la situation est M. le Prince. Celui qui porte maintenant ce titre n'est plus Henri, le vieil adversaire de Marie de Médicis, qui avait su négocier moyennant espèces sonnantes son ralliement à Richelieu : il est mort en 1646, offrant à Mme la Princesse sa femme la seconde « des deux seules belles journées qu'elle ait eues avec lui » [1]. C'est son fils, Louis II de Bourbon, naguère duc d'Enghien, qui est maintenant prince de Condé. Un personnage hors du commun, auréolé de victoires, dont on commence à soupçonner le caractère intraitable. La reine ne pouvait se passer de lui : il fallait le prendre tel qu'il était.

Dès juillet, il avait fait un bref voyage à Paris pour proposer son aide contre les fauteurs de troubles. Au lendemain de Lens, il renouvelle ses offres de service. Mais voici qu'en septembre il semble hésiter. Il dispute même à Gaston d'Orléans la corvée de négocier avec les délégués du parlement.

Les deux hommes ne s'aiment guère, ils sont des rivaux potentiels. Condé ne tient pas à laisser un autre occuper le devant de la scène et veut sa part de pouvoir. Il ne partage pas l'indulgence de son cousin pour le parlement. Il n'a que mépris pour ces bourgeois parvenus qui usurpent l'autorité royale. La patience n'est pas son fort, il s'exaspère de leur bavardage, se laisse parfois aller à les menacer. Mais il pousse lui aussi Anne d'Autriche dans la voie des concessions. Car une même antipathie pour Mazarin le rapproche de Gaston. Tous deux ne soutiennent le ministre que très molle-

---

1. Selon Mme de Rambouillet, « Madame la Princesse n'avait eu que deux belles journées avec Monsieur le Prince, qui furent le jour qu'il l'épousa, par le haut rang qu'il lui donna ; et le jour de sa mort, par la liberté qu'il lui rendit et le grand bien qu'il lui laissa. »

ment, prêts à le lâcher. Déjà les magistrats l'excluent des négociations, refusant de voir en lui un interlocuteur autorisé. Si la pression du parlement et du peuple pouvait d'abord le faire renvoyer, pensent les deux princes, il serait bien temps ensuite de mettre les trublions à la raison.

Pendant quelques semaines, Condé reste en suspens. Prendra-t-il ou non la direction des opérations contre la capitale ? Le sort de Paris repose entre ses mains. Autour de lui se pressent les frondeurs : parmi lesquels le coadjuteur Paul de Gondi, et surtout sa propre sœur, la duchesse de Longueville, dont l'amant du moment, le futur duc de La Rochefoucauld[1], ne pardonne pas à Mazarin d'avoir accaparé une faveur qu'il croyait lui être due. Il tergiverse. Et du coup, l'offensive prévue se trouve remise.

La reine n'a plus de raison de rester à Saint-Germain. À la veille de la Toussaint, elle décide de regagner Paris, où elle sera mieux à même de contrecarrer les intrigues qui se trament. Et elle met au point, avec Mazarin, sa contre-attaque.

D'abord elle s'efforce d'amadouer Condé, tout en le soustrayant à l'influence de Gaston d'Orléans : elle fait offrir à son frère, le prince de Conti, le chapeau de cardinal qui était réservé pour l'abbé de La Rivière, principal conseiller de Gaston. Celui-ci, furieux, boude ; Condé se croit déjà « le maître du cabinet ». Puis elle commence à se plaindre de la douceur de son ministre. Ce n'est pas là une nouveauté, elle l'a fait souvent pour tenter de le faire mieux accepter. Mais cette fois elle renchérit : la trop grande bonté de Mazarin confine à la faiblesse, elle ne veut plus l'écouter. Ah ! que n'a-t-elle à ses côtés un homme fort pour lui

---

1. On se souvient que François VII de La Rochefoucauld, futur auteur des *Maximes*, porte le titre de prince de Marcillac jusqu'à ce qu'il hérite du titre de duc de La Rochefoucauld, à la mort de son père, en février 1650.

donner des conseils énergiques ! Argument irrésistible...

Condé mordit à l'hameçon, s'offrit à être le sauveur providentiel de l'autorité royale bafouée : « avec lui et les bons soldats qui sont dans ses armées », elle verrait bientôt « les Parisiens et le parlement à ses pieds ». On consola Gaston d'Orléans en faisant entrer son favori au Conseil et il ne put faire moins, sous peine d'être écarté des affaires, que de souscrire à ce qu'il n'avait pas su empêcher. La reine avait obtenu ce qu'elle souhaitait, un général en chef pour l'armée qui allait assiéger Paris ; mieux encore, ce général passerait aux yeux de l'opinion pour en avoir pris l'initiative et il en endosserait l'impopularité. Bien joué. Il ne lui reste plus qu'à quitter discrètement la ville. Après quoi, elle ne parlera plus à ses peuples « que par la bouche de ses canons ».

La nuit des Rois

Le 5 janvier, veille de l'Épiphanie, était un jour traditionnel de réjouissances : on festoyait en famille ou entre amis. La date avait été choisie à dessein : « tout le monde serait en débauche », personne ne songerait à épier la famille royale. Rien ne fut changé aux habitudes. Le maréchal de Gramont donnait comme chaque année un grand repas, auquel se rendirent Gaston d'Orléans, Condé et Mazarin. La reine resta au Palais-Royal avec ses enfants. Elle passa le début de la soirée à regarder jouer le roi, nonchalamment appuyée sur un coin de table, avec un sang-froid si parfait qu'elle trompa son entourage. « Tout ce que nous aurions pu remarquer, dit Mme de Motteville, fut qu'elle nous parut plus gaie qu'à l'ordinaire. » Elle parla de ses projets. Le lendemain, elle irait au Val-de-Grâce, et le petit Philippe, avant d'aller au lit, lui fit promettre qu'il l'accompagnerait. Puis elle organisa une fête intime, en compagnie de trois suivantes, pour divertir le roi.

Quand elle coupa le gâteau, la fève se trouva dans la « part de la Vierge », réservée pour offrande. Pour que le plaisir de l'enfant fût complet, il fallait une reine. Les trois femmes la firent « reine de la fève », elle fit apporter de l'hypocras[1], elle consentit à y porter les lèvres, tandis qu'on criait : « La reine boit ! » Elle était d'humeur exquise lorsqu'elle congédia ses visiteuses sous prétexte d'aller dormir.

À peine les portes refermées sur celles-ci, elle se releva et commença à donner des ordres. Elle n'emmenait avec elle que le gouverneur du roi, Villeroy, trois capitaines de gardes et sa première femme de chambre. À trois heures du matin, elle fit habiller les enfants, descendit avec eux l'escalier dérobé qui donnait dans le jardin et rejoignit son carrosse par une petite porte latérale. Elle gagna rapidement le Cours-la-Reine, lieu de rendez-vous général.

En dépit de bruits insistants, le secret avait été bien gardé. Nul ne prévoyait le départ pour ce soir-là. C'est seulement au milieu de la nuit, entre trois et quatre heures du matin, que Gaston d'Orléans et Condé firent passer le consigne parmi leurs proches : quelques coups à la porte, on s'éveillait, on s'habillait en hâte, on se ruait dans un carrosse pour fuir la ville maudite sur laquelle allaient s'abattre les foudres de la vengeance royale. Mlle de Montpensier et sa belle-mère la duchesse d'Orléans furent ainsi tirées du lit à l'improviste ; Mme la Princesse douairière, mère de Condé, outrée de n'avoir pas été mise dans la confidence, pestait contre son fils en embarquant sa belle-fille affolée et son petit-fils encore au maillot. Mazarin avait fait évacuer ses nièces et ce dont il disposait comme ressources aisément transportables. La plupart, pris de court, partaient les mains vides. « Jamais nuit sans assaut et sans guerre ne fut remplie de tant d'horreur et de trouble », dit Mme de Motteville — qui n'y était

---

1. Vin sucré et parfumé, dans lequel on a fait infuser de la cannelle, des amandes douces, un peu de musc et d'ambre.

pas. Mais la reine rayonnait : « Je n'ai jamais vu une créature si gaie, dit Mademoiselle — qui était dans son carrosse — ; quand elle aurait gagné une bataille, pris Paris et fait pendre tous ceux qui lui auraient déplu, elle ne l'aurait pas plus été. »

À Saint-Germain les deux châteaux étaient vides : on n'avait pas voulu prendre le risque d'attirer l'attention en y transférant du mobilier. Mazarin n'y avait fait apporter que quatre petits lits : un pour le roi, un pour la reine, un pour le petit Philippe et un pour lui. Le reste de la cour coucha sur de la paille, achetée à prix d'or. Il n'y en eut pas pour tout le monde. Pas ou presque pas de chauffage, au cœur de l'hiver, peu de domestiques, pas de linge de rechange. Et les jours suivants n'arrangèrent rien, car les Parisiens en colère refusaient de laisser partir les bagages des fuyards. On blanchissait la chemise de nuit de Mademoiselle pendant le jour et sa chemise de jour pendant la nuit. Il fallut une bonne dizaine de jours pour que l'installation fût supportable. Les chariots qui parvenaient à franchir les barrages ne contenaient pas toujours des objets de première nécessité. La reine vit arriver un coffre entier rempli de gants d'Espagne parfumés, dont les effluves trop capiteux avaient fait éternuer les nez grossiers des bourgeois indiscrets qui avaient fait éternuer les nez grossiers des bourgeois indiscrets qui avaient voulu en vérifier le contenu : elle en rit très fort en compagnie du cardinal. L'inconfort n'avait pas réussi à entamer son allégresse. Elle croyait ses peines terminées et sa vengeance acquise.

Après avoir envisagé diverses solutions, on avait renoncé à prendre Paris d'assaut. L'enchevêtrement des rues aurait rendu la tâche presque impossible, sinon au prix de pertes énormes des deux côtés et de destructions considérables : Henri IV, aux pires moments de la guerre civile, s'était refusé à l'envisager. Restait une seule solution : assiéger la ville et l'affamer. Au coadjuteur qui lui disait que Paris serait « un morceau de dure digestion », Condé avait répondu : « On ne le

prendra pas comme Dunkerque, par des mines et par
des attaques, mais si le pain de Gonesse leur manquait
huit jours. » Minoteries et boulangeries en effet étaient
presque toutes situées en banlieue. Il n'y avait pas
moyen d'infliger à Paris un siège dans les formes, avec
circonvallation continue et ouvrages d'art : le périmètre
de la ville était trop important et l'armée de Condé
insuffisante. Les troupes furent donc séparées en deux
groupes, l'un à Saint-Cloud, l'autre à Saint-Denis, avec
pour mission de bloquer les voies d'approvisionne-
ment. On comptait non pas sur huit jours, mais sur une
quinzaine, pour amener les rebelles à résipiscence.

La « *guerre de Paris* »

Les choses ne se passèrent pas tout à fait comme
prévu. Pour plusieurs raisons.

D'abord la reine le prit de haut avec le parlement.
Elle le somma de se transporter à Montargis. Elle-
même avait dû quitter Paris, dit-elle, parce que certains
magistrats avaient de « pernicieux desseins » contre la
personne du roi et la sienne : accusation sans fondement qui les indigna tous. Lorsque des délégués vinrent
à Saint-Germain pour s'en justifier, offrant de poursuivre les éventuels coupables, elle les fit longuement
attendre dans une pièce sans chauffage, puis refusa de
les recevoir. Elle était résolue, vint leur dire le chancelier, « à faire obéir le parlement à quelque prix que
ce fût ». Son intransigeance rejette dans l'opposition
l'ensemble des magistrats. Imputant à Mazarin l'attitude de la reine, ils le déclarent « ennemi du roi et de
l'État » et décident de lever des troupes pour leur
défense. Quant à obtenir, pour faire pression sur le parlement, l'appui des autorités municipales, en principe
aux ordres de la cour, il n'y faut pas compter : la pression populaire les contraint à s'incliner.

Il y a plus grave. Les grands seigneurs mécontents
qui rongeaient leur frein depuis la mort de Louis XIII

s'engouffrent dans la brèche ainsi ouverte. Certains encouragent la rébellion depuis longtemps, comme Mme de Longueville qui, prétextant sa grossesse avancée, a refusé de quitter Paris. D'autres sautent sur l'occasion, comme le duc de Beaufort qui se terrait en Val de Loire depuis l'évasion spectaculaire qui, à la Pentecôte, avait mis fin à cinq ans de captivité dans le donjon de Vincennes, comme le duc de Bouillon, qui espère toujours récupérer Sedan, ou comme le duc d'Elbeuf, un prince lorrain désargenté et sans scrupules, qui voit dans les troubles l'occasion de se refaire. Tous s'offrent à commander l'armée que le parlement recrute pour faire face à l'agression. Le coadjuteur de Paris, qui rêve de remplacer Mazarin, tente de canaliser le mouvement, grâce à ses amis du parlement et aux curés de paroisse, pour la plupart à sa dévotion. Il se heurte aux ambitions rivales des uns et des autres. Aucun de ces messieurs ne cherche à renverser la monarchie, assurément. Ils veulent, selon une technique bien rodée, marchander au plus haut prix leur ralliement ultérieur.

Le commandement suprême des armées échoit finalement au plus haut placé par la naissance, qui se trouve être aussi le moins compétent, le prince de Conti, frère cadet de Condé et de Mme de Longueville, embarqué dans cette affaire par amour de sa sœur et par jalousie pour son aîné. Et d'autres suivent, assouvissant de vieilles rancœurs ou croyant voler au secours de la victoire. Tous s'exaltent au feu de l'action, rivalisent de surenchère démagogique. Pour témoigner de la confiance qu'elles portent aux Parisiens, Mme de Bouillon et Mme de Longueville ont choisi de se loger à l'Hôtel de Ville, et la seconde y donne le jour à un fils [1], qu'elle baptisera Charles-Paris, en hommage à la grande ville. Leur apparition sur les

---

1. Charles-Paris d'Orléans, comte de Saint-Paul, puis duc de Longueville, né de la liaison de la duchesse avec La Rochefoucauld, sera tué au passage du Rhin en 1672.

marches du bâtiment, avec leurs enfants dans les bras, fit pleurer de tendresse le petit peuple des alentours. Quant à la noblesse frondeuse, elle est prête à croire que la réalité va pour une fois se modeler sur la littérature à la mode. Le « mélange d'écharpes bleues, de dames, de cuirasses, de violons, qui étaient dans la salle, de trompettes, qui étaient dans la place, donnait un spectacle qui se voit plus souvent dans les romans qu'ailleurs », et qui faisait irrésistiblement penser à des épisodes de la très célèbre *Astrée*. De son côté Beaufort caracolait sur un cheval blanc, un large chapeau garni d'un bouquet de plumes blanches auréolant ses longs cheveux blonds. Ce petit-fils d'Henri le Grand était beau comme un dieu, mais moins inaccessible : parlant une langue approximative, émaillant son discours de réjouissants coq-à-l'âne, il fut un temps l'idole des Halles, dont on le surnomma le roi.

La gaieté continuait de régner à Saint-Germain. Condé tournait en dérision la sottise et la bosse de son frère, et toute la cour s'esclaffait. On se moquait des mésaventures survenues aux dames cherchant à quitter Paris, que les milices bourgeoises démasquaient[1] sans ménagement et abreuvaient de quolibets gaillards. La reine choisit de traiter par le mépris le flot de libelles insultants que déversaient sur elle et sur son ministre les pamphlétaires parisiens, et qu'on n'appelait pas encore *mazarinades*[2]. À côté des professionnels à gages, de bons écrivains ne dédaignaient pas d'aiguiser leur plume à la veine burlesque. Cyrano de Bergerac prophétisait la chute de Mazarin dans *Le Ministre d'État flambé* et Scarron lui offrait un *Passeport* en l'invitant à faire ses adieux. Mazarin collectionnait ces pièces et les faisait inventorier et classer par son biblio-

---

1. Les femmes de qualité avaient coutume de porter un masque sur le visage lorsqu'elles sortaient, pour se protéger des regards indiscrets et pour ne pas gâter la blancheur de leur teint.

2. Ce nom provient du titre d'un pamphlet de Scarron, la *Mazarinade*, qui date de 1651.

thécaire, Naudé. Anne d'Autriche en connaissait assurément la teneur. S'indigna-t-elle autant que la prude Mme de Motteville devant les « injures atroces » qui accusaient son favori de tous les vices et faisaient de lui son amant ? Nos ancêtres n'étaient pas bégueules et supportaient mieux que nous les grossièretés. Les chansons populaires grivoises ne ménageaient ni les saints ni les rois, dans le joyeux défoulement du carnaval, sans offusquer personne. Le mieux était d'en rire : il semble bien qu'Anne d'Autriche ait pris ce sage parti.

Bien que les opérations de siège ne fussent pas aussi efficaces que prévu, il apparut vite que les troupes péniblement rassemblées par les Parisiens ne pouvaient résister à celles de Condé. Certes, le blocus n'était pas étanche et des convois de vivres parvenaient à passer. Mais la prise de Charenton, le 8 février, après un combat sanglant, découragea les rebelles. Dans Paris en partie paralysé par une crue de la Seine qui faisait de la Cité une petite Venise, la disette commençait à se faire sentir. Le peuple souffrait. Les autorités autoproclamées s'aliénaient les bourgeois aisés en levant des impôts pour financer l'armée. La nouvelle de l'exécution de Charles Ier, parvenue en France le 19 février, jeta un froid dans l'esprit des plus exaltés eux-mêmes : n'étaient-ils pas en train de jouer les apprentis sorciers en alimentant une révolte périlleuse ? Des avances faites par l'Espagne suscitèrent la méfiance du parlement : quoique flatté de se voir pris pour arbitre de la paix, il refusa de se mêler de politique étrangère. L'excitation retombe. Plus question d'exiger le renvoi de Mazarin et la participation de Gaston d'Orléans à la régence. On voudrait bien à Paris faire marche arrière, à condition de sauver la face. Tel n'est pas l'avis de la reine, qui veut une reddition pure et simple.

Les événements vont se charger de la rendre plus conciliante.

Une paix décevante

Outre l'agitation qui commençait à s'étendre dans les provinces — Normandie, Guyenne et Provence —, deux faits nouveaux inquiétants précipitent les négociations jusque-là enlisées.

Au début de mars, on apprend soudain que Turenne, général en chef des armées d'Allemagne, vient de se déclarer pour la Fronde et qu'il s'apprête à les mettre au service du parlement. Retournement explicable selon les mentalités du temps : il s'estime mal payé des services rendus et veut appuyer la revendication de son frère sur Sedan. L'affaire aurait été grave si Mazarin ne l'avait désamorcée aussitôt en détachant de lui ses troupes. C'étaient des mercenaires allemands, peu désireux de s'aventurer sur le territoire français. Il fit rappeler à leurs officiers le contrat passé avec le roi, il fit verser aux soldats de confortables indemnités, moyennant quoi ceux-ci refusèrent de franchir le Rhin et Turenne dut s'enfuir. Mais l'alerte avait été chaude.

Beaucoup plus grave : à la mi-mars les Espagnols, profitant des troubles qui secouent Paris, lancent une offensive en Picardie et s'y enfoncent d'autant plus aisément que certaines villes, par sympathie pour les frondeurs, leur ouvrent les portes. Le 17, ils sont à Pontavert, près de Soissons, où l'on parvient à stopper leur avance *in extremis*. On a besoin contre eux de l'armée immobilisée devant Paris. Dès lors, la cour lâche du lest sur les conditions d'abord mises à la signature de la paix. Le texte initial du 11 mars est remanié le 30, dans un sens plus bénin. Pas de sanctions, pas de clauses humiliantes. Retour au *statu quo*. Mais sous les apparences d'un traité sans vainqueur ni vaincu, la paix de Rueil consacre le triomphe du parlement, car la cour renonce à faire abroger les textes de l'année précédente venus limiter le pouvoir royal. Unique concession des rebelles : malgré les ultimes efforts des plus enragés, ils renoncent à exiger le départ de Mazarin.

Celui-ci reste donc premier ministre : c'est la seule consolation pour la régente.

Quant aux grands seigneurs entrés au service de la Fronde, ils négocient au coup par coup leur ralliement, en se surveillant jalousement. La liste de leurs prétentions est effarante : « Ils demandaient toute la France. » Ils ne l'obtiendront pas, ne serait-ce que parce qu'ils sont plusieurs à exiger une même charge ou un même gouvernement. Mais ils se partagent des sommes astronomiques. Comme toujours, la rébellion continue de payer lorsque le pouvoir royal est affaibli.

La reine, ulcérée, boude le *Te Deum* organisé à Paris et refuse de regagner la capitale, dont elle redoute les sautes d'humeur. Car le peuple, mobilisé à grand renfort de propagande contre le « gredin de Sicile », gronde encore de colère antimazarine. C'est au cours de l'été qu'on y imprime un des pamphlets les plus orduriers sur les relations présumées d'Anne d'Autriche et de son ministre : *La Custode*[1] *de la Reine qui dit tout*... L'imprimeur, condamné à mort par le parlement, fut arraché des mains du bourreau, au pied de la potence, par les Parisiens furieux.

Anne, sous prétexte d'inspecter la frontière du nord, s'installa donc à Compiègne où elle passa le plus gros de l'été, à jouir du cadre champêtre, de la forêt et de la rivière. Elle eut le plaisir d'y voir défiler, l'oreille basse, tous les frondeurs repentis venus l'assurer de leur fidélité : Conti, Elbeuf, Bouillon, Longueville, Marcillac, et les autres. Mme de Longueville s'y présenta, embarrassée et rougissante malgré son esprit caustique, et reçut un accueil fort sec. Le coadjuteur lui-même s'y rendit, de mauvaise grâce, en s'arrangeant pour éviter Mazarin, et il déplut lui aussi. Seul manquait à l'appel Beaufort. Mais son père, César de Vendôme, offrit au ministre une très agréable compensation, en sollicitant pour son aîné Louis, duc de Mercœur, la main de Laure Mancini. Une des

---

1. Une *custode* est un rideau de lit.

« mazarinettes » tant décriées par les pamphlets aurait donc un époux de sang royal, petit-fils d'Henri IV par son père et petit-neveu de la reine Louise de Lorraine par sa mère — de quoi combler les vœux les plus ambitieux.

Tous les rebelles ou presque avaient fait leur soumission. Les Parisiens souhaitaient ardemment voir revenir la cour, pour la prospérité du commerce. Le cortège royal fit son entrée dans Paris le 18 août. La presse était si grande qu'il mit cinq heures pour aller du Bourget au centre de la ville. Huit personnes occupaient le carrosse royal, dans une chaleur étouffante. La reine avait tenu à y placer Mazarin, bien visible, à une portière. À titre « d'innocente vengeance », elle comptait y faire figurer à ses côtés Conti, mais celui-ci s'était dérobé. C'est Condé lui-même qui accompagnait le ministre. De solides précautions avaient été prises, mais les cordons de troupes furent rompus par la foule qui voulait voir le roi. Applaudissements, bénédictions, feux de joie. Mazarin avait fait répandre quelque argent, on le remerciait d'avoir ramené Louis XIV dans sa bonne ville et on lui promettait de boire à sa santé. Bref une entrée triomphale, inespérée : beaucoup de baume sur l'orgueil si longtemps blessé de la reine, et une grande victoire pour le ministre.

Le lendemain, autre satisfaction d'amour-propre. Le coadjuteur vint à la tête du clergé saluer Leurs Majestés d'une brève harangue. « Il parut interdit [...]. Il devint pâle et ses lèvres tremblèrent toujours tant qu'il parla. » Il eut la fierté de ne pas regarder le cardinal, debout derrière le roi, et s'efforça de dissimuler son angoisse. Anne d'Autriche jubilait. « Sa honte me fait plaisir, glissa-t-elle à l'oreille de Mme de Motteville ; et si j'avais de la vanité, je pourrais dire même qu'elle me donne de la gloire ; mais il est sans doute [1] qu'elle doit être bien honorable à M. le cardinal. » Lequel cardinal reçut le lendemain la visite du coadju-

---

1. Hors de doute.

teur pour une de ces « paix fourrées » dont tous deux avaient le secret, quand ils ne pouvaient faire autrement. Le duc de Beaufort se présenta enfin au cercle de la reine un beau soir. Un grand bal, offert par l'Hôtel de Ville le 5 septembre pour les onze ans du jeune roi, mit le point final à la réconciliation. Il faisait un temps exquis, beau et frais, on goûta pleinement la danse, la collation et le feu d'artifice.

Était-ce la fin de la Fronde ? La reine se plaisait à le croire. Mais aucun des problèmes qui l'avaient déclenchée n'était réglé. Et le gouvernement sortait de cette épreuve très affaibli.

Un gouvernement déconsidéré

Nous qui connaissons la suite de l'histoire avons du mal à mesurer le degré de mépris dans lequel sont tombés Anne d'Autriche et son ministre. Mais pour les contemporains le verdict était clair : l'épreuve de force qui les a opposés au parlement a fait la démonstration de leur impuissance, ni l'un ni l'autre ne sont en état de diriger le royaume.

Est-ce leur faute ? En partie seulement. Une régence, régime faible par définition, est mal placée pour imposer une politique aussi impopulaire que la poursuite de la guerre et l'alourdissement de la fiscalité. La crise était inévitable. Mais ils l'ont gérée maladroitement, au coup par coup, sans cohérence.

Anne d'Autriche, paradoxalement, paie le prix de son peu de goût pour le pouvoir. À la différence des autres régentes qui l'ont précédée, Catherine et Marie de Médicis, « elle n'était point ambitieuse ; par son inclination le repos lui aurait été plus agréable que la puissance ». « Elle était exempte d'esprit de domination. » Ce qui n'est pas incompatible avec ses coups de colère lorsqu'on lui résiste. En fait, elle ne sait pas commander, trop convaincue qu'on doit lui obéir naturellement, puisqu'elle est la reine. « Paresseuse », elle ne s'est pas astreinte, comme ses deux aînées, à remplir les obligations de routine du gouvernement, à étudier les dossiers, bref à travailler. Elle n'a jamais prétendu exercer le pouvoir par elle-même. Elle s'en est déchargée sur Mazarin.

Situation dangereuse, dans la mesure où c'est en elle que réside l'autorité souveraine — une autorité déléguée, dont elle n'a pas le droit de faire n'importe quoi, puisqu'elle la détient au nom de son fils mineur. Qu'elle s'en dessaisisse au profit d'un étranger, pour une politique discutable, choque profondément les mentalités du temps. Mazarin le sait bien. Il la met en avant autant qu'il le peut, pour donner l'illusion que les décisions viennent d'elle. Hélas ! il a beau la guider, lui préparer ses répliques, la soutenir du geste et du regard, l'entourage ne s'y trompe pas : la décision finale vient de lui. Elle n'est qu'une marionnette dont il tire les ficelles. Elle est « gouvernée », disait-on à l'époque. Ce n'est donc pas elle qui gouverne. On en disait déjà autant — à tort — de Louis XIII et de Richelieu. Mais Louis XIII, au moins, était le roi, revêtu de l'onction du sacre ; et Richelieu devait son emprise à sa supériorité intellectuelle. Mazarin, lui, tire sa faveur d'une source impure : il passe pour l'amant d'Anne d'Autriche.

Qu'il le soit réellement ou non importe peu. Ce qui est grave, c'est que l'accusation soit vraisemblable. Anne est féminine, profondément, de toutes ses fibres ; et elle est coquette — entendez qu'elle aime plaire et qu'elle cherche à plaire, d'instinct et en tout bien tout honneur. Elle n'a pas rejoint la cohorte des douairières, elle n'a pas endossé l'austère costume de veuve, elle continue de soigner son apparence et de faire admirer ses très belles mains. Or dans le climat de misogynie régnante, une femme ne peut espérer exercer une autorité politique que si elle a renoncé à séduire. Catherine de Médicis et dans une moindre mesure Marie avaient compris que le prix à payer pour le pouvoir était le sacrifice de leur féminité. Anne d'Autriche, qui ne veut pas du pouvoir, a choisi de rester femme. Face à elle, les hommes, loin de lui obéir, sont tentés de se conduire en conquérants potentiels. Elle semble toujours en quête d'un chevalier servant, comme au temps où elle était « malheureuse ». D'aucuns pensent que dans ce rôle Mazarin n'est peut-être pas irremplaçable...

D'autant plus qu'il passe pour timoré ou même veule. L'inévitable comparaison avec Richelieu incite à mal comprendre cet ancien agent du Saint-Siège rompu aux pratiques de la diplomatie internationale. Sa douceur, son aménité, son affectation d'humilité, sa souplesse sont si étrangères aux mœurs de l'aristocratie française qu'on les prend pour lâcheté. Et comme il a jusqu'ici poussé aux concessions, on en conclut qu'il cédera toujours. Laissons ici la parole à Mme de Nemours, pourtant hostile aux frondeurs : on savait « que, pour pouvoir déterminer le cardinal à ce qu'on désirait de lui, il ne fallait que le maltraiter et le menacer ; que, d'ailleurs, il n'était sensible ni aux offenses ni aux services ; qu'il n'était ni cruel ni méchant ; que par-dessus tout cela, également avare et faible, il ne pouvait se résoudre à faire du bien qu'à ceux qui lui avaient fait ou lui pouvaient faire du mal ; qu'enfin, pour pouvoir obtenir quelque chose de lui, il fallait s'en faire craindre, puisqu'on le menaçait rarement sans succès ». En 1649 il n'était plus, dit Mme de Motteville, que « le rebut de la fortune ».

Un roi enfant, une femme incapable, un ministre fantoche : la voie semble libre pour les ambitieux. Ils sont en nombre. Dans la lutte pour le pouvoir qui s'ouvre alors, Anne d'Autriche est comptée pour rien et Mazarin donné bon perdant, exclu d'avance. Mais aucun de leurs concurrents ne fait l'unanimité, c'est le moins qu'on puisse dire. Et ils ont grand tort de les sous-estimer.

CHAPITRE DIX-NEUF

CHAPITRE DIX-NEUF

« UNE INCROYABLE FERMETÉ D'ÂME »

À l'automne de 1649, les forces qui ont mené la
contestation et remporté la victoire sur la reine sont
paradoxalement neutralisées. Le parlement a eu grand
peur, il n'est pas près de reprendre l'initiative. Dans
les luttes qui vont suivre, il sera ballotté entre les uns et
les autres, par le biais des clientèles, mais ne retrouvera
jamais l'élan quasi unanime qui le soulevait en 1648.
Quant au peuple de Paris qui, toutes classes sociales
confondues, s'était dressé pour le défendre parce qu'il
voyait en lui son protecteur, il se sent floué. Ceux qui
l'ont appelé à crier « À bas le Mazarin ! », ennemi
public numéro un, sont allés lui faire des courbettes. Il
a plus perdu que gagné au siège de Paris. Devant le
jeu des partis rivaux, il restera spectateur, sauf à fournir
des hommes de main à la solde des uns ou des autres.

La reine se trouve donc devant une situation plus
familière. La Fronde dite des Princes ressemble aux
rébellions nobiliaires classiques en période de minorité
— révoltes de grands seigneurs non pour détruire l'autorité monarchique, mais pour la confisquer à leur profit. Elle en comprend mieux les ressorts, même si elle
manque de ressources pour y faire face. Les prétendants à la direction des affaires sont deux, Gaston
d'Orléans et Condé. L'un tire de sa naissance et de sa

charge de lieutenant général du royaume une incontestable priorité, mais il lui manque la détermination : il
voudrait que le pouvoir lui soit donné, mais se sent mal
armé pour le conquérir. L'autre a toutes les qualités
et tout le prestige requis. Autour d'eux — de Gaston
surtout — se pressent des ambitieux de moins haute
volée qui espèrent se pousser dans leur sillage.

Le petit roi a onze ans. Deux ans plus tard, il sera
majeur, incapable de régner par lui-même, assurément,
mais investi de l'autorité royale pleine et entière. Les
candidats au pouvoir disposent de deux ans pour le
prendre en main, lui et sa mère, ce qui suppose l'éviction de Mazarin ou son asservissement. Le temps travaille contre eux, la jalousie également : aucun ne veut
voir l'autre triompher.

La reine et son ministre ne peuvent que jouer de
cette double faiblesse. Chaque jour qui passe les rapproche de ce bienheureux 5 septembre 1651, où
Louis XIV sera enfin roi. Il leur suffit d'attendre, de
vivre au jour le jour, tout en évitant de se laisser arracher des faveurs qui compromettraient l'avenir. Ne pas
distribuer à la légère charges et gouvernements, ne pas
laisser se constituer des États dans l'État à travers
les provinces. Maintenir l'équilibre entre les différents
clans et entretenir leurs rivalités. Leur tactique manque
de panache. Il vaudrait mieux, certes, se placer au-dessus de la mêlée et combattre d'un coup tous les adversaires. Tous deux le savent, mais ils savent aussi qu'ils
n'en ont pas les moyens.

Louis II de Bourbon, prince de Condé

Le personnage le plus dangereux est à l'évidence
Condé.

M. le Prince ne passe nulle part inaperçu. Il est très
laid. Un nez fortement aquilin et une bouche trop
grande aux dents proéminentes déparent son visage
long et maigre. De taille simplement moyenne, il aurait

beaucoup d'allure s'il daignait prendre quelque soin de sa personne, au lieu de se négliger, par mépris des apparences. Insolemment affichée, cette laideur agressive, loin de le desservir, en impose. Il fascine par le regard aigu de ses yeux bleus, par l'énergie concentrée que respire toute sa personne. Il ne croit ni à Dieu ni à diable — encore que... à diable peut-être. Ses victoires de Rocroi et de Lens ont fait de lui, à vingt-sept ans, un personnage de légende. Un génie militaire précoce, un courage intrépide, une extrême rapidité de décision l'égalent, dit-on, aux plus grands capitaines de l'histoire ancienne et moderne, Alexandre, César, Spinola. Fort de sa naissance illustre, de sa fortune, de ses succès, il ne supporte aucune contrainte, ne respecte rien, n'a d'égards pour personne, se croit tout permis. Il « aimait mieux gagner des batailles que des cœurs », c'est un euphémisme.

Il est d'autant plus redoutable que les troupes sont à sa dévotion : il est l'idole des jeunes officiers nobles qui commandent sous lui et la piétaille mercenaire, à qui il offre victoire sur victoire, est prête à le suivre au bout de monde. Aucun rival ne peut éclipser sa gloire : le comte d'Harcourt, à qui on a confié la campagne de l'été 1649, a échoué devant Cambrai. Se sachant indispensable, il met à très haut prix les services rendus et exige récompense. Il n'est pas « homme à se repaître de vent », il lui faut plus solide que des honneurs de pure forme. Mais, peu porté à la subversion, il préfère exploiter la faiblesse présumée de la reine et du ministre en exerçant sur eux une pression sans relâche.

Il s'est réconcilié avec son frère et sa sœur. Conti, l'ex-généralissime des armées frondeuses, est à la recherche d'un emploi digne de lui. Mme de Longueville, mal consolée d'avoir dû renoncer à jouer les héroïnes, enrage d'être traitée de haut par la reine, qu'elle déteste — et qui le lui rend bien. La famille fait bloc pour extorquer le maximum de faveurs. Devant ce déchaînement d'appétits, Anne d'Autriche prend peur. Est-il prudent, en dépit d'une promesse faite à la légère, de donner au duc de Longueville, gouverneur de Normandie, la citadelle du Pont-de-l'Arche qui en commande l'entrée ? Ce serait le rendre inexpugnable dans sa province. Elle refuse donc, à la fureur de la volage duchesse qui aurait bien voulu reconquérir par ce biais les bonnes grâces de son mari.

À la fin de l'été, les exigences de Condé ont monté d'un cran : il prétend régenter tous les domaines. Il exige pour deux de ses protégées l'honneur de disposer d'un « tabouret » à la cour, bien que leur naissance ne leur en donne pas le droit. Il patronne le mariage du duc de Richelieu avec une amie de sa sœur, sans l'autorisation de la reine, mais s'oppose à celui qui devait unir Laure Mancini au duc de Mercœur. En septembre il fait dire à Mazarin « qu'il ne veut plus être son ami ; qu'il se tient offensé de ce qu'il manque de parole, et qu'il n'est pas résolu de le souffrir [...] ; et qu'au lieu de la protection qu'il lui avait donnée jusques alors, il se déclarait son ennemi capital ». Les quolibets dont il accable publiquement le ministre atteignent la reine par ricochet. Il en vient même à s'en prendre directement à elle.

Un jeune officier des gardes nommé Jarzé vivait de par ses fonctions dans la familiarité d'Anne d'Autriche. Il affichait pour elle un dévouement sans bornes. Elle souriait de ses compliments, de ses traits d'esprit, acceptait sans méfiance son badinage. Or Jarzé, à l'instigation de Condé, entreprit de lui faire une cour compromettante. « Une femme espagnole, quoique dévote et sage, se pouvait toujours attaquer avec quelque espérance » : quel bon tour à jouer à Mazarin que de lui voler la reine ! Le festival de soupirs et de regards langoureux aboutit à une déclaration déposée sur la table de toilette par une femme de chambre complice. Toute la cour en jasait. Anne, alertée par Mazarin, tenta de donner un coup d'arrêt en forme de plaisanterie : « Il paraît que j'ai un amant... », confia-t-elle à ses dames d'honneur en se moquant. Et comme cet avertissement indirect restait sans effet, elle le prit à partie publiquement : « Voyez un peu le joli galant ! Vous me faites pitié. Il faudrait vous envoyer aux Petites-Maisons, mais il est vrai qu'il ne faut pas s'étonner de votre folie, car vous tenez de race[1]. » L'objet d'une telle algarade n'avait plus qu'à disparaître. Mais Condé vint faire une scène à la reine, lui reprocha de ne pas l'avoir consulté avant d'insulter un de ses amis, exigea d'elle d'humiliantes explications. Et il s'associa aux ragots sur ses relations avec Mazarin en répétant partout que « le vieux galant avait chassé le jeune ».

Condé s'était rendu odieux. C'est dans un sursaut de colère que fut prise, on ne sait au juste à quelle date, la périlleuse décision de l'envoyer en prison. Il fallait préparer les voies. Mme de Chevreuse, rentrée de Bruxelles à la faveur du traité de Rueil, profita de l'isolement dans lequel se trouvait la reine pour retrouver auprès d'elle un peu de l'ancienne familiarité. Elle lui promit l'appui des opposants de la première heure — ceux qu'on nomme la « vieille Fronde » —, qui ne pardonnent pas à Condé d'avoir attaqué Paris. Au premier rang d'entre eux, le coadjuteur, qu'il serait facile de gagner par des bénéfices ecclésiastiques et par la promesse d'un chapeau de cardinal. Elle se fait fort de le tenir — il est l'amant de sa fille ! D'ailleurs il n'est pas en état de faire la fine bouche : à la suite d'une sombre affaire d'attentat simulé, il est sous le coup de poursuites judiciaires au parlement pour avoir tenté de faire assassiner le prince. Quelques entretiens nocturnes permettent de conclure très vite le marché. Quant à l'indispensable consentement du duc d'Orléans, on l'obtiendra sans trop de peine, tant il est irrité par l'irrésistible ascension de son rival.

Le secret fut aisément gardé : nul n'aurait imaginé qu'on pût s'en prendre à Condé, le vainqueur de Lens

---

1. Les Petites-Maisons sont un célèbre asile de fous. Un parent de Jarzé avait naguère courtisé Marie de Médicis, soulevant les éclats de rire d'Henri IV.

et de Rocroi, le sauveur de la reine dans la guerre de
Paris. Le plus surpris fut le prince lui-même, le 18 janvier 1650, lorsque le capitaine des gardes Guitaut lui
signifia ainsi qu'à son frère Conti et à son beau-frère
Longueville, qu'il était en état d'arrestation. S'ils
s'étaient le moins du monde méfiés, les trois princes
ne se seraient pas rendus ensemble à une convocation
au Palais-Royal. D'abord incrédules, ils crurent à une
erreur, puis ils se laissèrent emmener sans résister,
dans une indifférence hautaine.

Anne d'Autriche n'avait rien dit à son fils, mais au
dernier moment, elle l'emmena dans son oratoire où
elle s'enferma avec lui. Elle n'avait aucun désir de
vengeance, dit Mme de Motteville, mais la volonté de
servir l'État. « Elle fit mettre le jeune monarque à
genoux, lui apprit ce qui se devait exécuter en cet instant, et lui ordonna de prier Dieu avec elle. » Ils atten-
dirent ensemble, « avec beaucoup d'émotion et de
battement de cœur », l'issue de ce coup de dés à haut
risque, qui aurait pu se terminer dans le sang. Elle
commença de respirer quand elle apprit qu'ils étaient
hors du Palais-Royal. Elle ne quitta son oratoire que
lorsqu'elle jugea qu'ils devaient avoir atteint Vincennes.

Gaston d'Orléans en fit un bon mot : « Voilà un
beau coup de filet ! on vient de prendre un lion, un
singe et un renard. » Les Parisiens, qui détestaient
Condé autant que Mazarin, en firent des feux de joie.
En revanche l'émotion fut grande parmi la noblesse.
L'emprisonnement du père de Condé par Marie de
Médicis, celui de Beaufort par Anne d'Autriche s'ex-
pliquaient : ils s'étaient rendus coupables de rébellion
armée ou de complot. Mais il était sans exemple qu'on
arrête un prince qui, tout arrogant qu'il fût, n'avait
rendu jusqu'ici que d'éminents services à la couronne.
Mme de Longueville avait échappé au coup de filet.
Elle se chargea de rassembler des troupes et de regrouper des partisans, tandis que sa mère, la princesse
douairière, réclamait justice à grands cris. L'onde de

choc se répandit à travers le royaume selon la géographie des implantations familiales : Normandie, Bourgogne et Guyenne s'agitèrent. Sur la frontière de l'est, Bouillon et Turenne négociaient l'appui des Espagnols, avec qui un traité d'alliance sera signé au mois d'avril.

Le conflit s'étendait. La cour se mit en route pour des voyages de pacification.

Pérégrinations provinciales

Au cours de l'année 1650, Anne d'Autriche passa au moins huit mois sur douze hors de Paris, et Mazarin neuf mois. La Normandie les retint trois semaines en février, la Bourgogne deux mois en mars-avril, ils passèrent juin à Compiègne et durent s'attarder du 4 juillet au 15 novembre en Guyenne pour venir à bout de la révolte des Bordelais. Ils renoncèrent à se rendre en Provence, mais en décembre Mazarin accompagna l'armée en Champagne tandis que la reine, malade, gardait la chambre.

Comme le remarquent les historiens, la situation en province — Guyenne exceptée — n'en exigeait pas tant. Mais ces voyages, conformes à une très ancienne tradition, ont une finalité plus large. En exhibant le roi enfant, en l'offrant aux acclamations de ses lointains sujets, on entretient en eux la ferveur monarchique et l'on prévient les troubles à venir. Le « grand tour » accompli par Catherine de Médicis avec le petit Charles IX, dans une France déchirée par les guerres de religion, était resté célèbre. Marie de Médicis s'en était inspirée en emmenant Louis XIII en Bretagne. Les tournées de ce type sont des opérations à la fois politiques et militaires. Et elles ont pour le jeune souverain à qui l'on fait visiter son royaume valeur d'éducation : on sait que Louis XIV fit ses premières armes en Bourgogne au siège de Bellegarde.

Elles ont un avantage de plus, également traditionnel, elles permettent d'extorquer des subsides aux régions traversées : comment refuser de l'argent à un roi qui vient en personne vous le demander avec le sourire ? À chaque étape, les finances royales se renflouent de quelques rentrées extraordinaires.

En 1650, ces voyages font aussi figure de fuite. La cour craint visiblement Paris et cherche en province les acclamations que la capitale lui refuse. « Le roi sera maître partout, hors de cette ville-là », dit Mazarin. Lui-même ne s'y sent pas en sécurité. Il n'a pas tort. Depuis un an on hurle à la mort contre lui. Le parlement l'a condamné par contumace. On a pendu des mannequins à son effigie. Qu'une foule ameutée mette la main sur lui, elle peut très bien le pendre pour de bon, le déchirer en pièces, ou le jeter dans la Seine. Il semble qu'après l'épreuve des barricades l'intrépide Anne d'Autriche commence à partager sa peur. Elle ne risque rien physiquement. Mais elle a eu vent de projets inquiétants, agités au parlement, puis dans l'entourage de Condé ou dans celui de Gaston. On songe à séparer d'elle le jeune roi et à le placer sous la tutelle de son oncle[1] en repoussant au besoin jusqu'à dix-huit ans la proclamation de sa majorité : le temps d'assurer sur lui un pouvoir durable. En fait la menace est peu crédible, parce qu'aucun des deux partis ne veut risquer l'opération au profit de l'autre et parce que Gaston d'Orléans, pièce maîtresse du dispositif, reste rongé de scrupules. Mais on comprend qu'Anne, si souvent menacée d'une telle séparation du vivant de son mari, soit prête à s'affoler à cette seule idée. Dans Paris où les troupes n'ont pas le droit d'entrer, le maintien de l'ordre est confié aux milices municipales : la reine est entre leurs mains et elle a vu, aux jours des barricades, ce qu'il y avait à en attendre. En province au contraire, l'armée destinée à mater les rebelles assure aussi sa protection.

---

1. L'idée n'est pas neuve. À deux reprises, les protestants et les catholiques avaient tenté d'enlever le petit Charles IX à Catherine de Médicis.

Et puis, pendant que le cortège royal se traîne sur les chemins, les jours s'écoulent l'un après l'autre, loin des intrigues parisiennes. On se rapproche de la date fatidique où Louis XIV sera vraiment roi. À l'automne de 1650, il n'y a plus qu'un an à attendre. Mais Dieu que le temps passe lentement !

Anne d'Autriche, épuisée par ces pérégrinations inconfortables, irritée par l'hostilité des Bordelais à qui elle a dû concéder une paix blanche, s'est enrhumée et tousse. Elle incrimine « les mauvaises dispositions des esprits plutôt que le climat ». À Poitiers son état empira. Elle dut s'arrêter une douzaine de jours à Amboise, dévorée d'une fièvre que les saignées furent impuissantes à calmer. Après une nouvelle étape à Fontainebleau, elle regagna enfin Paris, « faible et triste ». Elle prit médecine, se trouva plus mal et l'on commença de craindre pour sa vie. On diagnostiqua un abcès intestinal — comme chez Louis XIII moribond ! — que l'on soigna à base de rhubarbe et de séné. Mazarin, rongé d'angoisse, tremblait. Mais sa robuste nature l'emporta sur le mal et sur les remèdes. Elle était hors de danger lorsqu'il la quitta pour rejoindre l'armée qui, en Champagne, s'apprêtait à affronter l'armée levée par Turenne avec l'aide de l'Espagne. Il revint triomphant : les troupes royales avaient remporté le 15 décembre, près de Rethel, une écrasante victoire mettant fin aux espoirs militaires des condéens.

L'union des deux Frondes

Pendant qu'Anne d'Autriche rendait grâces à Dieu d'avoir ainsi « confondu la malice de ses persécuteurs », les partisans de Condé se préparaient à regagner sur le plan politique ce qu'ils avaient perdu sur le champ de bataille. Ils trouvèrent une oreille complaisante chez les tenants de la « vieille Fronde », inquiets du regain de pouvoir que Rethel donnait à Mazarin. Et puis beaucoup commençaient à trouver choquant que la régente maintienne si longtemps en prison le premier prince du sang, à qui elle n'avait rien à reprocher que son arrogance.

En partant pour sa tournée provinciale, elle avait confié à son beau-frère le soin de la remplacer à Paris. Démarche normale, mais qui conférait à Gaston un poids politique accru. Il s'était acquitté de sa tâche sans zèle excessif, mais sans manquements graves. Certes il n'avait pas raté l'occasion de prêcher pour la paix civile, en conseillant de pardonner aux Bordelais, et pour la paix « générale », en prêtant l'oreille à des ouvertures espagnoles. Il sortait là de ses attributions, et la reine en avait été agacée. Mais au moins, il avait maintenu le calme dans la ville. Mazarin s'inquiétait cependant, à titre personnel, de l'influence qu'avait prise auprès de lui le coadjuteur, devenu son principal conseiller. Faire de celui-ci un cardinal, comme promis, c'était se préparer un rival. Il opposait donc à ses sollicitations et à celles de Mme de Chevreuse des réponses dilatoires. Et le coadjuteur s'impatientait.

Le renversement d'alliances fut négocié en grand secret pour le compte de Condé par la princesse palatine, Anne de Gonzague, une femme d'une intelligence pénétrante et d'une habileté consommée, très séduisante de surcroît. Avec l'aide de la duchesse de Chevreuse, elle réussit à gagner Monsieur, qui regrettait d'avoir travaillé pour Mazarin en souscrivant à l'arrestation des princes. Un traité secret en bonne et due forme fut signé le 30 janvier 1651 : Condé et ses codétenus seraient libérés, Gaston dirigerait le Conseil, Mazarin serait chassé du ministère au bénéfice de Châteauneuf, l'ancien amant de la duchesse, et le coadjuteur aurait un chapeau de cardinal. Deux mariages devaient sceller l'alliance : à longue échéance, quand ils seraient en âge, celui du fils de Condé avec une petite princesse d'Orléans et dans l'immédiat, celui du prince de Conti avec Mlle de Chevreuse.

Anne d'Autriche et son ministre n'ont rien pressenti,

rien vu venir. Ils commencent à comprendre qu'il y a anguille sous roche lorsqu'à la mi-janvier ils voient Gaston s'associer aux démarches du clergé et du parlement en faveur des princes. Au début de février, celui-ci jette le masque : il n'assistera plus au Conseil tant que Mazarin en fera partie. De son côté le parlement, se sentant soutenu, « supplie » la reine de libérer les captifs et d'éloigner son ministre.

Paris était en ébullition, les milices municipales aux ordres de Gaston patrouillaient pour maintenir le calme, mais aussi pour contrôler les allées et venues. Des rumeurs couraient : on allait s'emparer de Mazarin et le juger. Il prit peur et décida de s'enfuir. Le 6 février, il se rendit chez la reine comme de coutume et lui parla longtemps. Elle était seule à savoir qu'elle le voyait peut-être pour la dernière fois. Elle se contint : « Aucune altération dans son visage ; sa gravité ne l'abandonna point ; son cœur, qui était touché sans doute de colère, de haine, de pitié, de douleur et de dépit, ne laissa rien voir au-dehors de tous ces sentiments. » Il était onze heures du soir. Dehors on criait aux armes. Il troqua sa robe pourpre contre une tenue de cavalier, casaque rouge sous un manteau gris, et rejoignit à pied, en compagnie de deux gentilshommes, la porte de Richelieu où il trouva des chevaux et une escorte.

En dépit des efforts de la cour pour présenter ce départ comme un exil « volontaire » témoignant d'une volonté d'apaisement, c'est bien d'une fuite qu'il s'agissait : nul ne s'y trompa et surtout pas les chansonniers dont cette peu glorieuse sortie alimenta la verve burlesque. Mais il comptait revenir très vite. Pour faire face à toute éventualité, il avait mis au point avec la reine plusieurs plans. Avec un peu de chance, huit jours permettraient à Anne de reconquérir son très malléable beau-frère. Il resta donc en attente à Saint-Germain. En cas d'échec, elle devait à son tour s'échapper de Paris avec le roi et le rejoindre. Si elle n'y parvenait pas, ils avaient décidé qu'il irait au

Havre, où avaient été transférés les princes, et qu'il négocierait avec eux leur libération : il avait en poche un ordre écrit officiel.

C'est ce troisième cas de figure qui se produisit. Il courut au Havre. Mais il arrivait les mains vides : la libération des prisonniers était virtuellement acquise. Il tenta de faire valoir un geste que Condé savait bien lui être imposé, se fit humble, sollicita son « amitié ». Celui-ci, avec son arrogante désinvolture, l'invita à souper et attendit la fin des salutations et des embrassades menteuses pour éclater de rire dans le carrosse qui l'emmenait vers Paris. Tandis que les trois princes regagnaient la capitale sous les acclamations, le fugitif prit le chemin de l'exil. Il erra deux mois avant de trouver refuge chez l'Électeur de Cologne, qui mit à sa disposition le château de Brühl. Il y séjournera jusqu'à l'entrée de l'hiver.

À Paris, Anne d'Autriche restait seule contre tous.

« *Abandonnée de tout le monde...* »

Bien qu'elle fît bonne figure en public, elle eut un accès de découragement. Elle ne supportait plus les « fariboles » que lui débitaient ses bouffons de cour. « Je voudrais qu'il fût toujours nuit ; car quoique je ne puisse dormir, le silence et la solitude me plaisent, parce que dans le jour je ne vois que des gens qui me trahissent. »

Monsieur, contrairement à son habitude, se montrait intraitable. Lorsqu'elle comprit qu'elle ne convaincrait pas son beau-frère, elle décida de quitter Paris, comme elle l'avait fait deux ans plus tôt, pour le reconquérir du dehors. C'était une folie. Avec l'appui de Gaston d'Orléans et de Condé l'entreprise s'était révélée délicate ; sans eux, elle était vouée à l'échec. Mais Anne ne raisonnait pas posément. Isolée, bafouée, méprisée, abreuvée d'avanies, elle ne songeait qu'à se soustraire à la pression de ses ennemis pour rejoindre Mazarin, le seul homme digne de sa confiance. La vigilance des frondeurs l'empêcha de commettre cette sottise.

Car cette fois-ci on se méfiait. Elle eut beau se plaindre des « bruits mensongers » qui couraient sur son départ et multiplier les dénégations, elle ne fit que renforcer les soupçons. Le soir du 9 février, tandis qu'elle faisait ses ultimes préparatifs, une agitation inquiétante régnait dans Paris, terrifiant ses suivantes : Gaston d'Orléans, à ce qu'on lui dit, allait lui enlever le roi et la mettre dans un couvent. En réalité, malgré les conseils de son entourage, il restait très indécis. Il dormait sur ses deux oreilles aux côtés de sa femme dans son palais du Luxembourg lorsque le coadjuteur et Mlle de Chevreuse vinrent l'avertir que la reine pliait bagage. Ils ne purent le décider à faire fermer les portes de la ville. Mais il envoya au Palais-Royal le capitaine de ses gardes suisses, Des Ouches, en guise d'avertissement.

Anne vit donc débarquer en pleine nuit cet émissaire fort embarrassé, qui tenta d'envelopper le déplaisant message d'un maximum de formes et d'égards. Elle joua la bonne foi, la surprise. Il dit qu'il avait ordre de voir le roi en personne. Elle protesta : il serait mauvais pour sa santé de l'éveiller. Devant son insistance elle haussa les épaules en signe de protestation, puis laissa au maréchal de Villeroy le soin de le guider jusqu'au lit de son fils. L'avait-elle fait recoucher en hâte, à peine habillé ? Ou bien ne l'avait-elle pas encore fait éveiller pour la fuite ? Quand Villeroy écarta le rideau et approcha une bougie de son visage pour qu'il fût clairement identifiable, l'enfant immobile semblait plongé dans un profond sommeil. Des Ouches le regarda fixement, se déclara convaincu et tenta en sortant de calmer les gens dans les rues : « Il venait de voir le roi qui dormait. »

Il se trouva parmi eux quelques incrédules, « qui entrèrent jusque dans le Palais-Royal, criant qu'on leur montrât le roi, et qu'ils le voulaient voir ». La reine eut alors un coup de génie. Avec une « incroyable fermeté

d'âme », elle fit ouvrir les portes et les invita à entrer.
« Ces mutins furent ravis de cette franchise. » Ils vinrent en procession jusque dans la chambre du roi, sur
la pointe des pieds. Auprès du lit dont on avait ouvert
les rideaux, ils furent saisis d'une crainte révérencieuse
et, « reprenant un esprit d'amour, ils lui donnèrent
mille bénédictions. Ils le regardèrent longtemps dormir, et ne pouvaient assez l'admirer ». Ils demandaient
à Dieu de tout leur cœur « qu'il lui plût de leur conserver leur jeune roi... »

Devant le succès de sa manœuvre, Anne récidiva
auprès de deux officiers de la garde bourgeoise avec
qui elle entretint, sur un pied de feinte cordialité, une
conversation qui les remplit d'aise. À l'un d'eux, un
ancien laquais de son maître d'hôtel, elle donna du
« Monsieur Du Laurier » à tour de bras. Et les deux
hommes, ravis, sortaient de temps à autre pour répéter
dans les rues qu'ils venaient de parler à la reine, qu'elle
était dans son lit, que le roi dormait, et qu'il n'y avait
rien à craindre. Ils étaient encore là au petit matin, à
l'heure de la messe, et elle les emmena dans son oratoire pour leur faire admirer les châsses de diamant qui
contenaient ses reliques. Lorsqu'ils la quittèrent pour
regagner leurs boutiques, elle n'avait pas de plus
chauds partisans.

Cependant il n'était plus question de rejoindre
Mazarin. Elle était bel et bien prisonnière. Dès le lendemain « il y avait dans toutes les rues de Paris des
corps de garde ; et les portes étaient si bien gardées
qu'il ne sortait personne à pied ni en carrosse qui ne
fût examiné, et point de femme qui ne fût démasquée [1],
pour voir si elle n'était point la reine ». Un mois
durant, ni elle ni son fils ne purent mettre le pied hors
du Palais-Royal. Elle feignait d'en plaisanter : au
moins « sa prison était belle et commode, puisqu'elle
était chez elle ». Mais en privé elle avouait supporter
très mal la violence qui lui était faite : « Où ne serais-

---

je pas mieux ? Quel moyen de ne se pas souhaiter ailleurs ? » Puis elle s'inclinait devant Dieu en disant : « Vous le voulez, Seigneur, et il vous faut obéir. »

C'est alors qu'elle invita Mazarin à quitter la France. Elle reçut de lui, en réponse, une lettre officielle fort belle, dans laquelle il déclarait se soumettre de grand cœur à ses volontés. Déjà le parlement dressait une déclaration contre lui, pour l'exclure à jamais du ministère. Mais comme tous le jugeaient perdu sans remède, il suffit de peu de temps pour faire voler en éclats la coalition artificiellement mise sur pied contre lui. Un mois plus tard Anne d'Autriche avait reconquis sa liberté. Elle entreprenait méthodiquement de diviser ses adversaires. Avec un remarquable succès.

Loin des yeux, loin du cœur ?

Mazarin redoutait beaucoup l'effet de l'éloignement sur une femme qui avait coutume de se reposer sur lui en tout et de suivre ses directives au doigt et à l'œil. Avant de partir il la chapitra avec soin. À ses côtés il laissait au secrétariat d'État trois hommes à lui, Lionne, Servient et Le Tellier, familièrement appelés les sous-ministres, ainsi qu'un commis encore obscur nommé Colbert, chargé de veiller à ses intérêts financiers. Entre Brühl et Paris, il mit au point un système de correspondance : quatre ou cinq messagers privés faisaient pour son compte la navette entre les deux villes, selon des itinéraires chaque fois différents et souvent très détournés. Grand minimum : trois jours, mais le plus souvent six ou sept.

Les inévitables délais rendent malaisée la pratique du gouvernement à distance. Trop de questions appellent une réponse urgente, des décisions qu'Anne est bien obligée de prendre par elle-même. Pis encore : les instructions de Mazarin révèlent parfois une grave méconnaissance de la situation réelle, il ne perçoit pas les impondérables, ne sent pas les choses comme s'il était sur place. Quand il s'indigne que le roi ait dansé un ballet, au lieu de s'enfermer dans un silence hargneux, quand il conseille à la reine de harceler le parlement de ses plaintes et d'y traîner ses fils en larmes pour apitoyer les magistrats, il se trompe sur l'état d'esprit des uns et des autres : c'est en faisant front avec dignité qu'elle a le plus de chances de retrouver son crédit. Un décalage se glisse donc entre eux, générateur de dissonances, et l'on voit Anne d'Autriche, fidèle aux instructions antérieures du cardinal, prendre des initiatives peu conformes à ses désirs actuels.

Les absents ont toujours tort. Autour d'elle une lutte d'influence s'organise pour remplacer l'exilé. On compte sur sa paresse et sur son incapacité présumées : il faudra bien qu'elle s'appuie sur quelqu'un. C'est « une femme d'habitude », dit Gaston, dans l'esprit de laquelle on peut aisément s'insinuer, pour peu qu'on la côtoie tous les jours. Nul n'est indispensable et les affaires continuent de tourner, malgré l'absence du favori. Le procès mené contre lui devant le parlement devrait même la convaincre de sa nocivité politique et de ses prévarications. Les nouveaux maîtres du pouvoir colonisent les principales fonctions, en y rétablissant d'anciens familiers, pour ne pas la dépayser. Le malheureux se plaint amèrement de voir qu'elle « donne accès auprès d'elle à ceux qui [le] haïssent le plus ». Et il s'indigne qu'elle ose proposer à Lionne — un fidèle pourtant — d'occuper une partie de ses appartements. Bref le temps semble commencer à faire son œuvre en la désaccoutumant de lui.

La méthode est habile. L'on y reconnaît la main de Mme de Chevreuse : « Il n'y avait qu'à éloigner le cardinal Mazarin de la reine et, la connaissant comme elle faisait, elle était assurée que sitôt qu'elle ne le verrait plus, elle l'oublierait. » L'insinuante duchesse croit même possible d'aller plus loin. Puisqu'il doit une bonne part de son influence à son charme, à la douceur de ses manières, à l'éclat de son esprit, pourquoi ne pas lui opposer un autre séducteur ? Il y a sur les rangs

un homme dont les conquêtes défraient la chronique
depuis dix ans, c'est le coadjuteur de Paris. Disons tout
de suite que les psychologues amateurs jugent mal la
reine et que le galant en sera pour ses frais. Il reste que
Mazarin lui-même se sait vulnérable sur ce terrain et
qu'il enrage d'en être réduit à passer par l'incommode
détour de la correspondance, tant il est sûr qu'il persua-
derait plus « avec deux paroles qu'avec cinquante
lettres et la mission d'autant de gentilshommes ». Et il
redoute tant le coadjuteur que la première épître en
forme de mémorandum qu'il adresse à la reine de son
exil de Brülh [1] comporte un réquisitoire en règle contre
lui.

De la très abondante correspondance qu'ils échangè-
rent, l'essentiel est malheureusement perdu. Nous disposons d'un très grand nombre de lettres de Mazarin
durant son exil de 1651 et dans les années suivantes,
mais les réponses de la reine ont presque toutes disparu ; les onze lettres d'elle, autographes, scellées à la
cire rouge avec des rubans de soie rose, qui nous sont
parvenues s'échelonnent de 1653 à 1660, sans qu'on
puisse les situer clairement dans un échange. Les unes
comme les autres respirent la sentimentalité romanesque. Elles sont en partie codées. Les noms de personnes s'y cachent sous des nombres ou sous des
termes métaphoriques : la reine est *quinze* ou *vingt-
deux*, *Séraphin* ou *Zabaot*, Mazarin est *vingt-six*, le
Ciel ou la *Mer*. Comme si le langage était impuissant
à traduire la force du lien qui les unit, tout un jeu de
signes — étoile à huit pointes, ligne verticale hachée
de trois horizontales comme une croix de Lorraine, S
majuscule barré transversalement [2] — vient se substituer, dans les dernières lignes, aux formules conven-

---

1. Plus exactement, la première qui nous soit parvenue. Elle date
du 12 mai 1651, un mois après son installation chez l'Électeur de
Cologne.
2. Ce symbole de fidélité amoureuse, d'origine espagnole, s'appelait *fermesse*.

tionnelles. On sent affleurer dans leurs épanchements les thèmes familiers de la tradition courtoise : douleur des amants séparés, rappel des instants de bonheur passés ensemble et par-dessus tout soumission du chevalier à sa dame. Leur relation est assurément d'ordre affectif. Mais entre amitié et amour les hommes et les femmes du XVIIe siècle entretenaient l'équivoque avec tant de soin qu'il est aisé de s'y tromper, dans un sens comme dans l'autre. On a voulu voir dans ces lettres l'expression voilée d'une ardente passion charnelle. Ne s'agit-il pas plutôt d'une profonde tendresse toute baignée de sentimentalité à la mode ? Le fait qu'il y soit souvent question du jeune roi, désigné sous le pseudonyme du *Confident*, incite à pencher pour la seconde hypothèse.

En 1651 Mazarin en tout cas, lorsqu'il écrit à Anne d'Autriche, ne perd jamais de vue ses intérêts. La plainte élégiaque s'entremêle de conseils politiques, d'appels au secours, voire de reproches. Sous les protestations de dévouement se glisse le message politique. Le désir de la revoir ne dissimule qu'à peine celui d'être rétabli dans ses fonctions. Plus les jours passent, plus il s'impatiente : qu'attend-elle pour le rappeler ?

Il n'a pas tort de s'inquiéter. Car leurs objectifs ne sont pas identiques. Certes elle n'est pas prête à le trahir pour un autre. Il n'a qu'un rival dans son cœur, Louis XIV. Mais c'est un rival redoutable, devant qui il sait qu'il ne pèse rien. Il veut rentrer, le plus vite possible, retrouver sa position sociale, ses biens, son pouvoir. Elle veut avant tout préserver l'avenir de son fils. Or presque tout son entourage — les milieux ecclésiastiques notamment et jusqu'à sa chère Mme de Motteville — lui répète qu'il serait criminel de mettre en danger une paix civile encore fragile pour les beaux yeux d'un favori dont l'expérience montre chaque jour qu'elle est capable de se passer. En substance : vous ne voudriez tout de même pas sacrifier à votre ministre l'autorité à venir de votre fils ! L'argument porte. Anne hésite à aller « contre sa conscience et contre les intérêts du roi ».

Très sagement elle se fixe un but, un seul : que son fils soit proclamé majeur à la date prévue. Il n'y a plus que quelques mois à attendre. Tant pis pour Mazarin, il patientera. Et il lui faudra avaler comme autant de couleuvres tout ce qu'elle fera ou laissera faire contre lui : poursuites, condamnations, promesses de ne jamais le rappeler, faveurs prodiguées à ses adversaires. Le piquant de l'affaire, c'est qu'elle suit en cela ses conseils. C'est lui qui lui a appris à « couler le temps » jusqu'à la majorité et qui, au début de son séjour à Brühl, l'a incitée à se raccommoder au besoin avec ses ennemis de la veille : « La règle de votre conduite ne doit jamais être la passion de la haine ou de l'amour, mais l'intérêt de l'État. » Elle a très bien — trop bien — compris ses leçons.

Jusqu'en septembre, elle joue un jeu prudent, mais efficace, d'ailleurs inspiré lui aussi par un autre précepte du cardinal. Elle s'applique à bercer ses ennemis de promesses illusoires et à les neutraliser les uns par les autres. Elle y réussit à merveille. Avec, il faut bien le dire, leur complaisante collaboration.

Diviser pour régner

Pourquoi les vainqueurs, lorsqu'ils tenaient la reine, ne lui ont-ils pas ôté la régence, se demandera plus tard La Rochefoucauld ? La réponse est simple. C'est parce qu'il y a deux prétendants — Condé et Gaston d'Orléans — dont chacun refuse de laisser la place à l'autre ou même de partager avec lui le pouvoir. Ils n'ont pas d'objectif clair. L'orgueil, la colère, la peur l'emportent chez eux sur la saine raison. Le printemps et l'été de 1651 sont donc marqués par un tourbillon d'intrigues entrecroisées qui donnent après coup le tournis aux historiens, mais qu'Anne d'Autriche, sur le moment, exploite avec une adresse croissante. Elle dose faveurs et affronts. Les disgraciés refont surface avant de replonger, les fonctions ministérielles passent et repassent de l'un à l'autre, les sceaux voltigent de main en main. Les haines entre rivaux s'exacerbent, tandis qu'approche la majorité du roi et que les sages commencent à comprendre dans quel sens souffle le vent.

Elle n'eut pas besoin d'intervenir pour briser l'alliance entre les condéens et la vieille Fronde. Ce fut Mme de Longueville qui s'en chargea. Si son frère cadet épousait Mlle de Chevreuse, c'en serait fait de l'influence qu'elle exerçait sur lui ; et elle se verrait éclipsée à la cour par une belle-sœur aussi belle, plus jeune et mieux titrée, qui aurait « le rang » sur elle. Elle clama bien haut ce que chacun murmurait *mezza voce* : que la promise était la maîtresse du coadjuteur. Mme de Chevreuse préparait déjà les invitations à la noce lorsqu'il lui fut signifié grossièrement que le mariage était rompu. Condé ne prit pas de gants. Une fois le ministre chassé, il n'avait plus besoin des alliés de la veille. Certes ils l'avaient aidé à sortir de prison, mais ils avaient commencé par l'y faire entrer. Il s'en défie et n'a qu'un désir : se réconcilier avec la reine, à qui il se fait fort d'imposer ses volontés.

Mazarin semble avoir cru possible de « ramener M. le Prince, en sorte qu'il fût entièrement à la reine ». Dans ce but, elle le comble de faveurs. Elle lui permet d'échanger avec le duc d'Épernon son gouvernement de Bourgogne contre celui de Guyenne. Et le Lundi saint, 3 avril, elle opère sans en aviser le duc d'Orléans un vaste remaniement ministériel au bénéfice des condéens. Indignation de Gaston, fureur du coadjuteur : ils parlèrent beaucoup, agitèrent des projets d'action violente, mais ne firent rien. Il n'y avait d'ailleurs rien à faire, ils n'étaient pas les plus forts. L'union des deux Frondes était morte. Oui, mais à quel prix ? Il apparaît vite que la régente ne peut compter sur le prince. Loin de songer à rappeler Mazarin, Condé se montre dangereux. On avait mis hors de sa cage « un lion furieux qui allait dévorer tout le monde ». Il était plus insatiable que jamais.

Sur ces entrefaites voici qu'une assemblée de nobles, qui s'était spontanément réunie à Paris pour réclamer sa libération, insiste pour qu'on réunisse les États Généraux. Et voici qu'on reparle de modifier, sous l'autorité légitime des États, la législation sur la régence. Comme Condé, disposant d'une très forte implantation provinciale, risquait de s'assurer une majorité de délégués, Anne trembla, et Mazarin plus encore : « Tout, Madame, lui écrivit-il de Brühl, tout plutôt que d'accorder à M. le Prince ce qu'il demande. Si il l'obtenait, il n'y aurait plus qu'à le mener à Reims ! » — autrement dit à le faire couronner roi. Il lui conseilla de torpiller le projet et d'opérer un nouveau renversement d'alliances.

L'idée d'un recours aux États Généraux ne faisait pas l'unanimité, c'est le moins qu'on puisse dire. Le duc d'Orléans, n'ayant rien à y gagner, s'y opposait. Le parlement, jaloux d'une assemblée qui empiéterait sur ses propres prérogatives, ne voulait pas en entendre parler. Anne feignit de consentir, mais proposa de les réunir à Tours — beaucoup moins dangereux que Paris —, le 8 septembre — à une date où Louis XIV serait majeur. Les partisans du projet virent le piège, protestèrent. Elle tint bon. On procéda aux élections. Mais l'assemblée ne se réunit jamais.

Contre Condé, elle n'eut pas de peine à s'assurer des appuis. De jour en jour, il s'aliène les sympathies. Ceux qui l'ont plaint au temps de sa prison supportent mal son humeur cassante. L'arrogance de sa sœur exaspère. Le premier président Molé prend ses distances. Le duc de Longueville lui-même, lassé des incartades de son épouse, fait sa soumission. Le duc de Bouillon et son frère Turenne, contactés par des émissaires de Mazarin, promettent de se rallier.

Mais surtout il accumule provocations et maladresses, réclamant charges et places pour ses partisans, exigeant l'expulsion des trois « sous-ministres » de

Mazarin restés en place, entrant en pourparlers secrets avec l'Espagne. Et il traite les souverains avec un mépris insultant, refusant de rendre à la régente les visites qu'exige le protocole, s'abstenant de descendre de carrosse pour saluer le roi lorsque leurs deux équipages viennent à se croiser sur le Cours-la-Reine. À vrai dire, il a peur. Ce héros impavide sur un champ de bataille tremble à la perspective d'un nouveau séjour en prison. Le moindre bruit de troupes le fait s'enfuir dans son château de Saint-Maur où il se terre — démarche menaçante, qui semble préluder à une prise d'armes.

Ce jeu de cache-cache dure jusqu'au moment où Anne d'Autriche excédée, décide d'y mettre un coup d'arrêt, avec l'appui de la vieille Fronde. Elle savait être, quand elle le voulait, d'une coquetterie royale. Elle convoqua le coadjuteur. Comme dix-huit mois plus tôt, il gagna nuitamment en costume laïc le cloître Saint-Honoré, d'où un serviteur le mena par l'escalier dérobé dans le petit oratoire privé de la reine. Cette fois-ci Mazarin n'était plus là, elle le reçut seul à seule. « Je vous offre la nomination au cardinalat ; que ferez-vous pour moi ? [...] — J'obligerai M. le Prince de sortir de Paris devant qu'il soit huit jours et je lui enlèverai Monsieur dès demain. [...] — Touchez là, vous êtes après-demain cardinal et, de plus, le second de mes amis... » Il faut lire dans les *Mémoires* l'étonnant récit de ces entrevues où il crève les yeux qu'elle est en train de le rouler dans la farine et où le narrateur, à vingt-cinq ans de distance, ne parvient pas à se déprendre de la fascination qu'elle exerçait alors sur lui.

Dans une déclaration officielle, elle dresse contre le prince un véritable acte d'accusation. Le galant coadjuteur s'est engagé à orchestrer l'attaque au parlement. Elle lui fournit quelques troupes pour s'y rendre, le 21 août. Le climat est si tendu que Gaston d'Orléans, prudent, s'est fait porter malade. Pour un peu les deux groupes antagonistes en seraient venus aux mains et le coadjuteur faillit périr poignardé, la tête prise entre les deux battants d'une porte que maintenait La Rochefoucauld, appelant ses séides au meurtre. La reine avait pris de gros risques, avec peut-être l'espoir secret de voir s'entr'égorger ses deux plus dangereux adversaires. Ils en sortirent vivants, mais déconsidérés tous deux — Condé un rebelle impénitent, le coadjuteur un opportuniste rallié à Mazarin.

Deux semaines plus tard, le jeune roi entrait sans encombre dans sa quatorzième année. Le 5 septembre, jour même de son anniversaire, elle fit une déclaration doublement symbolique. Elle reconnut l'innocence de Condé, pour dégager sa responsabilité dans la guerre civile qui se préparait. Elle confirma le bannissement définitif de Mazarin. Cette dernière mesure, qui indigna l'exilé et lui déchira le cœur, visait à se laver elle-même du reproche de duplicité et à donner plus de poids à l'annulation qu'en ferait librement son fils.

Le 7 septembre, dans un lit de justice solennel, on proclamait au parlement la majorité de Louis XIV.

La majorité de Louis XIV

La cérémonie fut l'occasion d'un de ces défilés à grand spectacle comme les affectionnait l'ancienne monarchie. La longue cavalcade chamarrée et rutilante serpenta lentement dans les rues sous les acclamations, saluée par le carillon des cloches. Loin derrière ses gardes, ses gentilshommes, ses officiers, venait le roi, vêtu d'un habit si chargé de broderies d'or qu'on n'en distinguait pas la couleur. Il montra son talent d'écuyer en faisant ruer et se cabrer son petit cheval arabe. Tenant son chapeau à la main, il répondait aux vivats par un sourire et saluait gracieusement les dames. Derrière lui venaient en carrosse la reine et le petit duc d'Anjou.

Après avoir entendu la messe à la Sainte-Chapelle, les princes, les pairs du royaume, les maréchaux, les prélats et les ministres prirent protocolairement leur place dans la Grand-Chambre du parlement. Les autres, comme Mademoiselle ou la reine d'Angleterre, s'entassèrent dans les lanternes[1]. Une absence remarquée, celle de Condé. Le roi refusa de lire la lettre d'excuses que son frère Conti lui remit de sa part. Le prince était en effet inexcusable.

Le héraut ayant proclamé la séance ouverte, le roi se leva et dit d'une voix ferme : « Messieurs, Je suis venu en mon parlement pour vous dire que, suivant la loi de mon État, j'en veux prendre moi-même le gouvernement, et j'espère de la bonté de Dieu que ce sera avec piété et justice. Mon chancelier vous dira plus particulièrement mes intentions. »

Lorsque Séguier eut fini sa harangue, la reine prit à son tour la parole : « Monsieur, Voici la neuvième année que, par la volonté dernière du défunt Roi mon très honoré Seigneur, j'ai pris soin de votre éducation et du gouvernement de votre État [...]. À présent que la loi du royaume vous appelle au gouvernement de cette monarchie, je vous remets avec grande satisfaction la puissance qui m'avait été donnée pour la gouverner, et j'espère que Dieu vous fera la grâce de vous assister de son esprit de force et prudence pour rendre votre règne heureux. »

Et Louis lui répondit : « Madame, Je vous remercie du soin qu'il vous a plu de prendre de mon éducation et de l'administration de mon royaume. Je vous prie de continuer à me donner vos bons avis, et je désire qu'après moi vous soyez le chef de mon Conseil. »

Chacun vint rendre hommage au roi et lui jurer fidélité. Suivit un chaleureux éloge de la reine par le président Molé. On fit ensuite donner lecture de trois textes proposés à l'enregistrement et pour une fois l'éloquence fleurie d'Omer Talon ne fut agrémentée d'aucun grief : il est vrai qu'il ne s'agissait pas d'impôts

---

1. Petites loges surélevées d'où l'on avait vue sur la salle et où prenaient place des assistants de marque.

nouveaux ; deux édits portaient interdiction des blasphèmes et des duels ; une déclaration proclamait à nouveau l'innocence de Condé. En revanche, il ne fut pas question, on s'en doute, de renouveler la condamnation de Mazarin. On s'abstint de parler de lui.

La journée finit par des feux d'artifice. Le nouveau règne paraissait commencer dans l'euphorie. Anne d'Autriche venait de gagner une partie capitale. La donne politique s'en trouve transformée. Le jeune roi est infiniment populaire. On en attend des miracles. Contre lui la rébellion est beaucoup plus grave que contre une régente, elle soulève crainte et réprobation : ne tient-il pas son autorité de Dieu ?

Comme toujours en pareilles circonstances, la reine mère sort donc plus puissante de la cérémonie qui semble lui ôter le pouvoir. Plus de Conseil de régence, plus de lieutenant général du royaume. L'enfant roi est seul maître chez lui et sa mère est plus libre de gouverner en son nom comme elle l'entend. Encore faut-il qu'ils soient en parfaite harmonie. La majorité de Louis XIII n'avait pas soulagé beaucoup Marie de Médicis dans sa lutte contre les grands seigneurs révoltés. Car sa volonté d'accaparer le pouvoir laissait présager entre elle et son fils un conflit que les opposants se promettaient d'exploiter. La force d'Anne d'Autriche au contraire repose sur trois données essentielles.

Aucune ambition personnelle ne l'habite. Elle a toujours vécu en étroite union d'esprit et de cœur avec son fils. Enfin à treize ans, le jeune Louis XIV, intelligent, réfléchi, formé à la dure école de trois années de troubles, est, à la différence de son père, d'une exceptionnelle maturité. En compagnie de Mazarin, puis seule, elle l'a associé aux décisions importantes, lui en a expliqué les enjeux, et il a partagé ses angoisses et ses joies. Comme il est loin, le petit garçon qui pleurait lors du lit de justice de janvier 1648, parce qu'il avait oublié ce qu'il avait à dire ! Six mois plus tard, apprenant la victoire de Lens, il s'est écrié : « Messieurs du parlement seront bien fâchés ! » Des fenêtres du Palais-Royal il a pu apercevoir les barricades. Il a vécu la fuite à Saint-Germain dans la nuit et le froid. Deux ans plus tard il a eu le courage, quand les émeutiers défilaient à son chevet, de feindre le sommeil sans broncher. Il ressent vivement les affronts et s'en indigne. Au retour du Cours-la-Reine, le jour où Condé s'est abstenu de le saluer, il se déclare « marri » de ne pas avoir eu ses gardes sous la main[1], « parce que le prince aurait eu grand peur ». Et il demande tout de go à Gaston d'Orléans, à la fin août 1651 : « Mon bon oncle, il faut que vous me fassiez une déclaration si vous voulez être de mon parti ou de celui de M. le Prince. » L'enseignement reçu par Louis XIV a comporté sans doute moins de versions latines que ne le souhaitaient ses précepteurs. Mais il a reçu, grâce à sa mère — et, si l'on peut dire, grâce à la Fronde —, une éducation de roi.

Les retrouvailles

Par goût, Condé était peu enclin à la subversion. Mais exaspéré par les affrontements du mois d'août, il s'y est résolu à l'instigation de ses proches : « Vous avez voulu la guerre et l'épée tirée ! leur dit-il. Mais sachez que je serai le dernier à la remettre au fourreau. » Après un détour par Bourges et par la citadelle de Montrond, où il a mis à l'abri sa famille, il est parti pour la Guyenne battre le rappel de ses partisans.

Lorsque la reine annonce son intention de quitter Paris avec le roi pour entrer en campagne contre lui, nul ne songe cette fois à s'y opposer, et d'ailleurs personne n'en a les moyens. Il est évident qu'une fois soustraite aux pressions conjuguées de Gaston d'Orléans, du parlement et du peuple, elle va s'empresser

---

1. Il les avait fait passer par un autre itinéraire, pour échapper à la poussière que soulevaient leurs chevaux.

de rappeler Mazarin. Reste à savoir quand le moment sera favorable. Presque tous y sont hostiles, les candidats à sa succession par intérêt personnel, les mieux intentionnés pour lui par crainte que son retour ne recrée entre ses adversaires l'union si péniblement défaite. Attendez donc d'être venue à bout de Condé, lui dit-on. Hélas, cela risque d'être long. Certes le prince n'a trouvé les appuis escomptés ni parmi la noblesse du Centre et du Sud-Ouest — Bouillon et Turenne l'ont ouvertement lâché —, ni du côté des Espagnols, qui ne lui fournissent pas l'argent promis par le traité qu'il vient de signer avec eux. Les troupes royales peuvent donc lui disputer un chapelet de petites places fortes en Saintonge et en Angoumois. Mais la victoire décisive n'est pas pour demain et la reine reste paralysée à Poitiers, où elle s'est installée.

C'est Mazarin qui prend l'initiative de revenir. Mais pas en catimini. Il sera en mesure de se faire respecter. Pour recruter des soldats, il met dans la balance tout l'argent dont il dispose — et grâce à Colbert et à quelques autres, il a pu sauver une bonne part de ses biens confisqués. Il taxe ses quelques fidèles, il met des bijoux en gage, il emprunte. Il sera temps de rembourser — et de se rembourser — plus tard. Il parvient à mettre sur pied une armée de 7 000 hommes, bien à lui, à qui il donne pour signe de ralliement une écharpe verte. Dès la fin octobre il se trouve sur la frontière, guettant le moment opportun. La reine lui fait savoir discrètement qu'elle l'attend. Mais c'est seulement au début décembre, lorsqu'a enfin été enregistrée par le parlement une déclaration condamnant Condé, qu'il lui annonce sa venue prochaine. Le 12 — consécration suprême — le roi en personne lui écrit pour l'inviter à revenir. Il passe la frontière la veille de Noël, traverse la France à grandes guides sans rencontrer de résistance. Il arrive à Poitiers dans les tout derniers jours de janvier. L'accueil est plus que chaleureux : Louis s'est dérangé pour aller à sa rencontre à une lieue de la ville en compagnie de son jeune frère, tandis que la reine, accoudée à une fenêtre, guette son apparition.

Gestes hautement symboliques, porteurs d'un message très clair. Anne d'Autriche s'efface, laissant à son fils le devant de la scène. Mazarin est rentré parce que Louis XIV l'a voulu, il tire de ce choix une légitimité nouvelle ; c'est en son nom qu'il gouvernera désormais. Tous ceux qui ont naguère cherché à dresser l'enfant roi contre le favori de sa mère en sont pour leurs frais : le respect et la confiance du jeune garçon l'accompagneront jusqu'à sa mort.

Quoi qu'en pensent certains biographes, il est très peu vraisemblable que Mazarin soit devenu, à cette date, l'amant d'Anne d'Autriche. Il n'est pas fou. Ce n'est plus à elle qu'appartient l'avenir, c'est à son fils, il le sait bien. Pourquoi aurait-il pris le risque de l'entraîner dans une liaison ? À moins qu'elle ne l'ait exigé formellement. Mais avec ses cinquante ans bien sonnés, son embonpoint, sa dévotion superstitieuse, on la voit mal se jeter dans ses bras autrement que pour des démonstrations de tendresse. Lié à elle par les épreuves traversées et par une commune sollicitude pour les enfants, Mazarin, investi de son parrainage, remplace auprès de Louis le père disparu et lui tient lieu de l'oncle que Gaston d'Orléans n'a pas su être. Ils forment une famille, plus solide et plus unie que ne le sont d'ordinaire les familles royales — une heureuse compensation pour Anne, à qui la vie conjugale n'avait valu que des chagrins.

La reconquête

L'histoire de la reconquête du royaume n'est plus tout à fait l'histoire d'Anne d'Autriche. Non qu'elle soit écartée du pouvoir. Elle continue d'assister au Conseil et rien n'est fait sans qu'elle en soit avertie. Mais elle se tient en retrait et on ne peut discerner, dans les décisions prises, ce qui relève de son initiative.

On résumera donc à grands traits une année entière de guerre civile riche en péripéties tragiques.

Le retour de l'exilé a, comme prévu, suscité une nouvelle flambée de violences et ressoudé ses adversaires. Autour du duc d'Orléans, le coadjuteur, bientôt cardinal de Retz, n'a pas réussi à créer un *tiers parti* modéré, excluant à la fois Mazarin et Condé. Au début de janvier, Monsieur — solidarité princière oblige — se rallie à son cousin. Condé, comprenant que la victoire se joue à Paris et non en Guyenne, remonte en hâte vers le nord, tandis que la cour en fait autant. Turenne tente de lui couper la route. Sous les murs de la capitale, un mémorable combat oppose le 2 juillet les deux plus grands stratèges dont dispose alors la France. Condé, sur le point d'être écrasé, est sauvé par la Grande Mademoiselle qui, couvrant sa retraite par les canons de la Bastille, lui fait ouvrir la porte Saint-Antoine. Pendant que se déroulait cet affrontement décisif, la reine, selon son habitude, était en prière, dans la chapelle des carmélites de Saint-Denis. Mais le roi cette fois n'était pas avec elle. Posté sur les hauteurs de Charonne[1], il observait les opérations en compagnie de Mazarin. Signe que l'autorité a bien changé de mains.

Dans Paris où il s'est enfermé, Condé tente d'imposer ses volontés par la terreur : une émeute suivie d'incendie fait à l'Hôtel de Ville près de trois cents morts. Bien qu'il instaure un contre-gouvernement à sa dévotion et que la propagande anti-mazarine ait repris avec virulence, la majeure partie de la population ne suit pas. Son parti se décompose, un mouvement d'opinion favorable au roi se dessine et gagne chaque jour du terrain. Le roi a ordonné au parlement de se rendre à Pontoise et a déclaré hors la loi tous les magistrats — une bonne moitié — qui refusent d'obéir. Les Parisiens livrés à l'anarchie ne rêvent que de paix mais,

---

1. À l'emplacement de l'actuel cimetière du Père-Lachaise, alors hors des remparts.

entraînés par leur élan, conditionnés par quatre ans d'agitation et de polémiques, ils s'enferment dans leur opposition stérile à Mazarin.

Celui-ci propose alors de se retirer de son plein gré. Le roi y consent, pour répondre, dit-il, aux désirs de son peuple, mais il assaisonne sa déclaration d'un véritable panégyrique. À Bouillon, sur la frontière de l'est, le proscrit volontaire subira quelques mois les brouillards et l'ennui de l'exil, le temps que le roi ait repris possession de sa capitale.

Le 21 octobre Louis XIV et Anne d'Autriche font leur entrée solennelle dans Paris sous les acclamations. Par prudence cependant un déploiement de troupes impressionnant les entoure, et c'est à l'abri des fossés et des remparts du Louvre qu'ils choisissent d'habiter, plutôt que dans l'aimable mais indéfendable Palais-Royal. Le lendemain, lit de justice, proclamation d'amnistie, sauf pour ceux des condéens qui l'ont refusée, sentences de bannissement contre Gaston d'Orléans, la Grande Mademoiselle et quelques autres figures marquantes des récents affrontements, mise au pas du parlement, invité à s'en tenir à ses strictes attributions. Le 19 décembre, le cardinal de Retz, en dépit de son chapeau rouge tout neuf, est arrêté et conduit au donjon de Vincennes. La voie est libre, Mazarin peut rentrer. Il fait le 3 février de l'année suivante un retour triomphal.

La Fronde est finie, sauf en Guyenne où s'est réfugié Condé. Il faudra un an pour en déloger ses partisans. Passé au service des Espagnols, il mènera la guerre à leurs côtés jusqu'à la paix des Pyrénées en 1659.

Le 7 juin 1654, à Reims, Anne d'Autriche rayonne de joie. Dans la cathédrale tapissée de tentures rutilantes, devant un parterre de prélats et de grands seigneurs, Louis prononce le serment du sacre. On lui enlève sa robe d'argent, on le chausse de bottines de velours aux éperons d'or. L'évêque de Soissons pratique ensuite sur lui, à l'aide du saint chrême, les sept onctions rituelles, tandis qu'on lui rappelle la liste de ses devoirs : « Que le roi réprime les orgueilleux, qu'il soit un modèle pour les riches et les puissants, qu'il soit bon envers les humbles et charitable envers les pauvres, qu'il soit juste à l'égard de tous ses sujets et qu'il travaille à la paix entre les nations. » On le revêt d'une tunique et d'une dalmatique, qu'on recouvre d'un manteau violet semé de fleurs de lis. Deux onctions encore, une sur chaque main. Puis on lui remet les emblèmes de son pouvoir : l'anneau, le sceptre, la main de justice et la couronne de Charlemagne. Il gagne ensuite son trône où il reçoit l'hommage des pairs et les acclamations de la foule en liesse. *Te Deum*, messe, procession, toucher rituel des écrouelles, trois jours durant, la reine peut admirer son fils, si beau, si recueilli, si noble et si simple à la fois, si accompli, à l'aube d'un règne qu'elle espère être grand.

En lui transmettant l'autorité royale intacte, elle a rempli sa mission. À lui de gouverner maintenant, sous la direction éclairée de Mazarin. Déchargée du fardeau des affaires, elle peut s'abandonner à sa légendaire paresse et à son goût immodéré pour les églises et les couvents. Sans oublier ses devoirs maternels, face à deux adolescents qui s'apprêtent à devenir des hommes. C'est dans ce nouveau rôle qu'il nous faut maintenant la suivre.

CHAPITRE VINGT

LA PLUS HEUREUSE DES MÈRES ?

Anne d'Autriche a tiré de sa victoire sur la Fronde un prestige considérable. Sa popularité redouble, elle est une figure respectée et redoutée. Elle remplit de son mieux le rôle traditionnel de mère du roi, présidant à la vie de la cour tant que Louis XIV est célibataire, s'efforçant ensuite comme reine mère d'initier et de protéger sa jeune belle-fille. En s'écartant de la politique, elle n'a pas renoncé à exercer sur ses fils un magistère moral : n'est-elle pas responsable de leur salut ? Tant qu'ils sont jeunes et que se fait sentir l'influence pondératrice de Mazarin, elle conserve sur eux son emprise. Mais elle aura le chagrin, dans ses toutes dernières années, de les voir lui échapper.

Les « honnêtes plaisirs »

Dans le Louvre, où la famille royale a choisi de résider, Anne ne répugne plus à respecter la distribution traditionnelle de l'espace. À côté des appartements de son fils, au premier étage, elle laisse vides ceux qui accueilleront un jour une belle-fille et elle s'installe au rez-de-chaussée, dans les chambres jadis aménagées pour Marie de Médicis. Elle fait redécorer et meubler à son goût — lambris, tapisseries et tentures de cuir, lustres, candélabres et appliques en cristal et en argent — cette longue enfilade de pièces, où se succèdent grand cabinet, petit cabinet, salon, chambre à coucher, oratoire et boudoir. L'oratoire, enrichi de nouveaux reliquaires, resplendit de l'éclat des pierreries. Le boudoir, au plafond peint par Le Sueur, aux murs ornés de portraits de famille espagnols et au parquet revêtu de bois odoriférants, comporte près du lit de repos et de la table de toilette à vasques d'argent un emplacement réservé à la baignoire, d'où son autre nom de « cabinet des bains ».

Comme ces pièces exposées au sud sont inhabitables pendant les grandes chaleurs, elle se fait faire dans la galerie perpendiculaire à la Seine un appartement d'été. Dans les pièces d'apparat, des fresques allégoriques de Romanelli à la gloire du cardinal Mazarin. Au plafond de sa chambre, la Religion, entourée des vertus cardinales, Foi, Espérance et Charité. Tout un programme de gouvernement.

Anne tient à préserver ses fils de l'ennui, tout en les formant aux bonnes manières. La vie de cour a repris, animée et gaie. Les journaux de l'époque, comme la *Gazette* et la *Muse historique,* ainsi que les *Mémoires* de Mme de Motteville et de Mlle de Montpensier permettent d'en suivre les activités. La musique, le théâtre français ou italien et le bal y figurent en bonne place pendant l'hiver. Peu expansif, timide et réservé, le roi est bon guitariste et surtout excellent danseur. La saison du carnaval lui offre chaque année l'occasion de se produire dans un nouveau ballet de cour à grand spectacle, sur thème mythologique. Avec ses quarante-cinq entrées, le célèbre *Ballet de la Nuit,* dansé en 1653, extraordinaire fantasmagorie baroque, juxtapose tous les genres, tous les styles, dans un chassé-croisé de dieux, de nymphes, de paysans, d'animaux, de soldats, de bourgeois, de mendiants, de sorcières et de bohémiennes. Il constitue doublement une première : parce qu'un très jeune musicien nommé Lulli y a fait ses débuts de chorégraphe à la cour, et parce que Louis XIV y apparaît sous les traits du Soleil, tout d'or vêtu.

L'entrée en carême suspend les divertissements profanes. Le spectacle se transporte à l'église où la religion offre à la cour ses solennités, ses pompes et ses morceaux de bravoure oratoire. Anne va se recueillir dans son cher Val-de-Grâce, dont la construction s'achève. À moins qu'elle ne se rende avec ses fils chez le cardinal, à Vincennes : elle s'y repose pendant que les jeunes gens se livrent à la chasse ou se divertissent en compagnie des neveux et des nièces qu'il a rassemblés autour de lui et qui sont comme de la famille.

Hélas la guerre n'est pas finie. Avec le printemps reprennent les campagnes militaires. Mazarin y associe Louis XIV, dans un esprit de prudente initiation. La reine va s'installer à Compiègne, pour le suivre de loin, ou elle se réfugie sous les ombrages de Fontainebleau ou de Chantilly.

Parfois d'éminents visiteurs viennent rompre la monotonie des jours. Quoique prétexte à des fêtes, la venue des fils de la reine d'Angleterre, réfugiée chez nous depuis la perte de son royaume, n'était pas un événement. La reine Christine de Suède, en revanche, obtint un gros succès de curiosité. Elle arrivait précédée d'une solide réputation d'excentricité. Cette intellectuelle amie des lettres et des arts, élève de Descartes, plus savante que « toute notre Académie jointe à la Sorbonne », capable de discuter philosophie et théologie avec les spécialistes chevronnés, parlait couramment huit langues ; elle avait abdiqué pour vivre libre et voyager et elle venait de se convertir au catholicisme. Elle était laide à faire peur, le teint bistre, les mains crasseuses, mal frisée, fagotée de vêtements mi-masculins mi-féminins et sa jupe trop courte laissait paraître à ses pieds des chaussures d'homme. Elle refusa d'aller à la chasse, mais goûta fort le théâtre : elle riait aux éclats aux *lazzi* des Italiens, mais les beaux vers la plongeaient dans une rêverie profonde. Elle récréa la cour quelque temps en 1656. Mais lorsqu'elle revint l'année suivante, elle scandalisa en faisant mettre à mort sans pitié, sous ses yeux, son grand écuyer et amant Monaldeschi, coupable de l'avoir trahie. Circonstance aggravante : le drame se passa dans la grande galerie de Fontainebleau, où elle était hébergée par la reine. Elle ne fut pas réinvitée.

Le temps passe, les enfants grandissent. Lors d'une grave maladie du roi, en 1658, quelques regards se sont tournés vers son frère Philippe. Une fois l'alerte passée, Anne d'Autriche et Mazarin décident qu'il est temps d'assurer l'avenir de la dynastie.

Nul souci à se faire sur la virilité de Louis : elle s'est manifestée dès avant quatorze ans[1]. Il n'y avait pas lieu de s'en affliger, au contraire. Tout était préférable aux inhibitions dont avait souffert Louis XIII. Il est probable que, selon la coutume, sa mère confia le soin de le déniaiser à une chambrière experte — Mme de Beauvais, dite Cathau la Borgnesse, ou une autre ? — et qu'elle lui accorda en matière d'amours ancillaires une relative liberté. Elle le laissa aussi coqueter à son aise avec une des nièces de Mazarin, Olympe Mancini : la jeune fille était prudente, elle rêvait d'un bon mariage, elle devint bientôt comtesse de Soissons sans que Louis y trouve à redire. La reine se fâcha en revanche lorsqu'il fit mine de se conduire avec une fille d'honneur « comme un homme amoureux qui n'était plus sage ». Elle le morigéna, lui reprocha « de s'être écarté des sentiers de l'innocence et de la vertu » et « d'offenser Dieu ». Il « gémit, soupira », triompha enfin de lui-même et la tentatrice fut expé-

---

1. Le témoignage de La Porte, valet de chambre de Louis XIV, à propos d'une baignade en rivière en 1652, et ses insinuations contre Mazarin — à vrai dire très invraisemblables — ont fait couler beaucoup d'encre inutile. Mais l'anecdote confirme en tout cas que le jeune Louis était plus précoce que son père.

diée au couvent de Sainte-Marie-de-Chaillot. Pas de scandale dans une cour bien tenue.

Anne a de la chance. À dix-neuf ans, c'est encore un fils docile. Mais il devient urgent de le marier.

« Nulle joie plus haute »

Aux yeux de sa mère, il n'est pas d'autre épouse possible que l'infante Marie-Thérèse. Elle a un an de moins que lui : ils sont d'âge assorti, ils semblent destinés l'un à l'autre. Certes elle est sa cousine doublement germaine, fille du frère d'Anne d'Autriche et de la sœur de Louis XIII. Mais la consanguinité ne trouble alors personne : son père ne vient-il pas d'épouser en secondes noces sa propre nièce, comme l'avait fait avant lui son grand-père Philippe II ? Les effets ne s'en feront sentir qu'un peu plus tard. Le seul obstacle est politique. Il est de taille : la France est en guerre avec l'Espagne. Pas de mariage sans traité de paix. Et Philippe IV, malgré de sérieux revers militaires, n'est pas encore disposé à s'incliner.

C'est pour la reine une raison de plus de s'obstiner. Elle a tant souffert de la guerre qui déchire sa patrie d'origine et sa patrie d'adoption ! Des contacts ont été pris, dès 1656, mais les exigences espagnoles ont fait échouer la négociation. Elle se doit désormais de les mener à bien : elle a fait vœu, lors de la récente maladie de son fils, de rendre aux deux pays la paix.

Pour arracher la décision du souverain espagnol, Mazarin résolut de piquer au vif son orgueil. À grand renfort de publicité la France demanda pour son roi la main de Marguerite de Savoie. Anne se résigna de mauvaise grâce à cette démarche qui lui déplaisait. C'était jouer le mariage de son fils à quitte ou double ; si la manœuvre échouait, il était condamné à épouser sur-le-champ la Savoyarde. Elle s'achemina vers Lyon avec une solennelle lenteur, tandis que la duchesse Chrétienne dite Madame Royale — autre sœur de

Louis XIII — quittait sa capitale pour l'y rejoindre. Petite, brune, le teint « basané » ou « olivâtre » comme on disait alors, Marguerite était laide. Mais elle ne manquait pas d'esprit. L'étiquette était moins guindée à la cour de Savoie qu'à celle de Madrid ou même de Paris. Les deux jeunes gens purent se voir, ils bavardèrent gaiement et Louis, au grand désappointement de sa mère, déclara qu'elle ne lui déplaisait pas.

Du côté espagnol cependant, le piège fonctionnait. En apprenant la nouvelle, Philippe s'écria : « *Esto no puede ser y no sera !* » (« Cela ne peut pas être et ne sera pas ! »). Pas question que le plus beau parti d'Europe échappe à sa fille. Lorsque son messager, expédié en toute hâte sans passeport, arriva un beau soir à Lyon, rien d'irréparable n'était accompli. Mazarin se rua dans la chambre de la reine : « Bonnes nouvelles, Madame, lui dit-il en riant. — Eh quoi ! serait-ce la paix ? — Il y a plus, Madame ; j'apporte à Votre Majesté la paix et l'infante. »

Il ne restait plus qu'à présenter à la Savoie de plates excuses : entre Turin et Madrid l'hésitation n'était pas possible, Madame Royale le savait. Elle protesta pour la forme et reçut avec quelques larmes les explications que Mazarin eut la corvée de lui fournir — « Que je le plains ! avait murmuré Anne, elle le va bien tourmenter ! » Marguerite, très digne, prit sereinement sa déception. On lui chercha un époux de moindre rang : elle devint duchesse de Parme.

Toute à sa joie, Anne d'Autriche ne prit pas garde à l'idylle qui se nouait sous ses yeux. Depuis un an, Marie Mancini, une autre « mazarinette », affichait pour le roi un attachement passionné. Avec ses yeux noirs, ses cheveux sombres, sa peau mate, sa maigreur, elle aussi passait pour laide. Mais elle était « hardie », vive, spirituelle, elle égayait Louis de ses saillies, de son enjouement, de ses rires. Ils devinrent inséparables. À Lyon, Anne n'y vit rien à redire : mieux valait voir son fils tourner autour de Marie que courtiser la Savoyarde. Hélas ! en rentrant à Paris elle s'aperçut qu'il était éperdument amoureux, mûr pour faire des folies : ne parlait-il pas d'épouser la jeune fille ! Les contemporains, toujours malveillants, soupçonnèrent Mazarin d'avoir voulu faire monter sa nièce sur le trône. Il n'aurait reculé, selon Mme de Motteville, que devant l'opposition résolue de la reine. Mais sa correspondance prouve au contraire qu'il joignit ses efforts aux siens pour y couper court. Il était bien trop réaliste pour caresser un projet aussi chimérique, trop honnête aussi pour inciter son filleul à une scandaleuse mésalliance.

La suite est bien connue. Marie fut exilée à La Rochelle, puis à Brouage. La veille de son départ, Louis eut avec sa mère, sans témoins, un entretien d'une grande heure dont il ressortit « avec quelque enflure aux yeux ». « Le roi me fait pitié, confia Anne à sa suivante, il est tendre et raisonnable tout ensemble, mais je viens de lui dire que je suis assurée qu'il me remerciera un jour du mal que je lui fais, et selon ce que je vois en lui, je n'en doute pas. » Il renonça à Marie en effet, non sans s'être longuement débattu. Il pleura lors de la séparation, il obtint de sa mère une ultime entrevue à une étape du chemin qui le conduisait vers la frontière espagnole, il entretint quelque temps avec elle une correspondance clandestine. Puis il l'oublia. La raison d'État l'avait emporté.

Il ne restait plus qu'à régler avec l'Espagne les conditions de la paix et le contrat de mariage. Dans l'île des Faisans, au milieu de la Bidassoa, Mazarin passa trois mois à négocier pied à pied avec don Luis de Haro. Philippe IV exigeait que son allié le prince de Condé fût inclus dans le traité, mais la reine se fit longuement prier pour le rétablir dans ses charges et ses biens. On discuta des territoires à céder, l'Artois, le Roussillon et diverses places frontières. La dot fut fixée à 500 000 livres, par versements échelonnés, en monnaie française car celle d'Espagne se dévaluait chaque jour. Comme jadis Anne d'Autriche, Marie-Thérèse renonçait à ses droits sur la succession paternelle. Mais le secrétaire de Mazarin, Hugues de Lionne, fit lier cette renonciation au paiement intégral de la dot, dont on savait l'Espagne incapable de s'acquitter : des espérances en perspective.

La paix dite des Pyrénées fut signée le 7 novembre 1659. Il fallut ensuite faire la demande en mariage par voie d'ambassadeur. C'est seulement au mois de juin 1660 que les deux cours se retrouvèrent à Fontarabie et qu'Anne d'Autriche revit son frère, après quarante-cinq ans de séparation. Ils se reconnurent à peine. Il lui parla de la guerre qui s'achevait : « Hélas ! Madame, c'est le diable qui l'a faite ! » À quoi Anne répondit : « J'espère que Votre Majesté me pardonnera d'avoir été aussi bonne Française : je le devais au roi mon fils et à la France. » Il ne lui restait plus qu'à accueillir sa nièce, qui épousa solennellement Louis XIV dans l'église de Saint-Jean-de-Luz le 9 juin.

Pour commémorer l'événement, Anne d'Autriche fit frapper et distribuer à la sortie de la messe des médailles portant comme devise : « Nulle joie plus haute ». La grande œuvre de sa vie était accomplie.

L'adieu à Mazarin

Entre Anne et son ministre les contemporains ont cru remarquer, dans les dernières années, un refroidissement, ou même des dissensions. Selon Mme de Motteville, il manque d'égards pour elle, la traite avec désinvolture et fait peu de cas de ses volontés. Certes leur correspondance reste baignée de la même sentimentalité et a recours aux mêmes symboles de connivence, mais les habitudes épistolaires sont lentes à refléter les changements intervenus dans les comportements quotidiens.

En vieillissant Mazarin, c'est certain, est devenu moins aimable, moins attentionné et moins patient. À sa décharge : il travaille trop, comme toujours, et se fatigue beaucoup plus vite qu'autrefois. Et il est malade. Goutte, gravelle[1] le torturent. Il digère mal, maigrit, a de fréquents accès de fièvre et respire avec difficulté. Il dut passer la plus grande partie du trajet entre Saint-Jean-de-Luz et Paris étendu sur une pile de matelas au fond de son carrosse. Il n'aime pas qu'on le voie souffrir, il se replie alors sur lui-même et la sollicitude de la reine lui devient insupportable : « Cette femme me fera mourir tant elle m'importune ! Ne me laissera-t-elle jamais en repos ? » Sursauts très humains, dont il ne faut pas exagérer la portée. Très humain aussi le renforcement de certains traits de sa nature comme l'avarice : c'est le fait de l'âge.

Autre chose encore les sépare. En abdiquant son autorité entre les mains de son fils, Anne s'est éloignée de lui. Bien qu'elle continue d'assister au petit Conseil, ils n'ont plus guère l'occasion de travailler ensemble et leurs activités suivent des voies distinctes. Dans la même situation Marie de Médicis, on l'a vu, avait perçu comme une trahison le fait que son homme lige fût passé au service de Louis XIII : Richelieu lui prenait à la fois son fils et le pouvoir. Anne d'Autriche au contraire a souhaité ce transfert : elle ne veut plus du pouvoir qu'elle n'a jamais aimé. Mais il est bien difficile de passer complètement la main. Elle ne peut se défendre d'un serrement de cœur en voyant s'établir, entre Mazarin et son filleul, une complicité dont elle se trouve exclue : « Ce qu'elle avait fait pour lui n'avait pas empêché qu'il ne voulût tenir le roi pour lui-même. » Et parfois, ajoute perfidement Mme de Motteville, « elle avait connu qu'il tâchait toujours de la détruire dans son estime, soit en parlant sérieusement, ou soit enfin par des railleries qu'il faisait devant elle-même ».

On devine aisément sur quel sujet Mazarin lui fait ainsi plaisamment la guerre : les questions religieuses ont toujours été une pomme de discorde entre eux, elles sont à nouveau à l'ordre du jour. La piété d'Anne

---

1. Calculs rénaux.

tourne maintenant à la bigoterie. Si encore elle se contentait de collectionner les reliques ! Mais à partir de 1660 elle tombe sous la coupe des dévots, et pas de n'importe lequel d'entre eux : Bossuet devient son prédicateur ordinaire. Forts de la paix des Pyrénées, qui comble une partie de leurs vœux, ils rêvent de faire de la France une nation catholique exemplaire. Depuis trente ans déjà une société secrète s'y emploie, la fameuse Compagnie du Saint-Sacrement de l'Autel, qui étend ses ramifications dans tous les milieux et travaille, « pour la gloire de Dieu et le bien du prochain », à imposer partout l'ordre moral. Anne d'Autriche, qui passe plus de temps que jamais dans les églises et les couvents, fut naturellement contactée par les dévots pour leur servir d'intercesseur auprès du roi et mise en relation avec la Compagnie, dont Bossuet est un membre éminent.

Or Mazarin, en 1660 comme à son arrivée au ministère, reste violemment opposé à toute mainmise des milieux religieux sur la politique et il communique sa défiance au jeune Louis XIV. Il déteste voir Anne financer leurs entreprises. Il la blâmait auprès du roi « de ce qu'elle faisait trop d'aumônes et faisait trop de cas des dévots » : telle est en partie l'explication de son « avarice ».

Alors elle agit dans l'ombre. Lorsqu'elle apprend que des poursuites vont s'engager, elle fait avertir les confrères par une religieuse amie : « Ma mère, si vous connaissez des gens de la Compagnie du Saint-Sacrement, dites-leur qu'ils se cachent mieux que jamais, parce que le cardinal Mazarin est bien en colère contre eux. » Et lorsque ce ladre lui refuse des subsides, elle va tendre la sébile auprès de Nicolas Fouquet, d'autant plus « attaché au soin de la servir » qu'il est lié de très près au parti dévot. Elle ne pourra en 1661 s'opposer à l'arrestation du surintendant, qui se croyait pourtant « suffisamment protégé » par elle : Louis XIV a pris les devants en la mettant dans le secret, documents financiers à l'appui. Elle obtiendra seulement qu'il ne viole pas les lois de l'hospitalité en faisant arrêter Fouquet chez lui, à Vaux, lors de la très fameuse fête offerte à la cour, mais quelques semaines plus tard. Et elle s'efforcera de protéger la famille du prisonnier et d'inciter ses juges à l'indulgence.

Une fêlure la sépare donc depuis quelque temps de Mazarin lorsque la dernière maladie de celui-ci vient ranimer l'ancienne affection.

Il ne s'est pas remis des fatigues du mariage. Il traîne de crise grave en rémission pendant l'automne et l'hiver de 1660, tout en continuant à gérer les affaires avec une lucidité quasi intacte. Il est peu probable qu'il ait vraiment songé à se faire pape, car il se savait au bout du rouleau. Dans la nuit du 6 février 1661, un incendie se déclara au Louvre, non loin de l'aile qu'il habitait. Incapable de marcher, il fut évacué dans une chaise et transporté à son palais où il put une dernière fois contempler les trésors d'art amassés. Murmura-t-il avec désespoir, comme le dit la légende : « Hélas ! il faut quitter tout cela » ? On ne sait. Il fut ensuite installé à Vincennes, où l'air passait pour meilleur. La reine et ses deux fils l'y accompagnèrent et suivirent un long mois durant les progrès de son agonie. Elle dut quitter la chambre qu'elle occupait aux côtés de la sienne, tant la bouleversaient les cris qu'elle l'entendait pousser durant la nuit. Il reçut l'extrême onction et fit son testament, par lequel il lui léguait entre autres choses un superbe diamant dit la Rose d'Angleterre. Outre sa fortune, que Louis XIV refusera, il donna à son filleul des conseils qui furent consignés par écrit. Nul ne sait en revanche ce que fut son ultime adieu à Anne. Il expira le 9 mars, deux heures après minuit.

Le roi pleura beaucoup, sa mère un peu moins, ce dont il serait imprudent de tirer la moindre conclusion sur leurs sentiments respectifs. Ils accordèrent au disparu l'honneur d'un deuil semblable à celui qu'on réservait aux membres de la famille royale. Furent-ils soulagés, comme on l'a dit, et de quoi ? Comme tou-

jours après une épreuve de cet ordre, ils reprirent leurs
occupations et leurs pensées se tournèrent vers l'avenir : la jeune reine, enceinte, allait-elle avoir un dauphin ?

Pourtant Anne perd beaucoup à cette mort. Avec lui
disparaît celui qui incarnait la figure paternelle : un
élément pondérateur entre la mère et ses fils très aimés,
capable de les raisonner tous trois. Désormais, obsédée
de dévotion, elle verra se creuser entre elle et eux un
malentendu douloureux. S'ils continuent de lui vouer
un amour profond et sincère, ils lui échappent.
Rebelles à l'ordre moral dont elle rêve, ils s'abandonnent, chacun à sa manière, dans cette jeune cour où la
moyenne d'âge est vingt ans, à leur furieux appétit de
vivre.

Un trop joli prince

Anne d'Autriche a deux fils. C'est un cas de figure
classique, dont l'histoire a démontré les dangers. L'un
est roi, l'autre n'est que le premier de ses sujets : irréparable injustice, qui pousse le plus jeune vers la rébellion. Gaston d'Orléans paie encore dans un semi-exil
à Blois le prix de ses multiples complots. Une éducation bien comprise doit donc inculquer au cadet respect
et docilité à l'égard de son aîné.

Dans le cas de Philippe, il semble que la nature ait
bien fait les choses. L'enfant est doux, caressant,
aimable, il ne manifeste que peu d'agressivité envers
son frère. En fait cette apparente sagesse cache une
jalousie intense, d'autant plus vive que la reine cache
mal sa prédilection pour Louis. Il n'a donc pas, comme
Henri III avec Catherine de Médicis ou Gaston avec
Marie, la consolation d'être le préféré de sa mère. Cette
mère, il l'aime pourtant passionnément et il la voudrait
pour lui, pour lui seul. Il s'accroche à elle et s'efforce
de la suivre partout : ce n'est pas par piété précoce
qu'il insiste pour l'accompagner dans ses visites aux

couvents, mais parce qu'elle y emmène plus rarement le petit roi.

Dans ses efforts pour s'imposer à l'attention, il dispose d'un atout dont il a vite fait de découvrir l'efficacité : il est beau. D'une beauté délicate, fragile, féminine. La robe, qu'il était coutume de faire porter aux enfants des deux sexes jusqu'à six ou sept ans, lui va à ravir. Sur les tableaux de famille du temps de la « bonne régence », il semble former avec son frère un couple enfantin : à côté de Louis vêtu comme un petit homme en culottes bouffantes, pourpoint à larges manches et chapeau à plumes, Philippe, avec sa longue robe brodée et son bonnet d'où s'échappe un flot de boucles brunes, a tout l'air d'une fillette. Et les suivantes et les filles d'honneur de s'extasier : si les années ne l'abîmaient pas, il pourrait plus tard « disputer le prix avec les plus belles dames ». Il plaît, il aime plaire.

Anne, très maternelle, aurait sans doute souhaité avoir aussi une fille. Sensible au charme de son cadet, elle ne chercha pas à réprimer sa coquetterie ni son goût pour les rubans, les parfums, et les bijoux. Adolescent, elle le laissa fréquenter, deux ou trois fois par semaine, le plus jeune fils de Mme de Choisy[1]. On m'habillait en fille toutes les fois qu'il venait, conte celui-ci : « J'avais les oreilles percées, des diamants, des mouches, et toutes les autres petites afféteries auxquelles on s'accoutume fort aisément, et dont on se défait fort difficilement. Monsieur, qui aimait aussi tout cela, me faisait toujours cent amitiés. Dès qu'il arrivait, suivi des nièces du cardinal Mazarin et de quelques filles de la reine, on le mettait à sa toilette, on le coiffait. Il avait un corps[2] pour conserver sa taille

---

1. François-Timoléon de Choisy avait quatre ans de moins que Philippe. Sa qualité d'abbé — mondain — ne l'empêcha pas de vivre habillé en femme jusqu'à l'âge de vingt-trois ans. Il a laissé des *Mémoires*.
2. Le *corps* est une sorte de corset, le *justaucorps* une veste cintrée.

(ce corps était en broderie) : on lui ôtait son justaucorps, pour lui mettre des manteaux de femmes et des
jupes. » Et bien sûr, Monsieur, en nymphe ou en ber-
gère, ne manquait aucune mascarade.

N'oublions pas que la toilette masculine, au
XVIIe siècle, autorisait la parure, les ornements, les
bijoux, et que les déguisements féminins étaient monnaie courante en période de carnaval. Mais Philippe,
lui, ne s'en tenait pas aux débordements de l'avant-
carême. Les contemporains accusèrent Mazarin d'avoir
encouragé ses goûts pour l'émasculer : « Tout cela se
faisait, ajoute l'abbé de Choisy, par l'ordre du cardinal
qui voulait le rendre efféminé, de peur qu'il ne fît de
la peine au roi, comme Gaston avait fait à Louis XIII. »
Peut-être Mazarin n'a-t-il pas suivi un plan délibéré,
mais s'il se contenta de laisser faire, ce fut, de la part
d'un homme aussi averti, en pleine connaissance de
cause. Avec ou sans l'accord d'Anne d'Autriche ? Qui
le saura ?

Ce qui est sûr, c'est qu'elle s'inquiéta lorsqu'en
approchant de l'âge adulte, elle le vit s'orienter clairement vers l'homosexualité. Comme le dit en termes
galants Mme de La Fayette, « le miracle d'enflammer
le cœur de ce prince n'était réservé à aucune femme ».

Bien que sévèrement condamnées par l'Église, les
mœurs dites « italiennes » avaient depuis longtemps en
France un large droit de cité. Elles faisaient bon
ménage avec les pratiques ordinaires. On goûtait sans
vergogne à l'un et à l'autre amour. Vingt-quatre ans de
guerre avaient instauré des habitudes saisonnières, dont
le Grand Condé lui-même donnait l'exemple : homo
l'été, dans la virile promiscuité des camps, hétéro l'hiver, lorsque les belles dames ouvraient tout grands
leurs bras aux héros. Et la Fronde avait été un temps
d'extrême laxisme. Mais aux alentours de la paix des
Pyrénées, en réaction peut-être à un effort de reprise
en main, l'homosexualité prend des airs de provocation
et surtout elle s'accompagne d'impiété.

En 1659, un groupe de jeunes gens se réunit dans

un château à Roissy pour fêter le Vendredi saint à sa manière, dans des excès où les bonnes mœurs et la religion étaient également bafouées. Le scandale fut énorme. Tous étaient des amis du jeune Monsieur, ou des amis de ses amis, voire même des amis du roi. Parmi eux un neveu de Mazarin, Philippe Mancini, qu'Anne d'Autriche fit éloigner pour soustraire son fils à cette influence. L'homosexualité, passe encore, mais le sacrilège la terrifiait.

On s'occupa de le marier. De toute façon, à dix-neuf ans, il avait l'âge. Trois semaines après la mort du cardinal, Philippe épousait sa cousine Henriette-Anne d'Angleterre, la fille du malheureux Charles Ier. Reconnaissons au nouveau duc d'Orléans[1] un mérite : s'acquittant avec conscience de ses devoirs conjugaux, il réussit à faire une dizaine d'enfants à ses deux épouses successives. Mais son cœur allait à des favoris, jeunes, beaux et virils. Il dissimula quelque temps — fort mal — où le portaient ses préférences. Par égard pour sa mère sans doute. Elle eut le chagrin de voir le bel Armand de Gramont, comte de Guiche, aussi irrésistible qu'insolent, courtiser à la fois Monsieur et Madame. Mais les grands scandales, avec le chevalier de Lorraine notamment, n'interviendront qu'après sa mort. Le pire lui sera donc épargné.

« Le règne des amours »

Avec le roi, ses soucis furent d'un autre ordre.

Le jour qui suivit la mort de Mazarin, Louis XIV attendit respectueusement qu'elle fût revenue de ses dévotions pour ouvrir la séance où il annonça, à la surprise générale, qu'il entendait se passer de premier ministre. Mais aussitôt après, pour réduire l'influence

---

1. D'abord duc d'Anjou, Philippe de France prit le titre de duc d'Orléans, traditionnel pour l'aîné des frères du roi, après la mort du précédent détenteur, Gaston, en 1660.

des grands, il restreint la composition du Conseil. Il
n'y convoque que les gens indispensables, et il est rare
que sa mère soit de ceux-là. Fréquemment oubliée, elle
s'abstint de protester, par discrétion, et finit par n'y
plus jamais participer : une exclusion en douceur, qui
couvre celle de la jeune reine, que personne n'a jamais
envisagé d'y admettre. Elle abandonne sans trop de
regret cet ultime signe extérieur d'un pouvoir auquel
elle a depuis longtemps renoncé. Elle pense avoir
mieux à faire.

Un des devoirs traditionnels des reines mères est
d'aider leur bru à s'acclimater. Elles s'en acquittent
avec un zèle inégal. Anne se rappelle la façon dont
Marie de Médicis, après quelques démonstrations
ostentatoires, l'a mise sous le boisseau. Elle s'est promis de traiter autrement Marie-Thérèse. Elle déborde
de bonnes intentions. Mais en l'occurrence il n'est pas
sûr qu'elle soit la personne la mieux indiquée pour initier la jeune femme à la vie de cour.

Elle croit se retrouver dans cette nièce et compatriote dont on dit qu'elle lui ressemble — en moins
bien. Elle la prend sous son aile et la couve d'une tendresse maternelle. Et elle se laisse aller à rêver pour le
jeune ménage d'une vie conjugale réussie. Hélas,
Marie-Thérèse n'a rien pour séduire Louis XIV. Est-
elle jolie ou laide ? Elle est blonde, blanche, grasse,
comme l'exige alors la mode, mais trop petite et
— disgrâce fréquente — ses dents sont gâtées. En dépit
de ses vingt et un ans, c'est encore une enfant, douce,
timide, docile. Sur le chapitre de la piété elle pourrait
en remontrer à sa belle-mère. Elle est plutôt naïve que
sotte : elle ne sait rien. Comment se mêlerait-elle à la
turbulente jeunesse qui papillonne autour de son
époux ? elle ne parle pas trois mots de français. Très
vulnérable, elle aurait besoin d'être dégourdie et endur-
cie. Elle trouve au contraire dans la « vieille cour » qui
entoure sa belle-mère un milieu très proche de celui où
elle a été élevée, à l'écart du monde. Mais c'est un
mauvais service que lui rend Anne en lui fournissant

ce refuge. Elle l'enrôle dans le camp des vieux, des dévots, des sages, dont le roi supporte impatiemment l'humeur grondeuse. Comment a-t-elle pu croire un seul instant qu'il serait fidèle à l'insipide épouse que lui a imposée la politique ?

Une longue guerre se termine, la suivante n'a pas encore commencé. Dans la jeunesse dorée débarrassée des obligations militaires s'ouvre le règne des amours. Louis y exerce une royauté incontestée. Il a vingt-deux ans. Il est grand [1], il est beau, ardent, un peu enivré de sa liberté toute neuve. En prenant en main le gouvernement de son État, il entend prendre aussi celui de sa vie privée. On lui a ôté Marie Mancini — avec raison, il le sait bien. Mais maintenant que l'infante attend un enfant, rien ne l'empêchera de suivre la pente où le mènent ses désirs. Pourquoi se retiendrait-il ? Les femmes et les filles de la cour se disputent l'honneur de lui ouvrir leur porte. En dehors de son père — une exception qui confirme la règle —, tous ceux qui l'ont précédé sur le trône ont puisé largement dans ce vivier offert à leurs appétits. Et l'opinion publique voit avec indulgence ces preuves répétées d'une saine virilité. Louis XIV se montrera en ce domaine le digne petit-fils du Vert Galant. Avec moins de désinvolture cependant : il veillera à conserver à l'égard de son épouse le plus grand respect des formes. Mais sur le fond, les semonces seront sans effet. La cour va de fête en fête et le roi de péché en péché, au grand désespoir de sa mère, qui tremble pour son salut éternel.

À dix-sept ans sa belle-sœur Henriette, vive, spirituelle piquante, ne songe qu'à s'amuser. Il s'affiche avec elle, sans aller plus loin qu'une étroite connivence dans les divertissements. Et il cherche des compensations plus substantielles du côté des filles d'honneur. Pour avoir fait griller une lucarne permettant de s'in-

---

1. Contrairement à une légende tenace. Il avait « une demi-tête » de plus que Mazarin, dont nul n'a jamais dit qu'il fût petit. Les historiens actuels lui prêtent autour de 1,75 m.

troduire nuitamment dans leur appartement, Mme de
Navailles — ou Noailles —, préposée à la maison de
la reine, s'attire de sa part une verte réprimande. Anne
d'Autriche arbitre, sans pouvoir empêcher une disgrâce
ultérieure. Elle doit aussi intervenir pour le mettre en
garde contre les commérages qui commencent à courir
sur Henriette et sur lui : Marie-Thérèse pleure, l'orgueil de Monsieur s'offusque. Le roi choisit de faire
diversion en courtisant la douce Louise de La Vallière,
avant de se laisser prendre durablement à son charme.

Anne gronde, puis, pour protéger sa bru, au moins
jusqu'à la naissance de l'enfant attendu, elle organise
autour de celle-ci une conspiration du silence, qui se
prolonge d'année en année, puisque celle-ci enchaîne
les grossesses en série. Vains efforts. La délaissée a
deviné ce qui est devenu le secret de Polichinelle. Elle
repleure. Après la saisie d'une lettre de dénonciation
anonyme, Louise, dévorée de remords, s'est enfuie au
couvent de Chaillot, où son amant l'a aussitôt récupé-
rée. Cependant Bossuet, choisi par la reine mère pour
prêcher le carême du Louvre en 1662, évoque hardiment les devoirs des rois et stigmatise leurs fautes à
coups d'allusions bibliques transparentes. En s'entendant interpeller du haut de la chaire sous la figure de
David, la légende veut que Louis se soit caché la tête
dans ses mains en murmurant : « Je veux bien prendre
ma part d'un sermon, mais je ne veux pas qu'on me la
fasse. »

Deux ans et une maternité plus tard, La Vallière
occupe toujours la première place dans son cœur. Elle
est la destinataire secrète de la fête somptueuse officiellement offerte à la reine en mai 1664 pour inaugurer les jardins tout neufs de Versailles : sur un thème
tiré de l'Arioste, le parc transformé en palais de la
magicienne Alcine sert de cadre à trois jours de danse,
de ballets, de représentations théâtrales, de collations
champêtres, de feux d'artifice et de jeux d'eaux, qui
ont laissé dans l'histoire le souvenir d'une profusion
de merveilles.

À tout seigneur tout honneur. Pour prendre sa part des *Plaisirs de l'Île enchantée*, la reine mère s'est vu réserver la meilleure place : encadrée par son fils et sa bru, elle préside la table du souper aux flambeaux dont la splendeur illumine la nuit. C'est là le genre de fête dont elle a raffolé toute sa vie. L'âge venant, elle a des scrupules. En 1662 elle s'est opposée à ce que le ballet d'*Hercule amant*, où généreux rime trop visiblement avec amoureux, soit repris après le carême. Et puis, tant d'argent gaspillé, pendant que les pauvres crèvent de faim ! Au *mauvais riche* sourd à leur misère, Bossuet a promis une fin terrifiante. Elle continue d'aimer le théâtre, cependant, et de le défendre contre ses pieux détracteurs. Elle n'a pas partagé l'indignation des dévots devant les audaces — bien innocentes — de *L'École des femmes*, puisqu'elle vient tout juste d'accepter que Molière lui dédie la *Critique* de sa pièce.

Mais là, dans *La Princesse d'Élide*, cette célébration insistante de l'amour, sur la musique caressante de Lulli, la met mal à l'aise. D'entrée de jeu, deux couplets de l'Aurore donnent le ton :

> *Quand l'amour à vos yeux offre un choix agréable,*
> *Jeunes beautés, laissez-vous enflammer ;*
> *Moquez-vous d'affecter cet orgueil indomptable*
> *Dont on vous dit qu'il est beau de s'armer :*
> *Dans l'âge où l'on est aimable,*
> *Rien n'est si beau que d'aimer.*

> *Soupirez librement pour un amant fidèle,*
> *Et bravez ceux qui voudraient vous blâmer,*
> *Un cœur tendre est aimable et le nom de cruelle*
> *N'est pas un nom à se faire estimer :*
> *Dans le temps où l'on est belle,*
> *Rien n'est si beau que d'aimer.*

À l'évidence ce n'est pas d'amour conjugal qu'il est ici question. Les regards ont quelque excuse à converger vers La Vallière. Et la longue tirade qu'Alcine débite à la louange de la reine mère ne suffit pas à rasséréner celle-ci.

Le troisième jour n'arrange rien. Au programme, une pièce nouvelle, dont on savait par des lectures privées qu'elle s'en prenait aux dévots. Aux faux dévots, bien sûr. Mais comment les distinguer des vrais ? Le scandale du premier *Tartuffe* fut tel que les autorités ecclésiastiques réclamèrent l'interdiction. Anne d'Autriche les appuya et elles eurent gain de cause. Donnant donnant : Molière paya pour la favorite.

La reine mère fit quelques scènes à son fils, « lui représentant le péril où il était du côté de son salut et lui disant tout ce qu'elle put pour le faire rentrer en lui-même et pour l'obliger du moins à désirer de pouvoir rompre les chaînes qui le tenaient attaché au péché ». Pris de court, il se dérobe, la rabroue ou, pis encore, lui tourne le dos en silence. « Vous voyez comment il me traite », gémit-elle en se réfugiant dans sa petite chambre pour pleurer. « *Ah ! estos hijos* », ces fils, ces fils, combien ils nous font souffrir ! Bientôt le roi, mal satisfait de lui-même, vient à résipiscence. Il « lui demande pardon à genoux », « pleure de douleur avec elle » et se montre si tendre et si respectueux qu'elle bénit finalement le ciel de lui avoir donné des enfants. Jusqu'à la prochaine dispute. Chaque fois, elle menace d'aller finir ses jours parmi les religieuses du Val-de-Grâce, avec la crainte d'être prise au mot et la parade toute prête : elle restera à la cour « pour y maintenir la vertu et la piété [...] et pour entretenir l'union de la famille royale ».

Ils s'aiment trop pour ne pas trouver des accommodements. Elle renonce à protester lorsque Louis, en juin 1664, emmène sa maîtresse à la chasse « à la vue des reines, sans aucune réserve », et, en octobre, elle ne bronche pas lorsque, chez elle, il s'installe à une table de jeu en sa compagnie. Elle tolère ce qu'elle ne peut empêcher, pourvu qu'ils se comportent décemment en public et n'affichent pas leur intimité. Car « ce n'est pas pécher que pécher en silence », comme le dit quelqu'un qu'elle vient de faire interdire à la scène. Ou du moins c'est pécher moins gravement. Que les apparences soient sauves ! ou qu'on puisse feindre de les croire sauves ! Ce compromis vaut à La Vallière d'accoucher clandestinement, sans cesser un seul jour de tenir sa place à la cour. Le roi, la reine et la reine mère y gagnent un relatif équilibre familial.

Ne croyons surtout pas d'ailleurs, sur la foi des heurts rapportés par Mme de Motteville, que la tension entre eux ait été constante. Il y a des moments lumineux, où Anne d'Autriche se sent une mère comblée. Une grand-mère comblée aussi, puisque la naissance d'un dauphin est venue assurer l'avenir de la dynastie. La maladie, qui la frappe à plusieurs reprises et va bientôt l'emporter, lui offre l'occasion de mesurer la profondeur de l'attachement que lui portent ses fils.

« Il est temps de partir »

Au printemps de 1663, elle eut une grave alerte de santé. Fièvre, migraine, oppression. On la saigne et on la resaigne, elle se trouve mal, s'évanouit dans les bras de son fils cadet tandis que la jeune reine, la croyant morte, court chercher le roi. Il aide à la relever, elle rouvre les yeux. Ils ont ensemble un long entretien, à base de recommandations dernières, tant elle se sent proche de mourir. Il la veilla plusieurs nuits, couchant tout habillé sur un matelas déposé au pied de son lit. Philippe était là aussi, s'accrochant à elle. À son chevet les médecins se relaient, proposant divers remèdes : elle refuse l'émétique[1], la poudre de vipère, mais accepte le quiquina — une grande nouveauté —, qui fait un temps baisser sa fièvre. On la purge, elle rechute et consent finalement à absorber de l'émétique, qui la « guérit entièrement » — à moins que sa robuste constitution n'ait pris le dessus toute seule.

_____

1. Un vomitif.

L'année suivante, elle remarqua sur son sein gauche un nodule auquel elle ne prêta pas attention tant qu'il resta indolore. Elle commença de s'inquiéter quand elle se mit à souffrir. Et le ballet des praticiens recommença, grotesque, digne de Molière. Parmi ses serviteurs, chacun mettait son grain de sel dans la querelle qui opposait son propre médecin, Seguin, partisan exclusif de la saignée, à celui du roi, Vallot, qui passait pour s'y connaître en herbes médicinales et en chimie. Il était hostile aux applications de ciguë, prescrites par d'autres collègues, on les suspendit.

Au mois de décembre 1664, il devint évident que la reine mère était atteinte d'un cancer, à un stade déjà avancé. Ayant soigné des religieuses à l'infirmerie du Val-de-Grâce, elle savait ce qui l'attendait. Et comme Seguin et Vallot se montraient impuissants à enrayer les progrès du mal, on fit appel aux charlatans, qui essayèrent sur elle leurs remèdes miracles, tout aussi inopérants. Elle traîna une bonne partie de l'année suivante, avec des alternatives de « redoublements » et de rémissions. Elle voulut suivre la cour à Saint-Germain au printemps de 1665, on l'y transporta en chaise à porteurs, à petites étapes. Elle commençait à souffrir terriblement. À l'automne, elle regagna Paris par le même moyen et on l'installa au Val-de-Grâce où elle souhaitait terminer ses jours. Mais finalement le roi, invoquant la commodité des médecins et surtout souhaitant rester plus proche d'elle, la fit ramener au Louvre. Désormais elle ne quittera plus son lit.

L'apparition de la gangrène a modifié le traitement. Un nommé Alliot a entrepris de mortifier les chairs atteintes à l'aide d'une préparation arsenicale, après quoi il les coupait « par tranches au rasoir ». L'opération se pratiquait matin et soir en présence de toute la famille royale. Elle trouvait le courage de plaisanter, disant que sa destinée était différente de celle des autres : « Personne ne pourrissait qu'après la mort, mais elle, Dieu l'avait condamnée à pourrir pendant sa vie. » Avait-elle oublié Louis XIII ? il est vrai que chez lui la pourriture, interne, était moins visible. En dépit des apparences, le plus douloureux était l'application préalable de l'onguent. L'exérèse ultérieure ne devint atroce que lorsqu'on approcha des zones de chairs vives. Il fallut alors y renoncer. La pharmacopée ancienne manquait cruellement d'analgésiques. Mais sur la fin on se décida à la traiter « au jus de pavot », quitte à abréger les souffrances qui lui vaudraient tant de mérites auprès de Dieu.

Le XVIIe siècle n'éprouvait pas face à la maladie les mêmes pudeurs effarouchées que nous. Même dans la famille royale — surtout dans la famille royale — la présence au chevet des malades était de règle et l'on faisait de la mort — celle des grands notamment — un spectacle voué à l'édification. *Memento mori...* L'interminable agonie d'Anne d'Autriche donne lieu sous la plume de Mme de Motteville à un récit également interminable — près de cent pages —, soigneusement mis en forme pour sanctifier sa maîtresse. Les médecins y deviennent des bourreaux et la patiente une martyre à qui une place est promise au ciel. Et comme, à plusieurs reprises, on la croit sur le point de passer, les scènes de lit de mort s'y multiplient, redondantes, avec confessions, dernières recommandations aux enfants, « mots » admirables destinés à la postérité, évanouissements, torrents de larmes : un chef-d'œuvre du genre, dans lequel on relève malgré tout quelques détails qui sonnent juste.

Anne souffre de la dégénérescence de son corps, en même temps qu'elle se la reproche : n'en a-t-elle pas pris trop de soin, n'a-t-elle pas trop aimé les draps de fine batiste ? Elle s'inonde de parfums cependant, pour lutter contre la puanteur, devenue intolérable même pour des narines aguerries. Luttant contre la douleur dans la journée pour faire bonne figure à ses visiteurs, elle se laisse aller à crier la nuit, derrière ses rideaux fermés, quand il n'y a plus qu'une femme de chambre pour l'entendre. Elle oscille entre la résignation chrétienne et quelque chose qui ressemble à de la peur.

« Vous autres qui m'aimez, dit-elle à la jeune reine et à ses suivantes, il faut que vous vous résolviez à me voir bientôt mourir ; car enfin je n'en puis échapper, et j'ai la mort si présente que quand je me vois passer un jour, je crois que c'est une merveille à quoi je ne m'attendais pas. » Elle souhaite regarder sa mort en face : « Je ne veux pas m'endormir, de peur de mourir sans y penser. » Mais il lui arrive de ressentir « l'horreur naturelle » à tous les hommes à l'idée de « leur destruction prochaine ».

En janvier 1666, il apparut enfin que le terme était proche. Elle ne pouvait presque plus bouger. Elle avait les bras et le visage enflés, couverts d'une éruption d'érésipèle et, en dépit de la finesse de ses draps, son corps se rongeait d'escarres. La contemplation de sa main déformée la convainquit qu'il était « temps de partir ». Ayant fait son testament, elle se sentait en règle avec le monde et ne pensait plus qu'à Dieu. Bien qu'elle se confessât et communiât chaque jour, on attendit le dernier moment pour lui donner l'extrême-onction, lors d'une cérémonie qui réunit toute la famille. Ses deux fils tinrent la nappe lorsqu'on lui tendit l'hostie. Après quoi elle regarda fixement le roi : « Faites ce que je vous ai dit ; je vous le dis encore, le Saint-Sacrement sur les lèvres. » Il le lui promit en pleurant. « Et jusqu'à cette heure on ignore ce que c'était », ajoute la fidèle biographe, mais on peut supposer qu'elle lui prêchait encore la fidélité. On lui fit les onctions rituelles, puis elle demanda à rester seule.

Elle toussait maintenant beaucoup, signe que le mal avait gagné les poumons. Au soir du 19 janvier, le roi, la reine et Monsieur se retrouvèrent dans sa chambre, appuyés à la table d'argent qui faisait face à son lit, en train de la regarder mourir. Vers minuit, sa tête s'affaissa, on cria, elle rouvrit les yeux. On emporta Louis évanoui et on l'enferma dans sa chambre. Philippe, lui, était resté, sanglotant, et il refusa d'obéir à son frère qui lui faisait dire de se retirer, ajoutant que « c'était la seule chose en quoi il lui désobéirait de sa vie ». Le

cadet moins aimé remportait ainsi sur son aîné la dernière manche.

Elle mourut en étreignant son crucifix le mercredi
20 janvier 1666, entre quatre et cinq heures du matin.
Selon la coutume, son corps, préalablement éviscéré,
devait rejoindre celui de Louis XIII dans la crypte de
Saint-Denis, mais elle disposait de son cœur : elle en
fit don à son cher Val-de-Grâce.

Le temps des pleurs fut bref, la vie reprit son cours
très vite. C'est bien naturel. Six mois passés à guetter
la mort sur un visage aimé appellent des compensations. On se défoule : le carnaval de 1666 est particulièrement joyeux.

Les promesses arrachées par Anne d'Autriche à son
lit de mort sont suivies de peu d'effet. Louis XIV n'est
disposé ni à renoncer à ses plaisirs, ni à accorder aux
dévots la prééminence qu'elle souhaitait. Elle avait
imposé Bossuet comme prédicateur de la cour pour
l'hiver 1665-1666, mais elle était trop malade pour
suivre l'avent et morte lorsqu'il prêcha le carême.
Louis XIV en profita pour bouder le sermon du
6 décembre, privant de leur cible les apostrophes
directes prévues par le prélat. Et en plein carême, il
quitta brusquement Saint-Germain où se déroulaient
les offices, pour de prétendues obligations militaires
qui cachaient mal de coupables divertissements. Bientôt il légitime l'aînée des enfants que lui a donnés La
Vallière et autorise la représentation de *Tartuffe*, dans
une version un peu remaniée, il est vrai.

N'en tirons pas cependant la conclusion hâtive qu'il
renie sa mère. Il n'était pas d'accord avec elle sur certains points de politique et de morale privée. Rien
d'étonnant à cela, tant l'âge les éloignait l'un de
l'autre. Il n'approuvait ni son rigorisme, ni sa docilité
aux mots d'ordre pieux. Maintenant qu'elle a disparu,
il reprend sa liberté. Cela ne signifie nullement qu'il
ne l'aimait pas, au contraire, cela permet de mesurer,

rétrospectivement, l'ampleur des égards qu'il a eus pour elle.

Quant à ses recommandations dernières, il ne les oubliera jamais, elles feront lentement leur chemin en lui et on les verra remonter à la surface lorsque, l'âge venant, il prendra la décision de se ranger et de mettre sa vie en accord avec sa foi. Une preuve, s'il en était besoin, que vingt-huit ans d'existence nourrie d'amour, dans une étroite harmonie des cœurs, a laissé en lui une trace indélébile.

Les historiens reconnaissent à Anne d'Autriche l'éminent mérite d'avoir sauvé l'autorité royale des turbulences de la Fronde. Il faut aussi lui en accorder un autre, celui d'avoir mené à bien l'éducation d'un fils qui était en même temps le roi. Chose encore plus difficile peut-être.

ÉPILOGUE

Le propos de ce livre était d'accompagner pas à pas,
au jour le jour, les deux reines, en essayant d'épouser
leur point de vue. On nous permettra ici, pour finir, de
prendre un peu de recul et de tirer de leur histoire
quelques réflexions.

Le parallèle entre Richelieu et Mazarin fut longtemps, pour les mémorialistes et les historiens, un lieu
commun obligé. Il est tentant de faire ici, sur le même
modèle, un parallèle entre Marie de Médicis et Anne
d'Autriche, fondé sur des catégories psychologiques et
morales et conduisant à un jugement sur leur destin.

Toutes deux étaient orgueilleuses, avides d'égards et
d'honneurs. Mais l'égalité du rang n'avait pas réussi à
effacer entre elles l'inégalité de la naissance. Il y a de
la parvenue en Marie de Médicis. Une promotion tardive, inespérée, lui a laissé l'obsession de sa grandeur.
Pour Anne d'Autriche au contraire, cette grandeur,
héréditaire, semblait aller de soi. Son faible à elle fut
de se savoir belle et de s'imaginer l'être restée en dépit
des années. Ni l'une ni l'autre n'était sotte, quoi qu'on
en ait dit ; mais, rebelles aux idées abstraites, elles se
laissaient mener par leurs sentiments, au point d'en être
aveuglées parfois.

Aucune des deux ne remplit sans peine le rôle traditionnellement assigné aux reines. Il y fallait, il est vrai,

des vertus incompatibles. Dans leur vie conjugale on leur impose une docilité entière. Mais on veut aussi qu'elles soient capables, le cas échéant, de gouverner le royaume. Après quoi on exige d'elles, au moment de passer la main à leur fils, une totale abnégation. Il n'est pas facile d'être reine dans toutes les phases d'une carrière qui s'étire sur plus de quarante années. Ni Marie de Médicis, ni Anne d'Autriche ne furent des épouses exemplaires : l'une fut acariâtre et l'autre coquette, toutes deux indisciplinées. Elles se tirèrent moins mal qu'on ne l'a dit des tâches ingrates de la régence. Mais l'une prit goût au pouvoir, s'y accrocha, tandis que l'autre s'en défit sans regret. Marie de Médicis, d'un égocentrisme forcené, enfermée dans une volonté de puissance têtue, prisonnière de sa rancœur vindicative contre Richelieu, perdit peu à peu le sens des réalités, s'enfonça dans une paranoïa suicidaire, cependant que ses hôtes successifs, pressés de se débarrasser d'elle, se la refilaient comme un indésirable mistigri. Anne d'Autriche, métamorphosée par l'amour maternel, termina en beauté un parcours pourtant mal commencé, pour avoir su s'effacer devant son fils.

Il n'est pas facile non plus d'être roi. De son conflit avec elles deux, la figure de Louis XIII ne sort pas grandie. Ceux qui le virent de près, à l'époque, le jugèrent très sévèrement et personne ne le regretta. Mais dans la tragédie familiale qui l'opposa à sa mère et à sa femme, il est lui aussi, au bout du compte, du côté des victimes. Mal aimé parce que mal aimant, selon Lefèvre d'Ormesson, ou plutôt mal aimant parce que mal aimé ? Mme de Motteville va plus loin et plus profond quand elle explique qu'il ne s'aimait pas lui-même et faisait payer aux autres cette disgrâce. Ce fut aussi très tôt un malade qui se défiait de son corps. Ni sa mère ni sa femme n'ont su le réconcilier avec lui-même. En le prenant pour un imbécile pendant toute son adolescence et pour un moribond condamné à brève échéance pendant le reste de sa vie, elles ont fait son malheur en même temps que le leur : malentendu tragique qu'un peu d'amour aurait permis d'éviter. Marie de Médicis, enfermée en elle-même, s'est finalement coupée de tout et de tous, et perdue. En Louis XIII l'homme privé, d'assez médiocre qualité, fut racheté par le souverain. La conscience de ses imperfections ne le rendit que plus attentif à préserver ce qui fondait sa grandeur : la royauté. Il sut choisir Richelieu et lui donner les moyens d'accomplir la tâche qu'il n'était pas en mesure d'assumer lui-même. Quant à Anne d'Autriche, elle gagna sur les deux tableaux, ayant sauvé l'autorité royale du désastre et conservé l'amour de ses fils, parce qu'elle leur avait donné priorité sur ses propres désirs.

Une sorte de justice immanente semble donc présider au dénouement de cette histoire, chacun des trois protagonistes ayant été, à l'évidence, l'artisan de son destin.

Hélas, ce genre de considération est furieusement démodé. Changeons donc de perspective et proposons de leurs expériences contrastées une interprétation politique.

Au centre de la vie de chacune d'elles figure une crise majeure — la journée des Dupes et la Fronde. À ces deux crises, un même enjeu, en apparence dérisoire : le renvoi ou le maintien en fonctions d'un ministre. Mais cet enjeu en recouvre d'autres, capitaux.

Sur le plan intérieur d'abord. Le roi a-t-il le droit de choisir les serviteurs qu'il veut, même en dehors des hiérarchies sociales ? C'est aller contre la tradition selon laquelle il gouverne avec l'appui de sa famille. Cette tradition, remontant au Moyen Âge, ouvre en principe le Conseil à son épouse, à sa mère, à ses frères, aux princes du sang et aux plus grands seigneurs. Marie de Médicis reste pénétrée de cette conception du gouvernement. Peut-être s'en serait-elle libérée si elle avait exercé durablement le pouvoir. Mais son fils l'en a exclue. C'est au nom des droits de la famille qu'elle revendique sa place auprès de lui et qu'elle s'indigne qu'il ose préférer un domestique à sa mère ! C'est à sa famille qu'elle en appelle en dressant son fils cadet contre lui et en cherchant à mettre sur pied une ligue des gendres. Louis XIII, en défendant Richelieu face à elle, défendait un principe inverse, la totale liberté du souverain. Lorsqu'elle refuse, malgré la France coalisée, de congédier Mazarin, Anne d'Autriche est sa digne continuatrice. Elle le clame haut et fort : nul n'a le droit, ni Gaston d'Orléans, ni Condé, ni le parlement, ni le peuple, d'intervenir dans le choix des ministres. Si elle consentait à céder sur ce point, « que deviendrait l'autorité du roi » ? De l'échec de Marie de Médicis, du succès d'Anne d'Autriche, cette autorité sortira renforcée. La place de sa parentèle, frères, cousins et alliés, s'en trouve réduite. Désormais le roi gouvernera seul, pas forcément contre les siens, mais indépendamment d'eux, libre, absolu.

L'autre enjeu concerne la politique extérieure. Depuis un siècle, on l'a dit et répété, s'opposaient deux conceptions des relations entre les États européens : priorité aux solidarités religieuses ou aux intérêts nationaux ? Après les guerres de religion, la Contre-Réforme entreprend de regagner le terrain perdu et de refaire l'unité de la catholicité. Or les deux ministres — des cardinaux de la Sainte Église Romaine ! — ont opté pour l'indépendance nationale, provoquant contre eux l'union sacrée de tous ceux qu'on a appelés par commodité les dévots : moins un parti organisé qu'une masse diffuse d'hommes et de femmes partageant une même vision du monde, qui plaident pour la paix avec l'Espagne et pour des réformes intérieures que nous qualifierions aujourd'hui de sociales. L'opposition aux cardinaux ministres n'est donc pas, en dépit parfois des apparences, simple hostilité à leur personne ou à leurs méthodes de gouvernement. Il y va de l'ordre européen à venir.

Marie de Médicis, lorsqu'elle a compris vers quoi tendait Richelieu, s'est dressée contre lui et en est sortie vaincue. La volonté de Louis XIII a triomphé du parti dévot. À sa mort Anne d'Autriche aurait pu défaire ce qu'il avait fait. C'est ce qu'on attendait d'elle en la portant à la régence. Or elle a fait le choix inverse. Sur les conseils de Mazarin, certes. Mais il lui a fallu du courage pour tenir bon contre les milieux ecclésiastiques auxquels elle était profondément attachée. Une fois déchargée du pouvoir, elle est retombée sous leur influence. Mais le tournant était pris : Louis XIV ne laissera pas l'Église lui imposer de directives politiques.

Cette évolution, vers le renforcement de l'autorité royale et la primauté des intérêts nationaux, était sans doute inéluctable, inscrite dans les rapports de force entre les parties en présence. Par leurs origines, leur éducation, leurs convictions, les deux régentes n'étaient préparées ni l'une ni l'autre à l'accepter. Richelieu ne parvint pas à en convaincre Marie de Médicis, qui paya très cher ses efforts pour s'y opposer. Mazarin en persuada sans trop de peine Anne d'Autriche, par le biais de son amour maternel : elle voulait son fils tout-puissant. C'est à eux deux, autant qu'à Louis XIII et à Richelieu, que Louis XIV doit d'avoir joui d'un pouvoir incontesté.

Anne d'Autriche, sans le savoir, a travaillé contre les reines à venir. Elles seront les victimes directes de cette transformation de la monarchie familiale en monarchie absolue. Tenant son royaume bien en main, appuyé sur une administration dévouée et efficace, le souverain n'a plus besoin, pour gouverner, du secours de son épouse ou de sa mère.

Mais la mise en veilleuse ultérieure des reines a également d'autres causes, dans lesquelles Marie de Médicis et Anne d'Autriche ont aussi leur part de responsabilité.

L'institution monarchique française, telle qu'elle s'est imposée au cours des siècles, exigeait que le couple royal offre une image d'union et d'harmonie.

Or Marie de Médicis tout au long de sa vie et Anne d'Autriche avant son veuvage ont porté gravement atteinte à cette image. Une reine, comme toute femme, devait se plier en silence aux volontés masculines. Indociles, Marie et Anne se sont rebiffées. Des rois qui ne s'entendent pas avec leur épouse, ce n'est certes pas une nouveauté. Mais d'habitude on s'arrangeait pour que cela ne se voie pas[1]. Avec elles deux, les dissentiments ont été portés sur la place publique. Un roi qui, notoirement, ne s'entend pas avec sa mère, c'est encore plus rare, et plus grave. De mémoire récente aucun souverain avant Louis XIII n'a jamais engagé une guerre contre sa mère ; aucun n'a pris son épouse en flagrant délit de participation à des complots contre lui ou d'intelligence avec l'ennemi en temps de guerre. L'image d'entente et d'harmonie en a pris un coup sérieux !

Anne d'Autriche tenta ensuite de la rétablir et y parvint dans une certaine mesure. Mais Louis XIV reste convaincu que les femmes sont potentiellement dangereuses. Sa mère a eu le grand mérite de s'effacer d'elle-même : « L'abandonnement qu'elle avait si pleinement fait de l'autorité souveraine m'avait assez fait connaître que je n'avais rien à craindre de son ambition. » Et lorsqu'il cherche à rendre hommage à l'action durant la Fronde de celle qui fut pourtant la plus féminine de nos reines, il retrouve d'instinct la référence masculine dont s'était servi Henri IV pour Catherine de Médicis : « Elle a été un grand roi. » Une preuve de plus qu'à ses yeux les femmes ne valent quelque chose en politique que si elles se dépouillent des attributs de leur sexe : une exception. En règle générale, on ne saurait prendre à leur égard trop de précautions : cessant d'être associées au gouvernement, les reines seront désormais exclues du Conseil. Et en même temps, très conscient de l'importance politique des images, il organise la

---

1. Marguerite de Valois, au XVIᵉ siècle, est l'exception qui confirme la règle et sa révolte lui coûta le trône.

symbolique de la royauté autour de sa seule personne. À la sainte famille royale de l'iconographie ancienne, il substitue la figure du Soleil, centre unique de qui tout émane et vers qui tout converge, et il enclôt sa personne dans le cercle de feu d'une éblouissante solitude.

Ainsi s'achève le processus d'éviction des reines amorcé dès le début du siècle. Un signe révélateur : Marie de Médicis fut la dernière à recevoir l'honneur du sacre. Encore n'a-t-elle réussi à l'extorquer à Henri IV que de haute lutte, après dix ans de mariage. Le souvenir de la tragédie qui suivit a certes contribué à l'abandon de cette cérémonie. Mais il est permis de penser qu'en tout état de cause Louis XIII, si jaloux de son autorité, n'aurait pas consenti à en concéder la moindre parcelle à son épouse. Non seulement Anne d'Autriche ne fut pas sacrée, mais personne, semble-t-il, ne se posa jamais la question. Même oubli pour Marie-Thérèse. L'onction surnaturelle ne dépose plus désormais sa marque que sur le roi. Il ne s'agit pas d'un hasard. Tout se recoupe.

Les Temps Modernes ont connu au XVIᵉ siècle deux grandes régentes, Louise de Savoie et Catherine de Médicis, qui sont restées durablement associées à leurs fils à la tête du gouvernement. Au siècle suivant Marie de Médicis et Anne d'Autriche sont les dernières régentes de notre histoire, les dernières femmes à avoir eu directement part au pouvoir. Le hasard et les caprices de la mortalité n'y furent pas étrangers. Une longévité exceptionnelle chez les rois, une notable médiocrité chez leurs épouses ont assurément joué. Mais tout cela n'a fait qu'accélérer le mouvement appelé par le changement de nature de la monarchie. La fonction des reines se trouvera bientôt réduite à sa finalité minimale, la procréation. Le rôle même de représentation, qu'avaient rempli au XVIᵉ siècle les plus humbles de leurs aînées, leur est marchandé. Les tâches qu'elles accomplissaient sont réparties à Versailles entre diverses femmes, au gré des mérites de chacune et des caprices du souverain. La reine Marie-Thérèse, première en dignité mais pas en éclat, n'occupera qu'une place très modeste dans la brillante constellation féminine gravitant autour du Soleil souverain.

ANNEXES

REPÈRES CHRONOLOGIQUES

1553	13 décembre	Naissance d'Henri de Navarre, futur Henri IV.
1573	26 août	Naissance de Marie de Médicis.
1589	**1er août**	**Assassinat d'Henri III. Avènement d'Henri IV.**
1594	27 février	Sacre d'Henri IV à Chartres.
	22 mars	Entrée d'Henri IV à Paris.
1598	13 avril	Édit de Nantes.
1599	10 avril	Mort de Gabrielle d'Estrées.
	17 décembre	Annulation du mariage d'Henri IV et de Marguerite de Valois.
1600	5 octobre	Mariage d'Henri IV et de Marie de Médicis à Florence, par procuration.
	17 décembre	Célébration, à Lyon, du mariage d'Henri IV et de Marie de Médicis.
1601	22 septembre	Naissance d'Anne d'Autriche.
	27 septembre	Naissance du dauphin, futur Louis XIII.
	27 octobre	Naissance d'Henri de Verneuil, fils d'Henri IV et d'Henriette d'Entragues.
1602	14 juillet	Naissance de Mazarin.
	22 novembre	Naissance d'Élisabeth de France, future reine d'Espagne.
1605	1er février	Sanctions contre la famille d'En-

tragues.

1606	10 février	Naissance de Chrétienne ou Christine de France, future duchesse de Savoie.
	14 septembre	Baptême du dauphin.
1607	13 avril	Naissance de Nicolas, second fils de France († 1611).
1608	25 avril	Naissance de Gaston, 3e fils de France, futur duc d'Anjou, puis d'Orléans.
1609	25 mars	Ouverture de la succession de Clèves et Juliers.
	25 novembre	Naissance d'Henriette-Marie de France, future reine d'Angleterre.
1610	13 mai	Sacre de Marie de Médicis à Saint-Denis.
	14 mai	**Assassinat d'Henri IV. Avènement de Louis XIII.**
	15 mai	La régence est confiée à Marie de Médicis.
	17 octobre	Sacre de Louis XIII à Reims.
1612	22 août	Signature à Madrid du contrat de mariage entre Louis XIII et Anne d'Autriche.
	25 août	Signature à Paris du contrat de mariage entre l'infant Philippe, futur Philippe IV, et Élisabeth de France.
1613	19 novembre	Concini est nommé maréchal de France.
1614	2 octobre	Louis XIII est déclaré majeur.
	27 octobre	Ouverture des États Généraux.
1615	27 mars	Mort de Marguerite de Valois.
	2 avril	Début des travaux du palais du Luxembourg.
	9 novembre	Échange des princesses sur la Bidassoa.
	25 novembre	Mariage de Louis XIII et d'Anne d'Autriche à Bordeaux.

1616	24 novembre	« Ministère Concini ».
1617	24 avril	Mise à mort de Concini.
	3 mai	Marie de Médicis exilée part pour Blois.
	19 mai	Marie de Médicis nomme Richelieu « Chef de son Conseil ».
	8 juillet	Condamnation et exécution de Leonora Galigaï.
1618	16 avril	Richelieu est exilé en Avignon.
	23 mai	Défenestration de Prague. Début de la guerre de Trente Ans.
1619	22 février	Marie de Médicis s'évade de Blois. Première guerre de la Mère et du Fils.
	30 avril	Traité d'Angoulême entre Louis XIII et Marie de Médicis.
	5 septembre	Entrevue de Couzières entre Louis XIII et Marie de Médicis.
1620	Juillet-août	Deuxième guerre de la Mère et du Fils.
	7 août	« Drôlerie des Ponts-de-Cé ».
	10 août	Traité d'Angers entre Louis XIII et Marie de Médicis.
	Octobre	Expédition contre les protestants du Béarn.
	8 novembre	Victoire des Impériaux sur les Tchèques à la Montagne Blanche.
1621	31 mars	Mort de Philippe III d'Espagne. Avènement de Philippe IV.
	Été	Campagne contre les protestants du Midi et du Sud-Ouest.
1622	Janvier	Marie de Médicis commande à Rubens 24 tableaux consacrés à l'histoire de sa vie.
	5 septembre	Richelieu est nommé cardinal.
1624	29 avril	Entrée de Richelieu au Conseil.
1625	11 mai	Mariage par procuration à Paris de Charles Iᵉʳ d'Angleterre et d'Henriette de France.

	7 juin	Incident du jardin d'Amiens entre Anne d'Autriche et le duc de Buckingham.
1626	5 mars	Traité de Monzón avec l'Espagne sur la question de la Valteline.
	5 août	Mariage de Gaston d'Orléans et de Marie de Montpensier, à Nantes.
	19 août	Exécution de Chalais à Nantes.
1627	Juin	Marie de Montpensier, duchesse d'Orléans, meurt après avoir mis au monde la future « Grande Mademoiselle ».
	20 juillet	Débarquement des Anglais à l'île de Ré.
	12 septembre	Début du siège de La Rochelle.
	26 décembre	Mort du duc de Mantoue, entraînant une crise de succession.
1628	Mi-mai	Échec d'une tentative des Anglais pour secourir La Rochelle.
	23 août	Assassinat de Buckingham à Portsmouth.
	28 octobre	Capitulation de La Rochelle.
1629	28 juin	Édit de grâce de Nîmes, dit paix d'Alès, qui met fin aux guerres de religion.
	14 septembre	Premier affrontement de Marie de Médicis avec Richelieu.
	21 novembre	Richelieu « principal ministre d'État ».
1630	Mai-juillet	Conquête de la Savoie.
	Fin septembre	Louis XIII, malade, en péril de mort à Lyon.
	26 octobre	Intervention pacificatrice de Mazarin sous les murs de Casal.
	10-12 nov.	« Journée des Dupes ».
1631	30 janvier	Gaston d'Orléans quitte la cour.
	23 février	Marie de Médicis prisonnière à Compiègne.
	18 juillet	Marie de Médicis s'évade de

		Compiègne pour se réfugier aux Pays-Bas espagnols.
1632	3 janvier	À Nancy, Gaston d'Orléans épouse secrètement Marguerite de Lorraine, puis se réfugie aux Pays-Bas.
	8 mai	Jugement et exécution du maréchal de Marillac.
	Juin	Gaston d'Orléans entre en France avec ses troupes.
	Juillet	Rébellion d'Henri de Montmorency en Languedoc.
	1er septembre	Défaite de Montmorency à Castelnaudary.
	30 octobre	Montmorency est exécuté à Toulouse.
	Fin novembre	Retour de Gaston d'Orléans à Bruxelles.
1634	Octobre	Gaston d'Orléans rentre en France et se réconcilie avec son frère.
1635	19 mai	La France déclare la guerre à l'Espagne.
1636	15 août	Les Espagnols prennent Corbie.
	14 novembre	Les Français reprennent Corbie.
	Décembre	Corneille triomphe au théâtre avec *Le Cid*.
1637	19 mai	Louise de La Fayette entre au couvent de la Visitation.
	Août	Anne d'Autriche prise en flagrant délit de correspondance avec l'Espagne.
	5 décembre	Le roi, surpris par l'orage, s'en va partager au Louvre la chambre de la reine.
1638	10 août	Marie de Médicis quitte Bruxelles pour la Hollande.
	5 septembre	Naissance du dauphin Louis-Dieudonné, futur Louis XIV.
	5 novembre	Marie de Médicis accueillie à Londres par sa fille Henriette.

1640	28 août	Défaite de Charles Ier à Newburn devant ses sujets écossais révoltés.
	21 septembre	Naissance de Philippe, duc d'Anjou, second fils du couple royal.
1641	11 mai	À Londres, la Chambre des communes demande le départ de Marie de Médicis.
	6 juillet	Bataille de La Marfée. Le comte de Soissons est tué en pleine victoire. Échec du complot qu'il dirigeait.
	12 octobre	Arrivée de Marie de Médicis à Cologne.
1642	Juin	Découverte de la conspiration de Cinq-Mars.
	3 juillet	Mort de Marie de Médicis à Cologne.
	12 septembre	Exécution de Cinq-Mars et de Thou à Lyon.
	4 décembre	Mort de Richelieu.
1643	21 avril	Baptême du dauphin : Mazarin parrain.
	14 mai	**Mort de Louis XIII. Avènement de Louis XIV.**
	18 mai	Le parlement annule le testament de Louis XIII et nomme Anne d'Autriche régente sans limitation de pouvoirs.
		Mazarin nommé chef du Conseil.
	19 mai	Victoire du duc d'Enghien sur les Espagnols à Rocroi.
	Septembre	Arrestation du duc de Beaufort et dispersion de la cabale des « Importants ».
	Décembre	Ouverture des négociations de paix à Osnabrück et à Münster.
1645	Mars	Incarcération du président Barillon à Pignerol.
1646	15 mars	Mazarin surintendant de l'éducation de Louis XIV.

1648	15 janvier	Le parlement de Paris refuse d'enregistrer les édits imposés par Anne d'Autriche.
	13 mai	« Arrêt d'Union » : début de la Fronde parlementaire.
	31 juillet	Déclaration royale accédant à toutes les exigences du parlement.
	20 août	Victoire de Condé sur les Espagnols à Lens.
	26 août	*Te Deum*. Arrestation de Broussel. Soulèvement populaire. Dans la nuit, édification de barricades.
	28 août	La reine cède et libère Broussel.
	13 septembre	Départ de la cour pour Rueil.
	24 octobre	Nouvelle déclaration royale confirmant celle du 31 juillet. Signature des traités de Westphalie.
	30 octobre	Retour de la cour à Paris.
1649	5-6 janvier	La cour quitte Paris au cours de la nuit pour se réfugier à Saint-Germain. Début du siège de la capitale.
	30 janvier	Exécution de Charles Ier à Londres.
	7 février	Proclamation de la République en Angleterre.
	11 mars	Paix de Rueil. Fin du siège de Paris.
	18 août	Retour de la cour à Paris.
	Fin septembre	Condé maître des affaires.
1650	18 janvier	Arrestation des Princes.
	Été	Campagnes de pacification en province.
	15-25 nov.	Transfert des Princes au Havre.
	14-15 déc.	Victoire des troupes royales à Rethel.
1651	Fin janvier	Union de la « vieille Fronde » avec le parti des Princes.
	6-7 février	Fuite de Mazarin au cours de la nuit.
	9-10 février	Le peuple empêche le roi et la reine

	de quitter Paris.
16 février	Retour des Princes à Paris.
3 avril	Remaniement ministériel du Lundi saint, favorable aux condéens.
11 avril	Mazarin s'installe à Brühl.
15 avril	Rupture du projet de mariage Conti-Chevreuse.
Été	La reine promet le cardinalat au coadjuteur en échange de son appui contre Condé.
21 août	Affrontement au parlement, où La Rochefoucauld a failli faire étrangler le coadjuteur.
6 septembre	Condé s'enfuit de Paris.
7 septembre	Proclamation de la majorité de Louis XIV.
27 septembre	La cour quitte Paris pour poursuivre Condé, se soustrayant à la pression des frondeurs.
Fin octobre	Mazarin quitte Brühl et rassemble des troupes à la frontière.
12 décembre	Le roi rappelle officiellement Mazarin.
1652 Fin janvier	Mazarin rejoint la cour à Poitiers.
7 avril	Victoire de Condé à Bléneau sur les troupes royales.
2 juillet	Combat du faubourg Saint-Antoine entre les troupes de Turenne et celles de Condé.
4 juillet	« Journée des pailles ». Émeutes à Paris et incendie de l'Hôtel de Ville.
19 août	Exil diplomatique de Mazarin.
21 octobre	Retour du roi à Paris. Amnistie générale sauf pour les principaux condéens.
19 décembre	Arrestation du cardinal de Retz.
1653 3 février	Retour triomphal de Mazarin à Paris.

	31 mai	Le pape condamne les « cinq propositions » tirées de l'*Augustinus* de Jansenius.
	27 juillet	Fin de la guerre en Guyenne. Fin de la Fronde.
1654	7 juin	Sacre de Louis XIV à Reims.
	8 août	Évasion du cardinal de Retz.
1655	13 avril	Le roi impose sa volonté au parlement.
1656	Décembre	Début de l'idylle entre le roi et Marie Mancini.
1657	3 mars	Traité de Paris entre la France et Cromwell.
1658	14 juin	Victoire de Turenne sur Condé et les Espagnols aux Dunes.
	29 juin-18 juill.	Grave maladie de Louis XIV.
	3 septembre	Mort de Cromwell.
	Nov.-déc.	La cour se rend à Lyon sous prétexte de négocier pour Louis XIV un mariage savoyard.
1659	21 juin	Adieux de Louis XIV et de Marie Mancini.
	7 novembre	Paix des Pyrénées.
1660	2 février	Mort de Gaston d'Orléans.
	Mai	Restauration de Charles II en Angleterre.
	9 juin	Mariage de Louis XIV et de Marie-Thérèse d'Autriche.
1661	9 mars	Mort de Mazarin. Louis XIV décide de gouverner par lui-même.
	31 mars	Mariage de Philippe d'Orléans et d'Henriette-Anne d'Angleterre.
	Juillet	Liaison de Louis XIV avec Louise de La Vallière.
	17 août	Fête de Vaux-le-Vicomte.
	5 septembre	Arrestation du surintendant Fouquet.
	1er novembre	Naissance de Louis, qui sera dit le « Grand Dauphin ».

1662	18 novembre	Naissance d'Anne-Élisabeth de France († 30 déc. 1662).
1663	19 novembre	Naissance de Charles, fils de Louis XIV et de Mlle de La Vallière.
1664	16 novembre	Naissance de Marie-Anne de France († 26 déc. 1664).
1665	7 janvier	Naissance de Philippe, second fils de Louis XIV et de Mlle de La Vallière.
	17 septembre	Mort de Philippe IV d'Espagne. Avènement de Charles II.
1666	20 janvier	Mort d'Anne d'Autriche.

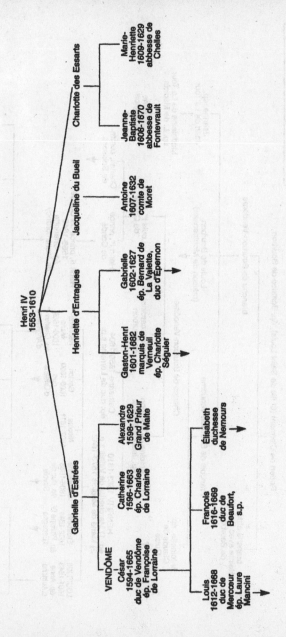

LES BÂTARDS D'HENRI IV

Henri IV
1553-1610

Gabrielle d'Estrées

VENDÔME
César
1594-1665
duc de Vendôme
ép. Françoise
de Lorraine

Catherine
1596-1663
ép. Charles
de Lorraine

Alexandre
1598-1629
Grand Prieur
de Malte

Louis
1612-1668
duc de
Mercœur
ép. Laure Mancini

François
1616-1669
duc de
Beaufort,
s.p.

Élisabeth
duchesse
de Nemours

Henriette d'Entragues

Gaston-Henri
1601-1682
marquis de
Verneuil
ép. Charlotte
Séguier

Gabrielle
1602-1627
ép. Bernard de
La Valette,
duc d'Epernon

Jacqueline du Bueil

Antoine
1607-1632
comte de Moret

Charlotte des Essarts

Jeanne-
Baptiste
1606-1670
abbesse de
Fontevrault

Marie-
Henriette
1609-1629
abbesse de
Chelles

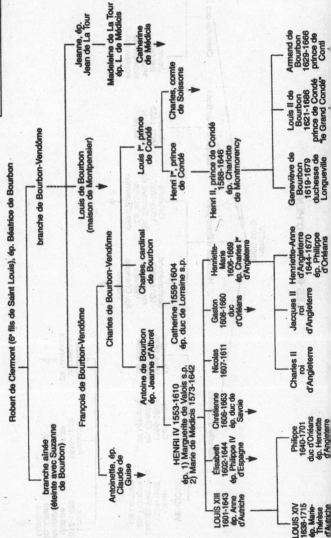

MAISON ROYALE DE FRANCE
(BRANCHE DES BOURBONS)

Robert de Clermont (6ᵉ fils de Saint Louis), ép. Béatrice de Bourbon

branche aînée
(éteinte avec Suzanne
de Bourbon)

branche de Bourbon-Vendôme

François de Bourbon-Vendôme

Charles de Bourbon-Vendôme

Antoinette, ép.
Claude de Guise

Antoine de Bourbon
ép. Jeanne d'Albret

Charles, cardinal
de Bourbon

Catherine 1559-1604
ép. duc de Lorraine s.p.

HENRI IV 1553-1610
ép. 1) Marguerite de Valois 1553-1610 s.p.
2) Marie de Médicis 1573-1642

Louis de Bourbon
(maison de Montpensier)

Louis Iᵉʳ, prince
de Condé

Henri Iᵉʳ, prince
de Condé

Charles, comte
de Soissons

Henri II, prince de Condé
1588-1646
ép. Charlotte
de Montmorency

Jeanne, ép.
Jean de La Tour

Madeleine de La Tour
ép. L. de Médicis

Catherine
de Médicis

LOUIS XIII
1601-1643
ép. Anne
d'Autriche

Élisabeth
1602-1644
ép. Philippe IV
d'Espagne

Chrétienne
1606-1663
ép. duc de Savoie

Nicolas
1607-1611

Gaston
1608-1660
duc d'Orléans

Henriette-
Marie
1606-1669
ép. Charles Iᵉʳ
d'Angleterre

Geneviève de
Bourbon
1619-1679
duchesse de
Longueville

Louis II de
Bourbon
1621-1686
prince de Condé
"le Grand Condé"

Armand de
Bourbon
1629-1666
prince de
Conti

LOUIS XIV
1638-1715
ép. Marie-
Thérèse
d'Autriche

Philippe
1640-1701
duc d'Orléans
ép. Henriette
d'Angleterre

Charles II
roi
d'Angleterre

Jacques II
roi
d'Angleterre

Henriette-Anne
d'Angleterre
1644-1670
ép. Philippe
d'Orléans

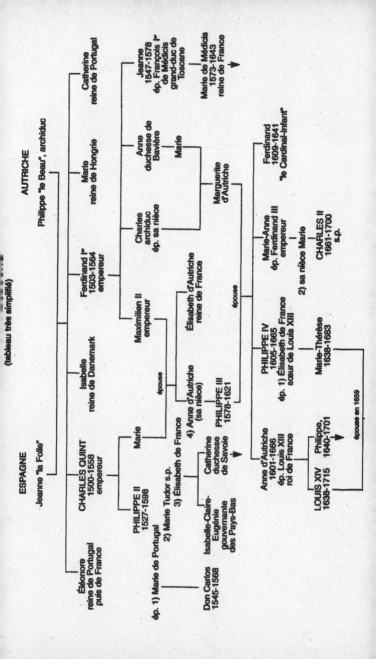

(tableau très simplifié)

ESPAGNE — AUTRICHE

Jeanne "la Folle" — Philippe "le Beau", archiduc

Éléonore
reine de Portugal
puis de France

CHARLES QUINT
1500-1558
empereur

Isabelle
reine de Danemark

Ferdinand Ier
1503-1564
empereur

Marie
reine de Hongrie

Catherine
reine de Portugal

PHILIPPE II
1527-1598
ép. 1) Marie de Portugal
2) Marie Tudor s.p.
3) Élisabeth de France
4) Anne d'Autriche
(sa nièce)

Marie

Maximilien II
empereur
épouse

Charles
archiduc
ép. sa nièce

Anne
duchesse de
Bavière

Jeanne 1547-1578
ép. François Ier
de Médicis
grand-duc de
Toscane

Marie de Médicis
1573-1643
reine de France

Don Carlos
1545-1568

Isabelle-Claire-
Eugénie
gouvernante
des Pays-Bas

Catherine
duchesse
de Savoie

Élisabeth d'Autriche
reine de France

Marie

Marguerite
d'Autriche
épouse

PHILIPPE III
1578-1621

Anne d'Autriche
1601-1666
ép. Louis XIII
roi de France

PHILIPPE IV
1605-1665
ép. 1) Élisabeth de France
sœur de Louis XIII

Ferdinand
1609-1641
"le Cardinal-Infant"

Marie-Anne
ép. Ferdinand III
empereur

LOUIS XIV
1638-1715

Philippe,
1640-1701

Marie-Thérèse
1638-1683

CHARLES II
1661-1700
s.p.

2) sa nièce Marie

épouse en 1659

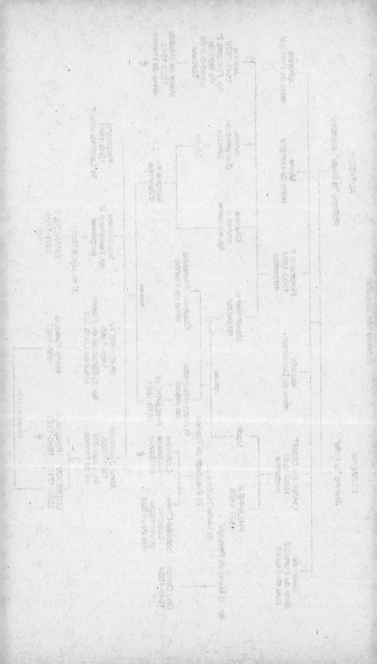

ORIENTATION BIBLIOGRAPHIQUE

On n'a fait figurer ici que les principaux ouvrages consultés. Les lecteurs désireux de compléter leur information sont invités à recourir aux bibliographies détaillées placées à la fin des livres spécialisés.

I — OUVRAGES ANCIENS.

— Tous les mémorialistes du XVIIe siècle, qu'on peut lire soit dans la Collection Petitot, 2e Série (1820-1829), soit de préférence dans la Collection Michaud et Poujoulat (1836-1839). Parmi eux notamment Sully, Richelieu, Bassompierre, La Porte, Montglat, Mlle de Montpensier, Mme de Motteville, Mme de Nemours, le cardinal de Retz, La Rochefoucauld, Omer Talon.

Certains d'entre eux ont fait l'objet d'éditions plus récentes, qu'on trouvera ci-dessous, en même temps que d'autres ouvrages anciens qui n'ont pas été recueillis dans les Collections susmentionnées. Ce sont notamment :

— BRIENNE (Louis-Henri de Loménie, comte de) [dit « le jeune Brienne »], *Mémoires*, 2 vol., éd. F. Barrière, 1828.

— BUSSY-RABUTIN (Roger de), *Histoire amoureuse des Gaules*, éd. Duchêne, 1993.

— CAMPION (Henri de), *Mémoires*, éd. M. Fumaroli, 1967.

— CHOISY (abbé de), *Mémoires*, éd. Mongrédien, 1983.

— GOULAS (Nicolas), *Mémoires*, 3 vol., éd. Ch. Constant, 1879-1882.

— HÉROARD (Jean), *Journal de Jean Héroard sur l'enfance et la jeunesse de Louis XIII*, 2 vol., éd. M. Foisil, 1989.

— LA FAYETTE (Mme de), *Histoire de Madame Henriette d'Angleterre*, suivie des *Mémoires de la Cour de France pour les années 1688 et 1689*, éd. Sigaux, 1965.

— LA ROCHEFOUCAULD, *Mémoires*, éd. J.-D. de La Rochefoucauld, 1993.

— LOUIS XIII, *Lettres de la main de Louis XIII*, 2 vol., éd. Griselle, 1914.

— LOUIS XIV, *Mémoires*, éd. Longnon, 1978.

— MAZARIN, *Lettres du cardinal Mazarin à la Reine..., écrites pendant sa retraite hors de France en 1651 et 1652*, éd. Ravenel, 1836.

— MAZARIN, *Lettres du cardinal Mazarin pendant son ministère*, publié par A. Chéruel et G. D'Avenel, 9 vol, 1872-1906.

— ORMESSON (Olivier Lefèvre d'), *Journal...*, 2 vol, éd. Chéruel, 1860-1861.

— PATIN (Guy), *Lettres*, 3 vol., éd. Réveillé-Parise, 1846.

— RETZ (Jean-François-Paul de Gondi, cardinal de), *Mémoires*, 2 vol., éd. S. Bertière, Class. Garnier, 1987.

— TALLEMANT DES RÉAUX, *Historiettes*, 2 vol., éd. A. Adam, Bibl. de la Pléiade, 1960-1961.

II — OUVRAGES MODERNES.

— BABELON (Jean-Pierre), *Henri IV*, 1982.
— BARBICHE (Bernard), *Sully*, 1978.

— BASCHET (A.), *Le Roi chez la Reine. Histoire secrète du mariage de Louis XIII et d'Anne d'Autriche*, 1866.

— BATIFFOL (Louis), *Le Roi Louis XIII à vingt ans*, 1910.

— BATIFFOL (Louis), *La Duchesse de Chevreuse : une vie d'aventures et d'intrigues sous Louis XIII*, 1913.

— BATIFFOL (Louis), *La Vie intime d'une reine de France au XVIIᵉ siècle, Marie de Médicis*, 2 vol., 1931.

— BATIFFOL (Louis), *Richelieu et le roi Louis XIII : les véritables rapports du souverain avec son ministre*, 1934.

— BAUDOUIN-MATUSZEK (M.-N.) (ouvrage collectif sous la direction de), *Marie de Médicis et le Palais du Luxembourg*, 1991.

— BERGIN (Joseph), *L'Ascension de Richelieu*, Yale University, 1991, traduction française 1994.

— BERTIÈRE (Simone), *La Vie du cardinal de Retz*, 1990.

— BLUCHE (François), *Louis XIV*, 1986.

— CARMONA (Michel), *Marie de Médicis*, 1981.

— CARMONA (Michel), *Richelieu*, 1983.

— CARRIER (Hubert), *La Presse de la Fronde (1648-1653) : Les Mazarinades*, 2 vol., Genève, 1989 et 1991.

— CASTELOT (André), *Marie de Médicis : les désordres de la passion*, 1995.

— CHAUNU (Pierre), *La Civilisation de l'Europe classique*, 1966.

— CHAUSSINAND-NOGARET (Guy), *La Vie quotidienne des femmes du Roi, d'Agnès Sorel à Marie-Antoinette*, 1990.

— CHÉRUEL (Adolphe), *Histoire de France pendant la minorité de Louis XIV*, 4 vol., 1879-1880.

— CHÉRUEL (Adolphe), *Histoire de France sous le ministère de Mazarin (1651-1661)*, 3 vol., 1882.

— CHEVALLIER (Pierre), *Louis XIII, roi cornélien*, 1979.

— COSTE (Pierre), *Le Grand Saint du Grand Siècle, Monsieur Vincent*, 3 vol., 1931.

— COUSIN (Victor), *Madame de Chevreuse : nouvelles études sur les femmes illustres de la société du XVIIe siècle*, 7e éd., 1886.

— COUSIN (Victor), *Madame de Hautefort : nouvelles études sur les femmes illustres de la société du XVIIe siècle*, 5e éd., 1886.

— COUTON (Georges), *La Chair et l'âme. Louis XIV entre ses maîtresses et Bossuet*, Presses Universitaires de Grenoble, 1995.

— DETHAN (Georges), *La Vie de Gaston d'Orléans*, nouv. éd., 1992.

— DUBY (Georges) et Perrot (Michèle), *Histoire des femmes*, t. III, XVIe-XVIIIe siècle, 1991.

— DULONG (Claude), *Anne d'Autriche, mère de Louis XIV*, 1980.

— DULONG (Claude), *Marie Mancini*, 1994.

— DULONG (Claude), *Le Mariage du Roi-Soleil*, 1986.

— ERLANGER (Philippe), *Louis XIII*, 1946, rééd. 1980.

— ERLANGER (Philippe), *Cinq-Mars*, 1962.

— ERLANGER (Philippe), *L'Étrange Mort de Henri IV*, 1964.

— FEDERN (C.), *Mazarin*, 1934.

— FOISIL (Madeleine), *L'Enfant Louis XIII*, 1996.

— GOUBERT (Pierre), *L'Avènement du Roi-Soleil*, 1967.

— GOUBERT (Pierre), *Mazarin*, 1990.

— GRIFFET (le Père Henri), *Histoire du règne de Louis XIII, roi de France et de Navarre*, 3 vol., 1768.

— HANOTAUX (Gabriel) et LA FORCE (H.-J. Nompar de Caumont, duc de), *Histoire du Cardinal de Richelieu*, 6 vol., 1893-1947.

— HAYEM (F.), *Le Maréchal d'Ancre et Leonora Galigaï*, 1910.

— HENRARD (Paul), *Marie de Médicis dans les Pays-Bas*, 1876.

— JOUANNA (Arlette), *Le Devoir de révolte : la noblesse française et la gestation de l'État moderne (1559-1661)*, 1989.

— KERMINA (Françoise), *Marie de Médicis, Reine, régente et rebelle*, 1979.

— KLEINMAN (Ruth), *Anne of Austria, Queen of France*, Colombus (Ohio), 1985, tr. fr. *Anne d'Autriche*, Paris, 1993.

— KOSMANN (Ernst H.), *La Fronde*, Leyde, 1954.

— LACOUR-GAYET (G.), *L'Éducation politique de Louis XIV*, 2e éd., 1923.

— LAURAIN-PORTEMER (Madeleine), *Il Cardinale Mazzarino in Francia*, Roma, Accademia Nazionale del Lincei, Roma, 1977.

— LAURAIN-PORTEMER (Madeleine), *Études mazarines*, vol. I, 1981.

— LA VARENDE (J. de), *Anne d'Autriche, femme de Louis XIII*, 1938.

— LE MOËL (Michel), *La Grande Mademoiselle*, 1994.

— LE ROY LADURIE (Emmanuel), *L'Ancien Régime, I, 1610-1715*, 1991.

— LORRIS (Pierre-Georges), *Un agitateur au XVIIe siècle : le cardinal de Retz*, 1956.

— LORRIS (Pierre-Georges), *La Fronde*, 1961.

— MANDROU (Robert), *La France aux XVIe et XVIIe siècles*, 1967.

— MARIÉJOL (J.-H.), *Henri IV et Louis XIII*, dans *Histoire de France* de Lavisse, t. VI, 2e partie.

— MÉTHIVIER (Hubert), *La Fronde*, 1984.

— MONGRÉDIEN (Georges), *La Journée des Dupes, 10 novembre 1630*, 1961.

— MONGRÉDIEN (Georges), *Leonora Galigaï. Un procès de sorcellerie sous Louis XIII*, 1968.

— MOUSNIER (Roland), *L'Assassinat d'Henri IV, 14 mai 1610*, 1964.

— MOUSNIER (Roland), *Histoire générale des civilisations*, t. IV, *Les XVIe et XVIIe siècles (1492-1715)*, 1954.

— MOUSNIER (Roland), *Les Institutions de la France sous la monarchie absolue*, 2 vol., 1974 et 1980.

— MOUSNIER (Roland), *L'Homme rouge ou la Vie du cardinal de Richelieu, 1585-1642*, 1992.

— PERNOT (Michel), *La Fronde*, 1994.

— RANUM (Orest), *The Fronde, a French Revolution, 1648-1652*, New York, 1993, trad. fr. *La Fronde*, Paris, 1995.

— RICHET (Denis), *La France moderne, l'esprit des institutions*, 1973.

— SOLNON (Jean-François), *La Cour de France*, 1987.

— TAPIÉ (Victor-L.), *La France de Louis XIII et de Richelieu*, 1967.

— VAISSIÈRE (Pierre de), *Un grand procès sous Richelieu. L'affaire du maréchal de Marillac, 1630-1632*, 1924.

— VAISSIÈRE (Pierre de), *La Conjuration de Cinq-Mars*, 1928.

— ZELLER (Berthold), *Henri IV et Marie de Médicis*, 1877.

— ZELLER (Berthold), *La Minorité de Louis XIII. Marie de Médicis et Sully (1610-1612)*, 1892.

— ZELLER (Berthold), *La Minorité de Louis XIII. Marie de Médicis et Villeroy*, 1897.

— ZELLER (Berthold), *Louis XIII. Marie de Médicis, chef du Conseil (1614-1616)*, 1898.

— ZELLER (Berthold), *Louis XIII. Marie de Médicis. Richelieu ministre*, 1899.

INDEX

Nota : On a exclu de cet Index d'une part Dieu, le Christ, la Vierge, les personnages bibliques et les saints — sauf ceux qui interviennent dans les événements racontés —, d'autre part les personnages mythologiques, légendaires ou littéraires.

TABLE DES ILLUSTRATIONS

— Le cardinal Pierre de Bérulle. Peinture, par Philippe de Champaigne, coll. privée. (Cliché Bulloz.)

— Le cardinal de Richelieu. Gravure d'après un tableau de Philippe de Champaigne, B.N., Estampes.

Page 4   Les mariages espagnols : gravure symbolique. B.N., Estampes. (Cliché Bulloz.)

Page 5   *En haut :* Le couple Concini :

— Concino Concini, maréchal d'Ancre. Gravure de Dumonstier, Louvre. (Cliché Bulloz.)

— Leonora Galigaï, maréchale d'Ancre. Gravure de Dumonstier, B.N., Estampes. (Cliché Bulloz.)

En bas : Le palais du Luxembourg, construit par Marie de Médicis, qui passa ensuite à son fils Gaston et devint Palais du duc d'Orléans. Gravure tirée de Martin Zeiller, *Topographia Galliae.*

Page 6   Réception faite à la reine au Louvre où Leurs Majestés prennent le frais sur un balcon, 1616. Au centre le jeune Louis XIII, à gauche Marie de Médicis, à droite Anne d'Autriche. Gravure de Mérian, B.N., Estampes. (Cliché Bulloz.)

Page 7   L'entrée de Marie de Médicis à Bruxelles le 13 août 1631. Gravure, B.N., Estampes. (Cliché Bulloz.)

(Cliché Alinari-Giraudon.)
— Mazarin. Peinture, par Mignard, Chantilly, Musée Condé. (Cliché Bulloz.)

Page 13 Les deux petits princes, Louis et Philippe, aux côtés de leur mère Anne d'Autriche en grand deuil. Peinture, Anonyme, Château de Gripsholm, Suède. (Cliché B.N.)

Page 14 *En haut* : Le lit de justice du 18 mai 1643, où Anne d'Autriche fut nommée régente. Sous un dais, dans l'angle gauche, l'enfant roi ; un peu au-dessous, sa mère en grand deuil. Gravure, par Abraham Bosse, B.N., Estampes. (Cliché Bulloz.)
En bas, de gauche à droite :
— Louis II de Bourbon, prince de Condé, vers 1645. Peinture, Anonyme, XVIIe siècle, Chantilly, Musée Condé. (Cliché Giraudon.)
— Le conseiller au parlement Pierre Broussel. Gravure, B.N., Estampes. (Cliché B.N.)

Page 15 Louis XIV en tenue d'apparat, à l'âge de dix ans (1648). Peinture, par Henri Testelin, Musée de Versailles. (Cliché Bulloz.)

Page 16 *En haut à gauche :* L'île des Faisans, sur la Bidassoa, dite aussi île de la Conférence, où se déroulèrent les négociations préparatoires à la paix des Pyrénées et au mariage de Louis XIV. Gravure,

par Nicolas Pérelle, B.N., Estampes. (Cliché Bulloz.)
En haut à droite : Louis XIV en Soleil au Ballet de la Nuit (1653). Gravure, B.N., Estampes. (Cliché Giraudon.)
En bas : La rencontre entre Louis XIV et Philippe IV dans l'île des Faisans en juin 1660. On reconnaît aisément, derrière Louis XIV, Anne d'Autriche et Mazarin, et derrière Philippe IV, l'infante Marie-Thérèse. Peinture, par Laumosnier, Musée du Mans. (Cliché Bulloz.)

TABLE DES MATIÈRES

PREMIÈRE PARTIE

LES AMBITIONS DE MARIE DE MÉDICIS
(1600-1620)

DEUXIÈME PARTIE

LE ROI ENTRE DEUX REINES (1620-1630)

QUATRIÈME PARTIE

LA MÉTAMORPHOSE D'ANNE D'AUTRICHE (1643-1666)

Le Livre de Poche s'engage pour
l'environnement en réduisant
l'empreinte carbone de ses livres.
Celle de cet exemplaire est de :
1,1 kg éq. CO$_2$
Rendez-vous sur
www.livredepoche-durable.fr

PAPIER À BASE DE
FIBRES CERTIFIÉES

Composition réalisée par Nord Compo

Imprimé en France par CPI
en mai 2016
N° d'impression : 2022928
Dépôt légal 1re publication : novembre 1998
Édition 11 - mai 2016
LIBRAIRIE GÉNÉRALE FRANÇAISE
31, rue de Fleurus - 75278 Paris Cedex 06

Imprimé en France par CPI
en juin 2016
N° d'impression : 2024928
Dépôt légal 1™ publication : novembre 1973
Édition 13 - mai 2016
LIBRAIRIE GÉNÉRALE FRANÇAISE
31, rue de Fleurus - 75235 Paris Cedex 06